MW01256789

Don Quixote
Part 3 of 3
In Spanish and English

by Miguel de Cervantes
Volume II 1615

Translated into English by John Ormsby, 1885

Cover Illustration by Gustave Doré , 1863

Capítulo XXVII. Donde se da cuenta quiénes eran maese Pedro y su mono, con el mal suceso que don Quijote tuvo en la aventura del rebuzno, que no la acabó como él quisiera y como lo tenía pensado

CHAPTER XXVII. WHEREIN IT IS SHOWN WHO MASTER PEDRO AND HIS APE WERE, TOGETHER WITH THE MISHAP DON QUIXOTE HAD IN THE BRAYING ADVENTURE, WHICH HE DID NOT CONCLUDE AS HE WOULD HAVE LIKED OR AS HE HAD EXPECTED

Entra Cide Hamete, coronista desta grande historia, con estas palabras en este capítulo: "Juro como católico cristiano..."; a lo que su traductor dice que el jurar Cide Hamete como católico cristiano, siendo él moro, como sin duda lo era, no quiso decir otra cosa sino que, así como el católico cristiano cuando jura, jura, o debe jurar, verdad, y decirla en lo que dijere, así él la decía, como si jurara como cristiano católico, en lo que quería escribir de don Quijote, especialmente en decir quién era maese Pedro, y quién el mono adivino que traía admirados todos aquellos pueblos con sus adivinanzas.

Cide Hamete, the chronicler of this great history, begins this chapter with these words, "I swear as a Catholic Christian;" with regard to which his translator says that Cide Hamete's swearing as a Catholic Christian, he being—as no doubt he was—a Moor, only meant that, just as a Catholic Christian taking an oath swears, or ought to swear, what is true, and tell the truth in what he avers, so he was telling the truth, as much as if he swore as a Catholic Christian, in all he chose to write about Quixote, especially in declaring who Master Pedro was and what was the divining ape that astonished all the villages with his divinations.

Dice, pues, que bien se acordará, el que hubiere leído la primera parte desta historia, de aquel Ginés de Pasamonte, a quien, entre otros galeotes, dio libertad don Quijote en Sierra

Morena, beneficio que después le fue mal agradecido y peor pagado de aquella gente maligna y mal acostumbrada. Este Ginés de Pasamonte, a quien don Quijote llamaba Ginesillo de Parapilla, fue el que hurtó a Sancho Panza el rucio; que, por no haberse puesto el cómo ni el cuándo en la primera parte, por culpa de los impresores, ha dado en qué entender a muchos, que atribuían a poca memoria del autor la falta de emprenta. Pero, en resolución, Ginés le hurtó, estando sobre él durmiendo Sancho Panza, usando de la traza y modo que usó Brunelo cuando, estando Sacripante sobre Albraca, le sacó el caballo de entre las piernas, y después le cobró Sancho, como se ha contado. Este Ginés, pues, temeroso de no ser hallado de la justicia, que le buscaba para castigarle de sus infinitas bellaquerías y delitos, que fueron tantos y tales, que él mismo compuso un gran volumen contándolos, determinó pasarse al reino de Aragón y cubrirse el ojo izquierdo, acomodándose al oficio de titerero; que esto y el jugar de manos lo sabía hacer por estremo.

He says, then, that he who has read the First Part of this history will remember well enough the Gines de Pasamonte whom, with other galley slaves, Don Quixote set free in the Sierra Morena: a kindness for which he afterwards got poor thanks and worse payment from that evil-minded, ill-conditioned set. This Gines de Pasamonte—Don Ginesillo de Parapilla, Don Quixote called him—it was that stole Dapple from Sancho Panza; which, because by the fault of the printers neither the how nor the when was stated in the First Part, has been a puzzle to a good many people, who attribute to the bad memory of the author what was the error of the press. In fact, however, Gines stole him while Sancho Panza was asleep on his back, adopting the plan and device that Brunello had recourse to when he stole Sacripante's horse from between his legs at the siege of Albracca; and, as has been told, Sancho afterwards recovered him. This Gines, then, afraid of being caught by the officers of justice, who were looking for him to punish him for his numberless rascalities and offences (which were so many and so great that he himself wrote a big book giving an account of them), resolved to shift his quarters into the kingdom of Aragon, and cover up his left eye, and take up the trade of a puppet-showman; for this, as well as juggling, he knew how to practise to perfection.

Sucedió, pues, que de unos cristianos ya libres que venían de Berbería compró aquel mono, a quien enseñó que, en haciéndole cierta señal, se le subiese en el hombro y le murmurase, o lo pareciese, al oído. Hecho esto, antes que entrase en el lugar donde entraba con su retablo y mono, se informaba en el lugar más cercano, o de quien él mejor podía, qué cosas particulares hubiesen sucedido en el tal lugar, y a qué personas; y, llevándolas bien en la memoria, lo primero que hacía era mostrar su retablo, el cual unas veces era de una historia, y otras de otra; pero todas alegres y regocijadas y conocidas. Acabada la muestra, proponía las habilidades de su mono, diciendo al pueblo que adivinaba todo lo pasado y lo presente; pero que en lo de por venir no se daba maña. Por la respuesta de cada pregunta pedía dos reales, y de algunas hacía barato, según tomaba el pulso a los preguntantes; y como tal vez llegaba a las casas de quien él sabía los sucesos de los que en ella moraban, aunque no le preguntasen nada por no pagarle, él hacía la seña al mono, y luego decía que le había dicho tal y tal cosa, que venía de molde con lo sucedido. Con esto cobraba crédito inefable, y andábanse todos tras él. Otras veces, como era tan discreto, respondía de manera que las respuestas venían bien con las preguntas; y, como nadie le apuraba ni apretaba a que dijese cómo adevinaba su mono, a todos hacía monas, y llenaba sus esqueros.

From some released Christians returning from

Barbary, it so happened, he bought the ape, which he taught to mount upon his shoulder on his making a certain sign, and to whisper, or seem to do so, in his ear. Thus prepared, before entering any village whither he was bound with his show and his ape, he used to inform himself at the nearest village, or from the most likely person he could find, as to what particular things had happened there, and to whom; and bearing them well in mind, the first thing he did was to exhibit his show, sometimes one story, sometimes another, but all lively, amusing, and familiar. As soon as the exhibition was over he brought forward the accomplishments of his ape, assuring the public that he divined all the past and the present, but as to the future he had no skill. For each question answered he asked two reals, and for some he made a reduction, just as he happened to feel the pulse of the questioners; and when now and then he came to houses where things that he knew of had happened to the people living there, even if they did not ask him a question, not caring to pay for it, he would make the sign to the ape and then declare that it had said so and so, which fitted the case exactly. In this way he acquired a prodigious name and all ran after him; on other occasions, being very crafty, he would answer in such a way that the answers suited the questions; and as no one cross-questioned him or pressed him to tell how his ape divined, he made fools of them all and filled his pouch.

Así como entró en la venta, conoció a don Quijote y a Sancho, por cuyo conocimiento le fue fácil poner en admiración a don Quijote y a Sancho Panza, y a todos los que en ella estaban; pero hubiérale de costar caro si don Quijote bajara un poco más la mano cuando cortó la cabeza al rey Marsilio y destruyó toda su caballería, como queda dicho en el antecedente capítulo.

5

The instant he entered the inn he knew Don Quixote and Sancho, and with that knowledge it was easy for him to astonish them and all who were there; but it would have cost him dear had Don Quixote brought down his hand a little lower when he cut off King Marsilio's head and destroyed all his horsemen, as related in the preceding chapter.

Esto es lo que hay que decir de maese Pedro y de su mono.

So much for Master Pedro and his ape;

Y, volviendo a don Quijote de la Mancha, digo que, después de haber salido de la venta, determinó de ver primero las riberas del río Ebro y todos aquellos contornos, antes de entrar en la ciudad de Zaragoza, pues le daba tiempo para todo el mucho que faltaba desde allí a las justas. Con esta intención siguió su camino, por el cual anduvo dos días sin acontecerle cosa digna de ponerse en escritura, hasta que al tercero, al subir de una loma, oyó un gran rumor de atambores, de trompetas y arcabuces. Al principio pensó que algún tercio de soldados pasaba por aquella parte, y por verlos picó a Rocinante y subió la loma arriba; y cuando estuvo en la cumbre, vio al pie della, a su parecer, más de docientos hombres armados de diferentes suertes de armas, como si dijésemos lanzones, ballestas, partesanas, alabardas y picas, y algunos arcabuces, y muchas rodelas. Bajó del recuesto y acercóse al escuadrón, tanto, que distintamente vio las banderas, juzgó de las colores y notó las empresas que en ellas traían, especialmente una que en un estandarte o jirón de raso blanco venía, en el cual estaba pintado muy al vivo un asno como un pequeño sardesco, la cabeza levantada, la boca abierta y la lengua de fuera, en acto y postura como si estuviera rebuznando; alrededor dél estaban escritos de letras grandes estos dos versos:

and now to return to Don Quixote of La Mancha. After he had left the inn he determined to visit, first of all, the banks of the Ebro and that

neighbourhood, before entering the city of Saragossa, for the ample time there was still to spare before the jousts left him enough for all. With this object in view he followed the road and travelled along it for two days, without meeting any adventure worth committing to writing until on the third day, as he was ascending a hill, he heard a great noise of drums, trumpets, and musket-shots. At first he imagined some regiment of soldiers was passing that way, and to see them he spurred Rocinante and mounted the hill. On reaching the top he saw at the foot of it over two hundred men, as it seemed to him, armed with weapons of various sorts, lances, crossbows, partisans, halberds, and pikes, and a few muskets and a great many bucklers. He descended the slope and approached the band near enough to see distinctly the flags, make out the colours and distinguish the devices they bore, especially one on a standard or ensign of white satin, on which there was painted in a very life-like style an ass like a little sard, with its head up, its mouth open and its tongue out, as if it were in the act and attitude of braying; and round it were inscribed in large characters these two lines—

No rebuznaron en balde
el uno y el otro alcalde.

They did not bray in vain,
Our alcaldes twain.

Por esta insignia sacó don Quijote que aquella gente debía de ser del pueblo del rebuzno, y así se lo dijo a Sancho, declarándole lo que en el estandarte venía escrito. Díjole también que el que les había dado noticia de aquel caso se había errado en decir que dos regidores habían sido los que rebuznaron; pero que, según los versos del estandarte, no habían sido sino alcaldes. A lo que respondió Sancho Panza:

From this device Don Quixote concluded that these

people must be from the braying town, and he said so to Sancho, explaining to him what was written on the standard. At the same time he observed that the man who had told them about the matter was wrong in saying that the two who brayed were regidors, for according to the lines of the standard they were alcaldes. To which Sancho replied,

— Señor, en eso no hay que reparar, que bien puede ser que los regidores que entonces rebuznaron viniesen con el tiempo a ser alcaldes de su pueblo, y así, se pueden llamar con entrambos títulos; cuanto más, que no hace al caso a la verdad de la historia ser los rebuznadores alcaldes o regidores, como ellos una por una hayan rebuznado; porque tan a pique está de rebuznar un alcalde como un regidor.

"Señor, there's nothing to stick at in that, for maybe the regidors who brayed then came to be alcaldes of their town afterwards, and so they may go by both titles; moreover, it has nothing to do with the truth of the story whether the brayers were alcaldes or regidors, provided at any rate they did bray; for an alcalde is just as likely to bray as a regidor."

Finalmente, conocieron y supieron como el pueblo corrido salía a pelear con otro que le corría más de lo justo y de lo que se debía a la buena vecindad.

They perceived, in short, clearly that the town which had been twitted had turned out to do battle with some other that had jeered it more than was fair or neighbourly.

Fuese llegando a ellos don Quijote, no con poca pesadumbre de Sancho, que nunca fue amigo de hallarse en semejantes jornadas. Los del escuadrón le recogieron en medio, creyendo que era alguno de los de su parcialidad. Don Quijote, alzando la visera, con gentil brío y continente, llegó hasta el estandarte del asno, y allí se le pusieron alrededor todos los más principales del ejército, por verle, admirados con la admiración acostumbrada en que caían todos aquellos que la vez primera le miraban. Don Quijote, que los vio tan atentos a mirarle, sin que ninguno le hablase ni le preguntase nada, quiso aprovecharse de aquel silencio, y, rompiendo el suyo, alzó la voz y dijo:

Don Quixote proceeded to join them, not a little to Sancho's uneasiness, for he never relished mixing himself up in expeditions of that sort. The members of the troop received him into the midst of them, taking him to be some one who was on their side. Don Quixote, putting up his visor, advanced with an easy bearing and demeanour to the standard with the ass, and all the chief men of the army gathered round him to look at him, staring at him with the usual amazement that everybody felt on seeing him for the first time. Don Quixote, seeing them examining him so attentively, and that none of them spoke to him or put any question to him, determined to take advantage of their silence; so, breaking his own, he lifted up his voice and said,

— Buenos señores, cuan encarecidamente puedo, os suplico que no interrumpáis un razonamiento que quiero haceros, hasta que veáis que os disgusta y enfada; que si esto sucede, con la más mínima señal que me hagáis pondré un sello en mi boca y echaré una mordaza a mi lengua.

"Worthy sirs, I entreat you as earnestly as I can not to interrupt an argument I wish to address to you, until you find it displeases or wearies you; and if that come to pass, on the slightest hint you give me I will put a seal upon my lips and a gag upon my tongue."

Todos le dijeron que dijese lo que quisiese, que de buena gana le escucharían.

They all bade him say what he liked, for they would listen to him willingly.

9

Don Quijote, con esta licencia, prosiguió diciendo:

With this permission Don Quixote went on to say,

Yo, señores míos, soy caballero andante, cuyo ejercicio es el de las armas, y cuya profesión la de favorecer a los necesitados de favor y acudir a los menesterosos. Días ha que he sabido vuestra desgracia y la causa que os mueve a tomar las armas a cada paso, para vengaros de vuestros enemigos; y, habiendo discurrido una y muchas veces en mi entendimiento sobre vuestro negocio, hallo, según las leyes del duelo, que estáis engañados en teneros por afrentados, porque ningún particular puede afrentar a un pueblo entero, si no es retándole de traidor por junto, porque no sabe en particular quién cometió la traición por que le reta. Ejemplo desto tenemos en don Diego Ordóñez de Lara, que retó a todo el pueblo zamorano, porque ignoraba que solo Vellido Dolfos había cometido la traición de matar a su rey; y así, retó a todos, y a todos tocaba la venganza y la respuesta; aunque bien es verdad que el señor don Diego anduvo algo demasiado, y aun pasó muy adelante de los límites del reto, porque no tenía para qué retar a los muertos, a las aguas, ni a los panes, ni a los que estaban por nacer, ni a las otras menudencias que allí se declaran; pero, ¡vaya!, pues cuando la cólera sale de madre, no tiene la lengua padre, ayo ni freno que la corrija. Siendo, pues, esto así, que uno solo no puede afrentar a reino, provincia, ciudad, república ni pueblo entero, queda en limpio que no hay para qué salir a la venganza del reto de la tal afrenta, pues no lo es; porque, ¡bueno sería que se matasen a cada paso los del pueblo de la Reloja con quien se lo llama, ni los cazoleros, berenjeneros, ballenatos, jaboneros, ni los de otros nombres y apellidos que andan por ahí en boca de los muchachos y de gente de poco más a menos! ¡Bueno sería, por cierto, que todos estos insignes pueblos se corriesen y vengasen, y anduviesen contino hechas las espadas sacabuches a cualquier pendencia, por pequeña que fuese! No, no, ni Dios lo permita o quiera.

Los varones prudentes, las repúblicas bien concertadas, por cuatro cosas han de tomar las armas y desenvainar las espadas, y poner a riesgo sus personas, vidas y haciendas: la primera, por defender la fe católica; la segunda, por defender su vida, que es de ley natural y divina; la tercera, en defensa de su honra, de su familia y hacienda; la cuarta, en servicio de su rey, en la guerra justa; y si le quisiéremos añadir la quinta, que se puede contar por segunda, es en defensa de su patria. A estas cinco causas, como capitales, se pueden agregar algunas otras que sean justas y razonables, y que obliguen a tomar las armas; pero tomarlas por niñerías y por cosas que antes son de risa y pasatiempo que de afrenta, parece que quien las toma carece de todo razonable discurso; cuanto más, que el tomar venganza injusta, que justa no puede haber alguna que lo sea, va derechamente contra la santa ley que profesamos, en la cual se nos manda que hagamos bien a nuestros enemigos y que amemos a los que nos aborrecen; mandamiento que, aunque parece algo dificultoso de cumplir, no lo es sino para aquellos que tienen menos de Dios que del mundo, y más de carne que de espíritu; porque Jesucristo, Dios y hombre verdadero, que nunca mintió, ni pudo ni puede mentir, siendo legislador nuestro, dijo que su yugo era suave y su carga liviana; y así, no nos había de mandar cosa que fuese imposible el cumplirla. Así que, mis señores, vuesas mercedes están obligados por leyes divinas y humanas a sosegarse.

"I, sirs, am a knight-errant whose calling is that of arms, and whose profession is to protect those who require protection, and give help to such as stand in need of it. Some days ago I became acquainted with your misfortune and the cause which impels you to take up arms again and again to revenge yourselves upon your enemies; and having many times thought over your business in my mind, I find that, according to the laws of combat, you are mistaken in holding yourselves insulted; for a private individual cannot insult an entire community; unless it be by defying it collectively as a traitor, because he cannot tell who in particular is guilty of the treason for which he defies it. Of this we have an example in Don Diego Ordonez de Lara, who defied the whole town of Zamora, because he did not know that Vellido Dolfos alone had committed the treachery of slaying his king; and therefore he defied them all, and the vengeance and the reply concerned all; though, to be sure, Señor Don Diego went rather too far, indeed very much beyond the limits of a defiance; for he had no occasion to defy the dead, or the waters, or the fishes, or those yet unborn, and all the rest of it as set forth; but let that pass, for when anger breaks out there's no father, governor, or bridle to check the tongue. The case being, then, that no one person can insult a kingdom, province, city, state, or entire community, it is clear there is no reason for going out to avenge the defiance of such an insult, inasmuch as it is not one. A fine thing it would be if the people of the clock town were to be at loggerheads every moment with everyone who called them by that name,—or the Cazoleros, Berengeneros, Ballenatos, Jaboneros, or the bearers of all the other names and titles that are always in the mouth of the boys and common people! It would be a nice business indeed if all these illustrious cities were to take huff and revenge themselves and go about perpetually making trombones of their swords in every petty quarrel! No, no; God forbid! There are four things for which sensible men and well-ordered States ought to take up arms, draw their swords, and risk their persons, lives, and properties. The first is to defend the Catholic faith; the second, to defend one's life, which is in accordance with natural and divine law; the third, in defence of one's honour, family, and property; the fourth, in the service of one's king in a just war; and if to these we choose to add a fifth (which may be included in the second), in defence of one's country. To these five, as it were capital causes, there may be added some others that may be just and reasonable, and make it a duty to take up arms; but to take them up for trifles and things to laugh at and he amused by rather than offended, looks as though he who did so was altogether wanting in common sense. Moreover, to take an unjust revenge (and there cannot be any just one) is directly opposed to the sacred law that we acknowledge, wherein we are commanded to do good to our enemies and to love them that hate us; a command which, though it seems somewhat difficult to obey, is only so to those who have in them less of God than of the world, and more of the flesh than of the spirit; for Jesus Christ, God and true man, who never lied, and could not and cannot lie, said, as our law-giver, that his yoke was easy and his burden light; he would not, therefore, have laid any command upon us that it was impossible to obey. Thus, sirs, you are bound to keep quiet by human and divine law."

— El diablo me lleve —dijo a esta sazón Sancho entre sí— si este mi amo no es tólogo; y si no lo es, que lo parece como un güevo a otro.

"The devil take me," said Sancho to himself at this, "but this master of mine is a tologian; or, if not, faith, he's as like one as one egg is like another."

Tomó un poco de aliento don Quijote, y, viendo que todavía le prestaban silencio, quiso pasar adelante en su plática, como pasara ni no se pusiere en medio la agudeza de Sancho, el cual, viendo que su amo se detenía, tomó la mano por él, diciendo:

Don Quixote stopped to take breath, and, observing that silence was still preserved, had a mind to continue his discourse, and would have done so had not Sancho interposed with his smartness; for he, seeing his master pause, took the lead, saying,

— Mi señor don Quijote de la Mancha, que un tiempo se llamó el Caballero de la Triste Figura y ahora se llama el Caballero de los Leones, es un hidalgo muy atentado, que sabe latín y romance como un bachiller, y en todo cuanto trata y aconseja procede como muy buen soldado, y tiene todas las leyes y ordenanzas de lo que llaman el duelo en la uña; y así, no hay más que hacer sino dejarse llevar por lo que él dijere, y sobre mí si lo erraren; cuanto más, que ello se está dicho que es necedad correrse por sólo oír un rebuzno, que yo me acuerdo, cuando muchacho, que rebuznaba cada y cuando que se me antojaba, sin que nadie me fuese a la mano, y con tanta gracia y propiedad que, en rebuznando yo, rebuznaban todos los asnos del pueblo, y no por eso dejaba de ser hijo de mis padres, que eran honradísimos; y, aunque por esta habilidad era invidiado de más de cuatro de los estirados de mi pueblo, no se me daba dos ardites. Y, porque se vea que digo verdad, esperen y escuchen, que esta ciencia es como la del nadar: que, una vez aprendida, nunca se olvida.

"My lord Don Quixote of La Mancha, who once was called the Knight of the Rueful Countenance, but now is called the Knight of the Lions, is a gentleman of great discretion who knows Latin and his mother tongue like a bachelor, and in everything that he deals with or advises proceeds like a good soldier, and has all the laws and ordinances of what they call combat at his fingers' ends; so you have nothing to do but to let yourselves be guided by what he says, and on my head be it if it is wrong. Besides which, you have been told that it is folly to take offence at merely hearing a bray. I remember when I was a boy I brayed as often as I had a fancy, without anyone hindering me, and so elegantly and naturally that when I brayed all the asses in the town would bray; but I was none the less for that the son of my parents who were greatly respected; and though I was envied because of the gift by more than one of the high and mighty ones of the town, I did not care two farthings for it; and that you may see I am telling the truth, wait a bit and listen, for this art, like swimming, once learnt is never forgotten;"

Y luego, puesta la mano en las narices, comenzó a rebuznar tan reciamente, que todos los cercanos valles retumbaron.

and then, taking hold of his nose, he began to bray so vigorously that all the valleys around rang again.

Pero uno de los que estaban junto a él, creyendo que hacía burla dellos, alzó un varapalo que en la mano tenía, y diole tal golpe con él, que, sin ser poderoso a otra cosa, dio con Sancho Panza en el suelo. Don Quijote, que vio tan malparado a Sancho, arremetió al que le había dado, con la lanza sobre mano, pero fueron tantos los que se pusieron en medio, que no fue posible vengarle; antes, viendo que llovía sobre él un nublado de piedras, y que le amenazaban mil encaradas ballestas y no menos cantidad de arcabuces, volvió las riendas a Rocinante, y a todo lo que su galope pudo, se salió de entre ellos, encomendándose de todo corazón a Dios, que de aquel peligro le librase, temiendo a cada paso no le entrase alguna bala por las espaldas y le saliese al pecho; y a cada punto recogía el aliento, por ver si le faltaba.

One of those, however, that stood near him, fancying he was mocking them, lifted up a long staff he had in his hand and smote him such a blow with it that Sancho dropped helpless to the ground. Don Quixote, seeing him so roughly handled, attacked the man who had struck him lance in hand, but so many thrust themselves between them that he could not avenge him. Far from it, finding a shower of stones rained upon him, and crossbows and muskets unnumbered levelled at him, he wheeled Rocinante round and, as fast as his best gallop could take him, fled from the midst of them, commending himself to God with all his heart to deliver him out of this peril, in dread every step of some ball coming in at his back and coming out at his breast, and every minute drawing his breath to see whether it had gone from him.

Pero los del escuadrón se contentaron con verle huir, sin tirarle. A Sancho le pusieron sobre su jumento, apenas vuelto en sí, y le dejaron ir tras su amo, no porque él tuviese sentido para regirle; pero el rucio siguió las huellas de Rocinante, sin el cual no se hallaba un punto. Alongado, pues, don Quijote buen trecho, volvió la cabeza y vio que Sancho venía, y atendióle, viendo que ninguno le seguía.

The members of the band, however, were satisfied with seeing him take to flight, and did not fire on him. They put up Sancho, scarcely restored to his senses, on his ass, and let him go after his master; not that he was sufficiently in his wits to guide the beast, but Dapple followed the footsteps of Rocinante, from whom he could not remain a moment separated. Don Quixote having got some way off looked back, and seeing Sancho coming, waited for him, as he perceived that no one followed him.

Los del escuadrón se estuvieron allí hasta la noche, y, por no haber salido a la batalla sus contrarios, se volvieron a su pueblo, regocijados y alegres; y si ellos supieran la costumbre antigua de los griegos, levantaran en aquel lugar y sitio un trofeo.

The men of the troop stood their ground till night, and as the enemy did not come out to battle, they returned to their town exulting; and had they been aware of the ancient custom of the Greeks, they would have erected a trophy on the spot.

Capítulo XXVIII. De cosas que dice Benengeli que las sabrá quien le leyere, si las lee con atención

CHAPTER XXVIII. OF MATTERS THAT BENENGELI SAYS HE WHO READS THEM WILL KNOW, IF HE READS THEM WITH ATTENTION

Cuando el valiente huye, la superchería está descubierta, y es de varones prudentes guardarse para mejor ocasión. Esta verdad se verificó en don Quijote, el cual, dando lugar a la furia del pueblo y a las malas intenciones de aquel indignado escuadrón, puso pies en polvorosa, y, sin acordarse de Sancho ni del peligro en que le dejaba, se apartó tanto cuanto le pareció que bastaba para estar seguro. Seguíale Sancho, atravesado en su jumento, como queda referido. Llegó, en fin, ya vuelto en su acuerdo, y al llegar, se dejó caer del rucio a los pies de Rocinante, todo ansioso, todo molido y todo apaleado. Apeóse don Quijote para catarle las feridas; pero, como le hallase sano de los pies a la cabeza, con asaz cólera le dijo:

When the brave man flees, treachery is manifest and it is for wise men to reserve themselves for better occasions. This proved to be the case with Don Quixote, who, giving way before the fury of the townsfolk and the hostile intentions of the angry troop, took to flight and, without a thought of Sancho or the danger in which he was leaving him, retreated to such a distance as he thought made him safe. Sancho, lying across his ass, followed him, as has been said, and at length came up, having by this time recovered his senses, and on joining him let himself drop off Dapple at Rocinante's feet, sore, bruised, and belaboured. Don Quixote dismounted to examine his wounds, but finding him whole from head to foot, he said to him, angrily enough,

— ¡Tan en hora mala supistes vos rebuznar, Sancho! Y ¿dónde

hallastes vos ser bueno el nombrar la soga en casa del ahorcado? A música de rebuznos, ¿qué contrapunto se había de llevar sino de varapalos? Y dad gracias a Dios, Sancho, que ya que os santiguaron con un palo, no os hicieron el per signum crucis con un alfanje.

"In an evil hour didst thou take to braying, Sancho! Where hast thou learned that it is well done to mention the rope in the house of the man that has been hanged? To the music of brays what harmonies couldst thou expect to get but cudgels? Give thanks to God, Sancho, that they signed the cross on thee just now with a stick, and did not mark thee per signum crucis with a cutlass."

— No estoy para responder —respondió Sancho—, porque me parece que hablo por las espaldas. Subamos y apartémonos de aquí, que yo pondré silencio en mis rebuznos, pero no en dejar de decir que los caballeros andantes huyen, y dejan a sus buenos escuderos molidos como alheña, o como cibera, en poder de sus enemigos.

"I'm not equal to answering," said Sancho, "for I feel as if I was speaking through my shoulders; let us mount and get away from this; I'll keep from braying, but not from saying that knights-errant fly and leave their good squires to be pounded like privet, or made meal of at the hands of their enemies."

— No huye el que se retira —respondió don Quijote—, porque has de saber, Sancho, que la valentía que no se funda sobre la basa de la prudencia se llama temeridad, y las hazañas del temerario más se atribuyen a la buena fortuna que a su ánimo. Y así, yo confieso que me he retirado, pero no huido; y en esto he imitado a muchos valientes, que se han guardado para tiempos mejores, y desto están las historias llenas, las cuales, por no serte a ti de provecho ni a mí de gusto, no te las refiero ahora.

"He does not fly who retires," returned Don

Quixote; "for I would have thee know, Sancho, that the valour which is not based upon a foundation of prudence is called rashness, and the exploits of the rash man are to be attributed rather to good fortune than to courage; and so I own that I retired, but not that I fled; and therein I have followed the example of many valiant men who have reserved themselves for better times; the histories are full of instances of this, but as it would not be any good to thee or pleasure to me, I will not recount them to thee now."

En esto, ya estaba a caballo Sancho, ayudado de don Quijote, el cual asimismo subió en Rocinante, y poco a poco se fueron a emboscar en una alameda que hasta un cuarto de legua de allí se parecía. De cuando en cuando daba Sancho unos ayes profundísimos y unos gemidos dolorosos; y, preguntándole don Quijote la causa de tan amargo sentimiento, respondió que, desde la punta del espinazo hasta la nuca del celebro, le dolía de manera que le sacaba de sentido.

Sancho was by this time mounted with the help of Don Quixote, who then himself mounted Rocinante, and at a leisurely pace they proceeded to take shelter in a grove which was in sight about a quarter of a league off. Every now and then Sancho gave vent to deep sighs and dismal groans, and on Don Quixote asking him what caused such acute suffering, he replied that, from the end of his back-bone up to the nape of his neck, he was so sore that it nearly drove him out of his senses.

— La causa dese dolor debe de ser, sin duda —dijo don Quijote—, que, como era el palo con que te dieron largo y tendido, te cogió todas las espaldas, donde entran todas esas partes que te duelen; y si más te cogiera, más te doliera.

"The cause of that soreness," said Don Quixote, "will be, no doubt, that the staff wherewith they

smote thee being a very long one, it caught thee
all down the back, where all the parts that are
sore are situated, and had it reached any further
thou wouldst be sorer still."

— ¡Por Dios —dijo Sancho—, que vuesa merced me ha sacado
de una gran duda, y que me la ha declarado por lindos
términos! ¡Cuerpo de mí! ¿Tan encubierta estaba la causa de
mi dolor que ha sido menester decirme que me duele todo
todo aquello que alcanzó el palo? Si me dolieran los tobillos,
aún pudiera ser que se anduviera adivinando el porqué me
dolían, pero dolerme lo que me molieron no es mucho
adivinar. A la fe, señor nuestro amo, el mal ajeno de pelo
cuelga, y cada día voy descubriendo tierra de lo poco que
puedo esperar de la compañía que con vuestra merced tengo;
porque si esta vez me ha dejado apalear, otra y otras ciento
volveremos a los manteamientos de marras y a otras
muchacherías, que si ahora me han salido a las espaldas,
después me saldrán a los ojos. Harto mejor haría yo, sino que
soy un bárbaro, y no haré nada que bueno sea en toda mi
vida; harto mejor haría yo, vuelvo a decir, en volverme a mi
casa, y a mi mujer, y a mis hijos, y sustentarla y criarlos con lo
que Dios fue servido de darme, y no andarme tras vuesa
merced por caminos sin camino y por sendas y carreras que
no las tienen, bebiendo mal y comiendo peor. Pues, ¡tomadme
el dormir! Contad, hermano escudero, siete pies de tierra, y si
quisiéredes más, tomad otros tantos, que en vuestra mano
está escudillar, y tendeos a todo vuestro buen talante; que
quemado vea yo y hecho polvos al primero que dio puntada
en la andante caballería, o, a lo menos, al primero que quiso
ser escudero de tales tontos como debieron ser todos los
caballeros andantes pasados. De los presentes no digo nada,
que, por ser vuestra merced uno dellos, los tengo respeto, y
porque sé que sabe vuesa merced un punto más que el diablo
en cuanto habla y en cuanto piensa.

"By God," said Sancho, "your worship has relieved
me of a great doubt, and cleared up the point for

me in elegant style! Body o' me! is the cause of
my soreness such a mystery that there's any need
to tell me I am sore everywhere the staff hit me?
If it was my ankles that pained me there might be
something in going divining why they did, but it
is not much to divine that I'm sore where they
thrashed me. By my faith, master mine, the ills
of others hang by a hair; every day I am
discovering more and more how little I have to
hope for from keeping company with your worship;
for if this time you have allowed me to be
drubbed, the next time, or a hundred times more,
we'll have the blanketings of the other day over
again, and all the other pranks which, if they
have fallen on my shoulders now, will be thrown
in my teeth by-and-by. I would do a great deal
better (if I was not an ignorant brute that will
never do any good all my life), I would do a
great deal better, I say, to go home to my wife
and children and support them and bring them up
on what God may please to give me, instead of
following your worship along roads that lead
nowhere and paths that are none at all, with
little to drink and less to eat. And then when it
comes to sleeping! Measure out seven feet on the
earth, brother squire, and if that's not enough
for you, take as many more, for you may have it
all your own way and stretch yourself to your
heart's content. Oh that I could see burnt and
turned to ashes the first man that meddled with
knight-errantry or at any rate the first who
chose to be squire to such fools as all the
knights-errant of past times must have been! Of
those of the present day I say nothing, because,
as your worship is one of them, I respect them,
and because I know your worship knows a point
more than the devil in all you say and think."

— Haría yo una buena apuesta con vos, Sancho —dijo don
Quijote—: que ahora que vais hablando sin que nadie os vaya
a la mano, que no os duele nada en todo vuestro cuerpo.

Hablad, hijo mío, todo aquello que os viniere al pensamiento y a la boca; que, a trueco de que a vos no os duela nada, tendré yo por gusto el enfado que me dan vuestras impertinencias. Y si tanto deseáis volveros a vuestra casa con vuestra mujer y hijos, no permita Dios que yo os lo impida; dineros tenéis míos: mirad cuánto ha que esta tercera vez salimos de nuestro pueblo, y mirad lo que podéis y debéis ganar cada mes, y pagaos de vuestra mano.

"I would lay a good wager with you, Sancho," said Don Quixote, "that now that you are talking on without anyone to stop you, you don't feel a pain in your whole body. Talk away, my son, say whatever comes into your head or mouth, for so long as you feel no pain, the irritation your impertinences give me will be a pleasure to me; and if you are so anxious to go home to your wife and children, God forbid that I should prevent you; you have money of mine; see how long it is since we left our village this third time, and how much you can and ought to earn every month, and pay yourself out of your own hand."

— Cuando yo servía —respondió Sancho— a Tomé Carrasco, el padre del bachiller Sansón Carrasco, que vuestra merced bien conoce, dos ducados ganaba cada mes, amén de la comida; con vuestra merced no sé lo que puedo ganar, puesto que sé que tiene más trabajo el escudero del caballero andante que el que sirve a un labrador; que, en resolución, los que servimos a labradores, por mucho que trabajemos de día, por mal que suceda, a la noche cenamos olla y dormimos en cama, en la cual no he dormido después que ha que sirvo a vuestra merced. Si no ha sido el tiempo breve que estuvimos en casa de don Diego de Miranda, y la jira que tuve con la espuma que saqué de las ollas de Camacho, y lo que comí y bebí y dormí en casa de Basilio, todo el otro tiempo he dormido en la dura tierra, al cielo abierto, sujeto a lo que dicen inclemencias del cielo, sustentándome con rajas de

queso y mendrugos de pan, y bebiendo aguas, ya de arroyos, ya de fuentes, de las que encontramos por esos andurriales donde andamos.

"When I worked for Tom Carrasco, the father of the bachelor Samson Carrasco that your worship knows," replied Sancho, "I used to earn two ducats a month besides my food; I can't tell what I can earn with your worship, though I know a knight-errant's squire has harder times of it than he who works for a farmer; for after all, we who work for farmers, however much we toil all day, at the worst, at night, we have our olla supper and sleep in a bed, which I have not slept in since I have been in your worship's service, if it wasn't the short time we were in Don Diego de Miranda's house, and the feast I had with the skimmings I took off Camacho's pots, and what I ate, drank, and slept in Basilio's house; all the rest of the time I have been sleeping on the hard ground under the open sky, exposed to what they call the inclemencies of heaven, keeping life in me with scraps of cheese and crusts of bread, and drinking water either from the brooks or from the springs we come to on these by-paths we travel."

— Confieso —dijo don Quijote— que todo lo que dices, Sancho, sea verdad. ¿Cuánto parece que os debo dar más de lo que os daba Tomé Carrasco?

"I own, Sancho," said Don Quixote, "that all thou sayest is true; how much, thinkest thou, ought I to give thee over and above what Tom Carrasco gave thee?"

— A mi parecer —dijo Sancho—, con dos reales más que vuestra merced añadiese cada mes me tendría por bien pagado. Esto es cuanto al salario de mi trabajo; pero, en cuanto a satisfacerme a la palabra y promesa que vuestra merced me tiene hecha de darme el gobierno de una ínsula, sería justo que se me añadiesen otros seis reales, que por

todos serían treinta.

"I think," said Sancho, "that if your worship was to add on two reals a month I'd consider myself well paid; that is, as far as the wages of my labour go; but to make up to me for your worship's pledge and promise to me to give me the government of an island, it would be fair to add six reals more, making thirty in all."

— Está muy bien —replicó don Quijote—; y, conforme al salario que vos os habéis señalado, 23 días ha que salimos de nuestro pueblo: contad, Sancho, rata por cantidad, y mirad lo que os debo, y pagaos, como os tengo dicho, de vuestra mano.

"Very good," said Don Quixote; "it is twenty-five days since we left our village, so reckon up, Sancho, according to the wages you have made out for yourself, and see how much I owe you in proportion, and pay yourself, as I said before, out of your own hand."

— ¡Oh, cuerpo de mí! —dijo Sancho—, que va vuestra merced muy errado en esta cuenta, porque en lo de la promesa de la ínsula se ha de contar desde el día que vuestra merced me la prometió hasta la presente hora en que estamos.

"O body o' me!" said Sancho, "but your worship is very much out in that reckoning; for when it comes to the promise of the island we must count from the day your worship promised it to me to this present hour we are at now."

— Pues, ¿qué tanto ha, Sancho, que os la prometí? —dijo don Quijote.

"Well, how long is it, Sancho, since I promised it to you?" said Don Quixote.

— Si yo mal no me acuerdo —respondió Sancho—, debe de haber más de veinte años, tres días más a menos.

"If I remember rightly," said Sancho, "it must be

over twenty years, three days more or less."

Diose don Quijote una gran palmada en la frente, y comenzó a reír muy de gana, y dijo:

Don Quixote gave himself a great slap on the forehead and began to laugh heartily, and said he,

— Pues no anduve yo en Sierra Morena, ni en todo el discurso de nuestras salidas, sino dos meses apenas, y ¿dices, Sancho, que ha veinte años que te prometí la ínsula? Ahora digo que quieres que se consuman en tus salarios el dinero que tienes mío; y si esto es así, y tú gustas dello, desde aquí te lo doy, y buen provecho te haga; que, a trueco de verme sin tan mal escudero, holgaréme de quedarme pobre y sin blanca. Pero dime, prevaricador de las ordenanzas escuderiles de la andante caballería, ¿dónde has visto tú, o leído, que ningún escudero de caballero andante se haya puesto con su señor en tanto más cuánto me habéis de dar cada mes porque os sirva? Éntrate, éntrate, malandrín, follón y vestiglo, que todo lo pareces; éntrate, digo, por el mare magnum de sus historias, y si hallares que algún escudero haya dicho, ni pensado, lo que aquí has dicho, quiero que me le claves en la frente, y, por añadidura, me hagas cuatro mamonas selladas en mi rostro. Vuelve las riendas, o el cabestro, al rucio, y vuélvete a tu casa, porque un solo paso desde aquí no has de pasar más adelante conmigo. ¡Oh pan mal conocido! ¡Oh promesas mal colocadas! ¡Oh hombre que tiene más de bestia que de persona! ¿Ahora, cuando yo pensaba ponerte en estado, y tal, que a pesar de tu mujer te llamaran señoría, te despides? ¿Ahora te vas, cuando yo venía con intención firme y valedera de hacerte señor de la mejor ínsula del mundo? En fin, como tú has dicho otras veces, no es la miel... etc. Asno eres, y asno has de ser, y en asno has de parar cuando se te acabe el curso de la vida; que para mí tengo que antes llegará ella a su último término que tú caigas y des en la cuenta de que eres bestia.

"Why, I have not been wandering, either in the Sierra Morena or in the whole course of our sallies, but barely two months, and thou sayest, Sancho, that it is twenty years since I promised thee the island. I believe now thou wouldst have all the money thou hast of mine go in thy wages. If so, and if that be thy pleasure, I give it to thee now, once and for all, and much good may it do thee, for so long as I see myself rid of such a good-for-nothing squire I'll be glad to be left a pauper without a rap. But tell me, thou perverter of the squirely rules of knight-errantry, where hast thou ever seen or read that any knight-errant's squire made terms with his lord, 'you must give me so much a month for serving you'? Plunge, scoundrel, rogue, monster—for such I take thee to be—plunge, I say, into the mare magnum of their histories; and if thou shalt find that any squire ever said or thought what thou hast said now, I will let thee nail it on my forehead, and give me, over and above, four sound slaps in the face. Turn the rein, or the halter, of thy Dapple, and begone home; for one single step further thou shalt not make in my company. O bread thanklessly received! O promises ill-bestowed! O man more beast than human being! Now, when I was about to raise thee to such a position, that, in spite of thy wife, they would call thee 'my lord,' thou art leaving me? Thou art going now when I had a firm and fixed intention of making thee lord of the best island in the world? Well, as thou thyself hast said before now, honey is not for the mouth of the ass. Ass thou art, ass thou wilt be, and ass thou wilt end when the course of thy life is run; for I know it will come to its close before thou dost perceive or discern that thou art a beast."

Miraba Sancho a don Quijote de en hito en hito, en tanto que los tales vituperios le decía, y compungióse de manera que le vinieron las lágrimas a los ojos, y con voz dolorida y enferma le dijo:

Sancho regarded Don Quixote earnestly while he was giving him this rating, and was so touched by remorse that the tears came to his eyes, and in a piteous and broken voice he said to him,

— Señor mío, yo confieso que para ser del todo asno no me falta más de la cola; si vuestra merced quiere ponérmela, yo la daré por bien puesta, y le serviré como jumento todos los días que me quedan de mi vida. Vuestra merced me perdone y se duela de mi mocedad, y advierta que sé poco, y que si hablo mucho, más procede de enfermedad que de malicia; mas, quien yerra y se enmienda, a Dios se encomienda.

"Master mine, I confess that, to be a complete ass, all I want is a tail; if your worship will only fix one on to me, I'll look on it as rightly placed, and I'll serve you as an ass all the remaining days of my life. Forgive me and have pity on my folly, and remember I know but little, and, if I talk much, it's more from infirmity than malice; but he who sins and mends commends himself to God."

— Maravillárame yo, Sancho, si no mezclaras algún refrancico en tu coloquio. Ahora bien, yo te perdono, con que te emiendes, y con que no te muestres de aquí adelante tan amigo de tu interés, sino que procures ensanchar el corazón, y te alientes y animes a esperar el cumplimiento de mis promesas, que, aunque se tarda, no se imposibilita.

"I should have been surprised, Sancho," said Don Quixote, "if thou hadst not introduced some bit of a proverb into thy speech. Well, well, I forgive thee, provided thou dost mend and not show thyself in future so fond of thine own interest, but try to be of good cheer and take heart, and encourage thyself to look forward to the fulfillment of my promises, which, by being delayed, does not become impossible."

Sancho respondió que sí haría, aunque sacase fuerzas de flaqueza.

Sancho said he would do so, and keep up his heart as best he could.

Con esto, se metieron en la alameda, y don Quijote se acomodó al pie de un olmo, y Sancho al de una haya; que estos tales árboles y otros sus semejantes siempre tienen pies, y no manos. Sancho pasó la noche penosamente, porque el varapalo se hacía más sentir con el sereno. Don Quijote la pasó en sus continuas memorias; pero, con todo eso, dieron los ojos al sueño, y al salir del alba siguieron su camino buscando las riberas del famoso Ebro, donde les sucedió lo que se contará en el capítulo venidero.

They then entered the grove, and Don Quixote settled himself at the foot of an elm, and Sancho at that of a beech, for trees of this kind and others like them always have feet but no hands. Sancho passed the night in pain, for with the evening dews the blow of the staff made itself felt all the more. Don Quixote passed it in his never-failing meditations; but, for all that, they had some winks of sleep, and with the appearance of daylight they pursued their journey in quest of the banks of the famous Ebro, where that befell them which will be told in the following chapter.

Capítulo XXIX. De la famosa aventura del barco encantado

CHAPTER XXIX. OF THE FAMOUS ADVENTURE OF THE ENCHANTED BARK

Por sus pasos contados y por contar, dos días después que salieron de la alameda, llegaron don Quijote y Sancho al río Ebro, y el verle fue de gran gusto a don Quijote, porque contempló y miró en él la amenidad de sus riberas, la claridad de sus aguas, el sosiego de su curso y la abundancia de sus líquidos cristales, cuya alegre vista renovó en su memoria mil amorosos pensamientos. Especialmente fue y vino en lo que había visto en la cueva de Montesinos; que, puesto que el mono de maese Pedro le había dicho que parte de aquellas cosas eran verdad y parte mentira, él se atenía más a las verdaderas que a las mentirosas, bien al revés de Sancho, que todas las tenía por la mesma mentira.

By stages as already described or left undescribed, two days after quitting the grove Don Quixote and Sancho reached the river Ebro, and the sight of it was a great delight to Don Quixote as he contemplated and gazed upon the charms of its banks, the clearness of its stream, the gentleness of its current and the abundance of its crystal waters; and the pleasant view revived a thousand tender thoughts in his mind. Above all, he dwelt upon what he had seen in the cave of Montesinos; for though Master Pedro's ape had told him that of those things part was true, part false, he clung more to their truth than to their falsehood, the very reverse of Sancho, who held them all to be downright lies.

Yendo, pues, desta manera, se le ofreció a la vista un pequeño barco sin remos ni otras jarcias algunas, que estaba atado en la orilla a un tronco de un árbol que en la ribera estaba. Miró don Quijote a todas partes, y no vio persona alguna; y luego,

sin más ni más, se apeó de Rocinante y mandó a Sancho que lo mesmo hiciese del rucio, y que a entrambas bestias las atase muy bien, juntas, al tronco de un álamo o sauce que allí estaba. Preguntóle Sancho la causa de aquel súbito apeamiento y de aquel ligamiento. Respondió don Quijote:

As they were thus proceeding, then, they discovered a small boat, without oars or any other gear, that lay at the water's edge tied to the stem of a tree growing on the bank. Don Quixote looked all round, and seeing nobody, at once, without more ado, dismounted from Rocinante and bade Sancho get down from Dapple and tie both beasts securely to the trunk of a poplar or willow that stood there. Sancho asked him the reason of this sudden dismounting and tying. Don Quixote made answer,

— Has de saber, Sancho, que este barco que aquí está, derechamente y sin poder ser otra cosa en contrario, me está llamando y convidando a que entre en él, y vaya en él a dar socorro a algún caballero, o a otra necesitada y principal persona, que debe de estar puesta en alguna grande cuita, porque éste es estilo de los libros de las historias caballerescas y de los encantadores que en ellas se entremeten y platican: cuando algún caballero está puesto en algún trabajo, que no puede ser librado dél sino por la mano de otro caballero, puesto que estén distantes el uno del otro dos o tres mil leguas, y aun más, o le arrebatan en una nube o le deparan un barco donde se entre, y en menos de un abrir y cerrar de ojos le llevan, o por los aires, o por la mar, donde quieren y adonde es menester su ayuda; así que, ¡oh Sancho!, este barco está puesto aquí para el mesmo efecto; y esto es tan verdad como es ahora de día; y antes que éste se pase, ata juntos al rucio y a Rocinante, y a la mano de Dios, que nos guíe, que no dejaré de embarcarme si me lo pidiesen frailes descalzos.

"Thou must know, Sancho, that this bark is plainly, and without the possibility of any

alternative, calling and inviting me to enter it, and in it go to give aid to some knight or other person of distinction in need of it, who is no doubt in some sore strait; for this is the way of the books of chivalry and of the enchanters who figure and speak in them. When a knight is involved in some difficulty from which he cannot be delivered save by the hand of another knight, though they may be at a distance of two or three thousand leagues or more one from the other, they either take him up on a cloud, or they provide a bark for him to get into, and in less than the twinkling of an eye they carry him where they will and where his help is required; and so, Sancho, this bark is placed here for the same purpose; this is as true as that it is now day, and ere this one passes tie Dapple and Rocinante together, and then in God's hand be it to guide us; for I would not hold back from embarking, though barefooted friars were to beg me."

— Pues así es —respondió Sancho—, y vuestra merced quiere dar a cada paso en estos que no sé si los llame disparates, no hay sino obedecer y bajar la cabeza, atendiendo al refrán "haz lo que tu amo te manda, y siéntate con él a la mesa"; pero, con todo esto, por lo que toca al descargo de mi conciencia, quiero advertir a vuestra merced que a mí me parece que este tal barco no es de los encantados, sino de algunos pescadores deste río, porque en él se pescan las mejores sabogas del mundo.

"As that's the case," said Sancho, "and your worship chooses to give in to these—I don't know if I may call them absurdities—at every turn, there's nothing for it but to obey and bow the head, bearing in mind the proverb, 'Do as thy master bids thee, and sit down to table with him;' but for all that, for the sake of easing my conscience, I warn your worship that it is my opinion this bark is no enchanted one, but belongs to some of the fishermen of the river, for they catch the best shad in the world here."

Esto decía, mientras ataba las bestias, Sancho, dejándolas a la protección y amparo de los encantadores, con harto dolor de su ánima. Don Quijote le dijo que no tuviese pena del desamparo de aquellos animales, que el que los llevaría a ellos por tan longincuos caminos y regiones tendría cuenta de sustentarlos.

As Sancho said this, he tied the beasts, leaving them to the care and protection of the enchanters with sorrow enough in his heart. Don Quixote bade him not be uneasy about deserting the animals, "for he who would carry themselves over such longinquous roads and regions would take care to feed them."

— No entiendo eso de logicuos —dijo Sancho—, ni he oído tal vocablo en todos los días de mi vida.

"I don't understand that logiquous," said Sancho, "nor have I ever heard the word all the days of my life."

— Longincuos —respondió don Quijote— quiere decir apartados; y no es maravilla que no lo entiendas, que no estás tú obligado a saber latín, como algunos que presumen que lo saben, y lo ignoran.

"Longinquous," replied Don Quixote, "means far off; but it is no wonder thou dost not understand it, for thou art not bound to know Latin, like some who pretend to know it and don't."

— Ya están atados —replicó Sancho—. ¿Qué hemos de hacer ahora?

"Now they are tied," said Sancho; "what are we to do next?"

— ¿Qué? —respondió don Quijote—. Santiguarnos y levar ferro; quiero decir, embarcarnos y cortar la amarra con que este barco está atado.

33

"What?" said Don Quixote, "cross ourselves and weigh anchor; I mean, embark and cut the moorings by which the bark is held;"

Y, dando un salto en él, siguiéndole Sancho, cortó el cordel, y el barco se fue apartando poco a poco de la ribera; y cuando Sancho se vio obra de dos varas dentro del río, comenzó a temblar, temiendo su perdición; pero ninguna cosa le dio más pena que el oír roznar al rucio y el ver que Rocinante pugnaba por desatarse, y díjole a su señor:

and the bark began to drift away slowly from the bank. But when Sancho saw himself somewhere about two yards out in the river, he began to tremble and give himself up for lost; but nothing distressed him more than hearing Dapple bray and seeing Rocinante struggling to get loose, and said he to his master,

— El rucio rebuzna, condolido de nuestra ausencia, y Rocinante procura ponerse en libertad para arrojarse tras nosotros. ¡Oh carísimos amigos, quedaos en paz, y la locura que nos aparta de vosotros, convertida en desengaño, nos vuelva a vuestra presencia!

"Dapple is braying in grief at our leaving him, and Rocinante is trying to escape and plunge in after us. O dear friends, peace be with you, and may this madness that is taking us away from you, turned into sober sense, bring us back to you."

Y, en esto, comenzó a llorar tan amargamente que don Quijote, mohíno y colérico, le dijo:

And with this he fell weeping so bitterly, that Don Quixote said to him, sharply and angrily,

— ¿De qué temes, cobarde criatura? ¿De qué lloras, corazón de mantequillas? ¿Quién te persigue, o quién te acosa, ánimo de ratón casero, o qué te falta, menesteroso en la mitad de las entrañas de la abundancia? ¿Por dicha vas caminando a pie y descalzo por las montañas rifeas, sino sentado en una tabla,

34

como un archiduque, por el sesgo curso deste agradable río, de donde en breve espacio saldremos al mar dilatado? Pero ya habemos de haber salido, y caminado, por lo menos, setecientas o ochocientas leguas; y si yo tuviera aquí un astrolabio con que tomar la altura del polo, yo te dijera las que hemos caminado; aunque, o yo sé poco, o ya hemos pasado, o pasaremos presto, por la línea equinocial, que divide y corta los dos contrapuestos polos en igual distancia.

"What art thou afraid of, cowardly creature? What art thou weeping at, heart of butter-paste? Who pursues or molests thee, thou soul of a tame mouse? What dost thou want, unsatisfied in the very heart of abundance? Art thou, perchance, tramping barefoot over the Riphaean mountains, instead of being seated on a bench like an archduke on the tranquil stream of this pleasant river, from which in a short space we shall come out upon the broad sea? But we must have already emerged and gone seven hundred or eight hundred leagues; and if I had here an astrolabe to take the altitude of the pole, I could tell thee how many we have travelled, though either I know little, or we have already crossed or shall shortly cross the equinoctial line which parts the two opposite poles midway."

— Y cuando lleguemos a esa leña que vuestra merced dice — preguntó Sancho—, ¿cuánto habremos caminado?

"And when we come to that line your worship speaks of," said Sancho, "how far shall we have gone?"

— Mucho —replicó don Quijote—, porque de trecientos y sesenta grados que contiene el globo, del agua y de la tierra, según el cómputo de Ptolomeo, que fue el mayor cosmógrafo que se sabe, la mitad habremos caminado, llegando a la línea que he dicho.

"Very far," said Don Quixote, "for of the three

hundred and sixty degrees that this terraqueous globe contains, as computed by Ptolemy, the greatest cosmographer known, we shall have travelled one-half when we come to the line I spoke of."

— Por Dios —dijo Sancho—, que vuesa merced me trae por testigo de lo que dice a una gentil persona, puto y gafo, con la añadidura de meón, o meo, o no sé cómo.

"By God," said Sancho, "your worship gives me a nice authority for what you say, putrid Dolly something transmogrified, or whatever it is."

Rióse don Quijote de la interpretación que Sancho había dado al nombre y al cómputo y cuenta del cosmógrafo Ptolomeo, y díjole:

Don Quixote laughed at the interpretation Sancho put upon "computed," and the name of the cosmographer Ptolemy, and said he,

— Sabrás, Sancho, que los españoles y los que se embarcan en Cádiz para ir a las Indias Orientales, una de las señales que tienen para entender que han pasado la línea equinocial que te he dicho es que a todos los que van en el navío se les mueren los piojos, sin que les quede ninguno, ni en todo el bajel le hallarán, si le pesan a oro; y así, puedes, Sancho, pasear una mano por un muslo, y si toparares cosa viva, saldremos desta duda; y si no, pasado habemos.

"Thou must know, Sancho, that with the Spaniards and those who embark at Cadiz for the East Indies, one of the signs they have to show them when they have passed the equinoctial line I told thee of, is, that the lice die upon everybody on board the ship, and not a single one is left, or to be found in the whole vessel if they gave its weight in gold for it; so, Sancho, thou mayest as well pass thy hand down thy thigh, and if thou comest upon anything alive we shall be no longer in doubt; if not, then we have crossed."

36

— Yo no creo nada deso —respondió Sancho—, pero, con todo, haré lo que vuesa merced me manda, aunque no sé para qué hay necesidad de hacer esas experiencias, pues yo veo con mis mismos ojos que no nos habemos apartado de la ribera cinco varas, ni hemos decantado de donde están las alemañas dos varas, porque allí están Rocinante y el rucio en el propio lugar do los dejamos; y tomada la mira, como yo la tomo ahora, voto a tal que no nos movemos ni andamos al paso de una hormiga.

"I don't believe a bit of it," said Sancho; "still, I'll do as your worship bids me; though I don't know what need there is for trying these experiments, for I can see with my own eyes that we have not moved five yards away from the bank, or shifted two yards from where the animals stand, for there are Rocinante and Dapple in the very same place where we left them; and watching a point, as I do now, I swear by all that's good, we are not stirring or moving at the pace of an ant."

— Haz, Sancho, la averiguación que te he dicho, y no te cures de otra, que tú no sabes qué cosa sean coluros, líneas, paralelos, zodíacos, clíticas, polos, solsticios, equinocios, planetas, signos, puntos, medidas, de que se compone la esfera celeste y terrestre; que si todas estas cosas supieras, o parte dellas, vieras claramente qué de paralelos hemos cortado, qué de signos visto y qué de imágines hemos dejado atrás y vamos dejando ahora. Y tórnote a decir que te tientes y pesques, que yo para mí tengo que estás más limpio que un pliego de papel liso y blanco.

"Try the test I told thee of, Sancho," said Don Quixote, "and don't mind any other, for thou knowest nothing about colures, lines, parallels, zodiacs, ecliptics, poles, solstices, equinoxes, planets, signs, bearings, the measures of which the celestial and terrestrial spheres are composed; if thou wert acquainted with all these

things, or any portion of them, thou wouldst see
clearly how many parallels we have cut, what
signs we have seen, and what constellations we
have left behind and are now leaving behind. But
again I tell thee, feel and hunt, for I am
certain thou art cleaner than a sheet of smooth
white paper."

Tentóse Sancho, y, llegando con la mano bonitamente y con
tiento hacia la corva izquierda, alzó la cabeza y miró a su
amo, y dijo:

Sancho felt, and passing his hand gently and
carefully down to the hollow of his left knee, he
looked up at his master and said,

— O la experiencia es falsa, o no hemos llegado adonde vuesa
merced dice, ni con muchas leguas.

"Either the test is a false one, or we have not
come to where your worship says, nor within many
leagues of it."

— Pues ¿qué? —preguntó don Quijote—, ¿has topado algo?

"Why, how so?" asked Don Quixote; "hast thou come
upon aught?"

— ¡Y aun algos! —respondió Sancho.

"Ay, and aughts," replied Sancho;

Y, sacudiéndose los dedos, se lavó toda la mano en el río, por
el cual sosegadamente se deslizaba el barco por mitad de la
corriente, sin que le moviese alguna inteligencia secreta, ni
algún encantador escondido, sino el mismo curso del agua,
blando entonces y suave.

and shaking his fingers he washed his whole hand
in the river along which the boat was quietly
gliding in midstream, not moved by any occult
intelligence or invisible enchanter, but simply
by the current, just there smooth and gentle.

En esto, descubrieron unas grandes aceñas que en la mitad

del río estaban; y apenas las hubo visto don Quijote, cuando con voz alta dijo a Sancho:

They now came in sight of some large water mills that stood in the middle of the river, and the instant Don Quixote saw them he cried out,

— ¿Vees? Allí, ¡oh amigo!, se descubre la ciudad, castillo o fortaleza donde debe de estar algún caballero oprimido, o alguna reina, infanta o princesa malparada, para cuyo socorro soy aquí traído.

"Seest thou there, my friend? there stands the castle or fortress, where there is, no doubt, some knight in durance, or ill-used queen, or infanta, or princess, in whose aid I am brought hither."

— ¿Qué diablos de ciudad, fortaleza o castillo dice vuesa merced, señor? — dijo Sancho—. ¿No echa de ver que aquéllas son aceñas que están en el río, donde se muele el trigo?

"What the devil city, fortress, or castle is your worship talking about, señor?" said Sancho; "don't you see that those are mills that stand in the river to grind corn?"

— Calla, Sancho —dijo don Quijote—; que, aunque parecen aceñas, no lo son; y ya te he dicho que todas las cosas trastruecan y mudan de su ser natural los encantos. No quiero decir que las mudan de en uno en otro ser realmente, sino que lo parece, como lo mostró la experiencia en la transformación de Dulcinea, único refugio de mis esperanzas.

"Hold thy peace, Sancho," said Don Quixote; "though they look like mills they are not so; I have already told thee that enchantments transform things and change their proper shapes; I do not mean to say they really change them from one form into another, but that it seems as though they did, as experience proved in the

transformation of Dulcinea, sole refuge of my
hopes."

En esto, el barco, entrado en la mitad de la corriente del río,
comenzó a caminar no tan lentamente como hasta allí. Los
molineros de las aceñas, que vieron venir aquel barco por el
río, y que se iba a embocar por el raudal de las ruedas,
salieron con presteza muchos dellos con varas largas a
detenerle, y, como salían enharinados, y cubiertos los rostros
y los vestidos del polvo de la harina, representaban una mala
vista. Daban voces grandes, diciendo:

By this time, the boat, having reached the middle
of the stream, began to move less slowly than
hitherto. The millers belonging to the mills,
when they saw the boat coming down the river, and
on the point of being sucked in by the draught of
the wheels, ran out in haste, several of them,
with long poles to stop it, and being all mealy,
with faces and garments covered with flour, they
presented a sinister appearance. They raised loud
shouts, crying,

— ¡Demonios de hombres! ¿Dónde vais? ¿Venís
desesperados? ¿Qué queréis, ahogaros y haceros pedazos en
estas ruedas?

"Devils of men, where are you going to? Are you
mad? Do you want to drown yourselves, or dash
yourselves to pieces among these wheels?"

— ¿No te dije yo, Sancho —dijo a esta sazón don Quijote—,
que habíamos llegado donde he de mostrar a dó llega el valor
de mi brazo? Mira qué de malandrines y follones me salen al
encuentro, mira cuántos vestiglos se me oponen, mira cuántas
feas cataduras nos hacen cocos... Pues ¡ahora lo veréis,
bellacos!

"Did I not tell thee, Sancho," said Don Quixote
at this, "that we had reached the place where I
am to show what the might of my arm can do? See
what ruffians and villains come out against me;

see what monsters oppose me; see what hideous countenances come to frighten us! You shall soon see, scoundrels!"

Y, puesto en pie en el barco, con grandes voces comenzó a amenazar a los molineros, diciéndoles:

And then standing up in the boat he began in a loud voice to hurl threats at the millers, exclaiming,

— Canalla malvada y peor aconsejada, dejad en su libertad y libre albedrío a la persona que en esa vuestra fortaleza o prisión tenéis oprimida, alta o baja, de cualquiera suerte o calidad que sea, que yo soy don Quijote de la Mancha, llamado el Caballero de los Leones por otro nombre, a quien está reservada por orden de los altos cielos el dar fin felice a esta aventura.

"Ill-conditioned and worse-counselled rabble, restore to liberty and freedom the person ye hold in durance in this your fortress or prison, high or low or of whatever rank or quality he be, for I am Don Quixote of La Mancha, otherwise called the Knight of the Lions, for whom, by the disposition of heaven above, it is reserved to give a happy issue to this adventure;"

Y, diciendo esto, echó mano a su espada y comenzó a esgrimirla en el aire contra los molineros; los cuales, oyendo y no entendiendo aquellas sandeces, se pusieron con sus varas a detener el barco, que ya iba entrando en el raudal y canal de las ruedas.

and so saying he drew his sword and began making passes in the air at the millers, who, hearing but not understanding all this nonsense, strove to stop the boat, which was now getting into the rushing channel of the wheels.

Púsose Sancho de rodillas, pidiendo devotamente al cielo le librase de tan manifiesto peligro, como lo hizo, por la industria y presteza de los molineros, que, oponiéndose con sus palos al barco, le detuvieron, pero no de manera que dejasen de trastornar el barco y dar con don Quijote y con Sancho al través en el agua; pero vínole bien a don Quijote, que sabía nadar como un ganso, aunque el peso de las armas le llevó al fondo dos veces; y si no fuera por los molineros, que se arrojaron al agua y los sacaron como en peso a entrambos, allí había sido Troya para los dos.

Sancho fell upon his knees devoutly appealing to heaven to deliver him from such imminent peril; which it did by the activity and quickness of the millers, who, pushing against the boat with their poles, stopped it, not, however, without upsetting and throwing Don Quixote and Sancho into the water; and lucky it was for Don Quixote that he could swim like a goose, though the weight of his armour carried him twice to the bottom; and had it not been for the millers, who plunged in and hoisted them both out, it would have been Troy town with the pair of them.

Puestos, pues, en tierra, más mojados que muertos de sed, Sancho, puesto de rodillas, las manos juntas y los ojos clavados al cielo, pidió a Dios con una larga y devota plegaria le librase de allí adelante de los atrevidos deseos y acometimientos de su señor.

As soon as, more drenched than thirsty, they were landed, Sancho went down on his knees and with clasped hands and eyes raised to heaven, prayed a long and fervent prayer to God to deliver him evermore from the rash projects and attempts of his master.

Llegaron en esto los pescadores dueños del barco, a quien habían hecho pedazos las ruedas de las aceñas; y, viéndole roto, acometieron a desnudar a Sancho, y a pedir a don Quijote se lo pagase; el cual, con gran sosiego, como si no hubiera pasado nada por él, dijo a los molineros y pescadores que él pagaría el barco de bonísima gana, con condición que le diesen libre y sin cautela a la persona o personas que en aquel su castillo estaban oprimidas.

The fishermen, the owners of the boat, which the mill-wheels had knocked to pieces, now came up, and seeing it smashed they proceeded to strip Sancho and to demand payment for it from Don Quixote; but he with great calmness, just as if nothing had happened to him, told the millers and fishermen that he would pay for the bark most cheerfully, on condition that they delivered up to him, free and unhurt, the person or persons that were in durance in that castle of theirs.

— ¿Qué personas o qué castillo dice —respondió uno de los molineros—, hombre sin juicio? ¿Quiéreste llevar por ventura las que vienen a moler trigo a estas aceñas?

"What persons or what castle art thou talking of, madman? Art thou for carrying off the people who come to grind corn in these mills?"

— ¡Basta! —dijo entre sí don Quijote—. Aquí será predicar en desierto querer reducir a esta canalla a que por ruegos haga virtud alguna. Y en esta aventura se deben de haber encontrado dos valientes encantadores, y el uno estorba lo que el otro intenta: el uno me deparó el barco, y el otro dio conmigo al través. Dios lo remedie, que todo este mundo es máquinas y trazas, contrarias unas de otras. Yo no puedo más.

"That's enough," said Don Quixote to himself, "it would be preaching in the desert to attempt by entreaties to induce this rabble to do any virtuous action. In this adventure two mighty enchanters must have encountered one another, and one frustrates what the other attempts; one provided the bark for me, and the other upset me; God help us, this world is all machinations and schemes at cross purposes one with the other. I can do no more."

43

Y, alzando la voz, prosiguió diciendo, y mirando a las aceñas:

And then turning towards the mills he said aloud,

— Amigos, cualesquiera que seáis, que en esa prisión quedáis encerrados, perdonadme; que, por mi desgracia y por la vuestra, yo no os puedo sacar de vuestra cuita. Para otro caballero debe de estar guardada y reservada esta aventura.

"Friends, whoe'er ye be that are immured in that prison, forgive me that, to my misfortune and yours, I cannot deliver you from your misery; this adventure is doubtless reserved and destined for some other knight."

En diciendo esto, se concertó con los pescadores, y pagó por el barco cincuenta reales, que los dio Sancho de muy mala gana, diciendo:

So saying he settled with the fishermen, and paid fifty reals for the boat, which Sancho handed to them very much against the grain, saying,

— A dos barcadas como éstas, daremos con todo el caudal al fondo.

"With a couple more bark businesses like this we shall have sunk our whole capital."

Los pescadores y molineros estaban admirados, mirando aquellas dos figuras tan fuera del uso, al parecer, de los otros hombres, y no acababan de entender a dó se encaminaban las razones y preguntas que don Quijote les decía; y, teniéndolos por locos, les dejaron y se recogieron a sus aceñas, y los pescadores a sus ranchos. Volvieron a sus bestias, y a ser bestias, don Quijote y Sancho, y este fin tuvo la aventura del encantado barco.

The fishermen and the millers stood staring in amazement at the two figures, so very different to all appearance from ordinary men, and wholly unable to make out the drift of the observations and questions Don Quixote addressed

to them; and coming to the conclusion that they were madmen, they left them and betook themselves, the millers to their mills, and the fishermen to their huts. Don Quixote and Sancho returned to their beasts, and to their life of beasts, and so ended the adventure of the enchanted bark.

Capítulo XXX. De lo que le avino a don Quijote con una bella cazadora

CHAPTER XXX. OF DON QUIXOTE'S ADVENTURE WITH A FAIR HUNTRESS

Asaz melancólicos y de mal talante llegaron a sus animales caballero y escudero, especialmente Sancho, a quien llegaba al alma llegar al caudal del dinero, pareciéndole que todo lo que dél se quitaba era quitárselo a él de las niñas de sus ojos. Finalmente, sin hablarse palabra, se pusieron a caballo y se apartaron del famoso río, don Quijote sepultado en los pensamientos de sus amores, y Sancho en los de su acrecentamiento, que por entonces le parecía que estaba bien lejos de tenerle; porque, maguer era tonto, bien se le alcanzaba que las acciones de su amo, todas o las más, eran disparates, y buscaba ocasión de que, sin entrar en cuentas ni en despedimientos con su señor, un día se desgarrase y se fuese a su casa. Pero la fortuna ordenó las cosas muy al revés de lo que él temía.

They reached their beasts in low spirits and bad humour enough, knight and squire, Sancho particularly, for with him what touched the stock of money touched his heart, and when any was taken from him he felt as if he was robbed of the apples of his eyes. In fine, without exchanging a word, they mounted and quitted the famous river, Don Quixote absorbed in thoughts of his love, Sancho in thinking of his advancement, which just then, it seemed to him, he was very far from securing; for, fool as he was, he saw clearly enough that his master's acts were all or most of them utterly senseless; and he began to cast about for an opportunity of retiring from his service and going home some day, without entering into any explanations or taking any farewell of him. Fortune, however, ordered matters after a

fashion very much the opposite of what he contemplated.

Sucedió, pues, que otro día, al poner del sol y al salir de una selva, tendió don Quijote la vista por un verde prado, y en lo último dél vio gente, y, llegándose cerca, conoció que eran cazadores de altanería. Llegóse más, y entre ellos vio una gallarda señora sobre un palafrén o hacanea blanquísima, adornada de guarniciones verdes y con un sillón de plata. Venía la señora asimismo vestida de verde, tan bizarra y ricamente que la misma bizarría venía transformada en ella. En la mano izquierda traía un azor, señal que dio a entender a don Quijote ser aquélla alguna gran señora, que debía serlo de todos aquellos cazadores, como era la verdad; y así, dijo a Sancho:

It so happened that the next day towards sunset, on coming out of a wood, Don Quixote cast his eyes over a green meadow, and at the far end of it observed some people, and as he drew nearer saw that it was a hawking party. Coming closer, he distinguished among them a lady of graceful mien, on a pure white palfrey or hackney caparisoned with green trappings and a silver-mounted side-saddle. The lady was also in green, and so richly and splendidly dressed that splendour itself seemed personified in her. On her left hand she bore a hawk, a proof to Don Quixote's mind that she must be some great lady and the mistress of the whole hunting party, which was the fact; so he said to Sancho,

— Corre, hijo Sancho, y di a aquella señora del palafrén y del azor que yo, el Caballero de los Leones, besa las manos a su gran fermosura, y que si su grandeza me da licencia, se las iré a besar, y a servirla en cuanto mis fuerzas pudieren y su alteza me mandare. Y mira, Sancho, cómo hablas, y ten cuenta de no encajar algún refrán de los tuyos en tu embajada.

"Run Sancho, my son, and say to that lady on the palfrey with the hawk that I, the Knight of the Lions, kiss the hands of her exalted beauty, and if her excellence will grant me leave I will go and kiss them in person and place myself at her service for aught that may be in my power and her highness may command; and mind, Sancho, how thou speakest, and take care not to thrust in any of thy proverbs into thy message."

— ¡Hallado os le habéis el encajador! —respondió Sancho—. ¡A mí con eso! ¡Sí, que no es ésta la vez primera que he llevado embajadas a altas y crecidas señoras en esta vida!

"You've got a likely one here to thrust any in!" said Sancho; "leave me alone for that! Why, this is not the first time in my life I have carried messages to high and exalted ladies."

— Si no fue la que llevaste a la señora Dulcinea —replicó don Quijote—, yo no sé que hayas llevado otra, a lo menos en mi poder.

"Except that thou didst carry to the lady Dulcinea," said Don Quixote, "I know not that thou hast carried any other, at least in my service."

— Así es verdad —respondió Sancho—, pero al buen pagador no le duelen prendas, y en casa llena presto se guisa la cena; quiero decir que a mí no hay que decirme ni advertirme de nada, que para todo tengo y de todo se me alcanza un poco.

"That is true," replied Sancho; "but pledges don't distress a good payer, and in a house where there's plenty supper is soon cooked; I mean there's no need of telling or warning me about anything; for I'm ready for everything and know a little of everything."

— Yo lo creo, Sancho —dijo don Quijote—; ve en buena hora, y Dios te guíe.

"That I believe, Sancho," said Don Quixote; "go and good luck to thee, and God speed thee."

Partió Sancho de carrera, sacando de su paso al rucio, y llegó donde la bella cazadora estaba, y, apeándose, puesto ante ella de hinojos, le dijo:

Sancho went off at top speed, forcing Dapple out of his regular pace, and came to where the fair huntress was standing, and dismounting knelt before her and said,

— Hermosa señora, aquel caballero que allí se parece, llamado el Caballero de los Leones, es mi amo, y yo soy un escudero suyo, a quien llaman en su casa Sancho Panza. Este tal Caballero de los Leones, que no ha mucho que se llamaba el de la Triste Figura, envía por mí a decir a vuestra grandeza sea servida de darle licencia para que, con su propósito y beneplácito y consentimiento, él venga a poner en obra su deseo, que no es otro, según él dice y yo pienso, que de servir a vuestra encumbrada altanería y fermosura; que en dársela vuestra señoría hará cosa que redunde en su pro, y él recibirá señaladísima merced y contento.

"Fair lady, that knight that you see there, the Knight of the Lions by name, is my master, and I am a squire of his, and at home they call me Sancho Panza. This same Knight of the Lions, who was called not long since the Knight of the Rueful Countenance, sends by me to say may it please your highness to give him leave that, with your permission, approbation, and consent, he may come and carry out his wishes, which are, as he says and I believe, to serve your exalted loftiness and beauty; and if you give it, your ladyship will do a thing which will redound to your honour, and he will receive a most distinguished favour and happiness."

— Por cierto, buen escudero —respondió la señora—, vos habéis dado la embajada vuestra con todas aquellas

circunstancias que las tales embajadas piden. Levantaos del suelo, que escudero de tan gran caballero como es el de la Triste Figura, de quien ya tenemos acá mucha noticia, no es justo que esté de hinojos; levantaos, amigo, y decid a vuestro señor que venga mucho en hora buena a servirse de mí y del duque mi marido, en una casa de placer que aquí tenemos.

"You have indeed, squire," said the lady, "delivered your message with all the formalities such messages require; rise up, for it is not right that the squire of a knight so great as he of the Rueful Countenance, of whom we have heard a great deal here, should remain on his knees; rise, my friend, and bid your master welcome to the services of myself and the duke my husband, in a country house we have here."

Levantóse Sancho admirado, así de la hermosura de la buena señora como de su mucha crianza y cortesía, y más de lo que le había dicho que tenía noticia de su señor el Caballero de la Triste Figura, y que si no le había llamado el de los Leones, debía de ser por habérsele puesto tan nuevamente.

Sancho got up, charmed as much by the beauty of the good lady as by her high-bred air and her courtesy, but, above all, by what she had said about having heard of his master, the Knight of the Rueful Countenance; for if she did not call him Knight of the Lions it was no doubt because he had so lately taken the name.

Preguntóle la duquesa, cuyo título aún no se sabe: — Decidme, hermano escudero: este vuestro señor, ¿no es uno de quien anda impresa una historia que se llama del ingenioso hidalgo don Quijote de la Mancha, que tiene por señora de su alma a una tal Dulcinea del Toboso?

"Tell me, brother squire," asked the duchess (whose title, however, is not known), "this master of yours, is he not one of whom there is a history extant in print, called 'The Ingenious

Gentleman, Don Quixote of La Mancha,' who has for the lady of his heart a certain Dulcinea del Toboso?"

— El mesmo es, señora —respondió Sancho—; y aquel escudero suyo que anda, o debe de andar, en la tal historia, a quien llaman Sancho Panza, soy yo, si no es que me trocaron en la cuna; quiero decir, que me trocaron en la estampa.

"He is the same, señora," replied Sancho; "and that squire of his who figures, or ought to figure, in the said history under the name of Sancho Panza, is myself, unless they have changed me in the cradle, I mean in the press."

— De todo eso me huelgo yo mucho —dijo la duquesa—. Id, hermano Panza, y decid a vuestro señor que él sea el bien llegado y el bien venido a mis estados, y que ninguna cosa me pudiera venir que más contento me diera.

"I am rejoiced at all this," said the duchess; "go, brother Panza, and tell your master that he is welcome to my estate, and that nothing could happen me that could give me greater pleasure."

Sancho, con esta tan agradable respuesta, con grandísimo gusto volvió a su amo, a quien contó todo lo que la gran señora le había dicho, levantando con sus rústicos términos a los cielos su mucha fermosura, su gran donaire y cortesía. Don Quijote se gallardeó en la silla, púsose bien en los estribos, acomodóse la visera, arremetió a Rocinante, y con gentil denuedo fue a besar las manos a la duquesa; la cual, haciendo llamar al duque, su marido, le contó, en tanto que don Quijote llegaba, toda la embajada suya; y los dos, por haber leído la primera parte desta historia y haber entendido por ella el disparatado humor de don Quijote, con grandísimo gusto y con deseo de conocerle le atendían, con prosupuesto de seguirle el humor y conceder con él en cuanto les dijese, tratándole como a caballero andante los días que con ellos se detuviese, con todas las ceremonias

acostumbradas en los libros de caballerías, que ellos habían leído, y aun les eran muy aficionados.

Sancho returned to his master mightily pleased with this gratifying answer, and told him all the great lady had said to him, lauding to the skies, in his rustic phrase, her rare beauty, her graceful gaiety, and her courtesy. Don Quixote drew himself up briskly in his saddle, fixed himself in his stirrups, settled his visor, gave Rocinante the spur, and with an easy bearing advanced to kiss the hands of the duchess, who, having sent to summon the duke her husband, told him while Don Quixote was approaching all about the message; and as both of them had read the First Part of this history, and from it were aware of Don Quixote's crazy turn, they awaited him with the greatest delight and anxiety to make his acquaintance, meaning to fall in with his humour and agree with everything he said, and, so long as he stayed with them, to treat him as a knight-errant, with all the ceremonies usual in the books of chivalry they had read, for they themselves were very fond of them.

En esto, llegó don Quijote, alzada la visera; y, dando muestras de apearse, acudió Sancho a tenerle el estribo; pero fue tan desgraciado que, al apearse del rucio, se le asió un pie en una soga del albarda, de tal modo que no fue posible desenredarle, antes quedó colgado dél, con la boca y los pechos en el suelo. Don Quijote, que no tenía en costumbre apearse sin que le tuviesen el estribo, pensando que ya Sancho había llegado a tenérsele, descargó de golpe el cuerpo, y llevóse tras sí la silla de Rocinante, que debía de estar mal cinchado, y la silla y él vinieron al suelo, no sin vergüenza suya y de muchas maldiciones que entre dientes echó al desdichado de Sancho, que aún todavía tenía el pie en la corma.

Don Quixote now came up with his visor raised,

and as he seemed about to dismount Sancho made haste to go and hold his stirrup for him; but in getting down off Dapple he was so unlucky as to hitch his foot in one of the ropes of the pack-saddle in such a way that he was unable to free it, and was left hanging by it with his face and breast on the ground. Don Quixote, who was not used to dismount without having the stirrup held, fancying that Sancho had by this time come to hold it for him, threw himself off with a lurch and brought Rocinante's saddle after him, which was no doubt badly girthed, and saddle and he both came to the ground; not without discomfiture to him and abundant curses muttered between his teeth against the unlucky Sancho, who had his foot still in the shackles.

El duque mandó a sus cazadores que acudiesen al caballero y al escudero, los cuales levantaron a don Quijote maltrecho de la caída, y, renqueando y como pudo, fue a hincar las rodillas ante los dos señores; pero el duque no lo consintió en ninguna manera, antes, apeándose de su caballo, fue a abrazar a don Quijote, diciéndole:

The duke ordered his huntsmen to go to the help of knight and squire, and they raised Don Quixote, sorely shaken by his fall; and he, limping, advanced as best he could to kneel before the noble pair. This, however, the duke would by no means permit; on the contrary, dismounting from his horse, he went and embraced Don Quixote, saying,

— A mí me pesa, señor Caballero de la Triste Figura, que la primera que vuesa merced ha hecho en mi tierra haya sido tan mala como se ha visto; pero descuidos de escuderos suelen ser causa de otros peores sucesos.

"I am grieved, Sir Knight of the Rueful Countenance, that your first experience on my ground should have been such an unfortunate one as we have seen; but the carelessness of squires is often the cause of worse accidents."

— El que yo he tenido en veros, valeroso príncipe —
respondió don Quijote—, es imposible ser malo, aunque mi
caída no parara hasta el profundo de los abismos, pues de allí
me levantara y me sacara la gloria de haberos visto. Mi
escudero, que Dios maldiga, mejor desata la lengua para
decir malicias que ata y cincha una silla para que esté firme;
pero, comoquiera que yo me halle, caído o levantado, a pie o
a caballo, siempre estaré al servicio vuestro y al de mi señora
la duquesa, digna consorte vuestra, y digna señora de la
hermosura y universal princesa de la cortesía.

"That which has happened me in meeting you,
mighty prince," replied Don Quixote, "cannot be
unfortunate, even if my fall had not stopped
short of the depths of the bottomless pit, for
the glory of having seen you would have lifted me
up and delivered me from it. My squire, God's
curse upon him, is better at unloosing his tongue
in talking impertinence than in tightening the
girths of a saddle to keep it steady; but however
I may be, fallen or raised up, on foot or on
horseback, I shall always be at your service and
that of my lady the duchess, your worthy consort,
worthy queen of beauty and paramount princess of
courtesy."

— ¡Pasito, mi señor don Quijote de la Mancha! —dijo el
duque—, que adonde está mi señora doña Dulcinea del
Toboso no es razón que se alaben otras fermosuras.

"Gently, Señor Don Quixote of La Mancha," said
the duke; "where my lady Dona Dulcinea del Toboso
is, it is not right that other beauties should be
praised."

Ya estaba a esta sazón libre Sancho Panza del lazo, y,
hallándose allí cerca, antes que su amo respondiese, dijo:

Sancho, by this time released from his
entanglement, was standing by, and before his

master could answer he said,

— No se puede negar, sino afirmar, que es muy hermosa mi señora Dulcinea del Toboso, pero donde menos se piensa se levanta la liebre; que yo he oído decir que esto que llaman naturaleza es como un alcaller que hace vasos de barro, y el que hace un vaso hermoso también puede hacer dos, y tres y ciento; dígolo porque mi señora la duquesa a fee que no va en zaga a mi ama la señora Dulcinea del Toboso.

"There is no denying, and it must be maintained, that my lady Dulcinea del Toboso is very beautiful; but the hare jumps up where one least expects it; and I have heard say that what we call nature is like a potter that makes vessels of clay, and he who makes one fair vessel can as well make two, or three, or a hundred; I say so because, by my faith, my lady the duchess is in no way behind my mistress the lady Dulcinea del Toboso."

Volvióse don Quijote a la duquesa y dijo:

Don Quixote turned to the duchess and said,

— Vuestra grandeza imagine que no tuvo caballero andante en el mundo escudero más hablador ni más gracioso del que yo tengo, y él me sacará verdadero si algunos días quisiere vuestra gran celsitud servirse de mí.

"Your highness may conceive that never had knight-errant in this world a more talkative or a droller squire than I have, and he will prove the truth of what I say, if your highness is pleased to accept of my services for a few days."

A lo que respondió la duquesa:

To which the duchess made answer,

— De que Sancho el bueno sea gracioso lo estimo yo en mucho, porque es señal que es discreto; que las gracias y los donaires, señor don Quijote, como vuesa merced bien sabe, no asientan sobre ingenios torpes; y, pues el buen Sancho es gracioso y donairoso, desde aquí le confirmo por discreto.

```
"that worthy Sancho is droll I consider a very
good thing, because it is a sign that he is
shrewd; for drollery and sprightliness, Señor Don
Quixote, as you very well know, do not take up
their abode with dull wits; and as good Sancho is
droll and sprightly I here set him down as
shrewd."
```

— Y hablador —añadió don Quijote.

```
"And talkative," added Don Quixote.
```

— Tanto que mejor —dijo el duque—, porque muchas gracias no se pueden decir con pocas palabras. Y, porque no se nos vaya el tiempo en ellas, venga el gran Caballero de la Triste Figura...

```
"So much the better," said the duke, "for many
droll things cannot be said in few words; but not
to lose time in talking, come, great Knight of
the Rueful Countenance-"
```

— De los Leones ha de decir vuestra alteza —dijo Sancho—, que ya no hay Triste Figura, ni figuro.

```
"Of the Lions, your highness must say," said
Sancho, "for there is no Rueful Countenance nor
any such character now."
```

— Sea el de los Leones —prosiguió el duque—. Digo que venga el señor Caballero de los Leones a un castillo mío que está aquí cerca, donde se le hará el acogimiento que a tan alta persona se debe justamente, y el que yo y la duquesa solemos hacer a todos los caballeros andantes que a él llegan.

```
"He of the Lions be it," continued the duke; "I
say, let Sir Knight of the Lions come to a castle
of mine close by, where he shall be given that
reception which is due to so exalted a personage,
and which the duchess and I are wont to give to
all knights-errant who come there."
```

Ya en esto, Sancho había aderezado y cinchado bien la silla a Rocinante; y, subiendo en él don Quijote, y el duque en un hermoso caballo, pusieron a la duquesa en medio y encaminaron al castillo. Mandó la duquesa a Sancho que fuese junto a ella, porque gustaba infinito de oír sus discreciones. No se hizo de rogar Sancho, y entretejióse entre los tres, y hizo cuarto en la conversación, con gran gusto de la duquesa y del duque, que tuvieron a gran ventura acoger en su castillo tal caballero andante y tal escudero andado.

By this time Sancho had fixed and girthed Rocinante's saddle, and Don Quixote having got on his back and the duke mounted a fine horse, they placed the duchess in the middle and set out for the castle. The duchess desired Sancho to come to her side, for she found infinite enjoyment in listening to his shrewd remarks. Sancho required no pressing, but pushed himself in between them and the duke, who thought it rare good fortune to receive such a knight-errant and such a homely squire in their castle.

Capítulo XXXI. Que trata de muchas y grandes cosas

CHAPTER XXXI. WHICH TREATS OF MANY AND GREAT
MATTERS

Suma era la alegría que llevaba consigo Sancho, viéndose, a
su parecer, en privanza con la duquesa, porque se le figuraba
que había de hallar en su castillo lo que en la casa de don
Diego y en la de Basilio, siempre aficionado a la buena vida; y
así, tomaba la ocasión por la melena en esto del regalarse
cada y cuando que se le ofrecía.

Supreme was the satisfaction that Sancho felt at
seeing himself, as it seemed, an established
favourite with the duchess, for he looked forward
to finding in her castle what he had found in Don
Diego's house and in Basilio's; he was always
fond of good living, and always seized by the
forelock any opportunity of feasting himself
whenever it presented itself.

Cuenta, pues, la historia, que antes que a la casa de placer o
castillo llegasen, se adelantó el duque y dio orden a todos sus
criados del modo que habían de tratar a don Quijote; el cual,
como llegó con la duquesa a las puertas del castillo, al
instante salieron dél dos lacayos o palafreneros, vestidos
hasta en pies de unas ropas que llaman de levantar, de
finísimo raso carmesí, y, cogiendo a don Quijote en brazos,
sin ser oído ni visto, le dijeron:

The history informs us, then, that before they
reached the country house or castle, the duke
went on in advance and instructed all his
servants how they were to treat Don Quixote; and
so the instant he came up to the castle gates
with the duchess, two lackeys or equerries, clad
in what they call morning gowns of fine crimson
satin reaching to their feet, hastened out, and
catching Don Quixote in their arms before he saw

or heard them, said to him,

— Vaya la vuestra grandeza a apear a mi señora la duquesa.

"Your highness should go and take my lady the duchess off her horse."

Don Quijote lo hizo, y hubo grandes comedimientos entre los dos sobre el caso; pero, en efecto, venció la porfía de la duquesa, y no quiso decender o bajar del palafrén sino en los brazos del duque, diciendo que no se hallaba digna de dar a tan gran caballero tan inútil carga. En fin, salió el duque a apearla; y al entrar en un gran patio, llegaron dos hermosas doncellas y echaron sobre los hombros a don Quijote un gran manto de finísima escarlata, y en un instante se coronaron todos los corredores del patio de criados y criadas de aquellos señores, diciendo a grandes voces:

Don Quixote obeyed, and great bandying of compliments followed between the two over the matter; but in the end the duchess's determination carried the day, and she refused to get down or dismount from her palfrey except in the arms of the duke, saying she did not consider herself worthy to impose so unnecessary a burden on so great a knight. At length the duke came out to take her down, and as they entered a spacious court two fair damsels came forward and threw over Don Quixote's shoulders a large mantle of the finest scarlet cloth, and at the same instant all the galleries of the court were lined with the men-servants and women-servants of the household, crying,

— ¡Bien sea venido la flor y la nata de los caballeros andantes!

"Welcome, flower and cream of knight-errantry!"

Y todos, o los más, derramaban pomos de aguas olorosas sobre don Quijote y sobre los duques, de todo lo cual se admiraba don Quijote; y aquél fue el primer día que de todo en todo conoció y creyó ser caballero andante verdadero, y no

fantástico, viéndose tratar del mesmo modo que él había leído se trataban los tales caballeros en los pasados siglos.

while all or most of them flung pellets filled with scented water over Don Quixote and the duke and duchess; at all which Don Quixote was greatly astonished, and this was the first time that he thoroughly felt and believed himself to be a knight-errant in reality and not merely in fancy, now that he saw himself treated in the same way as he had read of such knights being treated in days of yore.

Sancho, desamparando al rucio, se cosió con la duquesa y se entró en el castillo; y, remordiéndole la conciencia de que dejaba al jumento solo, se llegó a una reverenda dueña, que con otras a recebir a la duquesa había salido, y con voz baja le dijo:

Sancho, deserting Dapple, hung on to the duchess and entered the castle, but feeling some twinges of conscience at having left the ass alone, he approached a respectable duenna who had come out with the rest to receive the duchess, and in a low voice he said to her,

— Señora González, o como es su gracia de vuesa merced...

"Señora Gonzalez, or however your grace may be called-"

— Doña Rodríguez de Grijalba me llamo —respondió la dueña—. ¿Qué es lo que mandáis, hermano?

"I am called Dona Rodriguez de Grijalba," replied the duenna; "what is your will, brother?"

A lo que respondió Sancho:

To which Sancho made answer,

— Querría que vuesa merced me la hiciese de salir a la puerta del castillo, donde hallará un asno rucio mío; vuesa merced sea servida de mandarle poner, o ponerle, en la caballeriza,

porque el pobrecito es un poco medroso, y no se hallará a estar solo en ninguna de las maneras.

"I should be glad if your worship would do me the favour to go out to the castle gate, where you will find a grey ass of mine; make them, if you please, put him in the stable, or put him there yourself, for the poor little beast is rather easily frightened, and cannot bear being alone at all."

— Si tan discreto es el amo como el mozo —respondió la dueña—, ¡medradas estamos! Andad, hermano, mucho de enhoramala para vos y para quien acá os trujo, y tened cuenta con vuestro jumento, que las dueñas desta casa no estamos acostumbradas a semejantes haciendas.

"If the master is as wise as the man," said the duenna, "we have got a fine bargain. Be off with you, brother, and bad luck to you and him who brought you here; go, look after your ass, for we, the duennas of this house, are not used to work of that sort."

— Pues en verdad —respondió Sancho— que he oído yo decir a mi señor, que es zahorí de las historias, contando aquella de Lanzarote,

cuando de Bretaña vino,
que damas curaban dél,
y dueñas del su rocino;

y que en el particular de mi asno, que no le trocara yo con el rocín del señor Lanzarote.

"Well then, in troth," returned Sancho, "I have heard my master, who is the very treasure-finder of stories, telling the story of Lancelot when he came from Britain, say that ladies waited upon him and duennas upon his hack; and, if it comes to my ass, I wouldn't change him for Señor Lancelot's hack."

— Hermano, si sois juglar —replicó la dueña—, guardad vuestras gracias para donde lo parezcan y se os paguen, que de mi no podréis llevar sino una higa.

"If you are a jester, brother," said the duenna, "keep your drolleries for some place where they'll pass muster and be paid for; for you'll get nothing from me but a fig."

— ¡Aun bien —respondió Sancho— que será bien madura, pues no perderá vuesa merced la quínola de sus años por punto menos!

"At any rate, it will be a very ripe one," said Sancho, "for you won't lose the trick in years by a point too little."

— Hijo de puta —dijo la dueña, toda ya encendida en cólera —, si soy vieja o no, a Dios daré la cuenta, que no a vos, bellaco, harto de ajos.

"Son of a bitch," said the duenna, all aglow with anger, "whether I'm old or not, it's with God I have to reckon, not with you, you garlic-stuffed scoundrel!"

Y esto dijo en voz tan alta, que lo oyó la duquesa; y, volviendo y viendo a la dueña tan alborotada y tan encarnizados los ojos, le preguntó con quién las había.

and she said it so loud, that the duchess heard it, and turning round and seeing the duenna in such a state of excitement, and her eyes flaming so, asked whom she was wrangling with.

— Aquí las he —respondió la dueña— con este buen hombre, que me ha pedido encarecidamente que vaya a poner en la caballeriza a un asno suyo que está a la puerta del castillo, trayéndome por ejemplo que así lo hicieron no sé dónde, que unas damas curaron a un tal Lanzarote, y unas dueñas a su rocino, y, sobre todo, por buen término me ha llamado vieja.

"With this good fellow here," said the duenna,

"who has particularly requested me to go and put an ass of his that is at the castle gate into the stable, holding it up to me as an example that they did the same I don't know where—that some ladies waited on one Lancelot, and duennas on his hack; and what is more, to wind up with, he called me old."

— Eso tuviera yo por afrenta —respondió la duquesa—, más que cuantas pudieran decirme.

"That," said the duchess, "I should have considered the greatest affront that could be offered me;"

Y, hablando con Sancho, le dijo:

and addressing Sancho, she said to him,

— Advertid, Sancho amigo, que doña Rodríguez es muy moza, y que aquellas tocas más las trae por autoridad y por la usanza que por los años.

"You must know, friend Sancho, that Dona Rodriguez is very youthful, and that she wears that hood more for authority and custom sake than because of her years."

— Malos sean los que me quedan por vivir —respondió Sancho—, si lo dije por tanto; sólo lo dije porque es tan grande el cariño que tengo a mi jumento, que me pareció que no podía encomendarle a persona más caritativa que a la señora doña Rodríguez.

"May all the rest of mine be unlucky," said Sancho, "if I meant it that way; I only spoke because the affection I have for my ass is so great, and I thought I could not commend him to a more kind-hearted person than the lady Dona Rodriguez."

Don Quijote, que todo lo oía, le dijo:

Don Quixote, who was listening, said to him,

— ¿Pláticas son éstas, Sancho, para este lugar?

"Is this proper conversation for the place, Sancho?"

— Señor —respondió Sancho—, cada uno ha de hablar de su menester dondequiera que estuviere; aquí se me acordó del rucio, y aquí hablé dél; y si en la caballeriza se me acordara, allí hablara.

"Señor," replied Sancho, "every one must mention what he wants wherever he may be; I thought of Dapple here, and I spoke of him here; if I had thought of him in the stable I would have spoken there."

A lo que dijo el duque:

On which the duke observed,

— Sancho está muy en lo cierto, y no hay que culparle en nada; al rucio se le dará recado a pedir de boca, y descuide Sancho, que se le tratará como a su mesma persona.

"Sancho is quite right, and there is no reason at all to find fault with him; Dapple shall be fed to his heart's content, and Sancho may rest easy, for he shall be treated like himself."

Con estos razonamientos, gustosos a todos sino a don Quijote, llegaron a lo alto y entraron a don Quijote en una sala adornada de telas riquísimas de oro y de brocado; seis doncellas le desarmaron y sirvieron de pajes, todas industriadas y advertidas del duque y de la duquesa de lo que habían de hacer, y de cómo habían de tratar a don Quijote, para que imaginase y viese que le trataban como caballero andante. Quedó don Quijote, después de desarmado, en sus estrechos greguescos y en su jubón de camuza, seco, alto, tendido, con las quijadas, que por de dentro se besaba la una con la otra; figura que, a no tener cuenta las doncellas que le servían con disimular la risa —que fue una de las precisas órdenes que sus señores les habían

dado—, reventaran riendo.

While this conversation, amusing to all except Don Quixote, was proceeding, they ascended the staircase and ushered Don Quixote into a chamber hung with rich cloth of gold and brocade; six damsels relieved him of his armour and waited on him like pages, all of them prepared and instructed by the duke and duchess as to what they were to do, and how they were to treat Don Quixote, so that he might see and believe they were treating him like a knight-errant. When his armour was removed, there stood Don Quixote in his tight-fitting breeches and chamois doublet, lean, lanky, and long, with cheeks that seemed to be kissing each other inside; such a figure, that if the damsels waiting on him had not taken care to check their merriment (which was one of the particular directions their master and mistress had given them), they would have burst with laughter.

Pidiéronle que se dejase desnudar para una camisa, pero nunca lo consintió, diciendo que la honestidad parecía tan bien en los caballeros andantes como la valentía. Con todo, dijo que diesen la camisa a Sancho, y, encerrándose con él en una cuadra donde estaba un rico lecho, se desnudó y vistió la camisa; y, viéndose solo con Sancho, le dijo:

They asked him to let himself be stripped that they might put a shirt on him, but he would not on any account, saying that modesty became knights-errant just as much as valour. However, he said they might give the shirt to Sancho; and shutting himself in with him in a room where there was a sumptuous bed, he undressed and put on the shirt; and then, finding himself alone with Sancho, he said to him,

— Dime, truhán moderno y majadero antiguo: ¿parécete bien deshonrar y afrentar a una dueña tan veneranda y tan digna de respeto como aquélla? ¿Tiempos eran aquéllos para

65

acordarte del rucio, o señores son éstos para dejar mal pasar a las bestias, tratando tan elegantemente a sus dueños? Por quien Dios es, Sancho, que te reportes, y que no descubras la hilaza de manera que caigan en la cuenta de que eres de villana y grosera tela tejido. Mira, pecador de ti, que en tanto más es tenido el señor cuanto tiene más honrados y bien nacidos criados, y que una de las ventajas mayores que llevan los príncipes a los demás hombres es que se sirven de criados tan buenos como ellos. ¿No adviertes, angustiado de ti, y malaventurado de mí, que si veen que tú eres un grosero villano, o un mentecato gracioso, pensarán que yo soy algún echacuervos, o algún caballero de mohatra? No, no, Sancho amigo, huye, huye destos inconvinientes, que quien tropieza en hablador y en gracioso, al primer puntapié cae y da en truhán desgraciado. Enfrena la lengua, considera y rumia las palabras antes que te salgan de la boca, y advierte que hemos llegado a parte donde, con el favor de Dios y valor de mi brazo, hemos de salir mejorados en tercio y quinto en fama y en hacienda.

"Tell me, thou new-fledged buffoon and old booby, dost thou think it right to offend and insult a duenna so deserving of reverence and respect as that one just now? Was that a time to bethink thee of thy Dapple, or are these noble personages likely to let the beasts fare badly when they treat their owners in such elegant style? For God's sake, Sancho, restrain thyself, and don't show the thread so as to let them see what a coarse, boorish texture thou art of. Remember, sinner that thou art, the master is the more esteemed the more respectable and well-bred his servants are; and that one of the greatest advantages that princes have over other men is that they have servants as good as themselves to wait on them. Dost thou not see—shortsighted being that thou art, and unlucky mortal that I am!—that if they perceive thee to be a coarse clown or a dull blockhead, they will suspect me

to be some impostor or swindler? Nay, nay, Sancho
friend, keep clear, oh, keep clear of these
stumbling-blocks; for he who falls into the way
of being a chatterbox and droll, drops into a
wretched buffoon the first time he trips; bridle
thy tongue, consider and weigh thy words before
they escape thy mouth, and bear in mind we are
now in quarters whence, by God's help, and the
strength of my arm, we shall come forth mightily
advanced in fame and fortune."

Sancho le prometió con muchas veras de coserse la boca, o
morderse la lengua, antes de hablar palabra que no fuese
muy a propósito y bien considerada, como él se lo mandaba,
y que descuidase acerca de lo tal, que nunca por él se
descubriría quién ellos eran.

Sancho promised him with much earnestness to keep
his mouth shut, and to bite off his tongue before
he uttered a word that was not altogether to the
purpose and well considered, and told him he
might make his mind easy on that point, for it
should never be discovered through him what they
were.

Vistióse don Quijote, púsose su tahalí con su espada, echóse
el mantón de escarlata a cuestas, púsose una montera de raso
verde que las doncellas le dieron, y con este adorno salió a la
gran sala, adonde halló a las doncellas puestas en ala, tantas a
una parte como a otra, y todas con aderezo de darle
aguamanos, la cual le dieron con muchas reverencias y
ceremonias.

Don Quixote dressed himself, put on his baldric
with his sword, threw the scarlet mantle over his
shoulders, placed on his head a montera of green
satin that the damsels had given him, and thus
arrayed passed out into the large room, where he
found the damsels drawn up in double file, the
same number on each side, all with the appliances
for washing the hands, which they presented to

him with profuse obeisances and ceremonies.

Luego llegaron doce pajes con el maestresala, para llevarle a comer, que ya los señores le aguardaban. Cogiéronle en medio, y, lleno de pompa y majestad, le llevaron a otra sala, donde estaba puesta una rica mesa con solos cuatro servicios. La duquesa y el duque salieron a la puerta de la sala a recebirle, y con ellos un grave eclesiástico, destos que gobiernan las casas de los príncipes; destos que, como no nacen príncipes, no aciertan a enseñar cómo lo han de ser los que lo son; destos que quieren que la grandeza de los grandes se mida con la estrecheza de sus ánimos; destos que, queriendo mostrar a los que ellos gobiernan a ser limitados, les hacen ser miserables; destos tales, digo que debía de ser el grave religioso que con los duques salió a recebir a don Quijote.

Then came twelve pages, together with the seneschal, to lead him to dinner, as his hosts were already waiting for him. They placed him in the midst of them, and with much pomp and stateliness they conducted him into another room, where there was a sumptuous table laid with but four covers. The duchess and the duke came out to the door of the room to receive him, and with them a grave ecclesiastic, one of those who rule noblemen's houses; one of those who, not being born magnates themselves, never know how to teach those who are how to behave as such; one of those who would have the greatness of great folk measured by their own narrowness of mind; one of those who, when they try to introduce economy into the household they rule, lead it into meanness. One of this sort, I say, must have been the grave churchman who came out with the duke and duchess to receive Don Quixote.

Hiciéronse mil corteses comedimientos, y, finalmente, cogiendo a don Quijote en medio, se fueron a sentar a la mesa.

A vast number of polite speeches were exchanged, and at length, taking Don Quixote between them, they proceeded to sit down to table.

Convidó el duque a don Quijote con la cabecera de la mesa, y aunque él lo rehusó, las importunaciones del duque fueron tantas que la hubo de tomar.

The duke pressed Don Quixote to take the head of the table, and, though he refused, the entreaties of the duke were so urgent that he had to accept it.

El eclesiástico se sentó frontero, y el duque y la duquesa a los dos lados.

The ecclesiastic took his seat opposite to him, and the duke and duchess those at the sides.

A todo estaba presente Sancho, embobado y atónito de ver la honra que a su señor aquellos príncipes le hacían; y, viendo las muchas ceremonias y ruegos que pasaron entre el duque y don Quijote para hacerle sentar a la cabecera de la mesa, dijo:

All this time Sancho stood by, gaping with amazement at the honour he saw shown to his master by these illustrious persons; and observing all the ceremonious pressing that had passed between the duke and Don Quixote to induce him to take his seat at the head of the table, he said,

— Si sus mercedes me dan licencia, les contaré un cuento que pasó en mi pueblo acerca desto de los asientos.

"If your worship will give me leave I will tell you a story of what happened in my village about this matter of seats."

Apenas hubo dicho esto Sancho, cuando don Quijote tembló, creyendo sin duda alguna que había de decir alguna necedad. Miróle Sancho y entendióle, y dijo:

The moment Sancho said this Don Quixote trembled,

making sure that he was about to say something foolish. Sancho glanced at him, and guessing his thoughts, said,

— No tema vuesa merced, señor mío, que yo me desmande, ni que diga cosa que no venga muy a pelo, que no se me han olvidado los consejos que poco ha vuesa merced me dio sobre el hablar mucho o poco, o bien o mal.

"Don't be afraid of my going astray, señor, or saying anything that won't be pat to the purpose; I haven't forgotten the advice your worship gave me just now about talking much or little, well or ill."

— Yo no me acuerdo de nada, Sancho —respondió don Quijote—; di lo que quisieres, como lo digas presto.

"I have no recollection of anything, Sancho," said Don Quixote; "say what thou wilt, only say it quickly."

— Pues lo que quiero decir —dijo Sancho— es tan verdad, que mi señor don Quijote, que está presente, no me dejará mentir.

"Well then," said Sancho, "what I am going to say is so true that my master Don Quixote, who is here present, will keep me from lying."

— Por mí —replicó don Quijote—, miente tú, Sancho, cuanto quisieres, que yo no te iré a la mano, pero mira lo que vas a decir.

"Lie as much as thou wilt for all I care, Sancho," said Don Quixote, "for I am not going to stop thee, but consider what thou art going to say."

— Tan mirado y remirado lo tengo, que a buen salvo está el que repica, como se verá por la obra.

"I have so considered and reconsidered," said Sancho, "that the bell-ringer's in a safe berth;

as will be seen by what follows."

— Bien será —dijo don Quijote— que vuestras grandezas manden echar de aquí a este tonto, que dirá mil patochadas.

"It would be well," said Don Quixote, "if your highnesses would order them to turn out this idiot, for he will talk a heap of nonsense."

— Por vida del duque —dijo la duquesa—, que no se ha de apartar de mí Sancho un punto: quiérole yo mucho, porque sé que es muy discreto.

"By the life of the duke, Sancho shall not be taken away from me for a moment," said the duchess; "I am very fond of him, for I know he is very discreet."

— Discretos días —dijo Sancho— viva vuestra santidad por el buen crédito que de mí tiene, aunque en mí no lo haya. Y el cuento que quiero decir es éste: «Convidó un hidalgo de mi pueblo, muy rico y principal, porque venía de los Álamos de Medina del Campo, que casó con doña Mencía de Quiñones, que fue hija de don Alonso de Marañón, caballero del hábito de Santiago, que se ahogó en la Herradura, por quien hubo aquella pendencia años ha en nuestro lugar, que, a lo que entiendo, mi señor don Quijote se halló en ella, de donde salió herido Tomasillo el Travieso, el hijo de Balbastro el herrero...» ¿No es verdad todo esto, señor nuestro amo? Dígalo, por su vida, porque estos señores no me tengan por algún hablador mentiroso.

"Discreet be the days of your holiness," said Sancho, "for the good opinion you have of my wit, though there's none in me; but the story I want to tell is this. There was an invitation given by a gentleman of my town, a very rich one, and one of quality, for he was one of the Alamos of Medina del Campo, and married to Dona Mencia de Quinones, the daughter of Don Alonso de Maranon, Knight of the Order of Santiago, that was drowned

at the Herradura—him there was that quarrel about
years ago in our village, that my master Don
Quixote was mixed up in, to the best of my
belief, that Tomasillo the scapegrace, the son of
Balbastro the smith, was wounded in.—Isn't all
this true, master mine? As you live, say so, that
these gentlefolk may not take me for some lying
chatterer."

— Hasta ahora —dijo el eclesiástico—, más os tengo por
hablador que por mentiroso, pero de aquí adelante no sé por
lo que os tendré.

"So far," said the ecclesiastic, "I take you to
be more a chatterer than a liar; but I don't know
what I shall take you for by-and-by."

— Tú das tantos testigos, Sancho, y tantas señas, que no
puedo dejar de decir que debes de decir verdad. Pasa
adelante y acorta el cuento, porque llevas camino de no
acabar en dos días.

"Thou citest so many witnesses and proofs,
Sancho," said Don Quixote, "that I have no choice
but to say thou must be telling the truth; go on,
and cut the story short, for thou art taking the
way not to make an end for two days to come."

— No ha de acortar tal —dijo la duquesa—, por hacerme a mí
placer; antes, le ha de contar de la manera que le sabe, aunque
no le acabe en seis días; que si tantos fuesen, serían para mí
los mejores que hubiese llevado en mi vida.

"He is not to cut it short," said the duchess;
"on the contrary, for my gratification, he is to
tell it as he knows it, though he should not
finish it these six days; and if he took so many
they would be to me the pleasantest I ever
spent."

— «Digo, pues, señores míos —prosiguió Sancho—, que este
tal hidalgo, que yo conozco como a mis manos, porque no
hay de mi casa a la suya un tiro de ballesta, convidó un

labrador pobre, pero honrado.»

"Well then, sirs, I say," continued Sancho, "that this same gentleman, whom I know as well as I do my own hands, for it's not a bowshot from my house to his, invited a poor but respectable labourer-"

— Adelante, hermano —dijo a esta sazón el religioso—, que camino lleváis de no parar con vuestro cuento hasta el otro mundo.

"Get on, brother," said the churchman; "at the rate you are going you will not stop with your story short of the next world."

— A menos de la mitad pararé, si Dios fuere servido — respondió Sancho—. «Y así, digo que, llegando el tal labrador a casa del dicho hidalgo convidador, que buen poso haya su ánima, que ya es muerto, y por más señas dicen que hizo una muerte de un ángel, que yo no me hallé presente, que había ido por aquel tiempo a segar a Tembleque...»

"I'll stop less than half-way, please God," said Sancho; "and so I say this labourer, coming to the house of the gentleman I spoke of that invited him—rest his soul, he is now dead; and more by token he died the death of an angel, so they say; for I was not there, for just at that time I had gone to reap at Tembleque-"

— Por vida vuestra, hijo, que volváis presto de Tembleque, y que, sin enterrar al hidalgo, si no queréis hacer más exequias, acabéis vuestro cuento.

"As you live, my son," said the churchman, "make haste back from Tembleque, and finish your story without burying the gentleman, unless you want to make more funerals."

— «Es, pues, el caso —replicó Sancho— que, estando los dos para asentarse a la mesa, que parece que ahora los veo más que nunca...»

73

"Well then, it so happened," said Sancho, "that as the pair of them were going to sit down to table—and I think I can see them now plainer than ever-"

Gran gusto recebían los duques del disgusto que mostraba tomar el buen religioso de la dilación y pausas con que Sancho contaba su cuento, y don Quijote se estaba consumiendo en cólera y en rabia.

Great was the enjoyment the duke and duchess derived from the irritation the worthy churchman showed at the long-winded, halting way Sancho had of telling his story, while Don Quixote was chafing with rage and vexation.

— «Digo, así —dijo Sancho—, que, estando, como he dicho, los dos para sentarse a la mesa, el labrador porfiaba con el hidalgo que tomase la cabecera de la mesa, y el hidalgo porfiaba también que el labrador la tomase, porque en su casa se había de hacer lo que él mandase; pero el labrador, que presumía de cortés y bien criado, jamás quiso, hasta que el hidalgo, mohíno, poniéndole ambas manos sobre los hombros, le hizo sentar por fuerza, diciéndole: "Sentaos, majagranzas, que adondequiera que yo me siente será vuestra cabecera".» Y éste es el cuento, y en verdad que creo que no ha sido aquí traído fuera de propósito.

"So, as I was saying," continued Sancho, "as the pair of them were going to sit down to table, as I said, the labourer insisted upon the gentleman's taking the head of the table, and the gentleman insisted upon the labourer's taking it, as his orders should be obeyed in his house; but the labourer, who plumed himself on his politeness and good breeding, would not on any account, until the gentleman, out of patience, putting his hands on his shoulders, compelled him by force to sit down, saying, 'Sit down, you stupid lout, for wherever I sit will be the head to you; and that's the story, and, troth, I think

it hasn't been brought in amiss here."

Púsose don Quijote de mil colores, que sobre lo moreno le jaspeaban y se le parecían; los señores disimularon la risa, porque don Quijote no acabase de correrse, habiendo entendido la malicia de Sancho; y, por mudar de plática y hacer que Sancho no prosiguiese con otros disparates, preguntó la duquesa a don Quijote que qué nuevas tenía de la señora Dulcinea, y que si le había enviado aquellos días algunos presentes de gigantes o malandrines, pues no podía dejar de haber vencido muchos.

Don Quixote turned all colours, which, on his sunburnt face, mottled it till it looked like jasper. The duke and duchess suppressed their laughter so as not altogether to mortify Don Quixote, for they saw through Sancho's impertinence; and to change the conversation, and keep Sancho from uttering more absurdities, the duchess asked Don Quixote what news he had of the lady Dulcinea, and if he had sent her any presents of giants or miscreants lately, for he could not but have vanquished a good many.

A lo que don Quijote respondió:

To which Don Quixote replied,

— Señora mía, mis desgracias, aunque tuvieron principio, nunca tendrán fin. Gigantes he vencido, y follones y malandrines le he enviado, pero ¿adónde la habían de hallar, si está encantada y vuelta en la más fea labradora que imaginar se puede?

"Señora, my misfortunes, though they had a beginning, will never have an end. I have vanquished giants and I have sent her caitiffs and miscreants; but where are they to find her if she is enchanted and turned into the most ill-favoured peasant wench that can be imagined?"

— No sé —dijo Sancho Panza—, a mí me parece la más

hermosa criatura del mundo; a lo menos, en la ligereza y en el brincar bien sé yo que no dará ella la ventaja a un volteador; a buena fe, señora duquesa, así salta desde el suelo sobre una borrica como si fuera un gato.

"I don't know," said Sancho Panza; "to me she seems the fairest creature in the world; at any rate, in nimbleness and jumping she won't give in to a tumbler; by my faith, señora duchess, she leaps from the ground on to the back of an ass like a cat."

— ¿Habéisla visto vos encantada, Sancho? —preguntó el duque.

"Have you seen her enchanted, Sancho?" asked the duke.

— Y ¡cómo si la he visto! —respondió Sancho—. Pues, ¿quién diablos sino yo fue el primero que cayó en el achaque del encantorio? ¡Tan encantada está como mi padre!

"What, seen her!" said Sancho; "why, who the devil was it but myself that first thought of the enchantment business? She is as much enchanted as my father."

El eclesiástico, que oyó decir de gigantes, de follones y de encantos, cayó en la cuenta de que aquél debía de ser don Quijote de la Mancha, cuya historia leía el duque de ordinario, y él se lo había reprehendido muchas veces, diciéndole que era disparate leer tales disparates; y, enterándose ser verdad lo que sospechaba, con mucha cólera, hablando con el duque, le dijo:

The ecclesiastic, when he heard them talking of giants and caitiffs and enchantments, began to suspect that this must be Don Quixote of La Mancha, whose story the duke was always reading; and he had himself often reproved him for it, telling him it was foolish to read such fooleries; and becoming convinced that his

suspicion was correct, addressing the duke, he said very angrily to him,

— Vuestra Excelencia, señor mío, tiene que dar cuenta a Nuestro Señor de lo que hace este buen hombre. Este don Quijote, o don Tonto, o como se llama, imagino yo que no debe de ser tan mentecato como Vuestra Excelencia quiere que sea, dándole ocasiones a la mano para que lleve adelante sus sandeces y vaciedades.

"Señor, your excellence will have to give account to God for what this good man does. This Don Quixote, or Don Simpleton, or whatever his name is, cannot, I imagine, be such a blockhead as your excellence would have him, holding out encouragement to him to go on with his vagaries and follies."

Y, volviendo la plática a don Quijote, le dijo:

Then turning to address Don Quixote he said,

— Y a vos, alma de cántaro, ¿quién os ha encajado en el celebro que sois caballero andante y que vencéis gigantes y prendéis malandrines? Andad en hora buena, y en tal se os diga: volveos a vuestra casa, y criad vuestros hijos, si los tenéis, y curad de vuestra hacienda, y dejad de andar vagando por el mundo, papando viento y dando que reír a cuantos os conocen y no conocen. ¿En dónde, nora tal, habéis vos hallado que hubo ni hay ahora caballeros andantes? ¿Dónde hay gigantes en España, o malandrines en la Mancha, ni Dulcineas encantadas, ni toda la caterva de las simplicidades que de vos se cuentan?

"And you, num-skull, who put it into your head that you are a knight-errant, and vanquish giants and capture miscreants? Go your ways in a good hour, and in a good hour be it said to you. Go home and bring up your children if you have any, and attend to your business, and give over going wandering about the world, gaping and making a laughing-stock of yourself to all who know you and all who don't. Where, in heaven's name, have you discovered that there are or ever were knights-errant? Where are there giants in Spain or miscreants in La Mancha, or enchanted Dulcineas, or all the rest of the silly things they tell about you?"

Atento estuvo don Quijote a las razones de aquel venerable varón, y, viendo que ya callaba, sin guardar respeto a los duques, con semblante airado y alborotado rostro, se puso en pie y dijo...

Don Quixote listened attentively to the reverend gentleman's words, and as soon as he perceived he had done speaking, regardless of the presence of the duke and duchess, he sprang to his feet with angry looks and an agitated countenance, and said —

Pero esta respuesta capítulo por sí merece.

But the reply deserves a chapter to itself.

Capítulo XXXII. De la respuesta que dio don Quijote a su reprehensor, con otros graves y graciosos sucesos

CHAPTER XXXII. OF THE REPLY DON QUIXOTE GAVE HIS CENSURER, WITH OTHER INCIDENTS, GRAVE AND DROLL

Levantado, pues, en pie don Quijote, temblando de los pies a la cabeza como azogado, con presurosa y turbada lengua, dijo:

Don Quixote, then, having risen to his feet, trembling from head to foot like a man dosed with mercury, said in a hurried, agitated voice,

— El lugar donde estoy, y la presencia ante quien me hallo y el respeto que siempre tuve y tengo al estado que vuesa merced profesa tienen y atan las manos de mi justo enojo; y, así por lo que he dicho como por saber que saben todos que las armas de los togados son las mesmas que las de la mujer, que son la lengua, entraré con la mía en igual batalla con vuesa merced, de quien se debía esperar antes buenos consejos que infames vituperios. Las reprehensiones santas y bien intencionadas otras circunstancias requieren y otros puntos piden: a lo menos, el haberme reprehendido en público y tan ásperamente ha pasado todos los límites de la buena reprehensión, pues las primeras mejor asientan sobre la blandura que sobre la aspereza, y no es bien que, sin tener conocimiento del pecado que se reprehende, llamar al pecador, sin más ni más, mentecato y tonto. Si no, dígame vuesa merced: ¿por cuál de las mentecaterías que en mí ha visto me condena y vitupera, y me manda que me vaya a mi casa a tener cuenta en el gobierno della y de mi mujer y de mis hijos, sin saber si la tengo o los tengo? ¿No hay más sino a troche moche entrarse por las casas ajenas a gobernar sus dueños, y, habiéndose criado algunos en la estrecheza de algún pupilaje, sin haber visto más mundo que el que puede contenerse en veinte o treinta leguas de distrito, meterse de rondón a dar leyes a la caballería y a juzgar de los caballeros andantes? ¿Por ventura es asumpto vano o es tiempo mal gastado el que se gasta en vagar por el mundo, no buscando los regalos dél, sino las asperezas por donde los buenos suben al asiento de la inmortalidad? Si me tuvieran por tonto los caballeros, los magníficos, los generosos, los altamente nacidos, tuviéralo por afrenta inreparable; pero de que me tengan por sandio los estudiantes, que nunca entraron ni pisaron las sendas de la caballería, no se me da un ardite: caballero soy y caballero he de morir si place al Altísimo. Unos van por el ancho campo de la ambición soberbia; otros, por el de la adulación servil y baja; otros, por el de la hipocresía engañosa, y algunos, por el de la verdadera religión; pero yo, inclinado de mi estrella, voy por la angosta senda de la caballería andante, por cuyo ejercicio desprecio la hacienda, pero no la honra. Yo he satisfecho agravios, enderezado tuertos, castigado insolencias, vencido gigantes y atropellado vestiglos; yo soy enamorado, no más de porque es forzoso que los caballeros andantes lo sean; y, siéndolo, no soy de los enamorados viciosos, sino de los platónicos continentes. Mis intenciones siempre las enderezo a buenos fines, que son de hacer bien a todos y mal a ninguno; si el que esto entiende, si el que esto obra, si el que desto trata merece ser llamado bobo, díganlo vuestras grandezas, duque y duquesa excelentes.

"The place I am in, the presence in which I stand, and the respect I have and always have had for the profession to which your worship belongs, hold and bind the hands of my just indignation; and as well for these reasons as because I know, as everyone knows, that a gownsman's weapon is the same as a woman's, the tongue, I will with mine engage in equal combat with your worship, from whom one might have expected good advice instead of foul abuse. Pious, well-meant reproof requires a different demeanour and arguments of another sort; at any rate, to have reproved me in public, and so roughly, exceeds the bounds of proper reproof, for that comes better with gentleness than with rudeness; and it is not seemly to call the sinner roundly blockhead and booby, without knowing anything of the sin that is reproved. Come, tell me, for which of the stupidities you have observed in me do you condemn and abuse me, and bid me go home and look after my house and wife and children, without knowing whether I have any? Is nothing more needed than to get a footing, by hook or by crook, in other people's houses to rule over the masters (and that, perhaps, after having been brought up in all the straitness of some seminary, and without having ever seen more of the world than may lie within twenty or thirty leagues round), to fit one to lay down the law rashly for chivalry, and pass judgment on knights-errant? Is it, haply, an idle occupation, or is the time ill-spent that is spent in roaming the world in quest, not of its enjoyments, but of those arduous toils whereby the good mount upwards to the abodes of everlasting life? If gentlemen, great lords, nobles, men of high birth, were to rate me as a fool I should take it as an irreparable insult; but I care not a farthing if clerks who have never entered upon or trod the paths of chivalry should think me foolish. Knight I am, and knight I will die, if such be the pleasure of the Most High. Some take the broad road of overweening ambition; others that of mean and servile flattery; others that of deceitful hypocrisy, and some that of true religion; but I, led by my star, follow the narrow path of knight-errantry, and in pursuit of that calling I despise wealth, but not honour. I have redressed injuries, righted wrongs, punished insolences, vanquished giants, and crushed monsters; I am in love, for no other reason than that it is incumbent on knights-errant to be so; but though I am, I am no carnal-minded lover, but one of the chaste, platonic sort. My intentions are always directed to worthy ends, to do good to all and evil to none; and if he who means this, does this, and makes this his practice deserves to be called a fool, it is for your highnesses to say, O most excellent duke and duchess."

— ¡Bien, por Dios! —dijo Sancho—. No diga más vuestra merced, señor y amo mío, en su abono, porque no hay más que decir, ni más que pensar, ni más que perseverar en el mundo. Y más, que, negando este señor, como ha negado, que no ha habido en el mundo, ni los hay, caballeros andantes, ¿qué mucho que no sepa ninguna de las cosas que ha dicho?

"Good, by God!" cried Sancho; "say no more in your own defence, master mine, for there's nothing more in the world to be said, thought, or insisted on; and besides, when this gentleman denies, as he has, that there are or ever have been any knights-errant in the world, is it any wonder if he knows nothing of what he has been talking about?"

— ¿Por ventura —dijo el eclesiástico— sois vos, hermano, aquel Sancho Panza que dicen, a quien vuestro amo tiene prometida una ínsula?

"Perhaps, brother," said the ecclesiastic, "you are that Sancho Panza that is mentioned, to whom your master has promised an island?"

— Sí soy —respondió Sancho—; y soy quien la merece tan bien como otro cualquiera; soy quien "júntate a los buenos y serás uno dellos", y soy yo de aquellos "no con quien naces, sino con quien paces", y de los "quien a buen árbol se arrima, buena sombra le cobija". Yo me he arrimado a buen señor, y ha muchos meses que ando en su compañía, y he de ser otro como él, Dios queriendo; y viva él y viva yo: que ni a él le faltarán imperios que mandar ni a mí ínsulas que gobernar.

"Yes, I am," said Sancho, "and what's more, I am one who deserves it as much as anyone; I am one of the sort—'Attach thyself to the good, and thou wilt be one of them,' and of those, 'Not with whom thou art bred, but with whom thou art fed,' and of those, 'Who leans against a good tree, a good shade covers him;' I have leant upon a good master, and I have been for months going about with him, and please God I shall be just such another; long life to him and long life to me, for neither will he be in any want of empires to rule, or I of islands to govern."

— No, por cierto, Sancho amigo —dijo a esta sazón el duque—, que yo, en nombre del señor don Quijote, os mando el gobierno de una que tengo de nones, de no pequeña calidad.

"No, Sancho my friend, certainly not," said the duke, "for in the name of Señor Don Quixote I confer upon you the government of one of no small importance that I have at my disposal."

— Híncate de rodillas, Sancho —dijo don Quijote—, y besa los pies a Su Excelencia por la merced que te ha hecho.

"Go down on thy knees, Sancho," said Don Quixote, "and kiss the feet of his excellence for the favour he has bestowed upon thee."

Hízolo así Sancho; lo cual visto por el eclesiástico, se levantó de la mesa, mohíno además, diciendo:

Sancho obeyed, and on seeing this the ecclesiastic stood up from table completely out of temper, exclaiming,

— Por el hábito que tengo, que estoy por decir que es tan sandio Vuestra Excelencia como estos pecadores. ¡Mirad si no han de ser ellos locos, pues los cuerdos canonizan sus locuras! Quédese Vuestra Excelencia con ellos; que, en tanto que estuvieren en casa, me estaré yo en la mía, y me escusaré de reprehender lo que no puedo remediar.

"By the gown I wear, I am almost inclined to say that your excellence is as great a fool as these sinners. No wonder they are mad, when people who are in their senses sanction their madness! I leave your excellence with them, for so long as they are in the house, I will remain in my own, and spare myself the trouble of reproving what I cannot remedy;"

Y, sin decir más ni comer más, se fue, sin que fuesen parte a detenerle los ruegos de los duques; aunque el duque no le dijo mucho, impedido de la risa que su impertinente cólera le había causado.

and without uttering another word, or eating another morsel, he went off, the entreaties of the duke and duchess being entirely unavailing to stop him; not that the duke said much to him, for he could not, because of the laughter his uncalled-for anger provoked.

Acabó de reír y dijo a don Quijote:

When he had done laughing, he said to Don Quixote,

— Vuesa merced, señor Caballero de los Leones, ha respondido por sí tan altamente que no le queda cosa por satisfacer deste que, aunque parece agravio, no lo es en ninguna manera; porque, así como no agravian las mujeres, no agravian los eclesiásticos, como vuesa merced mejor sabe.

"You have replied on your own behalf so stoutly, Sir Knight of the Lions, that there is no occasion to seek further satisfaction for this, which, though it may look like an offence, is not so at all, for, as women can give no offence, no more can ecclesiastics, as you very well know."

— Así es —respondió don Quijote—, y la causa es que el que no puede ser agraviado no puede agraviar a nadie. Las mujeres, los niños y los eclesiásticos, como no pueden defenderse, aunque sean ofendidos, no pueden ser afrentados; porque entre el agravio y la afrenta hay esta diferencia, como mejor Vuestra Excelencia sabe: la afrenta viene de parte de quien la puede hacer, y la hace y la sustenta; el agravio puede venir de cualquier parte, sin que afrente. Sea ejemplo: está uno en la calle descuidado, llegan diez con mano armada, y, dándole de palos, pone mano a la espada y hace su deber, pero la muchedumbre de los contrarios se le opone, y no le deja salir con su intención, que es de vengarse; este tal queda agraviado, pero no afrentado. Y lo mesmo confirmará otro ejemplo: está uno vuelto de espaldas, llega otro y dale de palos, y en dándoselos huye y no espera, y el otro le sigue y no alcanza; este que recibió los palos, recibió agravio, mas no afrenta, porque la afrenta ha de ser sustentada. Si el que le dio los palos, aunque se los dio a hurtacordel, pusiera mano a su espada y se estuviera quedo, haciendo rostro a su enemigo, quedara el apaleado agraviado y afrentado juntamente: agraviado, porque le dieron a traición; afrentado, porque el que le dio sustentó lo que había hecho, sin volver las espaldas y a pie quedo. Y así, según las leyes del maldito duelo, yo puedo estar agraviado, mas no afrentado; porque los niños no sienten, ni las mujeres, ni pueden huir, ni tienen para qué esperar, y lo mesmo los constituidos en la sacra religión, porque estos tres géneros de gente carecen de armas ofensivas y defensivas; y así, aunque naturalmente estén obligados a defenderse, no lo están para ofender a nadie. Y, aunque poco ha dije que yo podía estar agraviado, agora digo que no, en ninguna manera, porque quien no puede recebir afrenta, menos la puede dar; por las cuales razones yo no debo sentir, ni siento, las que aquel buen hombre me ha dicho; sólo quisiera que esperara algún poco, para darle a entender en el error en que está en pensar y decir que no ha habido, ni los hay, caballeros andantes en el mundo; que si lo tal oyera Amadís, o uno de los infinitos de su linaje, yo sé que no le fuera bien a su merced.

"That is true," said Don Quixote, "and the reason

is, that he who is not liable to offence cannot give offence to anyone. Women, children, and ecclesiastics, as they cannot defend themselves, though they may receive offence cannot be insulted, because between the offence and the insult there is, as your excellence very well knows, this difference: the insult comes from one who is capable of offering it, and does so, and maintains it; the offence may come from any quarter without carrying insult. To take an example: a man is standing unsuspectingly in the street and ten others come up armed and beat him; he draws his sword and quits himself like a man, but the number of his antagonists makes it impossible for him to effect his purpose and avenge himself; this man suffers an offence but not an insult. Another example will make the same thing plain: a man is standing with his back turned, another comes up and strikes him, and after striking him takes to flight, without waiting an instant, and the other pursues him but does not overtake him; he who received the blow received an offence, but not an insult, because an insult must be maintained. If he who struck him, though he did so sneakingly and treacherously, had drawn his sword and stood and faced him, then he who had been struck would have received offence and insult at the same time; offence because he was struck treacherously, insult because he who struck him maintained what he had done, standing his ground without taking to flight. And so, according to the laws of the accursed duel, I may have received offence, but not insult, for neither women nor children can maintain it, nor can they wound, nor have they any way of standing their ground, and it is just the same with those connected with religion; for these three sorts of persons are without arms offensive or defensive, and so, though naturally they are bound to defend themselves, they have no right to offend anybody; and though I said just

now I might have received offence, I say now
certainly not, for he who cannot receive an
insult can still less give one; for which reasons
I ought not to feel, nor do I feel, aggrieved at
what that good man said to me; I only wish he had
stayed a little longer, that I might have shown
him the mistake he makes in supposing and
maintaining that there are not and never have
been any knights-errant in the world; had Amadis
or any of his countless descendants heard him say
as much, I am sure it would not have gone well
with his worship."

— Eso juro yo bien —dijo Sancho—: cuchillada le hubieran
dado que le abrieran de arriba abajo como una granada, o
como a un melón muy maduro. ¡Bonitos eran ellos para sufrir
semejantes cosquillas! Para mi santiguada, que tengo por
cierto que si Reinaldos de Montalbán hubiera oído estas
razones al hombrecito, tapaboca le hubiera dado que no
hablara más en tres años. ¡No, sino tomárase con ellos y viera
cómo escapaba de sus manos!

"I will take my oath of that," said Sancho; "they
would have given him a slash that would have slit
him down from top to toe like a pomegranate or a
ripe melon; they were likely fellows to put up
with jokes of that sort! By my faith, I'm certain
if Reinaldos of Montalvan had heard the little
man's words he would have given him such a spank
on the mouth that he wouldn't have spoken for the
next three years; ay, let him tackle them, and
he'll see how he'll get out of their hands!"

Perecía de risa la duquesa en oyendo hablar a Sancho, y en su
opinión le tenía por más gracioso y por más loco que a su
amo; y muchos hubo en aquel tiempo que fueron deste
mismo parecer.

The duchess, as she listened to Sancho, was ready
to die with laughter, and in her own mind she set
him down as droller and madder than his master;

87

and there were a good many just then who were of
the same opinion.

Finalmente, don Quijote se sosegó, y la comida se acabó, y, en
levantando los manteles, llegaron cuatro doncellas, la una con
una fuente de plata, y la otra con un aguamanil, asimismo de
plata, y la otra con dos blanquísimas y riquísimas toallas al
hombro, y la cuarta descubiertos los brazos hasta la mitad, y
en sus blancas manos —que sin duda eran blancas— una
redonda pella de jabón napolitano. Llegó la de la fuente, y
con gentil donaire y desenvoltura encajó la fuente debajo de
la barba de don Quijote; el cual, sin hablar palabra, admirado
de semejante ceremonia, creyendo que debía ser usanza de
aquella tierra en lugar de las manos lavar las barbas, y así
tendió la suya todo cuanto pudo, y al mismo punto comenzó
a llover el aguamanil, y la doncella del jabón le manoseó las
barbas con mucha priesa, levantando copos de nieve, que no
eran menos blancas las jabonaduras, no sólo por las barbas,
mas por todo el rostro y por los ojos del obediente caballero,
tanto, que se los hicieron cerrar por fuerza.

Don Quixote finally grew calm, and dinner came to
an end, and as the cloth was removed four damsels
came in, one of them with a silver basin, another
with a jug also of silver, a third with two fine
white towels on her shoulder, and the fourth with
her arms bared to the elbows, and in her white
hands (for white they certainly were) a round
ball of Naples soap. The one with the basin
approached, and with arch composure and
impudence, thrust it under Don Quixote's chin,
who, wondering at such a ceremony, said never a
word, supposing it to be the custom of that
country to wash beards instead of hands; he
therefore stretched his out as far as he could,
and at the same instant the jug began to pour and
the damsel with the soap rubbed his beard
briskly, raising snow-flakes, for the soap lather
was no less white, not only over the beard, but
all over the face, and over the eyes of the

submissive knight, so that they were perforce
obliged to keep shut.

El duque y la duquesa, que de nada desto eran sabidores,
estaban esperando en qué había de parar tan extraordinario
lavatorio. La doncella barbera, cuando le tuvo con un palmo
de jabonadura, fingió que se le había acabado el agua, y
mandó a la del aguamanil fuese por ella, que el señor don
Quijote esperaría. Hízolo así, y quedó don Quijote con la más
estraña figura y más para hacer reír que se pudiera imaginar.

The duke and duchess, who had not known anything
about this, waited to see what came of this
strange washing. The barber damsel, when she had
him a hand's breadth deep in lather, pretended
that there was no more water, and bade the one
with the jug go and fetch some, while Señor Don
Quixote waited. She did so, and Don Quixote was
left the strangest and most ludicrous figure that
could be imagined.

Mirábanle todos los que presentes estaban, que eran muchos,
y como le veían con media vara de cuello, más que
medianamente moreno, los ojos cerrados y las barbas llenas
de jabón, fue gran maravilla y mucha discreción poder
disimular la risa; las doncellas de la burla tenían los ojos
bajos, sin osar mirar a sus señores; a ellos les retozaba la
cólera y la risa en el cuerpo, y no sabían a qué acudir: o a
castigar el atrevimiento de las muchachas, o darles premio
por el gusto que recibían de ver a don Quijote de aquella
suerte.

All those present, and there were a good many,
were watching him, and as they saw him there with
half a yard of neck, and that uncommonly brown,
his eyes shut, and his beard full of soap, it was
a great wonder, and only by great discretion,
that they were able to restrain their laughter.
The damsels, the concocters of the joke, kept
their eyes down, not daring to look at their
master and mistress; and as for them, laughter

and anger struggled within them, and they knew not what to do, whether to punish the audacity of the girls, or to reward them for the amusement they had received from seeing Don Quixote in such a plight.

Finalmente, la doncella del aguamanil vino, y acabaron de lavar a don Quijote, y luego la que traía las toallas le limpió y le enjugó muy reposadamente; y, haciéndole todas cuatro a la par una grande y profunda inclinación y reverencia, se querían ir; pero el duque, porque don Quijote no cayese en la burla, llamó a la doncella de la fuente, diciéndole:

At length the damsel with the jug returned and they made an end of washing Don Quixote, and the one who carried the towels very deliberately wiped him and dried him; and all four together making him a profound obeisance and curtsey, they were about to go, when the duke, lest Don Quixote should see through the joke, called out to the one with the basin saying,

— Venid y lavadme a mí, y mirad que no se os acabe el agua.

"Come and wash me, and take care that there is water enough."

La muchacha, aguda y diligente, llegó y puso la fuente al duque como a don Quijote, y, dándose prisa, le lavaron y jabonaron muy bien, y, dejándole enjuto y limpio, haciendo reverencias se fueron. Después se supo que había jurado el duque que si a él no le lavaran como a don Quijote, había de castigar su desenvoltura, lo cual habían enmendado discretamente con haberle a él jabonado.

The girl, sharp-witted and prompt, came and placed the basin for the duke as she had done for Don Quixote, and they soon had him well soaped and washed, and having wiped him dry they made their obeisance and retired. It appeared afterwards that the duke had sworn that if they had not washed him as they had Don Quixote he would have punished them for their impudence, which they adroitly atoned for by soaping him as well.

Estaba atento Sancho a las ceremonias de aquel lavatorio, y dijo entre sí:

Sancho observed the ceremony of the washing very attentively, and said to himself,

— ¡Válame Dios! ¿Si será también usanza en esta tierra lavar las barbas a los escuderos como a los caballeros? Porque, en Dios y en mi ánima que lo he bien menester, y aun que si me las rapasen a navaja, lo tendría a más beneficio.

"God bless me, if it were only the custom in this country to wash squires' beards too as well as knights'. For by God and upon my soul I want it badly; and if they gave me a scrape of the razor besides I'd take it as a still greater kindness."

— ¿Qué decís entre vos, Sancho? —preguntó la duquesa.

"What are you saying to yourself, Sancho?" asked the duchess.

— Digo, señora —respondió él—, que en las cortes de los otros príncipes siempre he oído decir que en levantando los manteles dan agua a las manos, pero no lejía a las barbas; y que por eso es bueno vivir mucho, por ver mucho; aunque también dicen que el que larga vida vive mucho mal ha de pasar, puesto que pasar por un lavatorio de éstos antes es gusto que trabajo.

"I was saying, señora," he replied, "that in the courts of other princes, when the cloth is taken away, I have always heard say they give water for the hands, but not lye for the beard; and that shows it is good to live long that you may see much; to be sure, they say too that he who lives a long life must undergo much evil, though to undergo a washing of that sort is pleasure rather than pain."

91

— No tengáis pena, amigo Sancho —dijo la duquesa—, que yo haré que mis doncellas os laven, y aun os metan en colada, si fuere menester.

"Don't be uneasy, friend Sancho," said the duchess; "I will take care that my damsels wash you, and even put you in the tub if necessary."

— Con las barbas me contento —respondió Sancho—, por ahora a lo menos, que andando el tiempo, Dios dijo lo que será.

"I'll be content with the beard," said Sancho, "at any rate for the present; and as for the future, God has decreed what is to be."

— Mirad, maestresala —dijo la duquesa—, lo que el buen Sancho pide, y cumplidle su voluntad al pie de la letra.

"Attend to worthy Sancho's request, seneschal," said the duchess, "and do exactly what he wishes."

El maestresala respondió que en todo sería servido el señor Sancho, y con esto se fue a comer, y llevó consigo a Sancho, quedándose a la mesa los duques y don Quijote, hablando en muchas y diversas cosas; pero todas tocantes al ejercicio de las armas y de la andante caballería.

The seneschal replied that Señor Sancho should be obeyed in everything; and with that he went away to dinner and took Sancho along with him, while the duke and duchess and Don Quixote remained at table discussing a great variety of things, but all bearing on the calling of arms and knight-errantry.

La duquesa rogó a don Quijote que le delinease y describiese, pues parecía tener felice memoria, la hermosura y facciones de la señora Dulcinea del Toboso; que, según lo que la fama pregonaba de su belleza, tenía por entendido que debía de ser la más bella criatura del orbe, y aun de toda la Mancha.

The duchess begged Don Quixote, as he seemed to have a retentive memory, to describe and portray to her the beauty and features of the lady Dulcinea del Toboso, for, judging by what fame trumpeted abroad of her beauty, she felt sure she must be the fairest creature in the world, nay, in all La Mancha.

Sospiró don Quijote, oyendo lo que la duquesa le mandaba, y dijo:

Don Quixote sighed on hearing the duchess's request, and said,

— Si yo pudiera sacar mi corazón y ponerle ante los ojos de vuestra grandeza, aquí, sobre esta mesa y en un plato, quitara el trabajo a mi lengua de decir lo que apenas se puede pensar, porque Vuestra Excelencia la viera en él toda retratada; pero, ¿para qué es ponerme yo ahora a delinear y describir punto por punto y parte por parte la hermosura de la sin par Dulcinea, siendo carga digna de otros hombros que de los míos, empresa en quien se debían ocupar los pinceles de Parrasio, de Timantes y de Apeles, y los buriles de Lisipo, para pintarla y grabarla en tablas, en mármoles y en bronces, y la retórica ciceroniana y demostina para alabarla?

"If I could pluck out my heart, and lay it on a plate on this table here before your highness's eyes, it would spare my tongue the pain of telling what can hardly be thought of, for in it your excellence would see her portrayed in full. But why should I attempt to depict and describe in detail, and feature by feature, the beauty of the peerless Dulcinea, the burden being one worthy of other shoulders than mine, an enterprise wherein the pencils of Parrhasius, Timantes, and Apelles, and the graver of Lysippus ought to be employed, to paint it in pictures and carve it in marble and bronze, and Ciceronian and Demosthenian eloquence to sound its praises?"

— ¿Qué quiere decir demostina, señor don Quijote —

93

preguntó la duquesa—, que es vocablo que no le he oído en todos los días de mi vida?

"What does Demosthenian mean, Señor Don Quixote?" said the duchess; "it is a word I never heard in all my life."

— Retórica demostina —respondió don Quijote— es lo mismo que decir retórica de Demóstenes, como ciceroniana, de Cicerón, que fueron los dos mayores retóricos del mundo.

"Demosthenian eloquence," said Don Quixote, "means the eloquence of Demosthenes, as Ciceronian means that of Cicero, who were the two most eloquent orators in the world."

— Así es —dijo el duque—, y habéis andado deslumbrada en la tal pregunta. Pero, con todo eso, nos daría gran gusto el señor don Quijote si nos la pintase; que a buen seguro que, aunque sea en rasguño y bosquejo, que ella salga tal, que la tengan invidia las más hermosas.

"True," said the duke; "you must have lost your wits to ask such a question. Nevertheless, Señor Don Quixote would greatly gratify us if he would depict her to us; for never fear, even in an outline or sketch she will be something to make the fairest envious."

— Sí hiciera, por cierto —respondió don Quijote—, si no me la hubiera borrado de la idea la desgracia que poco ha que le sucedió, que es tal, que más estoy para llorarla que para describirla; porque habrán de saber vuestras grandezas que, yendo los días pasados a besarle las manos, y a recibir su bendición, beneplácito y licencia para esta tercera salida, hallé otra de la que buscaba: halléla encantada y convertida de princesa en labradora, de hermosa en fea, de ángel en diablo, de olorosa en pestífera, de bien hablada en rústica, de reposada en brincadora, de luz en tinieblas, y, finalmente, de Dulcinea del Toboso en una villana de Sayago.

"I would do so certainly," said Don Quixote, "had she not been blurred to my mind's eye by the misfortune that fell upon her a short time since, one of such a nature that I am more ready to weep over it than to describe it. For your highnesses must know that, going a few days back to kiss her hands and receive her benediction, approbation, and permission for this third sally, I found her altogether a different being from the one I sought; I found her enchanted and changed from a princess into a peasant, from fair to foul, from an angel into a devil, from fragrant to pestiferous, from refined to clownish, from a dignified lady into a jumping tomboy, and, in a word, from Dulcinea del Toboso into a coarse Sayago wench."

— ¡Válame Dios! —dando una gran voz, dijo a este instante el duque—. ¿Quién ha sido el que tanto mal ha hecho al mundo? ¿Quién ha quitado dél la belleza que le alegraba, el donaire que le entretenía y la honestidad que le acreditaba?

"God bless me!" said the duke aloud at this, "who can have done the world such an injury? Who can have robbed it of the beauty that gladdened it, of the grace and gaiety that charmed it, of the modesty that shed a lustre upon it?"

— ¿Quién? —respondió don Quijote—. ¿Quién puede ser sino algún maligno encantador de los muchos invidiosos que me persiguen? Esta raza maldita, nacida en el mundo para escurecer y aniquilar las hazañas de los buenos, y para dar luz y levantar los fechos de los malos. Perseguido me han encantadores, encantadores me persiguen y encantadores me perseguirán hasta dar conmigo y con mis altas caballerías en el profundo abismo del olvido; y en aquella parte me dañan y hieren donde veen que más lo siento, porque quitarle a un caballero andante su dama es quitarle los ojos con que mira, y el sol con que se alumbra, y el sustento con que se mantiene. Otras muchas veces lo he dicho, y ahora lo vuelvo a decir: que el caballero andante sin dama es como el árbol sin hojas, el edificio sin cimiento y la sombra sin cuerpo de quien se cause.

"Who?" replied Don Quixote; "who could it be but some malignant enchanter of the many that persecute me out of envy—that accursed race born into the world to obscure and bring to naught the achievements of the good, and glorify and exalt the deeds of the wicked? Enchanters have persecuted me, enchanters persecute me still, and enchanters will continue to persecute me until they have sunk me and my lofty chivalry in the deep abyss of oblivion; and they injure and wound me where they know I feel it most. For to deprive a knight-errant of his lady is to deprive him of the eyes he sees with, of the sun that gives him light, of the food whereby he lives. Many a time before have I said it, and I say it now once more, a knight-errant without a lady is like a tree without leaves, a building without a foundation, or a shadow without the body that causes it."

— No hay más que decir —dijo la duquesa—; pero si, con todo eso, hemos de dar crédito a la historia que del señor don Quijote de pocos días a esta parte ha salido a la luz del mundo, con general aplauso de las gentes, della se colige, si mal no me acuerdo, que nunca vuesa merced ha visto a la señora Dulcinea, y que esta tal señora no es en el mundo, sino que es dama fantástica, que vuesa merced la engendró y parió en su entendimiento, y la pintó con todas aquellas gracias y perfeciones que quiso.

"There is no denying it," said the duchess; "but still, if we are to believe the history of Don Quixote that has come out here lately with general applause, it is to be inferred from it, if I mistake not, that you never saw the lady Dulcinea, and that the said lady is nothing in the world but an imaginary lady, one that you yourself begot and gave birth to in your brain,

and adorned with whatever charms and perfections you chose."

— En eso hay mucho que decir —respondió don Quijote—. Dios sabe si hay Dulcinea o no en el mundo, o si es fantástica o no es fantástica; y éstas no son de las cosas cuya averiguación se ha de llevar hasta el cabo. Ni yo engendré ni parí a mi señora, puesto que la contemplo como conviene que sea una dama que contenga en sí las partes que puedan hacerla famosa en todas las del mundo, como son: hermosa, sin tacha, grave sin soberbia, amorosa con honestidad, agradecida por cortés, cortés por bien criada, y, finalmente, alta por linaje, a causa que sobre la buena sangre resplandece y campea la hermosura con más grados de perfeción que en las hermosas humildemente nacidas.

"There is a good deal to be said on that point," said Don Quixote; "God knows whether there be any Dulcinea or not in the world, or whether she is imaginary or not imaginary; these are things the proof of which must not be pushed to extreme lengths. I have not begotten nor given birth to my lady, though I behold her as she needs must be, a lady who contains in herself all the qualities to make her famous throughout the world, beautiful without blemish, dignified without haughtiness, tender and yet modest, gracious from courtesy and courteous from good breeding, and lastly, of exalted lineage, because beauty shines forth and excels with a higher degree of perfection upon good blood than in the fair of lowly birth."

— Así es —dijo el duque—; pero hame de dar licencia el señor don Quijote para que diga lo que me fuerza a decir la historia que de sus hazañas he leído, de donde se infiere que, puesto que se conceda que hay Dulcinea, en el Toboso o fuera dél, y que sea hermosa en el sumo grado que vuesa merced nos la pinta, en lo de la alteza del linaje no corre parejas con las Orianas, con las Alastrajareas, con las Madásimas, ni con

otras deste jaez, de quien están llenas las historias que vuesa merced bien sabe.

"That is true," said the duke; "but Señor Don Quixote will give me leave to say what I am constrained to say by the story of his exploits that I have read, from which it is to be inferred that, granting there is a Dulcinea in El Toboso, or out of it, and that she is in the highest degree beautiful as you have described her to us, as regards the loftiness of her lineage she is not on a par with the Orianas, Alastrajareas, Madasimas, or others of that sort, with whom, as you well know, the histories abound."

— A eso puedo decir —respondió don Quijote— que Dulcinea es hija de sus obras, y que las virtudes adoban la sangre, y que en más se ha de estimar y tener un humilde virtuoso que un vicioso levantado; cuanto más, que Dulcinea tiene un jirón que la puede llevar a ser reina de corona y ceptro; que el merecimiento de una mujer hermosa y virtuosa a hacer mayores milagros se estiende, y, aunque no formalmente, virtualmente tiene en sí encerradas mayores venturas.

"To that I may reply," said Don Quixote, "that Dulcinea is the daughter of her own works, and that virtues rectify blood, and that lowly virtue is more to be regarded and esteemed than exalted vice. Dulcinea, besides, has that within her that may raise her to be a crowned and sceptred queen; for the merit of a fair and virtuous woman is capable of performing greater miracles; and virtually, though not formally, she has in herself higher fortunes."

— Digo, señor don Quijote —dijo la duquesa—, que en todo cuanto vuestra merced dice va con pie de plomo, y, como suele decirse, con la sonda en la mano; y que yo desde aquí adelante creeré y haré creer a todos los de mi casa, y aun al duque mi señor, si fuere menester, que hay Dulcinea en el

Toboso, y que vive hoy día, y es hermosa, y principalmente nacida y merecedora que un tal caballero como es el señor don Quijote la sirva; que es lo más que puedo ni sé encarecer. Pero no puedo dejar de formar un escrúpulo, y tener algún no sé qué de ojeriza contra Sancho Panza: el escrúpulo es que dice la historia referida que el tal Sancho Panza halló a la tal señora Dulcinea, cuando de parte de vuestra merced le llevó una epístola, ahechando un costal de trigo, y, por más señas, dice que era rubión: cosa que me hace dudar en la alteza de su linaje.

"I protest, Señor Don Quixote," said the duchess, "that in all you say, you go most cautiously and lead in hand, as the saying is; henceforth I will believe myself, and I will take care that everyone in my house believes, even my lord the duke if needs be, that there is a Dulcinea in El Toboso, and that she is living to-day, and that she is beautiful and nobly born and deserves to have such a knight as Señor Don Quixote in her service, and that is the highest praise that it is in my power to give her or that I can think of. But I cannot help entertaining a doubt, and having a certain grudge against Sancho Panza; the doubt is this, that the aforesaid history declares that the said Sancho Panza, when he carried a letter on your worship's behalf to the said lady Dulcinea, found her sifting a sack of wheat; and more by token it says it was red wheat; a thing which makes me doubt the loftiness of her lineage."

A lo que respondió don Quijote:

To this Don Quixote made answer,

— Señora mía, sabrá la vuestra grandeza que todas o las más cosas que a mí me suceden van fuera de los términos ordinarios de las que a los otros caballeros andantes acontecen, o ya sean encaminadas por el querer inescrutable de los hados, o ya vengan encaminadas por la malicia de algún encantador invidioso; y, como es cosa ya averiguada que todos o los más caballeros andantes y famosos, uno tenga gracia de no poder ser encantado, otro de ser de tan impenetrables carnes que no pueda ser herido, como lo fue el famoso Roldán, uno de los doce Pares de Francia, de quien se cuenta que no podía ser ferido sino por la planta del pie izquierdo, y que esto había de ser con la punta de un alfiler gordo, y no con otra suerte de arma alguna; y así, cuando Bernardo del Carpio le mató en Roncesvalles, viendo que no le podía llagar con fierro, le levantó del suelo entre los brazos y le ahogó, acordándose entonces de la muerte que dio Hércules a Anteón, aquel feroz gigante que decían ser hijo de la Tierra. Quiero inferir de lo dicho, que podría ser que yo tuviese alguna gracia déstas, no del no poder ser ferido, porque muchas veces la experiencia me ha mostrado que soy de carnes blandas y no nada impenetrables, ni la de no poder ser encantado, que ya me he visto metido en una jaula, donde todo el mundo no fuera poderoso a encerrarme, si no fuera a fuerzas de encantamentos; pero, pues de aquél me libré, quiero creer que no ha de haber otro alguno que me empezca; y así, viendo estos encantadores que con mi persona no pueden usar de sus malas mañas, vénganse en las cosas que más quiero, y quieren quitarme la vida maltratando la de Dulcinea, por quien yo vivo; y así, creo que, cuando mi escudero le llevó mi embajada, se la convirtieron en villana y ocupada en tan bajo ejercicio como es el de ahechar trigo; pero ya tengo yo dicho que aquel trigo ni era rubión ni trigo, sino granos de perlas orientales; y para prueba desta verdad quiero decir a vuestras magnitudes cómo, viniendo poco ha por el Toboso, jamás pude hallar los palacios de Dulcinea; y que otro día, habiéndola visto Sancho, mi escudero, en su mesma figura, que es la más bella del orbe, a mí me pareció una labradora tosca y fea, y no nada bien razonada, siendo la discreción del mundo; y, pues yo no estoy encantado, ni lo puedo estar, según buen discurso, ella es la encantada, la ofendida y la mudada, trocada y trastrocada, y en ella se han vengado de mí mis enemigos, y por ella viviré yo en perpetuas lágrimas, hasta verla en su prístino estado. Todo esto he dicho para que nadie repare en lo que Sancho dijo del cernido ni del ahecho de Dulcinea; que, pues a mí me la mudaron, no es maravilla que a él se la cambiasen. Dulcinea es principal y bien nacida, y de los hidalgos linajes que hay en el Toboso, que son muchos, antiguos y muy buenos, a buen seguro que no le cabe poca parte a la sin par Dulcinea, por quien su lugar será famoso y nombrado en los venideros siglos, como lo ha sido Troya por Elena, y España por la Cava, aunque con mejor título y fama. Por otra parte, quiero que entiendan vuestras señorías que Sancho Panza es uno de los más graciosos escuderos que jamás sirvió a caballero andante; tiene a veces unas simplicidades tan agudas, que el pensar si es simple o agudo causa no pequeño contento; tiene malicias que le condenan por bellaco, y descuidos que le confirman por bobo; duda de todo y créelo todo; cuando pienso que se va a despeñar de tonto, sale con unas discreciones, que le levantan al cielo. Finalmente, yo no le trocaría con otro escudero, aunque me diesen de añadidura una ciudad; y así, estoy en duda si será bien enviarle al gobierno de quien vuestra grandeza le ha hecho merced; aunque veo en él una cierta aptitud para esto de gobernar, que atusándole tantico el entendimiento, se saldría con cualquiera gobierno, como el rey con sus alcabalas; y más, que ya por muchas experiencias sabemos que no es menester ni mucha habilidad ni muchas letras para ser uno gobernador, pues hay por ahí ciento que apenas saber leer, y gobiernan como unos girifaltes; el toque está en que tengan buena intención y deseen acertar en todo; que nunca les faltará quien les aconseje y encamine en lo que han de hacer, como los gobernadores caballeros y no letrados, que sentencian con asesor. Aconsejaríale yo que ni tome cohecho, ni pierda derecho, y otras cosillas que me quedan en el estómago, que saldrán a su tiempo, para utilidad de Sancho y provecho de la ínsula que gobernare.

"Señora, your highness must know that everything or almost everything that happens me transcends the ordinary limits of what happens to other knights-errant; whether it be that it is directed by the inscrutable will of destiny, or by the malice of some jealous enchanter. Now it is an established fact that all or most famous knights-errant have some special gift, one that of being proof against enchantment, another that of being made of such invulnerable flesh that he cannot be wounded, as was the famous Roland, one of the twelve peers of France, of whom it is related that he could not be wounded except in the sole of his left foot, and that it must be with the point of a stout pin and not with any other sort of weapon whatever; and so, when Bernardo del Carpio slew him at Roncesvalles, finding that he could not wound him with steel, he lifted him up from the ground in his arms and strangled him, calling to mind seasonably the death which Hercules inflicted on Antaeus, the fierce giant that they say was the son of Terra. I would infer from what I have mentioned that perhaps I may have some gift of this kind, not that of being invulnerable, because experience has many times proved to me that I am of tender flesh and not at all impenetrable; nor that of being proof against enchantment, for I have already seen myself thrust into a cage, in which all the world would not have been able to confine me except by force of enchantments. But as I delivered myself from that one, I am inclined to believe that there is no other that can hurt me; and so, these enchanters, seeing that they cannot exert their vile craft against my person, revenge themselves on what I love most, and seek to rob me of life by maltreating that of Dulcinea in whom I live; and therefore I am convinced that when my squire carried my message to her, they changed her into a common peasant girl, engaged in such a mean occupation as sifting wheat; I have already said, however, that that wheat was not red wheat, nor wheat at all, but grains of orient pearl. And as a proof of all this, I must tell your highnesses that, coming to El Toboso a short time back, I was altogether unable to discover the palace of Dulcinea; and that the next day, though Sancho, my squire, saw her in her own proper shape, which is the fairest in the world, to me she appeared to be a coarse, ill-favoured farm-wench, and by no means a well-spoken one, she who is propriety itself. And so, as I am not and, so far as one can judge, cannot be enchanted, she it is that is enchanted, that is smitten, that is altered, changed, and transformed; in her have my enemies revenged themselves upon me, and for her shall I live in ceaseless tears, until I see her in her pristine state. I have mentioned this lest anybody should mind what Sancho said about Dulcinea's winnowing or sifting; for, as they changed her to me, it is no wonder if they changed her to him. Dulcinea is illustrious and well-born, and of one of the gentle families of El Toboso, which are many, ancient, and good. Therein, most assuredly, not small is the share of the peerless Dulcinea, through whom her town will be famous and celebrated in ages to come, as Troy was through Helen, and Spain through La Cava, though with a better title and tradition. For another thing; I would have your graces understand that Sancho Panza is one of the drollest squires that ever served knight-errant; sometimes there is a simplicity about him so acute that it is an amusement to try and make out whether he is simple or sharp; he has mischievous tricks that stamp him rogue, and blundering ways that prove him a booby; he doubts everything and believes everything; when I fancy he is on the point of coming down headlong from sheer stupidity, he comes out with something shrewd that sends him up to the skies. After all, I would not exchange him for another squire, though

I were given a city to boot, and therefore I am in doubt whether it will be well to send him to the government your highness has bestowed upon him; though I perceive in him a certain aptitude for the work of governing, so that, with a little trimming of his understanding, he would manage any government as easily as the king does his taxes; and moreover, we know already ample experience that it does not require much cleverness or much learning to be a governor, for there are a hundred round about us that scarcely know how to read, and govern like gerfalcons. The main point is that they should have good intentions and be desirous of doing right in all things, for they will never be at a loss for persons to advise and direct them in what they have to do, like those knight-governors who, being no lawyers, pronounce sentences with the aid of an assessor. My advice to him will be to take no bribe and surrender no right, and I have some other little matters in reserve, that shall be produced in due season for Sancho's benefit and the advantage of the island he is to govern."

A este punto llegaban de su coloquio el duque, la duquesa y don Quijote, cuando oyeron muchas voces y gran rumor de gente en el palacio; y a deshora entró Sancho en la sala, todo asustado, con un cernadero por babador, y tras él muchos mozos, o, por mejor decir, pícaros de cocina y otra gente menuda, y uno venía con un artesoncillo de agua, que en la color y poca limpieza mostraba ser de fregar; seguíale y perseguíale el de la artesa, y procuraba con toda solicitud ponérsela y encajársela debajo de las barbas, y otro pícaro mostraba querérselas lavar.

The duke, duchess, and Don Quixote had reached this point in their conversation, when they heard voices and a great hubbub in the palace, and Sancho burst abruptly into the room all glowing with anger, with a straining-cloth by way of a bib, and followed by several servants, or, more

104

properly speaking, kitchen-boys and other
underlings, one of whom carried a small trough
full of water, that from its colour and impurity
was plainly dishwater. The one with the trough
pursued him and followed him everywhere he went,
endeavouring with the utmost persistence to
thrust it under his chin, while another kitchen-
boy seemed anxious to wash his beard.

— ¿Qué es esto, hermanos? —preguntó la duquesa—. ¿Qué
es esto? ¿Qué queréis a ese buen hombre? ¿Cómo y no
consideráis que está electo gobernador?

"What is all this, brothers?" asked the duchess.
"What is it? What do you want to do to this good
man? Do you forget he is a governor-elect?"

A lo que respondió el pícaro barbero:

To which the barber kitchen-boy replied,

— No quiere este señor dejarse lavar, como es usanza, y como
se la lavó el duque mi señor y el señor su amo.

"The gentleman will not let himself be washed as
is customary, and as my lord and the señor his
master have been."

— Sí quiero —respondió Sancho con mucha cólera—, pero
querría que fuese con toallas más limpias, con lejía mas clara
y con manos no tan sucias; que no hay tanta diferencia de mí
a mi amo, que a él le laven con agua de ángeles y a mí con
lejía de diablos. Las usanzas de las tierras y de los palacios de
los príncipes tanto son buenas cuanto no dan pesadumbre,
pero la costumbre del lavatorio que aquí se usa peor es que
de diciplinantes. Yo estoy limpio de barbas y no tengo
necesidad de semejantes refrigerios; y el que se llegare a
lavarme ni a tocarme a un pelo de la cabeza, digo, de mi
barba, hablando con el debido acatamiento, le daré tal
puñada que le deje el puño engastado en los cascos; que estas
tales ceremonias y jabonaduras más parecen burlas que
gasajos de huéspedes.

"Yes, I will," said Sancho, in a great rage; "but I'd like it to be with cleaner towels, clearer lye, and not such dirty hands; for there's not so much difference between me and my master that he should be washed with angels' water and I with devil's lye. The customs of countries and princes' palaces are only good so long as they give no annoyance; but the way of washing they have here is worse than doing penance. I have a clean beard, and I don't require to be refreshed in that fashion, and whoever comes to wash me or touch a hair of my head, I mean to say my beard, with all due respect be it said, I'll give him a punch that will leave my fist sunk in his skull; for cirimonies and soapings of this sort are more like jokes than the polite attentions of one's host."

Perecida de risa estaba la duquesa, viendo la cólera y oyendo las razones de Sancho, pero no dio mucho gusto a don Quijote verle tan mal adeliñado con la jaspeada toalla, y tan rodeado de tantos entretenidos de cocina; y así, haciendo una profunda reverencia a los duques, como que les pedía licencia para hablar, con voz reposada dijo a la canalla:

The duchess was ready to die with laughter when she saw Sancho's rage and heard his words; but it was no pleasure to Don Quixote to see him in such a sorry trim, with the dingy towel about him, and the hangers-on of the kitchen all round him; so making a low bow to the duke and duchess, as if to ask their permission to speak, he addressed the rout in a dignified tone:

— ¡Hola, señores caballeros! Vuesas mercedes dejen al mancebo, y vuélvanse por donde vinieron, o por otra parte si se les antojare, que mi escudero es limpio tanto como otro, y esas artesillas son para él estrechas y penantes búcaros. Tomen mi consejo y déjenle, porque ni él ni yo sabemos de achaque de burlas.

"Holloa, gentlemen! you let that youth alone, and go back to where you came from, or anywhere else if you like; my squire is as clean as any other person, and those troughs are as bad as narrow thin-necked jars to him; take my advice and leave him alone, for neither he nor I understand joking."

Cogióle la razón de la boca Sancho, y prosiguió diciendo:

Sancho took the word out of his mouth and went on,

— ¡No, sino lléguense a hacer burla del mostrenco, que así lo sufriré como ahora es de noche! Traigan aquí un peine, o lo que quisieren, y almohácenme estas barbas, y si sacaren dellas cosa que ofenda a la limpieza, que me trasquilen a cruces.

"Nay, let them come and try their jokes on the country bumpkin, for it's about as likely I'll stand them as that it's now midnight! Let them bring me a comb here, or what they please, and curry this beard of mine, and if they get anything out of it that offends against cleanliness, let them clip me to the skin."

A esta sazón, sin dejar la risa, dijo la duquesa:

Upon this, the duchess, laughing all the while, said,

— Sancho Panza tiene razón en todo cuanto ha dicho, y la tendrá en todo cuanto dijere: él es limpio, y, como él dice, no tiene necesidad de lavarse; y si nuestra usanza no le contenta, su alma en su palma, cuanto más, que vosotros, ministros de la limpieza, habéis andado demasiadamente de remisos y descuidados, y no sé si diga atrevidos, a traer a tal personaje y a tales barbas, en lugar de fuentes y aguamaniles de oro puro y de alemanas toallas, artesillas y dornajos de palo y rodillas de aparadores. Pero, en fin, sois malos y mal nacidos, y no podéis dejar, como malandrines que sois, de mostrar la

ojeriza que tenéis con los escuderos de los andantes caballeros.

"Sancho Panza is right, and always will be in all he says; he is clean, and, as he says himself, he does not require to be washed; and if our ways do not please him, he is free to choose. Besides, you promoters of cleanliness have been excessively careless and thoughtless, I don't know if I ought not to say audacious, to bring troughs and wooden utensils and kitchen dishclouts, instead of basins and jugs of pure gold and towels of holland, to such a person and such a beard; but, after all, you are ill-conditioned and ill-bred, and spiteful as you are, you cannot help showing the grudge you have against the squires of knights-errant."

Creyeron los apicarados ministros, y aun el maestresala, que venía con ellos, que la duquesa hablaba de veras; y así, quitaron el cernadero del pecho de Sancho, y todos confusos y casi corridos se fueron y le dejaron; el cual, viéndose fuera de aquel, a su parecer, sumo peligro, se fue a hincar de rodillas ante la duquesa y dijo:

The impudent servitors, and even the seneschal who came with them, took the duchess to be speaking in earnest, so they removed the straining-cloth from Sancho's neck, and with something like shame and confusion of face went off all of them and left him; whereupon he, seeing himself safe out of that extreme danger, as it seemed to him, ran and fell on his knees before the duchess, saying,

— De grandes señoras, grandes mercedes se esperan; esta que la vuestra merced hoy me ha fecho no puede pagarse con menos, si no es con desear verme armado caballero andante, para ocuparme todos los días de mi vida en servir a tan alta señora. Labrador soy, Sancho Panza me llamo, casado soy, hijos tengo y de escudero sirvo: si con alguna destas cosas

puedo servir a vuestra grandeza, menos tardaré yo en obedecer que vuestra señoría en mandar.

"From great ladies great favours may be looked for; this which your grace has done me today cannot be requited with less than wishing I was dubbed a knight-errant, to devote myself all the days of my life to the service of so exalted a lady. I am a labouring man, my name is Sancho Panza, I am married, I have children, and I am serving as a squire; if in any one of these ways I can serve your highness, I will not be longer in obeying than your grace in commanding."

— Bien parece, Sancho —respondió la duquesa—, que habéis aprendido a ser cortés en la escuela de la misma cortesía; bien parece, quiero decir, que os habéis criado a los pechos del señor don Quijote, que debe de ser la nata de los comedimientos y la flor de las ceremonias, o cirimonias, como vos decís. Bien haya tal señor y tal criado: el uno, por norte de la andante caballería; y el otro, por estrella de la escuderil fidelidad. Levantaos, Sancho amigo, que yo satisfaré vuestras cortesías con hacer que el duque mi señor, lo más presto que pudiere, os cumpla la merced prometida del gobierno.

"It is easy to see, Sancho," replied the duchess, "that you have learned to be polite in the school of politeness itself; I mean to say it is easy to see that you have been nursed in the bosom of Señor Don Quixote, who is, of course, the cream of good breeding and flower of ceremony—or cirimony, as you would say yourself. Fair be the fortunes of such a master and such a servant, the one the cynosure of knight-errantry, the other the star of squirely fidelity! Rise, Sancho, my friend; I will repay your courtesy by taking care that my lord the duke makes good to you the promised gift of the government as soon as possible."

Con esto cesó la plática, y don Quijote se fue a reposar la

siesta, y la duquesa pidió a Sancho que, si no tenía mucha gana de dormir, viniese a pasar la tarde con ella y con sus doncellas en una muy fresca sala. Sancho respondió que, aunque era verdad que tenía por costumbre dormir cuatro o cinco horas las siestas del verano, que, por servir a su bondad, él procuraría con todas sus fuerzas no dormir aquel día ninguna, y vendría obediente a su mandado, y fuese. El duque dio nuevas órdenes como se tratase a don Quijote como a caballero andante, sin salir un punto del estilo como cuentan que se trataban los antiguos caballeros.

With this, the conversation came to an end, and Don Quixote retired to take his midday sleep; but the duchess begged Sancho, unless he had a very great desire to go to sleep, to come and spend the afternoon with her and her damsels in a very cool chamber. Sancho replied that, though he certainly had the habit of sleeping four or five hours in the heat of the day in summer, to serve her excellence he would try with all his might not to sleep even one that day, and that he would come in obedience to her command, and with that he went off. The duke gave fresh orders with respect to treating Don Quixote as a knight-errant, without departing even in smallest particular from the style in which, as the stories tell us, they used to treat the knights of old.

Capítulo XXXIII. De la sabrosa plática que la duquesa y sus doncellas pasaron con Sancho Panza, digna de que se lea y de que se note

CHAPTER XXXIII. OF THE DELECTABLE DISCOURSE WHICH THE DUCHESS AND HER DAMSELS HELD WITH SANCHO PANZA, WELL WORTH READING AND NOTING

Cuenta, pues, la historia, que Sancho no durmió aquella siesta, sino que, por cumplir su palabra, vino en comiendo a ver a la duquesa; la cual, con el gusto que tenía de oírle, le hizo sentar junto a sí en una silla baja, aunque Sancho, de puro bien criado, no quería sentarse; pero la duquesa le dijo que se sentase como gobernador y hablase como escudero, puesto que por entrambas cosas merecía el mismo escaño del Cid Ruy Díaz Campeador.

The history records that Sancho did not sleep that afternoon, but in order to keep his word came, before he had well done dinner, to visit the duchess, who, finding enjoyment in listening to him, made him sit down beside her on a low seat, though Sancho, out of pure good breeding, wanted not to sit down; the duchess, however, told him he was to sit down as governor and talk as squire, as in both respects he was worthy of even the chair of the Cid Ruy Diaz the Campeador.

Encogió Sancho los hombros, obedeció y sentóse, y todas las doncellas y dueñas de la duquesa la rodearon, atentas, con grandísimo silencio, a escuchar lo que diría; pero la duquesa fue la que habló primero, diciendo:

Sancho shrugged his shoulders, obeyed, and sat down, and all the duchess's damsels and duennas gathered round him, waiting in profound silence to hear what he would say. It was the duchess, however, who spoke first, saying:

— Ahora que estamos solos, y que aquí no nos oye nadie,

111

querría yo que el señor gobernador me asolviese ciertas dudas que tengo, nacidas de la historia que del gran don Quijote anda ya impresa; una de las cuales dudas es que, pues el buen Sancho nunca vio a Dulcinea, digo, a la señora Dulcinea del Toboso, ni le llevó la carta del señor don Quijote, porque se quedó en el libro de memoria en Sierra Morena, cómo se atrevió a fingir la respuesta, y aquello de que la halló ahechando trigo, siendo todo burla y mentira, y tan en daño de la buena opinión de la sin par Dulcinea, y todas que no vienen bien con la calidad y fidelidad de los buenos escuderos.

"Now that we are alone, and that there is nobody here to overhear us, I should be glad if the señor governor would relieve me of certain doubts I have, rising out of the history of the great Don Quixote that is now in print. One is: inasmuch as worthy Sancho never saw Dulcinea, I mean the lady Dulcinea del Toboso, nor took Don Quixote's letter to her, for it was left in the memorandum book in the Sierra Morena, how did he dare to invent the answer and all that about finding her sifting wheat, the whole story being a deception and falsehood, and so much to the prejudice of the peerless Dulcinea's good name, a thing that is not at all becoming the character and fidelity of a good squire?"

A estas razones, sin responder con alguna, se levantó Sancho de la silla, y, con pasos quedos, el cuerpo agobiado y el dedo puesto sobre los labios, anduvo por toda la sala levantando los doseles; y luego, esto hecho, se volvió a sentar y dijo:

At these words, Sancho, without uttering one in reply, got up from his chair, and with noiseless steps, with his body bent and his finger on his lips, went all round the room lifting up the hangings; and this done, he came back to his seat and said,

— Ahora, señora mía, que he visto que no nos escucha nadie

de solapa, fuera de los circunstantes, sin temor ni sobresalto responderé a lo que se me ha preguntado, y a todo aquello que se me preguntare; y lo primero que digo es que yo tengo a mi señor don Quijote por loco rematado, puesto que algunas veces dice cosas que, a mi parecer, y aun de todos aquellos que le escuchan, son tan discretas y por tan buen carril encaminadas, que el mesmo Satanás no las podría decir mejores; pero, con todo esto, verdaderamente y sin escrúpulo, a mí se me ha asentado que es un mentecato. Pues, como yo tengo esto en el magín, me atrevo a hacerle creer lo que no lleva pies ni cabeza, como fue aquello de la respuesta de la carta, y lo de habrá seis o ocho días, que aún no está en historia; conviene a saber: lo del encanto de mi señora doña Dulcinea, que le he dado a entender que está encantada, no siendo más verdad que por los cerros de Úbeda.

"Now, señora, that I have seen that there is no one except the bystanders listening to us on the sly, I will answer what you have asked me, and all you may ask me, without fear or dread. And the first thing I have got to say is, that for my own part I hold my master Don Quixote to be stark mad, though sometimes he says things that, to my mind, and indeed everybody's that listens to him, are so wise, and run in such a straight furrow, that Satan himself could not have said them better; but for all that, really, and beyond all question, it's my firm belief he is cracked. Well, then, as this is clear to my mind, I can venture to make him believe things that have neither head nor tail, like that affair of the answer to the letter, and that other of six or eight days ago, which is not yet in history, that is to say, the affair of the enchantment of my lady Dulcinea; for I made him believe she is enchanted, though there's no more truth in it than over the hills of Ubeda."

Rogóle la duquesa que le contase aquel encantamento o burla, y Sancho se lo contó todo del mesmo modo que había pasado,

113

de que no poco gusto recibieron los oyentes; y, prosiguiendo en su plática, dijo la duquesa:

The duchess begged him to tell her about the enchantment or deception, so Sancho told the whole story exactly as it had happened, and his hearers were not a little amused by it; and then resuming, the duchess said,

— De lo que el buen Sancho me ha contado me anda brincando un escrúpulo en el alma y un cierto susurro llega a mis oídos, que me dice: "Pues don Quijote de la Mancha es loco, menguado y mentecato, y Sancho Panza su escudero lo conoce, y, con todo eso, le sirve y le sigue y va atenido a las vanas promesas suyas, sin duda alguna debe de ser él más loco y tonto que su amo; y, siendo esto así, como lo es, mal contado te será, señora duquesa, si al tal Sancho Panza le das ínsula que gobierne, porque el que no sabe gobernarse a sí, ¿cómo sabrá gobernar a otros?"

"In consequence of what worthy Sancho has told me, a doubt starts up in my mind, and there comes a kind of whisper to my ear that says, 'If Don Quixote be mad, crazy, and cracked, and Sancho Panza his squire knows it, and, notwithstanding, serves and follows him, and goes trusting to his empty promises, there can be no doubt he must be still madder and sillier than his master; and that being so, it will be cast in your teeth, señora duchess, if you give the said Sancho an island to govern; for how will he who does not know how to govern himself know how to govern others?'"

— Par Dios, señora —dijo Sancho—, que ese escrúpulo viene con parto derecho; pero dígale vuesa merced que hable claro, o como quisiere, que yo conozco que dice verdad: que si yo fuera discreto, días ha que había de haber dejado a mi amo. Pero ésta fue mi suerte, y ésta mi malandanza; no puedo más, seguirle tengo: somos de un mismo lugar, he comido su pan, quiérole bien, es agradecido, diome sus pollinos, y, sobre todo, yo soy fiel; y así, es imposible que nos pueda apartar otro suceso que el de la pala y azadón. Y si vuestra altanería no quisiere que se me dé el prometido gobierno, de menos me hizo Dios, y podría ser que el no dármele redundase en pro de mi conciencia; que, maguera tonto, se me entiende aquel refrán de "por su mal le nacieron alas a la hormiga"; y aun podría ser que se fuese más aína Sancho escudero al cielo, que no Sancho gobernador. Tan buen pan hacen aquí como en Francia; y de noche todos los gatos son pardos, y asaz de desdichada es la persona que a las dos de la tarde no se ha desayunado; y no hay estómago que sea un palmo mayor que otro, el cual se puede llenar, como suele decirse, de paja y de heno; y las avecitas del campo tienen a Dios por su proveedor y despensero; y más calientan cuatro varas de paño de Cuenca que otras cuatro de límiste de Segovia; y al dejar este mundo y meternos la tierra adentro, por tan estrecha senda va el príncipe como el jornalero, y no ocupa más pies de tierra el cuerpo del Papa que el del sacristán, aunque sea más alto el uno que el otro; que al entrar en el hoyo todos nos ajustamos y encogemos, o nos hacen ajustar y encoger, mal que nos pese y a buenas noches. Y torno a decir que si vuestra señoría no me quisiere dar la ínsula por tonto, yo sabré no dárseme nada por discreto; y yo he oído decir que detrás de la cruz está el diablo, y que no es oro todo lo que reluce, y que de entre los bueyes, arados y coyundas sacaron al labrador Wamba para ser rey de España, y de entre los brocados, pasatiempos y riquezas sacaron a Rodrigo para ser comido de culebras, si es que las trovas de los romances antiguos no mienten.

"By God, señora," said Sancho, "but that doubt comes timely; but your grace may say it out, and speak plainly, or as you like; for I know what you say is true, and if I were wise I should have left my master long ago; but this was my fate, this was my bad luck; I can't help it, I must follow him; we're from the same village, I've

115

eaten his bread, I'm fond of him, I'm grateful, he gave me his ass-colts, and above all I'm faithful; so it's quite impossible for anything to separate us, except the pickaxe and shovel. And if your highness does not like to give me the government you promised, God made me without it, and maybe your not giving it to me will be all the better for my conscience, for fool as I am I know the proverb 'to her hurt the ant got wings,' and it may be that Sancho the squire will get to heaven sooner than Sancho the governor. 'They make as good bread here as in France,' and 'by night all cats are grey,' and 'a hard case enough his, who hasn't broken his fast at two in the afternoon,' and 'there's no stomach a hand's breadth bigger than another,' and the same can be filled 'with straw or hay,' as the saying is, and 'the little birds of the field have God for their purveyor and caterer,' and 'four yards of Cuenca frieze keep one warmer than four of Segovia broad-cloth,' and 'when we quit this world and are put underground the prince travels by as narrow a path as the journeyman,' and 'the Pope's body does not take up more feet of earth than the sacristan's,' for all that the one is higher than the other; for when we go to our graves we all pack ourselves up and make ourselves small, or rather they pack us up and make us small in spite of us, and then—good night to us. And I say once more, if your ladyship does not like to give me the island because I'm a fool, like a wise man I will take care to give myself no trouble about it; I have heard say that 'behind the cross there's the devil,' and that 'all that glitters is not gold,' and that from among the oxen, and the ploughs, and the yokes, Wamba the husbandman was taken to be made King of Spain, and from among brocades, and pleasures, and riches, Roderick was taken to be devoured by adders, if the verses of the old ballads don't lie."

— Y ¡cómo que no mienten! —dijo a esta sazón doña Rodríguez la dueña, que era una de las escuchantes—: que un romance hay que dice que metieron al rey Rodrigo, vivo vivo, en una tumba llena de sapos, culebras y lagartos, y que de allí a dos días dijo el rey desde dentro de la tumba, con voz doliente y baja:

"To be sure they don't lie!" exclaimed Dona Rodriguez, the duenna, who was one of the listeners. "Why, there's a ballad that says they put King Rodrigo alive into a tomb full of toads, and adders, and lizards, and that two days afterwards the king, in a plaintive, feeble voice, cried out from within the tomb—

Ya me comen, ya me comen
por do más pecado había;

**They gnaw me now, they gnaw me now,
There where I most did sin.**

y, según esto, mucha razón tiene este señor en decir que quiere más ser más labrador que rey, si le han de comer sabandijas.

And according to that the gentleman has good reason to say he would rather be a labouring man than a king, if vermin are to eat him."

No pudo la duquesa tener la risa, oyendo la simplicidad de su dueña, ni dejó de admirarse en oír las razones y refranes de Sancho, a quien dijo:

The duchess could not help laughing at the simplicity of her duenna, or wondering at the language and proverbs of Sancho, to whom she said,

— Ya sabe el buen Sancho que lo que una vez promete un caballero procura cumplirlo, aunque le cueste la vida. El duque, mi señor y marido, aunque no es de los andantes, no por eso deja de ser caballero, y así, cumplirá la palabra de la

117

prometida ínsula, a pesar de la invidia y de la malicia del mundo. Esté Sancho de buen ánimo, que cuando menos lo piense se verá sentado en la silla de su ínsula y en la de su estado, y empuñará su gobierno, que con otro de brocado de tres altos lo deseche. Lo que yo le encargo es que mire cómo gobierna sus vasallos, advirtiendo que todos son leales y bien nacidos.

"Worthy Sancho knows very well that when once a knight has made a promise he strives to keep it, though it should cost him his life. My lord and husband the duke, though not one of the errant sort, is none the less a knight for that reason, and will keep his word about the promised island, in spite of the envy and malice of the world. Let Sancho be of good cheer; for when he least expects it he will find himself seated on the throne of his island and seat of dignity, and will take possession of his government that he may discard it for another of three-bordered brocade. The charge I give him is to be careful how he governs his vassals, bearing in mind that they are all loyal and well-born."

— Eso de gobernarlos bien —respondió Sancho— no hay para qué encargármelo, porque yo soy caritativo de mío y tengo compasión de los pobres; y a quien cuece y amasa, no le hurtes hogaza; y para mi santiguada que no me han de echar dado falso; soy perro viejo, y entiendo todo tus, tus, y sé despabilarme a sus tiempos, y no consiento que me anden musarañas ante los ojos, porque sé dónde me aprieta el zapato: dígolo porque los buenos tendrán conmigo mano y concavidad, y los malos, ni pie ni entrada. Y paréceme a mí que en esto de los gobiernos todo es comenzar, y podría ser que a quince días de gobernador me comiese las manos tras el oficio y supiese más dél que de la labor del campo, en que me he criado.

"As to governing them well," said Sancho, "there's no need of charging me to do that, for

I'm kind-hearted by nature, and full of compassion for the poor; there's no stealing the loaf from him who kneads and bakes;' and by my faith it won't do to throw false dice with me; I am an old dog, and I know all about 'tus, tus;' I can be wide-awake if need be, and I don't let clouds come before my eyes, for I know where the shoe pinches me; I say so, because with me the good will have support and protection, and the bad neither footing nor access. And it seems to me that, in governments, to make a beginning is everything; and maybe, after having been governor a fortnight, I'll take kindly to the work and know more about it than the field labour I have been brought up to."

— Vos tenéis razón razón, Sancho —dijo la duquesa—, que nadie nace enseñado, y de los hombres se hacen los obispos, que no de las piedras. Pero, volviendo a la plática que poco ha tratábamos del encanto de la señora Dulcinea, tengo por cosa cierta y más que averiguada que aquella imaginación que Sancho tuvo de burlar a su señor y darle a entender que la labradora era Dulcinea, y que si su señor no la conocía debía de ser por estar encantada, toda fue invención de alguno de los encantadores que al señor don Quijote persiguen; porque real y verdaderamente yo sé de buena parte que la villana que dio el brinco sobre la pollina era y es Dulcinea del Toboso, y que el buen Sancho, pensando ser el engañador, es el engañado; y no hay poner más duda en esta verdad que en las cosas que nunca vimos; y sepa el señor Sancho Panza que también tenemos acá encantadores que nos quieren bien, y nos dicen lo que pasa por el mundo, pura y sencillamente, sin enredos ni máquinas; y créame Sancho que la villana brincadora era y es Dulcinea del Toboso, que está encantada como la madre que la parió; y cuando menos nos pensemos, la habemos de ver en su propia figura, y entonces saldrá Sancho del engaño en que vive.

"You are right, Sancho," said the duchess, "for

no one is born ready taught, and the bishops are made out of men and not out of stones. But to return to the subject we were discussing just now, the enchantment of the lady Dulcinea, I look upon it as certain, and something more than evident, that Sancho's idea of practising a deception upon his master, making him believe that the peasant girl was Dulcinea and that if he did not recognise her it must be because she was enchanted, was all a device of one of the enchanters that persecute Don Quixote. For in truth and earnest, I know from good authority that the coarse country wench who jumped up on the ass was and is Dulcinea del Toboso, and that worthy Sancho, though he fancies himself the deceiver, is the one that is deceived; and that there is no more reason to doubt the truth of this, than of anything else we never saw. Señor Sancho Panza must know that we too have enchanters here that are well disposed to us, and tell us what goes on in the world, plainly and distinctly, without subterfuge or deception; and believe me, Sancho, that agile country lass was and is Dulcinea del Toboso, who is as much enchanted as the mother that bore her; and when we least expect it, we shall see her in her own proper form, and then Sancho will be disabused of the error he is under at present."

— Bien puede ser todo eso —dijo Sancho Panza—; y agora quiero creer lo que mi amo cuenta de lo que vio en la cueva de Montesinos, donde dice que vio a la señora Dulcinea del Toboso en el mesmo traje y hábito que yo dije que la había visto cuando la encanté por solo mi gusto; y todo debió de ser al revés, como vuesa merced, señora mía, dice, porque de mi ruin ingenio no se puede ni debe presumir que fabricase en un instante tan agudo embuste, ni creo yo que mi amo es tan loco que con tan flaca y magra persuasión como la mía creyese una cosa tan fuera de todo término. Pero, señora, no por esto será bien que vuestra bondad me tenga por malévolo, pues no está obligado un porro como yo a taladrar los pensamientos y malicias de los pésimos encantadores: yo fingí aquello por escaparme de las riñas de mi señor don Quijote, y no con intención de ofenderle; y si ha salido al revés, Dios está en el cielo, que juzga los corazones.

"All that's very possible," said Sancho Panza; "and now I'm willing to believe what my master says about what he saw in the cave of Montesinos, where he says he saw the lady Dulcinea del Toboso in the very same dress and apparel that I said I had seen her in when I enchanted her all to please myself. It must be all exactly the other way, as your ladyship says; because it is impossible to suppose that out of my poor wit such a cunning trick could be concocted in a moment, nor do I think my master is so mad that by my weak and feeble persuasion he could be made to believe a thing so out of all reason. But, señora, your excellence must not therefore think me ill-disposed, for a dolt like me is not bound to see into the thoughts and plots of those vile enchanters. I invented all that to escape my master's scolding, and not with any intention of hurting him; and if it has turned out differently, there is a God in heaven who judges our hearts."

— Así es la verdad —dijo la duquesa—; pero dígame agora, Sancho, qué es esto que dice de la cueva de Montesinos, que gustaría saberlo.

"That is true," said the duchess; "but tell me, Sancho, what is this you say about the cave of Montesinos, for I should like to know."

Entonces Sancho Panza le contó punto por punto lo que queda dicho acerca de la tal aventura. Oyendo lo cual la duquesa, dijo:

Sancho upon this related to her, word for word, what has been said already touching that adventure, and having heard it the duchess said,

— Deste suceso se puede inferir que, pues el gran don Quijote dice que vio allí a la mesma labradora que Sancho vio a la salida del Toboso, sin duda es Dulcinea, y que andan por aquí los encantadores muy listos y demasiadamente curiosos.

"From this occurrence it may be inferred that, as the great Don Quixote says he saw there the same country wench Sancho saw on the way from El Toboso, it is, no doubt, Dulcinea, and that there are some very active and exceedingly busy enchanters about."

— Eso digo yo —dijo Sancho Panza—, que si mi señora Dulcinea del Toboso está encantada, su daño; que yo no me tengo de tomar, yo, con los enemigos de mi amo, que deben de ser muchos y malos. Verdad sea que la que yo vi fue una labradora, y por labradora la tuve, y por tal labradora la juzgué; y si aquélla era Dulcinea, no ha de estar a mi cuenta, ni ha de correr por mí, o sobre ello, morena. No, sino ándense a cada triquete conmigo a dime y direte, "Sancho lo dijo, Sancho lo hizo, Sancho tornó y Sancho volvió", como si Sancho fuese algún quienquiera, y no fuese el mismo Sancho Panza, el que anda ya en libros por ese mundo adelante, según me dijo Sansón Carrasco, que, por lo menos, es persona bachillerada por Salamanca, y los tales no pueden mentir si no es cuando se les antoja o les viene muy a cuento; así que, no hay para qué nadie se tome conmigo, y pues que tengo buena fama, y, según oí decir a mi señor, que más vale el buen nombre que las muchas riquezas, encájenme ese gobierno y verán maravillas; que quien ha sido buen escudero será buen gobernador.

"So I say," said Sancho, "and if my lady Dulcinea is enchanted, so much the worse for her, and I'm not going to pick a quarrel with my master's enemies, who seem to be many and spiteful. The truth is that the one I saw was a country wench, and I set her down to be a country wench; and if

122

that was Dulcinea it must not be laid at my door, nor should I be called to answer for it or take the consequences. But they must go nagging at me at every step—'Sancho said it, Sancho did it, Sancho here, Sancho there,' as if Sancho was nobody at all, and not that same Sancho Panza that's now going all over the world in books, so Samson Carrasco told me, and he's at any rate one that's a bachelor of Salamanca; and people of that sort can't lie, except when the whim seizes them or they have some very good reason for it. So there's no occasion for anybody to quarrel with me; and then I have a good character, and, as I have heard my master say, 'a good name is better than great riches;' let them only stick me into this government and they'll see wonders, for one who has been a good squire will be a good governor."

— Todo cuanto aquí ha dicho el buen Sancho —dijo la duquesa— son sentencias catonianas, o, por lo menos, sacadas de las mesmas entrañas del mismo Micael Verino, florentibus occidit annis. En fin, en fin, hablando a su modo, debajo de mala capa suele haber buen bebedor.

"All worthy Sancho's observations," said the duchess, "are Catonian sentences, or at any rate out of the very heart of Michael Verino himself, who florentibus occidit annis. In fact, to speak in his own style, 'under a bad cloak there's often a good drinker.'"

— En verdad, señora —respondió Sancho—, que en mi vida he bebido de malicia; con sed bien podría ser, porque no tengo nada de hipócrita: bebo cuando tengo gana, y cuando no la tengo y cuando me lo dan, por no parecer o melindroso o malcriado; que a un brindis de un amigo, ¿qué corazón ha de haber tan de mármol que no haga la razón? Pero, aunque las calzo, no las ensucio; cuanto más, que los escuderos de los caballeros andantes, casi de ordinario beben agua, porque siempre andan por florestas, selvas y prados, montañas y riscos, sin hallar una misericordia de vino, si dan por ella un ojo.

"Indeed, señora," said Sancho, "I never yet drank out of wickedness; from thirst I have very likely, for I have nothing of the hypocrite in me; I drink when I'm inclined, or, if I'm not inclined, when they offer it to me, so as not to look either strait-laced or ill-bred; for when a friend drinks one's health what heart can be so hard as not to return it? But if I put on my shoes I don't dirty them; besides, squires to knights-errant mostly drink water, for they are always wandering among woods, forests and meadows, mountains and crags, without a drop of wine to be had if they gave their eyes for it."

— Yo lo creo así —respondió la duquesa—. Y por ahora, váyase Sancho a reposar, que después hablaremos más largo y daremos orden como vaya presto a encajarse, como él dice, aquel gobierno.

"So I believe," said the duchess; "and now let Sancho go and take his sleep, and we will talk by-and-by at greater length, and settle how he may soon go and stick himself into the government, as he says."

De nuevo le besó las manos Sancho a la duquesa, y le suplicó le hiciese merced de que se tuviese buena cuenta con su rucio, porque era la lumbre de sus ojos.

Sancho once more kissed the duchess's hand, and entreated her to let good care be taken of his Dapple, for he was the light of his eyes.

— ¿Qué rucio es éste? —preguntó la duquesa.

"What is Dapple?" said the duchess.

— Mi asno —respondió Sancho—, que por no nombrarle con este nombre, le suelo llamar el rucio; y a esta señora dueña le rogué, cuando entré en este castillo, tuviese cuenta con él, y azoróse de manera como si la hubiera dicho que era fea o vieja, debiendo ser más propio y natural de las dueñas pensar jumentos que autorizar las salas. ¡Oh, válame Dios, y cuán mal estaba con estas señoras un hidalgo de mi lugar!

"My ass," said Sancho, "which, not to mention him by that name, I'm accustomed to call Dapple; I begged this lady duenna here to take care of him when I came into the castle, and she got as angry as if I had said she was ugly or old, though it ought to be more natural and proper for duennas to feed asses than to ornament chambers. God bless me! what a spite a gentleman of my village had against these ladies!"

— Sería algún villano —dijo doña Rodríguez, la dueña—, que si él fuera hidalgo y bien nacido, él las pusiera sobre el cuerno de la luna.

"He must have been some clown," said Dona Rodriguez the duenna; "for if he had been a gentleman and well-born he would have exalted them higher than the horns of the moon."

— Agora bien —dijo la duquesa—, no haya más: calle doña Rodríguez y sosiéguese el señor Panza, y quédese a mi cargo el regalo del rucio; que, por ser alhaja de Sancho, le pondré yo sobre las niñas de mis ojos.

"That will do," said the duchess; "no more of this; hush, Dona Rodriguez, and let Señor Panza rest easy and leave the treatment of Dapple in my charge, for as he is a treasure of Sancho's, I'll put him on the apple of my eye."

— En la caballeriza basta que esté —respondió Sancho—, que sobre las niñas de los ojos de vuestra grandeza ni él ni yo somos dignos de estar sólo un momento, y así lo consintiría yo como darme de puñaladas; que, aunque dice mi señor que en las cortesías antes se ha de perder por carta de más que de menos, en las jumentiles y así niñas se ha de ir con el compás en la mano y con medido término.

"It will be enough for him to be in the stable," said Sancho, "for neither he nor I are worthy to rest a moment in the apple of your highness's eye, and I'd as soon stab myself as consent to it; for though my master says that in civilities it is better to lose by a card too many than a card too few, when it comes to civilities to asses we must mind what we are about and keep within due bounds."

— Llévele —dijo la duquesa— Sancho al gobierno, y allá le podrá regalar como quisiere, y aun jubilarle del trabajo.

"Take him to your government, Sancho," said the duchess, "and there you will be able to make as much of him as you like, and even release him from work and pension him off."

— No piense vuesa merced, señora duquesa, que ha dicho mucho —dijo Sancho—; que yo he visto ir más de dos asnos a los gobiernos, y que llevase yo el mío no sería cosa nueva.

"Don't think, señora duchess, that you have said anything absurd," said Sancho; "I have seen more than two asses go to governments, and for me to take mine with me would be nothing new."

Las razones de Sancho renovaron en la duquesa la risa y el contento; y, enviándole a reposar, ella fue a dar cuenta al duque de lo que con él había pasado, y entre los dos dieron traza y orden de hacer una burla a don Quijote que fuese famosa y viniese bien con el estilo caballeresco, en el cual le hicieron muchas, tan propias y discretas, que son las mejores aventuras que en esta grande historia se contienen.

Sancho's words made the duchess laugh again and gave her fresh amusement, and dismissing him to sleep she went away to tell the duke the conversation she had had with him, and between them they plotted and arranged to play a joke

upon Don Quixote that was to be a rare one and
entirely in knight-errantry style, and in that
same style they practised several upon him, so
much in keeping and so clever that they form the
best adventures this great history contains.

Capítulo XXXIV. Que cuenta de la noticia que se tuvo de cómo se había de desencantar la sin par Dulcinea del Toboso, que es una de las aventuras más famosas deste libro

CHAPTER XXXIV. WHICH RELATES HOW THEY LEARNED THE WAY IN WHICH THEY WERE TO DISENCHANT THE PEERLESS DULCINEA DEL TOBOSO, WHICH IS ONE OF THE RAREST ADVENTURES IN THIS BOOK

Grande era el gusto que recebían el duque y la duquesa de la conversación de don Quijote y de la de Sancho Panza; y, confirmándose en la intención que tenían de hacerles algunas burlas que llevasen vislumbres y apariencias de aventuras, tomaron motivo de la que don Quijote ya les había contado de la cueva de Montesinos, para hacerle una que fuese famosa (pero de lo que más la duquesa se admiraba era que la simplicidad de Sancho fuese tanta que hubiese venido a creer ser verdad infalible que Dulcinea del Toboso estuviese encantada, habiendo sido él mesmo el encantador y el embustero de aquel negocio); y así, habiendo dado orden a sus criados de todo lo que habían de hacer, de allí a seis días le llevaron a caza de montería, con tanto aparato de monteros y cazadores como pudiera llevar un rey coronado.

Great was the pleasure the duke and duchess took in the conversation of Don Quixote and Sancho Panza; and, more bent than ever upon the plan they had of practising some jokes upon them that should have the look and appearance of adventures, they took as their basis of action what Don Quixote had already told them about the cave of Montesinos, in order to play him a famous one. But what the duchess marvelled at above all was that Sancho's simplicity could be so great as to make him believe as absolute truth that Dulcinea had been enchanted, when it was he himself who had been the enchanter and trickster in the business. Having, therefore, instructed their servants in everything they were to do, six days afterwards they took him out to hunt, with as great a retinue of huntsmen and beaters as a crowned king.

Diéronle a don Quijote un vestido de monte y a Sancho otro verde, de finísimo paño; pero don Quijote no se le quiso poner, diciendo que otro día había de volver al duro ejercicio de las armas y que no podía llevar consigo guardarropas ni reposterías. Sancho sí tomó el que le dieron, con intención de venderle en la primera ocasión que pudiese.

They presented Don Quixote with a hunting suit, and Sancho with another of the finest green cloth; but Don Quixote declined to put his on, saying that he must soon return to the hard pursuit of arms, and could not carry wardrobes or stores with him. Sancho, however, took what they gave him, meaning to sell it the first opportunity.

Llegado, pues, el esperado día, armóse don Quijote, vistióse Sancho, y, encima de su rucio, que no le quiso dejar aunque le daban un caballo, se metió entre la tropa de los monteros. La duquesa salió bizarramente aderezada, y don Quijote, de puro cortés y comedido, tomó la rienda de su palafrén, aunque el duque no quería consentirlo, y, finalmente, llegaron a un bosque que entre dos altísimas montañas estaba, donde, tomados los puestos, paranzas y veredas, y repartida la gente por diferentes puestos, se comenzó la caza con grande estruendo, grita y vocería, de manera que unos a otros no podían oírse, así por el ladrido de los perros como por el son de las bocinas.

The appointed day having arrived, Don Quixote armed himself, and Sancho arrayed himself, and mounted on his Dapple (for he would not give him up though they offered him a horse), he placed himself in the midst of the troop of huntsmen.

The duchess came out splendidly attired, and Don Quixote, in pure courtesy and politeness, held the rein of her palfrey, though the duke wanted not to allow him; and at last they reached a wood that lay between two high mountains, where, after occupying various posts, ambushes, and paths, and distributing the party in different positions, the hunt began with great noise, shouting, and hallooing, so that, between the baying of the hounds and the blowing of the horns, they could not hear one another.

Apeóse la duquesa, y, con un agudo venablo en las manos, se puso en un puesto por donde ella sabía que solían venir algunos jabalíes. Apeóse asimismo el duque y don Quijote, y pusiéronse a sus lados; Sancho se puso detrás de todos, sin apearse del rucio, a quien no osara desamparar, porque no le sucediese algún desmán. Y, apenas habían sentado el pie y puesto en ala con otros muchos criados suyos, cuando, acosado de los perros y seguido de los cazadores, vieron que hacia ellos venía un desmesurado jabalí, crujiendo dientes y colmillos y arrojando espuma por la boca; y en viéndole, embrazando su escudo y puesta mano a su espada, se adelantó a recebirle don Quijote. Lo mesmo hizo el duque con su venablo; pero a todos se adelantara la duquesa, si el duque no se lo estorbara. Sólo Sancho, en viendo al valiente animal, desamparó al rucio y dio a correr cuanto pudo, y, procurando subirse sobre una alta encina, no fue posible; antes, estando ya a la mitad dél, asido de una rama, pugnando subir a la cima, fue tan corto de ventura y tan desgraciado, que se desgajó la rama, y, al venir al suelo, se quedó en el aire, asido de un gancho de la encina, sin poder llegar al suelo. Y, viéndose así, y que el sayo verde se le rasgaba, y pareciéndole que si aquel fiero animal allí allegaba le podía alcanzar, comenzó a dar tantos gritos y a pedir socorro con tanto ahínco, que todos los que le oían y no le veían creyeron que estaba entre los dientes de alguna fiera.

The duchess dismounted, and with a sharp boar-spear in her hand posted herself where she knew the wild boars were in the habit of passing. The duke and Don Quixote likewise dismounted and placed themselves one at each side of her. Sancho took up a position in the rear of all without dismounting from Dapple, whom he dared not desert lest some mischief should befall him. Scarcely had they taken their stand in a line with several of their servants, when they saw a huge boar, closely pressed by the hounds and followed by the huntsmen, making towards them, grinding his teeth and tusks, and scattering foam from his mouth. As soon as he saw him Don Quixote, bracing his shield on his arm, and drawing his sword, advanced to meet him; the duke with boar-spear did the same; but the duchess would have gone in front of them all had not the duke prevented her. Sancho alone, deserting Dapple at the sight of the mighty beast, took to his heels as hard as he could and strove in vain to mount a tall oak. As he was clinging to a branch, however, half-way up in his struggle to reach the top, the bough, such was his ill-luck and hard fate, gave way, and caught in his fall by a broken limb of the oak, he hung suspended in the air unable to reach the ground. Finding himself in this position, and that the green coat was beginning to tear, and reflecting that if the fierce animal came that way he might be able to get at him, he began to utter such cries, and call for help so earnestly, that all who heard him and did not see him felt sure he must be in the teeth of some wild beast.

Finalmente, el colmilludo jabalí quedó atravesado de las cuchillas de muchos venablos que se le pusieron delante; y, volviendo la cabeza don Quijote a los gritos de Sancho, que ya por ellos le había conocido, viole pendiente de la encina y la cabeza abajo, y al rucio junto a él, que no le desamparó en su calamidad; y dice Cide Hamete que pocas veces vio a Sancho Panza sin ver al rucio, ni al rucio sin ver a Sancho: tal

era la amistad y buena fe que entre los dos se guardaban.

In the end the tusked boar fell pierced by the blades of the many spears they held in front of him; and Don Quixote, turning round at the cries of Sancho, for he knew by them that it was he, saw him hanging from the oak head downwards, with Dapple, who did not forsake him in his distress, close beside him; and Cide Hamete observes that he seldom saw Sancho Panza without seeing Dapple, or Dapple without seeing Sancho Panza; such was their attachment and loyalty one to the other.

Llegó don Quijote y descolgó a Sancho; el cual, viéndose libre y en el suelo, miró lo desgarrado del sayo de monte, y pesóle en el alma; que pensó que tenía en el vestido un mayorazgo.

Don Quixote went over and unhooked Sancho, who, as soon as he found himself on the ground, looked at the rent in his huntingcoat and was grieved to the heart, for he thought he had got a patrimonial estate in that suit.

En esto, atravesaron al jabalí poderoso sobre una acémila, y, cubriéndole con matas de romero y con ramas de mirto, le llevaron, como en señal de vitoriosos despojos, a unas grandes tiendas de campaña que en la mitad del bosque estaban puestas, donde hallaron las mesas en orden y la comida aderezada, tan sumptuosa y grande, que se echaba bien de ver en ella la grandeza y magnificencia de quien la daba. Sancho, mostrando las llagas a la duquesa de su roto vestido, dijo:

Meanwhile they had slung the mighty boar across the back of a mule, and having covered it with sprigs of rosemary and branches of myrtle, they bore it away as the spoils of victory to some large field-tents which had been pitched in the middle of the wood, where they found the tables laid and dinner served, in such grand and sumptuous style that it was easy to see the rank and magnificence of those who had provided it.

Sancho, as he showed the rents in his torn suit to the duchess, observed,

— Si esta caza fuera de liebres o de pajarillos, seguro estuviera mi sayo de verse en este estremo. Yo no sé qué gusto se recibe de esperar a un animal que, si os alcanza con un colmillo, os puede quitar la vida; yo me acuerdo haber oído cantar un romance antiguo que dice:

"If we had been hunting hares, or after small birds, my coat would have been safe from being in the plight it's in; I don't know what pleasure one can find in lying in wait for an animal that may take your life with his tusk if he gets at you. I recollect having heard an old ballad sung that says,

De los osos seas comido,
como Favila el nombrado.

By bears be thou devoured, as erst
Was famous Favila."

— Ése fue un rey godo —dijo don Quijote—, que, yendo a caza de montería, le comió un oso.

"That," said Don Quixote, "was a Gothic king, who, going a-hunting, was devoured by a bear."

— Eso es lo que yo digo —respondió Sancho—: que no querría yo que los príncipes y los reyes se pusiesen en semejantes peligros, a trueco de un gusto que parece que no le había de ser, pues consiste en matar a un animal que no ha cometido delito alguno.

"Just so," said Sancho; "and I would not have kings and princes expose themselves to such dangers for the sake of a pleasure which, to my mind, ought not to be one, as it consists in killing an animal that has done no harm whatever."

— Antes os engañáis, Sancho —respondió el duque—, porque

el ejercicio de la caza de monte es el más conveniente y necesario para los reyes y príncipes que otro alguno. La caza es una imagen de la guerra: hay en ella estratagemas, astucias, insidias para vencer a su salvo al enemigo; padécense en ella fríos grandísimos y calores intolerables; menoscábase el ocio y el sueño, corrobóranse las fuerzas, agilítanse los miembros del que la usa, y, en resolución, es ejercicio que se puede hacer sin perjuicio de nadie y con gusto de muchos; y lo mejor que él tiene es que no es para todos, como lo es el de los otros géneros de caza, excepto el de la volatería, que también es sólo para reyes y grandes señores. Así que, ¡oh Sancho!, mudad de opinión, y, cuando seáis gobernador, ocupaos en la caza y veréis como os vale un pan por ciento.

"Quite the contrary, Sancho; you are wrong there," said the duke; "for hunting is more suitable and requisite for kings and princes than for anybody else. The chase is the emblem of war; it has stratagems, wiles, and crafty devices for overcoming the enemy in safety; in it extreme cold and intolerable heat have to be borne, indolence and sleep are despised, the bodily powers are invigorated, the limbs of him who engages in it are made supple, and, in a word, it is a pursuit which may be followed without injury to anyone and with enjoyment to many; and the best of it is, it is not for everybody, as field-sports of other sorts are, except hawking, which also is only for kings and great lords. Reconsider your opinion therefore, Sancho, and when you are governor take to hunting, and you will find the good of it."

— Eso no —respondió Sancho—: el buen gobernador, la pierna quebrada y en casa. ¡Bueno sería que viniesen los negociantes a buscarle fatigados y él estuviese en el monte holgándose! ¡Así enhoramala andaría el gobierno! Mía fe, señor, la caza y los pasatiempos más han de ser para los holgazanes que para los gobernadores. En lo que yo pienso entretenerme es en jugar al triunfo envidado las pascuas, y a los bolos los domingos y fiestas; que esas cazas ni cazos no dicen con mi condición ni hacen con mi conciencia.

"Nay," said Sancho, "the good governor should have a broken leg and keep at home;" it would be a nice thing if, after people had been at the trouble of coming to look for him on business, the governor were to be away in the forest enjoying himself; the government would go on badly in that fashion. By my faith, señor, hunting and amusements are more fit for idlers than for governors; what I intend to amuse myself with is playing all fours at Eastertime, and bowls on Sundays and holidays; for these huntings don't suit my condition or agree with my conscience."

— Plega a Dios, Sancho, que así sea, porque del dicho al hecho hay gran trecho.

"God grant it may turn out so," said the duke; "because it's a long step from saying to doing."

— Haya lo que hubiere —replicó Sancho—, que al buen pagador no le duelen prendas, y más vale al que Dios ayuda que al que mucho madruga, y tripas llevan pies, que no pies a tripas; quiero decir que si Dios me ayuda, y yo hago lo que debo con buena intención, sin duda que gobernaré mejor que un gerifalte. ¡No, sino pónganme el dedo en la boca y verán si aprieto o no!

"Be that as it may," said Sancho, "'pledges don't distress a good payer,' and 'he whom God helps does better than he who gets up early,' and 'it's the tripes that carry the feet and not the feet the tripes;' I mean to say that if God gives me help and I do my duty honestly, no doubt I'll govern better than a gerfalcon. Nay, let them only put a finger in my mouth, and they'll see whether I can bite or not."

135

— ¡Maldito seas de Dios y de todos sus santos, Sancho maldito —dijo don Quijote—, y cuándo será el día, como otras muchas veces he dicho, donde yo te vea hablar sin refranes una razón corriente y concertada! Vuestras grandezas dejen a este tonto, señores míos, que les molerá las almas, no sólo puestas entre dos, sino entre dos mil refranes, traídos tan a sazón y tan a tiempo cuanto le dé Dios a él la salud, o a mí si los querría escuchar.

"The curse of God and all his saints upon thee, thou accursed Sancho!" exclaimed Don Quixote; "when will the day come—as I have often said to thee—when I shall hear thee make one single coherent, rational remark without proverbs? Pray, your highnesses, leave this fool alone, for he will grind your souls between, not to say two, but two thousand proverbs, dragged in as much in season, and as much to the purpose as—may God grant as much health to him, or to me if I want to listen to them!"

— Los refranes de Sancho Panza —dijo la duquesa—, puesto que son más que los del Comendador Griego, no por eso son en menos de estimar, por la brevedad de las sentencias. De mí sé decir que me dan más gusto que otros, aunque sean mejor traídos y con más sazón acomodados.

"Sancho Panza's proverbs," said the duchess, "though more in number than the Greek Commander's, are not therefore less to be esteemed for the conciseness of the maxims. For my own part, I can say they give me more pleasure than others that may be better brought in and more seasonably introduced."

Con estos y otros entretenidos razonamientos, salieron de la tienda al bosque, y en requerir algunas paranzas, y presto, se les pasó el día y se les vino la noche, y no tan clara ni tan sesga como la sazón del tiempo pedía, que era en la mitad del verano; pero un cierto claroescuro que trujo consigo ayudó mucho a la intención de los duques; y, así como comenzó a anochecer, un poco más adelante del crepúsculo, a deshora pareció que todo el bosque por todas cuatro partes se ardía, y luego se oyeron por aquí y por allí, y por acá y por acullá, infinitas cornetas y otros instrumentos de guerra, como de muchas tropas de caballería que por el bosque pasaba. La luz del fuego, el son de los bélicos instrumentos, casi cegaron y atronaron los ojos y los oídos de los circunstantes, y aun de todos los que en el bosque estaban. Luego se oyeron infinitos lelilíes, al uso de moros cuando entran en las batallas, sonaron trompetas y clarines, retumbaron tambores, resonaron pífaros, casi todos a un tiempo, tan contino y tan apriesa, que no tuviera sentido el que no quedara sin él al son confuso de tantos intrumentos. Pasmóse el duque, suspendióse la duquesa, admiróse don Quijote, tembló Sancho Panza, y, finalmente, aun hasta los mesmos sabidores de la causa se espantaron. Con el temor les cogió el silencio, y un postillón que en traje de demonio les pasó por delante, tocando en voz de corneta un hueco y desmesurado cuerno, que un ronco y espantoso son despedía.

In pleasant conversation of this sort they passed out of the tent into the wood, and the day was spent in visiting some of the posts and hiding-places, and then night closed in, not, however, as brilliantly or tranquilly as might have been expected at the season, for it was then midsummer; but bringing with it a kind of haze that greatly aided the project of the duke and duchess; and thus, as night began to fall, and a little after twilight set in, suddenly the whole wood on all four sides seemed to be on fire, and shortly after, here, there, on all sides, a vast number of trumpets and other military instruments were heard, as if several troops of cavalry were passing through the wood. The blaze of the fire and the noise of the warlike instruments almost blinded the eyes and deafened the ears of those that stood by, and indeed of all who were in the wood. Then there were heard repeated lelilies after the fashion of the Moors when they rush to battle; trumpets and clarions brayed, drums beat, fifes played, so unceasingly and so fast that he could not have had any senses who did not lose them with the confused din of so many instruments. The duke was astounded, the duchess amazed, Don Quixote wondering, Sancho Panza trembling, and indeed, even they who were aware of the cause were frightened. In their fear, silence fell upon them, and a postillion, in the guise of a demon, passed in front of them, blowing, in lieu of a bugle, a huge hollow horn that gave out a horrible hoarse note.

— ¡Hola, hermano correo! —dijo el duque—, ¿quién sois, adónde vais, y qué gente de guerra es la que por este bosque parece que atraviesa?

"Ho there! brother courier," cried the duke, "who are you? Where are you going? What troops are these that seem to be passing through the wood?"

A lo que respondió el correo con voz horrísona y desenfadada:

To which the courier replied in a harsh, discordant voice,

— Yo soy el Diablo; voy a buscar a don Quijote de la Mancha; la gente que por aquí viene son seis tropas de encantadores, que sobre un carro triunfante traen a la sin par Dulcinea del Toboso. Encantada viene con el gallardo francés Montesinos, a dar orden a don Quijote de cómo ha de ser desencantada la tal señora.

"I am the devil; I am in search of Don Quixote of La Mancha; those who are coming this way are six troops of enchanters, who are bringing on a triumphal car the peerless Dulcinea del Toboso; she comes under enchantment, together with the gallant Frenchman Montesinos, to give

instructions to Don Quixote as to how, she the
said lady, may be disenchanted."

— Si vos fuérades diablo, como decís y como vuestra figura
muestra, ya hubiérades conocido al tal caballero don Quijote
de la Mancha, pues le tenéis delante.

"If you were the devil, as you say and as your
appearance indicates," said the duke, "you would
have known the said knight Don Quixote of La
Mancha, for you have him here before you."

— En Dios y en mi conciencia —respondió el Diablo— que no
miraba en ello, porque traigo en tantas cosas divertidos los
pensamientos, que de la principal a que venía se me olvidaba.

"By God and upon my conscience," said the devil,
"I never observed it, for my mind is occupied
with so many different things that I was
forgetting the main thing I came about."

— Sin duda —dijo Sancho— que este demonio debe de ser
hombre de bien y buen cristiano, porque, a no serlo, no jurara
en Dios y en mi conciencia. Ahora yo tengo para mí que aun
en el mesmo infierno debe de haber buena gente.

"This demon must be an honest fellow and a good
Christian," said Sancho; "for if he wasn't he
wouldn't swear by God and his conscience; I feel
sure now there must be good souls even in hell
itself."

Luego el Demonio, sin apearse, encaminando la vista a don
Quijote, dijo:

Without dismounting, the demon then turned to Don
Quixote and said,

— A ti, el Caballero de los Leones (que entre las garras dellos
te vea yo), me envía el desgraciado pero valiente caballero
Montesinos, mandándome que de su parte te diga que le
esperes en el mismo lugar que te topare, a causa que trae
consigo a la que llaman Dulcinea del Toboso, con orden de

darte la que es menester para desencantarla. Y, por no ser para más mi venida, no ha de ser más mi estada: los demonios como yo queden contigo, y los ángeles buenos con estos señores.

"The unfortunate but valiant knight Montesinos sends me to thee, the Knight of the Lions (would that I saw thee in their claws), bidding me tell thee to wait for him wherever I may find thee, as he brings with him her whom they call Dulcinea del Toboso, that he may show thee what is needful in order to disenchant her; and as I came for no more I need stay no longer; demons of my sort be with thee, and good angels with these gentles;"

Y, en diciendo esto, tocó el desaforado cuerno, y volvió las espaldas y fuese, sin esperar respuesta de ninguno.

and so saying he blew his huge horn, turned about and went off without waiting for a reply from anyone.

Renovóse la admiración en todos, especialmente en Sancho y don Quijote: en Sancho, en ver que, a despecho de la verdad, querían que estuviese encantada Dulcinea; en don Quijote, por no poder asegurarse si era verdad o no lo que le había pasado en la cueva de Montesinos. Y, estando elevado en estos pensamientos, el duque le dijo:

They all felt fresh wonder, but particularly Sancho and Don Quixote; Sancho to see how, in defiance of the truth, they would have it that Dulcinea was enchanted; Don Quixote because he could not feel sure whether what had happened to him in the cave of Montesinos was true or not; and as he was deep in these cogitations the duke said to him,

— ¿Piensa vuestra merced esperar, señor don Quijote?

"Do you mean to wait, Señor Don Quixote?"

— Pues ¿no? —respondió él—. Aquí esperaré intrépido y

fuerte, si me viniese a embestir todo el infierno.

"Why not?" replied he; "here will I wait, fearless and firm, though all hell should come to attack me."

— Pues si yo veo otro diablo y oigo otro cuerno como el pasado, así esperaré yo aquí como en Flandes —dijo Sancho.

"Well then, if I see another devil or hear another horn like the last, I'll wait here as much as in Flanders," said Sancho.

En esto, se cerró más la noche, y comenzaron a discurrir muchas luces por el bosque, bien así como discurren por el cielo las exhalaciones secas de la tierra, que parecen a nuestra vista estrellas que corren. Oyóse asimismo un espantoso ruido, al modo de aquel que se causa de las ruedas macizas que suelen traer los carros de bueyes, de cuyo chirrío áspero y continuado se dice que huyen los lobos y los osos, si los hay por donde pasan. Añadióse a toda esta tempestad otra que las aumentó todas, que fue que parecía verdaderamente que a las cuatro partes del bosque se estaban dando a un mismo tiempo cuatro rencuentros o batallas, porque allí sonaba el duro estruendo de espantosa artillería, acullá se disparaban infinitas escopetas, cerca casi sonaban las voces de los combatientes, lejos se reiteraban los lililíes agarenos.

Night now closed in more completely, and many lights began to flit through the wood, just as those fiery exhalations from the earth, that look like shooting-stars to our eyes, flit through the heavens; a frightful noise, too, was heard, like that made by the solid wheels the ox-carts usually have, by the harsh, ceaseless creaking of which, they say, the bears and wolves are put to flight, if there happen to be any where they are passing. In addition to all this commotion, there came a further disturbance to increase the tumult, for now it seemed as if in truth, on all four sides of the wood, four encounters or

141

battles were going on at the same time; in one quarter resounded the dull noise of a terrible cannonade, in another numberless muskets were being discharged, the shouts of the combatants sounded almost close at hand, and farther away the Moorish lelilies were raised again and again.

Finalmente, las cornetas, los cuernos, las bocinas, los clarines, las trompetas, los tambores, la artillería, los arcabuces, y, sobre todo, el temeroso ruido de los carros, formaban todos juntos un son tan confuso y tan horrendo, que fue menester que don Quijote se valiese de todo su corazón para sufrirle; pero el de Sancho vino a tierra, y dio con él desmayado en las faldas de la duquesa, la cual le recibió en ellas, y a gran priesa mandó que le echasen agua en el rostro. Hízose así, y él volvió en su acuerdo, a tiempo que ya un carro de las rechinantes ruedas llegaba a aquel puesto.

In a word, the bugles, the horns, the clarions, the trumpets, the drums, the cannon, the musketry, and above all the tremendous noise of the carts, all made up together a din so confused and terrific that Don Quixote had need to summon up all his courage to brave it; but Sancho's gave way, and he fell fainting on the skirt of the duchess's robe, who let him lie there and promptly bade them throw water in his face. This was done, and he came to himself by the time that one of the carts with the creaking wheels reached the spot.

Tirábanle cuatro perezosos bueyes, todos cubiertos de paramentos negros; en cada cuerno traían atada y encendida una grande hacha de cera, y encima del carro venía hecho un asiento alto, sobre el cual venía sentado un venerable viejo, con una barba más blanca que la mesma nieve, y tan luenga que le pasaba de la cintura; su vestidura era una ropa larga de negro bocací, que, por venir el carro lleno de infinitas luces, se podía bien divisar y discernir todo lo que en él venía. Guiábanle dos feos demonios vestidos del mesmo bocací, con tan feos rostros, que Sancho, habiéndolos visto una vez, cerró los ojos por no verlos otra. Llegando, pues, el carro a igualar al puesto, se levantó de su alto asiento el viejo venerable, y, puesto en pie, dando una gran voz, dijo:

It was drawn by four plodding oxen all covered with black housings; on each horn they had fixed a large lighted wax taper, and on the top of the cart was constructed a raised seat, on which sat a venerable old man with a beard whiter than the very snow, and so long that it fell below his waist; he was dressed in a long robe of black buckram; for as the cart was thickly set with a multitude of candles it was easy to make out everything that was on it. Leading it were two hideous demons, also clad in buckram, with countenances so frightful that Sancho, having once seen them, shut his eyes so as not to see them again. As soon as the cart came opposite the spot the old man rose from his lofty seat, and standing up said in a loud voice,

— Yo soy el sabio Lirgandeo.

"I am the sage Lirgandeo,"

Y pasó el carro adelante, sin hablar más palabra. Tras éste pasó otro carro de la misma manera, con otro viejo entronizado; el cual, haciendo que el carro se detuviese, con voz no menos grave que el otro, dijo:

and without another word the cart then passed on. Behind it came another of the same form, with another aged man enthroned, who, stopping the cart, said in a voice no less solemn than that of the first,

— Yo soy el sabio Alquife, el grande amigo de Urganda la Desconocida.

"I am the sage Alquife, the great friend of Urganda the Unknown,"

143

Y pasó adelante.

and passed on.

Luego, por el mismo continente, llegó otro carro; pero el que venía sentado en el trono no era viejo como los demás, sino hombrón robusto y de mala catadura, el cual, al llegar, levantándose en pie, como los otros, dijo con voz más ronca y más endiablada:

Then another cart came by at the same pace, but the occupant of the throne was not old like the others, but a man stalwart and robust, and of a forbidding countenance, who as he came up said in a voice far hoarser and more devilish,

— Yo soy Arcaláus el encantador, enemigo mortal de Amadís de Gaula y de toda su parentela.

"I am the enchanter Archelaus, the mortal enemy of Amadis of Gaul and all his kindred,"

Y pasó adelante. Poco desviados de allí hicieron alto estos tres carros, y cesó el enfadoso ruido de sus ruedas, y luego se oyó otro, no ruido, sino un son de una suave y concertada música formado, con que Sancho se alegró, y lo tuvo a buena señal; y así, dijo a la duquesa, de quien un punto ni un paso se apartaba:

and then passed on. Having gone a short distance the three carts halted and the monotonous noise of their wheels ceased, and soon after they heard another, not noise, but sound of sweet, harmonious music, of which Sancho was very glad, taking it to be a good sign; and said he to the duchess, from whom he did not stir a step, or for a single instant,

— Señora, donde hay música no puede haber cosa mala.

"Señora, where there's music there can't be mischief."

— Tampoco donde hay luces y claridad —respondió la

duquesa.

"Nor where there are lights and it is bright," said the duchess;

A lo que replicó Sancho:

to which Sancho replied,

— Luz da el fuego y claridad las hogueras, como lo vemos en las que nos cercan, y bien podría ser que nos abrasasen, pero la música siempre es indicio de regocijos y de fiestas.

"Fire gives light, and it's bright where there are bonfires, as we see by those that are all round us and perhaps may burn us; but music is a sign of mirth and merrymaking."

— Ello dirá —dijo don Quijote, que todo lo escuchaba.

"That remains to be seen," said Don Quixote, who was listening to all that passed;

Y dijo bien, como se muestra en el capítulo siguiente.

and he was right, as is shown in the following chapter.

145

Capítulo XXXV. Donde se prosigue la noticia que tuvo don Quijote del desencanto de Dulcinea, con otros admirables sucesos

CHAPTER XXXV. WHEREIN IS CONTINUED THE INSTRUCTION GIVEN TO DON QUIXOTE TOUCHING THE DISENCHANTMENT OF DULCINEA, TOGETHER WITH OTHER MARVELLOUS INCIDENTS

Al compás de la agradable música vieron que hacia ellos venía un carro de los que llaman triunfales tirado de seis mulas pardas, encubertadas, empero, de lienzo blanco, y sobre cada una venía un diciplinante de luz, asimesmo vestido de blanco, con una hacha de cera grande encendida en la mano. Era el carro dos veces, y aun tres, mayor que los pasados, y los lados, y encima dél, ocupaban doce otros diciplinantes albos como la nieve, todos con sus hachas encendidas, vista que admiraba y espantaba juntamente; y en un levantado trono venía sentada una ninfa, vestida de mil velos de tela de plata, brillando por todos ellos infinitas hojas de argentería de oro, que la hacían, si no rica, a lo menos vistosamente vestida. Traía el rostro cubierto con un transparente y delicado cendal, de modo que, sin impedirlo sus lizos, por entre ellos se descubría un hermosísimo rostro de doncella, y las muchas luces daban lugar para distinguir la belleza y los años, que, al parecer, no llegaban a veinte ni bajaban de diez y siete.

They saw advancing towards them, to the sound of this pleasing music, what they call a triumphal car, drawn by six grey mules with white linen housings, on each of which was mounted a penitent, robed also in white, with a large lighted wax taper in his hand. The car was twice or, perhaps, three times as large as the former ones, and in front and on the sides stood twelve more penitents, all as white as snow and all with

lighted tapers, a spectacle to excite fear as well as wonder; and on a raised throne was seated a nymph draped in a multitude of silver-tissue veils with an embroidery of countless gold spangles glittering all over them, that made her appear, if not richly, at least brilliantly, apparelled. She had her face covered with thin transparent sendal, the texture of which did not prevent the fair features of a maiden from being distinguished, while the numerous lights made it possible to judge of her beauty and of her years, which seemed to be not less than seventeen but not to have yet reached twenty.

Junto a ella venía una figura vestida de una ropa de las que llaman rozagantes, hasta los pies, cubierta la cabeza con un velo negro; pero, al punto que llegó el carro a estar frente a frente de los duques y de don Quijote, cesó la música de las chirimías, y luego la de las arpas y laúdes que en el carro sonaban; y, levantándose en pie la figura de la ropa, la apartó a entrambos lados, y, quitándose el velo del rostro, descubrió patentemente ser la mesma figura de la muerte, descarnada y fea, de que don Quijote recibió pesadumbre y Sancho miedo, y los duques hicieron algún sentimiento temeroso. Alzada y puesta en pie esta muerte viva, con voz algo dormida y con lengua no muy despierta, comenzó a decir desta manera:

Beside her was a figure in a robe of state, as they call it, reaching to the feet, while the head was covered with a black veil. But the instant the car was opposite the duke and duchess and Don Quixote the music of the clarions ceased, and then that of the lutes and harps on the car, and the figure in the robe rose up, and flinging it apart and removing the veil from its face, disclosed to their eyes the shape of Death itself, fleshless and hideous, at which sight Don Quixote felt uneasy, Sancho frightened, and the duke and duchess displayed a certain trepidation. Having risen to its feet, this living death, in a

147

sleepy voice and with a tongue hardly awake, held
forth as follows:

-Yo soy Merlín, aquel que las historias
dicen que tuve por mi padre al diablo
(mentira autorizada de los tiempos),
príncipe de la Mágica y monarca
y archivo de la ciencia zoroástrica,
émulo a las edades y a los siglos
que solapar pretenden las hazañas
de los andantes bravos caballeros
a quien yo tuve y tengo gran cariño.
Y, puesto que es de los encantadores,
de los magos o mágicos contino
dura la condición, áspera y fuerte,
la mía es tierna, blanda y amorosa,
y amiga de hacer bien a todas gentes.
En las cavernas lóbregas de Dite,
donde estaba mi alma entretenida
en formar ciertos rombos y caráteres,
llegó la voz doliente de la bella
y sin par Dulcinea del Toboso.
Supe su encantamento y su desgracia,
y su trasformación de gentil dama
en rústica aldeana; condolíme,
y, encerrando mi espíritu en el hueco
desta espantosa y fiera notomía,
después de haber revuelto cien mil libros
desta mi ciencia endemoniada y torpe,
vengo a dar el remedio que conviene
a tamaño dolor, a mal tamaño.
¡Oh tú, gloria y honor de cuantos visten
las túnicas de acero y de diamante,
luz y farol, sendero, norte y guía
de aquellos que, dejando el torpe sueño
y las ociosas plumas, se acomodan

148

a usar el ejercicio intolerable
de las sangrientas y pesadas armas!
A ti digo ¡oh varón, como se debe
por jamás alabado!, a ti, valiente
juntamente y discreto don Quijote,
de la Mancha esplendor, de España estrella,
que para recobrar su estado primo
la sin par Dulcinea del Toboso,
es menester que Sancho, tu escudero,
se dé tres mil azotes y trecientos
en ambas sus valientes posaderas,
al aire descubiertas, y de modo
que le escuezan, le amarguen y le enfaden.
Y en esto se resuelven todos cuantos
de su desgracia han sido los autores,
y a esto es mi venida, mis señores.

I am that Merlin who the legends say
The devil had for father, and the lie
Hath gathered credence with the lapse of time.
Of magic prince, of Zoroastric lore
Monarch and treasurer, with jealous eye
I view the efforts of the age to hide
The gallant deeds of doughty errant knights,
Who are, and ever have been, dear to me.
   Enchanters and magicians and their kind

Are mostly hard of heart; not so am I;
For mine is tender, soft, compassionate,
And its delight is doing good to all.
In the dim caverns of the gloomy Dis,
Where, tracing mystic lines and characters,
My soul abideth now, there came to me
The sorrow-laden plaint of her, the fair,
The peerless Dulcinea del Toboso.
I knew of her enchantment and her fate,
From high-born dame to peasant wench transformed
And touched with pity, first I turned the leaves
Of countless volumes of my devilish craft,
And then, in this grim grisly skeleton

Myself encasing, hither have I come
To show where lies the fitting remedy
To give relief in such a piteous case.
  O thou, the pride and pink of all that wear

The adamantine steel! O shining light,
O beacon, polestar, path and guide of all
Who, scorning slumber and the lazy down,
Adopt the toilsome life of bloodstained arms!
To thee, great hero who all praise transcends,
La Mancha's lustre and Iberia's star,
Don Quixote, wise as brave, to thee I say—
For peerless Dulcinea del Toboso
Her pristine form and beauty to regain,
'T is needful that thy esquire Sancho shall,
On his own sturdy buttocks bared to heaven,
Three thousand and three hundred lashes lay,
And that they smart and sting and hurt him well.
Thus have the authors of her woe resolved.
And this is, gentles, wherefore I have come.

— ¡Voto a tal! —dijo a esta sazón Sancho—. No digo yo tres
mil azotes, pero así me daré yo tres como tres puñaladas.
¡Válate el diablo por modo de desencantar! ¡Yo no sé qué
tienen que ver mis posas con los encantos! ¡Par Dios que si el
señor Merlín no ha hallado otra manera como desencantar a
la señora Dulcinea del Toboso, encantada se podrá ir a la
sepultura!

"By all that's good," exclaimed Sancho at this,
"I'll just as soon give myself three stabs with a
dagger as three, not to say three thousand,
lashes. The devil take such a way of
disenchanting! I don't see what my backside has
got to do with enchantments. By God, if Señor
Merlin has not found out some other way of
disenchanting the lady Dulcinea del Toboso, she
may go to her grave enchanted."

— Tomaros he yo —dijo don Quijote—, don villano, harto de
ajos, y amarraros he a un árbol, desnudo como vuestra madre
os parió; y no digo yo tres mil y trecientos, sino seis mil y

seiscientos azotes os daré, tan bien pegados que no se os caigan a tres mil y trecientos tirones. Y no me repliquéis palabra, que os arrancaré el alma.

"But I'll take you, Don Clown stuffed with garlic," said Don Quixote, "and tie you to a tree as naked as when your mother brought you forth, and give you, not to say three thousand three hundred, but six thousand six hundred lashes, and so well laid on that they won't be got rid of if you try three thousand three hundred times; don't answer me a word or I'll tear your soul out."

Oyendo lo cual Merlín, dijo:

On hearing this Merlin said,

— No ha de ser así, porque los azotes que ha de recebir el buen Sancho han de ser por su voluntad, y no por fuerza, y en el tiempo que él quisiere; que no se le pone término señalado; pero permítesele que si él quisiere redimir su vejación por la mitad de este vapulamiento, puede dejar que se los dé ajena mano, aunque sea algo pesada.

"That will not do, for the lashes worthy Sancho has to receive must be given of his own free will and not by force, and at whatever time he pleases, for there is no fixed limit assigned to him; but it is permitted him, if he likes to commute by half the pain of this whipping, to let them be given by the hand of another, though it may be somewhat weighty."

— Ni ajena, ni propia, ni pesada, ni por pesar —replicó Sancho—: a mí no me ha de tocar alguna mano. ¿Parí yo, por ventura, a la señora Dulcinea del Toboso, para que paguen mis posas lo que pecaron sus ojos? El señor mi amo sí, que es parte suya, pues la llama a cada paso mi vida, mi alma, sustento y arrimo suyo, se puede y debe azotar por ella y hacer todas las diligencias necesarias para su desencanto; pero, ¿azotarme yo...? ¡Abernuncio!

151

"Not a hand, my own or anybody else's, weighty or weighable, shall touch me," said Sancho. "Was it I that gave birth to the lady Dulcinea del Toboso, that my backside is to pay for the sins of her eyes? My master, indeed, that's a part of her—for, he's always calling her 'my life' and 'my soul,' and his stay and prop—may and ought to whip himself for her and take all the trouble required for her disenchantment. But for me to whip myself! Abernuncio!"

Apenas acabó de decir esto Sancho, cuando, levantándose en pie la argentada ninfa que junto al espíritu de Merlín venía, quitándose el sutil velo del rostro, le descubrió tal, que a todos pareció mas que demasiadamente hermoso, y, con un desenfado varonil y con una voz no muy adamada, hablando derechamente con Sancho Panza, dijo:

As soon as Sancho had done speaking the nymph in silver that was at the side of Merlin's ghost stood up, and removing the thin veil from her face disclosed one that seemed to all something more than exceedingly beautiful; and with a masculine freedom from embarrassment and in a voice not very like a lady's, addressing Sancho directly, said,

— ¡Oh malaventurado escudero, alma de cántaro, corazón de alcornoque, de entrañas guijeñas y apedernaladas! Si te mandaran, ladrón desuellacaras, que te arrojaras de una alta torre al suelo; si te pidieran, enemigo del género humano, que te comieras una docena de sapos, dos de lagartos y tres de culebras; si te persuadieran a que mataras a tu mujer y a tus hijos con algún truculento y agudo alfanje, no fuera maravilla que te mostraras melindroso y esquivo; pero hacer caso de tres mil y trecientos azotes, que no hay niño de la doctrina, por ruin que sea, que no se los lleve cada mes, admira, adarva, espanta a todas las entrañas piadosas de los que lo escuchan, y aun las de todos aquellos que lo vinieren a saber con el discurso del tiempo. Pon, ¡oh miserable y endurecido animal!, pon, digo, esos tus ojos de machuelo espantadizo en las niñas destos míos, comparados a rutilantes estrellas, y veráslos llorar hilo a hilo y madeja a madeja, haciendo surcos, carreras y sendas por los hermosos campos de mis mejillas. Muévate, socarrón y malintencionado monstro, que la edad tan florida mía, que aún se está todavía en el diez y... de los años, pues tengo diez y nueve y no llego a veinte, se consume y marchita debajo de la corteza de una rústica labradora; y si ahora no lo parezco, es merced particular que me ha hecho el señor Merlín, que está presente, sólo porque te enternezca mi belleza; que las lágrimas de una afligida hermosura vuelven en algodón los riscos, y los tigres en ovejas. Date, date en esas carnazas, bestión indómito, y saca de harón ese brío, que a sólo comer y más comer te inclina, y pon en libertad la lisura de mis carnes, la mansedumbre de mi condición y la belleza de mi faz; y si por mí no quieres ablandarte ni reducirte a algún razonable término, hazlo por ese pobre caballero que a tu lado tienes; por tu amo, digo, de quien estoy viendo el alma, que la tiene atravesada en la garganta, no diez dedos de los labios, que no espera sino tu rígida o blanda repuesta, o para salirse por la boca, o para volverse al estómago.

"Thou wretched squire, soul of a pitcher, heart of a cork tree, with bowels of flint and pebbles; if, thou impudent thief, they bade thee throw thyself down from some lofty tower; if, enemy of mankind, they asked thee to swallow a dozen of toads, two of lizards, and three of adders; if they wanted thee to slay thy wife and children with a sharp murderous scimitar, it would be no wonder for thee to show thyself stubborn and squeamish. But to make a piece of work about three thousand three hundred lashes, what every poor little charity-boy gets every month—it is enough to amaze, astonish, astound the compassionate bowels of all who hear it, nay, all who come to hear it in the course of time. Turn, O miserable, hard-hearted animal, turn, I say, those timorous owl's eyes upon these of mine that are compared to radiant stars, and thou wilt see them weeping trickling streams and rills, and tracing furrows, tracks, and paths over the fair fields of my cheeks. Let it move thee, crafty, ill-conditioned monster, to see my blooming youth —still in its teens, for I am not yet twenty— wasting and withering away beneath the husk of a rude peasant wench; and if I do not appear in that shape now, it is a special favour Señor Merlin here has granted me, to the sole end that my beauty may soften thee; for the tears of beauty in distress turn rocks into cotton and tigers into ewes. Lay on to that hide of thine, thou great untamed brute, rouse up thy lusty vigour that only urges thee to eat and eat, and set free the softness of my flesh, the gentleness of my nature, and the fairness of my face. And if thou wilt not relent or come to reason for me, do so for the sake of that poor knight thou hast beside thee; thy master I mean, whose soul I can this moment see, how he has it stuck in his throat not ten fingers from his lips, and only waiting for thy inflexible or yielding reply to make its escape by his mouth or go back again into his stomach."

Tentóse, oyendo esto, la garganta don Quijote y dijo, volviéndose al duque:

Don Quixote on hearing this felt his throat, and turning to the duke he said,

— Por Dios, señor, que Dulcinea ha dicho la verdad, que aquí tengo el alma atravesada en la garganta, como una nuez de ballesta.

"By God, señor, Dulcinea says true, I have my soul stuck here in my throat like the nut of a crossbow."

— ¿Qué decís vos a esto, Sancho? —preguntó la duquesa.

"What say you to this, Sancho?" said the duchess.

— Digo, señora —respondió Sancho—, lo que tengo dicho: que de los azotes, abernuncio.

"I say, señora," returned Sancho, "what I said before; as for the lashes, abernuncio!"

— Abrenuncio habéis de decir, Sancho, y no como decís — dijo el duque.

"Abrenuncio, you should say, Sancho, and not as you do," said the duke.

— Déjeme vuestra grandeza —respondió Sancho—, que no estoy agora para mirar en sotilezas ni en letras más a menos; porque me tienen tan turbado estos azotes que me han de dar, o me tengo de dar, que no sé lo que me digo, ni lo que me hago. Pero querría yo saber de la señora mi señora doña Dulcina del Toboso adónde aprendió el modo de rogar que tiene: viene a pedirme que me abra las carnes a azotes, y llámame alma de cántaro y bestión indómito, con una tiramira de malos nombres, que el diablo los sufra. ¿Por ventura son mis carnes de bronce, o vame a mí algo en que se desencante o no? ¿Qué canasta de ropa blanca, de camisas, de tocadores y de escarpines, anque no los gasto, trae delante de sí para ablandarme, sino un vituperio y otro, sabiendo aquel refrán que dicen por ahí, que un asno cargado de oro sube ligero por una montaña, y que dádivas quebrantan peñas, y a Dios rogando y con el mazo dando, y que más vale un "toma" que dos "te daré"? Pues el señor mi amo, que había de traerme la mano por el cerro y halagarme para que yo me hiciese de lana y de algodón cardado, dice que si me coge me amarrará desnudo a un árbol y me doblará la parada de los azotes; y habían de considerar estos lastimados señores que no solamente piden que se azote un escudero, sino un gobernador; como quien dice: "bebe con guindas". Aprendan, aprendan mucho de enhoramala a saber rogar, y a saber pedir, y a tener crianza, que no son todos los tiempos unos, ni

155

están los hombres siempre de un buen humor. Estoy yo ahora reventando de pena por ver mi sayo verde roto, y vienen a pedirme que me azote de mi voluntad, estando ella tan ajena dello como de volverme cacique.

"Let me alone, your highness," said Sancho. "I'm not in a humour now to look into niceties or a letter more or less, for these lashes that are to be given me, or I'm to give myself, have so upset me, that I don't know what I'm saying or doing. But I'd like to know of this lady, my lady Dulcinea del Toboso, where she learned this way she has of asking favours. She comes to ask me to score my flesh with lashes, and she calls me soul of a pitcher, and great untamed brute, and a string of foul names that the devil is welcome to. Is my flesh brass? or is it anything to me whether she is enchanted or not? Does she bring with her a basket of fair linen, shirts, kerchiefs, socks—not that I wear any—to coax me? No, nothing but one piece of abuse after another, though she knows the proverb they have here that 'an ass loaded with gold goes lightly up a mountain,' and that 'gifts break rocks,' and 'praying to God and plying the hammer,' and that 'one "take" is better than two "I'll give thee's."' Then there's my master, who ought to stroke me down and pet me to make me turn wool and carded cotton; he says if he gets hold of me he'll tie me naked to a tree and double the tale of lashes on me. These tender-hearted gentry should consider that it's not merely a squire, but a governor they are asking to whip himself; just as if it was 'drink with cherries.' Let them learn, plague take them, the right way to ask, and beg, and behave themselves; for all times are not alike, nor are people always in good humour. I'm now ready to burst with grief at seeing my green coat torn, and they come to ask me to whip myself of my own free will, I having as little fancy for it as for turning cacique."

156

— Pues en verdad, amigo Sancho —dijo el duque—, que si no os ablandáis más que una breva madura, que no habéis de empuñar el gobierno. ¡Bueno sería que yo enviase a mis insulanos un gobernador cruel, de entrañas pedernalinas, que no se doblega a las lágrimas de las afligidas doncellas, ni a los ruegos de discretos, imperiosos y antiguos encantadores y sabios! En resolución, Sancho, o vos habéis de ser azotado, o os han de azotar, o no habéis de ser gobernador.

"Well then, the fact is, friend Sancho," said the duke, "that unless you become softer than a ripe fig, you shall not get hold of the government. It would be a nice thing for me to send my islanders a cruel governor with flinty bowels, who won't yield to the tears of afflicted damsels or to the prayers of wise, magisterial, ancient enchanters and sages. In short, Sancho, either you must be whipped by yourself, or they must whip you, or you shan't be governor."

— Señor —respondió Sancho—, ¿no se me darían dos días de término para pensar lo que me está mejor?

"Señor," said Sancho, "won't two days' grace be given me in which to consider what is best for me?"

— No, en ninguna manera —dijo Merlín—; aquí, en este instante y en este lugar, ha de quedar asentado lo que ha de ser deste negocio, o Dulcinea volverá a la cueva de Montesinos y a su prístino estado de labradora, o ya, en el ser que está, será llevada a los Elíseos Campos, donde estará esperando se cumpla el número del vápulo.

"No, certainly not," said Merlin; "here, this minute, and on the spot, the matter must be settled; either Dulcinea will return to the cave of Montesinos and to her former condition of peasant wench, or else in her present form shall be carried to the Elysian fields, where she will remain waiting until the number of stripes is

completed."

— Ea, buen Sancho —dijo la duquesa—, buen ánimo y buena correspondencia al pan que habéis comido del señor don Quijote, a quien todos debemos servir y agradar, por su buena condición y por sus altas caballerías. Dad el sí, hijo, desta azotaina, y váyase el diablo para diablo y el temor para mezquino; que un buen corazón quebranta mala ventura, como vos bien sabéis.

"Now then, Sancho!" said the duchess, "show courage, and gratitude for your master Don Quixote's bread that you have eaten; we are all bound to oblige and please him for his benevolent disposition and lofty chivalry. Consent to this whipping, my son; to the devil with the devil, and leave fear to milksops, for 'a stout heart breaks bad luck,' as you very well know."

A estas razones respondió con éstas disparatadas Sancho, que, hablando con Merlín, le preguntó:

To this Sancho replied with an irrelevant remark, which, addressing Merlin, he made to him,

— Dígame vuesa merced, señor Merlín: cuando llegó aquí el diablo correo y dio a mi amo un recado del señor Montesinos, mandándole de su parte que le esperase aquí, porque venía a dar orden de que la señora doña Dulcinea del Toboso se desencantase, y hasta agora no hemos visto a Montesinos, ni a sus semejas.

"Will your worship tell me, Señor Merlin—when that courier devil came up he gave my master a message from Señor Montesinos, charging him to wait for him here, as he was coming to arrange how the lady Dona Dulcinea del Toboso was to be disenchanted; but up to the present we have not seen Montesinos, nor anything like him."

A lo cual respondió Merlín:

To which Merlin made answer,

— El Diablo, amigo Sancho, es un ignorante y un grandísimo bellaco: yo le envié en busca de vuestro amo, pero no con recado de Montesinos, sino mío, porque Montesinos se está en su cueva entendiendo, o, por mejor decir, esperando su desencanto, que aún le falta la cola por desollar. Si os debe algo, o tenéis alguna cosa que negociar con él, yo os lo traeré y pondré donde vos más quisiéredes. Y, por agora, acabad de dar el sí desta diciplina, y creedme que os será de mucho provecho, así para el alma como para el cuerpo: para el alma, por la caridad con que la haréis; para el cuerpo, porque yo sé que sois de complexión sanguínea, y no os podrá hacer daño sacaros un poco de sangre.

"The devil, Sancho, is a blockhead and a great scoundrel; I sent him to look for your master, but not with a message from Montesinos but from myself; for Montesinos is in his cave expecting, or more properly speaking, waiting for his disenchantment; for there's the tail to be skinned yet for him; if he owes you anything, or you have any business to transact with him, I'll bring him to you and put him where you choose; but for the present make up your mind to consent to this penance, and believe me it will be very good for you, for soul as well for body—for your soul because of the charity with which you perform it, for your body because I know that you are of a sanguine habit and it will do you no harm to draw a little blood."

— Muchos médicos hay en el mundo: hasta los encantadores son médicos — replicó Sancho—; pero, pues todos me lo dicen, aunque yo no me lo veo, digo que soy contento de darme los tres mil y trecientos azotes, con condición que me los tengo de dar cada y cuando que yo quisiere, sin que se me ponga tasa en los días ni en el tiempo; y yo procuraré salir de la deuda lo más presto que sea posible, porque goce el mundo de la hermosura de la señora doña Dulcinea del Toboso, pues, según parece, al revés de lo que yo pensaba, en

159

efecto es hermosa. Ha de ser también condición que no he de estar obligado a sacarme sangre con la diciplina, y que si algunos azotes fueren de mosqueo, se me han de tomar en cuenta. Iten, que si me errare en el número, el señor Merlín, pues lo sabe todo, ha de tener cuidado de contarlos y de avisarme los que me faltan o los que me sobran.

"There are a great many doctors in the world; even the enchanters are doctors," said Sancho; "however, as everybody tells me the same thing—though I can't see it myself—I say I am willing to give myself the three thousand three hundred lashes, provided I am to lay them on whenever I like, without any fixing of days or times; and I'll try and get out of debt as quickly as I can, that the world may enjoy the beauty of the lady Dulcinea del Toboso; as it seems, contrary to what I thought, that she is beautiful after all. It must be a condition, too, that I am not to be bound to draw blood with the scourge, and that if any of the lashes happen to be fly-flappers they are to count. Item, that, in case I should make any mistake in the reckoning, Señor Merlin, as he knows everything, is to keep count, and let me know how many are still wanting or over the number."

— De las sobras no habrá que avisar —respondió Merlín—, porque, llegando al cabal número, luego quedará de improviso desencantada la señora Dulcinea, y vendrá a buscar, como agradecida, al buen Sancho, y a darle gracias, y aun premios, por la buena obra. Así que no hay de qué tener escrúpulo de las sobras ni de las faltas, ni el cielo permita que yo engañe a nadie, aunque sea en un pelo de la cabeza.

"There will be no need to let you know of any over," said Merlin, "because, when you reach the full number, the lady Dulcinea will at once, and that very instant, be disenchanted, and will come in her gratitude to seek out the worthy Sancho, and thank him, and even reward him for the good

160

work. So you have no cause to be uneasy about stripes too many or too few; heaven forbid I should cheat anyone of even a hair of his head."

— ¡Ea, pues, a la mano de Dios! —dijo Sancho—. Yo consiento en mi mala ventura; digo que yo acepto la penitencia con las condiciones apuntadas.

"Well then, in God's hands be it," said Sancho; "in the hard case I'm in I give in; I say I accept the penance on the conditions laid down."

Apenas dijo estas últimas palabras Sancho, cuando volvió a sonar la música de las chirimías y se volvieron a disparar infinitos arcabuces, y don Quijote se colgó del cuello de Sancho, dándole mil besos en la frente y en las mejillas. La duquesa y el duque y todos los circunstantes dieron muestras de haber recebido grandísimo contento, y el carro comenzó a caminar; y, al pasar, la hermosa Dulcinea inclinó la cabeza a los duques y hizo una gran reverencia a Sancho.

The instant Sancho uttered these last words the music of the clarions struck up once more, and again a host of muskets were discharged, and Don Quixote hung on Sancho's neck kissing him again and again on the forehead and cheeks. The duchess and the duke expressed the greatest satisfaction, the car began to move on, and as it passed the fair Dulcinea bowed to the duke and duchess and made a low curtsey to Sancho.

Y ya, en esto, se venía a más andar el alba, alegre y risueña: las florecillas de los campos se descollaban y erguían, y los líquidos cristales de los arroyuelos, murmurando por entre blancas y pardas guijas, iban a dar tributo a los ríos que los esperaban. La tierra alegre, el cielo claro, el aire limpio, la luz serena, cada uno por sí y todos juntos, daban manifiestas señales que el día, que al aurora venía pisando las faldas, había de ser sereno y claro. Y, satisfechos los duques de la caza y de haber conseguido su intención tan discreta y felicemente, se volvieron a su castillo, con prosupuesto de segundar en sus burlas, que para ellos no había veras que más gusto les diesen.

And now bright smiling dawn came on apace; the flowers of the field, revived, raised up their heads, and the crystal waters of the brooks, murmuring over the grey and white pebbles, hastened to pay their tribute to the expectant rivers; the glad earth, the unclouded sky, the fresh breeze, the clear light, each and all showed that the day that came treading on the skirts of morning would be calm and bright. The duke and duchess, pleased with their hunt and at having carried out their plans so cleverly and successfully, returned to their castle resolved to follow up their joke; for to them there was no reality that could afford them more amusement.

Capítulo XXXVI. Donde se cuenta la estraña y jamás imaginada aventura de la dueña Dolorida, alias de la condesa Trifaldi, con una carta que Sancho Panza escribió a su mujer Teresa Panza

CHAPTER XXXVI. WHEREIN IS RELATED THE STRANGE AND UNDREAMT-OF ADVENTURE OF THE DISTRESSED DUENNA, ALIAS THE COUNTESS TRIFALDI, TOGETHER WITH A LETTER WHICH SANCHO PANZA WROTE TO HIS WIFE, TERESA PANZA

Tenía un mayordomo el duque de muy burlesco y desenfadado ingenio, el cual hizo la figura de Merlín y acomodó todo el aparato de la aventura pasada, compuso los versos y hizo que un paje hiciese a Dulcinea. Finalmente, con intervención de sus señores, ordenó otra del más gracioso y estraño artificio que puede imaginarse.

The duke had a majordomo of a very facetious and sportive turn, and he it was that played the part of Merlin, made all the arrangements for the late adventure, composed the verses, and got a page to represent Dulcinea; and now, with the assistance of his master and mistress, he got up another of the drollest and strangest contrivances that can be imagined.

Preguntó la duquesa a Sancho otro día si había comenzado la tarea de la penitencia que había de hacer por el desencanto de Dulcinea. Dijo que sí, y que aquella noche se había dado cinco azotes.

The duchess asked Sancho the next day if he had made a beginning with his penance task which he had to perform for the disenchantment of Dulcinea. He said he had, and had given himself five lashes overnight.

Preguntóle la duquesa que con qué se los había dado. The duchess asked him what he had given them with.

Respondió que con la mano.

He said with his hand.

— Eso —replicó la duquesa— más es darse de palmadas que de azotes. Yo tengo para mí que el sabio Merlín no estará contento con tanta blandura; menester será que el buen Sancho haga alguna diciplina de abrojos, o de las de canelones, que se dejen sentir; porque la letra con sangre entra, y no se ha de dar tan barata la libertad de una tan gran señora como lo es Dulcinea por tan poco precio; y advierta Sancho que las obras de caridad que se hacen tibia y flojamente no tienen mérito ni valen nada.

"That," said the duchess, "is more like giving oneself slaps than lashes; I am sure the sage Merlin will not be satisfied with such tenderness; worthy Sancho must make a scourge with claws, or a cat-o'-nine tails, that will make itself felt; for it's with blood that letters enter, and the release of so great a lady as Dulcinea will not be granted so cheaply, or at such a paltry price; and remember, Sancho, that works of charity done in a lukewarm and half-hearted way are without merit and of no avail."

A lo que respondió Sancho:

To which Sancho replied,

— Déme vuestra señoría alguna diciplina o ramal conveniente, que yo me daré con él como no me duela demasiado, porque hago saber a vuesa merced que, aunque soy rústico, mis carnes tienen más de algodón que de esparto, y no será bien que yo me descríe por el provecho ajeno.

"If your ladyship will give me a proper scourge or cord, I'll lay on with it, provided it does not hurt too much; for you must know, boor as I am, my flesh is more cotton than hemp, and it won't do for me to destroy myself for the good of anybody else."

— Sea en buena hora —respondió la duquesa—: yo os daré mañana una diciplina que os venga muy al justo y se acomode con la ternura de vuestras carnes, como si fueran sus hermanas propias.

"So be it by all means," said the duchess; "tomorrow I'll give you a scourge that will be just the thing for you, and will accommodate itself to the tenderness of your flesh, as if it was its own sister."

A lo que dijo Sancho:

Then said Sancho,

— Sepa vuestra alteza, señora mía de mi ánima, que yo tengo escrita una carta a mi mujer Teresa Panza, dándole cuenta de todo lo que me ha sucedido después que me aparté della; aquí la tengo en el seno, que no le falta más de ponerle el sobreescrito; querría que vuestra discreción la leyese, porque me parece que va conforme a lo de gobernador, digo, al modo que deben de escribir los gobernadores.

"Your highness must know, dear lady of my soul, that I have a letter written to my wife, Teresa Panza, giving her an account of all that has happened me since I left her; I have it here in my bosom, and there's nothing wanting but to put the address to it; I'd be glad if your discretion would read it, for I think it runs in the governor style; I mean the way governors ought to write."

— ¿Y quién la notó? —preguntó la duquesa.

"And who dictated it?" asked the duchess.

— ¿Quién la había de notar sino yo, pecador de mí? —respondió Sancho.

"Who should have dictated but myself, sinner as I am?" said Sancho.

— ¿Y escribístesla vos? —dijo la duquesa.

"And did you write it yourself?" said the duchess.

— Ni por pienso —respondió Sancho—, porque yo no sé leer ni escribir, puesto que sé firmar.

"That I didn't," said Sancho; "for I can neither read nor write, though I can sign my name."

— Veámosla —dijo la duquesa—, que a buen seguro que vos mostréis en ella la calidad y suficiencia de vuestro ingenio.

"Let us see it," said the duchess, "for never fear but you display in it the quality and quantity of your wit."

Sacó Sancho una carta abierta del seno, y, tomándola la duquesa, vio que decía desta manera:

Sancho drew out an open letter from his bosom, and the duchess, taking it, found it ran in this fashion:

Carta de Sancho Panza a Teresa Panza, su mujer

165

SANCHO PANZA'S LETTER TO HIS WIFE, TERESA PANZA

Si buenos azotes me daban, bien caballero me iba; si buen gobierno me tengo, buenos azotes me cuesta. Esto no lo entenderás tú, Teresa mía, por ahora; otra vez lo sabrás. Has de saber, Teresa, que tengo determinado que andes en coche, que es lo que hace al caso, porque todo otro andar es andar a gatas. Mujer de un gobernador eres, ¡mira si te roerá nadie los zancajos! Ahí te envío un vestido verde de cazador, que me dio mi señora la duquesa; acomódale en modo que sirva de saya y cuerpos a nuestra hija. Don Quijote, mi amo, según he oído decir en esta tierra, es un loco cuerdo y un mentecato gracioso, y que yo no le voy en zaga. Hemos estado en la cueva de Montesinos, y el sabio Merlín ha echado mano de mí para el desencanto de Dulcinea del Toboso, que por allá se llama Aldonza Lorenzo: con tres mil y trecientos azotes, menos cinco, que me he de dar, quedará desencantada como la madre que la parió. No dirás desto nada a nadie, porque pon lo tuyo en concejo, y unos dirán que es blanco y otros que es negro. De aquí a pocos días me partiré al gobierno, adonde voy con grandísimo deseo de hacer dineros, porque me han dicho que todos los gobernadores nuevos van con este mesmo deseo; tomaréle el pulso, y avisaréte si has de venir a estar conmigo o no. El rucio está bueno, y se te encomienda mucho; y no le pienso dejar, aunque me llevaran a ser Gran Turco. La duquesa mi señora te besa mil veces las manos; vuélvele el retorno con dos mil, que no hay cosa que menos cueste ni valga más barata, según dice mi amo, que los buenos comedimientos. No ha sido Dios servido de depararme otra maleta con otros cien escudos, como la de marras, pero no te dé pena, Teresa mía, que en salvo está el que repica, y todo saldrá en la colada del gobierno; sino que me ha dado gran pena que me dicen que si una vez le pruebo, que me tengo de comer las manos tras él; y si así fuese, no me costaría muy barato, aunque los estropeados y mancos ya se tienen su calonjía en la limosna que piden; así que, por una vía o por otra, tú has de ser rica, de buena ventura. Dios te la dé, como puede, y a mí me guarde para servirte. Deste castillo, a veinte de julio de 1614.

Tu marido el gobernador,

Sancho Panza.

If I was well whipped I went mounted like a gentleman; if I have got a good government it is at the cost of a good whipping. Thou wilt not understand this just now, my Teresa; by-and-by thou wilt know what it means. I may tell thee, Teresa, I mean thee to go in a coach, for that is a matter of importance, because every other way of going is going on all-fours. Thou art a governor's wife; take care that nobody speaks evil of thee behind thy back. I send thee here a green hunting suit that my lady the duchess gave me; alter it so as to make a petticoat and bodice for our daughter. Don Quixote, my master, if I am to believe what I hear in these parts, is a madman of some sense, and a droll blockhead, and I am no way behind him. We have been in the cave of Montesinos, and the sage Merlin has laid hold of me for the disenchantment of Dulcinea del Toboso, her that is called Aldonza Lorenzo over there. With three thousand three hundred lashes, less five, that I'm to give myself, she will be left as entirely disenchanted as the mother that bore her. Say nothing of this to anyone; for, make thy affairs public, and some will say they are white and others will say they are black. I shall leave this in a few days for my government, to which I am going with a mighty great desire to make money, for they tell me all new governors set out with the same desire; I will feel the pulse of it and will let thee know if thou art to come and live with me or not. Dapple is well and sends many remembrances to thee; I am not going to leave him behind though they took me away to be Grand Turk. My lady the duchess kisses thy

hands a thousand times; do thou make a return
with two thousand, for as my master says, nothing
costs less or is cheaper than civility. God has
not been pleased to provide another valise for me
with another hundred crowns, like the one the
other day; but never mind, my Teresa, the bell-
ringer is in safe quarters, and all will come out
in the scouring of the government; only it
troubles me greatly what they tell me—that once I
have tasted it I will eat my hands off after it;
and if that is so it will not come very cheap to
me; though to be sure the maimed have a benefice
of their own in the alms they beg for; so that
one way or another thou wilt be rich and in luck.
God give it to thee as he can, and keep me to
serve thee. From this castle, the 20th of July,
1614.

Thy husband, the governor.

SANCHO PANZA

En acabando la duquesa de leer la carta, dijo a Sancho:

**When she had done reading the letter the duchess
said to Sancho,**

— En dos cosas anda un poco descaminado el buen
gobernador: la una, en decir o dar a entender que este
gobierno se le han dado por los azotes que se ha de dar,
sabiendo él, que no lo puede negar, que cuando el duque, mi
señor, se le prometió, no se soñaba haber azotes en el mundo;
la otra es que se muestra en ella muy codicioso, y no querría
que orégano fuese, porque la codicia rompe el saco, y el
gobernador codicioso hace la justicia desgobernada.

**"On two points the worthy governor goes rather
astray; one is in saying or hinting that this
government has been bestowed upon him for the
lashes that he is to give himself, when he knows
(and he cannot deny it) that when my lord the
duke promised it to him nobody ever dreamt of
such a thing as lashes; the other is that he**

shows himself here to be very covetous; and I
would not have him a money-seeker, for
'covetousness bursts the bag,' and the covetous
governor does ungoverned justice."

— Yo no lo digo por tanto, señora —respondió Sancho—; y si
a vuesa merced le parece que la tal carta no va como ha de ir,
no hay sino rasgarla y hacer otra nueva, y podría ser que
fuese peor si me lo dejan a mi caletre.

"I don't mean it that way, señora," said Sancho;
"and if you think the letter doesn't run as it
ought to do, it's only to tear it up and make
another; and maybe it will be a worse one if it
is left to my gumption."

— No, no —replicó la duquesa—, buena está ésta, y quiero
que el duque la vea.

"No, no," said the duchess, "this one will do,
and I wish the duke to see it."

Con esto se fueron a un jardín, donde habían de comer aquel
día. Mostró la duquesa la carta de Sancho al duque, de que
recibió grandísimo contento. Comieron, y después de alzado
los manteles, y después de haberse entretenido un buen
espacio con la sabrosa conversación de Sancho, a deshora se
oyó el son tristísimo de un pífaro y el de un ronco y
destemplado tambor. Todos mostraron alborotarse con la
confusa, marcial y triste armonía, especialmente don Quijote,
que no cabía en su asiento de puro alborotado; de Sancho no
hay que decir sino que el miedo le llevó a su acostumbrado
refugio, que era el lado o faldas de la duquesa, porque real y
verdaderamente el son que se escuchaba era tristísimo y
malencólico.

With this they betook themselves to a garden
where they were to dine, and the duchess showed
Sancho's letter to the duke, who was highly
delighted with it. They dined, and after the
cloth had been removed and they had amused

themselves for a while with Sancho's rich conversation, the melancholy sound of a fife and harsh discordant drum made itself heard. All seemed somewhat put out by this dull, confused, martial harmony, especially Don Quixote, who could not keep his seat from pure disquietude; as to Sancho, it is needless to say that fear drove him to his usual refuge, the side or the skirts of the duchess; and indeed and in truth the sound they heard was a most doleful and melancholy one.

Y, estando todos así suspensos, vieron entrar por el jardín adelante dos hombres vestidos de luto, tan luego y tendido que les arrastraba por el suelo; éstos venían tocando dos grandes tambores, asimismo cubiertos de negro. A su lado venía el pífaro, negro y pizmiento como los demás. Seguía a los tres un personaje de cuerpo agigantado, amantado, no que vestido, con una negrísima loba, cuya falda era asimismo desaforada de grande. Por encima de la loba le ceñía y atravesaba un ancho tahelí, también negro, de quien pendía un desmesurado alfanje de guarniciones y vaina negra. Venía cubierto el rostro con un trasparente velo negro, por quien se entreparecía una longísima barba, blanca como la nieve. Movía el paso al son de los tambores con mucha gravedad y reposo. En fin, su grandeza, su contoneo, su negrura y su acompañamiento pudiera y pudo suspender a todos aquellos que sin conocerle le miraron.

While they were still in uncertainty they saw advancing towards them through the garden two men clad in mourning robes so long and flowing that they trailed upon the ground. As they marched they beat two great drums which were likewise draped in black, and beside them came the fife player, black and sombre like the others. Following these came a personage of gigantic stature enveloped rather than clad in a gown of the deepest black, the skirt of which was of prodigious dimensions. Over the gown, girdling or crossing his figure, he had a broad baldric which

was also black, and from which hung a huge
scimitar with a black scabbard and furniture. He
had his face covered with a transparent black
veil, through which might be descried a very long
beard as white as snow. He came on keeping step
to the sound of the drums with great gravity and
dignity; and, in short, his stature, his gait,
the sombreness of his appearance and his
following might well have struck with
astonishment, as they did, all who beheld him
without knowing who he was.

Llegó, pues, con el espacio y prosopopeya referida a hincarse
de rodillas ante el duque, que en pie, con los demás que allí
estaban, le atendía; pero el duque en ninguna manera le
consintió hablar hasta que se levantase. Hízolo así el
espantajo prodigioso, y, puesto en pie, alzó el antifaz del
rostro y hizo patente la más horrenda, la más larga, la más
blanca y más poblada barba que hasta entonces humanos ojos
habían visto, y luego desencajó y arrancó del ancho y dilatado
pecho una voz grave y sonora, y, poniendo los ojos en el
duque, dijo:

With this measured pace and in this guise he
advanced to kneel before the duke, who, with the
others, awaited him standing. The duke, however,
would not on any account allow him to speak until
he had risen. The prodigious scarecrow obeyed,
and standing up, removed the veil from his face
and disclosed the most enormous, the longest, the
whitest and the thickest beard that human eyes
had ever beheld until that moment, and then
fetching up a grave, sonorous voice from the
depths of his broad, capacious chest, and fixing
his eyes on the duke, he said:

— Altísimo y poderoso señor, a mí me llaman Trifaldín el de
la Barba Blanca; soy escudero de la condesa Trifaldi, por otro
nombre llamada la Dueña Dolorida, de parte de la cual traigo
a vuestra grandeza una embajada, y es que la vuestra

magnificencia sea servida de darla facultad y licencia para entrar a decirle su cuita, que es una de las más nuevas y más admirables que el más cuitado pensamiento del orbe pueda haber pensado. Y primero quiere saber si está en este vuestro castillo el valeroso y jamás vencido caballero don Quijote de la Mancha, en cuya busca viene a pie y sin desayunarse desde el reino de Candaya hasta este vuestro estado, cosa que se puede y debe tener a milagro o a fuerza de encantamento. Ella queda a la puerta desta fortaleza o casa de campo, y no aguarda para entrar sino vuestro beneplácito. Dije.

"Most high and mighty señor, my name is Trifaldin of the White Beard; I am squire to the Countess Trifaldi, otherwise called the Distressed Duenna, on whose behalf I bear a message to your highness, which is that your magnificence will be pleased to grant her leave and permission to come and tell you her trouble, which is one of the strangest and most wonderful that the mind most familiar with trouble in the world could have imagined; but first she desires to know if the valiant and never vanquished knight, Don Quixote of La Mancha, is in this your castle, for she has come in quest of him on foot and without breaking her fast from the kingdom of Kandy to your realms here; a thing which may and ought to be regarded as a miracle or set down to enchantment; she is even now at the gate of this fortress or plaisance, and only waits for your permission to enter. I have spoken."

Y tosió luego y manoseóse la barba de arriba abajo con entrambas manos, y con mucho sosiego estuvo atendiendo la respuesta del duque, que fue:

And with that he coughed, and stroked down his beard with both his hands, and stood very tranquilly waiting for the response of the duke, which was to this effect:

— Ya, buen escudero Trifaldín de la Blanca Barba, ha muchos

días que tenemos noticia de la desgracia de mi señora la condesa Trifaldi, a quien los encantadores la hacen llamar la Dueña Dolorida; bien podéis, estupendo escudero, decirle que entre y que aquí está el valiente caballero don Quijote de la Mancha, de cuya condición generosa puede prometerse con seguridad todo amparo y toda ayuda; y asimismo le podréis decir de mi parte que si mi favor le fuere necesario, no le ha de faltar, pues ya me tiene obligado a dársele el ser caballero, a quien es anejo y concerniente favorecer a toda suerte de mujeres, en especial a las dueñas viudas, menoscabadas y doloridas, cual lo debe estar su señoría.

"Many days ago, worthy squire Trifaldin of the White Beard, we heard of the misfortune of my lady the Countess Trifaldi, whom the enchanters have caused to be called the Distressed Duenna. Bid her enter, O stupendous squire, and tell her that the valiant knight Don Quixote of La Mancha is here, and from his generous disposition she may safely promise herself every protection and assistance; and you may tell her, too, that if my aid be necessary it will not be withheld, for I am bound to give it to her by my quality of knight, which involves the protection of women of all sorts, especially widowed, wronged, and distressed dames, such as her ladyship seems to be."

Oyendo lo cual Trifaldín, inclinó la rodilla hasta el suelo, y, haciendo al pífaro y tambores señal que tocasen, al mismo son y al mismo paso que había entrado, se volvió a salir del jardín, dejando a todos admirados de su presencia y compostura. Y, volviéndose el duque a don Quijote, le dijo:

On hearing this Trifaldin bent the knee to the ground, and making a sign to the fifer and drummers to strike up, he turned and marched out of the garden to the same notes and at the same pace as when he entered, leaving them all amazed at his bearing and solemnity. Turning to Don

Quixote, the duke said,

— En fin, famoso caballero, no pueden las tinieblas de malicia ni de la ignorancia encubrir y escurecer la luz del valor y de la virtud. Digo esto porque apenas ha seis días que la vuestra bondad está en este castillo, cuando ya os vienen a buscar de lueñas y apartadas tierras, y no en carrozas ni en dromedarios, sino a pie y en ayunas; los tristes, los afligidos, confiados que han de hallar en ese fortísimo brazo el remedio de sus cuitas y trabajos, merced a vuestras grandes hazañas, que corren y rodean todo lo descubierto de la tierra.

"After all, renowned knight, the mists of malice and ignorance are unable to hide or obscure the light of valour and virtue. I say so, because your excellence has been barely six days in this castle, and already the unhappy and the afflicted come in quest of you from lands far distant and remote, and not in coaches or on dromedaries, but on foot and fasting, confident that in that mighty arm they will find a cure for their sorrows and troubles; thanks to your great achievements, which are circulated all over the known earth."

— Quisiera yo, señor duque —respondió don Quijote—, que estuviera aquí presente aquel bendito religioso que a la mesa el otro día mostró tener tan mal talante y tan mala ojeriza contra los caballeros andantes, para que viera por vista de ojos si los tales caballeros son necesarios en el mundo: tocara, por lo menos, con la mano que los extraordinariamente afligidos y desconsolados, en casos grandes y en desdichas inormes no van a buscar su remedio a las casas de los letrados, ni a la de los sacristanes de las aldeas, ni al caballero que nunca ha acertado a salir de los términos de su lugar, ni al perezoso cortesano que antes busca nuevas para referirlas y contarlas, que procura hacer obras y hazañas para que otros las cuenten y las escriban; el remedio de las cuitas, el socorro de las necesidades, el amparo de las doncellas, el consuelo de las viudas, en ninguna suerte de personas se halla mejor que en los caballeros andantes, y de serlo yo doy infinitas gracias al cielo, y doy por muy bien empleado cualquier desmán y trabajo que en este tan honroso ejercicio pueda sucederme. Venga esta dueña y pida lo que quisiere, que yo le libraré su remedio en la fuerza de mi brazo y en la intrépida resolución de mi animoso espíritu.

"I wish, señor duke," replied Don Quixote, "that blessed ecclesiastic, who at table the other day showed such ill-will and bitter spite against knights-errant, were here now to see with his own eyes whether knights of the sort are needed in the world; he would at any rate learn by experience that those suffering any extraordinary affliction or sorrow, in extreme cases and unusual misfortunes do not go to look for a remedy to the houses of jurists or village sacristans, or to the knight who has never attempted to pass the bounds of his own town, or to the indolent courtier who only seeks for news to repeat and talk of, instead of striving to do deeds and exploits for others to relate and record. Relief in distress, help in need, protection for damsels, consolation for widows, are to be found in no sort of persons better than in knights-errant; and I give unceasing thanks to heaven that I am one, and regard any misfortune or suffering that may befall me in the pursuit of so honourable a calling as endured to good purpose. Let this duenna come and ask what she will, for I will effect her relief by the might of my arm and the dauntless resolution of my bold heart."

Capítulo XXXVII. Donde se prosigue la famosa aventura de la dueña Dolorida

CHAPTER XXXVII. WHEREIN IS CONTINUED THE NOTABLE ADVENTURE OF THE DISTRESSED DUENNA

En estremo se holgaron el duque y la duquesa de ver cuán bien iba respondiendo a su intención don Quijote, y a esta sazón dijo Sancho:

The duke and duchess were extremely glad to see how readily Don Quixote fell in with their scheme; but at this moment Sancho observed,

— No querría yo que esta señora dueña pusiese algún tropiezo a la promesa de mi gobierno, porque yo he oído decir a un boticario toledano que hablaba como un silguero que donde interviniesen dueñas no podía suceder cosa buena. ¡Válame Dios, y qué mal estaba con ellas el tal boticario! De lo que yo saco que, pues todas las dueñas son enfadosas e impertinentes, de cualquiera calidad y condición que sean, ¿qué serán las que son doloridas, como han dicho que es esta condesa Tres Faldas, o Tres Colas?; que en mi tierra faldas y colas, colas y faldas, todo es uno.

"I hope this señora duenna won't be putting any difficulties in the way of the promise of my government; for I have heard a Toledo apothecary, who talked like a goldfinch, say that where duennas were mixed up nothing good could happen. God bless me, how he hated them, that same apothecary! And so what I'm thinking is, if all duennas, of whatever sort or condition they may be, are plagues and busybodies, what must they be that are distressed, like this Countess Three-skirts or Three-tails!—for in my country skirts or tails, tails or skirts, it's all one."

— Calla, Sancho amigo —dijo don Quijote—, que, pues esta señora dueña de tan lueñes tierras viene a buscarme, no debe ser de aquellas que el boticario tenía en su número, cuanto más que ésta es condesa, y cuando las condesas sirven de dueñas, será sirviendo a reinas y a emperatrices, que en sus casas son señorísimas que se sirven de otras dueñas.

"Hush, friend Sancho," said Don Quixote; "since this lady duenna comes in quest of me from such a distant land she cannot be one of those the apothecary meant; moreover this is a countess, and when countesses serve as duennas it is in the service of queens and empresses, for in their own houses they are mistresses paramount and have other duennas to wait on them."

A esto respondió doña Rodríguez, que se halló presente:

To this Dona Rodriguez, who was present, made answer,

— Dueñas tiene mi señora la duquesa en su servicio, que pudieran ser condesas si la fortuna quisiera, pero allá van leyes do quieren reyes; y nadie diga mal de las dueñas, y más de las antiguas y doncellas; que, aunque yo no lo soy, bien se me alcanza y se me trasluce la ventaja que hace una dueña doncella a una dueña viuda; y quien a nosotras trasquiló, las tijeras le quedaron en la mano.

"My lady the duchess has duennas in her service that might be countesses if it was the will of fortune; 'but laws go as kings like;' let nobody speak ill of duennas, above all of ancient maiden ones; for though I am not one myself, I know and am aware of the advantage a maiden duenna has over one that is a widow; but 'he who clipped us has kept the scissors.'"

— Con todo eso —replicó Sancho—, hay tanto que trasquilar en las dueñas, según mi barbero, cuanto será mejor no menear el arroz, aunque se pegue.

"For all that," said Sancho, "there's so much to be clipped about duennas, so my barber said, that 'it will be better not to stir the rice even though it sticks.'"

— Siempre los escuderos —respondió doña Rodríguez— son enemigos nuestros; que, como son duendes de las antesalas y nos veen a cada paso, los ratos que no rezan, que son muchos, los gastan en murmurar de nosotras, desenterrándonos los huesos y enterrándonos la fama. Pues mándoles yo a los leños movibles, que, mal que les pese, hemos de vivir en el mundo, y en las casas principales, aunque muramos de hambre y cubramos con un negro monjil nuestras delicadas o no delicadas carnes, como quien cubre o tapa un muladar con un tapiz en día de procesión. A fe que si me fuera dado, y el tiempo lo pidiera, que yo diera a entender, no sólo a los presentes, sino a todo el mundo, cómo no hay virtud que no se encierre en una dueña.

"These squires," returned Dona Rodriguez, "are always our enemies; and as they are the haunting spirits of the antechambers and watch us at every step, whenever they are not saying their prayers (and that's often enough) they spend their time in tattling about us, digging up our bones and burying our good name. But I can tell these walking blocks that we will live in spite of them, and in great houses too, though we die of hunger and cover our flesh, be it delicate or not, with widow's weeds, as one covers or hides a dunghill on a procession day. By my faith, if it were permitted me and time allowed, I could prove, not only to those here present, but to all the world, that there is no virtue that is not to be found in a duenna."

— Yo creo —dijo la duquesa— que mi buena doña Rodríguez tiene razón, y muy grande; pero conviene que aguarde tiempo para volver por sí y por las demás dueñas, para confundir la mala opinión de aquel mal boticario, y desarraigar la que tiene en su pecho el gran Sancho Panza.

"I have no doubt," said the duchess, "that my good Dona Rodriguez is right, and very much so; but she had better bide her time for fighting her own battle and that of the rest of the duennas, so as to crush the calumny of that vile apothecary, and root out the prejudice in the great Sancho Panza's mind."

A lo que Sancho respondió:

To which Sancho replied,

— Después que tengo humos de gobernador se me han quitado los váguidos de escudero, y no se me da por cuantas dueñas hay un cabrahígo.

"Ever since I have sniffed the governorship I have got rid of the humours of a squire, and I don't care a wild fig for all the duennas in the world."

Adelante pasaran con el coloquio dueñesco, si no oyeran que el pífaro y los tambores volvían a sonar, por donde entendieron que la dueña Dolorida entraba. Preguntó la duquesa al duque si sería bien ir a recebirla, pues era condesa y persona principal.

They would have carried on this duenna dispute further had they not heard the notes of the fife and drums once more, from which they concluded that the Distressed Duenna was making her entrance. The duchess asked the duke if it would be proper to go out to receive her, as she was a countess and a person of rank.

— Por lo que tiene de condesa —respondió Sancho, antes que el duque respondiese—, bien estoy en que vuestras grandezas salgan a recebirla; pero por lo de dueña, soy de parecer que no se muevan un paso.

"In respect of her being a countess," said Sancho, before the duke could reply, "I am for your highnesses going out to receive her; but in respect of her being a duenna, it is my opinion you should not stir a step."

— ¿Quién te mete a ti en esto, Sancho? —dijo don Quijote.

"Who bade thee meddle in this, Sancho?" said Don Quixote.

— ¿Quién, señor? —respondió Sancho—. Yo me meto, que puedo meterme, como escudero que ha aprendido los términos de la cortesía en la escuela de vuesa merced, que es el más cortés y bien criado caballero que hay en toda la cortesanía; y en estas cosas, según he oído decir a vuesa merced, tanto se pierde por carta de más como por carta de menos; y al buen entendedor, pocas palabras.

"Who, señor?" said Sancho; "I meddle for I have a right to meddle, as a squire who has learned the rules of courtesy in the school of your worship, the most courteous and best-bred knight in the whole world of courtliness; and in these things, as I have heard your worship say, as much is lost by a card too many as by a card too few, and to one who has his ears open, few words."

— Así es, como Sancho dice —dijo el duque—: veremos el talle de la condesa, y por él tantearemos la cortesía que se le debe.

"Sancho is right," said the duke; "we'll see what the countess is like, and by that measure the courtesy that is due to her."

En esto, entraron los tambores y el pífaro, como la vez primera.

And now the drums and fife made their entrance as before;

Y aquí, con este breve capítulo, dio fin el autor, y comenzó el otro, siguiendo la mesma aventura, que es una de las más notables de la historia.

and here the author brought this short chapter to

an end and began the next, following up the same adventure, which is one of the most notable in the history.

Capítulo XXXVIII. Donde se cuenta la que dio de su mala andanza la dueña Dolorida

CHAPTER XXXVIII. WHEREIN IS TOLD THE DISTRESSED DUENNA'S TALE OF HER MISFORTUNES

Detrás de los tristes músicos comenzaron a entrar por el jardín adelante hasta cantidad de doce dueñas, repartidas en dos hileras, todas vestidas de unos monjiles anchos, al parecer, de anascote batanado, con unas tocas blancas de delgado canequí, tan luengas que sólo el ribete del monjil descubrían. Tras ellas venía la condesa Trifaldi, a quien traía de la mano el escudero Trifaldín de la Blanca Barba, vestida de finísima y negra bayeta por frisar, que, a venir frisada, descubriera cada grano del grandor de un garbanzo de los buenos de Martos. La cola, o falda, o como llamarla quisieren, era de tres puntas, las cuales se sustentaban en las manos de tres pajes, asimesmo vestidos de luto, haciendo una vistosa y matemática figura con aquellos tres ángulos acutos que las tres puntas formaban, por lo cual cayeron todos los que la falda puntiaguda miraron que por ella se debía llamar la condesa Trifaldi, como si dijésemos la condesa de las Tres Faldas; y así dice Benengeli que fue verdad, y que de su propio apellido se llama la condesa Lobuna, a causa que se criaban en su condado muchos lobos, y que si como eran lobos fueran zorras, la llamaran la condesa Zorruna, por ser costumbre en aquellas partes tomar los señores la denominación de sus nombres de la cosa o cosas en que más sus estados abundan; empero esta condesa, por favorecer la novedad de su falda, dejó el Lobuna y tomó el Trifaldi.

Following the melancholy musicians there filed into the garden as many as twelve duennas, in two lines, all dressed in ample mourning robes apparently of milled serge, with hoods of fine white gauze so long that they allowed only the border of the robe to be seen. Behind them came

the Countess Trifaldi, the squire Trifaldin of
the White Beard leading her by the hand, clad in
the finest unnapped black baize, such that, had
it a nap, every tuft would have shown as big as a
Martos chickpea; the tail, or skirt, or whatever
it might be called, ended in three points which
were borne up by the hands of three pages,
likewise dressed in mourning, forming an elegant
geometrical figure with the three acute angles
made by the three points, from which all who saw
the peaked skirt concluded that it must be
because of it the countess was called Trifaldi,
as though it were Countess of the Three Skirts;
and Benengeli says it was so, and that by her
right name she was called the Countess Lobuna,
because wolves bred in great numbers in her
country; and if, instead of wolves, they had been
foxes, she would have been called the Countess
Zorruna, as it was the custom in those parts for
lords to take distinctive titles from the thing
or things most abundant in their dominions; this
countess, however, in honour of the new fashion
of her skirt, dropped Lobuna and took up
Trifaldi.

Venían las doce dueñas y la señora a paso de procesión,
cubiertos los rostros con unos velos negros y no trasparentes
como el de Trifaldín, sino tan apretados que ninguna cosa se
traslucían.

The twelve duennas and the lady came on at
procession pace, their faces being covered with
black veils, not transparent ones like
Trifaldin's, but so close that they allowed
nothing to be seen through them.

Así como acabó de parecer el dueñesco escuadrón, el duque,
la duquesa y don Quijote se pusieron en pie, y todos aquellos
que la espaciosa procesión miraban. Pararon las doce dueñas
y hicieron calle, por medio de la cual la Dolorida se adelantó,
sin dejarla de la mano Trifaldín, viendo lo cual el duque, la

duquesa y don Quijote, se adelantaron obra de doce pasos a recebirla. Ella, puesta las rodillas en el suelo, con voz antes basta y ronca que sutil y dilicada, dijo:

As soon as the band of duennas was fully in sight, the duke, the duchess, and Don Quixote stood up, as well as all who were watching the slow-moving procession. The twelve duennas halted and formed a lane, along which the Distressed One advanced, Trifaldin still holding her hand. On seeing this the duke, the duchess, and Don Quixote went some twelve paces forward to meet her. She then, kneeling on the ground, said in a voice hoarse and rough, rather than fine and delicate,

— Vuestras grandezas sean servidas de no hacer tanta cortesía a este su criado; digo, a esta su criada, porque, según soy de dolorida, no acertaré a responder a lo que debo, a causa que mi estraña y jamás vista desdicha me ha llevado el entendimiento no sé adónde, y debe de ser muy lejos, pues cuanto más le busco menos le hallo.

"May it please your highnesses not to offer such courtesies to this your servant, I should say to this your handmaid, for I am in such distress that I shall never be able to make a proper return, because my strange and unparalleled misfortune has carried off my wits, and I know not whither; but it must be a long way off, for the more I look for them the less I find them."

— Sin él estaría —respondió el duque—, señora condesa, el que no descubriese por vuestra persona vuestro valor, el cual, sin más ver, es merecedor de toda la nata de la cortesía y de toda la flor de las bien criadas ceremonias.

"He would be wanting in wits, señora countess," said the duke, "who did not perceive your worth by your person, for at a glance it may be seen it deserves all the cream of courtesy and flower of polite usage;"

Y, levantándola de la mano, la llevó a asentar en una silla junto a la duquesa, la cual la recibió asimismo con mucho comedimiento.

and raising her up by the hand he led her to a seat beside the duchess, who likewise received her with great urbanity.

Don Quijote callaba, y Sancho andaba muerto por ver el rostro de la Trifaldi y de alguna de sus muchas dueñas, pero no fue posible hasta que ellas de su grado y voluntad se descubrieron.

Don Quixote remained silent, while Sancho was dying to see the features of Trifaldi and one or two of her many duennas; but there was no possibility of it until they themselves displayed them of their own accord and free will.

Sosegados todos y puestos en silencio, estaban esperando quién le había de romper, y fue la dueña Dolorida con estas palabras:

All kept still, waiting to see who would break silence, which the Distressed Duenna did in these words:

— Confiada estoy, señor poderosísimo, hermosísima señora y discretísimos circunstantes, que ha de hallar mi cuitísima en vuestros valerosísimos pechos acogimiento no menos plácido que generoso y doloroso, porque ella es tal, que es bastante a enternecer los mármoles, y a ablandar los diamantes, y a molificar los aceros de los más endurecidos corazones del mundo; pero, antes que salga a la plaza de vuestros oídos, por no decir orejas, quisiera que me hicieran sabidora si está en este gremio, corro y compañía el acendradísimo caballero don Quijote de la Manchísima y su escuderísimo Panza.

"I am confident, most mighty lord, most fair lady, and most discreet company, that my most miserable misery will be accorded a reception no less dispassionate than generous and condolent in

your most valiant bosoms, for it is one that is enough to melt marble, soften diamonds, and mollify the steel of the most hardened hearts in the world; but ere it is proclaimed to your hearing, not to say your ears, I would fain be enlightened whether there be present in this society, circle, or company, that knight immaculatissimus, Don Quixote de la Manchissima, and his squirissimus Panza."

— El Panza —antes que otro respondiese, dijo Sancho— aquí esta, y el don Quijotísimo asimismo; y así, podréis, dolorosísima dueñísima, decir lo que quisieridísimis, que todos estamos prontos y aparejadísimos a ser vuestros servidorísimos.

"The Panza is here," said Sancho, before anyone could reply, "and Don Quixotissimus too; and so, most distressedest Duenissima, you may say what you willissimus, for we are all readissimus to do you any servissimus."

En esto se levantó don Quijote, y, encaminando sus razones a la Dolorida dueña, dijo:

On this Don Quixote rose, and addressing the Distressed Duenna, said,

— Si vuestras cuitas, angustiada señora, se pueden prometer alguna esperanza de remedio por algún valor o fuerzas de algún andante caballero, aquí están las mías, que, aunque flacas y breves, todas se emplearán en vuestro servicio. Yo soy don Quijote de la Mancha, cuyo asumpto es acudir a toda suerte de menesterosos, y, siendo esto así, como lo es, no habéis menester, señora, captar benevolencias ni buscar preámbulos, sino, a la llana y sin rodeos, decir vuestros males, que oídos os escuchan que sabrán, si no remediarlos, dolerse dellos.

"If your sorrows, afflicted lady, can indulge in any hope of relief from the valour or might of any knight-errant, here are mine, which, feeble and limited though they be, shall be entirely devoted to your service. I am Don Quixote of La Mancha, whose calling it is to give aid to the needy of all sorts; and that being so, it is not necessary for you, señora, to make any appeal to benevolence, or deal in preambles, only to tell your woes plainly and straightforwardly: for you have hearers that will know how, if not to remedy them, to sympathise with them."

Oyendo lo cual, la Dolorida dueña hizo señal de querer arrojarse a los pies de don Quijote, y aun se arrojó, y, pugnando por abrazárselos, decía:

On hearing this, the Distressed Duenna made as though she would throw herself at Don Quixote's feet, and actually did fall before them and said, as she strove to embrace them,

— Ante estos pies y piernas me arrojo, ¡oh caballero invicto!, por ser los que son basas y colunas de la andante caballería; estos pies quiero besar, de cuyos pasos pende y cuelga todo el remedio de mi desgracia, ¡oh valeroso andante, cuyas verdaderas fazañas dejan atrás y escurecen las fabulosas de los Amadises, Esplandianes y Belianises!

"Before these feet and legs I cast myself, O unconquered knight, as before, what they are, the foundations and pillars of knight-errantry; these feet I desire to kiss, for upon their steps hangs and depends the sole remedy for my misfortune, O valorous errant, whose veritable achievements leave behind and eclipse the fabulous ones of the Amadises, Esplandians, and Belianises!"

Y, dejando a don Quijote, se volvió a Sancho Panza, y, asiéndole de las manos, le dijo:

Then turning from Don Quixote to Sancho Panza, and grasping his hands, she said,

— ¡Oh tú, el más leal escudero que jamás sirvió a caballero andante en los presentes ni en los pasados siglos, más luengo en bondad que la barba de Trifaldín, mi acompañador, que está presente!, bien puedes preciarte que en servir al gran don Quijote sirves en cifra a toda la caterva de caballeros que han tratado las armas en el mundo. Conjúrote, por lo que debes a tu bondad fidelísima, me seas buen intercesor con tu dueño, para que luego favorezca a esta humilísima y desdichadísima condesa.

"O thou, most loyal squire that ever served knight-errant in this present age or ages past, whose goodness is more extensive than the beard of Trifaldin my companion here of present, well mayest thou boast thyself that, in serving the great Don Quixote, thou art serving, summed up in one, the whole host of knights that have ever borne arms in the world. I conjure thee, by what thou owest to thy most loyal goodness, that thou wilt become my kind intercessor with thy master, that he speedily give aid to this most humble and most unfortunate countess."

A lo que respondió Sancho:

To this Sancho made answer,

— De que sea mi bondad, señoría mía, tan larga y grande como la barba de vuestro escudero, a mí me hace muy poco al caso; barbada y con bigotes tenga yo mi alma cuando desta vida vaya, que es lo que importa, que de las barbas de acá poco o nada me curo; pero, sin esas socaliñas ni plegarias, yo rogaré a mi amo, que sé que me quiere bien, y más agora que me ha menester para cierto negocio, que favorezca y ayude a vuesa merced en todo lo que pudiere. Vuesa merced desembaúle su cuita y cuéntenosla, y deje hacer, que todos nos entenderemos.

"As to my goodness, señora, being as long and as great as your squire's beard, it matters very little to me; may I have my soul well bearded and moustached when it comes to quit this life, that's the point; about beards here below I care

188

little or nothing; but without all these
blandishments and prayers, I will beg my master
(for I know he loves me, and, besides, he has
need of me just now for a certain business) to
help and aid your worship as far as he can;
unpack your woes and lay them before us, and
leave us to deal with them, for we'll be all of
one mind."

Reventaban de risa con estas cosas los duques, como aquellos
que habían tomado el pulso a la tal aventura, y alababan
entre sí la agudeza y disimulación de la Trifaldi, la cual,
volviéndose a sentar, dijo:

The duke and duchess, as it was they who had made
the experiment of this adventure, were ready to
burst with laughter at all this, and between
themselves they commended the clever acting of
the Trifaldi, who, returning to her seat, said,

— «Del famoso reino de Candaya, que cae entre la gran
Trapobana y el mar del Sur, dos leguas más allá del cabo
Comorín, fue señora la reina doña Maguncia, viuda del rey
Archipiela, su señor y marido, de cuyo matrimonio tuvieron
y procrearon a la infanta Antonomasia, heredera del reino, la
cual dicha infanta Antonomasia se crió y creció debajo de mi
tutela y doctrina, por ser yo la más antigua y la más principal
dueña de su madre. Sucedió, pues, que, yendo días y
viniendo días, la niña Antonomasia llegó a edad de catorce
años, con tan gran perfeción de hermosura, que no la pudo
subir más de punto la naturaleza. ¡Pues digamos agora que la
discreción era mocosa! Así era discreta como bella, y era la
más bella del mundo, y lo es, si ya los hados invidiosos y las
parcas endurecidas no la han cortado la estambre de la vida.
Pero no habrán, que no han de permitir los cielos que se haga
tanto mal a la tierra como sería llevarse en agraz el racimo del
más hermoso veduño del suelo. De esta hermosura, y no
como se debe encarecida de mi torpe lengua, se enamoró un
número infinito de príncipes, así naturales como estranjeros,

entre los cuales osó levantar los pensamientos al cielo de tanta belleza un caballero particular que en la corte estaba, confiado en su mocedad y en su bizarría, y en sus muchas habilidades y gracias, y facilidad y felicidad de ingenio; porque hago saber a vuestras grandezas, si no lo tienen por enojo, que tocaba una guitarra que la hacía hablar, y más que era poeta y gran bailarín, y sabía hacer una jaula de pájaros, que solamente a hacerlas pudiera ganar la vida cuando se viera en estrema necesidad, que todas estas partes y gracias son bastantes a derribar una montaña, no que una delicada doncella. Pero toda su gentileza y buen donaire y todas sus gracias y habilidades fueran poca o ninguna parte para rendir la fortaleza de mi niña, si el ladrón desuellacaras no usara del remedio de rendirme a mí primero. Primero quiso el malandrín y desalmado vagamundo granjearme la voluntad y cohecharme el gusto, para que yo, mal alcaide, le entregase las llaves de la fortaleza que guardaba. En resolución: él me aduló el entendimiento y me rindió la voluntad con no sé qué dijes y brincos que me dio, pero lo que más me hizo postrar y dar conmigo por el suelo fueron unas coplas que le oí cantar una noche desde una reja que caía a una callejuela donde él estaba, que, si mal no me acuerdo, decían:

"Queen Dona Maguncia reigned over the famous kingdom of Kandy, which lies between the great Trapobana and the Southern Sea, two leagues beyond Cape Comorin. She was the widow of King Archipiela, her lord and husband, and of their marriage they had issue the Princess Antonomasia, heiress of the kingdom; which Princess Antonomasia was reared and brought up under my care and direction, I being the oldest and highest in rank of her mother's duennas. Time passed, and the young Antonomasia reached the age of fourteen, and such a perfection of beauty, that nature could not raise it higher. Then, it must not be supposed her intelligence was childish; she was as intelligent as she was fair,

and she was fairer than all the world; and is so
still, unless the envious fates and hard-hearted
sisters three have cut for her the thread of
life. But that they have not, for Heaven will not
suffer so great a wrong to Earth, as it would be
to pluck unripe the grapes of the fairest
vineyard on its surface. Of this beauty, to which
my poor feeble tongue has failed to do justice,
countless princes, not only of that country, but
of others, were enamoured, and among them a
private gentleman, who was at the court, dared to
raise his thoughts to the heaven of so great
beauty, trusting to his youth, his gallant
bearing, his numerous accomplishments and graces,
and his quickness and readiness of wit; for I may
tell your highnesses, if I am not wearying you,
that he played the guitar so as to make it speak,
and he was, besides, a poet and a great dancer,
and he could make birdcages so well, that by
making them alone he might have gained a
livelihood, had he found himself reduced to utter
poverty; and gifts and graces of this kind are
enough to bring down a mountain, not to say a
tender young girl. But all his gallantry, wit,
and gaiety, all his graces and accomplishments,
would have been of little or no avail towards
gaining the fortress of my pupil, had not the
impudent thief taken the precaution of gaining me
over first. First, the villain and heartless
vagabond sought to win my good-will and purchase
my compliance, so as to get me, like a
treacherous warder, to deliver up to him the keys
of the fortress I had in charge. In a word, he
gained an influence over my mind, and overcame my
resolutions with I know not what trinkets and
jewels he gave me; but it was some verses I heard
him singing one night from a grating that opened
on the street where he lived, that, more than
anything else, made me give way and led to my
fall; and if I remember rightly they ran thus:

De la dulce mi enemiga
nace un mal que al alma hiere,
y, por más tormento, quiere
que se sienta y no se diga.

```
From that sweet enemy of mine
My bleeding heart hath had its wound;
And to increase the pain I'm bound
To suffer and to make no sign.
```

Parecióme la trova de perlas, y su voz de almíbar, y después acá, digo, desde entonces, viendo el mal en que caí por estos y otros semejantes versos, he considerado que de las buenas y concertadas repúblicas se habían de desterrar los poetas, como aconsejaba Platón, a lo menos, los lascivos, porque escriben unas coplas, no como las del marqués de Mantua, que entretienen y hacen llorar los niños y a las mujeres, sino unas agudezas que, a modo de blandas espinas, os atraviesan el alma, y como rayos os hieren en ella, dejando sano el vestido. Y otra vez cantó:

```
The lines seemed pearls to me and his voice sweet
as syrup; and afterwards, I may say ever since
then, looking at the misfortune into which I have
fallen, I have thought that poets, as Plato
advised, ought to be banished from all well-
ordered States; at least the amatory ones, for
they write verses, not like those of 'The Marquis
of Mantua,' that delight and draw tears from the
women and children, but sharp-pointed conceits
that pierce the heart like soft thorns, and like
the lightning strike it, leaving the raiment
uninjured. Another time he sang:
```

Ven, muerte, tan escondida
que no te sienta venir,
porque el placer del morir
no me torne a dar la vida.

```
Come Death, so subtly veiled that I
Thy coming know not, how or when,
```

> Lest it should give me life again
> To find how sweet it is to die.

Y deste jaez otras coplitas y estrambotes, que cantados encantan y escritos suspenden. Pues, ¿qué cuando se humillan a componer un género de verso que en Candaya se usaba entonces, a quien ellos llamaban seguidillas? Allí era el brincar de las almas, el retozar de la risa, el desasosiego de los cuerpos y, finalmente, el azogue de todos los sentidos. Y así, digo, señores míos, que los tales trovadores con justo título los debían desterrar a las islas de los Lagartos. Pero no tienen ellos la culpa, sino los simples que los alaban y las bobas que los creen; y si yo fuera la buena dueña que debía, no me habían de mover sus trasnochados conceptos, ni había de creer ser verdad aquel decir: "Vivo muriendo, ardo en el yelo, tiemblo en el fuego, espero sin esperanza, pártome y quédome", con otros imposibles desta ralea, de que están sus escritos llenos. Pues, ¿qué cuando prometen el fénix de Arabia, la corona de Aridiana, los caballos del Sol, del Sur las perlas, de Tíbar el oro y de Pancaya el bálsamo? Aquí es donde ellos alargan más la pluma, como les cuesta poco prometer lo que jamás piensan ni pueden cumplir. Pero, ¿dónde me divierto? ¡Ay de mí, desdichada! ¿Qué locura o qué desatino me lleva a contar las ajenas faltas, teniendo tanto que decir de las mías? ¡Ay de mí, otra vez, sin ventura!, que no me rindieron los versos, sino mi simplicidad; no me ablandaron las músicas, sino mi liviandad: mi mucha ignorancia y mi poco advertimiento abrieron el camino y desembarazaron la senda a los pasos de don Clavijo, que éste es el nombre del referido caballero; y así, siendo yo la medianera, él se halló una y muy muchas veces en la estancia de la por mí, y no por él, engañada Antonomasia, debajo del título de verdadero esposo; que, aunque pecadora, no consintiera que sin ser su marido la llegara a la vira de la suela de sus zapatillas. ¡No, no, eso no: el matrimonio ha de ir adelante en cualquier negocio destos que por mí se tratare!

Solamente hubo un daño en este negocio, que fue el de la desigualdad, por ser don Clavijo un caballero particular, y la infanta Antonomasia heredera, como ya he dicho, del reino. Algunos días estuvo encubierta y solapada en la sagacidad de mi recato esta maraña, hasta que me pareció que la iba descubriendo a más andar no sé qué hinchazón del vientre de Antonomasia, cuyo temor nos hizo entrar en bureo a los tres, y salió dél que, antes que se saliese a luz el mal recado, don Clavijo pidiese ante el vicario por su mujer a Antonomasia, en fe de una cédula que de ser su esposa la infanta le había hecho, notada por mi ingenio, con tanta fuerza, que las de Sansón no pudieran romperla. Hiciéronse las diligencias, vio el vicario la cédula, tomó el tal vicario la confesión a la señora, confesó de plano, mandóla depositar en casa de un alguacil de corte muy honrado...»

—and other verses and burdens of the same sort, such as enchant when sung and fascinate when written. And then, when they condescend to compose a sort of verse that was at that time in vogue in Kandy, which they call seguidillas! Then it is that hearts leap and laughter breaks forth, and the body grows restless and all the senses turn quicksilver. And so I say, sirs, that these troubadours richly deserve to be banished to the isles of the lizards. Though it is not they that are in fault, but the simpletons that extol them, and the fools that believe in them; and had I been the faithful duenna I should have been, his stale conceits would have never moved me, nor should I have been taken in by such phrases as 'in death I live,' 'in ice I burn,' 'in flames I shiver,' 'hopeless I hope,' 'I go and stay,' and paradoxes of that sort which their writings are full of. And then when they promise the Phoenix of Arabia, the crown of Ariadne, the horses the Sun, the pearls of the South, the gold of Tibar, and the balsam of Panchaia! Then it is they give a loose to their pens, for it costs

them little to make promises they have no
intention or power of fulfilling. But where am I
wandering to? Woe is me, unfortunate being! What
madness or folly leads me to speak of the faults
of others, when there is so much to be said about
my own? Again, woe is me, hapless that I am! it
was not verses that conquered me, but my own
simplicity; it was not music made me yield, but
my own imprudence; my own great ignorance and
little caution opened the way and cleared the
path for Don Clavijo's advances, for that was the
name of the gentleman I have referred to; and so,
with my help as go-between, he found his way many
a time into the chamber of the deceived
Antonomasia (deceived not by him but by me) under
the title of a lawful husband; for, sinner though
I was, would not have allowed him to approach the
edge of her shoe-sole without being her husband.
No, no, not that; marriage must come first in any
business of this sort that I take in hand. But
there was one hitch in this case, which was that
of inequality of rank, Don Clavijo being a
private gentleman, and the Princess Antonomasia,
as I said, heiress to the kingdom. The
entanglement remained for some time a secret,
kept hidden by my cunning precautions, until I
perceived that a certain expansion of waist in
Antonomasia must before long disclose it, the
dread of which made us all there take counsel
together, and it was agreed that before the
mischief came to light, Don Clavijo should demand
Antonomasia as his wife before the Vicar, in
virtue of an agreement to marry him made by the
princess, and drafted by my wit in such binding
terms that the might of Samson could not have
broken it. The necessary steps were taken; the
Vicar saw the agreement, and took the lady's
confession; she confessed everything in full, and
he ordered her into the custody of a very worthy
alguacil of the court."

195

A esta sazón, dijo Sancho: — También en Candaya hay alguaciles de corte, poetas y seguidillas, por lo que puedo jurar que imagino que todo el mundo es uno. Pero dése vuesa merced priesa, señora Trifaldi, que es tarde y ya me muero por saber el fin desta tan larga historia.

"Are there alguacils of the court in Kandy, too," said Sancho at this, "and poets, and seguidillas? I swear I think the world is the same all over! But make haste, Señora Trifaldi; for it is late, and I am dying to know the end of this long story."

— Sí haré —respondió la condesa.

"I will," replied the countess.

Capítulo XXXIX. Donde la Trifaldi prosigue su estupenda y memorable historia

CHAPTER XXXIX. IN WHICH THE TRIFALDI CONTINUES HER MARVELLOUS AND MEMORABLE STORY

De cualquiera palabra que Sancho decía, la duquesa gustaba tanto como se desesperaba don Quijote; y, mandándole que callase, la Dolorida prosiguió diciendo:

By every word that Sancho uttered, the duchess was as much delighted as Don Quixote was driven to desperation. He bade him hold his tongue, and the Distressed One went on to say:

— «En fin, al cabo de muchas demandas y respuestas, como la infanta se estaba siempre en sus trece, sin salir ni variar de la primera declaración, el vicario sentenció en favor de don Clavijo, y se la entregó por su legítima esposa, de lo que recibió tanto enojo la reina doña Maguncia, madre de la infanta Antonomasia, que dentro de tres días la enterramos.»

"At length, after much questioning and answering, as the princess held to her story, without changing or varying her previous declaration, the Vicar gave his decision in favour of Don Clavijo, and she was delivered over to him as his lawful wife; which the Queen Dona Maguncia, the Princess Antonomasia's mother, so took to heart, that within the space of three days we buried her."

— Debió de morir, sin duda —dijo Sancho.

"She died, no doubt," said Sancho.

— ¡Claro está! —respondió Trifaldín—, que en Candaya no se entierran las personas vivas, sino las muertas.

"Of course," said Trifaldin; "they don't bury living people in Kandy, only the dead."

— Ya se ha visto, señor escudero —replicó Sancho—, enterrar

un desmayado creyendo ser muerto, y parecíame a mí que estaba la reina Maguncia obligada a desmayarse antes que a morirse; que con la vida muchas cosas se remedian, y no fue tan grande el disparate de la infanta que obligase a sentirle tanto. Cuando se hubiera casado esa señora con algún paje suyo, o con otro criado de su casa, como han hecho otras muchas, según he oído decir, fuera el daño sin remedio; pero el haberse casado con un caballero tan gentilhombre y tan entendido como aquí nos le han pintado, en verdad en verdad que, aunque fue necedad, no fue tan grande como se piensa; porque, según las reglas de mi señor, que está presente y no me dejará mentir, así como se hacen de los hombres letrados los obispos, se pueden hacer de los caballeros, y más si son andantes, los reyes y los emperadores.

"Señor Squire," said Sancho, "a man in a swoon has been known to be buried before now, in the belief that he was dead; and it struck me that Queen Maguncia ought to have swooned rather than died; because with life a great many things come right, and the princess's folly was not so great that she need feel it so keenly. If the lady had married some page of hers, or some other servant of the house, as many another has done, so I have heard say, then the mischief would have been past curing. But to marry such an elegant accomplished gentleman as has been just now described to us— indeed, indeed, though it was a folly, it was not such a great one as you think; for according to the rules of my master here—and he won't allow me to lie—as of men of letters bishops are made, so of gentlemen knights, specially if they be errant, kings and emperors may be made."

— Razón tienes, Sancho —dijo don Quijote—, porque un caballero andante, como tenga dos dedos de ventura, está en potencia propincua de ser el mayor señor del mundo. Pero, pase adelante la señora Dolorida, que a mí se me trasluce que le falta por contar lo amargo desta hasta aquí dulce historia.

"Thou art right, Sancho," said Don Quixote, "for with a knight-errant, if he has but two fingers' breadth of good fortune, it is on the cards to become the mightiest lord on earth. But let señora the Distressed One proceed; for I suspect she has got yet to tell us the bitter part of this so far sweet story."

— Y ¡cómo si queda lo amargo! —respondió la condesa—, y tan amargo que en su comparación son dulces las tueras y sabrosas las adelfas. «Muerta, pues, la reina, y no desmayada, la enterramos; y, apenas la cubrimos con la tierra y apenas le dimos el último vale, cuando, quis talia fando temperet a lachrymis?,

"The bitter is indeed to come," said the countess; "and such bitter that colocynth is sweet and oleander toothsome in comparison. The queen, then, being dead, and not in a swoon, we buried her; and hardly had we covered her with earth, hardly had we said our last farewells, when, quis talia fando temperet a lachrymis?

puesto sobre un caballo de madera, pareció encima de la sepultura de la reina el gigante Malambruno, primo cormano de Maguncia, que junto con ser cruel era encantador, el cual con sus artes, en venganza de la muerte de su cormana, y por castigo del atrevimiento de don Clavijo, y por despecho de la demasía de Antonomasia, los dejó encantados sobre la mesma sepultura: a ella, convertida en una jimia de bronce, y a él, en un espantoso cocodrilo de un metal no conocido, y entre los dos está un padrón, asimismo de metal, y en él escritas en lengua siríaca unas letras que, habiéndose declarado en la candayesca, y ahora en la castellana, encierran esta sentencia: "No cobrarán su primera forma estos dos atrevidos amantes hasta que el valeroso manchego venga conmigo a las manos en singular batalla, que para solo su gran valor guardan los hados esta nunca vista aventura".

Hecho esto, sacó de la vaina un ancho y desmesurado alfanje, y, asiéndome a mí por los cabellos, hizo finta de querer segarme la gola y cortarme cercen la cabeza. Turbéme, pegóseme la voz a la garganta, quedé mohína en todo estremo, pero, con todo, me esforcé lo más que pude, y, con voz tembladora y doliente, le dije tantas y tales cosas, que le hicieron suspender la ejecución de tan riguroso castigo. Finalmente, hizo traer ante sí todas las dueñas de palacio, que fueron estas que están presentes, y, después de haber exagerado nuestra culpa y vituperado las condiciones de las dueñas, sus malas mañas y peores trazas, y cargando a todas la culpa que yo sola tenía, dijo que no quería con pena capital castigarnos, sino con otras penas dilatadas, que nos diesen una muerte civil y continua; y, en aquel mismo momento y punto que acabó de decir esto, sentimos todas que se nos abrían los poros de la cara, y que por toda ella nos punzaban como con puntas de agujas. Acudimos luego con las manos a los rostros, y hallámonos de la manera que ahora veréis.»

over the queen's grave there appeared, mounted upon a wooden horse, the giant Malambruno, Maguncia's first cousin, who besides being cruel is an enchanter; and he, to revenge the death of his cousin, punish the audacity of Don Clavijo, and in wrath at the contumacy of Antonomasia, left them both enchanted by his art on the grave itself; she being changed into an ape of brass, and he into a horrible crocodile of some unknown metal; while between the two there stands a pillar, also of metal, with certain characters in the Syriac language inscribed upon it, which, being translated into Kandian, and now into Castilian, contain the following sentence: 'These two rash lovers shall not recover their former shape until the valiant Manchegan comes to do battle with me in single combat; for the Fates reserve this unexampled adventure for his mighty valour alone.' This done, he drew from its sheath a huge broad scimitar, and seizing me by the hair

he made as though he meant to cut my throat and
shear my head clean off. I was terror-stricken,
my voice stuck in my throat, and I was in the
deepest distress; nevertheless I summoned up my
strength as well as I could, and in a trembling
and piteous voice I addressed such words to him
as induced him to stay the infliction of a
punishment so severe. He then caused all the
duennas of the palace, those that are here
present, to be brought before him; and after
having dwelt upon the enormity of our offence,
and denounced duennas, their characters, their
evil ways and worse intrigues, laying to the
charge of all what I alone was guilty of, he said
he would not visit us with capital punishment,
but with others of a slow nature which would be
in effect civil death for ever; and the very
instant he ceased speaking we all felt the pores
of our faces opening, and pricking us, as if with
the points of needles. We at once put our hands
up to our faces and found ourselves in the state
you now see."

Y luego la Dolorida y las demás dueñas alzaron los antifaces
con que cubiertas venían, y descubrieron los rostros, todos
poblados de barbas, cuáles rubias, cuáles negras, cuáles
blancas y cuáles albarrazadas, de cuya vista mostraron
quedar admirados el duque y la duquesa, pasmados don
Quijote y Sancho, y atónitos todos los presentes.

Here the Distressed One and the other duennas
raised the veils with which they were covered,
and disclosed countenances all bristling with
beards, some red, some black, some white, and
some grizzled, at which spectacle the duke and
duchess made a show of being filled with wonder.
Don Quixote and Sancho were overwhelmed with
amazement, and the bystanders lost in
astonishment,

Y la Trifaldi prosiguió:

201

while the Trifaldi went on to say:

— «Desta manera nos castigó aquel follón y malintencionado de Malambruno, cubriendo la blandura y morbidez de nuestros rostros con la aspereza destas cerdas, que pluguiera al cielo que antes con su desmesurado alfanje nos hubiera derribado las testas, que no que nos asombrara la luz de nuestras caras con esta borra que nos cubre; porque si entramos en cuenta, señores míos (y esto que voy a decir agora lo quisiera decir hechos mis ojos fuentes, pero la consideración de nuestra desgracia, y los mares que hasta aquí han llovido, los tienen sin humor y secos como aristas, y así, lo diré sin lágrimas), digo, pues, que ¿adónde podrá ir una dueña con barbas? ¿Qué padre o qué madre se dolerá della? ¿Quién la dará ayuda? Pues, aun cuando tiene la tez lisa y el rostro martirizado con mil suertes de menjurjes y mudas, apenas halla quien bien la quiera, ¿qué hará cuando descubra hecho un bosque su rostro? ¡Oh dueñas y compañeras mías, en desdichado punto nacimos, en hora menguada nuestros padres nos engendraron!»

"Thus did that malevolent villain Malambruno punish us, covering the tenderness and softness of our faces with these rough bristles! Would to heaven that he had swept off our heads with his enormous scimitar instead of obscuring the light of our countenances with these wool-combings that cover us! For if we look into the matter, sirs (and what I am now going to say I would say with eyes flowing like fountains, only that the thought of our misfortune and the oceans they have already wept, keep them as dry as barley spears, and so I say it without tears), where, I ask, can a duenna with a beard to to? What father or mother will feel pity for her? Who will help her? For, if even when she has a smooth skin, and a face tortured by a thousand kinds of washes and cosmetics, she can hardly get anybody to love her, what will she do when she shows a countenace turned into a thicket? Oh duennas, companions mine! it was an unlucky moment when we were born and an ill-starred hour when our fathers begot us!"

Y, diciendo esto, dio muestras de desmayarse.

And as she said this she showed signs of being about to faint.

Capítulo XL. De cosas que atañen y tocan a esta aventura y a esta memorable historia

CHAPTER XL. OF MATTERS RELATING AND BELONGING TO THIS ADVENTURE AND TO THIS MEMORABLE HISTORY

Real y verdaderamente, todos los que gustan de semejantes historias como ésta deben de mostrarse agradecidos a Cide Hamete, su autor primero, por la curiosidad que tuvo en contarnos las semínimas della, sin dejar cosa, por menuda que fuese, que no la sacase a luz distintamente: pinta los pensamientos, descubre las imaginaciones, responde a las tácitas, aclara las dudas, resuelve los argumentos; finalmente, los átomos del más curioso deseo manifiesta. ¡Oh autor celebérrimo! ¡Oh don Quijote dichoso! ¡Oh Dulcinea famosa! ¡Oh Sancho Panza gracioso! Todos juntos y cada uno de por sí viváis siglos infinitos, para gusto y general pasatiempo de los vivientes.

Verily and truly all those who find pleasure in histories like this ought show their gratitude to Cide Hamete, its original author, for the scrupulous care he has taken to set before us all its minute particulars, not leaving anything, however trifling it may be, that he does not make clear and plain. He portrays the thoughts, he reveals the fancies, he answers implied questions, clears up doubts, sets objections at rest, and, in a word, makes plain the smallest points the most inquisitive can desire to know. O renowned author! O happy Don Quixote! O famous famous droll Sancho! All and each, may ye live countless ages for the delight and amusement of the dwellers on earth!

Dice, pues, la historia que, así como Sancho vio desmayada a la Dolorida, dijo:

The history goes on to say that when Sancho saw

the Distressed One faint he exclaimed:

— Por la fe de hombre de bien, juro, y por el siglo de todos mis pasados los Panzas, que jamás he oído ni visto, ni mi amo me ha contado, ni en su pensamiento ha cabido, semejante aventura como ésta. Válgate mil satanases, por no maldecirte por encantador y gigante, Malambruno; y ¿no hallaste otro género de castigo que dar a estas pecadoras sino el de barbarlas? ¿Cómo y no fuera mejor, y a ellas les estuviera más a cuento, quitarles la mitad de las narices de medio arriba, aunque hablaran gangoso, que no ponerles barbas? Apostaré yo que no tienen hacienda para pagar a quien las rape.

"I swear by the faith of an honest man and the shades of all my ancestors the Panzas, that never I did see or hear of, nor has my master related or conceived in his mind, such an adventure as this. A thousand devils—not to curse thee—take thee, Malambruno, for an enchanter and a giant! Couldst thou find no other sort of punishment for these sinners but bearding them? Would it not have been better—it would have been better for them—to have taken off half their noses from the middle upwards, even though they'd have snuffled when they spoke, than to have put beards on them? I'll bet they have not the means of paying anybody to shave them."

— Así es la verdad, señor —respondió una de las doce—, que no tenemos hacienda para mondarnos; y así, hemos tomado algunas de nosotras por remedio ahorrativo de usar de unos pegotes o parches pegajosos, y aplicándolos a los rostros, y tirando de golpe, quedamos rasas y lisas como fondo de mortero de piedra; que, puesto que hay en Candaya mujeres que andan de casa en casa a quitar el vello y a pulir las cejas y hacer otros menjurjes tocantes a mujeres, nosotras las dueñas de mi señora por jamás quisimos admitirlas, porque las más oliscan a terceras, habiendo dejado de ser primas; y si por el señor don Quijote no somos remediadas, con barbas nos

llevarán a la sepultura.

"That is the truth, señor," said one of the twelve; "we have not the money to get ourselves shaved, and so we have, some of us, taken to using sticking-plasters by way of an economical remedy, for by applying them to our faces and plucking them off with a jerk we are left as bare and smooth as the bottom of a stone mortar. There are, to be sure, women in Kandy that go about from house to house to remove down, and trim eyebrows, and make cosmetics for the use of the women, but we, the duennas of my lady, would never let them in, for most of them have a flavour of agents that have ceased to be principals; and if we are not relieved by Señor Don Quixote we shall be carried to our graves with beards."

— Yo me pelaría las mías —dijo don Quijote— en tierra de moros, si no remediase las vuestras.

"I will pluck out my own in the land of the Moors," said Don Quixote, "if I don't cure yours."

A este punto, volvió de su desmayo la Trifaldi y dijo:

At this instant the Trifaldi recovered from her swoon and said,

— El retintín desa promesa, valeroso caballero, en medio de mi desmayo llegó a mis oídos, y ha sido parte para que yo dél vuelva y cobre todos mis sentidos; y así, de nuevo os suplico, andante ínclito y señor indomable, vuestra graciosa promesa se convierta en obra.

"The chink of that promise, valiant knight, reached my ears in the midst of my swoon, and has been the means of reviving me and bringing back my senses; and so once more I implore you, illustrious errant, indomitable sir, to let your gracious promises be turned into deeds."

— Por mí no quedará —respondió don Quijote—: ved, señora, qué es lo que tengo de hacer, que el ánimo está muy pronto para serviros.

"There shall be no delay on my part," said Don Quixote. "Bethink you, señora, of what I must do, for my heart is most eager to serve you."

— Es el caso —respondió la Dolorida —que desde aquí al reino de Candaya, si se va por tierra, hay cinco mil leguas, dos más a menos; pero si se va por el aire y por la línea recta, hay tres mil y docientas y veinte y siete. Es también de saber que Malambruno me dijo que cuando la suerte me deparase al caballero nuestro libertador, que él le enviaría una cabalgadura harto mejor y con menos malicias que las que son de retorno, porque ha de ser aquel mesmo caballo de madera sobre quien llevó el valeroso Pierres robada a la linda Magalona, el cual caballo se rige por una clavija que tiene en la frente, que le sirve de freno, y vuela por el aire con tanta ligereza que parece que los mesmos diablos le llevan. Este tal caballo, según es tradición antigua, fue compuesto por aquel sabio Merlín; prestósele a Pierres, que era su amigo, con el cual hizo grandes viajes, y robó, como se ha dicho, a la linda Magalona, llevándola a las ancas por el aire, dejando embobados a cuantos desde la tierra los miraban; y no le prestaba sino a quien él quería, o mejor se lo pagaba; y desde el gran Pierres hasta ahora no sabemos que haya subido alguno en él. De allí le ha sacado Malambruno con sus artes, y le tiene en su poder, y se sirve dél en sus viajes, que los hace por momentos, por diversas partes del mundo, y hoy está aquí y mañana en Francia y otro día en Potosí; y es lo bueno que el tal caballo ni come, ni duerme ni gasta herraduras, y lleva un portante por los aires, sin tener alas, que el que lleva encima puede llevar una taza llena de agua en la mano sin que se le derrame gota, según camina llano y reposado; por lo cual la linda Magalona se holgaba mucho de andar caballera en él.

207

"The fact is," replied the Distressed One, "it is five thousand leagues, a couple more or less, from this to the kingdom of Kandy, if you go by land; but if you go through the air and in a straight line, it is three thousand two hundred and twenty-seven. You must know, too, that Malambruno told me that, whenever fate provided the knight our deliverer, he himself would send him a steed far better and with less tricks than a post-horse; for he will be that same wooden horse on which the valiant Pierres carried off the fair Magalona; which said horse is guided by a peg he has in his forehead that serves for a bridle, and flies through the air with such rapidity that you would fancy the very devils were carrying him. This horse, according to ancient tradition, was made by Merlin. He lent him to Pierres, who was a friend of his, and who made long journeys with him, and, as has been said, carried off the fair Magalona, bearing her through the air on its haunches and making all who beheld them from the earth gape with astonishment; and he never lent him save to those whom he loved or those who paid him well; and since the great Pierres we know of no one having mounted him until now. From him Malambruno stole him by his magic art, and he has him now in his possession, and makes use of him in his journeys which he constantly makes through different parts of the world; he is here to-day, to-morrow in France, and the next day in Potosi; and the best of it is the said horse neither eats nor sleeps nor wears out shoes, and goes at an ambling pace through the air without wings, so that he whom he has mounted upon him can carry a cup full of water in his hand without spilling a drop, so smoothly and easily does he go, for which reason the fair Magalona enjoyed riding him greatly."

A esto dijo Sancho: — Para andar reposado y llano, mi rucio, puesto que no anda por los aires; pero por la tierra, yo le

208

cutiré con cuantos portantes hay en el mundo.

"For going smoothly and easily," said Sancho at this, "give me my Dapple, though he can't go through the air; but on the ground I'll back him against all the amblers in the world."

Riéronse todos, y la Dolorida prosiguió:

They all laughed, and the Distressed One continued:

— Y este tal caballo, si es que Malambruno quiere dar fin a nuestra desgracia, antes que sea media hora entrada la noche, estará en nuestra presencia, porque él me significó que la señal que me daría por donde yo entendiese que había hallado el caballero que buscaba, sería enviarme el caballo, donde fuese con comodidad y presteza.

"And this same horse, if so be that Malambruno is disposed to put an end to our sufferings, will be here before us ere the night shall have advanced half an hour; for he announced to me that the sign he would give me whereby I might know that I had found the knight I was in quest of, would be to send me the horse wherever he might be, speedily and promptly."

— Y ¿cuántos caben en ese caballo? —preguntó Sancho.

"And how many is there room for on this horse?" asked Sancho.

La Dolorida respondió: — Dos personas: la una en la silla y la otra en las ancas; y, por la mayor parte, estas tales dos personas son caballero y escudero, cuando falta alguna robada doncella.

"Two," said the Distressed One, "one in the saddle, and the other on the croup; and generally these two are knight and squire, when there is no damsel that's being carried off."

— Querría yo saber, señora Dolorida —dijo Sancho—, qué

nombre tiene ese caballo.

"I'd like to know, Señora Distressed One," said Sancho, "what is the name of this horse?"

— El nombre —respondió la Dolorida— no es como el caballo de Belorofonte, que se llamaba Pegaso, ni como el del Magno Alejandro, llamado Bucéfalo, ni como el del furioso Orlando, cuyo nombre fue Brilladoro, ni menos Bayarte, que fue el de Reinaldos de Montalbán, ni Frontino, como el de Rugero, ni Bootes ni Peritoa, como dicen que se llaman los del Sol, ni tampoco se llama Orelia, como el caballo en que el desdichado Rodrigo, último rey de los godos, entró en la batalla donde perdió la vida y el reino.

"His name," said the Distressed One, "is not the same as Bellerophon's horse that was called Pegasus, or Alexander the Great's, called Bucephalus, or Orlando Furioso's, the name of which was Brigliador, nor yet Bayard, the horse of Reinaldos of Montalvan, nor Frontino like Ruggiero's, nor Bootes or Peritoa, as they say the horses of the sun were called, nor is he called Orelia, like the horse on which the unfortunate Rodrigo, the last king of the Goths, rode to the battle where he lost his life and his kingdom."

— Yo apostaré —dijo Sancho— que, pues no le han dado ninguno desos famosos nombres de caballos tan conocidos, que tampoco le habrán dado el de mi amo, Rocinante, que en ser propio excede a todos los que se han nombrado.

"I'll bet," said Sancho, "that as they have given him none of these famous names of well-known horses, no more have they given him the name of my master's Rocinante, which for being apt surpasses all that have been mentioned."

— Así es —respondió la barbada condesa—, pero todavía le cuadra mucho, porque se llama Clavileño el Alígero, cuyo nombre conviene con el ser de leño, y con la clavija que trae

210

en la frente, y con la ligereza con que camina; y así, en cuanto al nombre, bien puede competir con el famoso Rocinante.

"That is true," said the bearded countess, "still it fits him very well, for he is called Clavileno the Swift, which name is in accordance with his being made of wood, with the peg he has in his forehead, and with the swift pace at which he travels; and so, as far as name goes, he may compare with the famous Rocinante."

— No me descontenta el nombre —replicó Sancho—, pero ¿con qué freno o con qué jáquima se gobierna?

"I have nothing to say against his name," said Sancho; "but with what sort of bridle or halter is he managed?"

— Ya he dicho —respondió la Trifaldi— que con la clavija, que, volviéndola a una parte o a otra, el caballero que va encima le hace caminar como quiere, o ya por los aires, o ya rastreando y casi barriendo la tierra, o por el medio, que es el que se busca y se ha de tener en todas las acciones bien ordenadas.

"I have said already," said the Trifaldi, "that it is with a peg, by turning which to one side or the other the knight who rides him makes him go as he pleases, either through the upper air, or skimming and almost sweeping the earth, or else in that middle course that is sought and followed in all well-regulated proceedings."

— Ya lo querría ver —respondió Sancho—, pero pensar que tengo de subir en él, ni en la silla ni en las ancas, es pedir peras al olmo. ¡Bueno es que apenas puedo tenerme en mi rucio, y sobre un albarda más blanda que la mesma seda, y querrían ahora que me tuviese en unas ancas de tabla, sin cojín ni almohada alguna! Pardiez, yo no me pienso moler por quitar las barbas a nadie: cada cual se rape como más le viniere a cuento, que yo no pienso acompañar a mi señor en

tan largo viaje. Cuanto más, que yo no debo de hacer al caso para el rapamiento destas barbas como lo soy para el desencanto de mi señora Dulcinea.

"I'd like to see him," said Sancho; "but to fancy I'm going to mount him, either in the saddle or on the croup, is to ask pears of the elm tree. A good joke indeed! I can hardly keep my seat upon Dapple, and on a pack-saddle softer than silk itself, and here they'd have me hold on upon haunches of plank without pad or cushion of any sort! Gad, I have no notion of bruising myself to get rid of anyone's beard; let each one shave himself as best he can; I'm not going to accompany my master on any such long journey; besides, I can't give any help to the shaving of these beards as I can to the disenchantment of my lady Dulcinea."

— Sí sois, amigo —respondió la Trifaldi—, y tanto, que, sin vuestra presencia, entiendo que no haremos nada.

"Yes, you can, my friend," replied the Trifaldi; "and so much, that without you, so I understand, we shall be able to do nothing."

— ¡Aquí del rey! —dijo Sancho—: ¿qué tienen que ver los escuderos con las aventuras de sus señores? ¿Hanse de llevar ellos la fama de las que acaban, y hemos de llevar nosotros el trabajo? ¡Cuerpo de mí! Aun si dijesen los historiadores: "El tal caballero acabó la tal y tal aventura, pero con ayuda de fulano, su escudero, sin el cual fuera imposible el acabarla". Pero, ¡que escriban a secas: "Don Paralipomenón de las Tres Estrellas acabó la aventura de los seis vestiglos", sin nombrar la persona de su escudero, que se halló presente a todo, como si no fuera en el mundo! Ahora, señores, vuelvo a decir que mi señor se puede ir solo, y buen provecho le haga, que yo me quedaré aquí, en compañía de la duquesa mi señora, y podría ser que cuando volviese hallase mejorada la causa de la señora Dulcinea en tercio y quinto; porque pienso, en los

ratos ociosos y desocupados, darme una tanda de azotes que no me la cubra pelo.

"In the king's name!" exclaimed Sancho, "what have squires got to do with the adventures of their masters? Are they to have the fame of such as they go through, and we the labour? Body o' me! if the historians would only say, 'Such and such a knight finished such and such an adventure, but with the help of so and so, his squire, without which it would have been impossible for him to accomplish it;' but they write curtly, "Don Paralipomenon of the Three Stars accomplished the adventure of the six monsters;' without mentioning such a person as his squire, who was there all the time, just as if there was no such being. Once more, sirs, I say my master may go alone, and much good may it do him; and I'll stay here in the company of my lady the duchess; and maybe when he comes back, he will find the lady Dulcinea's affair ever so much advanced; for I mean in leisure hours, and at idle moments, to give myself a spell of whipping without so much as a hair to cover me."

— Con todo eso, le habéis de acompañar si fuere necesario, buen Sancho, porque os lo rogarán buenos; que no han de quedar por vuestro inútil temor tan poblados los rostros destas señoras; que, cierto, sería mal caso.

"For all that you must go if it be necessary, my good Sancho," said the duchess, "for they are worthy folk who ask you; and the faces of these ladies must not remain overgrown in this way because of your idle fears; that would be a hard case indeed."

— ¡Aquí del rey otra vez! —replicó Sancho—. Cuando esta caridad se hiciera por algunas doncellas recogidas, o por algunas niñas de la doctrina, pudiera el hombre aventurarse a cualquier trabajo, pero que lo sufra por quitar las barbas a

213

dueñas, ¡mal año! Mas que las viese yo a todas con barbas, desde la mayor hasta la menor, y de la más melindrosa hasta la más repulgada.

"In the king's name, once more!" said Sancho; "If this charitable work were to be done for the sake of damsels in confinement or charity-girls, a man might expose himself to some hardships; but to bear it for the sake of stripping beards off duennas! Devil take it! I'd sooner see them all bearded, from the highest to the lowest, and from the most prudish to the most affected."

— Mal estáis con las dueñas, Sancho amigo —dijo la duquesa —: mucho os vais tras la opinión del boticario toledano. Pues a fe que no tenéis razón; que dueñas hay en mi casa que pueden ser ejemplo de dueñas, que aquí está mi doña Rodríguez, que no me dejará decir otra cosa.

"You are very hard on duennas, Sancho my friend," said the duchess; "you incline very much to the opinion of the Toledo apothecary. But indeed you are wrong; there are duennas in my house that may serve as patterns of duennas; and here is my Dona Rodriguez, who will not allow me to say otherwise."

— Mas que la diga vuestra excelencia —dijo Rodríguez—, que Dios sabe la verdad de todo, y buenas o malas, barbadas o lampiñas que seamos las dueñas, también nos parió nuestra madre como a las otras mujeres; y, pues Dios nos echó en el mundo, Él sabe para qué, y a su misericordia me atengo, y no a las barbas de nadie.

"Your excellence may say it if you like," said the Rodriguez; "for God knows the truth of everything; and whether we duennas are good or bad, bearded or smooth, we are our mothers' daughters like other women; and as God sent us into the world, he knows why he did, and on his mercy I rely, and not on anybody's beard."

— Ahora bien, señora Rodríguez —dijo don Quijote—, y señora Trifaldi y compañía, yo espero en el cielo que mirará con buenos ojos vuestras cuitas, que Sancho hará lo que yo le mandare, ya viniese Clavileño y ya me viese con Malambruno; que yo sé que no habría navaja que con más facilidad rapase a vuestras mercedes como mi espada raparía de los hombros la cabeza de Malambruno; que Dios sufre a los malos, pero no para siempre.

"Well, Señora Rodriguez, Señora Trifaldi, and present company," said Don Quixote, "I trust in Heaven that it will look with kindly eyes upon your troubles, for Sancho will do as I bid him. Only let Clavileno come and let me find myself face to face with Malambruno, and I am certain no razor will shave you more easily than my sword shall shave Malambruno's head off his shoulders; for 'God bears with the wicked, but not for ever."

— ¡Ay! —dijo a esta sazón la Dolorida—, con benignos ojos miren a vuestra grandeza, valeroso caballero, todas las estrellas de las regiones celestes, e infundan en vuestro ánimo toda prosperidad y valentía para ser escudo y amparo del vituperoso y abatido género dueñesco, abominado de boticarios, murmurado de escuderos y socaliñado de pajes; que mal haya la bellaca que en la flor de su edad no se metió primero a ser monja que a dueña. ¡Desdichadas de nosotras las dueñas, que, aunque vengamos por línea recta, de varón en varón, del mismo Héctor el troyano, no dejaran de echaros un vos nuestras señoras, si pensasen por ello ser reinas! ¡Oh gigante Malambruno, que, aunque eres encantador, eres certísimo en tus promesas!, envíanos ya al sin par Clavileño, para que nuestra desdicha se acabe, que si entra el calor y estas nuestras barbas duran, ¡guay de nuestra ventura!

"Ah!" exclaimed the Distressed One at this, "may all the stars of the celestial regions look down upon your greatness with benign eyes, valiant knight, and shed every prosperity and valour upon your heart, that it may be the shield and safeguard of the abused and downtrodden race of duennas, detested by apothecaries, sneered at by squires, and made game of by pages. Ill betide the jade that in the flower of her youth would not sooner become a nun than a duenna! Unfortunate beings that we are, we duennas! Though we may be descended in the direct male line from Hector of Troy himself, our mistresses never fail to address us as 'you' if they think it makes queens of them. O giant Malambruno, though thou art an enchanter, thou art true to thy promises. Send us now the peerless Clavileno, that our misfortune may be brought to an end; for if the hot weather sets in and these beards of ours are still there, alas for our lot!"

Dijo esto con tanto sentimiento la Trifaldi, que sacó las lágrimas de los ojos de todos los circunstantes, y aun arrasó los de Sancho, y propuso en su corazón de acompañar a su señor hasta las últimas partes del mundo, si es que en ello consistiese quitar la lana de aquellos venerables rostros.

The Trifaldi said this in such a pathetic way that she drew tears from the eyes of all and even Sancho's filled up; and he resolved in his heart to accompany his master to the uttermost ends of the earth, if so be the removal of the wool from those venerable countenances depended upon it.

216

Capítulo XLI. De la venida de Clavileño, con el fin desta dilatada aventura

CHAPTER XLI. OF THE ARRIVAL OF CLAVILENO AND THE END OF THIS PROTRACTED ADVENTURE

Llegó en esto la noche, y con ella el punto determinado en que el famoso caballo Clavileño viniese, cuya tardanza fatigaba ya a don Quijote, pareciéndole que, pues Malambruno se detenía en enviarle, o que él no era el caballero para quien estaba guardada aquella aventura, o que Malambruno no osaba venir con él a singular batalla. Pero veis aquí cuando a deshora entraron por el jardín cuatro salvajes, vestidos todos de verde yedra, que sobre sus hombros traían un gran caballo de madera. Pusiéronle de pies en el suelo, y uno de los salvajes dijo:

And now night came, and with it the appointed time for the arrival of the famous horse Clavileno, the non-appearance of which was already beginning to make Don Quixote uneasy, for it struck him that, as Malambruno was so long about sending it, either he himself was not the knight for whom the adventure was reserved, or else Malambruno did not dare to meet him in single combat. But lo! suddenly there came into the garden four wild-men all clad in green ivy bearing on their shoulders a great wooden horse. They placed it on its feet on the ground, and one of the wild-men said,

— Suba sobre esta máquina el que tuviere ánimo para ello.

"Let the knight who has heart for it mount this machine."

— Aquí —dijo Sancho— yo no subo, porque ni tengo ánimo ni soy caballero.

Here Sancho exclaimed, "I don't mount, for

217

neither have I the heart nor am I a knight."

Y el salvaje prosiguió diciendo: — Y ocupe las ancas el escudero, si es que lo tiene, y fíese del valeroso Malambruno, que si no fuere de su espada, de ninguna otra, ni de otra malicia, será ofendido; y no hay más que torcer esta clavija que sobre el cuello trae puesta, que él los llevará por los aires adonde los atiende Malambruno; pero, porque la alteza y sublimidad del camino no les cause váguidos, se han de cubrir los ojos hasta que el caballo relinche, que será señal de haber dado fin a su viaje.

"And let the squire, if he has one," continued the wild-man, "take his seat on the croup, and let him trust the valiant Malambruno; for by no sword save his, nor by the malice of any other, shall he be assailed. It is but to turn this peg the horse has in his neck, and he will bear them through the air to where Malambruno awaits them; but lest the vast elevation of their course should make them giddy, their eyes must be covered until the horse neighs, which will be the sign of their having completed their journey."

Esto dicho, dejando a Clavileño, con gentil continente se volvieron por donde habían venido. La Dolorida, así como vio al caballo, casi con lágrimas dijo a don Quijote:

With these words, leaving Clavileno behind them, they retired with easy dignity the way they came. As soon as the Distressed One saw the horse, almost in tears she exclaimed to Don Quixote,

— Valeroso caballero, las promesas de Malambruno han sido ciertas: el caballo está en casa, nuestras barbas crecen, y cada una de nosotras y con cada pelo dellas te suplicamos nos rapes y tundas, pues no está en más sino en que subas en él con tu escudero y des felice principio a vuestro nuevo viaje.

"Valiant knight, the promise of Malambruno has proved trustworthy; the horse has come, our beards are growing, and by every hair in them all of us implore thee to shave and shear us, as it is only mounting him with thy squire and making a happy beginning with your new journey."

— Eso haré yo, señora condesa Trifaldi, de muy buen grado y de mejor talante, sin ponerme a tomar cojín, ni calzarme espuelas, por no detenerme: tanta es la gana que tengo de veros a vos, señora, y a todas estas dueñas rasas y mondas.

"That I will, Señora Countess Trifaldi," said Don Quixote, "most gladly and with right goodwill, without stopping to take a cushion or put on my spurs, so as not to lose time, such is my desire to see you and all these duennas shaved clean."

— Eso no haré yo —dijo Sancho—, ni de malo ni de buen talante, en ninguna manera; y si es que este rapamiento no se puede hacer sin que yo suba a las ancas, bien puede buscar mi señor otro escudero que le acompañe, y estas señoras otro modo de alisarse los rostros; que yo no soy brujo, para gustar de andar por los aires. Y ¿qué dirán mis insulanos cuando sepan que su gobernador se anda paseando por los vientos? Y otra cosa más: que habiendo tres mil y tantas leguas de aquí a Candaya, si el caballo se cansa o el gigante se enoja, tardaremos en dar la vuelta media docena de años, y ya ni habrá ínsula ni ínsulos en el mundo que me conozcan; y, pues se dice comúnmente que en la tardanza va el peligro, y que cuando te dieren la vaquilla acudas con la soguilla, perdónenme las barbas destas señoras, que bien se está San Pedro en Roma; quiero decir que bien me estoy en esta casa, donde tanta merced se me hace y de cuyo dueño tan gran bien espero como es verme gobernador.

"That I won't," said Sancho, "with good-will or bad-will, or any way at all; and if this shaving can't be done without my mounting on the croup, my master had better look out for another squire to go with him, and these ladies for some other way of making their faces smooth; I'm no witch to have a taste for travelling through the air. What would my islanders say when they heard their governor was going, strolling about on the winds? And another thing, as it is three thousand and odd leagues from this to Kandy, if the horse tires, or the giant takes huff, we'll be half a dozen years getting back, and there won't be isle or island in the world that will know me: and so, as it is a common saying 'in delay there's danger,' and 'when they offer thee a heifer run with a halter,' these ladies' beards must excuse me; 'Saint Peter is very well in Rome;' I mean I am very well in this house where so much is made of me, and I hope for such a good thing from the master as to see myself a governor."

A lo que el duque dijo: — Sancho amigo, la ínsula que yo os he prometido no es movible ni fugitiva: raíces tiene tan hondas, echadas en los abismos de la tierra, que no la arrancarán ni mudarán de donde está a tres tirones; y, pues vos sabéis que sé yo que no hay ninguno género de oficio destos de mayor cantía que no se granjee con alguna suerte de cohecho, cuál más, cuál menos, el que yo quiero llevar por este gobierno es que vais con vuestro señor don Quijote a dar cima y cabo a esta memorable aventura; que ahora volváis sobre Clavileño con la brevedad que su ligereza promete, ora la contraria fortuna os traiga y vuelva a pie, hecho romero, de mesón en mesón y de venta en venta, siempre que volviéredes hallaréis vuestra ínsula donde la dejáis, y a vuestros insulanos con el mesmo deseo de recebiros por su gobernador que siempre han tenido, y mi voluntad será la mesma; y no pongáis duda en esta verdad, señor Sancho, que sería hacer notorio agravio al deseo que de serviros tengo.

"Friend Sancho," said the duke at this, "the island that I have promised you is not a moving one, or one that will run away; it has roots so deeply buried in the bowels of the earth that it will be no easy matter to pluck it up or shift it from where it is; you know as well as I do that there is no sort of office of any importance that is not obtained by a bribe of some kind, great or small; well then, that which I look to receive for this government is that you go with your master Don Quixote, and bring this memorable adventure to a conclusion; and whether you return on Clavileno as quickly as his speed seems to promise, or adverse fortune brings you back on foot travelling as a pilgrim from hostel to hostel and from inn to inn, you will always find your island on your return where you left it, and your islanders with the same eagerness they have always had to receive you as their governor, and my good-will will remain the same; doubt not the truth of this, Señor Sancho, for that would be grievously wronging my disposition to serve you."

— No más, señor —dijo Sancho—: yo soy un pobre escudero y no puedo llevar a cuestas tantas cortesías; suba mi amo, tápenme estos ojos y encomiéndenme a Dios, y avísenme si cuando vamos por esas altanerías podré encomendarme a Nuestro Señor o invocar los ángeles que me favorezcan.

"Say no more, señor," said Sancho; "I am a poor squire and not equal to carrying so much courtesy; let my master mount; bandage my eyes and commit me to God's care, and tell me if I may commend myself to our Lord or call upon the angels to protect me when we go towering up there."

A lo que respondió Trifaldi:

To this the Trifaldi made answer,

— Sancho, bien podéis encomendaros a Dios o a quien quisiéredes, que Malambruno, aunque es encantador, es cristiano, y hace sus encantamentos con mucha sagacidad y con mucho tiento, sin meterse con nadie.

"Sancho, you may freely commend yourself to God or whom you will; for Malambruno though an enchanter is a Christian, and works his enchantments with great circumspection, taking very good care not to fall out with anyone."

— ¡Ea, pues —dijo Sancho—, Dios me ayude y la Santísima Trinidad de Gaeta!

"Well then," said Sancho, "God and the most holy Trinity of Gaeta give me help!"

— Desde la memorable aventura de los batanes —dijo don Quijote—, nunca he visto a Sancho con tanto temor como ahora, y si yo fuera tan agorero como otros, su pusilanimidad me hiciera algunas cosquillas en el ánimo. Pero llegaos aquí, Sancho, que con licencia destos señores os quiero hablar aparte dos palabras.

"Since the memorable adventure of the fulling mills," said Don Quixote, "I have never seen Sancho in such a fright as now; were I as superstitious as others his abject fear would cause me some little trepidation of spirit. But come here, Sancho, for with the leave of these gentles I would say a word or two to thee in private;"

Y, apartando a Sancho entre unos árboles del jardín y asiéndole ambas las manos, le dijo:

and drawing Sancho aside among the trees of the garden and seizing both his hands he said,

— Ya vees, Sancho hermano, el largo viaje que nos espera, y que sabe Dios cuándo volveremos dél, ni la comodidad y espacio que nos darán los negocios; así, querría que ahora te retirases en tu aposento, como que vas a buscar alguna cosa necesaria para el camino, y, en un daca las pajas, te dieses, a buena cuenta de los tres mil y trecientos azotes a que estás obligado, siquiera quinientos, que dados te los tendrás, que el comenzar las cosas es tenerlas medio acabadas.

"Thou seest, brother Sancho, the long journey we have before us, and God knows when we shall return, or what leisure or opportunities this business will allow us; I wish thee therefore to retire now to thy chamber, as though thou wert going to fetch something required for the road, and in a trice give thyself if it be only five hundred lashes on account of the three thousand three hundred to which thou art bound; it will be all to the good, and to make a beginning with a thing is to have it half finished."

— ¡Par Dios —dijo Sancho—, que vuestra merced debe de ser menguado! Esto es como aquello que dicen: "¡en priesa me vees y doncellez me demandas!" ¿Ahora que tengo de ir sentado en una tabla rasa, quiere vuestra merced que me lastime las posas? En verdad en verdad que no tiene vuestra merced razón. Vamos ahora a rapar estas dueñas, que a la vuelta yo le prometo a vuestra merced, como quien soy, de darme tanta priesa a salir de mi obligación, que vuestra merced se contente, y no le digo más.

"By God," said Sancho, "but your worship must be out of your senses! This is like the common saying, 'You see me with child, and you want me a virgin.' Just as I'm about to go sitting on a bare board, your worship would have me score my backside! Indeed, your worship is not reasonable. Let us be off to shave these duennas; and on our return I promise on my word to make such haste to wipe off all that's due as will satisfy your worship; I can't say more."

Y don Quijote respondió: — Pues con esa promesa, buen Sancho, voy consolado, y creo que la cumplirás, porque, en efecto, aunque tonto, eres hombre verídico.

"Well, I will comfort myself with that promise, my good Sancho," replied Don Quixote, "and I believe thou wilt keep it; for indeed though stupid thou art veracious."

— No soy verde, sino moreno —dijo Sancho—, pero aunque fuera de mezcla, cumpliera mi palabra.

"I'm not voracious," said Sancho, "only peckish; but even if I was a little, still I'd keep my word."

Y con esto se volvieron a subir en Clavileño, y al subir dijo don Quijote:

With this they went back to mount Clavileno, and as they were about to do so Don Quixote said,

— Tapaos, Sancho, y subid, Sancho, que quien de tan lueñes tierras envía por nosotros no será para engañarnos, por la poca gloria que le puede redundar de engañar a quien dél se fía; y, puesto que todo sucediese al revés de lo que imagino, la gloria de haber emprendido esta hazaña no la podrá escurecer malicia alguna.

"Cover thine eyes, Sancho, and mount; for one who sends for us from lands so far distant cannot mean to deceive us for the sake of the paltry glory to be derived from deceiving persons who trust in him; though all should turn out the contrary of what I hope, no malice will be able to dim the glory of having undertaken this exploit."

— Vamos, señor —dijo Sancho—, que las barbas y lágrimas destas señoras las tengo clavadas en el corazón, y no comeré bocado que bien me sepa hasta verlas en su primera lisura. Suba vuesa merced y tápese primero, que si yo tengo de ir a las ancas, claro está que primero sube el de la silla.

"Let us be off, señor," said Sancho, "for I have taken the beards and tears of these ladies deeply to heart, and I shan't eat a bit to relish it until I have seen them restored to their former smoothness. Mount, your worship, and blindfold yourself, for if I am to go on the croup, it is plain the rider in the saddle must mount first."

— Así es la verdad —replicó don Quijote.

"That is true," said Don Quixote,

Y, sacando un pañuelo de la faldriquera, pidió a la Dolorida que le cubriese muy bien los ojos, y, habiéndoselos cubierto, se volvió a descubrir y dijo:

and, taking a handkerchief out of his pocket, he begged the Distressed One to bandage his eyes very carefully; but after having them bandaged he uncovered them again, saying,

— Si mal no me acuerdo, yo he leído en Virgilio aquello del Paladión de Troya, que fue un caballo de madera que los griegos presentaron a la diosa Palas, el cual iba preñado de caballeros armados, que después fueron la total ruina de Troya; y así, será bien ver primero lo que Clavileño trae en su estómago.

"If my memory does not deceive me, I have read in Virgil of the Palladium of Troy, a wooden horse the Greeks offered to the goddess Pallas, which was big with armed knights, who were afterwards the destruction of Troy; so it would be as well to see, first of all, what Clavileno has in his stomach."

— No hay para qué —dijo la Dolorida—, que yo le fío y sé que Malambruno no tiene nada de malicioso ni de traidor; vuesa merced, señor don Quijote, suba sin pavor alguno, y a mi daño si alguno le sucediere.

"There is no occasion," said the Distressed One; "I will be bail for him, and I know that Malambruno has nothing tricky or treacherous about him; you may mount without any fear, Señor Don Quixote; on my head be it if any harm befalls you."

Parecióle a don Quijote que cualquiera cosa que replicase acerca de su seguridad sería poner en detrimento su valentía; y así, sin más altercar, subió sobre Clavileño y le tentó la clavija, que fácilmente se rodeaba; y, como no tenía estribos y le colgaban las piernas, no parecía sino figura de tapiz

flamenco pintada o tejida en algún romano triunfo. **Don Quixote thought that to say anything further with regard to his safety would be putting his courage in an unfavourable light; and so, without more words, he mounted Clavileno, and tried the peg, which turned easily; and as he had no stirrups and his legs hung down, he looked like nothing so much as a figure in some Roman triumph painted or embroidered on a Flemish tapestry.**

De mal talante y poco a poco llegó a subir Sancho, y, acomodándose lo mejor que pudo en las ancas, las halló algo duras y no nada blandas, y pidió al duque que, si fuese posible, le acomodasen de algún cojín o de alguna almohada, aunque fuese del estrado de su señora la duquesa, o del lecho de algún paje, porque las ancas de aquel caballo más parecían de mármol que de leño.

Much against the grain, and very slowly, Sancho proceeded to mount, and, after settling himself as well as he could on the croup, found it rather hard, and not at all soft, and asked the duke if it would be possible to oblige him with a pad of some kind, or a cushion; even if it were off the couch of his lady the duchess, or the bed of one of the pages; as the haunches of that horse were more like marble than wood.

A esto dijo la Trifaldi que ningún jaez ni ningún género de adorno sufría sobre sí Clavileño; que lo que podía hacer era ponerse a mujeriegas, y que así no sentiría tanto la dureza.

On this the Trifaldi observed that Clavileno would not bear any kind of harness or trappings, and that his best plan would be to sit sideways like a woman, as in that way he would not feel the hardness so much.

Hízolo así Sancho, y, diciendo "a Dios", se dejó vendar los ojos, y, ya después de vendados, se volvió a descubrir, y, mirando a todos los del jardín tiernamente y con lágrimas, dijo que le ayudasen en aquel trance con sendos paternostres y sendas avemarías, porque Dios deparase quien por ellos los dijese cuando en semejantes trances se viesen.

Sancho did so, and, bidding them farewell, allowed his eyes to be bandaged, but immediately afterwards uncovered them again, and looking tenderly and tearfully on those in the garden, bade them help him in his present strait with plenty of Paternosters and Ave Marias, that God might provide some one to say as many for them, whenever they found themselves in a similar emergency.

A lo que dijo don Quijote:

At this Don Quixote exclaimed,

— Ladrón, ¿estás puesto en la horca por ventura, o en el último término de la vida, para usar de semejantes plegarias? ¿No estás, desalmada y cobarde criatura, en el mismo lugar que ocupó la linda Magalona, del cual decendió, no a la sepultura, sino a ser reina de Francia, si no mienten las historias? Y yo, que voy a tu lado, ¿no puedo ponerme al del valeroso Pierres, que oprimió este mismo lugar que yo ahora oprimo? Cúbrete, cúbrete, animal descorazonado, y no te salga a la boca el temor que tienes, a lo menos en presencia mía.

"Art thou on the gallows, thief, or at thy last moment, to use pitiful entreaties of that sort? Cowardly, spiritless creature, art thou not in the very place the fair Magalona occupied, and from which she descended, not into the grave, but to become Queen of France; unless the histories lie? And I who am here beside thee, may I not put myself on a par with the valiant Pierres, who pressed this very spot that I now press? Cover thine eyes, cover thine eyes, abject animal, and let not thy fear escape thy lips, at least in my presence."

— Tápenme —respondió Sancho—; y, pues no quieren que me encomiende a Dios ni que sea encomendado, ¿qué mucho que tema no ande por aquí alguna región de diablos que den con nosotros en Peralvillo?

"Blindfold me," said Sancho; "as you won't let me commend myself or be commended to God, is it any wonder if I am afraid there is a region of devils about here that will carry us off to Peralvillo?"

Cubriéronse, y, sintiendo don Quijote que estaba como había de estar, tentó la clavija, y, apenas hubo puesto los dedos en ella, cuando todas las dueñas y cuantos estaban presentes levantaron las voces, diciendo:

They were then blindfolded, and Don Quixote, finding himself settled to his satisfaction, felt for the peg, and the instant he placed his fingers on it, all the duennas and all who stood by lifted up their voices exclaiming,

— ¡Dios te guíe, valeroso caballero!

"God guide thee, valiant knight!

— ¡Dios sea contigo, escudero intrépido!

God be with thee, intrepid squire!

— ¡Ya, ya vais por esos aires, rompiéndolos con más velocidad que una saeta!

Now, now ye go cleaving the air more swiftly than an arrow!

— ¡Ya comenzáis a suspender y admirar a cuantos desde la tierra os están mirando!

Now ye begin to amaze and astonish all who are gazing at you from the earth!

— ¡Tente, valeroso Sancho, que te bamboleas! ¡Mira no cayas, que será peor tu caída que la del atrevido mozo que quiso regir el carro del Sol, su padre!

Take care not to wobble about, valiant Sancho!
Mind thou fall not, for thy fall will be worse
than that rash youth's who tried to steer the
chariot of his father the Sun!"

Oyó Sancho las voces, y, apretándose con su amo y ciñiéndole
con los brazos, le dijo:

As Sancho heard the voices, clinging tightly to
his master and winding his arms round him, he
said,

— Señor, ¿cómo dicen éstos que vamos tan altos, si alcanzan
acá sus voces, y no parecen sino que están aquí hablando
junto a nosotros?

"Señor, how do they make out we are going up so
high, if their voices reach us here and they seem
to be speaking quite close to us?"

— No repares en eso, Sancho, que, como estas cosas y estas
volaterías van fuera de los cursos ordinarios, de mil leguas
verás y oirás lo que quisieres. Y no me aprietes tanto, que me
derribas; y en verdad que no sé de qué te turbas ni te
espantas, que osaré jurar que en todos los días de mi vida he
subido en cabalgadura de paso más llano: no parece sino que
no nos movemos de un lugar. Destierra, amigo, el miedo, que,
en efecto, la cosa va como ha de ir y el viento llevamos en
popa.

"Don't mind that, Sancho," said Don Quixote; "for
as affairs of this sort, and flights like this
are out of the common course of things, you can
see and hear as much as you like a thousand
leagues off; but don't squeeze me so tight or
thou wilt upset me; and really I know not what
thou hast to be uneasy or frightened at, for I
can safely swear I never mounted a smoother-going
steed all the days of my life; one would fancy we
never stirred from one place. Banish fear, my
friend, for indeed everything is going as it
ought, and we have the wind astern."

— Así es la verdad —respondió Sancho—, que por este lado me da un viento tan recio, que parece que con mil fuelles me están soplando.

"That's true," said Sancho, "for such a strong wind comes against me on this side, that it seems as if people were blowing on me with a thousand pair of bellows;"

Y así era ello, que unos grandes fuelles le estaban haciendo aire: tan bien trazada estaba la tal aventura por el duque y la duquesa y su mayordomo, que no le faltó requisito que la dejase de hacer perfecta.

which was the case; they were puffing at him with a great pair of bellows; for the whole adventure was so well planned by the duke, the duchess, and their majordomo, that nothing was omitted to make it perfectly successful.

Sintiéndose, pues, soplar don Quijote, dijo:

Don Quixote now, feeling the blast, said,

— Sin duda alguna, Sancho, que ya debemos de llegar a la segunda región del aire, adonde se engendra el granizo, las nieves; los truenos, los relámpagos y los rayos se engendran en la tercera región, y si es que desta manera vamos subiendo, presto daremos en la región del fuego, y no sé yo cómo templar esta clavija para que no subamos donde nos abrasemos.

"Beyond a doubt, Sancho, we must have already reached the second region of the air, where the hail and snow are generated; the thunder, the lightning, and the thunderbolts are engendered in the third region, and if we go on ascending at this rate, we shall shortly plunge into the region of fire, and I know not how to regulate this peg, so as not to mount up where we shall be burned."

En esto, con unas estopas ligeras de encenderse y apagarse,

desde lejos, pendientes de una caña, les calentaban los rostros. Sancho, que sintió el calor, dijo:

And now they began to warm their faces, from a distance, with tow that could be easily set on fire and extinguished again, fixed on the end of a cane. On feeling the heat Sancho said,

— Que me maten si no estamos ya en el lugar del fuego, o bien cerca, porque una gran parte de mi barba se me ha chamuscado, y estoy, señor, por descubrirme y ver en qué parte estamos.

"May I die if we are not already in that fire place, or very near it, for a good part of my beard has been singed, and I have a mind, señor, to uncover and see whereabouts we are."

— No hagas tal —respondió don Quijote—, y acuérdate del verdadero cuento del licenciado Torralba, a quien llevaron los diablos en volandas por el aire, caballero en una caña, cerrados los ojos, y en doce horas llegó a Roma, y se apeó en Torre de Nona, que es una calle de la ciudad, y vio todo el fracaso y asalto y muerte de Borbón, y por la mañana ya estaba de vuelta en Madrid, donde dio cuenta de todo lo que había visto; el cual asimismo dijo que cuando iba por el aire le mandó el diablo que abriese los ojos, y los abrió, y se vio tan cerca, a su parecer, del cuerpo de la luna, que la pudiera asir con la mano, y que no osó mirar a la tierra por no desvanecerse. Así que, Sancho, no hay para qué descubrirnos; que, el que nos lleva a cargo, él dará cuenta de nosotros, y quizá vamos tomando puntas y subiendo en alto para dejarnos caer de una sobre el reino de Candaya, como hace el sacre o neblí sobre la garza para cogerla, por más que se remonte; y, aunque nos parece que no ha media hora que nos partimos del jardín, creéme que debemos de haber hecho gran camino.

"Do nothing of the kind," said Don Quixote; "remember the true story of the licentiate

Torralva that the devils carried flying through the air riding on a stick with his eyes shut; who in twelve hours reached Rome and dismounted at Torre di Nona, which is a street of the city, and saw the whole sack and storming and the death of Bourbon, and was back in Madrid the next morning, where he gave an account of all he had seen; and he said moreover that as he was going through the air, the devil bade him open his eyes, and he did so, and saw himself so near the body of the moon, so it seemed to him, that he could have laid hold of it with his hand, and that he did not dare to look at the earth lest he should be seized with giddiness. So that, Sancho, it will not do for us to uncover ourselves, for he who has us in charge will be responsible for us; and perhaps we are gaining an altitude and mounting up to enable us to descend at one swoop on the kingdom of Kandy, as the saker or falcon does on the heron, so as to seize it however high it may soar; and though it seems to us not half an hour since we left the garden, believe me we must have travelled a great distance."

— No sé lo que es —respondió Sancho Panza—, sólo sé decir que si la señora Magallanes o Magalona se contentó destas ancas, que no debía de ser muy tierna de carnes.

"I don't know how that may be," said Sancho; "all I know is that if the Señora Magallanes or Magalona was satisfied with this croup, she could not have been very tender of flesh."

Todas estas pláticas de los dos valientes oían el duque y la duquesa y los del jardín, de que recibían estraordinario contento; y, queriendo dar remate a la estraña y bien fabricada aventura, por la cola de Clavileño le pegaron fuego con unas estopas, y al punto, por estar el caballo lleno de cohetes tronadores, voló por los aires, con estraño ruido, y dio con don Quijote y con Sancho Panza en el suelo, medio chamuscados.

The duke, the duchess, and all in the garden were listening to the conversation of the two heroes, and were beyond measure amused by it; and now, desirous of putting a finishing touch to this rare and well-contrived adventure, they applied a light to Clavileno's tail with some tow, and the horse, being full of squibs and crackers, immediately blew up with a prodigious noise, and brought Don Quixote and Sancho Panza to the ground half singed.

En este tiempo ya se habían desparecido del jardín todo el barbado escuadrón de las dueñas y la Trifaldi y todo, y los del jardín quedaron como desmayados, tendidos por el suelo. Don Quijote y Sancho se levantaron maltrechos, y, mirando a todas partes, quedaron atónitos de verse en el mesmo jardín de donde habían partido y de ver tendido por tierra tanto número de gente; y creció más su admiración cuando a un lado del jardín vieron hincada una gran lanza en el suelo y pendiente della y de dos cordones de seda verde un pergamino liso y blanco, en el cual, con grandes letras de oro, estaba escrito lo siguiente:

By this time the bearded band of duennas, the Trifaldi and all, had vanished from the garden, and those that remained lay stretched on the ground as if in a swoon. Don Quixote and Sancho got up rather shaken, and, looking about them, were filled with amazement at finding themselves in the same garden from which they had started, and seeing such a number of people stretched on the ground; and their astonishment was increased when at one side of the garden they perceived a tall lance planted in the ground, and hanging from it by two cords of green silk a smooth white parchment on which there was the following inscription in large gold letters:

El ínclito caballero don Quijote de la Mancha feneció y acabó la aventura de la condesa Trifaldi, por otro nombre llamada la dueña Dolorida, y compañía, con sólo intentarla.

"The illustrious knight Don Quixote of La Mancha has, by merely attempting it, finished and concluded the adventure of the Countess Trifaldi, otherwise called the Distressed Duenna;

Malambruno se da por contento y satisfecho a toda su voluntad, y las barbas de las dueñas ya quedan lisas y mondas, y los reyes don Clavijo y Antonomasia en su prístino estado. Y, cuando se cumpliere el escuderil vápulo, la blanca paloma se verá libre de los pestíferos girifaltes que la persiguen, y en brazos de su querido arrullador; que así está ordenado por el sabio Merlín, protoencantador de los encantadores.

Malambruno is now satisfied on every point, the chins of the duennas are now smooth and clean, and King Don Clavijo and Queen Antonomasia in their original form; and when the squirely flagellation shall have been completed, the white dove shall find herself delivered from the pestiferous gerfalcons that persecute her, and in the arms of her beloved mate; for such is the decree of the sage Merlin, arch-enchanter of enchanters."

Habiendo, pues, don Quijote leído las letras del pergamino, claro entendió que del desencanto de Dulcinea hablaban; y, dando muchas gracias al cielo de que con tan poco peligro hubiese acabado tan gran fecho, reduciendo a su pasada tez los rostros de las venerables dueñas, que ya no parecían, se fue adonde el duque y la duquesa aún no habían vuelto en sí, y, trabando de la mano al duque, le dijo:

As soon as Don Quixote had read the inscription on the parchment he perceived clearly that it referred to the disenchantment of Dulcinea, and returning hearty thanks to heaven that he had with so little danger achieved so grand an exploit as to restore to their former complexion

the countenances of those venerable duennas, he advanced towards the duke and duchess, who had not yet come to themselves, and taking the duke by the hand he said,

— ¡Ea, buen señor, buen ánimo; buen ánimo, que todo es nada! La aventura es ya acabada sin daño de barras, como lo muestra claro el escrito que en aquel padrón está puesto.

"Be of good cheer, worthy sir, be of good cheer; it's nothing at all; the adventure is now over and without any harm done, as the inscription fixed on this post shows plainly."

El duque, poco a poco, y como quien de un pesado sueño recuerda, fue volviendo en sí, y por el mismo tenor la duquesa y todos los que por el jardín estaban caídos, con tales muestras de maravilla y espanto, que casi se podían dar a entender haberles acontecido de veras lo que tan bien sabían fingir de burlas. Leyó el duque el cartel con los ojos medio cerrados, y luego, con los brazos abiertos, fue a abrazar a don Quijote, diciéndole ser el más buen caballero que en ningún siglo se hubiese visto.

The duke came to himself slowly and like one recovering consciousness after a heavy sleep, and the duchess and all who had fallen prostrate about the garden did the same, with such demonstrations of wonder and amazement that they would have almost persuaded one that what they pretended so adroitly in jest had happened to them in reality. The duke read the placard with half-shut eyes, and then ran to embrace Don Quixote with-open arms, declaring him to be the best knight that had ever been seen in any age.

Sancho andaba mirando por la Dolorida, por ver qué rostro tenía sin las barbas, y si era tan hermosa sin ellas como su gallarda disposición prometía, pero dijéronle que, así como Clavileño bajó ardiendo por los aires y dio en el suelo, todo el escuadrón de las dueñas, con la Trifaldi, había desaparecido,

y que ya iban rapadas y sin cañones.

Sancho kept looking about for the Distressed One, to see what her face was like without the beard, and if she was as fair as her elegant person promised; but they told him that, the instant Clavileno descended flaming through the air and came to the ground, the whole band of duennas with the Trifaldi vanished, and that they were already shaved and without a stump left.

Preguntó la duquesa a Sancho que cómo le había ido en aquel largo viaje. A lo cual Sancho respondió:

The duchess asked Sancho how he had fared on that long journey, to which Sancho replied,

— Yo, señora, sentí que íbamos, según mi señor me dijo, volando por la región del fuego, y quise descubrirme un poco los ojos, pero mi amo, a quien pedí licencia para descubrirme, no la consintió; mas yo, que tengo no sé qué briznas de curioso y de desear saber lo que se me estorba y impide, bonitamente y sin que nadie lo viese, por junto a las narices aparté tanto cuanto el pañizuelo que me tapaba los ojos, y por allí miré hacia la tierra, y parecióme que toda ella no era mayor que un grano de mostaza, y los hombres que andaban sobre ella, poco mayores que avellanas; porque se vea cuán altos debíamos de ir entonces.

"I felt, señora, that we were flying through the region of fire, as my master told me, and I wanted to uncover my eyes for a bit; but my master, when I asked leave to uncover myself, would not let me; but as I have a little bit of curiosity about me, and a desire to know what is forbidden and kept from me, quietly and without anyone seeing me I drew aside the handkerchief covering my eyes ever so little, close to my nose, and from underneath looked towards the earth, and it seemed to me that it was altogether no bigger than a grain of mustard seed, and that the men walking on it were little bigger than

236

```
hazel nuts; so you may see how high we must have
got to then."
```

A esto dijo la duquesa:

```
To this the duchess said,
```

— Sancho amigo, mirad lo que decís, que, a lo que parece, vos no vistes la tierra, sino los hombres que andaban sobre ella; y está claro que si la tierra os pareció como un grano de mostaza, y cada hombre como una avellana, un hombre solo había de cubrir toda la tierra.

```
"Sancho, my friend, mind what you are saying; it
seems you could not have seen the earth, but only
the men walking on it; for if the earth looked to
you like a grain of mustard seed, and each man
like a hazel nut, one man alone would have
covered the whole earth."
```

— Así es verdad —respondió Sancho—, pero, con todo eso, la descubrí por un ladito, y la vi toda.

```
"That is true," said Sancho, "but for all that I
got a glimpse of a bit of one side of it, and saw
it all."
```

— Mirad, Sancho —dijo la duquesa—, que por un ladito no se vee el todo de lo que se mira.

```
"Take care, Sancho," said the duchess, "with a
bit of one side one does not see the whole of
what one looks at."
```

— Yo no sé esas miradas —replicó Sancho—: sólo sé que será bien que vuestra señoría entienda que, pues volábamos por encantamento, por encantamento podía yo ver toda la tierra y todos los hombres por doquiera que los mirara; y si esto no se me cree, tampoco creerá vuestra merced cómo, descubriéndome por junto a las cejas, me vi tan junto al cielo que no había de mí a él palmo y medio, y por lo que puedo jurar, señora mía, que es muy grande además. Y sucedió que íbamos por parte donde están las siete cabrillas; y en Dios y

237

en mi ánima que, como yo en mi niñez fui en mi tierra cabrerizo, que así como las vi, ¡me dio una gana de entretenerme con ellas un rato...! Y si no le cumpliera me parece que reventara. Vengo, pues, y tomo, y ¿qué hago? Sin decir nada a nadie, ni a mi señor tampoco, bonita y pasitamente me apeé de Clavileño, y me entretuve con las cabrillas, que son como unos alhelíes y como unas flores, casi tres cuartos de hora, y Clavileño no se movió de un lugar, ni pasó adelante.

"I don't understand that way of looking at things," said Sancho; "I only know that your ladyship will do well to bear in mind that as we were flying by enchantment so I might have seen the whole earth and all the men by enchantment whatever way I looked; and if you won't believe this, no more will you believe that, uncovering myself nearly to the eyebrows, I saw myself so close to the sky that there was not a palm and a half between me and it; and by everything that I can swear by, señora, it is mighty great! And it so happened we came by where the seven goats are, and by God and upon my soul, as in my youth I was a goatherd in my own country, as soon as I saw them I felt a longing to be among them for a little, and if I had not given way to it I think I'd have burst. So I come and take, and what do I do? without saying anything to anybody, not even to my master, softly and quietly I got down from Clavileno and amused myself with the goats—which are like violets, like flowers—for nigh three-quarters of an hour; and Clavileno never stirred or moved from one spot."

— Y, en tanto que el buen Sancho se entretenía con las cabras —preguntó el duque—, ¿en qué se entretenía el señor don Quijote?

"And while the good Sancho was amusing himself with the goats," said the duke, "how did Señor Don Quixote amuse himself?"

A lo que don Quijote respondió:

To which Don Quixote replied,

— Como todas estas cosas y estos tales sucesos van fuera del orden natural, no es mucho que Sancho diga lo que dice. De mí sé decir que ni me descubrí por alto ni por bajo, ni vi el cielo ni la tierra, ni la mar ni las arenas. Bien es verdad que sentí que pasaba por la región del aire, y aun que tocaba a la del fuego; pero que pasásemos de allí no lo puedo creer, pues, estando la región del fuego entre el cielo de la luna y la última región del aire, no podíamos llegar al cielo donde están las siete cabrillas que Sancho dice, sin abrasarnos; y, pues no nos asuramos, o Sancho miente o Sancho sueña.

"As all these things and such like occurrences are out of the ordinary course of nature, it is no wonder that Sancho says what he does; for my own part I can only say that I did not uncover my eyes either above or below, nor did I see sky or earth or sea or shore. It is true I felt that I was passing through the region of the air, and even that I touched that of fire; but that we passed farther I cannot believe; for the region of fire being between the heaven of the moon and the last region of the air, we could not have reached that heaven where the seven goats Sancho speaks of without being burned; and as we were not burned, either Sancho is lying or Sancho is dreaming."

— Ni miento ni sueño —respondió Sancho—: si no, pregúntenme las señas de las tales cabras, y por ellas verán si digo verdad o no.

"I am neither lying nor dreaming," said Sancho; "only ask me the tokens of those same goats, and you'll see by that whether I'm telling the truth or not."

— Dígalas, pues, Sancho —dijo la duquesa.

239

"Tell us them then, Sancho," said the duchess.

— Son —respondió Sancho— las dos verdes, las dos encarnadas, las dos azules, y la una de mezcla.

"Two of them," said Sancho, "are green, two blood-red, two blue, and one a mixture of all colours."

— Nueva manera de cabras es ésa —dijo el duque—, y por esta nuestra región del suelo no se usan tales colores; digo, cabras de tales colores.

"An odd sort of goat, that," said the duke; "in this earthly region of ours we have no such colours; I mean goats of such colours."

— Bien claro está eso —dijo Sancho—; sí, que diferencia ha de haber de las cabras del cielo a las del suelo.

"That's very plain," said Sancho; "of course there must be a difference between the goats of heaven and the goats of the earth."

— Decidme, Sancho —preguntó el duque—: ¿vistes allá en entre esas cabras algún cabrón?

"Tell me, Sancho," said the duke, "did you see any he-goat among those goats?"

— No, señor —respondió Sancho—, pero oí decir que ninguno pasaba de los cuernos de la luna.

"No, señor," said Sancho; "but I have heard say that none ever passed the horns of the moon."

No quisieron preguntarle más de su viaje, porque les pareció que llevaba Sancho hilo de pasearse por todos los cielos, y dar nuevas de cuanto allá pasaba, sin haberse movido del jardín.

They did not care to ask him anything more about his journey, for they saw he was in the vein to go rambling all over the heavens giving an account of everything that went on there, without having ever stirred from the garden.

En resolución, éste fue el fin de la aventura de la dueña Dolorida, que dio que reír a los duques, no sólo aquel tiempo, sino el de toda su vida, y que contar a Sancho siglos, si los viviera; y, llegándose don Quijote a Sancho, al oído le dijo:

Such, in short, was the end of the adventure of the Distressed Duenna, which gave the duke and duchess laughing matter not only for the time being, but for all their lives, and Sancho something to talk about for ages, if he lived so long; but Don Quixote, coming close to his ear, said to him,

— Sancho, pues vos queréis que se os crea lo que habéis visto en el cielo, yo quiero que vos me creáis a mí lo que vi en la cueva de Montesinos; y no os digo más.

"Sancho, as you would have us believe what you saw in heaven, I require you to believe me as to what I saw in the cave of Montesinos; I say no more."

Capítulo XLII. De los consejos que dio don Quijote a Sancho Panza antes que fuese a gobernar la ínsula, con otras cosas bien consideradas

CHAPTER XLII. OF THE COUNSELS WHICH DON QUIXOTE GAVE SANCHO PANZA BEFORE HE SET OUT TO GOVERN THE ISLAND, TOGETHER WITH OTHER WELL-CONSIDERED MATTERS

Con el felice y gracioso suceso de la aventura de la Dolorida, quedaron tan contentos los duques, que determinaron pasar con las burlas adelante, viendo el acomodado sujeto que tenían para que se tuviesen por veras; y así, habiendo dado la traza y órdenes que sus criados y sus vasallos habían de guardar con Sancho en el gobierno de la ínsula prometida, otro día, que fue el que sucedió al vuelo de Clavileño, dijo el duque a Sancho que se adeliñase y compusiese para ir a ser gobernador, que ya sus insulanos le estaban esperando como el agua de mayo.

The duke and duchess were so well pleased with the successful and droll result of the adventure of the Distressed One, that they resolved to carry on the joke, seeing what a fit subject they had to deal with for making it all pass for reality. So having laid their plans and given instructions to their servants and vassals how to behave to Sancho in his government of the promised island, the next day, that following Clavileno's flight, the duke told Sancho to prepare and get ready to go and be governor, for his islanders were already looking out for him as for the showers of May.

Sancho se le humilló y le dijo:

Sancho made him an obeisance, and said,

— Después que bajé del cielo, y después que desde su alta cumbre miré la tierra y la vi tan pequeña, se templó en parte

242

en mí la gana que tenía tan grande de ser gobernador; porque, ¿qué grandeza es mandar en un grano de mostaza, o qué dignidad o imperio el gobernar a media docena de hombres tamaños como avellanas, que, a mi parecer, no había más en toda la tierra? Si vuestra señoría fuese servido de darme una tantica parte del cielo, aunque no fuese más de media legua, la tomaría de mejor gana que la mayor ínsula del mundo.

"Ever since I came down from heaven, and from the top of it beheld the earth, and saw how little it is, the great desire I had to be a governor has been partly cooled in me; for what is there grand in being ruler on a grain of mustard seed, or what dignity or authority in governing half a dozen men about as big as hazel nuts; for, so far as I could see, there were no more on the whole earth? If your lordship would be so good as to give me ever so small a bit of heaven, were it no more than half a league, I'd rather have it than the best island in the world."

— Mirad, amigo Sancho —respondió el duque—: yo no puedo dar parte del cielo a nadie, aunque no sea mayor que una uña, que a solo Dios están reservadas esas mercedes y gracias. Lo que puedo dar os doy, que es una ínsula hecha y derecha, redonda y bien proporcionada, y sobremanera fértil y abundosa, donde si vos os sabéis dar maña, podéis con las riquezas de la tierra granjear las del cielo.

"Recollect, Sancho," said the duke, "I cannot give a bit of heaven, no not so much as the breadth of my nail, to anyone; rewards and favours of that sort are reserved for God alone. What I can give I give you, and that is a real, genuine island, compact, well proportioned, and uncommonly fertile and fruitful, where, if you know how to use your opportunities, you may, with the help of the world's riches, gain those of heaven."

243

— Ahora bien —respondió Sancho—, venga esa ínsula, que yo pugnaré por ser tal gobernador que, a pesar de bellacos, me vaya al cielo; y esto no es por codicia que yo tenga de salir de mis casillas ni de levantarme a mayores, sino por el deseo que tengo de probar a qué sabe el ser gobernador.

"Well then," said Sancho, "let the island come; and I'll try and be such a governor, that in spite of scoundrels I'll go to heaven; and it's not from any craving to quit my own humble condition or better myself, but from the desire I have to try what it tastes like to be a governor."

— Si una vez lo probáis, Sancho —dijo el duque—, comeros heis las manos tras el gobierno, por ser dulcísima cosa el mandar y ser obedecido. A buen seguro que cuando vuestro dueño llegue a ser emperador, que lo será sin duda, según van encaminadas sus cosas, que no se lo arranquen comoquiera, y que le duela y le pese en la mitad del alma del tiempo que hubiere dejado de serlo.

"If you once make trial of it, Sancho," said the duke, "you'll eat your fingers off after the government, so sweet a thing is it to command and be obeyed. Depend upon it when your master comes to be emperor (as he will beyond a doubt from the course his affairs are taking), it will be no easy matter to wrest the dignity from him, and he will be sore and sorry at heart to have been so long without becoming one."

— Señor —replicó Sancho—, yo imagino que es bueno mandar, aunque sea a un hato de ganado.

"Señor," said Sancho, "it is my belief it's a good thing to be in command, if it's only over a drove of cattle."

— Con vos me entierren, Sancho, que sabéis de todo —respondió el duque—, y yo espero que seréis tal gobernador como vuestro juicio promete, y quédese esto aquí y advertid que mañana en ese mesmo día habéis de ir al gobierno de la ínsula, y esta tarde os acomodarán del traje conveniente que habéis de llevar y de todas las cosas necesarias a vuestra partida.

"May I be buried with you, Sancho," said the duke, "but you know everything; I hope you will make as good a governor as your sagacity promises; and that is all I have to say; and now remember to-morrow is the day you must set out for the government of the island, and this evening they will provide you with the proper attire for you to wear, and all things requisite for your departure."

— Vístanme —dijo Sancho— como quisieren, que de cualquier manera que vaya vestido seré Sancho Panza.

"Let them dress me as they like," said Sancho; "however I'm dressed I'll be Sancho Panza."

— Así es verdad —dijo el duque—, pero los trajes se han de acomodar con el oficio o dignidad que se profesa, que no sería bien que un jurisperito se vistiese como soldado, ni un soldado como un sacerdote. Vos, Sancho, iréis vestido parte de letrado y parte de capitán, porque en la ínsula que os doy tanto son menester las armas como las letras, y las letras como las armas.

"That's true," said the duke; "but one's dress must be suited to the office or rank one holds; for it would not do for a jurist to dress like a soldier, or a soldier like a priest. You, Sancho, shall go partly as a lawyer, partly as a captain, for, in the island I am giving you, arms are needed as much as letters, and letters as much as arms."

— Letras —respondió Sancho—, pocas tengo, porque aún no sé el A, B, C; pero bástame tener el Christus en la memoria para ser buen gobernador. De las armas manejaré las que me dieren, hasta caer, y Dios delante.

"Of letters I know but little," said Sancho, "for I don't even know the A B C; but it is enough for me to have the Christus in my memory to be a good governor. As for arms, I'll handle those they give me till I drop, and then, God be my help!"

— Con tan buena memoria —dijo el duque—, no podrá Sancho errar en nada.

"With so good a memory," said the duke, "Sancho cannot go wrong in anything."

En esto llegó don Quijote, y, sabiendo lo que pasaba y la celeridad con que Sancho se había de partir a su gobierno, con licencia del duque le tomó por la mano y se fue con él a su estancia, con intención de aconsejarle cómo se había de haber en su oficio.

Here Don Quixote joined them; and learning what passed, and how soon Sancho was to go to his government, he with the duke's permission took him by the hand, and retired to his room with him for the purpose of giving him advice as to how he was to demean himself in his office.

Entrados, pues, en su aposento, cerró tras sí la puerta, y hizo casi por fuerza que Sancho se sentase junto a él, y con reposada voz le dijo:

As soon as they had entered the chamber he closed the door after him, and almost by force made Sancho sit down beside him, and in a quiet tone thus addressed him:

— Infinitas gracias doy al cielo, Sancho amigo, de que, antes y primero que yo haya encontrado con alguna buena dicha, te haya salido a ti a recebir y a encontrar la buena ventura. Yo, que en mi buena suerte te tenía librada la paga de tus servicios, me veo en los principios de aventajarme, y tú, antes de tiempo, contra la ley del razonable discurso, te vees premiado de tus deseos. Otros cohechan, importunan, solicitan, madrugan, ruegan, porfían, y no alcanzan lo que pretenden; y llega otro, y sin saber cómo ni cómo no, se halla con el cargo y oficio que otros muchos pretendieron; y aquí entra y encaja bien el decir que hay buena y mala fortuna en las pretensiones. Tú, que para mí, sin duda alguna, eres un porro, sin madrugar ni trasnochar y sin hacer diligencia alguna, con solo el aliento que te ha tocado de la andante caballería, sin más ni más te vees gobernador de una ínsula, como quien no dice nada. Todo esto digo, ¡oh Sancho!, para que no atribuyas a tus merecimientos la merced recebida, sino que des gracias al cielo, que dispone suavemente las cosas, y después las darás a la grandeza que en sí encierra la profesión de la caballería andante. Dispuesto, pues, el corazón a creer lo que te he dicho, está, ¡oh hijo!, atento a este tu Catón, que quiere aconsejarte y ser norte y guía que te encamine y saque a seguro puerto deste mar proceloso donde vas a engolfarte; que los oficios y grandes cargos no son otra cosa sino un golfo profundo de confusiones.

"I give infinite thanks to heaven, friend Sancho, that, before I have met with any good luck, fortune has come forward to meet thee. I who counted upon my good fortune to discharge the recompense of thy services, find myself still waiting for advancement, while thou, before the time, and contrary to all reasonable expectation, seest thyself blessed in the fulfillment of thy desires. Some will bribe, beg, solicit, rise early, entreat, persist, without attaining the object of their suit; while another comes, and without knowing why or wherefore, finds himself invested with the place or office so many have sued for; and here it is that the common saying, 'There is good luck as well as bad luck in suits,' applies. Thou, who, to my thinking, art beyond all doubt a dullard, without early rising or night watching or taking any trouble, with the mere breath of knight-errantry that has breathed upon thee, seest thyself without more ado governor of an island, as though it were a mere

247

matter of course. This I say, Sancho, that thou attribute not the favour thou hast received to thine own merits, but give thanks to heaven that disposes matters beneficently, and secondly thanks to the great power the profession of knight-errantry contains in itself. With a heart, then, inclined to believe what I have said to thee, attend, my son, to thy Cato here who would counsel thee and be thy polestar and guide to direct and pilot thee to a safe haven out of this stormy sea wherein thou art about to ingulf thyself; for offices and great trusts are nothing else but a mighty gulf of troubles.

Primeramente, ¡oh hijo!, has de temer a Dios, porque en el temerle está la sabiduría, y siendo sabio no podrás errar en nada.

"First of all, my son, thou must fear God, for in the fear of him is wisdom, and being wise thou canst not err in aught.

Lo segundo, has de poner los ojos en quien eres, procurando conocerte a ti mismo, que es el más difícil conocimiento que puede imaginarse. Del conocerte saldrá el no hincharte como la rana que quiso igualarse con el buey, que si esto haces, vendrá a ser feos pies de la rueda de tu locura la consideración de haber guardado puercos en tu tierra.

"Secondly, thou must keep in view what thou art, striving to know thyself, the most difficult thing to know that the mind can imagine. If thou knowest thyself, it will follow thou wilt not puff thyself up like the frog that strove to make himself as large as the ox; if thou dost, the recollection of having kept pigs in thine own country will serve as the ugly feet for the wheel of thy folly."

— Así es la verdad —respondió Sancho—, pero fue cuando muchacho; pero después, algo hombrecillo, gansos fueron los que guardé, que no puercos; pero esto paréceme a mí que no hace al caso, que no todos los que gobiernan vienen de casta de reyes.

"That's the truth," said Sancho; "but that was when I was a boy; afterwards when I was something more of a man it was geese I kept, not pigs. But to my thinking that has nothing to do with it; for all who are governors don't come of a kingly stock."

— Así es verdad —replicó don Quijote—, por lo cual los no de principios nobles deben acompañar la gravedad del cargo que ejercitan con una blanda suavidad que, guiada por la prudencia, los libre de la murmuración maliciosa, de quien no hay estado que se escape.

"True," said Don Quixote, "and for that reason those who are not of noble origin should take care that the dignity of the office they hold he accompanied by a gentle suavity, which wisely managed will save them from the sneers of malice that no station escapes.

Haz gala, Sancho, de la humildad de tu linaje, y no te desprecies de decir que vienes de labradores; porque, viendo que no te corres, ninguno se pondrá a correrte; y préciate más de ser humilde virtuoso que pecador soberbio. Inumerables son aquellos que, de baja estirpe nacidos, han subido a la suma dignidad pontificia e imperatoria; y desta verdad te pudiera traer tantos ejemplos, que te cansaran.

"Glory in thy humble birth, Sancho, and be not ashamed of saying thou art peasant-born; for when it is seen thou art not ashamed no one will set himself to put thee to the blush; and pride thyself rather upon being one of lowly virtue than a lofty sinner. Countless are they who, born of mean parentage, have risen to the highest dignities, pontifical and imperial, and of the truth of this I could give thee instances enough to weary thee.

Mira, Sancho: si tomas por medio a la virtud, y te precias de hacer hechos virtuosos, no hay para qué tener envidia a los que los tienen de príncipes y señores, porque la sangre se hereda y la virtud se aquista, y la virtud vale por sí sola lo que la sangre no vale.

"Remember, Sancho, if thou make virtue thy aim, and take a pride in doing virtuous actions, thou wilt have no cause to envy those who have princely and lordly ones, for blood is an inheritance, but virtue an acquisition, and virtue has in itself alone a worth that blood does not possess.

Siendo esto así, como lo es, que si acaso viniere a verte cuando estés en tu ínsula alguno de tus parientes, no le deseches ni le afrentes; antes le has de acoger, agasajar y regalar, que con esto satisfarás al cielo, que gusta que nadie se desprecie de lo que él hizo, y corresponderás a lo que debes a la naturaleza bien concertada.

"This being so, if perchance anyone of thy kinsfolk should come to see thee when thou art in thine island, thou art not to repel or slight him, but on the contrary to welcome him, entertain him, and make much of him; for in so doing thou wilt be approved of heaven (which is not pleased that any should despise what it hath made), and wilt comply with the laws of well-ordered nature.

Si trujeres a tu mujer contigo (porque no es bien que los que asisten a gobiernos de mucho tiempo estén sin las propias), enséñala, doctrínala y desbástala de su natural rudeza, porque todo lo que suele adquirir un gobernador discreto suele perder y derramar una mujer rústica y tonta.

"If thou carriest thy wife with thee (and it is not well for those that administer governments to be long without their wives), teach and instruct her, and strive to smooth down her natural roughness; for all that may be gained by a wise governor may be lost and wasted by a boorish stupid wife.

Si acaso enviudares, cosa que puede suceder, y con el cargo mejorares de consorte, no la tomes tal, que te sirva de anzuelo y de caña de pescar, y del no quiero de tu capilla, porque en verdad te digo que de todo aquello que la mujer del juez recibiere ha de dar cuenta el marido en la residencia universal, donde pagará con el cuatro tanto en la muerte las partidas de que no se hubiere hecho cargo en la vida.

"If perchance thou art left a widower—a thing which may happen—and in virtue of thy office seekest a consort of higher degree, choose not one to serve thee for a hook, or for a fishing-rod, or for the hood of thy 'won't have it;' for verily, I tell thee, for all the judge's wife receives, the husband will be held accountable at the general calling to account; where he will have repay in death fourfold, items that in life he regarded as naught.

Nunca te guíes por la ley del encaje, que suele tener mucha cabida con los ignorantes que presumen de agudos.

"Never go by arbitrary law, which is so much favoured by ignorant men who plume themselves on cleverness.

Hallen en ti más compasión las lágrimas del pobre, pero no más justicia, que las informaciones del rico.

"Let the tears of the poor man find with thee more compassion, but not more justice, than the pleadings of the rich.

Procura descubrir la verdad por entre las promesas y dádivas del rico, como por entre los sollozos e importunidades del pobre.

"Strive to lay bare the truth, as well amid the promises and presents of the rich man, as amid

251

the sobs and entreaties of the poor.

Cuando pudiere y debiere tener lugar la equidad, no cargues todo el rigor de la ley al delincuente, que no es mejor la fama del juez riguroso que la del compasivo.

"When equity may and should be brought into play, press not the utmost rigour of the law against the guilty; for the reputation of the stern judge stands not higher than that of the compassionate.

Si acaso doblares la vara de la justicia, no sea con el peso de la dádiva, sino con el de la misericordia.

"If perchance thou permittest the staff of justice to swerve, let it be not by the weight of a gift, but by that of mercy.

Cuando te sucediere juzgar algún pleito de algún tu enemigo, aparta las mientes de tu injuria y ponlas en la verdad del caso.

"If it should happen thee to give judgment in the cause of one who is thine enemy, turn thy thoughts away from thy injury and fix them on the justice of the case.

No te ciegue la pasión propia en la causa ajena, que los yerros que en ella hicieres, las más veces, serán sin remedio; y si le tuvieren, será a costa de tu crédito, y aun de tu hacienda.

"Let not thine own passion blind thee in another man's cause; for the errors thou wilt thus commit will be most frequently irremediable; or if not, only to be remedied at the expense of thy good name and even of thy fortune.

Si alguna mujer hermosa veniere a pedirte justicia, quita los ojos de sus lágrimas y tus oídos de sus gemidos, y considera de espacio la sustancia de lo que pide, si no quieres que se anegue tu razón en su llanto y tu bondad en sus suspiros.

"If any handsome woman come to seek justice of thee, turn away thine eyes from her tears and

thine ears from her lamentations, and consider deliberately the merits of her demand, if thou wouldst not have thy reason swept away by her weeping, and thy rectitude by her sighs.

Al que has de castigar con obras no trates mal con palabras, pues le basta al desdichado la pena del suplicio, sin la añadidura de las malas razones.

"Abuse not by word him whom thou hast to punish in deed, for the pain of punishment is enough for the unfortunate without the addition of thine objurgations.

Al culpado que cayere debajo de tu juridición considérale hombre miserable, sujeto a las condiciones de la depravada naturaleza nuestra, y en todo cuanto fuere de tu parte, sin hacer agravio a la contraria, muéstratele piadoso y clemente, porque, aunque los atributos de Dios todos son iguales, más resplandece y campea a nuestro ver el de la misericordia que el de la justicia.

"Bear in mind that the culprit who comes under thy jurisdiction is but a miserable man subject to all the propensities of our depraved nature, and so far as may be in thy power show thyself lenient and forbearing; for though the attributes of God are all equal, to our eyes that of mercy is brighter and loftier than that of justice.

Si estos preceptos y estas reglas sigues, Sancho, serán luengos tus días, tu fama será eterna, tus premios colmados, tu felicidad indecible, casarás tus hijos como quisieres, títulos tendrán ellos y tus nietos, vivirás en paz y beneplácito de las gentes, y en los últimos pasos de la vida te alcanzará el de la muerte, en vejez suave y madura, y cerrarán tus ojos las tiernas y delicadas manos de tus terceros netezuelos.

"If thou followest these precepts and rules, Sancho, thy days will be long, thy fame eternal, thy reward abundant, thy felicity unutterable; thou wilt marry thy children as thou wouldst;

they and thy grandchildren will bear titles; thou
wilt live in peace and concord with all men; and,
when life draws to a close, death will come to
thee in calm and ripe old age, and the light and
loving hands of thy great-grandchildren will
close thine eyes.

Esto que hasta aquí te he dicho son documentos que han de
adornar tu alma; escucha ahora los que han de servir para
adorno del cuerpo.

"What I have thus far addressed to thee are
instructions for the adornment of thy mind;
listen now to those which tend to that of the
body."

Capítulo XLIII. De los consejos segundos que dio don Quijote a Sancho Panza

CHAPTER XLIII. OF THE SECOND SET OF COUNSELS DON QUIXOTE GAVE SANCHO PANZA

¿Quién oyera el pasado razonamiento de don Quijote que no le tuviera por persona muy cuerda y mejor intencionada? Pero, como muchas veces en el progreso desta grande historia queda dicho, solamente disparaba en tocándole en la caballería, y en los demás discursos mostraba tener claro y desenfadado entendimiento, de manera que a cada paso desacreditaban sus obras su juicio, y su juicio sus obras; pero en ésta destos segundos documentos que dio a Sancho, mostró tener gran donaire, y puso su discreción y su locura en un levantado punto.

Who, hearing the foregoing discourse of Don Quixote, would not have set him down for a person of great good sense and greater rectitude of purpose? But, as has been frequently observed in the course of this great history, he only talked nonsense when he touched on chivalry, and in discussing all other subjects showed that he had a clear and unbiassed understanding; so that at every turn his acts gave the lie to his intellect, and his intellect to his acts; but in the case of these second counsels that he gave Sancho he showed himself to have a lively turn of humour, and displayed conspicuously his wisdom, and also his folly.

Atentísimamente le escuchaba Sancho, y procuraba conservar en la memoria sus consejos, como quien pensaba guardarlos y salir por ellos a buen parto de la preñez de su gobierno. Prosiguió, pues, don Quijote, y dijo:

Sancho listened to him with the deepest attention, and endeavoured to fix his counsels in his memory, like one who meant to follow them and by their means bring the full promise of his government to a happy issue. Don Quixote, then, went on to say:

— En lo que toca a cómo has de gobernar tu persona y casa, Sancho, lo primero que te encargo es que seas limpio, y que te cortes las uñas, sin dejarlas crecer, como algunos hacen, a quien su ignorancia les ha dado a entender que las uñas largas les hermosean las manos, como si aquel escremento y añadidura que se dejan de cortar fuese uña, siendo antes garras de cernícalo lagartijero: puerco y extraordinario abuso.

"With regard to the mode in which thou shouldst govern thy person and thy house, Sancho, the first charge I have to give thee is to be clean, and to cut thy nails, not letting them grow as some do, whose ignorance makes them fancy that long nails are an ornament to their hands, as if those excrescences they neglect to cut were nails, and not the talons of a lizard-catching kestrel—a filthy and unnatural abuse.

No andes, Sancho, desceñido y flojo, que el vestido descompuesto da indicios de ánimo desmazalado, si ya la descompostura y flojedad no cae debajo de socarronería, como se juzgó en la de Julio César.

"Go not ungirt and loose, Sancho; for disordered attire is a sign of an unstable mind, unless indeed the slovenliness and slackness is to be set down to craft, as was the common opinion in the case of Julius Caesar.

Toma con discreción el pulso a lo que pudiere valer tu oficio, y si sufriere que des librea a tus criados, dásela honesta y provechosa más que vistosa y bizarra, y repártela entre tus criados y los pobres: quiero decir que si has de vestir seis pajes, viste tres y otros tres pobres, y así tendrás pajes para el cielo y para el suelo; y este nuevo modo de dar librea no la alcanzan los vanagloriosos.

"Ascertain cautiously what thy office may be
worth; and if it will allow thee to give liveries
to thy servants, give them respectable and
serviceable, rather than showy and gay ones, and
divide them between thy servants and the poor;
that is to say, if thou canst clothe six pages,
clothe three and three poor men, and thus thou
wilt have pages for heaven and pages for earth;
the vainglorious never think of this new mode of
giving liveries.

No comas ajos ni cebollas, porque no saquen por el olor tu
villanería. Anda despacio; habla con reposo, pero no de
manera que parezca que te escuchas a ti mismo, que toda
afectación es mala.

"Eat not garlic nor onions, lest they find out
thy boorish origin by the smell; walk slowly and
speak deliberately, but not in such a way as to
make it seem thou art listening to thyself, for
all affectation is bad.

Come poco y cena más poco, que la salud de todo el cuerpo
se fragua en la oficina del estómago.

"Dine sparingly and sup more sparingly still; for
the health of the whole body is forged in the
workshop of the stomach.

Sé templado en el beber, considerando que el vino demasiado
ni guarda secreto ni cumple palabra.

"Be temperate in drinking, bearing in mind that
wine in excess keeps neither secrets nor
promises.

Ten cuenta, Sancho, de no mascar a dos carrillos, ni de erutar
delante de nadie.

"Take care, Sancho, not to chew on both sides,
and not to eruct in anybody's presence."

— Eso de erutar no entiendo —dijo Sancho.

"Eruct!" said Sancho; "I don't know what that

means."

Y don Quijote le dijo: — Erutar, Sancho, quiere decir regoldar, y éste es uno de los más torpes vocablos que tiene la lengua castellana, aunque es muy sinificativo; y así, la gente curiosa se ha acogido al latín, y al regoldar dice erutar, y a los regüeldos, erutaciones; y, cuando algunos no entienden estos términos, importa poco, que el uso los irá introduciendo con el tiempo, que con facilidad se entiendan; y esto es enriquecer la lengua, sobre quien tiene poder el vulgo y el uso.

"To eruct, Sancho," said Don Quixote, "means to belch, and that is one of the filthiest words in the Spanish language, though a very expressive one; and therefore nice folk have had recourse to the Latin, and instead of belch say eruct, and instead of belches say eructations; and if some do not understand these terms it matters little, for custom will bring them into use in the course of time, so that they will be readily understood; this is the way a language is enriched; custom and the public are all-powerful there."

— En verdad, señor —dijo Sancho—, que uno de los consejos y avisos que pienso llevar en la memoria ha de ser el de no regoldar, porque lo suelo hacer muy a menudo.

"In truth, señor," said Sancho, "one of the counsels and cautions I mean to bear in mind shall be this, not to belch, for I'm constantly doing it."

— Erutar, Sancho, que no regoldar —dijo don Quijote.

"Eruct, Sancho, not belch," said Don Quixote.

— Erutar diré de aquí adelante —respondió Sancho—, y a fee que no se me olvide.

"Eruct, I shall say henceforth, and I swear not to forget it," said Sancho.

— También, Sancho, no has de mezclar en tus pláticas la

muchedumbre de refranes que sueles; que, puesto que los refranes son sentencias breves, muchas veces los traes tan por los cabellos, que más parecen disparates que sentencias.

"Likewise, Sancho," said Don Quixote, "thou must not mingle such a quantity of proverbs in thy discourse as thou dost; for though proverbs are short maxims, thou dost drag them in so often by the head and shoulders that they savour more of nonsense than of maxims."

— Eso Dios lo puede remediar —respondió Sancho—, porque sé más refranes que un libro, y viénenseme tantos juntos a la boca cuando hablo, que riñen por salir unos con otros, pero la lengua va arrojando los primeros que encuentra, aunque no vengan a pelo. Mas yo tendré cuenta de aquí adelante de decir los que convengan a la gravedad de mi cargo, que en casa llena presto se guisa la cena, y quien destaja no baraja, y a buen salvo está el que repica, y el dar y el tener seso ha menester.

"God alone can cure that," said Sancho; "for I have more proverbs in me than a book, and when I speak they come so thick together into my mouth that they fall to fighting among themselves to get out; that's why my tongue lets fly the first that come, though they may not be pat to the purpose. But I'll take care henceforward to use such as befit the dignity of my office; for 'in a house where there's plenty, supper is soon cooked,' and 'he who binds does not wrangle,' and 'the bell-ringer's in a safe berth,' and 'giving and keeping require brains.'"

— ¡Eso sí, Sancho! —dijo don Quijote—: ¡encaja, ensarta, enhila refranes, que nadie te va a la mano! ¡Castígame mi madre, y yo trómpogelas! Estoyte diciendo que escuses refranes, y en un instante has echado aquí una letanía dellos, que así cuadran con lo que vamos tratando como por los cerros de Úbeda. Mira, Sancho, no te digo yo que parece mal un refrán traído a propósito, pero cargar y ensartar refranes a troche moche hace la plática desmayada y baja.

"That's it, Sancho!" said Don Quixote; "pack, tack, string proverbs together; nobody is hindering thee! 'My mother beats me, and I go on with my tricks.' I am bidding thee avoid proverbs, and here in a second thou hast shot out a whole litany of them, which have as much to do with what we are talking about as 'over the hills of Ubeda.' Mind, Sancho, I do not say that a proverb aptly brought in is objectionable; but to pile up and string together proverbs at random makes conversation dull and vulgar.

Cuando subieres a caballo, no vayas echando el cuerpo sobre el arzón postrero, ni lleves las piernas tiesas y tiradas y desviadas de la barriga del caballo, ni tampoco vayas tan flojo que parezca que vas sobre el rucio: que el andar a caballo a unos hace caballeros; a otros, caballerizos.

"When thou ridest on horseback, do not go lolling with thy body on the back of the saddle, nor carry thy legs stiff or sticking out from the horse's belly, nor yet sit so loosely that one would suppose thou wert on Dapple; for the seat on a horse makes gentlemen of some and grooms of others.

Sea moderado tu sueño, que el que no madruga con el sol, no goza del día; y advierte, ¡oh Sancho!, que la diligencia es madre de la buena ventura, y la pereza, su contraria, jamás llegó al término que pide un buen deseo.

"Be moderate in thy sleep; for he who does not rise early does not get the benefit of the day; and remember, Sancho, diligence is the mother of good fortune, and indolence, its opposite, never yet attained the object of an honest ambition.

Este último consejo que ahora darte quiero, puesto que no sirva para adorno del cuerpo, quiero que le lleves muy en la memoria, que creo que no te será de menos provecho que los que hasta aquí te he dado; y es que jamás te pongas a disputar de linajes, a lo menos, comparándolos entre sí, pues, por fuerza, en los que se comparan uno ha de ser el mejor, y del que abatieres serás aborrecido, y del que levantares en ninguna manera premiado.

"The last counsel I will give thee now, though it does not tend to bodily improvement, I would have thee carry carefully in thy memory, for I believe it will be no less useful to thee than those I have given thee already, and it is this—never engage in a dispute about families, at least in the way of comparing them one with another; for necessarily one of those compared will be better than the other, and thou wilt be hated by the one thou hast disparaged, and get nothing in any shape from the one thou hast exalted.

Tu vestido será calza entera, ropilla larga, herreruelo un poco más largo; greguescos, ni por pienso, que no les están bien ni a los caballeros ni a los gobernadores.

"Thy attire shall be hose of full length, a long jerkin, and a cloak a trifle longer; loose breeches by no means, for they are becoming neither for gentlemen nor for governors.

Por ahora, esto se me ha ofrecido, Sancho, que aconsejarte; andará el tiempo, y, según las ocasiones, así serán mis documentos, como tú tengas cuidado de avisarme el estado en que te hallares.

"For the present, Sancho, this is all that has occurred to me to advise thee; as time goes by and occasions arise my instructions shall follow, if thou take care to let me know how thou art circumstanced."

— Señor —respondió Sancho—, bien veo que todo cuanto vuestra merced me ha dicho son cosas buenas, santas y provechosas, pero ¿de qué han de servir, si de ninguna me acuerdo? Verdad sea que aquello de no dejarme crecer las uñas y de casarme otra vez, si se ofreciere, no se me pasará del magín, pero esotros badulaques y enredos y revoltillos, no se me acuerda ni acordará más dellos que de las nubes de antaño, y así, será menester que se me den por escrito, que, puesto que no sé leer ni escribir, yo se los daré a mi confesor para que me los encaje y recapacite cuando fuere menester.

"Señor," said Sancho, "I see well enough that all these things your worship has said to me are good, holy, and profitable; but what use will they be to me if I don't remember one of them? To be sure that about not letting my nails grow, and marrying again if I have the chance, will not slip out of my head; but all that other hash, muddle, and jumble—I don't and can't recollect any more of it than of last year's clouds; so it must be given me in writing; for though I can't either read or write, I'll give it to my confessor, to drive it into me and remind me of it whenever it is necessary."

— ¡Ah, pecador de mí —respondió don Quijote—, y qué mal parece en los gobernadores el no saber leer ni escribir!; porque has de saber, ¡oh Sancho!, que no saber un hombre leer, o ser zurdo, arguye una de dos cosas: o que fue hijo de padres demasiado de humildes y bajos, o él tan travieso y malo que no pudo entrar en el buen uso ni la buena doctrina. Gran falta es la que llevas contigo, y así, querría que aprendieses a firmar siquiera.

"Ah, sinner that I am!" said Don Quixote, "how bad it looks in governors not to know how to read or write; for let me tell thee, Sancho, when a man knows not how to read, or is left-handed, it argues one of two things; either that he was the son of exceedingly mean and lowly parents, or that he himself was so incorrigible and ill-conditioned that neither good company nor good teaching could make any impression on him. It is

a great defect that thou labourest under, and
therefore I would have thee learn at any rate to
sign thy name."

— Bien sé firmar mi nombre —respondió Sancho—, que
cuando fui prioste en mi lugar, aprendí a hacer unas letras
como de marca de fardo, que decían que decía mi nombre;
cuanto más, que fingiré que tengo tullida la mano derecha, y
haré que firme otro por mí; que para todo hay remedio, si no
es para la muerte; y, teniendo yo el mando y el palo, haré lo
que quisiere; cuanto más, que el que tiene el padre alcalde...
Y, siendo yo gobernador, que es más que ser alcalde, ¡llegaos,
que la dejan ver! No, sino popen y calóñenme, que vendrán
por lana y volverán trasquilados; y a quien Dios quiere bien,
la casa le sabe; y las necedades del rico por sentencias pasan
en el mundo; y, siéndolo yo, siendo gobernador y juntamente
liberal, como lo pienso ser, no habrá falta que se me parezca.
No, sino haceos miel, y paparos han moscas; tanto vales
cuanto tienes, decía una mi agüela, y del hombre arraigado
no te verás vengado.

"I can sign my name well enough," said Sancho,
"for when I was steward of the brotherhood in my
village I learned to make certain letters, like
the marks on bales of goods, which they told me
made out my name. Besides I can pretend my right
hand is disabled and make some one else sign for
me, for 'there's a remedy for everything except
death;' and as I shall be in command and hold the
staff, I can do as I like; moreover, 'he who has
the alcalde for his father-,' and I'll be
governor, and that's higher than alcalde. Only
come and see! Let them make light of me and abuse
me; 'they'll come for wool and go back shorn;'
'whom God loves, his house is known to Him;' 'the
silly sayings of the rich pass for saws in the
world;' and as I'll be rich, being a governor,
and at the same time generous, as I mean to be,
no fault will be seen in me. 'Only make yourself
honey and the flies will suck you;' 'as much as

thou hast so much art thou worth,' as my
grandmother used to say; and 'thou canst have no
revenge of a man of substance.'"

— ¡Oh, maldito seas de Dios, Sancho! —dijo a esta sazón don
Quijote—. ¡Sesenta mil satanases te lleven a ti y a tus refranes!
Una hora ha que los estás ensartando y dándome con cada
uno tragos de tormento. Yo te aseguro que estos refranes te
han de llevar un día a la horca; por ellos te han de quitar el
gobierno tus vasallos, o ha de haber entre ellos comunidades.
Dime, ¿dónde los hallas, ignorante, o cómo los aplicas,
mentecato, que para decir yo uno y aplicarle bien, sudo y
trabajo como si cavase?

"Oh, God's curse upon thee, Sancho!" here
exclaimed Don Quixote; "sixty thousand devils fly
away with thee and thy proverbs! For the last
hour thou hast been stringing them together and
inflicting the pangs of torture on me with every
one of them. Those proverbs will bring thee to
the gallows one day, I promise thee; thy subjects
will take the government from thee, or there will
be revolts among them. Tell me, where dost thou
pick them up, thou booby? How dost thou apply
them, thou blockhead? For with me, to utter one
and make it apply properly, I have to sweat and
labour as if I were digging."

— Por Dios, señor nuestro amo —replicó Sancho—, que
vuesa merced se queja de bien pocas cosas. ¿A qué diablos se
pudre de que yo me sirva de mi hacienda, que ninguna otra
tengo, ni otro caudal alguno, sino refranes y más refranes? Y
ahora se me ofrecen cuatro que venían aquí pintiparados, o
como peras en tabaque, pero no los diré, porque al buen
callar llaman Sancho.

"By God, master mine," said Sancho, "your worship
is making a fuss about very little. Why the devil
should you be vexed if I make use of what is my
own? And I have got nothing else, nor any other
stock in trade except proverbs and more proverbs;

and here are three just this instant come into my
head, pat to the purpose and like pears in a
basket; but I won't repeat them, for 'sage
silence is called Sancho.'"

— Ese Sancho no eres tú —dijo don Quijote—, porque no sólo
no eres buen callar, sino mal hablar y mal porfiar; y, con todo
eso, querría saber qué cuatro refranes te ocurrían ahora a la
memoria que venían aquí a propósito, que yo ando
recorriendo la mía, que la tengo buena, y ninguno se me
ofrece.

"That, Sancho, thou art not," said Don Quixote;
"for not only art thou not sage silence, but thou
art pestilent prate and perversity; still I would
like to know what three proverbs have just now
come into thy memory, for I have been turning
over mine own—and it is a good one—and none
occurs to me."

— ¿Qué mejores —dijo Sancho— que "entre dos muelas
cordales nunca pongas tus pulgares", y "a idos de mi casa y
qué queréis con mi mujer, no hay responder", y "si da el
cántaro en la piedra o la piedra en el cántaro, mal para el
cántaro", todos los cuales vienen a pelo? Que nadie se tome
con su gobernador ni con el que le manda, porque saldrá
lastimado, como el que pone el dedo entre dos muelas
cordales, y aunque no sean cordales, como sean muelas, no
importa; y a lo que dijere el gobernador no hay que replicar,
como al "salíos de mi casa y qué queréis con mi mujer". Pues
lo de la piedra en el cántaro un ciego lo verá. Así que, es
menester que el que vee la mota en el ojo ajeno, vea la viga en
el suyo, porque no se diga por él: "espantóse la muerta de la
degollada", y vuestra merced sabe bien que más sabe el necio
en su casa que el cuerdo en la ajena.

"What can be better," said Sancho, "than 'never
put thy thumbs between two back teeth;' and 'to
"get out of my house" and "what do you want with
my wife?" there is no answer;' and 'whether the

pitcher hits the stove, or the stove the pitcher, it's a bad business for the pitcher;' all which fit to a hair? For no one should quarrel with his governor, or him in authority over him, because he will come off the worst, as he does who puts his finger between two back and if they are not back teeth it makes no difference, so long as they are teeth; and to whatever the governor may say there's no answer, any more than to 'get out of my house' and 'what do you want with my wife?' and then, as for that about the stone and the pitcher, a blind man could see that. So that he 'who sees the mote in another's eye had need to see the beam in his own,' that it be not said of himself, 'the dead woman was frightened at the one with her throat cut;' and your worship knows well that 'the fool knows more in his own house than the wise man in another's.'"

— Eso no, Sancho —respondió don Quijote—, que el necio en su casa ni en la ajena sabe nada, a causa que sobre el aumento de la necedad no asienta ningún discreto edificio. Y dejemos esto aquí, Sancho, que si mal gobernares, tuya será la culpa, y mía la vergüenza; mas consuélome que he hecho lo que debía en aconsejarte con las veras y con la discreción a mí posible: con esto salgo de mi obligación y de mi promesa. Dios te guíe, Sancho, y te gobierne en tu gobierno, y a mí me saque del escrúpulo que me queda que has de dar con toda la ínsula patas arriba, cosa que pudiera yo escusar con descubrir al duque quién eres, diciéndole que toda esa gordura y esa personilla que tienes no es otra cosa que un costal lleno de refranes y de malicias.

"Nay, Sancho," said Don Quixote, "the fool knows nothing, either in his own house or in anybody else's, for no wise structure of any sort can stand on a foundation of folly; but let us say no more about it, Sancho, for if thou governest badly, thine will be the fault and mine the shame; but I comfort myself with having done my duty in advising thee as earnestly and as wisely as I could; and thus I am released from my obligations and my promise. God guide thee, Sancho, and govern thee in thy government, and deliver me from the misgiving I have that thou wilt turn the whole island upside down, a thing I might easily prevent by explaining to the duke what thou art and telling him that all that fat little person of thine is nothing else but a sack full of proverbs and sauciness."

— Señor —replicó Sancho—, si a vuestra merced le parece que no soy de pro para este gobierno, desde aquí le suelto, que más quiero un solo negro de la uña de mi alma que a todo mi cuerpo; y así me sustentaré Sancho a secas con pan y cebolla, como gobernador con perdices y capones; y más que, mientras se duerme, todos son iguales, los grandes y los menores, los pobres y los ricos; y si vuestra merced mira en ello, verá que sólo vuestra merced me ha puesto en esto de gobernar: que yo no sé más de gobiernos de ínsulas que un buitre; y si se imagina que por ser gobernador me ha de llevar el diablo, más me quiero ir Sancho al cielo que gobernador al infierno.

"Señor," said Sancho, "if your worship thinks I'm not fit for this government, I give it up on the spot; for the mere black of the nail of my soul is dearer to me than my whole body; and I can live just as well, simple Sancho, on bread and onions, as governor, on partridges and capons; and what's more, while we're asleep we're all equal, great and small, rich and poor. But if your worship looks into it, you will see it was your worship alone that put me on to this business of governing; for I know no more about the government of islands than a buzzard; and if there's any reason to think that because of my being a governor the devil will get hold of me, I'd rather go Sancho to heaven than governor to hell."

— Por Dios, Sancho —dijo don Quijote—, que, por solas estas últimas razones que has dicho, juzgo que mereces ser gobernador de mil ínsulas: buen natural tienes, sin el cual no hay ciencia que valga; encomiéndate a Dios, y procura no errar en la primera intención; quiero decir que siempre tengas intento y firme propósito de acertar en cuantos negocios te ocurrieren, porque siempre favorece el cielo los buenos deseos. Y vámonos a comer, que creo que ya estos señores nos aguardan.

"By God, Sancho," said Don Quixote, "for those last words thou hast uttered alone, I consider thou deservest to be governor of a thousand islands. Thou hast good natural instincts, without which no knowledge is worth anything; commend thyself to God, and try not to swerve in the pursuit of thy main object; I mean, always make it thy aim and fixed purpose to do right in all matters that come before thee, for heaven always helps good intentions; and now let us go to dinner, for I think my lord and lady are waiting for us."

Capítulo XLIV. Cómo Sancho Panza fue llevado al gobierno, y de la estraña aventura que en el castillo sucedió a don Quijote

CHAPTER XLIV. HOW SANCHO PANZA WAS CONDUCTED TO HIS GOVERNMENT, AND OF THE STRANGE ADVENTURE THAT BEFELL DON QUIXOTE IN THE CASTLE

Dicen que en el propio original desta historia se lee que, llegando Cide Hamete a escribir este capítulo, no le tradujo su intérprete como él le había escrito, que fue un modo de queja que tuvo el moro de sí mismo, por haber tomado entre manos una historia tan seca y tan limitada como esta de don Quijote, por parecerle que siempre había de hablar dél y de Sancho, sin osar estenderse a otras digresiones y episodios más graves y más entretenidos; y decía que el ir siempre atenido el entendimiento, la mano y la pluma a escribir de un solo sujeto y hablar por las bocas de pocas personas era un trabajo incomportable, cuyo fruto no redundaba en el de su autor, y que, por huir deste inconveniente, había usado en la primera parte del artificio de algunas novelas, como fueron la del Curioso impertinente y la del Capitán cautivo, que están como separadas de la historia, puesto que las demás que allí se cuentan son casos sucedidos al mismo don Quijote, que no podían dejar de escribirse. También pensó, como él dice, que muchos, llevados de la atención que piden las hazañas de don Quijote, no la darían a las novelas, y pasarían por ellas, o con priesa o con enfado, sin advertir la gala y artificio que en sí contienen, el cual se mostrara bien al descubierto cuando, por sí solas, sin arrimarse a las locuras de don Quijote ni a las sandeces de Sancho, salieran a luz. Y así, en esta segunda parte no quiso ingerir novelas sueltas ni pegadizas, sino algunos episodios que lo pareciesen, nacidos de los mesmos sucesos que la verdad ofrece; y aun éstos, limitadamente y con solas las palabras que bastan a declararlos; y, pues se

269

contiene y cierra en los estrechos límites de la narración, teniendo habilidad, suficiencia y entendimiento para tratar del universo todo, pide no se desprecie su trabajo, y se le den alabanzas, no por lo que escribe, sino por lo que ha dejado de escribir.

It is stated, they say, in the true original of this history, that when Cide Hamete came to write this chapter, his interpreter did not translate it as he wrote it—that is, as a kind of complaint the Moor made against himself for having taken in hand a story so dry and of so little variety as this of Don Quixote, for he found himself forced to speak perpetually of him and Sancho, without venturing to indulge in digressions and episodes more serious and more interesting. He said, too, that to go on, mind, hand, pen always restricted to writing upon one single subject, and speaking through the mouths of a few characters, was intolerable drudgery, the result of which was never equal to the author's labour, and that to avoid this he had in the First Part availed himself of the device of novels, like "The Ill-advised Curiosity," and "The Captive Captain," which stand, as it were, apart from the story; the others are given there being incidents which occurred to Don Quixote himself and could not be omitted. He also thought, he says, that many, engrossed by the interest attaching to the exploits of Don Quixote, would take none in the novels, and pass them over hastily or impatiently without noticing the elegance and art of their composition, which would be very manifest were they published by themselves and not as mere adjuncts to the crazes of Don Quixote or the simplicities of Sancho. Therefore in this Second Part he thought it best not to insert novels, either separate or interwoven, but only episodes, something like them, arising out of the circumstances the facts present; and even these sparingly, and with no more words than suffice to

make them plain; and as he confines and restricts himself to the narrow limits of the narrative, though he has ability; capacity, and brains enough to deal with the whole universe, he requests that his labours may not be despised, and that credit be given him, not alone for what he writes, but for what he has refrained from writing.

Y luego prosigue la historia diciendo que, en acabando de comer don Quijote, el día que dio los consejos a Sancho, aquella tarde se los dio escritos, para que él buscase quien se los leyese; pero, apenas se los hubo dado, cuando se le cayeron y vinieron a manos del duque, que los comunicó con la duquesa, y los dos se admiraron de nuevo de la locura y del ingenio de don Quijote; y así, llevando adelante sus burlas, aquella tarde enviaron a Sancho con mucho acompañamiento al lugar que para él había de ser ínsula.

And so he goes on with his story, saying that the day Don Quixote gave the counsels to Sancho, the same afternoon after dinner he handed them to him in writing so that he might get some one to read them to him. They had scarcely, however, been given to him when he let them drop, and they fell into the hands of the duke, who showed them to the duchess and they were both amazed afresh at the madness and wit of Don Quixote. To carry on the joke, then, the same evening they despatched Sancho with a large following to the village that was to serve him for an island.

Acaeció, pues, que el que le llevaba a cargo era un mayordomo del duque, muy discreto y muy gracioso —que no puede haber gracia donde no hay discreción—, el cual había hecho la persona de la condesa Trifaldi, con el donaire que queda referido; y con esto, y con ir industriado de sus señores de cómo se había de haber con Sancho, salió con su intento maravillosamente. Digo, pues, que acaeció que, así como Sancho vio al tal mayordomo, se le figuró en su rostro

el mesmo de la Trifaldi, y, volviéndose a su señor, le dijo:

It happened that the person who had him in charge was a majordomo of the duke's, a man of great discretion and humour—and there can be no humour without discretion—and the same who played the part of the Countess Trifaldi in the comical way that has been already described; and thus qualified, and instructed by his master and mistress as to how to deal with Sancho, he carried out their scheme admirably. Now it came to pass that as soon as Sancho saw this majordomo he seemed in his features to recognise those of the Trifaldi, and turning to his master, he said to him,

— Señor, o a mí me ha de llevar el diablo de aquí de donde estoy, en justo y en creyente, o vuestra merced me ha de confesar que el rostro deste mayordomo del duque, que aquí está, es el mesmo de la Dolorida.

"Señor, either the devil will carry me off, here on this spot, righteous and believing, or your worship will own to me that the face of this majordomo of the duke's here is the very face of the Distressed One."

Miró don Quijote atentamente al mayordomo, y, habiéndole mirado, dijo a Sancho:

Don Quixote regarded the majordomo attentively, and having done so, said to Sancho,

— No hay para qué te lleve el diablo, Sancho, ni en justo ni en creyente, que no sé lo que quieres decir; que el rostro de la Dolorida es el del mayordomo, pero no por eso el mayordomo es la Dolorida; que, a serlo, implicaría contradición muy grande, y no es tiempo ahora de hacer estas averiguaciones, que sería entrarnos en intricados laberintos. Créeme, amigo, que es menester rogar a Nuestro Señor muy de veras que nos libre a los dos de malos hechiceros y de malos encantadores.

"There is no reason why the devil should carry thee off, Sancho, either righteous or believing—and what thou meanest by that I know not; the face of the Distressed One is that of the majordomo, but for all that the majordomo is not the Distressed One; for his being so would involve a mighty contradiction; but this is not the time for going into questions of the sort, which would be involving ourselves in an inextricable labyrinth. Believe me, my friend, we must pray earnestly to our Lord that he deliver us both from wicked wizards and enchanters."

— No es burla, señor —replicó Sancho—, sino que denantes le oí hablar, y no pareció sino que la voz de la Trifaldi me sonaba en los oídos. Ahora bien, yo callaré, pero no dejaré de andar advertido de aquí adelante, a ver si descubre otra señal que confirme o desfaga mi sospecha.

"It is no joke, señor," said Sancho, "for before this I heard him speak, and it seemed exactly as if the voice of the Trifaldi was sounding in my ears. Well, I'll hold my peace; but I'll take care to be on the look-out henceforth for any sign that may be seen to confirm or do away with this suspicion."

— Así lo has de hacer, Sancho —dijo don Quijote—, y darásme aviso de todo lo que en este caso descubrieres y de todo aquello que en el gobierno te sucediere.

"Thou wilt do well, Sancho," said Don Quixote, "and thou wilt let me know all thou discoverest, and all that befalls thee in thy government."

Salió, en fin, Sancho, acompañado de mucha gente, vestido a lo letrado, y encima un gabán muy ancho de chamelote de aguas leonado, con una montera de lo mesmo, sobre un macho a la jineta, y detrás dél, por orden del duque, iba el rucio con jaeces y ornamentos jumentiles de seda y flamantes. Volvía Sancho la cabeza de cuando en cuando a mirar a su asno, con cuya compañía iba tan contento que no se trocara con el emperador de Alemaña.

Sancho at last set out attended by a great number of people. He was dressed in the garb of a lawyer, with a gaban of tawny watered camlet over all and a montera cap of the same material, and mounted a la gineta upon a mule. Behind him, in accordance with the duke's orders, followed Dapple with brand new ass-trappings and ornaments of silk, and from time to time Sancho turned round to look at his ass, so well pleased to have him with him that he would not have changed places with the emperor of Germany.

Al despedirse de los duques, les besó las manos, y tomó la bendición de su señor, que se la dio con lágrimas, y Sancho la recibió con pucheritos.

On taking leave he kissed the hands of the duke and duchess and got his master's blessing, which Don Quixote gave him with tears, and he received blubbering.

Deja, lector amable, ir en paz y en hora buena al buen Sancho, y espera dos fanegas de risa, que te ha de causar el saber cómo se portó en su cargo, y, en tanto, atiende a saber lo que le pasó a su amo aquella noche; que si con ello no rieres, por lo menos desplegarás los labios con risa de jimia, porque los sucesos de don Quijote, o se han de celebrar con admiración, o con risa.

Let worthy Sancho go in peace, and good luck to him, Gentle Reader; and look out for two bushels of laughter, which the account of how he behaved himself in office will give thee. In the meantime turn thy attention to what happened his master the same night, and if thou dost not laugh thereat, at any rate thou wilt stretch thy mouth with a grin; for Don Quixote's adventures must be honoured either with wonder or with laughter.

Cuéntase, pues, que, apenas se hubo partido Sancho, cuando don Quijote sintió su soledad; y si le fuera posible revocarle la comisión y quitarle el gobierno, lo hiciera. Conoció la duquesa su melancolía, y preguntóle que de qué estaba triste; que si era por la ausencia de Sancho, que escuderos, dueñas y doncellas había en su casa que le servirían muy a satisfación de su deseo.

It is recorded, then, that as soon as Sancho had gone, Don Quixote felt his loneliness, and had it been possible for him to revoke the mandate and take away the government from him he would have done so. The duchess observed his dejection and asked him why he was melancholy; because, she said, if it was for the loss of Sancho, there were squires, duennas, and damsels in her house who would wait upon him to his full satisfaction.

— Verdad es, señora mía —respondió don Quijote—, que siento la ausencia de Sancho, pero no es ésa la causa principal que me hace parecer que estoy triste, y, de los muchos ofrecimientos que vuestra excelencia me hace, solamente acepto y escojo el de la voluntad con que se me hacen, y, en lo demás, suplico a Vuestra Excelencia que dentro de mi aposento consienta y permita que yo solo sea el que me sirva.

"The truth is, señora," replied Don Quixote, "that I do feel the loss of Sancho; but that is not the main cause of my looking sad; and of all the offers your excellence makes me, I accept only the good-will with which they are made, and as to the remainder I entreat of your excellence to permit and allow me alone to wait upon myself in my chamber."

— En verdad —dijo la duquesa—, señor don Quijote, que no ha de ser así: que le han de servir cuatro doncellas de las mías, hermosas como unas flores.

"Indeed, Señor Don Quixote," said the duchess, "that must not be; four of my damsels, as beautiful as flowers, shall wait upon you."

— Para mí —respondió don Quijote— no serán ellas como flores, sino como espinas que me puncen el alma. Así entrarán ellas en mi aposento, ni cosa que lo parezca, como volar. Si es que vuestra grandeza quiere llevar adelante el hacerme merced sin yo merecerla, déjeme que yo me las haya conmigo, y que yo me sirva de mis puertas adentro, que yo ponga una muralla en medio de mis deseos y de mi honestidad; y no quiero perder esta costumbre por la liberalidad que vuestra alteza quiere mostrar conmigo. Y, en resolución, antes dormiré vestido que consentir que nadie me desnude.

"To me," said Don Quixote, "they will not be flowers, but thorns to pierce my heart. They, or anything like them, shall as soon enter my chamber as fly. If your highness wishes to gratify me still further, though I deserve it not, permit me to please myself, and wait upon myself in my own room; for I place a barrier between my inclinations and my virtue, and I do not wish to break this rule through the generosity your highness is disposed to display towards me; and, in short, I will sleep in my clothes, sooner than allow anyone to undress me."

— No más, no más, señor don Quijote —replicó la duquesa—. Por mí digo que daré orden que ni aun una mosca entre en su estancia, no que una doncella; no soy yo persona, que por mí se ha de descabalar la decencia del señor don Quijote; que, según se me ha traslucido, la que más campea entre sus muchas virtudes es la de la honestidad. Desnúdese vuesa merced y vístase a sus solas y a su modo, como y cuando quisiere, que no habrá quien lo impida, pues dentro de su aposento hallará los vasos necesarios al menester del que duerme a puerta cerrada, porque ninguna natural necesidad le obligue a que la abra. Viva mil siglos la gran Dulcinea del Toboso, y sea su nombre estendido por toda la redondez de la tierra, pues mereció ser amada de tan valiente y tan honesto caballero, y los benignos cielos infundan en el corazón de Sancho Panza, nuestro gobernador, un deseo de acabar presto sus diciplinas, para que vuelva a gozar el mundo de la belleza de tan gran señora.

"Say no more, Señor Don Quixote, say no more," said the duchess; "I assure you I will give orders that not even a fly, not to say a damsel, shall enter your room. I am not the one to undermine the propriety of Señor Don Quixote, for it strikes me that among his many virtues the one that is pre-eminent is that of modesty. Your worship may undress and dress in private and in your own way, as you please and when you please, for there will be no one to hinder you; and in your chamber you will find all the utensils requisite to supply the wants of one who sleeps with his door locked, to the end that no natural needs compel you to open it. May the great Dulcinea del Toboso live a thousand years, and may her fame extend all over the surface of the globe, for she deserves to be loved by a knight so valiant and so virtuous; and may kind heaven infuse zeal into the heart of our governor Sancho Panza to finish off his discipline speedily, so that the world may once more enjoy the beauty of so grand a lady."

A lo cual dijo don Quijote:

To which Don Quixote replied,

— Vuestra altitud ha hablado como quien es, que en la boca de las buenas señoras no ha de haber ninguna que sea mala; y más venturosa y más conocida será en el mundo Dulcinea por haberla alabado vuestra grandeza, que por todas las alabanzas que puedan darle los más elocuentes de la tierra.

"Your highness has spoken like what you are; from the mouth of a noble lady nothing bad can come; and Dulcinea will be more fortunate, and better

277

known to the world by the praise of your highness than by all the eulogies the greatest orators on earth could bestow upon her."

— Agora bien, señor don Quijote —replicó la duquesa—, la hora de cenar se llega, y el duque debe de esperar: venga vuesa merced y cenemos, y acostaráse temprano, que el viaje que ayer hizo de Candaya no fue tan corto que no haya causado algún molimiento.

"Well, well, Señor Don Quixote," said the duchess, is nearly supper-time, and the duke is is probably waiting; come let us go to supper, and retire to rest early, for the journey you made yesterday from Kandy was not such a short one but that it must have caused you some fatigue."

— No siento ninguno, señora —respondió don Quijote—, porque osaré jurar a Vuestra Excelencia que en mi vida he subido sobre bestia más reposada ni de mejor paso que Clavileño; y no sé yo qué le pudo mover a Malambruno para deshacerse de tan ligera y tan gentil cabalgadura, y abrasarla así, sin más ni más.

"I feel none, señora," said Don Quixote, "for I would go so far as to swear to your excellence that in all my life I never mounted a quieter beast, or a pleasanter paced one, than Clavileno; and I don't know what could have induced Malambruno to discard a steed so swift and so gentle, and burn it so recklessly as he did."

— A eso se puede imaginar —respondió la duquesa— que, arrepentido del mal que había hecho a la Trifaldi y compañía, y a otras personas, y de las maldades que como hechicero y encantador debía de haber cometido, quiso concluir con todos los instrumentos de su oficio, y, como a principal y que más le traía desasosegado, vagando de tierra en tierra, abrasó a Clavileño; que con sus abrasadas cenizas y con el trofeo del cartel queda eterno el valor del gran don Quijote de la

278

Mancha.

"Probably," said the duchess, "repenting of the evil he had done to the Trifaldi and company, and others, and the crimes he must have committed as a wizard and enchanter, he resolved to make away with all the instruments of his craft; and so burned Clavileno as the chief one, and that which mainly kept him restless, wandering from land to land; and by its ashes and the trophy of the placard the valour of the great Don Quixote of La Mancha is established for ever."

De nuevo nuevas gracias dio don Quijote a la duquesa, y, en cenando, don Quijote se retiró en su aposento solo, sin consentir que nadie entrase con él a servirle: tanto se temía de encontrar ocasiones que le moviesen o forzasen a perder el honesto decoro que a su señora Dulcinea guardaba, siempre puesta en la imaginación la bondad de Amadís, flor y espejo de los andantes caballeros. Cerró tras sí la puerta, y a la luz de dos velas de cera se desnudó, y al descalzarse —¡oh desgracia indigna de tal persona!— se le soltaron, no suspiros, ni otra cosa, que desacreditasen la limpieza de su policía, sino hasta dos docenas de puntos de una media, que quedó hecha celosía. Afligióse en estremo el buen señor, y diera él por tener allí un adarme de seda verde una onza de plata; digo seda verde porque las medias eran verdes.

Don Quixote renewed his thanks to the duchess; and having supped, retired to his chamber alone, refusing to allow anyone to enter with him to wait on him, such was his fear of encountering temptations that might lead or drive him to forget his chaste fidelity to his lady Dulcinea; for he had always present to his mind the virtue of Amadis, that flower and mirror of knights-errant. He locked the door behind him, and by the light of two wax candles undressed himself, but as he was taking off his stockings—O disaster unworthy of such a personage!—there came a burst, not of sighs, or anything belying his delicacy or good breeding, but of some two dozen stitches in one of his stockings, that made it look like a window-lattice. The worthy gentleman was beyond measure distressed, and at that moment he would have given an ounce of silver to have had half a drachm of green silk there; I say green silk, because the stockings were green.

Aquí exclamó Benengeli, y, escribiendo, dijo "¡Oh pobreza, pobreza! ¡No sé yo con qué razón se movió aquel gran poeta cordobés a llamarte dádiva santa desagradecida!

Here Cide Hamete exclaimed as he was writing, "O poverty, poverty! I know not what could have possessed the great Cordovan poet to call thee 'holy gift ungratefully received.'

Yo, aunque moro, bien sé, por la comunicación que he tenido con cristianos, que la santidad consiste en la caridad, humildad, fee, obediencia y pobreza; pero, con todo eso, digo que ha de tener mucho de Dios el que se viniere a contentar con ser pobre, si no es de aquel modo de pobreza de quien dice uno de sus mayores santos: "Tened todas las cosas como si no las tuviésedes"; y a esto llaman pobreza de espíritu; pero tú, segunda pobreza, que eres de la que yo hablo, ¿por qué quieres estrellarte con los hidalgos y bien nacidos más que con la otra gente? ¿Por qué los obligas a dar pantalia a los zapatos, y a que los botones de sus ropillas unos sean de seda, otros de cerdas, y otros de vidro? ¿Por qué sus cuellos, por la mayor parte, han de ser siempre escarolados, y no abiertos con molde?" Y en esto se echará de ver que es antiguo el uso del almidón y de los cuellos abiertos. Y prosiguió: "¡Miserable del bien nacido que va dando pistos a su honra, comiendo mal y a puerta cerrada, haciendo hipócrita al palillo de dientes con que sale a la calle después de no haber comido cosa que le obligue a limpiárselos! ¡Miserable de aquel, digo, que tiene la honra espantadiza, y piensa que desde una legua se le descubre el remiendo del zapato, el trasudor del sombrero, la hilaza del herreruelo y la hambre de su estómago!"

Although a Moor, I know well enough from the intercourse I have had with Christians that holiness consists in charity, humility, faith, obedience, and poverty; but for all that, I say he must have a great deal of godliness who can find any satisfaction in being poor; unless, indeed, it be the kind of poverty one of their greatest saints refers to, saying, 'possess all things as though ye possessed them not;' which is what they call poverty in spirit. But thou, that other poverty—for it is of thee I am speaking now —why dost thou love to fall out with gentlemen and men of good birth more than with other people? Why dost thou compel them to smear the cracks in their shoes, and to have the buttons of their coats, one silk, another hair, and another glass? Why must their ruffs be always crinkled like endive leaves, and not crimped with a crimping iron?" (From this we may perceive the antiquity of starch and crimped ruffs.) Then he goes on: "Poor gentleman of good family! always cockering up his honour, dining miserably and in secret, and making a hypocrite of the toothpick with which he sallies out into the street after eating nothing to oblige him to use it! Poor fellow, I say, with his nervous honour, fancying they perceive a league off the patch on his shoe, the sweat-stains on his hat, the shabbiness of his cloak, and the hunger of his stomach!"

Todo esto se le renovó a don Quijote en la soltura de sus puntos, pero consolóse con ver que Sancho le había dejado unas botas de camino, que pensó ponerse otro día. Finalmente, él se recostó pensativo y pesaroso, así de la falta que Sancho le hacía como de la inreparable desgracia de sus medias, a quien tomara los puntos, aunque fuera con seda de otra color, que es una de las mayores señales de miseria que un hidalgo puede dar en el discurso de su prolija estrecheza.

281

Mató las velas; hacía calor y no podía dormir; levantóse del lecho y abrió un poco la ventana de una reja que daba sobre un hermoso jardín, y, al abrirla, sintió y oyó que andaba y hablaba gente en el jardín. Púsose a escuchar atentamente. Levantaron la voz los de abajo, tanto, que pudo oír estas razones:

All this was brought home to Don Quixote by the bursting of his stitches; however, he comforted himself on perceiving that Sancho had left behind a pair of travelling boots, which he resolved to wear the next day. At last he went to bed, out of spirits and heavy at heart, as much because he missed Sancho as because of the irreparable disaster to his stockings, the stitches of which he would have even taken up with silk of another colour, which is one of the greatest signs of poverty a gentleman can show in the course of his never-failing embarrassments. He put out the candles; but the night was warm and he could not sleep; he rose from his bed and opened slightly a grated window that looked out on a beautiful garden, and as he did so he perceived and heard people walking and talking in the garden. He set himself to listen attentively, and those below raised their voices so that he could hear these words:

— No me porfíes, ¡oh Emerencia!, que cante, pues sabes que, desde el punto que este forastero entró en este castillo y mis ojos le miraron, yo no sé cantar, sino llorar; cuanto más, que el sueño de mi señora tiene más de ligero que de pesado, y no querría que nos hallase aquí por todo el tesoro del mundo. Y, puesto caso que durmiese y no despertase, en vano sería mi canto si duerme y no despierta para oírle este nuevo Eneas, que ha llegado a mis regiones para dejarme escarnida.

"Urge me not to sing, Emerencia, for thou knowest that ever since this stranger entered the castle and my eyes beheld him, I cannot sing but only weep; besides my lady is a light rather than a heavy sleeper, and I would not for all the wealth of the world that she found us here; and even if she were asleep and did not waken, my singing would be in vain, if this strange AEneas, who has come into my neighbourhood to flout me, sleeps on and wakens not to hear it."

— No des en eso, Altisidora amiga —respondieron—, que sin duda la duquesa y cuantos hay en esa casa duermen, si no es el señor de tu corazón y el despertador de tu alma, porque ahora sentí que abría la ventana de la reja de su estancia, y sin duda debe de estar despierto; canta, lastimada mía, en tono bajo y suave al son de tu arpa, y, cuando la duquesa nos sienta, le echaremos la culpa al calor que hace.

"Heed not that, dear Altisidora," replied a voice; "the duchess is no doubt asleep, and everybody in the house save the lord of thy heart and disturber of thy soul; for just now I perceived him open the grated window of his chamber, so he must be awake; sing, my poor sufferer, in a low sweet tone to the accompaniment of thy harp; and even if the duchess hears us we can lay the blame on the heat of the night."

— No está en eso el punto, ¡oh Emerencia! —respondió la Altisidora—, sino en que no querría que mi canto descubriese mi corazón y fuese juzgada de los que no tienen noticia de las fuerzas poderosas de amor por doncella antojadiza y liviana. Pero venga lo que viniere, que más vale vergüenza en cara que mancilla en corazón.

"That is not the point, Emerencia," replied Altisidora, "it is that I would not that my singing should lay bare my heart, and that I should be thought a light and wanton maiden by those who know not the mighty power of love; but come what may; better a blush on the cheeks than a sore in the heart;"

283

Y, en esto, sintió tocar una arpa suavísimamente. Oyendo lo cual, quedó don Quijote pasmado, porque en aquel instante se le vinieron a la memoria las infinitas aventuras semejantes a aquélla, de ventanas, rejas y jardines, músicas, requiebros y desvanecimientos que en los sus desvanecidos libros de caballerías había leído. Luego imaginó que alguna doncella de la duquesa estaba dél enamorada, y que la honestidad la forzaba a tener secreta su voluntad; temió no le rindiese, y propuso en su pensamiento el no dejarse vencer; y, encomendándose de todo buen ánimo y buen talante a su señora Dulcinea del Toboso, determinó de escuchar la música; y, para dar a entender que allí estaba, dio un fingido estornudo, de que no poco se alegraron las doncellas, que otra cosa no deseaban sino que don Quijote las oyese. Recorrida, pues, y afinada la arpa, Altisidora dio principio a este romance:

and here a harp softly touched made itself heard. As he listened to all this Don Quixote was in a state of breathless amazement, for immediately the countless adventures like this, with windows, gratings, gardens, serenades, lovemakings, and languishings, that he had read of in his trashy books of chivalry, came to his mind. He at once concluded that some damsel of the duchess's was in love with him, and that her modesty forced her to keep her passion secret. He trembled lest he should fall, and made an inward resolution not to yield; and commending himself with all his might and soul to his lady Dulcinea he made up his mind to listen to the music; and to let them know he was there he gave a pretended sneeze, at which the damsels were not a little delighted, for all they wanted was that Don Quixote should hear them. So having tuned the harp, Altisidora, running her hand across the strings, began this ballad:

-¡Oh, tú, que estás en tu lecho,

entre sábanas de holanda,
durmiendo a pierna tendida
de la noche a la mañana,
caballero el más valiente
que ha producido la Mancha,
más honesto y más bendito
que el oro fino de Arabia!
Oye a una triste doncella,
bien crecida y mal lograda,
que en la luz de tus dos soles
se siente abrasar el alma.
Tú buscas tus aventuras,
y ajenas desdichas hallas;
das las feridas, y niegas
el remedio de sanarlas.
Dime, valeroso joven,
que Dios prospere tus ansias,
si te criaste en la Libia,
o en las montañas de Jaca;
si sierpes te dieron leche;
si, a dicha, fueron tus amas
la aspereza de las selvas
y el horror de las montañas.
Muy bien puede Dulcinea,
doncella rolliza y sana,
preciarse de que ha rendido
a una tigre y fiera brava.
Por esto será famosa
desde Henares a Jarama,
desde el Tajo a Manzanares,
desde Pisuerga hasta Arlanza.
Trocáreme yo por ella,
y diera encima una saya
de las más gayadas mías,
que de oro le adornan franjas.
¡Oh, quién se viera en tus brazos,

o si no, junto a tu cama,
rascándote la cabeza
y matándote la caspa!
Mucho pido, y no soy digna
de merced tan señalada:
los pies quisiera traerte,
que a una humilde esto le basta.
¡Oh, qué de cofias te diera,
qué de escarpines de plata,
qué de calzas de damasco,
qué de herreruelos de holanda!
¡Qué de finísimas perlas,
cada cual como una agalla,
que, a no tener compañeras,
Las solas fueran llamadas!
No mires de tu Tarpeya
este incendio que me abrasa,
Nerón manchego del mundo,
ni le avives con tu saña.
Niña soy, pulcela tierna,
mi edad de quince no pasa:
catorce tengo y tres meses,
te juro en Dios y en mi ánima.
No soy renca, ni soy coja,
ni tengo nada de manca;
los cabellos, como lirios,
que, en pie, por el suelo arrastran.
Y, aunque es mi boca aguileña
y la nariz algo chata,
ser mis dientes de topacios
mi belleza al cielo ensalza.
Mi voz, ya ves, si me escuchas,
que a la que es más dulce iguala,
y soy de disposición
algo menos que mediana.
Estas y otras gracias mías,

son despojos de tu aljaba;
desta casa soy doncella,
y Altisidora me llaman.

O thou that art above in bed,
  Between the holland sheets,
A-lying there from night till morn,
  With outstretched legs asleep;

O thou, most valiant knight of all
  The famed Manchegan breed,
Of purity and virtue more
  Than gold of Araby;

Give ear unto a suffering maid,
  Well-grown but evil-starr'd,
For those two suns of thine have lit
  A fire within her heart.

Adventures seeking thou dost rove,
  To others bringing woe;
Thou scatterest wounds, but, ah, the balm
  To heal them dost withhold!

Say, valiant youth, and so may God
  Thy enterprises speed,
Didst thou the light mid Libya's sands
  Or Jaca's rocks first see?

Did scaly serpents give thee suck?
  Who nursed thee when a babe?
Wert cradled in the forest rude,
  Or gloomy mountain cave?

O Dulcinea may be proud,
  That plump and lusty maid;
For she alone hath had the power
  A tiger fierce to tame.

And she for this shall famous be
  From Tagus to Jarama,
From Manzanares to Genil,
  From Duero to Arlanza.

Fain would I change with her, and give

A petticoat to boot,
The best and bravest that I have,
  All trimmed with gold galloon.

O for to be the happy fair
  Thy mighty arms enfold,
Or even sit beside thy bed
  And scratch thy dusty poll!

I rave,—to favours such as these
  Unworthy to aspire;
Thy feet to tickle were enough
  For one so mean as I.

What caps, what slippers silver-laced,
  Would I on thee bestow!
What damask breeches make for thee;
  What fine long holland cloaks!

And I would give thee pearls that should
  As big as oak-galls show;
So matchless big that each might well
  Be called the great "Alone."

Manchegan Nero, look not down
  From thy Tarpeian Rock
Upon this burning heart, nor add
  The fuel of thy wrath.

A virgin soft and young am I,
  Not yet fifteen years old;
(I'm only three months past fourteen,
  I swear upon my soul).

I hobble not nor do I limp,
  All blemish I'm without,
And as I walk my lily locks
  Are trailing on the ground.

And though my nose be rather flat,
  And though my mouth be wide,
My teeth like topazes exalt
  My beauty to the sky.

Thou knowest that my voice is sweet,
  That is if thou dost hear;

And I am moulded in a form
  Somewhat below the mean.

These charms, and many more, are thine,
  Spoils to thy spear and bow all;
A damsel of this house am I,
  By name Altisidora.

Aquí dio fin el canto de la malferida Altisidora, y comenzó el asombro del requirido don Quijote, el cual, dando un gran suspiro, dijo entre sí:

Here the lay of the heart-stricken Altisidora came to an end, while the warmly wooed Don Quixote began to feel alarm; and with a deep sigh he said to himself,

— ¡Que tengo de ser tan desdichado andante, que no ha de haber doncella que me mire que de mí no se enamore...! ¡Que tenga de ser tan corta de ventura la sin par Dulcinea del Toboso, que no la han de dejar a solas gozar de la incomparable firmeza mía...! ¿Qué la queréis, reinas? ¿A qué la perseguís, emperatrices? ¿Para qué la acosáis, doncellas de a catorce a quince años? Dejad, dejad a la miserable que triunfe, se goce y ufane con la suerte que Amor quiso darle en rendirle mi corazón y entregarle mi alma. Mirad, caterva enamorada, que para sola Dulcinea soy de masa y de alfenique, y para todas las demás soy de pedernal; para ella soy miel, y para vosotras acíbar; para mí sola Dulcinea es la hermosa, la discreta, la honesta, la gallarda y la bien nacida, y las demás, las feas, las necias, las livianas y las de peor linaje; para ser yo suyo, y no de otra alguna, me arrojó la naturaleza al mundo. Llore o cante Altisidora; desespérese Madama, por quien me aporrearon en el castillo del moro encantado, que yo tengo de ser de Dulcinea, cocido o asado, limpio, bien criado y honesto, a pesar de todas las potestades hechiceras de la tierra.

"O that I should be such an unlucky knight that no damsel can set eyes on me but falls in love

with me! O that the peerless Dulcinea should be so unfortunate that they cannot let her enjoy my incomparable constancy in peace! What would ye with her, ye queens? Why do ye persecute her, ye empresses? Why ye pursue her, ye virgins of from fourteen to fifteen? Leave the unhappy being to triumph, rejoice and glory in the lot love has been pleased to bestow upon her in surrendering my heart and yielding up my soul to her. Ye love-smitten host, know that to Dulcinea only I am dough and sugar-paste, flint to all others; for her I am honey, for you aloes. For me Dulcinea alone is beautiful, wise, virtuous, graceful, and high-bred, and all others are ill-favoured, foolish, light, and low-born. Nature sent me into the world to be hers and no other's; Altisidora may weep or sing, the lady for whose sake they belaboured me in the castle of the enchanted Moor may give way to despair, but I must be Dulcinea's, boiled or roast, pure, courteous, and chaste, in spite of all the magic-working powers on earth."

Y, con esto, cerró de golpe la ventana, y, despechado y pesaroso, como si le hubiera acontecido alguna gran desgracia, se acostó en su lecho, donde le dejaremos por ahora, porque nos está llamando el gran Sancho Panza, que quiere dar principio a su famoso gobierno.

And with that he shut the window with a bang, and, as much out of temper and out of sorts as if some great misfortune had befallen him, stretched himself on his bed, where we will leave him for the present, as the great Sancho Panza, who is about to set up his famous government, now demands our attention.

Capítulo XLV. De cómo el gran Sancho Panza tomó la posesión de su ínsula, y del modo que comenzó a gobernar

CHAPTER XLV. OF HOW THE GREAT SANCHO PANZA TOOK POSSESSION OF HIS ISLAND, AND OF HOW HE MADE A BEGINNING IN GOVERNING

¡Oh perpetuo descubridor de los antípodas, hacha del mundo, ojo del cielo, meneo dulce de las cantimploras, Timbrio aquí, Febo allí, tirador acá, médico acullá, padre de la Poesía, inventor de la Música: tú que siempre sales, y, aunque lo parece, nunca te pones! A ti digo, ¡oh sol, con cuya ayuda el hombre engendra al hombre!; a ti digo que me favorezcas, y alumbres la escuridad de mi ingenio, para que pueda discurrir por sus puntos en la narración del gobierno del gran Sancho Panza; que sin ti, yo me siento tibio, desmazalado y confuso.

O perpetual discoverer of the antipodes, torch of the world, eye of heaven, sweet stimulator of the water-coolers! Thimbraeus here, Phoebus there, now archer, now physician, father of poetry, inventor of music; thou that always risest and, notwithstanding appearances, never settest! To thee, O Sun, by whose aid man begetteth man, to thee I appeal to help me and lighten the darkness of my wit that I may be able to proceed with scrupulous exactitude in giving an account of the great Sancho Panza's government; for without thee I feel myself weak, feeble, and uncertain.

Digo, pues, que con todo su acompañamiento llegó Sancho a un lugar de hasta mil vecinos, que era de los mejores que el duque tenía. Diéronle a entender que se llamaba la ínsula Barataria, o ya porque el lugar se llamaba Baratario, o ya por el barato con que se le había dado el gobierno. Al llegar a las puertas de la villa, que era cercada, salió el regimiento del pueblo a recebirle; tocaron las campanas, y todos los vecinos

dieron muestras de general alegría, y con mucha pompa le
llevaron a la iglesia mayor a dar gracias a Dios, y luego, con
algunas ridículas ceremonias, le entregaron las llaves del
pueblo, y le admitieron por perpetuo gobernador de la ínsula
Barataria.

To come to the point, then—Sancho with all his
attendants arrived at a village of some thousand
inhabitants, and one of the largest the duke
possessed. They informed him that it was called
the island of Barataria, either because the name
of the village was Baratario, or because of the
joke by way of which the government had been
conferred upon him. On reaching the gates of the
town, which was a walled one, the municipality
came forth to meet him, the bells rang out a
peal, and the inhabitants showed every sign of
general satisfaction; and with great pomp they
conducted him to the principal church to give
thanks to God, and then with burlesque ceremonies
they presented him with the keys of the town, and
acknowledged him as perpetual governor of the
island of Barataria.

El traje, las barbas, la gordura y pequeñez del nuevo
gobernador tenía admirada a toda la gente que el busilis del
cuento no sabía, y aun a todos los que lo sabían, que eran
muchos. Finalmente, en sacándole de la iglesia, le llevaron a
la silla del juzgado y le sentaron en ella; y el mayordomo del
duque le dijo:

The costume, the beard, and the fat squat figure
of the new governor astonished all those who were
not in the secret, and even all who were, and
they were not a few. Finally, leading him out of
the church they carried him to the judgment seat
and seated him on it, and the duke's majordomo
said to him,

— Es costumbre antigua en esta ínsula, señor gobernador,
que el que viene a tomar posesión desta famosa ínsula está

obligado a responder a una pregunta que se le hiciere, que sea algo intricada y dificultosa, de cuya respuesta el pueblo toma y toca el pulso del ingenio de su nuevo gobernador; y así, o se alegra o se entristece con su venida.

"It is an ancient custom in this island, señor governor, that he who comes to take possession of this famous island is bound to answer a question which shall be put to him, and which must be a somewhat knotty and difficult one; and by his answer the people take the measure of their new governor's wit, and hail with joy or deplore his arrival accordingly."

En tanto que el mayordomo decía esto a Sancho, estaba él mirando unas grandes y muchas letras que en la pared frontera de su silla estaban escritas; y, como él no sabía leer, preguntó que qué eran aquellas pinturas que en aquella pared estaban. Fuele respondido:

While the majordomo was making this speech Sancho was gazing at several large letters inscribed on the wall opposite his seat, and as he could not read he asked what that was that was painted on the wall. The answer was,

— Señor, allí esta escrito y notado el día en que Vuestra Señoría tomó posesión desta ínsula, y dice el epitafio: Hoy día, a tantos de tal mes y de tal año, tomó la posesión desta ínsula el señor don Sancho Panza, que muchos años la goce.

"Señor, there is written and recorded the day on which your lordship took possession of this island, and the inscription says, 'This day, the so-and-so of such-and-such a month and year, Señor Don Sancho Panza took possession of this island; many years may he enjoy it.'"

— Y ¿a quién llaman don Sancho Panza? —preguntó Sancho.

"And whom do they call Don Sancho Panza?" asked Sancho.

293

— A vuestra señoría —respondió el mayordomo—, que en esta ínsula no ha entrado otro Panza sino el que está sentado en esa silla.

"Your lordship," replied the majordomo; "for no other Panza but the one who is now seated in that chair has ever entered this island."

— Pues advertid, hermano —dijo Sancho—, que yo no tengo don, ni en todo mi linaje le ha habido: Sancho Panza me llaman a secas, y Sancho se llamó mi padre, y Sancho mi agüelo, y todos fueron Panzas, sin añadiduras de dones ni donas; y yo imagino que en esta ínsula debe de haber más dones que piedras; pero basta: Dios me entiende, y podrá ser que, si el gobierno me dura cuatro días, yo escardaré estos dones, que, por la muchedumbre, deben de enfadar como los mosquitos. Pase adelante con su pregunta el señor mayordomo, que yo responderé lo mejor que supiere, ora se entristezca o no se entristezca el pueblo.

"Well then, let me tell you, brother," said Sancho, "I haven't got the 'Don,' nor has any one of my family ever had it; my name is plain Sancho Panza, and Sancho was my father's name, and Sancho was my grandfather's and they were all Panzas, without any Dons or Donas tacked on; I suspect that in this island there are more Dons than stones; but never mind; God knows what I mean, and maybe if my government lasts four days I'll weed out these Dons that no doubt are as great a nuisance as the midges, they're so plenty. Let the majordomo go on with his question, and I'll give the best answer I can, whether the people deplore or not."

A este instante entraron en el juzgado dos hombres, el uno vestido de labrador y el otro de sastre, porque traía unas tijeras en la mano, y el sastre dijo:

At this instant there came into court two old men, one carrying a cane by way of a walking-stick, and the one who had no stick said,

— Señor, a este buen hombre le presté días ha diez escudos de oro en oro, por hacerle placer y buena obra, con condición que me los volviese cuando se los pidiese; pasáronse muchos días sin pedírselos, por no ponerle en mayor necesidad de volvérmelos que la que él tenía cuando yo se los presté; pero, por parecerme que se descuidaba en la paga, se los he pedido una y muchas veces, y no solamente no me los vuelve, pero me los niega y dice que nunca tales diez escudos le presté, y que si se los presté, que ya me los ha vuelto. Yo no tengo testigos ni del prestado ni de la vuelta, porque no me los ha vuelto; querría que vuestra merced le tomase juramento, y si jurare que me los ha vuelto, yo se los perdono para aquí y para delante de Dios.

"Señor, some time ago I lent this good man ten gold-crowns in gold to gratify him and do him a service, on the condition that he was to return them to me whenever I should ask for them. A long time passed before I asked for them, for I would not put him to any greater straits to return them than he was in when I lent them to him; but thinking he was growing careless about payment I asked for them once and several times; and not only will he not give them back, but he denies that he owes them, and says I never lent him any such crowns; or if I did, that he repaid them; and I have no witnesses either of the loan, or the payment, for he never paid me; I want your worship to put him to his oath, and if he swears he returned them to me I forgive him the debt here and before God."

— ¿Qué decís vos a esto, buen viejo del báculo? —dijo Sancho.

"What say you to this, good old man, you with the stick?" said Sancho.

A lo que dijo el viejo:

To which the old man replied,

— Yo, señor, confieso que me los prestó, y baje vuestra merced esa vara; y, pues él lo deja en mi juramento, yo juraré como se los he vuelto y pagado real y verdaderamente.

"I admit, señor, that he lent them to me; but let your worship lower your staff, and as he leaves it to my oath, I'll swear that I gave them back, and paid him really and truly."

Bajó el gobernador la vara, y, en tanto, el viejo del báculo dio el báculo al otro viejo, que se le tuviese en tanto que juraba, como si le embarazara mucho, y luego puso la mano en la cruz de la vara, diciendo que era verdad que se le habían prestado aquellos diez escudos que se le pedían; pero que él se los había vuelto de su mano a la suya, y que por no caer en ello se los volvía a pedir por momentos.

The governor lowered the staff, and as he did so the old man who had the stick handed it to the other old man to hold for him while he swore, as if he found it in his way; and then laid his hand on the cross of the staff, saying that it was true the ten crowns that were demanded of him had been lent him; but that he had with his own hand given them back into the hand of the other, and that he, not recollecting it, was always asking for them.

Viendo lo cual el gran gobernador, preguntó al acreedor qué respondía a lo que decía su contrario; y dijo que sin duda alguna su deudor debía de decir verdad, porque le tenía por hombre de bien y buen cristiano, y que a él se le debía de haber olvidado el cómo y cuándo se los había vuelto, y que desde allí en adelante jamás le pidiría nada.

Seeing this the great governor asked the creditor what answer he had to make to what his opponent said. He said that no doubt his debtor had told the truth, for he believed him to be an honest man and a good Christian, and he himself must have forgotten when and how he had given him back the crowns; and that from that time forth he would make no further demand upon him.

Tornó a tomar su báculo el deudor, y, bajando la cabeza, se salió del juzgado. Visto lo cual Sancho, y que sin más ni más se iba, y viendo también la paciencia del demandante, inclinó la cabeza sobre el pecho, y, poniéndose el índice de la mano derecha sobre las cejas y las narices, estuvo como pensativo un pequeño espacio, y luego alzó la cabeza y mandó que le llamasen al viejo del báculo, que ya se había ido. Trujéronsele, y, en viéndole Sancho, le dijo:

The debtor took his stick again, and bowing his head left the court. Observing this, and how, without another word, he made off, and observing too the resignation of the plaintiff, Sancho buried his head in his bosom and remained for a short space in deep thought, with the forefinger of his right hand on his brow and nose; then he raised his head and bade them call back the old man with the stick, for he had already taken his departure. They brought him back, and as soon as Sancho saw him he said,

— Dadme, buen hombre, ese báculo, que le he menester.

"Honest man, give me that stick, for I want it."

— De muy buena gana —respondió el viejo—: hele aquí, señor.

"Willingly," said the old man; "here it is señor," and he put it into his hand.

Y púsosele en la mano. Tomóle Sancho, y, dándosele al otro viejo, le dijo:

Sancho took it and, handing it to the other old man, said to him,

— Andad con Dios, que ya vais pagado.

 "Go, and God be with you; for now you are paid."

297

— ¿Yo, señor? —respondió el viejo—. Pues, ¿vale esta cañaheja diez escudos de oro?

"I, señor!" returned the old man; "why, is this cane worth ten gold-crowns?"

— Sí —dijo el gobernador—; o si no, yo soy el mayor porro del mundo. Y ahora se verá si tengo yo caletre para gobernar todo un reino.

"Yes," said the governor, "or if not I am the greatest dolt in the world; now you will see whether I have got the headpiece to govern a whole kingdom;"

Y mandó que allí, delante de todos, se rompiese y abriese la caña. Hízose así, y en el corazón della hallaron diez escudos en oro. Quedaron todos admirados, y tuvieron a su gobernador por un nuevo Salomón.

and he ordered the cane to be broken in two, there, in the presence of all. It was done, and in the middle of it they found ten gold-crowns. All were filled with amazement, and looked upon their governor as another Solomon.

Preguntáronle de dónde había colegido que en aquella cañaheja estaban aquellos diez escudos, y respondió que de haberle visto dar el viejo que juraba, a su contrario, aquel báculo, en tanto que hacía el juramento, y jurar que se los había dado real y verdaderamente, y que, en acabando de jurar, le tornó a pedir el báculo, le vino a la imaginación que dentro dél estaba la paga de lo que pedían. De donde se podía colegir que los que gobiernan, aunque sean unos tontos, tal vez los encamina Dios en sus juicios; y más, que él había oído contar otro caso como aquél al cura de su lugar, y que él tenía tan gran memoria, que, a no olvidársele todo aquello de que quería acordarse, no hubiera tal memoria en toda la ínsula. Finalmente, el un viejo corrido y el otro pagado, se fueron, y los presentes quedaron admirados, y el que escribía las palabras, hechos y movimientos de Sancho no

acababa de determinarse si le tendría y pondría por tonto o por discreto.

They asked him how he had come to the conclusion that the ten crowns were in the cane; he replied, that observing how the old man who swore gave the stick to his opponent while he was taking the oath, and swore that he had really and truly given him the crowns, and how as soon as he had done swearing he asked for the stick again, it came into his head that the sum demanded must be inside it; and from this he said it might be seen that God sometimes guides those who govern in their judgments, even though they may be fools; besides he had himself heard the curate of his village mention just such another case, and he had so good a memory, that if it was not that he forgot everything he wished to remember, there would not be such a memory in all the island. To conclude, the old men went off, one crestfallen, and the other in high contentment, all who were present were astonished, and he who was recording the words, deeds, and movements of Sancho could not make up his mind whether he was to look upon him and set him down as a fool or as a man of sense.

Luego, acabado este pleito, entró en el juzgado una mujer asida fuertemente de un hombre vestido de ganadero rico, la cual venía dando grandes voces, diciendo:

As soon as this case was disposed of, there came into court a woman holding on with a tight grip to a man dressed like a well-to-do cattle dealer, and she came forward making a great outcry and exclaiming,

— ¡Justicia, señor gobernador, justicia, y si no la hallo en la tierra, la iré a buscar al cielo! Señor gobernador de mi ánima, este mal hombre me ha cogido en la mitad dese campo, y se ha aprovechado de mi cuerpo como si fuera trapo mal lavado, y, ¡desdichada de mí!, me ha llevado lo que yo tenía guardado

299

más de veinte y tres años ha, defendiéndolo de moros y cristianos, de naturales y estranjeros; y yo, siempre dura como un alcornoque, conservándome entera como la salamanquesa en el fuego, o como la lana entre las zarzas, para que este buen hombre llegase ahora con sus manos limpias a manosearme.

"Justice, señor governor, justice! and if I don't get it on earth I'll go look for it in heaven. Señor governor of my soul, this wicked man caught me in the middle of the fields here and used my body as if it was an ill-washed rag, and, woe is me! got from me what I had kept these three-and-twenty years and more, defending it against Moors and Christians, natives and strangers; and I always as hard as an oak, and keeping myself as pure as a salamander in the fire, or wool among the brambles, for this good fellow to come now with clean hands to handle me!"

— Aun eso está por averiguar: si tiene limpias o no las manos este galán — dijo Sancho.

"It remains to be proved whether this gallant has clean hands or not," said Sancho;

Y, volviéndose al hombre, le dijo qué decía y respondía a la querella de aquella mujer.

and turning to the man he asked him what he had to say in answer to the woman's charge.

El cual, todo turbado, respondió:

He all in confusion made answer,

— Señores, yo soy un pobre ganadero de ganado de cerda, y esta mañana salía deste lugar de vender, con perdón sea dicho, cuatro puercos, que me llevaron de alcabalas y socaliñas poco menos de lo que ellos valían; volvíame a mi aldea, topé en el camino a esta buena dueña, y el diablo, que todo lo añasca y todo lo cuece, hizo que yogásemos juntos;

300

paguéle lo soficiente, y ella, mal contenta, asió de mí, y no me ha dejado hasta traerme a este puesto. Dice que la forcé, y miente, para el juramento que hago o pienso hacer; y ésta es toda la verdad, sin faltar meaja.

"Sirs, I am a poor pig dealer, and this morning I left the village to sell (saving your presence) four pigs, and between dues and cribbings they got out of me little less than the worth of them. As I was returning to my village I fell in on the road with this good dame, and the devil who makes a coil and a mess out of everything, yoked us together. I paid her fairly, but she not contented laid hold of me and never let go until she brought me here; she says I forced her, but she lies by the oath I swear or am ready to swear; and this is the whole truth and every particle of it."

Entonces el gobernador le preguntó si traía consigo algún dinero en plata; él dijo que hasta veinte ducados tenía en el seno, en una bolsa de cuero. Mandó que la sacase y se la entregase, así como estaba, a la querellante; él lo hizo temblando; tomóla la mujer, y, haciendo mil zalemas a todos y rogando a Dios por la vida y salud del señor gobernador, que así miraba por las huérfanas menesterosas y doncellas; y con esto se salió del juzgado, llevando la bolsa asida con entrambas manos, aunque primero miró si era de plata la moneda que llevaba dentro.

The governor on this asked him if he had any money in silver about him; he said he had about twenty ducats in a leather purse in his bosom. The governor bade him take it out and hand it to the complainant; he obeyed trembling; the woman took it, and making a thousand salaams to all and praying to God for the long life and health of the señor governor who had such regard for distressed orphans and virgins, she hurried out of court with the purse grasped in both her

301

hands, first looking, however, to see if the money it contained was silver.

Apenas salió, cuando Sancho dijo al ganadero, que ya se le saltaban las lágrimas, y los ojos y el corazón se iban tras su bolsa:

As soon as she was gone Sancho said to the cattle dealer, whose tears were already starting and whose eyes and heart were following his purse,

— Buen hombre, id tras aquella mujer y quitadle la bolsa, aunque no quiera, y volved aquí con ella.

"Good fellow, go after that woman and take the purse from her, by force even, and come back with it here;"

Y no lo dijo a tonto ni a sordo, porque luego partió como un rayo y fue a lo que se le mandaba.

and he did not say it to one who was a fool or deaf, for the man was off like a flash of lightning, and ran to do as he was bid.

Todos los presentes estaban suspensos, esperando el fin de aquel pleito, y de allí a poco volvieron el hombre y la mujer más asidos y aferrados que la vez primera: ella la saya levantada y en el regazo puesta la bolsa, y el hombre pugnando por quitársela; mas no era posible, según la mujer la defendía, la cual daba voces diciendo:

All the bystanders waited anxiously to see the end of the case, and presently both man and woman came back at even closer grips than before, she with her petticoat up and the purse in the lap of it, and he struggling hard to take it from her, but all to no purpose, so stout was the woman's defence, she all the while crying out,

— ¡Justicia de Dios y del mundo! Mire vuestra merced, señor gobernador, la poca vergüenza y el poco temor deste desalmado, que, en mitad de poblado y en mitad de la calle, me ha querido quitar la bolsa que vuestra merced mandó darme.

"Justice from God and the world! see here, señor governor, the shamelessness and boldness of this villain, who in the middle of the town, in the middle of the street, wanted to take from me the purse your worship bade him give me."

— Y ¿háosla quitado? —preguntó el gobernador.

"And did he take it?" asked the governor.

— ¿Cómo quitar? —respondió la mujer—. Antes me dejara yo quitar la vida que me quiten la bolsa. ¡Bonita es la niña! ¡Otros gatos me han de echar a las barbas, que no este desventurado y asqueroso! ¡Tenazas y martillos, mazos y escoplos no serán bastantes a sacármela de las uñas, ni aun garras de leones: antes el ánima de en mitad en mitad de las carnes!

"Take it!" said the woman; "I'd let my life be taken from me sooner than the purse. A pretty child I'd be! It's another sort of cat they must throw in my face, and not that poor scurvy knave. Pincers and hammers, mallets and chisels would not get it out of my grip; no, nor lions' claws; the soul from out of my body first!"

— Ella tiene razón —dijo el hombre—, y yo me doy por rendido y sin fuerzas, y confieso que las mías no son bastantes para quitársela, y déjola.

"She is right," said the man; "I own myself beaten and powerless; I confess I haven't the strength to take it from her;" and he let go his hold of her.

Entonces el gobernador dijo a la mujer:

Upon this the governor said to the woman,

— Mostrad, honrada y valiente, esa bolsa.

303

"Let me see that purse, my worthy and sturdy friend."

Ella se la dio luego, y el gobernador se la volvió al hombre, y dijo a la esforzada y no forzada:

She handed it to him at once, and the governor returned it to the man, and said to the unforced mistress of force,

— Hermana mía, si el mismo aliento y valor que habéis mostrado para defender esta bolsa le mostrárades, y aun la mitad menos, para defender vuestro cuerpo, las fuerzas de Hércules no os hicieran fuerza. Andad con Dios, y mucho de enhoramala, y no paréis en toda esta ínsula ni en seis leguas a la redonda, so pena de docientos azotes. ¡Andad luego digo, churrillera, desvergonzada y embaidora!

"Sister, if you had shown as much, or only half as much, spirit and vigour in defending your body as you have shown in defending that purse, the strength of Hercules could not have forced you. Be off, and God speed you, and bad luck to you, and don't show your face in all this island, or within six leagues of it on any side, under pain of two hundred lashes; be off at once, I say, you shameless, cheating shrew."

Espantóse la mujer y fuese cabizbaja y mal contenta, y el gobernador dijo al hombre:

The woman was cowed and went off disconsolately, hanging her head; and the governor said to the man,

— Buen hombre, andad con Dios a vuestro lugar con vuestro dinero, y de aquí adelante, si no le queréis perder, procurad que no os venga en voluntad de yogar con nadie.

"Honest man, go home with your money, and God speed you; and for the future, if you don't want to lose it, see that you don't take it into your head to yoke with anybody."

El hombre le dio las gracias lo peor que supo, y fuese, y los circunstantes quedaron admirados de nuevo de los juicios y sentencias de su nuevo gobernador.

The man thanked him as clumsily as he could and went his way, and the bystanders were again filled with admiration at their new governor's judgments and sentences.

— Señor gobernador, yo y este hombre labrador venimos ante vuestra merced en razón que este buen hombre llegó a mi tienda ayer (que yo, con perdón de los presentes, soy sastre examinado, que Dios sea bendito), y, poniéndome un pedazo de paño en las manos, me preguntó: "Señor, ¿habría en esto paño harto para hacerme una caperuza?" Yo, tanteando el paño, le respondí que sí; él debióse de imaginar, a lo que yo imagino, e imaginé bien, que sin duda yo le quería hurtar alguna parte del paño, fundándose en su malicia y en la mala opinión de los sastres, y replicóme que mirase si habría para dos; adivinéle el pensamiento y díjele que sí; y él, caballero en su dañada y primera intención, fue añadiendo caperuzas, y yo añadiendo síes, hasta que llegamos a cinco caperuzas, y ahora en este punto acaba de venir por ellas: yo se las doy, y no me quiere pagar la hechura, antes me pide que le pague o vuelva su paño.

Next, two men, one apparently a farm labourer, and the other a tailor, for he had a pair of shears in his hand, presented themselves before him, and the tailor said, "Señor governor, this labourer and I come before your worship by reason of this honest man coming to my shop yesterday (for saving everybody's presence I'm a passed tailor, God be thanked), and putting a piece of cloth into my hands and asking me, 'Señor, will there be enough in this cloth to make me a cap?' Measuring the cloth I said there would. He probably suspected—as I supposed, and I supposed right—that I wanted to steal some of the cloth, led to think so by his own roguery and the bad

305

opinion people have of tailors; and he told me to
see if there would be enough for two. I guessed
what he would be at, and I said 'yes.' He, still
following up his original unworthy notion, went
on adding cap after cap, and I 'yes' after 'yes,'
until we got as far as five. He has just this
moment come for them; I gave them to him, but he
won't pay me for the making; on the contrary, he
calls upon me to pay him, or else return his
cloth."

— ¿Es todo esto así, hermano? —preguntó Sancho.

"Is all this true, brother?" said Sancho.

— Sí, señor —respondió el hombre—, pero hágale vuestra
merced que muestre las cinco caperuzas que me ha hecho.

"Yes," replied the man; "but will your worship
make him show the five caps he has made me?"

— De buena gana —respondió el sastre.

"With all my heart," said the tailor;

Y, sacando encontinente la mano debajo del herreruelo,
mostró en ella cinco caperuzas puestas en las cinco cabezas de
los dedos de la mano, y dijo:

and drawing his hand from under his cloak he
showed five caps stuck upon the five fingers of
it, and said,

— He aquí las cinco caperuzas que este buen hombre me
pide, y en Dios y en mi conciencia que no me ha quedado
nada del paño, y yo daré la obra a vista de veedores del
oficio.

"there are the caps this good man asks for; and
by God and upon my conscience I haven't a scrap
of cloth left, and I'll let the work be examined
by the inspectors of the trade."

Todos los presentes se rieron de la multitud de las caperuzas
y del nuevo pleito. Sancho se puso a considerar un poco, y

dijo:

All present laughed at the number of caps and the novelty of the suit; Sancho set himself to think for a moment, and then said,

— Paréceme que en este pleito no ha de haber largas dilaciones, sino juzgar luego a juicio de buen varón; y así, yo doy por sentencia que el sastre pierda las hechuras, y el labrador el paño, y las caperuzas se lleven a los presos de la cárcel, y no haya más.

"It seems to me that in this case it is not necessary to deliver long-winded arguments, but only to give off-hand the judgment of an honest man; and so my decision is that the tailor lose the making and the labourer the cloth, and that the caps go to the prisoners in the gaol, and let there be no more about it."

Si la sentencia pasada de la bolsa del ganadero movió a admiración a los circunstantes, ésta les provocó a risa; pero, en fin, se hizo lo que mandó el gobernador; ante el cual se presentaron dos hombres ancianos; el uno traía una cañaheja por báculo, y el sin báculo dijo:

If the previous decision about the cattle dealer's purse excited the admiration of the bystanders, this provoked their laughter; however, the governor's orders were after all executed.

Todo lo cual, notado de su coronista, fue luego escrito al duque, que con gran deseo lo estaba esperando.

All this, having been taken down by his chronicler, was at once despatched to the duke, who was looking out for it with great eagerness;

Y quédese aquí el buen Sancho, que es mucha la priesa que nos da su amo, alborozado con la música de Altisidora.

and here let us leave the good Sancho; for his

master, sorely troubled in mind by Altisidora's music, has pressing claims upon us now.

Capítulo XLVI. Del temeroso espanto cencerril y gatuno que recibió don Quijote en el discurso de los amores de la enamorada Altisidora

CHAPTER XLVI. OF THE TERRIBLE BELL AND CAT FRIGHT THAT DON QUIXOTE GOT IN THE COURSE OF THE ENAMOURED ALTISIDORA'S WOOING

Dejamos al gran don Quijote envuelto en los pensamientos que le habían causado la música de la enamorada doncella Altisidora. Acostóse con ellos, y, como si fueran pulgas, no le dejaron dormir ni sosegar un punto, y juntábansele los que le faltaban de sus medias; pero, como es ligero el tiempo, y no hay barranco que le detenga, corrió caballero en las horas, y con mucha presteza llegó la de la mañana. Lo cual visto por don Quijote, dejó las blandas plumas, y, no nada perezoso, se vistió su acamuzado vestido y se calzó sus botas de camino, por encubrir la desgracia de sus medias; arrojóse encima su mantón de escarlata y púsose en la cabeza una montera de terciopelo verde, guarnecida de pasamanos de plata; colgó el tahelí de sus hombros con su buena y tajadora espada, asió un gran rosario que consigo contino traía, y con gran prosopopeya y contoneo salió a la antesala, donde el duque y la duquesa estaban ya vestidos y como esperándole; y, al pasar por una galería, estaban aposta esperándole Altisidora y la otra doncella su amiga, y, así como Altisidora vio a don Quijote, fingió desmayarse, y su amiga la recogió en sus faldas, y con gran presteza la iba a desabrochar el pecho.

We left Don Quixote wrapped up in the reflections which the music of the enamourned maid Altisidora had given rise to. He went to bed with them, and just like fleas they would not let him sleep or get a moment's rest, and the broken stitches of his stockings helped them. But as Time is fleet and no obstacle can stay his course, he came riding on the hours, and morning very soon arrived. Seeing which Don Quixote quitted the soft down, and, nowise slothful, dressed himself in his chamois suit and put on his travelling boots to hide the disaster to his stockings. He threw over him his scarlet mantle, put on his head a montera of green velvet trimmed with silver edging, flung across his shoulder the baldric with his good trenchant sword, took up a large rosary that he always carried with him, and with great solemnity and precision of gait proceeded to the antechamber where the duke and duchess were already dressed and waiting for him. But as he passed through a gallery, Altisidora and the other damsel, her friend, were lying in wait for him, and the instant Altisidora saw him she pretended to faint, while her friend caught her in her lap, and began hastily unlacing the bosom of her dress.

Don Quijote, que lo vio, llegándose a ellas, dijo:

Don Quixote observed it, and approaching them said,

— Ya sé yo de qué proceden estos accidentes.

"I know very well what this seizure arises from."

— No sé yo de qué —respondió la amiga—, porque Altisidora es la doncella más sana de toda esta casa, y yo nunca la he sentido un ¡ay! en cuanto ha que la conozco, que mal hayan cuantos caballeros andantes hay en el mundo, si es que todos son desagradecidos. Váyase vuesa merced, señor don Quijote, que no volverá en sí esta pobre niña en tanto que vuesa merced aquí estuviere.

"I know not from what," replied the friend, "for Altisidora is the healthiest damsel in all this house, and I have never heard her complain all the time I have known her. A plague on all the knights-errant in the world, if they be all ungrateful! Go away, Señor Don Quixote; for this poor child will not come to herself again so long as you are here."

A lo que respondió don Quijote:

To which Don Quixote returned,

— Haga vuesa merced, señora, que se me ponga un laúd esta noche en mi aposento, que yo consolaré lo mejor que pudiere a esta lastimada doncella; que en los principios amorosos los desengaños prestos suelen ser remedios calificados.

"Do me the favour, señora, to let a lute be placed in my chamber to-night; and I will comfort this poor maiden to the best of my power; for in the early stages of love a prompt disillusion is an approved remedy;"

Y con esto se fue, porque no fuese notado de los que allí le viesen.

and with this he retired, so as not to be remarked by any who might see him there.

No se hubo bien apartado, cuando, volviendo en sí la desmayada Altisidora, dijo a su compañera:

He had scarcely withdrawn when Altisidora, recovering from her swoon, said to her companion,

— Menester será que se le ponga el laúd, que sin duda don Quijote quiere darnos música, y no será mala, siendo suya.

"The lute must be left, for no doubt Don Quixote intends to give us some music; and being his it will not be bad."

Fueron luego a dar cuenta a la duquesa de lo que pasaba y del laúd que pedía don Quijote, y ella, alegre sobremodo, concertó con el duque y con sus doncellas de hacerle una burla que fuese más risueña que dañosa, y con mucho contento esperaban la noche, que se vino tan apriesa como se había venido el día, el cual pasaron los duques en sabrosas pláticas con don Quijote.

They went at once to inform the duchess of what

was going on, and of the lute Don Quixote asked for, and she, delighted beyond measure, plotted with the duke and her two damsels to play him a trick that should be amusing but harmless; and in high glee they waited for night, which came quickly as the day had come; and as for the day, the duke and duchess spent it in charming conversation with Don Quixote.

Y la duquesa aquel día real y verdaderamente despachó a un paje suyo, que había hecho en la selva la figura encantada de Dulcinea, a Teresa Panza, con la carta de su marido Sancho Panza, y con el lío de ropa que había dejado para que se le enviase, encargándole le trujese buena relación de todo lo que con ella pasase.

[No English translation of this]

Hecho esto, y llegadas las once horas de la noche, halló don Quijote una vihuela en su aposento; templóla, abrió la reja, y sintió que andaba gente en el jardín; y, habiendo recorrido los trastes de la vihuela y afinándola lo mejor que supo, escupió y remondóse el pecho, y luego, con una voz ronquilla, aunque entonada, cantó el siguiente romance, que él mismo aquel día había compuesto:

When eleven o'clock came, Don Quixote found a guitar in his chamber; he tried it, opened the window, and perceived that some persons were walking in the garden; and having passed his fingers over the frets of the guitar and tuned it as well as he could, he spat and cleared his chest, and then with a voice a little hoarse but full-toned, he sang the following ballad, which he had himself that day composed:

-Suelen las fuerzas de amor
sacar de quicio a las almas,
tomando por instrumento
la ociosidad descuidada.
Suele el coser y el labrar,

312

y el estar siempre ocupada,
ser antídoto al veneno
de las amorosas ansias.
Las doncellas recogidas
que aspiran a ser casadas,
la honestidad es la dote
y voz de sus alabanzas.
Los andantes caballeros,
y los que en la corte andan,
requiébranse con las libres,
con las honestas se casan.
Hay amores de levante,
que entre huéspedes se tratan,
que llegan presto al poniente,
porque en el partirse acaban.
El amor recién venido,
que hoy llegó y se va mañana,
las imágines no deja
bien impresas en el alma.
Pintura sobre pintura
ni se muestra ni señala;
y do hay primera belleza,
la segunda no hace baza.
Dulcinea del Toboso
del alma en la tabla rasa
tengo pintada de modo
que es imposible borrarla.
La firmeza en los amantes
es la parte más preciada,
por quien hace amor milagros,
y asimesmo los levanta.

Mighty Love the hearts of maidens
  Doth unsettle and perplex,
And the instrument he uses
  Most of all is idleness.

313

Sewing, stitching, any labour,
  Having always work to do,
To the poison Love instilleth
  Is the antidote most sure.

And to proper-minded maidens
  Who desire the matron's name
Modesty's a marriage portion,
  Modesty their highest praise.

Men of prudence and discretion,
  Courtiers gay and gallant knights,
With the wanton damsels dally,
  But the modest take to wife.

There are passions, transient, fleeting,
  Loves in hostelries declar'd,
Sunrise loves, with sunset ended,
  When the guest hath gone his way.

Love that springs up swift and sudden,
  Here to-day, to-morrow flown,
Passes, leaves no trace behind it,
  Leaves no image on the soul.

Painting that is laid on painting
  Maketh no display or show;
Where one beauty's in possession
  There no other can take hold.

Dulcinea del Toboso
  Painted on my heart I wear;
Never from its tablets, never,
  Can her image be eras'd.

The quality of all in lovers
  Most esteemed is constancy;
'T is by this that love works wonders,
  This exalts them to the skies.

Aquí llegaba don Quijote de su canto, a quien estaban escuchando el duque y la duquesa, Altisidora y casi toda la gente del castillo, cuando de improviso, desde encima de un corredor que sobre la reja de don Quijote a plomo caía, descolgaron un cordel donde venían más de cien cencerros asidos, y luego, tras ellos, derramaron un gran saco de gatos, que asimismo traían cencerros menores atados a las colas. Fue tan grande el ruido de los cencerros y el mayar de los gatos, que, aunque los duques habían sido inventores de la burla, todavía les sobresaltó; y, temeroso, don Quijote quedó pasmado. Y quiso la suerte que dos o tres gatos se entraron por la reja de su estancia, y, dando de una parte a otra, parecía que una región de diablos andaba en ella. Apagaron las velas que en el aposento ardían, y andaban buscando por do escaparse. El descolgar y subir del cordel de los grandes cencerros no cesaba; la mayor parte de la gente del castillo, que no sabía la verdad del caso, estaba suspensa y admirada.

Don Quixote had got so far with his song, to which the duke, the duchess, Altisidora, and nearly the whole household of the castle were listening, when all of a sudden from a gallery above that was exactly over his window they let down a cord with more than a hundred bells attached to it, and immediately after that discharged a great sack full of cats, which also had bells of smaller size tied to their tails. Such was the din of the bells and the squalling of the cats, that though the duke and duchess were the contrivers of the joke they were startled by it, while Don Quixote stood paralysed with fear; and as luck would have it, two or three of the cats made their way in through the grating of his chamber, and flying from one side to the other, made it seem as if there was a legion of devils at large in it. They extinguished the candles that were burning in the room, and rushed about seeking some way of escape; the cord with the large bells never ceased rising and falling; and most of the people of the castle, not knowing what was really the matter, were at their wits' end with astonishment.

Levantóse don Quijote en pie, y, poniendo mano a la espada, comenzó a tirar estocadas por la reja y a decir a grandes voces:

Don Quixote sprang to his feet, and drawing his sword, began making passes at the grating, shouting out,

— ¡Afuera, malignos encantadores! ¡Afuera, canalla hechiceresca, que yo soy don Quijote de la Mancha, contra quien no valen ni tienen fuerza vuestras malas intenciones!

"Avaunt, malignant enchanters! avaunt, ye witchcraft-working rabble! I am Don Quixote of La Mancha, against whom your evil machinations avail not nor have any power."

Y, volviéndose a los gatos que andaban por el aposento, les tiró muchas cuchilladas; ellos acudieron a la reja, y por allí se salieron, aunque uno, viéndose tan acosado de las cuchilladas de don Quijote, le saltó al rostro y le asió de las narices con las uñas y los dientes, por cuyo dolor don Quijote comenzó a dar los mayores gritos que pudo. Oyendo lo cual el duque y la duquesa, y considerando lo que podía ser, con mucha presteza acudieron a su estancia, y, abriendo con llave maestra, vieron al pobre caballero pugnando con todas sus fuerzas por arrancar el gato de su rostro. Entraron con luces y vieron la desigual pelea; acudió el duque a despartirla, y don Quijote dijo a voces:

And turning upon the cats that were running about the room, he made several cuts at them. They dashed at the grating and escaped by it, save one that, finding itself hard pressed by the slashes of Don Quixote's sword, flew at his face and held on to his nose tooth and nail, with the pain of which he began to shout his loudest. The duke and duchess hearing this, and guessing what it was, ran with all haste to his room, and as the poor gentleman was striving with all his might to detach the cat from his face, they opened the

door with a master-key and went in with lights
and witnessed the unequal combat. The duke ran
forward to part the combatants, but Don Quixote
cried out aloud,

— ¡No me le quite nadie! ¡Déjenme mano a mano con este
demonio, con este hechicero, con este encantador, que yo le
daré a entender de mí a él quién es don Quijote de la Mancha!

"Let no one take him from me; leave me hand to
hand with this demon, this wizard, this
enchanter; I will teach him, I myself, who Don
Quixote of La Mancha is."

Pero el gato, no curándose destas amenazas, gruñía y
apretaba. Mas, en fin, el duque se le desarraigó y le echó por
la reja.

The cat, however, never minding these threats,
snarled and held on; but at last the duke pulled
it off and flung it out of the window.

Quedó don Quijote acribado el rostro y no muy sanas las
narices, aunque muy despechado porque no le habían dejado
fenecer la batalla que tan trabada tenía con aquel malandrín
encantador. Hicieron traer aceite de Aparicio, y la misma
Altisidora, con sus blanquísimas manos, le puso unas vendas
por todo lo herido; y, al ponérselas, con voz baja le dijo:

Don Quixote was left with a face as full of holes
as a sieve and a nose not in very good condition,
and greatly vexed that they did not let him
finish the battle he had been so stoutly fighting
with that villain of an enchanter. They sent for
some oil of John's wort, and Altisidora herself
with her own fair hands bandaged all the wounded
parts; and as she did so she said to him in a low
voice.

— Todas estas malandanzas te suceden, empedernido
caballero, por el pecado de tu dureza y pertinacia; y plega a
Dios que se le olvide a Sancho tu escudero el azotarse, porque

nunca salga de su encanto esta tan amada tuya Dulcinea, ni tú lo goces, ni llegues a tálamo con ella, a lo menos viviendo yo, que te adoro.

"All these mishaps have befallen thee, hardhearted knight, for the sin of thy insensibility and obstinacy; and God grant thy squire Sancho may forget to whip himself, so that that dearly beloved Dulcinea of thine may never be released from her enchantment, that thou mayest never come to her bed, at least while I who adore thee am alive."

A todo esto no respondió don Quijote otra palabra si no fue dar un profundo suspiro, y luego se tendió en su lecho, agradeciendo a los duques la merced, no porque él tenía temor de aquella canalla gatesca, encantadora y cencerruna, sino porque había conocido la buena intención con que habían venido a socorrerle. Los duques le dejaron sosegar, y se fueron, pesarosos del mal suceso de la burla; que no creyeron que tan pesada y costosa le saliera a don Quijote aquella aventura, que le costó cinco días de encerramiento y de cama, donde le sucedió otra aventura más gustosa que la pasada, la cual no quiere su historiador contar ahora, por acudir a Sancho Panza, que andaba muy solícito y muy gracioso en su gobierno.

To all this Don Quixote made no answer except to heave deep sighs, and then stretched himself on his bed, thanking the duke and duchess for their kindness, not because he stood in any fear of that bell-ringing rabble of enchanters in cat shape, but because he recognised their good intentions in coming to his rescue. The duke and duchess left him to repose and withdrew greatly grieved at the unfortunate result of the joke; as they never thought the adventure would have fallen so heavy on Don Quixote or cost him so dear, for it cost him five days of confinement to his bed, during which he had another adventure, pleasanter than the late one, which his chronicler will not relate just now in order that he may turn his attention to Sancho Panza, who was proceeding with great diligence and drollery in his government.

Capítulo XLVII. Donde se prosigue cómo se portaba Sancho Panza en su gobierno

CHAPTER XLVII. WHEREIN IS CONTINUED THE ACCOUNT OF HOW SANCHO PANZA CONDUCTED HIMSELF IN HIS GOVERNMENT

Cuenta la historia que desde el juzgado llevaron a Sancho Panza a un suntuoso palacio, adonde en una gran sala estaba puesta una real y limpísima mesa; y, así como Sancho entró en la sala, sonaron chirimías, y salieron cuatro pajes a darle aguamanos, que Sancho recibió con mucha gravedad.

The history says that from the justice court they carried Sancho to a sumptuous palace, where in a spacious chamber there was a table laid out with royal magnificence. The clarions sounded as Sancho entered the room, and four pages came forward to present him with water for his hands, which Sancho received with great dignity.

Cesó la música, sentóse Sancho a la cabecera de la mesa, porque no había más de aquel asiento, y no otro servicio en toda ella. Púsose a su lado en pie un personaje, que después mostró ser médico, con una varilla de ballena en la mano. Levantaron una riquísima y blanca toalla con que estaban cubiertas las frutas y mucha diversidad de platos de diversos manjares; uno que parecía estudiante echó la bendición, y un paje puso un babador randado a Sancho; otro que hacía el oficio de maestresala, llegó un plato de fruta delante; pero, apenas hubo comido un bocado, cuando el de la varilla tocando con ella en el plato, se le quitaron de delante con grandísima celeridad; pero el maestresala le llegó otro de otro manjar. Iba a probarle Sancho; pero, antes que llegase a él ni le gustase, ya la varilla había tocado en él, y un paje alzádole con tanta presteza como el de la fruta. Visto lo cual por Sancho, quedó suspenso, y, mirando a todos, preguntó si se había de comer aquella comida como juego de maesecoral.

The music ceased, and Sancho seated himself at the head of the table, for there was only that seat placed, and no more than one cover laid. A personage, who it appeared afterwards was a physician, placed himself standing by his side with a whalebone wand in his hand. They then lifted up a fine white cloth covering fruit and a great variety of dishes of different sorts; one who looked like a student said grace, and a page put a laced bib on Sancho, while another who played the part of head carver placed a dish of fruit before him. But hardly had he tasted a morsel when the man with the wand touched the plate with it, and they took it away from before him with the utmost celerity. The carver, however, brought him another dish, and Sancho proceeded to try it; but before he could get at it, not to say taste it, already the wand had touched it and a page had carried it off with the same promptitude as the fruit. Sancho seeing this was puzzled, and looking from one to another asked if this dinner was to be eaten after the fashion of a jugglery trick.

A lo cual respondió el de la vara:

To this he with the wand replied,

— No se ha de comer, señor gobernador, sino como es uso y costumbre en las otras ínsulas donde hay gobernadores. Yo, señor, soy médico, y estoy asalariado en esta ínsula para serlo de los gobernadores della, y miro por su salud mucho más que por la mía, estudiando de noche y de día, y tanteando la complexión del gobernador, para acertar a curarle cuando cayere enfermo; y lo principal que hago es asistir a sus comidas y cenas, y a dejarle comer de lo que me parece que le conviene, y a quitarle lo que imagino que le ha de hacer daño y ser nocivo al estómago; y así, mandé quitar el plato de la fruta, por ser demasiadamente húmeda, y el plato del otro manjar también le mandé quitar, por ser demasiadamente caliente y tener muchas especies, que acrecientan la sed; y el que mucho bebe mata y consume el húmedo radical, donde consiste la vida.

"It is not to be eaten, señor governor, except as is usual and customary in other islands where there are governors. I, señor, am a physician, and I am paid a salary in this island to serve its governors as such, and I have a much greater regard for their health than for my own, studying day and night and making myself acquainted with the governor's constitution, in order to be able to cure him when he falls sick. The chief thing I have to do is to attend at his dinners and suppers and allow him to eat what appears to me to be fit for him, and keep from him what I think will do him harm and be injurious to his stomach; and therefore I ordered that plate of fruit to be removed as being too moist, and that other dish I ordered to be removed as being too hot and containing many spices that stimulate thirst; for he who drinks much kills and consumes the radical moisture wherein life consists."

— Desa manera, aquel plato de perdices que están allí asadas, y, a mi parecer, bien sazonadas, no me harán algún daño.

"Well then," said Sancho, "that dish of roast partridges there that seems so savoury will not do me any harm."

A lo que el médico respondió:

To this the physician replied,

— Ésas no comerá el señor gobernador en tanto que yo tuviere vida.

"Of those my lord the governor shall not eat so long as I live."

— Pues, ¿por qué? —dijo Sancho.

"Why so?" said Sancho.

Y el médico respondió: — Porque nuestro maestro Hipócrates, norte y luz de la medicina, en un aforismo suyo, dice: Omnis saturatio mala, perdices autem pessima. Quiere decir: "Toda hartazga es mala; pero la de las perdices, malísima".

"Because," replied the doctor, "our master Hippocrates, the polestar and beacon of medicine, says in one of his aphorisms omnis saturatio mala, perdicis autem pessima, which means 'all repletion is bad, but that of partridge is the worst of all."

— Si eso es así —dijo Sancho—, vea el señor doctor de cuantos manjares hay en esta mesa cuál me hará más provecho y cuál menos daño, y déjeme comer dél sin que me le apalee; porque, por vida del gobernador, y así Dios me le deje gozar, que me muero de hambre, y el negarme la comida, aunque le pese al señor doctor y él más me diga, antes será quitarme la vida que aumentármela.

"In that case," said Sancho, "let señor doctor see among the dishes that are on the table what will do me most good and least harm, and let me eat it, without tapping it with his stick; for by the life of the governor, and so may God suffer me to enjoy it, but I'm dying of hunger; and in spite of the doctor and all he may say, to deny me food is the way to take my life instead of prolonging it."

— Vuestra merced tiene razón, señor gobernador —respondió el médico—; y así, es mi parecer que vuestra merced no coma de aquellos conejos guisados que allí están, porque es manjar peliagudo. De aquella ternera, si no fuera asada y en adobo, aún se pudiera probar, pero no hay para qué.

"Your worship is right, señor governor," said the physician; "and therefore your worship, I consider, should not eat of those stewed rabbits there, because it is a furry kind of food; if

that veal were not roasted and served with
pickles, you might try it; but it is out of the
question."

Y Sancho dijo: — Aquel platonazo que está más adelante
vahando me parece que es olla podrida, que por la diversidad
de cosas que en las tales ollas podridas hay, no podré dejar de
topar con alguna que me sea de gusto y de provecho.

"That big dish that is smoking farther off," said
Sancho, "seems to me to be an olla podrida, and
out of the diversity of things in such ollas, I
can't fail to light upon something tasty and good
for me."

— Absit! —dijo el médico—. Vaya lejos de nosotros tan mal
pensamiento: no hay cosa en el mundo de peor
mantenimiento que una olla podrida. Allá las ollas podridas
para los canónigos, o para los retores de colegios, o para las
bodas labradorescas, y déjennos libres las mesas de los
gobernadores, donde ha de asistir todo primor y toda
atildadura; y la razón es porque siempre y a doquiera y de
quienquiera son más estimadas las medicinas simples que las
compuestas, porque en las simples no se puede errar y en las
compuestas sí, alterando la cantidad de las cosas de que son
compuestas; mas lo que yo sé que ha de comer el señor
gobernador ahora, para conservar su salud y corroborarla, es
un ciento de cañutillos de suplicaciones y unas tajadicas
subtiles de carne de membrillo, que le asienten el estómago y
le ayuden a la digestión.

"Absit," said the doctor; "far from us be any
such base thought! There is nothing in the world
less nourishing than an olla podrida; to canons,
or rectors of colleges, or peasants' weddings
with your ollas podridas, but let us have none of
them on the tables of governors, where everything
that is present should be delicate and refined;
and the reason is, that always, everywhere and by
everybody, simple medicines are more esteemed

than compound ones, for we cannot go wrong in those that are simple, while in the compound we may, by merely altering the quantity of the things composing them. But what I am of opinion the governor should cat now in order to preserve and fortify his health is a hundred or so of wafer cakes and a few thin slices of conserve of quinces, which will settle his stomach and help his digestion."

Oyendo esto Sancho, se arrimó sobre el espaldar de la silla y miró de hito en hito al tal médico, y con voz grave le preguntó cómo se llamaba y dónde había estudiado.

Sancho on hearing this threw himself back in his chair and surveyed the doctor steadily, and in a solemn tone asked him what his name was and where he had studied.

A lo que él respondió:

He replied,

— Yo, señor gobernador, me llamo el doctor Pedro Recio de Agüero, y soy natural de un lugar llamado Tirteafuera, que está entre Caracuel y Almodóvar del Campo, a la mano derecha, y tengo el grado de doctor por la universidad de Osuna.

"My name, señor governor, is Doctor Pedro Recio de Aguero I am a native of a place called Tirteafuera which lies between Caracuel and Almodovar del Campo, on the right-hand side, and I have the degree of doctor from the university of Osuna."

A lo que respondió Sancho, todo encendido en cólera:

To which Sancho, glowing all over with rage, returned,

— Pues, señor doctor Pedro Recio de Mal Agüero, natural de Tirteafuera, lugar que está a la derecha mano como vamos de Caracuel a Almodóvar del Campo, graduado en Osuna, quíteseme luego delante, si no, voto al sol que tome un garrote y que a garrotazos, comenzando por él, no me ha de quedar médico en toda la ínsula, a lo menos de aquellos que yo entienda que son ignorantes; que a los médicos sabios, prudentes y discretos los pondré sobre mi cabeza y los honraré como a personas divinas. Y vuelvo a decir que se me vaya, Pedro Recio, de aquí; si no, tomaré esta silla donde estoy sentado y se la estrellaré en la cabeza; y pídanmelo en residencia, que yo me descargaré con decir que hice servicio a Dios en matar a un mal médico, verdugo de la república. Y denme de comer, o si no, tómense su gobierno, que oficio que no da de comer a su dueño no vale dos habas.

"Then let Doctor Pedro Recio de Malaguero, native of Tirteafuera, a place that's on the right-hand side as we go from Caracuel to Almodovar del Campo, graduate of Osuna, get out of my presence at once; or I swear by the sun I'll take a cudgel, and by dint of blows, beginning with him, I'll not leave a doctor in the whole island; at least of those I know to be ignorant; for as to learned, wise, sensible physicians, them I will reverence and honour as divine persons. Once more I say let Pedro Recio get out of this or I'll take this chair I am sitting on and break it over his head. And if they call me to account for it, I'll clear myself by saying I served God in killing a bad doctor—a general executioner. And now give me something to eat, or else take your government; for a trade that does not feed its master is not worth two beans."

Alborotóse el doctor, viendo tan colérico al gobernador, y quiso hacer tirteafuera de la sala, sino que en aquel instante sonó una corneta de posta en la calle, y, asomándose el maestresala a la ventana, volvió diciendo:

The doctor was dismayed when he saw the governor in such a passion, and he would have made a Tirteafuera out of the room but that the same

instant a post-horn sounded in the street; and
the carver putting his head out of the window
turned round and said,

— Correo viene del duque mi señor; algún despacho debe de
traer de importancia.

"It's a courier from my lord the duke, no doubt
with some despatch of importance."

Entró el correo sudando y asustado, y, sacando un pliego del
seno, le puso en las manos del gobernador, y Sancho le puso
en las del mayordomo, a quien mandó leyese el sobreescrito,
que decía así: A don Sancho Panza, gobernador de la ínsula
Barataria, en su propia mano o en las de su secretario.
Oyendo lo cual, Sancho dijo:

The courier came in all sweating and flurried,
and taking a paper from his bosom, placed it in
the governor's hands. Sancho handed it to the
majordomo and bade him read the superscription,
which ran thus: To Don Sancho Panza, Governor of
the Island of Barataria, into his own hands or
those of his secretary. Sancho when he heard this
said,

— ¿Quién es aquí mi secretario?

"Which of you is my secretary?"

Y uno de los que presentes estaban respondió:

"I am, señor," said one of those present,

— Yo, señor, porque sé leer y escribir, y soy vizcaíno.

"for I can read and write, and am a Biscayan."

— Con esa añadidura —dijo Sancho—, bien podéis ser
secretario del mismo emperador. Abrid ese pliego, y mirad lo
que dice.

"With that addition," said Sancho, "you might be
secretary to the emperor himself; open this paper
and see what it says."

327

Hízolo así el recién nacido secretario, y, habiendo leído lo que decía, dijo que era negocio para tratarle a solas. Mandó Sancho despejar la sala, y que no quedasen en ella sino el mayordomo y el maestresala, y los demás y el médico se fueron; y luego el secretario leyó la carta, que así decía:

The new-born secretary obeyed, and having read the contents said the matter was one to be discussed in private. Sancho ordered the chamber to be cleared, the majordomo and the carver only remaining; so the doctor and the others withdrew, and then the secretary read the letter, which was as follows:

A mi noticia ha llegado, señor don Sancho Panza, que unos enemigos míos y desa ínsula la han de dar un asalto furioso, no sé qué noche; conviene velar y estar alerta, porque no le tomen desapercebido. Sé también, por espías verdaderas, que han entrado en ese lugar cuatro personas disfrazadas para quitaros la vida, porque se temen de vuestro ingenio; abrid el ojo, y mirad quién llega a hablaros, y no comáis de cosa que os presentaren. Yo tendré cuidado de socorreros si os viéredes en trabajo, y en todo haréis como se espera de vuestro entendimiento. Deste lugar, a 16 de agosto, a las cuatro de la mañana.

Vuestro amigo,

El Duque.

It has come to my knowledge, Señor Don Sancho Panza, that certain enemies of mine and of the island are about to make a furious attack upon it some night, I know not when. It behoves you to be on the alert and keep watch, that they surprise you not. I also know by trustworthy spies that four persons have entered the town in disguise in order to take your life, because they stand in dread of your great capacity; keep your eyes open and take heed who approaches you to address you, and eat nothing that is presented to you. I will take care to send you aid if you find yourself in difficulty, but in all things you will act as may be expected of your judgment. From this place, the Sixteenth of August, at four in the morning.

Your friend,

THE DUKE

Quedó atónito Sancho, y mostraron quedarlo asimismo los circunstantes; y, volviéndose al mayordomo, le dijo:

Sancho was astonished, and those who stood by made believe to be so too, and turning to the majordomo he said to him,

— Lo que agora se ha de hacer, y ha de ser luego, es meter en un calabozo al doctor Recio; porque si alguno me ha de matar, ha de ser él, y de muerte adminícula y pésima, como es la de la hambre.

"What we have got to do first, and it must be done at once, is to put Doctor Recio in the lock-up; for if anyone wants to kill me it is he, and by a slow death and the worst of all, which is hunger."

— También —dijo el maestresala— me parece a mí que vuesa merced no coma de todo lo que está en esta mesa, porque lo han presentado unas monjas, y, como suele decirse, detrás de la cruz está el diablo.

"Likewise," said the carver, "it is my opinion your worship should not eat anything that is on this table, for the whole was a present from some nuns; and as they say, 'behind the cross there's the devil.'"

— No lo niego —respondió Sancho—, y por ahora denme un pedazo de pan y obra de cuatro libras de uvas, que en ellas no podrá venir veneno; porque, en efecto, no puedo pasar sin comer, y si es que hemos de estar prontos para estas batallas que nos amenazan, menester será estar bien mantenidos, porque tripas llevan corazón, que no corazón tripas. Y vos, secretario, responded al duque mi señor y decidle que se cumplirá lo que manda como lo manda, sin faltar punto; y daréis de mi parte un besamanos a mi señora la duquesa, y que le suplico no se le olvide de enviar con un propio mi carta y mi lío a mi mujer Teresa Panza, que en ello recibiré mucha merced, y tendré cuidado de servirla con todo lo que mis fuerzas alcanzaren; y de camino podéis encajar un besamanos a mi señor don Quijote de la Mancha, porque vea que soy pan agradecido; y vos, como buen secretario y como buen vizcaíno, podéis añadir todo lo que quisiéredes y más viniere a cuento. Y álcense estos manteles, y denme a mí de comer, que yo me avendré con cuantas espías y matadores y encantadores vinieren sobre mí y sobre mi ínsula.

"I don't deny it," said Sancho; "so for the present give me a piece of bread and four pounds or so of grapes; no poison can come in them; for the fact is I can't go on without eating; and if we are to be prepared for these battles that are threatening us we must be well provisioned; for it is the tripes that carry the heart and not the heart the tripes. And you, secretary, answer my lord the duke and tell him that all his commands shall be obeyed to the letter, as he directs; and say from me to my lady the duchess that I kiss her hands, and that I beg of her not to forget to send my letter and bundle to my wife Teresa Panza by a messenger; and I will take it as a great favour and will not fail to serve her in all that may lie within my power; and as you are about it you may enclose a kiss of the hand to my master Don Quixote that he may see I am grateful bread; and as a good secretary and a good Biscayan you may add whatever you like and whatever will come in best; and now take away this cloth and give me something to eat, and I'll be ready to meet all the spies and assassins and enchanters that may come against me or my island."

En esto entró un paje, y dijo:

At this instant a page entered saying,

— Aquí está un labrador negociante que quiere hablar a Vuestra Señoría en un negocio, según él dice, de mucha importancia.

"Here is a farmer on business, who wants to speak to your lordship on a matter of great importance, he says."

— Estraño caso es éste —dijo Sancho— destos negociantes. ¿Es posible que sean tan necios, que no echen de ver que semejantes horas como éstas no son en las que han de venir a negociar? ¿Por ventura los que gobernamos, los que somos jueces, no somos hombres de carne y de hueso, y que es menester que nos dejen descansar el tiempo que la necesidad pide, sino que quieren que seamos hechos de piedra marmol? Por Dios y en mi conciencia que si me dura el gobierno (que no durará, según se me trasluce), que yo ponga en pretina a más de un negociante. Agora decid a ese buen hombre que entre; pero adviértase primero no sea alguno de los espías, o matador mío.

"It's very odd," said Sancho, "the ways of these men on business; is it possible they can be such fools as not to see that an hour like this is no hour for coming on business? We who govern and we who are judges—are we not men of flesh and blood, and are we not to be allowed the time required for taking rest, unless they'd have us made of marble? By God and on my conscience, if the government remains in my hands (which I have a notion it won't), I'll bring more than one man on business to order. However, tell this good man to come in; but take care first of all that he is not some spy or one of my assassins."

— No, señor —respondió el paje—, porque parece una alma

de cántaro, y yo sé poco, o él es tan bueno como el buen pan.

"No, my lord," said the page, "for he looks like a simple fellow, and either I know very little or he is as good as good bread."

— No hay que temer —dijo el mayordomo—, que aquí estamos todos.

"There is nothing to be afraid of," said the majordomo, "for we are all here."

— ¿Sería posible —dijo Sancho—, maestresala, que agora que no está aquí el doctor Pedro Recio, que comiese yo alguna cosa de peso y de sustancia, aunque fuese un pedazo de pan y una cebolla?

"Would it be possible, carver," said Sancho, "now that Doctor Pedro Recio is not here, to let me eat something solid and substantial, if it were even a piece of bread and an onion?"

— Esta noche, a la cena, se satisfará la falta de la comida, y quedará Vuestra Señoría satisfecho y pagado —dijo el maestresala.

"To-night at supper," said the carver, "the shortcomings of the dinner shall be made good, and your lordship shall be fully contented."

— Dios lo haga —respondió Sancho.

"God grant it," said Sancho.

Y, en esto, entró el labrador, que era de muy buena presencia, y de mil leguas se le echaba de ver que era bueno y buena alma. Lo primero que dijo fue:

The farmer now came in, a well-favoured man that one might see a thousand leagues off an honest fellow and a good soul. The first thing he said was,

— ¿Quién es aquí el señor gobernador?

"Which is the lord governor here?"

— ¿Quién ha de ser —respondió el secretario—, sino el que está sentado en la silla?

"Which should it be," said the secretary, "but he who is seated in the chair?"

— Humíllome, pues, a su presencia —dijo el labrador.

"Then I humble myself before him," said the farmer;

Y, poniéndose de rodillas, le pidió la mano para besársela. Negósela Sancho, y mandó que se levantase y dijese lo que quisiese. Hízolo así el labrador, y luego dijo:

and going on his knees he asked for his hand, to kiss it. Sancho refused it, and bade him stand up and say what he wanted. The farmer obeyed, and then said,

— Yo, señor, soy labrador, natural de Miguel Turra, un lugar que está dos leguas de Ciudad Real.

"I am a farmer, señor, a native of Miguelturra, a village two leagues from Ciudad Real."

— ¡Otro Tirteafuera tenemos! —dijo Sancho—. Decid, hermano, que lo que yo os sé decir es que sé muy bien a Miguel Turra, y que no está muy lejos de mi pueblo.

"Another Tirteafuera!" said Sancho; "say on, brother; I know Miguelturra very well I can tell you, for it's not very far from my own town."

— Es, pues, el caso, señor —prosiguió el labrador—, que yo, por la misericordia de Dios, soy casado en paz y en haz de la Santa Iglesia Católica Romana; tengo dos hijos estudiantes que el menor estudia para bachiller y el mayor para licenciado; soy viudo, porque se murió mi mujer, o, por mejor decir, me la mató un mal médico, que la purgó estando preñada, y si Dios fuera servido que saliera a luz el parto, y fuera hijo, yo le pusiere a estudiar para doctor, porque no

tuviera invidia a sus hermanos el bachiller y el licenciado.

"The case is this, señor," continued the farmer, "that by God's mercy I am married with the leave and licence of the holy Roman Catholic Church; I have two sons, students, and the younger is studying to become bachelor, and the elder to be licentiate; I am a widower, for my wife died, or more properly speaking, a bad doctor killed her on my hands, giving her a purge when she was with child; and if it had pleased God that the child had been born, and was a boy, I would have put him to study for doctor, that he might not envy his brothers the bachelor and the licentiate."

— De modo —dijo Sancho— que si vuestra mujer no se hubiera muerto, o la hubieran muerto, vos no fuérades agora viudo.

"So that if your wife had not died, or had not been killed, you would not now be a widower," said Sancho.

— No, señor, en ninguna manera —respondió el labrador.

"No, señor, certainly not," said the farmer.

— ¡Medrados estamos! —replicó Sancho—. Adelante, hermano, que es hora de dormir más que de negociar.

"We've got that much settled," said Sancho; "get on, brother, for it's more bed-time than business-time."

— Digo, pues —dijo el labrador—, que este mi hijo que ha de ser bachiller se enamoró en el mesmo pueblo de una doncella llamada Clara Perlerina, hija de Andrés Perlerino, labrador riquísimo; y este nombre de Perlerines no les viene de abolengo ni otra alcurnia, sino porque todos los deste linaje son perláticos, y por mejorar el nombre los llaman Perlerines; aunque, si va decir la verdad, la doncella es como una perla oriental, y, mirada por el lado derecho, parece una flor del campo; por el izquierdo no tanto, porque le falta aquel ojo,

334

que se le saltó de viruelas; y, aunque los hoyos del rostro son muchos y grandes, dicen los que la quieren bien que aquéllos no son hoyos, sino sepulturas donde se sepultan las almas de sus amantes. Es tan limpia que, por no ensuciar la cara, trae las narices, como dicen, arremangadas, que no parece sino que van huyendo de la boca; y, con todo esto, parece bien por estremo, porque tiene la boca grande, y, a no faltarle diez o doce dientes y muelas, pudiera pasar y echar raya entre las más bien formadas. De los labios no tengo qué decir, porque son tan sutiles y delicados que, si se usaran aspar labios, pudieran hacer dellos una madeja; pero, como tienen diferente color de la que en los labios se usa comúnmente, parecen milagrosos, porque son jaspeados de azul y verde y aberenjenado; y perdóneme el señor gobernador si por tan menudo voy pintando las partes de la que al fin al fin ha de ser mi hija, que la quiero bien y no me parece mal.

"Well then," said the farmer, "this son of mine who is going to be a bachelor, fell in love in the said town with a damsel called Clara Perlerina, daughter of Andres Perlerino, a very rich farmer; and this name of Perlerines does not come to them by ancestry or descent, but because all the family are paralytics, and for a better name they call them Perlerines; though to tell the truth the damsel is as fair as an Oriental pearl, and like a flower of the field, if you look at her on the right side; on the left not so much, for on that side she wants an eye that she lost by small-pox; and though her face is thickly and deeply pitted, those who love her say they are not pits that are there, but the graves where the hearts of her lovers are buried. She is so cleanly that not to soil her face she carries her nose turned up, as they say, so that one would fancy it was running away from her mouth; and with all this she looks extremely well, for she has a wide mouth; and but for wanting ten or a dozen teeth and grinders she might compare and

compete with the comeliest. Of her lips I say
nothing, for they are so fine and thin that, if
lips might be reeled, one might make a skein of
them; but being of a different colour from
ordinary lips they are wonderful, for they are
mottled, blue, green, and purple—let my lord the
governor pardon me for painting so minutely the
charms of her who some time or other will be my
daughter; for I love her, and I don't find her
amiss."

— Pintad lo que quisiéredes —dijo Sancho—, que yo me voy
recreando en la pintura, y si hubiera comido, no hubiera
mejor postre para mí que vuestro retrato.

"Paint what you will," said Sancho; "I enjoy your
painting, and if I had dined there could be no
dessert more to my taste than your portrait."

— Eso tengo yo por servir —respondió el labrador—, pero
tiempo vendrá en que seamos, si ahora no somos. Y digo,
señor, que si pudiera pintar su gentileza y la altura de su
cuerpo, fuera cosa de admiración; pero no puede ser, a causa
de que ella está agobiada y encogida, y tiene las rodillas con
la boca, y, con todo eso, se echa bien de ver que si se pudiera
levantar, diera con la cabeza en el techo; y ya ella hubiera
dado la mano de esposa a mi bachiller, sino que no la puede
estender, que está añudada; y, con todo, en las uñas largas y
acanaladas se muestra su bondad y buena hechura.

"That I have still to furnish," said the farmer;
"but a time will come when we may be able if we
are not now; and I can tell you, señor, if I
could paint her gracefulness and her tall figure,
it would astonish you; but that is impossible
because she is bent double with her knees up to
her mouth; but for all that it is easy to see
that if she could stand up she'd knock her head
against the ceiling; and she would have given her
hand to my bachelor ere this, only that she can't
stretch it out, for it's contracted; but still

one can see its elegance and fine make by its
long furrowed nails."

— Está bien —dijo Sancho—, y haced cuenta, hermano, que
ya la habéis pintado de los pies a la cabeza. ¿Qué es lo que
queréis ahora? Y venid al punto sin rodeos ni callejuelas, ni
retazos ni añadiduras.

"That will do, brother," said Sancho; "consider
you have painted her from head to foot; what is
it you want now? Come to the point without all
this beating about the bush, and all these scraps
and additions."

— Querría, señor —respondió el labrador—, que vuestra
merced me hiciese merced de darme una carta de favor para
mi consuegro, suplicándole sea servido de que este
casamiento se haga, pues no somos desiguales en los bienes
de fortuna, ni en los de la naturaleza; porque, para decir la
verdad, señor gobernador, mi hijo es endemoniado, y no hay
día que tres o cuatro veces no le atormenten los malignos
espíritus; y de haber caído una vez en el fuego, tiene el rostro
arrugado como pergamino, y los ojos algo llorosos y
manantiales; pero tiene una condición de un ángel, y si no es
que se aporrea y se da de puñadas él mesmo a sí mesmo,
fuera un bendito.

"I want your worship, señor," said the farmer,
"to do me the favour of giving me a letter of
recommendation to the girl's father, begging him
to be so good as to let this marriage take place,
as we are not ill-matched either in the gifts of
fortune or of nature; for to tell the truth,
señor governor, my son is possessed of a devil,
and there is not a day but the evil spirits
torment him three or four times; and from having
once fallen into the fire, he has his face
puckered up like a piece of parchment, and his
eyes watery and always running; but he has the
disposition of an angel, and if it was not for
belabouring and pummelling himself he'd be a

saint."

— ¿Queréis otra cosa, buen hombre? —replicó Sancho.

"Is there anything else you want, good man?" said Sancho.

— Otra cosa querría —dijo el labrador—, sino que no me atrevo a decirlo; pero vaya, que, en fin, no se me ha de podrir en el pecho, pegue o no pegue. Digo, señor, que querría que vuesa merced me diese trecientos o seiscientos ducados para ayuda a la dote de mi bachiller; digo para ayuda de poner su casa, porque, en fin, han de vivir por sí, sin estar sujetos a las impertinencias de los suegros.

"There's another thing I'd like," said the farmer, "but I'm afraid to mention it; however, out it must; for after all I can't let it be rotting in my breast, come what may. I mean, señor, that I'd like your worship to give me three hundred or six hundred ducats as a help to my bachelor's portion, to help him in setting up house; for they must, in short, live by themselves, without being subject to the interferences of their fathers-in-law."

— Mirad si queréis otra cosa —dijo Sancho—, y no la dejéis de decir por empacho ni por vergüenza.

"Just see if there's anything else you'd like," said Sancho, "and don't hold back from mentioning it out of bashfulness or modesty."

— No, por cierto —respondió el labrador.

"No, indeed there is not," said the farmer.

Y, apenas dijo esto, cuando, levantándose en pie el gobernador, asió de la silla en que estaba sentado y dijo:

The moment he said this the governor started to his feet, and seizing the chair he had been sitting on exclaimed,

— ¡Voto a tal, don patán rústico y mal mirado, que si no os

338

apartáis y ascondéis luego de mi presencia, que con esta silla os rompa y abra la cabeza! Hideputa bellaco, pintor del mesmo demonio, ¿y a estas horas te vienes a pedirme seiscientos ducados?; y ¿dónde los tengo yo, hediondo?; y ¿por qué te los había de dar, aunque los tuviera, socarrón y mentecato?; y ¿qué se me da a mí de Miguel Turra, ni de todo el linaje de los Perlerines? ¡Va de mí, digo; si no, por vida del duque mi señor, que haga lo que tengo dicho! Tú no debes de ser de Miguel Turra, sino algún socarrón que, para tentarme, te ha enviado aquí el infierno. Dime, desalmado, aún no ha día y medio que tengo el gobierno, y ¿ya quieres que tenga seiscientos ducados?

"By all that's good, you ill-bred, boorish Don Bumpkin, if you don't get out of this at once and hide yourself from my sight, I'll lay your head open with this chair. You whoreson rascal, you devil's own painter, and is it at this hour you come to ask me for six hundred ducats! How should I have them, you stinking brute? And why should I give them to you if I had them, you knave and blockhead? What have I to do with Miguelturra or the whole family of the Perlerines? Get out I say, or by the life of my lord the duke I'll do as I said. You're not from Miguelturra, but some knave sent here from hell to tempt me. Why, you villain, I have not yet had the government half a day, and you want me to have six hundred ducats already!"

Hizo de señas el maestresala al labrador que se saliese de la sala, el cual lo hizo cabizbajo y, al parecer, temeroso de que el gobernador no ejecutase su cólera, que el bellacón supo hacer muy bien su oficio.

The carver made signs to the farmer to leave the room, which he did with his head down, and to all appearance in terror lest the governor should carry his threats into effect, for the rogue knew very well how to play his part.

Pero dejemos con su cólera a Sancho, y ándese la paz en el corro, y volvamos a don Quijote, que le dejamos vendado el rostro y curado de las gatescas heridas, de las cuales no sanó en ocho días, en uno de los cuales le sucedió lo que Cide Hamete promete de contar con la puntualidad y verdad que suele contar las cosas desta historia, por mínimas que sean.

But let us leave Sancho in his wrath, and peace be with them all; and let us return to Don Quixote, whom we left with his face bandaged and doctored after the cat wounds, of which he was not cured for eight days; and on one of these there befell him what Cide Hamete promises to relate with that exactitude and truth with which he is wont to set forth everything connected with this great history, however minute it may be.

Capítulo XLVIII. De lo que le sucedió a don Quijote con doña Rodríguez, la dueña de la duquesa, con otros acontecimientos dignos de escritura y de memoria eterna

CHAPTER XLVIII. OF WHAT BEFELL DON QUIXOTE WITH DONA RODRIGUEZ, THE DUCHESS'S DUENNA, TOGETHER WITH OTHER OCCURRENCES WORTHY OF RECORD AND ETERNAL REMEMBRANCE

Además estaba mohíno y malencólico el mal ferido don Quijote, vendado el rostro y señalado, no por la mano de Dios, sino por las uñas de un gato, desdichas anejas a la andante caballería.

Exceedingly moody and dejected was the sorely wounded Don Quixote, with his face bandaged and marked, not by the hand of God, but by the claws of a cat, mishaps incidental to knight-errantry.

Seis días estuvo sin salir en público, en una noche de las cuales, estando despierto y desvelado, pensando en sus desgracias y en el perseguimiento de Altisidora, sintió que con una llave abrían la puerta de su aposento, y luego imaginó que la enamorada doncella venía para sobresaltar su honestidad y ponerle en condición de faltar a la fee que guardar debía a su señora Dulcinea del Toboso.

Six days he remained without appearing in public, and one night as he lay awake thinking of his misfortunes and of Altisidora's pursuit of him, he perceived that some one was opening the door of his room with a key, and he at once made up his mind that the enamoured damsel was coming to make an assault upon his chastity and put him in danger of failing in the fidelity he owed to his lady Dulcinea del Toboso.

— No —dijo creyendo a su imaginación, y esto, con voz que pudiera ser oída—; no ha de ser parte la mayor hermosura de la tierra para que yo deje de adorar la que tengo grabada y estampada en la mitad de mi corazón y en lo más escondido de mis entrañas, ora estés, señora mía, transformada en cebolluda labradora, ora en ninfa del dorado Tajo, tejiendo telas de oro y sirgo compuestas, ora te tenga Merlín, o Montesinos, donde ellos quisieren; que, adondequiera eres mía, y adoquiera he sido yo, y he de ser, tuyo.

"No," said he, firmly persuaded of the truth of his idea (and he said it loud enough to be heard), "the greatest beauty upon earth shall not avail to make me renounce my adoration of her whom I bear stamped and graved in the core of my heart and the secret depths of my bowels; be thou, lady mine, transformed into a clumsy country wench, or into a nymph of golden Tagus weaving a web of silk and gold, let Merlin or Montesinos hold thee captive where they will; whereer thou art, thou art mine, and where'er I am, must be thine."

El acabar estas razones y el abrir de la puerta fue todo uno. Púsose en pie sobre la cama, envuelto de arriba abajo en una colcha de raso amarillo, una galocha en la cabeza, y el rostro y los bigotes vendados: el rostro, por los aruños; los bigotes, porque no se le desmayasen y cayesen; en el cual traje parecía la más extraordinaria fantasma que se pudiera pensar.

The very instant he had uttered these words, the door opened. He stood up on the bed wrapped from head to foot in a yellow satin coverlet, with a cap on his head, and his face and his moustaches tied up, his face because of the scratches, and his moustaches to keep them from drooping and falling down, in which trim he looked the most extraordinary scarecrow that could be conceived.

Clavó los ojos en la puerta, y, cuando esperaba ver entrar por ella a la rendida y lastimada Altisidora, vio entrar a una reverendísima dueña con unas tocas blancas repulgadas y luengas, tanto, que la cubrían y enmantaban desde los pies a la cabeza. Entre los dedos de la mano izquierda traía una media vela encendida, y con la derecha se hacía sombra, porque no le diese la luz en los ojos, a quien cubrían unos muy grandes antojos. Venía pisando quedito, y movía los pies blandamente.

He kept his eyes fixed on the door, and just as he was expecting to see the love-smitten and unhappy Altisidora make her appearance, he saw coming in a most venerable duenna, in a long white-bordered veil that covered and enveloped her from head to foot. Between the fingers of her left hand she held a short lighted candle, while with her right she shaded it to keep the light from her eyes, which were covered by spectacles of great size, and she advanced with noiseless steps, treading very softly.

Miróla don Quijote desde su atalaya, y cuando vio su adeliño y notó su silencio, pensó que alguna bruja o maga venía en aquel traje a hacer en él alguna mala fechuría, y comenzó a santiguarse con mucha priesa. Fuese llegando la visión, y, cuando llegó a la mitad del aposento, alzó los ojos y vio la priesa con que se estaba haciendo cruces don Quijote; y si él quedó medroso en ver tal figura, ella quedó espantada en ver la suya, porque, así como le vio tan alto y tan amarillo, con la colcha y con las vendas, que le desfiguraban, dio una gran voz, diciendo:

Don Quixote kept an eye upon her from his watchtower, and observing her costume and noting her silence, he concluded that it must be some witch or sorceress that was coming in such a guise to work him some mischief, and he began crossing himself at a great rate. The spectre still advanced, and on reaching the middle of the room, looked up and saw the energy with which Don Quixote was crossing himself; and if he was scared by seeing such a figure as hers, she was terrified at the sight of his; for the moment she saw his tall yellow form with the coverlet and the bandages that disfigured him, she gave a loud scream, and exclaiming,

— ¡Jesús! ¿Qué es lo que veo?

"Jesus! what's this I see?"

Y con el sobresalto se le cayó la vela de las manos; y, viéndose a escuras, volvió las espaldas para irse, y con el miedo tropezó en sus faldas y dio consigo una gran caída.

let fall the candle in her fright, and then finding herself in the dark, turned about to make off, but stumbling on her skirts in her consternation, she measured her length with a mighty fall.

Don Quijote, temeroso, comenzó a decir:

Don Quixote in his trepidation began saying,

— Conjúrote, fantasma, o lo que eres, que me digas quién eres, y que me digas qué es lo que de mí quieres. Si eres alma en pena, dímelo, que yo haré por ti todo cuanto mis fuerzas alcanzaren, porque soy católico cristiano y amigo de hacer bien a todo el mundo; que para esto tomé la orden de la caballería andante que profeso, cuyo ejercicio aun hasta hacer bien a las ánimas de purgatorio se estiende.

"I conjure thee, phantom, or whatever thou art, tell me what thou art and what thou wouldst with me. If thou art a soul in torment, say so, and all that my powers can do I will do for thee; for I am a Catholic Christian and love to do good to all the world, and to this end I have embraced the order of knight-errantry to which I belong, the province of which extends to doing good even to souls in purgatory."

La brumada dueña, que oyó conjurarse, por su temor coligió el de don Quijote, y con voz afligida y baja le respondió:

The unfortunate duenna hearing herself thus conjured, by her own fear guessed Don Quixote's and in a low plaintive voice answered,

— Señor don Quijote, si es que acaso vuestra merced es don Quijote, yo no soy fantasma, ni visión, ni alma de purgatorio, como vuestra merced debe de haber pensado, sino doña Rodríguez, la dueña de honor de mi señora la duquesa, que, con una necesidad de aquellas que vuestra merced suele remediar, a vuestra merced vengo.

"Señor Don Quixote—if so be you are indeed Don Quixote—I am no phantom or spectre or soul in purgatory, as you seem to think, but Dona Rodriguez, duenna of honour to my lady the duchess, and I come to you with one of those grievances your worship is wont to redress."

— Dígame, señora doña Rodríguez —dijo don Quijote—: ¿por ventura viene vuestra merced a hacer alguna tercería? Porque le hago saber que no soy de provecho para nadie, merced a la sin par belleza de mi señora Dulcinea del Toboso. Digo, en fin, señora doña Rodríguez, que, como vuestra merced salve y deje a una parte todo recado amoroso, puede volver a encender su vela, y vuelva, y departiremos de todo lo que más mandare y más en gusto le viniere, salvando, como digo, todo incitativo melindre.

"Tell me, Señora Dona Rodriguez," said Don Quixote, "do you perchance come to transact any go-between business? Because I must tell you I am not available for anybody's purpose, thanks to the peerless beauty of my lady Dulcinea del Toboso. In short, Señora Dona Rodriguez, if you will leave out and put aside all love messages, you may go and light your candle and come back, and we will discuss all the commands you have for me and whatever you wish, saving only, as I said, all seductive communications."

— ¿Yo recado de nadie, señor mío? —respondió la dueña—. Mal me conoce vuestra merced; sí, que aún no estoy en edad tan prolongada que me acoja a semejantes niñerías, pues,

Dios loado, mi alma me tengo en las carnes, y todos mis dientes y muelas en la boca, amén de unos pocos que me han usurpado unos catarros, que en esta tierra de Aragón son tan ordinarios. Pero espéreme vuestra merced un poco; saldré a encender mi vela, y volveré en un instante a contar mis cuitas, como a remediador de todas las del mundo.

"I carry nobody's messages, señor," said the duenna; "little you know me. Nay, I'm not far enough advanced in years to take to any such childish tricks. God be praised I have a soul in my body still, and all my teeth and grinders in my mouth, except one or two that the colds, so common in this Aragon country, have robbed me of. But wait a little, while I go and light my candle, and I will return immediately and lay my sorrows before you as before one who relieves those of all the world;"

Y, sin esperar respuesta, se salió del aposento, donde quedó don Quijote sosegado y pensativo esperándola; pero luego le sobrevinieron mil pensamientos acerca de aquella nueva aventura, y parecíale ser mal hecho y peor pensado ponerse en peligro de romper a su señora la fee prometida, y decíase a sí mismo:

and without staying for an answer she quitted the room and left Don Quixote tranquilly meditating while he waited for her. A thousand thoughts at once suggested themselves to him on the subject of this new adventure, and it struck him as being ill done and worse advised in him to expose himself to the danger of breaking his plighted faith to his lady; and said he to himself,

— ¿Quién sabe si el diablo, que es sutil y mañoso, querrá engañarme agora con una dueña, lo que no ha podido con emperatrices, reinas, duquesas, marquesas ni condesas? Que yo he oído decir muchas veces y a muchos discretos que, si él puede, antes os la dará roma que aguileña. Y ¿quién sabe si esta soledad, esta ocasión y este silencio despertará mis deseos que duermen, y harán que al cabo de mis años venga a caer donde nunca he tropezado? Y, en casos semejantes, mejor es huir que esperar la batalla. Pero yo no debo de estar en mi juicio, pues tales disparates digo y pienso; que no es posible que una dueña toquiblanca, larga y antojuna pueda mover ni levantar pensamiento lascivo en el más desalmado pecho del mundo. ¿Por ventura hay dueña en la tierra que tenga buenas carnes? ¿Por ventura hay dueña en el orbe que deje de ser impertinente, fruncida y melindrosa? ¡Afuera, pues, caterva dueñesca, inútil para ningún humano regalo! ¡Oh, cuán bien hacía aquella señora de quien se dice que tenía dos dueñas de bulto con sus antojos y almohadillas al cabo de su estrado, como que estaban labrando, y tanto le servían para la autoridad de la sala aquellas estatuas como las dueñas verdaderas!

"Who knows but that the devil, being wily and cunning, may be trying now to entrap me with a duenna, having failed with empresses, queens, duchesses, marchionesses, and countesses? Many a time have I heard it said by many a man of sense that he will sooner offer you a flat-nosed wench than a roman-nosed one; and who knows but this privacy, this opportunity, this silence, may awaken my sleeping desires, and lead me in these my latter years to fall where I have never tripped? In cases of this sort it is better to flee than to await the battle. But I must be out of my senses to think and utter such nonsense; for it is impossible that a long, white-hooded spectacled duenna could stir up or excite a wanton thought in the most graceless bosom in the world. Is there a duenna on earth that has fair flesh? Is there a duenna in the world that escapes being ill-tempered, wrinkled, and prudish? Avaunt, then, ye duenna crew, undelightful to all mankind. Oh, but that lady did well who, they say, had at the end of her reception room a couple of figures of duennas with spectacles and lace-cushions, as if at work, and those statues served quite as well to give an air of propriety to the room as if they had been real duennas."

Y, diciendo esto, se arrojó del lecho, con intención de cerrar la puerta y no dejar entrar a la señora Rodríguez; mas, cuando la llegó a cerrar, ya la señora Rodríguez volvía, encendida una vela de cera blanca, y cuando ella vio a don Quijote de más cerca, envuelto en la colcha, con las vendas, galocha o becoquín, temió de nuevo, y, retirándose atrás como dos pasos, dijo:

So saying he leaped off the bed, intending to close the door and not allow Señora Rodriguez to enter; but as he went to shut it Señora Rodriguez returned with a wax candle lighted, and having a closer view of Don Quixote, with the coverlet round him, and his bandages and night-cap, she was alarmed afresh, and retreating a couple of paces, exclaimed,

— ¿Estamos seguras, señor caballero? Porque no tengo a muy honesta señal haberse vuesa merced levantado de su lecho.

"Am I safe, sir knight? for I don't look upon it as a sign of very great virtue that your worship should have got up out of bed."

— Eso mesmo es bien que yo pregunte, señora —respondió don Quijote—; y así, pregunto si estaré yo seguro de ser acometido y forzado.

"I may well ask the same, señora," said Don Quixote; "and I do ask whether I shall be safe from being assailed and forced?"

— ¿De quién o a quién pedís, señor caballero, esa seguridad? —respondió la dueña.

"Of whom and against whom do you demand that security, sir knight?" said the duenna.

— A vos y de vos la pido —replicó don Quijote—, porque ni yo soy de mármol ni vos de bronce, ni ahora son las diez del día, sino media noche, y aun un poco más, según imagino, y en una estancia más cerrada y secreta que lo debió de ser la cueva donde el traidor y atrevido Eneas gozó a la hermosa y piadosa Dido. Pero dadme, señora, la mano, que yo no quiero otra seguridad mayor que la de mi continencia y recato, y la que ofrecen esas reverendísimas tocas.

"Of you and against you I ask it," said Don Quixote; "for I am not marble, nor are you brass, nor is it now ten o'clock in the morning, but midnight, or a trifle past it I fancy, and we are in a room more secluded and retired than the cave could have been where the treacherous and daring AEneas enjoyed the fair soft-hearted Dido. But give me your hand, señora; I require no better protection than my own continence, and my own sense of propriety; as well as that which is inspired by that venerable head-dress;"

Y, diciendo esto, besó su derecha mano, y le asió de la suya, que ella le dio con las mesmas ceremonias.

and so saying he kissed her right hand and took it in his own, she yielding it to him with equal ceremoniousness.

Aquí hace Cide Hamete un paréntesis, y dice que por Mahoma que diera, por ver ir a los dos así asidos y trabados desde la puerta al lecho, la mejor almalafa de dos que tenía.

And here Cide Hamete inserts a parenthesis in which he says that to have seen the pair marching from the door to the bed, linked hand in hand in this way, he would have given the best of the two tunics he had.

Entróse, en fin, don Quijote en su lecho, y quedóse doña Rodríguez sentada en una silla, algo desviada de la cama, no quitándose los antojos ni la vela. Don Quijote se acorrucó y se cubrió todo, no dejando más de el rostro descubierto; y, habiéndose los dos sosegado, el primero que rompió el silencio fue don Quijote, diciendo:

Don Quixote finally got into bed, and Dona Rodriguez took her seat on a chair at some little distance from his couch, without taking off her spectacles or putting aside the candle. Don Quixote wrapped the bedclothes round him and covered himself up completely, leaving nothing but his face visible, and as soon as they had both regained their composure he broke silence, saying,

— Puede vuesa merced ahora, mi señora doña Rodríguez, descoserse y desbuchar todo aquello que tiene dentro de su cuitado corazón y lastimadas entrañas, que será de mí escuchada con castos oídos, y socorrida con piadosas obras.

"Now, Señora Dona Rodriguez, you may unbosom yourself and out with everything you have in your sorrowful heart and afflicted bowels; and by me you shall be listened to with chaste ears, and aided by compassionate exertions."

— Así lo creo yo —respondió la dueña—, que de la gentil y agradable presencia de vuesa merced no se podía esperar sino tan cristiana respuesta. «Es, pues, el caso, señor don Quijote, que, aunque vuesa merced me vee sentada en esta silla y en la mitad del reino de Aragón, y en hábito de dueña aniquilada y asendereada, soy natural de las Asturias de Oviedo, y de linaje que atraviesan por él muchos de los mejores de aquella provincia; pero mi corta suerte y el descuido de mis padres, que empobrecieron antes de tiempo, sin saber cómo ni cómo no, me trujeron a la corte, a Madrid, donde por bien de paz y por escusar mayores desventuras, mis padres me acomodaron a servir de doncella de labor a una principal señora; y quiero hacer sabidor a vuesa merced que en hacer vainillas y labor blanca ninguna me ha echado el pie adelante en toda la vida. Mis padres me dejaron sirviendo y se volvieron a su tierra, y de allí a pocos años se debieron de ir al cielo, porque eran además buenos y católicos cristianos. Quedé huérfana, y atenida al miserable salario y a las angustiadas mercedes que a las tales criadas se suele dar en palacio; y, en este tiempo, sin que diese yo ocasión a ello, se enamoró de mi un escudero de casa, hombre ya en días, barbudo y apersonado, y, sobre todo, hidalgo como el rey, porque era montañés. No tratamos tan secretamente nuestros amores que no viniesen a noticia de mi señora, la cual, por escusar dimes y diretes, nos casó en paz y en haz de la Santa Madre Iglesia Católica Romana, de cuyo matrimonio nació una hija para rematar con mi ventura, si alguna tenía; no porque yo muriese del parto, que le tuve derecho y en sazón, sino porque desde allí a poco murió mi esposo de un cierto espanto que tuvo, que, a tener ahora lugar para contarle, yo sé que vuestra merced se admirara.»

"I believe it," replied the duenna; "from your worship's gentle and winning presence only such a Christian answer could be expected. The fact is, then, Señor Don Quixote, that though you see me seated in this chair, here in the middle of the kingdom of Aragon, and in the attire of a despised outcast duenna, I am from the Asturias of Oviedo, and of a family with which many of the best of the province are connected by blood; but my untoward fate and the improvidence of my parents, who, I know not how, were unseasonably reduced to poverty, brought me to the court of Madrid, where as a provision and to avoid greater misfortunes, my parents placed me as seamstress in the service of a lady of quality, and I would have you know that for hemming and sewing I have never been surpassed by any all my life. My parents left me in service and returned to their own country, and a few years later went, no doubt, to heaven, for they were excellent good Catholic Christians. I was left an orphan with nothing but the miserable wages and trifling presents that are given to servants of my sort in

351

palaces; but about this time, without any encouragement on my part, one of the esquires of the household fell in love with me, a man somewhat advanced in years, full-bearded and personable, and above all as good a gentleman as the king himself, for he came of a mountain stock. We did not carry on our loves with such secrecy but that they came to the knowledge of my lady, and she, not to have any fuss about it, had us married with the full sanction of the holy mother Roman Catholic Church, of which marriage a daughter was born to put an end to my good fortune, if I had any; not that I died in childbirth, for I passed through it safely and in due season, but because shortly afterwards my husband died of a certain shock he received, and had I time to tell you of it I know your worship would be surprised;"

Y, en esto, comenzó a llorar tiernamente, y dijo:

and here she began to weep bitterly and said, — Perdóneme vuestra merced, señor don Quijote, que no va más en mi mano, porque todas las veces que me acuerdo de mi mal logrado se me arrasan los ojos de lágrimas. ¡Válame Dios, y con qué autoridad llevaba a mi señora a las ancas de una poderosa mula, negra como el mismo azabache! Que entonces no se usaban coches ni sillas, como agora dicen que se usan, y las señoras iban a las ancas de sus escuderos. Esto, a lo menos, no puedo dejar de contarlo, porque se note la crianza y puntualidad de mi buen marido. «Al entrar de la calle de Santiago, en Madrid, que es algo estrecha, venía a salir por ella un alcalde de corte con dos alguaciles delante, y, así como mi buen escudero le vio, volvió las riendas a la mula, dando señal de volver a acompañarle. Mi señora, que iba a las ancas, con voz baja le decía: "—¿Qué hacéis, desventurado? ¿No veis que voy aquí?" El alcalde, de comedido, detuvo la rienda al caballo y díjole: "—Seguid, señor, vuestro camino, que yo soy el que debo acompañar a mi señora doña Casilda", que así era el nombre de mi ama. Todavía porfiaba mi marido, con la gorra en la mano, a querer ir acompañando al alcalde, viendo lo cual mi señora, llena de cólera y enojo, sacó un alfiler gordo, o creo que un punzón, del estuche, y clavósele por los lomos, de manera que mi marido dio una gran voz y torció el cuerpo, de suerte que dio con su señora en el suelo. Acudieron dos lacayos suyos a levantarla, y lo mismo hizo el alcalde y los alguaciles; alborotóse la Puerta de Guadalajara, digo, la gente baldía que en ella estaba; vínose a pie mi ama, y mi marido acudió en casa de un barbero diciendo que llevaba pasadas de parte a parte las entrañas. Divulgóse la cortesía de mi esposo, tanto, que los muchachos le corrían por las calles, y por esto y porque él era algún tanto corto de vista, mi señora la duquesa le despidió, de cuyo pesar, sin duda alguna, tengo para mí que se le causó el mal de la muerte. Quedé yo viuda y desamparada, y con hija a cuestas, que iba creciendo en hermosura como la espuma de la mar. Finalmente, como yo tuviese fama de gran labrandera, mi señora la duquesa, que estaba recién casada con el duque mi señor, quiso traerme consigo a este reino de Aragón y a mi hija ni más ni menos, adonde, yendo días y viniendo días, creció mi hija, y con ella todo el donaire del mundo: canta como una calandria, danza como el pensamiento, baila como una perdida, lee y escribe como un maestro de escuela, y cuenta como un avariento. De su limpieza no digo nada: que el agua que corre no es más limpia, y debe de tener agora, si mal no me acuerdo, diez y seis años, cinco meses y tres días, uno más a menos. En resolución: de esta mi muchacha se enamoró un hijo de un labrador riquísimo que está en una aldea del duque mi señor, no muy lejos de aquí. En efecto, no sé cómo ni cómo no, ellos se juntaron, y, debajo de la palabra de ser su esposo, burló a mi hija, y no se la quiere cumplir; y, aunque el duque mi señor lo sabe, porque yo me he quejado a él, no una, sino muchas veces, y pedídole mande que el tal labrador se case con mi hija, hace orejas de mercader y apenas quiere oírme; y es la causa que, como el padre del burlador es

353

tan rico y le presta dineros, y le sale por fiador de sus trampas por momentos, no le quiere descontentar ni dar pesadumbre en ningún modo.» Querría, pues, señor mío, que vuesa merced tomase a cargo el deshacer este agravio, o ya por ruegos, o ya por armas, pues, según todo el mundo dice, vuesa merced nació en él para deshacerlos y para enderezar los tuertos y amparar los miserables; y póngasele a vuesa merced por delante la orfandad de mi hija, su gentileza, su mocedad, con todas las buenas partes que he dicho que tiene; que en Dios y en mi conciencia que de cuantas doncellas tiene mi señora, que no hay ninguna que llegue a la suela de su zapato, y que una que llaman Altisidora, que es la que tienen por más desenvuelta y gallarda, puesta en comparación de mi hija, no la llega con dos leguas. Porque quiero que sepa vuesa merced, señor mío, que no es todo oro lo que reluce; porque esta Altisidorilla tiene más de presunción que de hermosura, y más de desenvuelta que de recogida, además que no está muy sana: que tiene un cierto alliento cansado, que no hay sufrir el estar junto a ella un momento. Y aun mi señora la duquesa... Quiero callar, que se suele decir que las paredes tienen oídos.

"Pardon me, Señor Don Quixote, if I am unable to control myself, for every time I think of my unfortunate husband my eyes fill up with tears. God bless me, with what an air of dignity he used to carry my lady behind him on a stout mule as black as jet! for in those days they did not use coaches or chairs, as they say they do now, and ladies rode behind their squires. This much at least I cannot help telling you, that you may observe the good breeding and punctiliousness of my worthy husband. As he was turning into the Calle de Santiago in Madrid, which is rather narrow, one of the alcaldes of the Court, with two alguacils before him, was coming out of it, and as soon as my good squire saw him he wheeled his mule about and made as if he would turn and

354

accompany him. My lady, who was riding behind him, said to him in a low voice, 'What are you about, you sneak, don't you see that I am here?' The alcalde like a polite man pulled up his horse and said to him, 'Proceed, señor, for it is I, rather, who ought to accompany my lady Dona Casilda'—for that was my mistress's name. Still my husband, cap in hand, persisted in trying to accompany the alcalde, and seeing this my lady, filled with rage and vexation, pulled out a big pin, or, I rather think, a bodkin, out of her needle-case and drove it into his back with such force that my husband gave a loud yell, and writhing fell to the ground with his lady. Her two lacqueys ran to rise her up, and the alcalde and the alguacils did the same; the Guadalajara gate was all in commotion—I mean the idlers congregated there; my mistress came back on foot, and my husband hurried away to a barber's shop protesting that he was run right through the guts. The courtesy of my husband was noised abroad to such an extent, that the boys gave him no peace in the street; and on this account, and because he was somewhat shortsighted, my lady dismissed him; and it was chagrin at this I am convinced beyond a doubt that brought on his death. I was left a helpless widow, with a daughter on my hands growing up in beauty like the sea-foam; at length, however, as I had the character of being an excellent needlewoman, my lady the duchess, then lately married to my lord the duke, offered to take me with her to this kingdom of Aragon, and my daughter also, and here as time went by my daughter grew up and with her all the graces in the world; she sings like a lark, dances quick as thought, foots it like a gipsy, reads and writes like a schoolmaster, and does sums like a miser; of her neatness I say nothing, for the running water is not purer, and her age is now, if my memory serves me, sixteen years five months and three days, one more or less. To come to the point, the son of a very rich farmer, living in a village of my lord the duke's not very far from here, fell in love with this girl of mine; and in short, how I know not, they came together, and under the promise of marrying her he made a fool of my daughter, and will not keep his word. And though my lord the duke is aware of it (for I have complained to him, not once but many and many a time, and entreated him to order the farmer to marry my daughter), he turns a deaf ear and will scarcely listen to me; the reason being that as the deceiver's father is so rich, and lends him money, and is constantly going security for his debts, he does not like to offend or annoy him in any way. Now, señor, I want your worship to take it upon yourself to redress this wrong either by entreaty or by arms; for by what all the world says you came into it to redress grievances and right wrongs and help the unfortunate. Let your worship put before you the unprotected condition of my daughter, her youth, and all the perfections I have said she possesses; and before God and on my conscience, out of all the damsels my lady has, there is not one that comes up to the sole of her shoe, and the one they call Altisidora, and look upon as the boldest and gayest of them, put in comparison with my daughter, does not come within two leagues of her. For I would have you know, señor, all is not gold that glitters, and that same little Altisidora has more forwardness than good looks, and more impudence than modesty; besides being not very sound, for she has such a disagreeable breath that one cannot bear to be near her for a moment; and even my lady the duchess—but I'll hold my tongue, for they say that walls have ears."

— ¿Qué tiene mi señora la duquesa, por vida mía, señora doña Rodríguez? — preguntó don Quijote.

"For heaven's sake, Dona Rodriguez, what ails my lady the duchess?" asked Don Quixote.

— Con ese conjuro —respondió la dueña—, no puedo dejar de responder a lo que se me pregunta con toda verdad. ¿Vee vuesa merced, señor don Quijote, la hermosura de mi señora la duquesa, aquella tez de rostro, que no parece sino de una espada acicalada y tersa, aquellas dos mejillas de leche y de carmín, que en la una tiene el sol y en la otra la luna, y aquella gallardía con que va pisando y aun despreciando el suelo, que no parece sino que va derramando salud donde pasa? Pues sepa vuesa merced que lo puede agradecer, primero, a Dios, y luego, a dos fuentes que tiene en las dos piernas, por donde se desagua todo el mal humor de quien dicen los médicos que está llena.

"Adjured in that way," replied the duenna, "I cannot help answering the question and telling the whole truth. Señor Don Quixote, have you observed the comeliness of my lady the duchess, that smooth complexion of hers like a burnished polished sword, those two cheeks of milk and carmine, that gay lively step with which she treads or rather seems to spurn the earth, so that one would fancy she went radiating health wherever she passed? Well then, let me tell you she may thank, first of all God, for this, and next, two issues that she has, one in each leg, by which all the evil humours, of which the doctors say she is full, are discharged."

— ¡Santa María! —dijo don Quijote—. Y ¿es posible que mi señora la duquesa tenga tales desaguaderos? No lo creyera si me lo dijeran frailes descalzos; pero, pues la señora doña Rodríguez lo dice, debe de ser así. Pero tales fuentes, y en tales lugares, no deben de manar humor, sino ámbar líquido. Verdaderamente que ahora acabo de creer que esto de hacerse fuentes debe de ser cosa importante para salud.

"Blessed Virgin!" exclaimed Don Quixote; "and is

it possible that my lady the duchess has drains
of that sort? I would not have believed it if the
barefoot friars had told it me; but as the lady
Dona Rodriguez says so, it must be so. But surely
such issues, and in such places, do not discharge
humours, but liquid amber. Verily, I do believe
now that this practice of opening issues is a
very important matter for the health."

Apenas acabó don Quijote de decir esta razón, cuando con un
gran golpe abrieron las puertas del aposento, y del sobresalto
del golpe se le cayó a doña Rodríguez la vela de la mano, y
quedó la estancia como boca de lobo, como suele decirse.
Luego sintió la pobre dueña que la asían de la garganta con
dos manos, tan fuertemente que no la dejaban gañir, y que
otra persona, con mucha presteza, sin hablar palabra, le
alzaba las faldas, y con una, al parecer, chinela, le comenzó a
dar tantos azotes, que era una compasión; y, aunque don
Quijote se la tenía, no se meneaba del lecho, y no sabía qué
podía ser aquello, y estábase quedo y callando, y aun
temiendo no viniese por él la tanda y tunda azotesca. Y no fue
vano su temor, porque, en dejando molida a la dueña los
callados verdugos (la cual no osaba quejarse), acudieron a
don Quijote, y, desenvolviéndole de la sábana y de la colcha,
le pellizcaron tan a menudo y tan reciamente, que no pudo
dejar de defenderse a puñadas, y todo esto en silencio
admirable. Duró la batalla casi media hora; saliéronse las
fantasmas, recogió doña Rodríguez sus faldas, y, gimiendo su
desgracia, se salió por la puerta afuera, sin decir palabra a
don Quijote, el cual, doloroso y pellizcado, confuso y
pensativo, se quedó solo, donde le dejaremos deseoso de
saber quién había sido el perverso encantador que tal le había
puesto. Pero ello se dirá a su tiempo, que Sancho Panza nos
llama, y el buen concierto de la historia lo pide.

Don Quixote had hardly said this, when the
chamber door flew open with a loud bang, and with
the start the noise gave her Dona Rodriguez let

the candle fall from her hand, and the room was left as dark as a wolf's mouth, as the saying is. Suddenly the poor duenna felt two hands seize her by the throat, so tightly that she could not croak, while some one else, without uttering a word, very briskly hoisted up her petticoats, and with what seemed to be a slipper began to lay on so heartily that anyone would have felt pity for her; but although Don Quixote felt it he never stirred from his bed, but lay quiet and silent, nay apprehensive that his turn for a drubbing might be coming. Nor was the apprehension an idle one; one; for leaving the duenna (who did not dare to cry out) well basted, the silent executioners fell upon Don Quixote, and stripping him of the sheet and the coverlet, they pinched him so fast and so hard that he was driven to defend himself with his fists, and all this in marvellous silence. The battle lasted nearly half an hour, and then the phantoms fled; Dona Rodriguez gathered up her skirts, and bemoaning her fate went out without saying a word to Don Quixote, and he, sorely pinched, puzzled, and dejected, remained alone, and there we will leave him, wondering who could have been the perverse enchanter who had reduced him to such a state; but that shall be told in due season, for Sancho claims our attention, and the methodical arrangement of the story demands it.

Capítulo XLIX. De lo que le sucedió a Sancho Panza rondando su ínsula

CHAPTER XLIX. OF WHAT HAPPENED SANCHO IN MAKING THE ROUND OF HIS ISLAND

Dejamos al gran gobernador enojado y mohíno con el labrador pintor y socarrón, el cual, industriado del mayordomo, y el mayordomo del duque, se burlaban de Sancho; pero él se las tenía tiesas a todos, maguera tonto, bronco y rollizo, y dijo a los que con él estaban, y al doctor Pedro Recio, que, como se acabó el secreto de la carta del duque, había vuelto a entrar en la sala:

We left the great governor angered and irritated by that portrait-painting rogue of a farmer who, instructed by the majordomo, as the majordomo was by the duke, tried to practise upon him; he however, fool, boor, and clown as he was, held his own against them all, saying to those round him and to Doctor Pedro Recio, who as soon as the private business of the duke's letter was disposed of had returned to the room,

— Ahora verdaderamente que entiendo que los jueces y gobernadores deben de ser, o han de ser, de bronce, para no sentir las importunidades de los negociantes, que a todas horas y a todos tiempos quieren que los escuchen y despachen, atendiendo sólo a su negocio, venga lo que viniere; y si el pobre del juez no los escucha y despacha, o porque no puede o porque no es aquél el tiempo diputado para darles audiencia, luego les maldicen y murmuran, y les roen los huesos, y aun les deslindan los linajes. Negociante necio, negociante mentecato, no te apresures; espera sazón y coyuntura para negociar: no vengas a la hora del comer ni a la del dormir, que los jueces son de carne y de hueso y han de dar a la naturaleza lo que naturalmente les pide, si no es yo, que no le doy de comer a la mía, merced al señor doctor

Pedro Recio Tirteafuera, que está delante, que quiere que muera de hambre, y afirma que esta muerte es vida, que así se la dé Dios a él y a todos los de su ralea: digo, a la de los malos médicos, que la de los buenos, palmas y lauros merecen.

"Now I see plainly enough that judges and governors ought to be and must be made of brass not to feel the importunities of the applicants that at all times and all seasons insist on being heard, and having their business despatched, and their own affairs and no others attended to, come what may; and if the poor judge does not hear them and settle the matter—either because he cannot or because that is not the time set apart for hearing them-forthwith they abuse him, and run him down, and gnaw at his bones, and even pick holes in his pedigree. You silly, stupid applicant, don't be in a hurry; wait for the proper time and season for doing business; don't come at dinner-hour, or at bed-time; for judges are only flesh and blood, and must give to Nature what she naturally demands of them; all except myself, for in my case I give her nothing to eat, thanks to Señor Doctor Pedro Recio Tirteafuera here, who would have me die of hunger, and declares that death to be life; and the same sort of life may God give him and all his kind—I mean the bad doctors; for the good ones deserve palms and laurels."

Todos los que conocían a Sancho Panza se admiraban, oyéndole hablar tan elegantemente, y no sabían a qué atribuirlo, sino a que los oficios y cargos graves, o adoban o entorpecen los entendimientos. Finalmente, el doctor Pedro Recio Agüero de Tirteafuera prometió de darle de cenar aquella noche, aunque excediese de todos los aforismos de Hipócrates. Con esto quedó contento el gobernador, y esperaba con grande ansia llegase la noche y la hora de cenar; y, aunque el tiempo, al parecer suyo, se estaba quedo, sin moverse de un lugar, todavía se llegó por él el tanto deseado, donde le dieron de cenar un salpicón de vaca con cebolla, y unas manos cocidas de ternera algo entrada en días. Entregóse en todo con más gusto que si le hubieran dado francolines de Milán, faisanes de Roma, ternera de Sorrento, perdices de Morón, o gansos de Lavajos; y, entre la cena, volviéndose al doctor, le dijo:

All who knew Sancho Panza were astonished to hear him speak so elegantly, and did not know what to attribute it to unless it were that office and grave responsibility either smarten or stupefy men's wits. At last Doctor Pedro Recio Agilers of Tirteafuera promised to let him have supper that night though it might be in contravention of all the aphorisms of Hippocrates. With this the governor was satisfied and looked forward to the approach of night and supper-time with great anxiety; and though time, to his mind, stood still and made no progress, nevertheless the hour he so longed for came, and they gave him a beef salad with onions and some boiled calves' feet rather far gone. At this he fell to with greater relish than if they had given him francolins from Milan, pheasants from Rome, veal from Sorrento, partridges from Moron, or geese from Lavajos, and turning to the doctor at supper he said to him,

— Mirad, señor doctor: de aquí adelante no os curéis de darme a comer cosas regaladas ni manjares esquisitos, porque será sacar a mi estómago de sus quicios, el cual está acostumbrado a cabra, a vaca, a tocino, a cecina, a nabos y a cebollas; y, si acaso le dan otros manjares de palacio, los recibe con melindre, y algunas veces con asco. Lo que el maestresala puede hacer es traerme estas que llaman ollas podridas, que mientras más podridas son, mejor huelen, y en ellas puede embaular y encerrar todo lo que él quisiere, como sea de comer, que yo se lo agradeceré y se lo pagaré algún día; y no se burle nadie conmigo, porque o somos o no somos:

vivamos todos y comamos en buena paz compaña, pues, cuando Dios amanece, para todos amanece. Yo gobernaré esta ínsula sin perdonar derecho ni llevar cohecho, y todo el mundo traiga el ojo alerta y mire por el virote, porque les hago saber que el diablo está en Cantillana, y que, si me dan ocasión, han de ver maravillas. No, sino haceos miel, y comeros han moscas.

"Look here, señor doctor, for the future don't trouble yourself about giving me dainty things or choice dishes to eat, for it will be only taking my stomach off its hinges; it is accustomed to goat, cow, bacon, hung beef, turnips and onions; and if by any chance it is given these palace dishes, it receives them squeamishly, and sometimes with loathing. What the head-carver had best do is to serve me with what they call ollas podridas (and the rottener they are the better they smell); and he can put whatever he likes into them, so long as it is good to eat, and I'll be obliged to him, and will requite him some day. But let nobody play pranks on me, for either we are or we are not; let us live and eat in peace and good-fellowship, for when God sends the dawn, he sends it for all. I mean to govern this island without giving up a right or taking a bribe; let everyone keep his eye open, and look out for the arrow; for I can tell them 'the devil's in Cantillana,' and if they drive me to it they'll see something that will astonish them. Nay! make yourself honey and the flies eat you."

— Por cierto, señor gobernador —dijo el maestresala—, que vuesa merced tiene mucha razón en cuanto ha dicho, y que yo ofrezco en nombre de todos los insulanos desta ínsula que han de servir a vuestra merced con toda puntualidad, amor y benevolencia, porque el suave modo de gobernar que en estos principios vuesa merced ha dado no les da lugar de hacer ni de pensar cosa que en deservicio de vuesa merced redunde.

363

"Of a truth, señor governor," said the carver, "your worship is in the right of it in everything you have said; and I promise you in the name of all the inhabitants of this island that they will serve your worship with all zeal, affection, and good-will, for the mild kind of government you have given a sample of to begin with, leaves them no ground for doing or thinking anything to your worship's disadvantage."

— Yo lo creo —respondió Sancho—, y serían ellos unos necios si otra cosa hiciesen o pensasen. Y vuelvo a decir que se tenga cuenta con mi sustento y con el de mi rucio, que es lo que en este negocio importa y hace más al caso; y, en siendo hora, vamos a rondar, que es mi intención limpiar esta ínsula de todo género de inmundicia y de gente vagamunda, holgazanes, y mal entretenida; porque quiero que sepáis, amigos, que la gente baldía y perezosa es en la república lo mesmo que los zánganos en las colmenas, que se comen la miel que las trabajadoras abejas hacen. Pienso favorecer a los labradores, guardar sus preeminencias a los hidalgos, premiar los virtuosos y, sobre todo, tener respeto a la religión y a la honra de los religiosos. ¿Qué os parece desto, amigos? ¿Digo algo, o quiébrome la cabeza?

"That I believe," said Sancho; "and they would be great fools if they did or thought otherwise; once more I say, see to my feeding and my Dapple's for that is the great point and what is most to the purpose; and when the hour comes let us go the rounds, for it is my intention to purge this island of all manner of uncleanness and of all idle good-for-nothing vagabonds; for I would have you know that lazy idlers are the same thing in a State as the drones in a hive, that eat up the honey the industrious bees make. I mean to protect the husbandman, to preserve to the gentleman his privileges, to reward the virtuous, and above all to respect religion and honour its ministers. What say you to that, my friends? Is

there anything in what I say, or am I talking to no purpose?"

— Dice tanto vuesa merced, señor gobernador —dijo el mayordomo—, que estoy admirado de ver que un hombre tan sin letras como vuesa merced, que, a lo que creo, no tiene ninguna, diga tales y tantas cosas llenas de sentencias y de avisos, tan fuera de todo aquello que del ingenio de vuesa merced esperaban los que nos enviaron y los que aquí venimos. Cada día se veen cosas nuevas en el mundo: las burlas se vuelven en veras y los burladores se hallan burlados.

"There is so much in what your worship says, señor governor," said the majordomo, "that I am filled with wonder when I see a man like your worship, entirely without learning (for I believe you have none at all), say such things, and so full of sound maxims and sage remarks, very different from what was expected of your worship's intelligence by those who sent us or by us who came here. Every day we see something new in this world; jokes become realities, and the jokers find the tables turned upon them."

Llegó la noche, y cenó el gobernador, con licencia del señor doctor Recio. Aderezáronse de ronda; salió con el mayordomo, secretario y maestresala, y el coronista que tenía cuidado de poner en memoria sus hechos, y alguaciles y escribanos, tantos que podían formar un mediano escuadrón. Iba Sancho en medio, con su vara, que no había más que ver, y pocas calles andadas del lugar, sintieron ruido de cuchilladas; acudieron allá, y hallaron que eran dos solos hombres los que reñían, los cuales, viendo venir a la justicia, se estuvieron quedos; y el uno dellos dijo:

Night came, and with the permission of Doctor Pedro Recio, the governor had supper. They then got ready to go the rounds, and he started with the majordomo, the secretary, the head-carver,

the chronicler charged with recording his deeds, and alguacils and notaries enough to form a fair-sized squadron. In the midst marched Sancho with his staff, as fine a sight as one could wish to see, and but a few streets of the town had been traversed when they heard a noise as of a clashing of swords. They hastened to the spot, and found that the combatants were but two, who seeing the authorities approaching stood still, and one of them exclaimed,

— ¡Aquí de Dios y del rey! ¿Cómo y que se ha de sufrir que roben en poblado en este pueblo, y que salga a saltear en él en la mitad de las calles?

"Help, in the name of God and the king! Are men to be allowed to rob in the middle of this town, and rush out and attack people in the very streets?"

— Sosegaos, hombre de bien —dijo Sancho—, y contadme qué es la causa desta pendencia, que yo soy el gobernador.

"Be calm, my good man," said Sancho, "and tell me what the cause of this quarrel is; for I am the governor."

El otro contrario dijo:

Said the other combatant,

— Señor gobernador, yo la diré con toda brevedad. Vuestra merced sabrá que este gentilhombre acaba de ganar ahora en esta casa de juego que está aquí frontero más de mil reales, y sabe Dios cómo; y, hallándome yo presente, juzgué más de una suerte dudosa en su favor, contra todo aquello que me dictaba la conciencia; alzóse con la ganancia, y, cuando esperaba que me había de dar algún escudo, por lo menos, de barato, como es uso y costumbre darle a los hombres principales como yo, que estamos asistentes para bien y mal pasar, y para apoyar sinrazones y evitar pendencias, él embolsó su dinero y se salió de la casa. Yo vine despechado

tras él, y con buenas y corteses palabras le he pedido que me diese siquiera ocho reales, pues sabe que yo soy hombre honrado y que no tengo oficio ni beneficio, porque mis padres no me le enseñaron ni me le dejaron, y el socarrón, que no es más ladrón que Caco, ni más fullero que Andradilla, no quería darme más de cuatro reales; ¡porque vea vuestra merced, señor gobernador, qué poca vergüenza y qué poca conciencia! Pero a fee que, si vuesa merced no llegara, que yo le hiciera vomitar la ganancia, y que había de saber con cuántas entraba la romana.

"Señor governor, I will tell you in a very few words. Your worship must know that this gentleman has just now won more than a thousand reals in that gambling house opposite, and God knows how. I was there, and gave more than one doubtful point in his favour, very much against what my conscience told me. He made off with his winnings, and when I made sure he was going to give me a crown or so at least by way of a present, as it is usual and customary to give men of quality of my sort who stand by to see fair or foul play, and back up swindles, and prevent quarrels, he pocketed his money and left the house. Indignant at this I followed him, and speaking him fairly and civilly asked him to give me if it were only eight reals, for he knows I am an honest man and that I have neither profession nor property, for my parents never brought me up to any or left me any; but the rogue, who is a greater thief than Cacus and a greater sharper than Andradilla, would not give me more than four reals; so your worship may see how little shame and conscience he has. But by my faith if you had not come up I'd have made him disgorge his winnings, and he'd have learned what the range of the steel-yard was."

— ¿Qué decís vos a esto? —preguntó Sancho.

"What say you to this?" asked Sancho.

367

Y el otro respondió que era verdad cuanto su contrario decía, y no había querido darle más de cuatro reales porque se los daba muchas veces; y los que esperan barato han de ser comedidos y tomar con rostro alegre lo que les dieren, sin ponerse en cuentas con los gananciosos, si ya no supiesen de cierto que son fulleros y que lo que ganan es mal ganado; y que, para señal que él era hombre de bien y no ladrón, como decía, ninguna había mayor que el no haberle querido dar nada; que siempre los fulleros son tributarios de los mirones que los conocen.

The other replied that all his antagonist said was true, and that he did not choose to give him more than four reals because he very often gave him money; and that those who expected presents ought to be civil and take what is given them with a cheerful countenance, and not make any claim against winners unless they know them for certain to be sharpers and their winnings to be unfairly won; and that there could be no better proof that he himself was an honest man than his having refused to give anything; for sharpers always pay tribute to lookers-on who know them.

— Así es —dijo el mayordomo—. Vea vuestra merced, señor gobernador, qué es lo que se ha de hacer destos hombres.

"That is true," said the majordomo; "let your worship consider what is to be done with these men."

— Lo que se ha de hacer es esto —respondió Sancho—: vos, ganancioso, bueno, o malo, o indiferente, dad luego a este vuestro acuchillador cien reales, y más, habéis de desembolsar treinta para los pobres de la cárcel; y vos, que no tenéis oficio ni beneficio y andáis de nones en esta ínsula, tomad luego esos cien reales, y mañana en todo el día salid desta ínsula desterrado por diez años, so pena, si lo quebrantáredes, los cumpláis en la otra vida, colgándoos yo de una picota, o, a lo menos, el verdugo por mi mandado; y

ninguno me replique, que le asentaré la mano.

"What is to be done," said Sancho, "is this; you, the winner, be you good, bad, or indifferent, give this assailant of yours a hundred reals at once, and you must disburse thirty more for the poor prisoners; and you who have neither profession nor property, and hang about the island in idleness, take these hundred reals now, and some time of the day to-morrow quit the island under sentence of banishment for ten years, and under pain of completing it in another life if you violate the sentence, for I'll hang you on a gibbet, or at least the hangman will by my orders; not a word from either of you, or I'll make him feel my hand."

Desembolsó el uno, recibió el otro, éste se salió de la ínsula, y aquél se fue a su casa, y el gobernador quedó diciendo:

The one paid down the money and the other took it, and the latter quitted the island, while the other went home; and then the governor said,

— Ahora, yo podré poco, o quitaré estas casas de juego, que a mí se me trasluce que son muy perjudiciales.

"Either I am not good for much, or I'll get rid of these gambling houses, for it strikes me they are very mischievous."

— Ésta, a lo menos —dijo un escribano—, no la podrá vuesa merced quitar, porque la tiene un gran personaje, y más es sin comparación lo que él pierde al año que lo que saca de los naipes. Contra otros garitos de menor cantía podrá vuestra merced mostrar su poder, que son los que más daño hacen y más insolencias encubren; que en las casas de los caballeros principales y de los señores no se atreven los famosos fulleros a usar de sus tretas; y, pues el vicio del juego se ha vuelto en ejercicio común, mejor es que se juegue en casas principales que no en la de algún oficial, donde cogen a un desdichado de media noche abajo y le desuellan vivo.

"This one at least," said one of the notaries, "your worship will not be able to get rid of, for a great man owns it, and what he loses every year is beyond all comparison more than what he makes by the cards. On the minor gambling houses your worship may exercise your power, and it is they that do most harm and shelter the most barefaced practices; for in the houses of lords and gentlemen of quality the notorious sharpers dare not attempt to play their tricks; and as the vice of gambling has become common, it is better that men should play in houses of repute than in some tradesman's, where they catch an unlucky fellow in the small hours of the morning and skin him alive."

— Agora, escribano —dijo Sancho—, yo sé que hay mucho que decir en eso.

"I know already, notary, that there is a good deal to be said on that point," said Sancho.

Y, en esto, llegó un corchete que traía asido a un mozo, y dijo:

And now a tipstaff came up with a young man in his grasp, and said,

— Señor gobernador, este mancebo venía hacia nosotros, y, así como columbró la justicia, volvió las espaldas y comenzó a correr como un gamo, señal que debe de ser algún delincuente. Yo partí tras él, y, si no fuera porque tropezó y cayó, no le alcanzara jamás.

"Señor governor, this youth was coming towards us, and as soon as he saw the officers of justice he turned about and ran like a deer, a sure proof that he must be some evil-doer; I ran after him, and had it not been that he stumbled and fell, I should never have caught him."

— ¿Por qué huías, hombre? —preguntó Sancho.

"What did you run for, fellow?" said Sancho.

A lo que el mozo respondió:

To which the young man replied,

— Señor, por escusar de responder a las muchas preguntas que las justicias hacen.

"Señor, it was to avoid answering all the questions officers of justice put."

— ¿Qué oficio tienes?

"What are you by trade?"

— Tejedor.

"A weaver."

— ¿Y qué tejes?

"And what do you weave?"

— Hierros de lanzas, con licencia buena de vuestra merced.

"Lance heads, with your worship's good leave."

— ¿Graciosico me sois? ¿De chocarrero os picáis? ¡Está bien! Y ¿adónde íbades ahora?

"You're facetious with me! You plume yourself on being a wag? Very good; and where were you going just now?"

— Señor, a tomar el aire.

"To take the air, señor."

— Y ¿adónde se toma el aire en esta ínsula?

"And where does one take the air in this island?"

— Adonde sopla.

"Where it blows."

— ¡Bueno: respondéis muy a propósito! Discreto sois, mancebo; pero haced cuenta que yo soy el aire, y que os soplo en popa, y os encamino a la cárcel. ¡Asilde, hola, y llevadle, que yo haré que duerma allí sin aire esta noche!

"Good! your answers are very much to the point; you are a smart youth; but take notice that I am the air, and that I blow upon you a-stern, and send you to gaol. Ho there! lay hold of him and take him off; I'll make him sleep there to-night without air."

— ¡Par Dios —dijo el mozo—, así me haga vuestra merced dormir en la cárcel como hacerme rey!

"By God," said the young man, "your worship will make me sleep in gaol just as soon as make me king."

— Pues, ¿por qué no te haré yo dormir en la cárcel? —respondió Sancho—. ¿No tengo yo poder para prenderte y soltarte cada y cuando que quisiere?

"Why shan't I make thee sleep in gaol?" said Sancho. "Have I not the power to arrest thee and release thee whenever I like?"

— Por más poder que vuestra merced tenga —dijo el mozo—, no será bastante para hacerme dormir en la cárcel.

"All the power your worship has," said the young man, "won't be able to make me sleep in gaol."

— ¿Cómo que no? —replicó Sancho—. Llevalde luego donde verá por sus ojos el desengaño, aunque más el alcaide quiera usar con él de su interesal liberalidad; que yo le pondré pena de dos mil ducados si te deja salir un paso de la cárcel.

"How? not able!" said Sancho; "take him away at once where he'll see his mistake with his own eyes, even if the gaoler is willing to exert his interested generosity on his behalf; for I'll lay a penalty of two thousand ducats on him if he allows him to stir a step from the prison."

— Todo eso es cosa de risa —respondió el mozo—. El caso es que no me harán dormir en la cárcel cuantos hoy viven.

"That's ridiculous," said the young man; "the

fact is, all the men on earth will not make me sleep in prison."

— Dime, demonio —dijo Sancho—, ¿tienes algún ángel que te saque y que te quite los grillos que te pienso mandar echar?

"Tell me, you devil," said Sancho, "have you got any angel that will deliver you, and take off the irons I am going to order them to put upon you?"

— Ahora, señor gobernador —respondió el mozo con muy buen donaire—, estemos a razón y vengamos al punto. Prosuponga vuestra merced que me manda llevar a la cárcel, y que en ella me echan grillos y cadenas, y que me meten en un calabozo, y se le ponen al alcaide graves penas si me deja salir, y que él lo cumple como se le manda; con todo esto, si yo no quiero dormir, y estarme despierto toda la noche, sin pegar pestaña, ¿será vuestra merced bastante con todo su poder para hacerme dormir, si yo no quiero?

"Now, señor governor," said the young man in a sprightly manner, "let us be reasonable and come to the point. Granted your worship may order me to be taken to prison, and to have irons and chains put on me, and to be shut up in a cell, and may lay heavy penalties on the gaoler if he lets me out, and that he obeys your orders; still, if I don't choose to sleep, and choose to remain awake all night without closing an eye, will your worship with all your power be able to make me sleep if I don't choose?"

— No, por cierto —dijo el secretario—, y el hombre ha salido con su intención.

"No, truly," said the secretary, "and the fellow has made his point."

— De modo —dijo Sancho— que no dejaréis de dormir por otra cosa que por vuestra voluntad, y no por contravenir a la mía.

"So then," said Sancho, "it would be entirely of

your own choice you would keep from sleeping; not in opposition to my will?"

— No, señor —dijo el mozo—, ni por pienso.

"No, señor," said the youth, "certainly not."

— Pues andad con Dios —dijo Sancho—; idos a dormir a vuestra casa, y Dios os dé buen sueño, que yo no quiero quitárosle; pero aconséjoos que de aquí adelante no os burléis con la justicia, porque toparéis con alguna que os dé con la burla en los cascos.

"Well then, go, and God be with you," said Sancho; "be off home to sleep, and God give you sound sleep, for I don't want to rob you of it; but for the future, let me advise you don't joke with the authorities, because you may come across some one who will bring down the joke on your own skull."

Fuese el mozo, y el gobernador prosiguió con su ronda, y de allí a poco vinieron dos corchetes que traían a un hombre asido, y dijeron:

The young man went his way, and the governor continued his round, and shortly afterwards two tipstaffs came up with a man in custody, and said,

— Señor gobernador, este que parece hombre no lo es, sino mujer, y no fea, que viene vestida en hábito de hombre.

"Señor governor, this person, who seems to be a man, is not so, but a woman, and not an ill-favoured one, in man's clothes."

Llegáronle a los ojos dos o tres lanternas, a cuyas luces descubrieron un rostro de una mujer, al parecer, de diez y seis o pocos más años, recogidos los cabellos con una redecilla de oro y seda verde, hermosa como mil perlas. Miráronla de arriba abajo, y vieron que venía con unas medias de seda encarnada, con ligas de tafetán blanco y rapacejos de oro y

374

aljófar; los greguescos eran verdes, de tela de oro, y una saltaembarca o ropilla de lo mesmo, suelta, debajo de la cual traía un jubón de tela finísima de oro y blanco, y los zapatos eran blancos y de hombre. No traía espada ceñida, sino una riquísima daga, y en los dedos, muchos y muy buenos anillos. Finalmente, la moza parecía bien a todos, y ninguno la conoció de cuantos la vieron, y los naturales del lugar dijeron que no podían pensar quién fuese, y los consabidores de las burlas que se habían de hacer a Sancho fueron los que más se admiraron, porque aquel suceso y hallazgo no venía ordenado por ellos; y así, estaban dudosos, esperando en qué pararía el caso.

They raised two or three lanterns to her face, and by their light they distinguished the features of a woman to all appearance of the age of sixteen or a little more, with her hair gathered into a gold and green silk net, and fair as a thousand pearls. They scanned her from head to foot, and observed that she had on red silk stockings with garters of white taffety bordered with gold and pearl; her breeches were of green and gold stuff, and under an open jacket or jerkin of the same she wore a doublet of the finest white and gold cloth; her shoes were white and such as men wear; she carried no sword at her belt, but only a richly ornamented dagger, and on her fingers she had several handsome rings. In short, the girl seemed fair to look at in the eyes of all, and none of those who beheld her knew her, the people of the town said they could not imagine who she was, and those who were in the secret of the jokes that were to be practised upon Sancho were the ones who were most surprised, for this incident or discovery had not been arranged by them; and they watched anxiously to see how the affair would end.

Sancho quedó pasmado de la hermosura de la moza, y preguntóle quién era, adónde iba y qué ocasión le había movido para vestirse en aquel hábito. Ella, puestos los ojos en tierra con honestísima vergüenza, respondió:

Sancho was fascinated by the girl's beauty, and he asked her who she was, where she was going, and what had induced her to dress herself in that garb. She with her eyes fixed on the ground answered in modest confusion,

— No puedo, señor, decir tan en público lo que tanto me importaba fuera secreto; una cosa quiero que se entienda: que no soy ladrón ni persona facinorosa, sino una doncella desdichada a quien la fuerza de unos celos ha hecho romper el decoro que a la honestidad se debe.

"I cannot tell you, señor, before so many people what it is of such consequence to me to have kept secret; one thing I wish to be known, that I am no thief or evildoer, but only an unhappy maiden whom the power of jealousy has led to break through the respect that is due to modesty."

Oyendo esto el mayordomo, dijo a Sancho:

Hearing this the majordomo said to Sancho,

— Haga, señor gobernador, apartar la gente, porque esta señora con menos empacho pueda decir lo que quisiere.

"Make the people stand back, señor governor, that this lady may say what she wishes with less embarrassment."

Mandólo así el gobernador; apartáronse todos, si no fueron el mayordomo, maestresala y el secretario. Viéndose, pues, solos, la doncella prosiguió diciendo:

Sancho gave the order, and all except the majordomo, the head-carver, and the secretary fell back. Finding herself then in the presence of no more, the damsel went on to say,

— «Yo, señores, soy hija de Pedro Pérez Mazorca, arrendador de las lanas deste lugar, el cual suele muchas veces ir en casa

de mi padre.»

"I am the daughter, sirs, of Pedro Perez Mazorca, the wool-farmer of this town, who is in the habit of coming very often to my father's house."

— Eso no lleva camino —dijo el mayordomo—, señora, porque yo conozco muy bien a Pedro Pérez y sé que no tiene hijo ninguno, ni varón ni hembra; y más, que decís que es vuestro padre, y luego añadís que suele ir muchas veces en casa de vuestro padre.

"That won't do, señora," said the majordomo; "for I know Pedro Perez very well, and I know he has no child at all, either son or daughter; and besides, though you say he is your father, you add then that he comes very often to your father's house."

— Ya yo había dado en ello —dijo Sancho.

"I had already noticed that," said Sancho.

— Ahora, señores, yo estoy turbada, y no sé lo que me digo —respondió la doncella—; pero la verdad es que yo soy hija de Diego de la Llana, que todos vuesas mercedes deben de conocer.

"I am confused just now, sirs," said the damsel, "and I don't know what I am saying; but the truth is that I am the daughter of Diego de la Llana, whom you must all know."

— Aún eso lleva camino —respondió el mayordomo—, que yo conozco a Diego de la Llana, y sé que es un hidalgo principal y rico, y que tiene un hijo y una hija, y que después que enviudó no ha habido nadie en todo este lugar que pueda decir que ha visto el rostro de su hija; que la tiene tan encerrada que no da lugar al sol que la vea; y, con todo esto, la fama dice que es en estremo hermosa.

"Ay, that will do," said the majordomo; "for I know Diego de la Llana, and know that he is a

gentleman of position and a rich man, and that he has a son and a daughter, and that since he was left a widower nobody in all this town can speak of having seen his daughter's face; for he keeps her so closely shut up that he does not give even the sun a chance of seeing her; and for all that report says she is extremely beautiful."

— Así es la verdad —respondió la doncella—, y esa hija soy yo; si la fama miente o no en mi hermosura ya os habréis, señores, desengañado, pues me habéis visto.

"It is true," said the damsel, "and I am that daughter; whether report lies or not as to my beauty, you, sirs, will have decided by this time, as you have seen me;"

Y, en esto, comenzó a llorar tiernamente;

and with this she began to weep bitterly.

viendo lo cual el secretario, se llegó al oído del maestresala y le dijo muy paso:

On seeing this the secretary leant over to the head-carver's ear, and said to him in a low voice,

— Sin duda alguna que a esta pobre doncella le debe de haber sucedido algo de importancia, pues en tal traje, y a tales horas, y siendo tan principal, anda fuera de su casa.

"Something serious has no doubt happened this poor maiden, that she goes wandering from home in such a dress and at such an hour, and one of her rank too."

— No hay dudar en eso —respondió el maestresala—; y más, que esa sospecha la confirman sus lágrimas.

"There can be no doubt about it," returned the carver, "and moreover her tears confirm your suspicion."

Sancho la consoló con las mejores razones que él supo, y le

pidió que sin temor alguno les dijese lo que le había sucedido; que todos procurarían remediarlo con muchas veras y por todas las vías posibles.

Sancho gave her the best comfort he could, and entreated her to tell them without any fear what had happened her, as they would all earnestly and by every means in their power endeavour to relieve her.

— «Es el caso, señores —respondió ella—, que mi padre me ha tenido encerrada diez años ha, que son los mismos que a mi madre come la tierra. En casa dicen misa en un rico oratorio, y yo en todo este tiempo no he visto que el sol del cielo de día, y la luna y las estrellas de noche, ni sé qué son calles, plazas, ni templos, ni aun hombres, fuera de mi padre y de un hermano mío, y de Pedro Pérez el arrendador, que, por entrar de ordinario en mi casa, se me antojó decir que era mi padre, por no declarar el mío. Este encerramiento y este negarme el salir de casa, siquiera a la iglesia, ha muchos días y meses que me trae muy desconsolada; quisiera yo ver el mundo, o, a lo menos, el pueblo donde nací, pareciéndome que este deseo no iba contra el buen decoro que las doncellas principales deben guardar a sí mesmas. Cuando oía decir que corrían toros y jugaban cañas, y se representaban comedias, preguntaba a mi hermano, que es un año menor que yo, que me dijese qué cosas eran aquéllas y otras muchas que yo no he visto; él me lo declaraba por los mejores modos que sabía, pero todo era encenderme más el deseo de verlo. Finalmente, por abreviar el cuento de mi perdición, digo que yo rogué y pedí a mi hermano, que nunca tal pidiera ni tal rogara...»

"The fact is, sirs," said she, "that my father has kept me shut up these ten years, for so long is it since the earth received my mother. Mass is said at home in a sumptuous chapel, and all this time I have seen but the sun in the heaven by day, and the moon and the stars by night; nor do I know what streets are like, or plazas, or

379

churches, or even men, except my father and a brother I have, and Pedro Perez the wool-farmer; whom, because he came frequently to our house, I took it into my head to call my father, to avoid naming my own. This seclusion and the restrictions laid upon my going out, were it only to church, have been keeping me unhappy for many a day and month past; I longed to see the world, or at least the town where I was born, and it did not seem to me that this wish was inconsistent with the respect maidens of good quality should have for themselves. When I heard them talking of bull-fights taking place, and of javelin games, and of acting plays, I asked my brother, who is a year younger than myself, to tell me what sort of things these were, and many more that I had never seen; he explained them to me as well as he could, but the only effect was to kindle in me a still stronger desire to see them. At last, to cut short the story of my ruin, I begged and entreated my brother—O that I had never made such an entreaty-"

Y tornó a renovar el llanto.

And once more she gave way to a burst of weeping.

El mayordomo le dijo: — Prosiga vuestra merced, señora, y acabe de decirnos lo que le ha sucedido, que nos tienen a todos suspensos sus palabras y sus lágrimas.

"Proceed, señora," said the majordomo, "and finish your story of what has happened to you, for your words and tears are keeping us all in suspense."

— Pocas me quedan por decir —respondió la doncella—, aunque muchas lágrimas sí que llorar, porque los mal colocados deseos no pueden traer consigo otros descuentos que los semejantes.

"I have but little more to say, though many a tear to shed," said the damsel; "for ill-placed desires can only be paid for in some such way."

Habíase sentado en el alma del maestresala la belleza de la doncella, y llegó otra vez su lanterna para verla de nuevo; y parecióle que no eran lágrimas las que lloraba, sino aljófar o rocío de los prados, y aun las subía de punto y las llegaba a perlas orientales, y estaba deseando que su desgracia no fuese tanta como daban a entender los indicios de su llanto y de sus suspiros. Desesperábase el gobernador de la tardanza que tenía la moza en dilatar su historia, y díjole que acabase de tenerlos más suspensos, que era tarde y faltaba mucho que andar del pueblo.

The maiden's beauty had made a deep impression on the head-carver's heart, and he again raised his lantern for another look at her, and thought they were not tears she was shedding, but seed-pearl or dew of the meadow, nay, he exalted them still higher, and made Oriental pearls of them, and fervently hoped her misfortune might not be so great a one as her tears and sobs seemed to indicate. The governor was losing patience at the length of time the girl was taking to tell her story, and told her not to keep them waiting any longer; for it was late, and there still remained a good deal of the town to be gone over.

Ella, entre interrotos sollozos y mal formados suspiros, dijo:

She, with broken sobs and half-suppressed sighs, went on to say,

— «No es otra mi desgracia, ni mi infortunio es otro sino que yo rogué a mi hermano que me vistiese en hábitos de hombre con uno de sus vestidos y que me sacase una noche a ver todo el pueblo, cuando nuestro padre durmiese; él, importunado de mis ruegos, condecendió con mi deseo, y, poniéndome este vestido y él vistiéndose de otro mío, que le está como nacido, porque él no tiene pelo de barba y no parece sino una doncella hermosísima, esta noche, debe de haber una hora, poco más o menos, nos salimos de casa; y, guiados de nuestro

381

mozo y desbaratado discurso, hemos rodeado todo el pueblo, y cuando queríamos volver a casa, vimos venir un gran tropel de gente, y mi hermano me dijo: "Hermana, ésta debe de ser la ronda: aligera los pies y pon alas en ellos, y vente tras mí corriendo, porque no nos conozcan, que nos será mal contado".

"My misfortune, my misadventure, is simply this, that I entreated my brother to dress me up as a man in a suit of his clothes, and take me some night, when our father was asleep, to see the whole town; he, overcome by my entreaties, consented, and dressing me in this suit and himself in clothes of mine that fitted him as if made for him (for he has not a hair on his chin, and might pass for a very beautiful young girl), to-night, about an hour ago, more or less, we left the house, and guided by our youthful and foolish impulse we made the circuit of the whole town, and then, as we were about to return home, we saw a great troop of people coming, and my brother said to me, 'Sister, this must be the round, stir your feet and put wings to them, and follow me as fast as you can, lest they recognise us, for that would be a bad business for us;'

Y, diciendo esto, volvió las espaldas y comenzó, no digo a correr, sino a volar; yo, a menos de seis pasos, caí, con el sobresalto, y entonces llegó el ministro de la justicia que me trujo ante vuestras mercedes, adonde, por mala y antojadiza, me veo avergonzada ante tanta gente.»

and so saying he turned about and began, I cannot say to run but to fly; in less than six paces I fell from fright, and then the officer of justice came up and carried me before your worships, where I find myself put to shame before all these people as whimsical and vicious."

— ¿En efecto, señora —dijo Sancho—, no os ha sucedido otro desmán alguno, ni celos, como vos al principio de vuestro cuento dijistes, no os sacaron de vuestra casa?

"So then, señora," said Sancho, "no other mishap has befallen you, nor was it jealousy that made you leave home, as you said at the beginning of your story?"

— No me ha sucedido nada, ni me sacaron celos, sino sólo el deseo de ver mundo, que no se estendía a más que a ver las calles de este lugar.

"Nothing has happened me," said she, "nor was it jealousy that brought me out, but merely a longing to see the world, which did not go beyond seeing the streets of this town."

Y acabó de confirmar ser verdad lo que la doncella decía llegar los corchetes con su hermano preso, a quien alcanzó uno dellos cuando se huyó de su hermana. No traía sino un faldellín rico y una mantellina de damasco azul con pasamanos de oro fino, la cabeza sin toca ni con otra cosa adornada que con sus mesmos cabellos, que eran sortijas de oro, según eran rubios y enrizados. Apartáronse con el gobernador, mayordomo y maestresala, y, sin que lo oyese su hermana, le preguntaron cómo venía en aquel traje, y él, con no menos vergüenza y empacho, contó lo mesmo que su hermana había contado, de que recibió gran gusto el enamorado maestresala. Pero el gobernador les dijo:

The appearance of the tipstaffs with her brother in custody, whom one of them had overtaken as he ran away from his sister, now fully confirmed the truth of what the damsel said. He had nothing on but a rich petticoat and a short blue damask cloak with fine gold lace, and his head was uncovered and adorned only with its own hair, which looked like rings of gold, so bright and curly was it. The governor, the majordomo, and the carver went aside with him, and, unheard by his sister, asked him how he came to be in that dress, and he with no less shame and embarrassment told exactly the same story as his sister, to the great delight of the enamoured carver; the governor, however, said to them,

— Por cierto, señores, que ésta ha sido una gran rapacería, y para contar esta necedad y atrevimiento no eran menester tantas largas, ni tantas lágrimas y suspiros; que con decir: "Somos fulano y fulana, que nos salimos a espaciar de casa de nuestros padres con esta invención, sólo por curiosidad, sin otro designio alguno", se acabara el cuento, y no gemidicos, y lloramicos, y darle.

"In truth, young lady and gentleman, this has been a very childish affair, and to explain your folly and rashness there was no necessity for all this delay and all these tears and sighs; for if you had said we are so-and-so, and we escaped from our father's house in this way in order to ramble about, out of mere curiosity and with no other object, there would have been an end of the matter, and none of these little sobs and tears and all the rest of it."

— Así es la verdad —respondió la doncella—, pero sepan vuesas mercedes que la turbación que he tenido ha sido tanta, que no me ha dejado guardar el término que debía.

"That is true," said the damsel, "but you see the confusion I was in was so great it did not let me behave as I ought."

— No se ha perdido nada —respondió Sancho—. Vamos, y dejaremos a vuesas mercedes en casa de su padre; quizá no los habrá echado menos. Y, de aquí adelante, no se muestren tan niños, ni tan deseosos de ver mundo, que la doncella honrada, la pierna quebrada, y en casa; y la mujer y la gallina, por andar se pierden aína; y la que es deseosa de ver, también tiene deseo de ser vista. No digo más.

"No harm has been done," said Sancho; "come, we will leave you at your father's house; perhaps they will not have missed you; and another time

don't be so childish or eager to see the world;
for a respectable damsel should have a broken leg
and keep at home; and the woman and the hen by
gadding about are soon lost; and she who is eager
to see is also eager to be seen; I say no more."

El mancebo agradeció al gobernador la merced que quería
hacerles de volverlos a su casa, y así, se encaminaron hacia
ella, que no estaba muy lejos de allí. Llegaron, pues, y, tirando
el hermano una china a una reja, al momento bajó una criada,
que los estaba esperando, y les abrió la puerta, y ellos se
entraron, dejando a todos admirados, así de su gentileza y
hermosura como del deseo que tenían de ver mundo, de
noche y sin salir del lugar; pero todo lo atribuyeron a su poca
edad.

The youth thanked the governor for his kind offer
to take them home, and they directed their steps
towards the house, which was not far off. On
reaching it the youth threw a pebble up at a
grating, and immediately a woman-servant who was
waiting for them came down and opened the door to
them, and they went in, leaving the party
marvelling as much at their grace and beauty as
at the fancy they had for seeing the world by
night and without quitting the village; which,
however, they set down to their youth.

Quedó el maestresala traspasado su corazón, y propuso de
luego otro día pedírsela por mujer a su padre, teniendo por
cierto que no se la negaría, por ser él criado del duque; y aun
a Sancho le vinieron deseos y barruntos de casar al mozo con
Sanchica, su hija, y determinó de ponerlo en plática a su
tiempo, dándose a entender que a una hija de un gobernador
ningún marido se le podía negar.

The head-carver was left with a heart pierced
through and through, and he made up his mind on
the spot to demand the damsel in marriage of her
father on the morrow, making sure she would not
be refused him as he was a servant of the duke's;

385

and even to Sancho ideas and schemes of marrying the youth to his daughter Sanchica suggested themselves, and he resolved to open the negotiation at the proper season, persuading himself that no husband could be refused to a governor's daughter.

Con esto, se acabó la ronda de aquella noche, y de allí a dos días el gobierno, con que se destroncaron y borraron todos sus designios, como se verá adelante.

And so the night's round came to an end, and a couple of days later the government, whereby all his plans were overthrown and swept away, as will be seen farther on.

Capítulo L. Donde se declara quién fueron los encantadores y verdugos que azotaron a la dueña y pellizcaron y arañaron a don Quijote, con el suceso que tuvo el paje que llevó la carta a Teresa Sancha, mujer de Sancho Panza

CHAPTER L. WHEREIN IS SET FORTH WHO THE ENCHANTERS AND EXECUTIONERS WERE WHO FLOGGED THE DUENNA AND PINCHED DON QUIXOTE, AND ALSO WHAT BEFELL THE PAGE WHO CARRIED THE LETTER TO TERESA PANZA, SANCHO PANZA'S WIFE

Dice Cide Hamete, puntualísimo escudriñador de los átomos desta verdadera historia, que al tiempo que doña Rodríguez salió de su aposento para ir a la estancia de don Quijote, otra dueña que con ella dormía lo sintió, y que, como todas las dueñas son amigas de saber, entender y oler, se fue tras ella, con tanto silencio, que la buena Rodríguez no lo echó de ver; y, así como la dueña la vio entrar en la estancia de don Quijote, porque no faltase en ella la general costumbre que todas las dueñas tienen de ser chismosas, al momento lo fue a poner en pico a su señora la duquesa, de cómo doña Rodríguez quedaba en el aposento de don Quijote.

Cide Hamete, the painstaking investigator of the minute points of this veracious history, says that when Dona Rodriguez left her own room to go to Don Quixote's, another duenna who slept with her observed her, and as all duennas are fond of prying, listening, and sniffing, she followed her so silently that the good Rodriguez never perceived it; and as soon as the duenna saw her enter Don Quixote's room, not to fail in a duenna's invariable practice of tattling, she hurried off that instant to report to the duchess how Dona Rodriguez was closeted with Don Quixote. The duchess told the duke, and asked him to let her and Altisidora go and see what the said duenna wanted with Don Quixote.

La duquesa se lo dijo al duque, y le pidió licencia para que ella y Altisidora viniesen a ver lo que aquella dueña quería con don Quijote; el duque se la dio, y las dos, con gran tiento y sosiego, paso ante paso, llegaron a ponerse junto a la puerta del aposento, y tan cerca, que oían todo lo que dentro hablaban; y, cuando oyó la duquesa que Rodríguez había echado en la calle el Aranjuez de sus fuentes, no lo pudo sufrir, ni menos Altisidora; y así, llenas de cólera y deseosas de venganza, entraron de golpe en el aposento, y acrebillaron a don Quijote y vapularon a la dueña del modo que queda contado; porque las afrentas que van derechas contra la hermosura y presunción de las mujeres, despierta en ellas en gran manera la ira y enciende el deseo de vengarse.

The duke gave them leave, and the pair cautiously and quietly crept to the door of the room and posted themselves so close to it that they could hear all that was said inside. But when the duchess heard how the Rodriguez had made public the Aranjuez of her issues she could not restrain herself, nor Altisidora either; and so, filled with rage and thirsting for vengeance, they burst into the room and tormented Don Quixote and flogged the duenna in the manner already described; for indignities offered to their charms and self-esteem mightily provoke the anger of women and make them eager for revenge.

Contó la duquesa al duque lo que le había pasado, de lo que se holgó mucho, y la duquesa, prosiguiendo con su intención de burlarse y recibir pasatiempo con don Quijote, despachó al paje que había hecho la figura de Dulcinea en el concierto de su desencanto —que tenía bien olvidado Sancho Panza con la ocupación de su gobierno— a Teresa Panza, su mujer, con la carta de su marido, y con otra suya, y con una gran sarta de corales ricos presentados.

The duchess told the duke what had happened, and he was much amused by it; and she, in pursuance of her design of making merry and diverting herself with Don Quixote, despatched the page who had played the part of Dulcinea in the negotiations for her disenchantment (which Sancho Panza in the cares of government had forgotten all about) to Teresa Panza his wife with her husband's letter and another from herself, and also a great string of fine coral beads as a present.

Dice, pues, la historia, que el paje era muy discreto y agudo, y, con deseo de servir a sus señores, partió de muy buena gana al lugar de Sancho; y, antes de entrar en él, vio en un arroyo estar lavando cantidad de mujeres, a quien preguntó si le sabrían decir si en aquel lugar vivía una mujer llamada Teresa Panza, mujer de un cierto Sancho Panza, escudero de un caballero llamado don Quijote de la Mancha, a cuya pregunta se levantó en pie una mozuela que estaba lavando, y dijo:

Now the history says this page was very sharp and quick-witted; and eager to serve his lord and lady he set off very willingly for Sancho's village. Before he entered it he observed a number of women washing in a brook, and asked them if they could tell him whether there lived there a woman of the name of Teresa Panza, wife of one Sancho Panza, squire to a knight called Don Quixote of La Mancha. At the question a young girl who was washing stood up and said,

— Esa Teresa Panza es mi madre, y ese tal Sancho, mi señor padre, y el tal caballero, nuestro amo.

"Teresa Panza is my mother, and that Sancho is my father, and that knight is our master."

— Pues venid, doncella —dijo el paje—, y mostradme a vuestra madre, porque le traigo una carta y un presente del tal vuestro padre.

"Well then, miss," said the page, "come and show

me where your mother is, for I bring her a letter and a present from your father."

— Eso haré yo de muy buena gana, señor mío —respondió la moza, que mostraba ser de edad de catorce años, poco más a menos.

"That I will with all my heart, señor," said the girl, who seemed to be about fourteen, more or less;

Y, dejando la ropa que lavaba a otra compañera, sin tocarse ni calzarse, que estaba en piernas y desgreñada, saltó delante de la cabalgadura del paje, y dijo:

and leaving the clothes she was washing to one of her companions, and without putting anything on her head or feet, for she was bare-legged and had her hair hanging about her, away she skipped in front of the page's horse, saying,

— Venga vuesa merced, que a la entrada del pueblo está nuestra casa, y mi madre en ella, con harta pena por no haber sabido muchos días ha de mi señor padre.

"Come, your worship, our house is at the entrance of the town, and my mother is there, sorrowful enough at not having had any news of my father this ever so long."

— Pues yo se las llevo tan buenas —dijo el paje— que tiene que dar bien gracias a Dios por ellas.

"Well," said the page, "I am bringing her such good news that she will have reason to thank God."

Finalmente, saltando, corriendo y brincando, llegó al pueblo la muchacha, y, antes de entrar en su casa, dijo a voces desde la puerta:

And then, skipping, running, and capering, the girl reached the town, but before going into the house she called out at the door,

390

— Salga, madre Teresa, salga, salga, que viene aquí un señor que trae cartas y otras cosas de mi buen padre.

"Come out, mother Teresa, come out, come out; here's a gentleman with letters and other things from my good father."

A cuyas voces salió Teresa Panza, su madre, hilando un copo de estopa, con una saya parda. Parecía, según era de corta, que se la habían cortado por vergonzoso lugar, con un corpezuelo asimismo pardo y una camisa de pechos. No era muy vieja, aunque mostraba pasar de los cuarenta, pero fuerte, tiesa, nervuda y avellanada; la cual, viendo a su hija, y al paje a caballo, le dijo:

At these words her mother Teresa Panza came out spinning a bundle of flax, in a grey petticoat (so short was it one would have fancied "they to her shame had cut it short"), a grey bodice of the same stuff, and a smock. She was not very old, though plainly past forty, strong, healthy, vigorous, and sun-dried; and seeing her daughter and the page on horseback, she exclaimed,

— ¿Qué es esto, niña? ¿Qué señor es éste?

"What's this, child? What gentleman is this?"

— Es un servidor de mi señora doña Teresa Panza — respondió el paje.

"A servant of my lady, Dona Teresa Panza," replied the page;

Y, diciendo y haciendo, se arrojó del caballo y se fue con mucha humildad a poner de hinojos ante la señora Teresa, diciendo:

and suiting the action to the word he flung himself off his horse, and with great humility advanced to kneel before the lady Teresa, saying,

— Déme vuestra merced sus manos, mi señora doña Teresa, bien así como mujer legítima y particular del señor don

Sancho Panza, gobernador propio de la ínsula Barataria.

"Let me kiss your hand, Señora Dona Teresa, as the lawful and only wife of Señor Don Sancho Panza, rightful governor of the island of Barataria."

— ¡Ay, señor mío, quítese de ahí; no haga eso —respondió Teresa—, que yo no soy nada palaciega, sino una pobre labradora, hija de un estripaterrones y mujer de un escudero andante, y no de gobernador alguno!

"Ah, señor, get up, do that," said Teresa; "for I'm not a bit of a court lady, but only a poor country woman, the daughter of a clodcrusher, and the wife of a squire-errant and not of any governor at all."

— Vuesa merced —respondió el paje— es mujer dignísima de un gobernador archidignísimo; y, para prueba desta verdad, reciba vuesa merced esta carta y este presente.

"You are," said the page, "the most worthy wife of a most arch-worthy governor; and as a proof of what I say accept this letter and this present;"

Y sacó al instante de la faldriquera una sarta de corales con estremos de oro, y se la echó al cuello y dijo:

and at the same time he took out of his pocket a string of coral beads with gold clasps, and placed it on her neck, and said,

— Esta carta es del señor gobernador, y otra que traigo y estos corales son de mi señora la duquesa, que a vuestra merced me envía.

"This letter is from his lordship the governor, and the other as well as these coral beads from my lady the duchess, who sends me to your worship."

Quedó pasmada Teresa, y su hija ni más ni menos, y la muchacha dijo:

Teresa stood lost in astonishment, and her daughter just as much, and the girl said,

— Que me maten si no anda por aquí nuestro señor amo don Quijote, que debe de haber dado a padre el gobierno o condado que tantas veces le había prometido.

"May I die but our master Don Quixote's at the bottom of this; he must have given father the government or county he so often promised him."

— Así es la verdad —respondió el paje—: que, por respeto del señor don Quijote, es ahora el señor Sancho gobernador de la ínsula Barataria, como se verá por esta carta.

"That is the truth," said the page; "for it is through Señor Don Quixote that Señor Sancho is now governor of the island of Barataria, as will be seen by this letter."

— Léamela vuesa merced, señor gentilhombre —dijo Teresa—, porque, aunque yo sé hilar, no sé leer migaja.

"Will your worship read it to me, noble sir?" said Teresa; "for though I can spin I can't read, not a scrap."

— Ni yo tampoco —añadió Sanchica—; pero espérenme aquí, que yo iré a llamar quien la lea, ora sea el cura mesmo, o el bachiller Sansón Carrasco, que vendrán de muy buena gana, por saber nuevas de mi padre.

"Nor I either," said Sanchica; "but wait a bit, and I'll go and fetch some one who can read it, either the curate himself or the bachelor Samson Carrasco, and they'll come gladly to hear any news of my father."

— No hay para qué se llame a nadie, que yo no sé hilar, pero sé leer, y la leeré.

"There is no need to fetch anybody," said the page; "for though I can't spin I can read, and I'll read it;"

Y así, se la leyó toda, que, por quedar ya referida, no se pone aquí; y luego sacó otra de la duquesa, que decía desta manera:

and so he read it through, but as it has been already given it is not inserted here; and then he took out the other one from the duchess, which ran as follows:

Amiga Teresa:

Las buenas partes de la bondad y del ingenio de vuestro marido Sancho me movieron y obligaron a pedir a mi marido el duque le diese un gobierno de una ínsula, de muchas que tiene. Tengo noticia que gobierna como un girifalte, de lo que yo estoy muy contenta, y el duque mi señor, por el consiguiente; por lo que doy muchas gracias al cielo de no haberme engañado en haberle escogido para el tal gobierno; porque quiero que sepa la señora Teresa que con dificultad se halla un buen gobernador en el mundo, y tal me haga a mí Dios como Sancho gobierna.

Friend Teresa,—Your husband Sancho's good qualities, of heart as well as of head, induced and compelled me to request my husband the duke to give him the government of one of his many islands. I am told he governs like a gerfalcon, of which I am very glad, and my lord the duke, of course, also; and I am very thankful to heaven that I have not made a mistake in choosing him for that same government; for I would have Señora Teresa know that a good governor is hard to find in this world and may God make me as good as Sancho's way of governing.

Ahí le envío, querida mía, una sarta de corales con estremos de oro; yo me holgara que fuera de perlas orientales, pero quien te da el hueso, no te querría ver muerta: tiempo vendrá en que nos conozcamos y nos comuniquemos, y Dios sabe lo que será. Encomiéndeme a Sanchica, su hija, y dígale de mi parte que se apareje, que la tengo de casar altamente cuando

menos lo piense.

Herewith I send you, my dear, a string of coral beads with gold clasps; I wish they were Oriental pearls; but "he who gives thee a bone does not wish to see thee dead;" a time will come when we shall become acquainted and meet one another, but God knows the future. Commend me to your daughter Sanchica, and tell her from me to hold herself in readiness, for I mean to make a high match for her when she least expects it.

Dícenme que en ese lugar hay bellotas gordas: envíeme hasta dos docenas, que las estimaré en mucho, por ser de su mano, y escríbame largo, avisándome de su salud y de su bienestar; y si hubiere menester alguna cosa, no tiene que hacer más que boquear: que su boca será medida, y Dios me la guarde.

They tell me there are big acorns in your village; send me a couple of dozen or so, and I shall value them greatly as coming from your hand; and write to me at length to assure me of your health and well-being; and if there be anything you stand in need of, it is but to open your mouth, and that shall be the measure; and so God keep you.

Deste lugar.

Su amiga, que bien la quiere,

La Duquesa.

From this place. Your loving friend, THE DUCHESS.

— ¡Ay —dijo Teresa en oyendo la carta—, y qué buena y qué llana y qué humilde señora! Con estas tales señoras me entierren a mí, y no las hidalgas que en este pueblo se usan, que piensan que por ser hidalgas no las ha de tocar el viento, y van a la iglesia con tanta fantasía como si fuesen las mesmas reinas, que no parece sino que tienen a deshonra el mirar a una labradora; y veis aquí donde esta buena señora, con ser duquesa, me llama amiga, y me trata como si fuera su igual, que igual la vea yo con el más alto campanario que hay en la Mancha. Y, en lo que toca a las bellotas, señor mío, yo le enviaré a su señoría un celemín, que por gordas las pueden venir a ver a la mira y a la maravilla. Y por ahora, Sanchica, atiende a que se regale este señor: pon en orden este caballo, y saca de la caballeriza güevos, y corta tocino adunia, y démosle de comer como a un príncipe, que las buenas nuevas que nos ha traído y la buena cara que él tiene lo merece todo; y, en tanto, saldré yo a dar a mis vecinas las nuevas de nuestro contento, y al padre cura y a maese Nicolás el barbero, que tan amigos son y han sido de tu padre.

"Ah, what a good, plain, lowly lady!" said Teresa when she heard the letter; "that I may be buried with ladies of that sort, and not the gentlewomen we have in this town, that fancy because they are gentlewomen the wind must not touch them, and go to church with as much airs as if they were queens, no less, and seem to think they are disgraced if they look at a farmer's wife! And see here how this good lady, for all she's a duchess, calls me 'friend,' and treats me as if I was her equal—and equal may I see her with the tallest church-tower in La Mancha! And as for the acorns, señor, I'll send her ladyship a peck and such big ones that one might come to see them as a show and a wonder. And now, Sanchica, see that the gentleman is comfortable; put up his horse, and get some eggs out of the stable, and cut plenty of bacon, and let's give him his dinner like a prince; for the good news he has brought, and his own bonny face deserve it all; and meanwhile I'll run out and give the neighbours the news of our good luck, and father curate, and Master Nicholas the barber, who are and always have been such friends of thy father's."

— Sí haré, madre —respondió Sanchica—; pero mire que me ha de dar la mitad desa sarta; que no tengo yo por tan boba a mi señora la duquesa, que se la había de enviar a ella toda.

"That I will, mother," said Sanchica; "but mind, you must give me half of that string; for I don't think my lady the duchess could have been so stupid as to send it all to you."

— Todo es para ti, hija —respondió Teresa—, pero déjamela traer algunos días al cuello, que verdaderamente parece que me alegra el corazón.

"It is all for thee, my child," said Teresa; "but let me wear it round my neck for a few days; for verily it seems to make my heart glad."

— También se alegrarán —dijo el paje— cuando vean el lío que viene en este portamanteo, que es un vestido de paño finísimo que el gobernador sólo un día llevó a caza, el cual todo le envía para la señora Sanchica.

"You will be glad too," said the page, "when you see the bundle there is in this portmanteau, for it is a suit of the finest cloth, that the governor only wore one day out hunting and now sends, all for Señora Sanchica."

— Que me viva él mil años —respondió Sanchica—, y el que lo trae, ni más ni menos, y aun dos mil, si fuere necesidad.

"May he live a thousand years," said Sanchica, "and the bearer as many, nay two thousand, if needful."

Salióse en esto Teresa fuera de casa, con las cartas, y con la sarta al cuello, y iba tañendo en las cartas como si fuera en un pandero; y, encontrándose acaso con el cura y Sansón Carrasco, comenzó a bailar y a decir:

With this Teresa hurried out of the house with the letters, and with the string of beads round her neck, and went along thrumming the letters as if they were a tambourine, and by chance coming across the curate and Samson Carrasco she began capering and saying,

— ¡A fee que agora que no hay pariente pobre! ¡Gobiernito

tenemos! ¡No, sino tómese conmigo la más pintada hidalga, que yo la pondré como nueva!

"None of us poor now, faith! We've got a little government! Ay, let the finest fine lady tackle me, and I'll give her a setting down!"

— ¿Qué es esto, Teresa Panza? ¿Qué locuras son éstas, y qué papeles son ésos?

"What's all this, Teresa Panza," said they; "what madness is this, and what papers are those?"

— No es otra la locura sino que éstas son cartas de duquesas y de gobernadores, y estos que traigo al cuello son corales finos; las avemarías y los padres nuestros son de oro de martillo, y yo soy gobernadora.

"The madness is only this," said she, "that these are the letters of duchesses and governors, and these I have on my neck are fine coral beads, with ave-marias and paternosters of beaten gold, and I am a governess."

— De Dios en ayuso, no os entendemos, Teresa, ni sabemos lo que os decís.

"God help us," said the curate, "we don't understand you, Teresa, or know what you are talking about."

— Ahí lo podrán ver ellos —respondió Teresa. Y dioles las cartas.

"There, you may see it yourselves," said Teresa, and she handed them the letters.

Leyólas el cura de modo que las oyó Sansón Carrasco, y Sansón y el cura se miraron el uno al otro, como admirados de lo que habían leído; y preguntó el bachiller quién había traído aquellas cartas. Respondió Teresa que se viniesen con ella a su casa y verían el mensajero, que era un mancebo como un pino de oro, y que le traía otro presente que valía más de tanto. Quitóle el cura los corales del cuello, y mirólos y remirólos, y, certificándose que eran finos, tornó a admirarse de nuevo, y dijo:

The curate read them out for Samson Carrasco to hear, and Samson and he regarded one another with looks of astonishment at what they had read, and the bachelor asked who had brought the letters. Teresa in reply bade them come with her to her house and they would see the messenger, a most elegant youth, who had brought another present which was worth as much more. The curate took the coral beads from her neck and examined them again and again, and having satisfied himself as to their fineness he fell to wondering afresh, and said,

— Por el hábito que tengo, que no sé qué me diga ni qué me piense de estas cartas y destos presentes: por una parte, veo y toco la fineza de estos corales, y por otra, leo que una duquesa envía a pedir dos docenas de bellotas.

"By the gown I wear I don't know what to say or think of these letters and presents; on the one hand I can see and feel the fineness of these coral beads, and on the other I read how a duchess sends to beg for a couple of dozen of acorns."

— ¡Aderézame esas medidas! —dijo entonces Carrasco—. Agora bien, vamos a ver al portador deste pliego, que dél nos informaremos de las dificultades que se nos ofrecen.

"Square that if you can," said Carrasco; "well, let's go and see the messenger, and from him we'll learn something about this mystery that has turned up."

Hiciéronlo así, y volvióse Teresa con ellos. Hallaron al paje cribando un poco de cebada para su cabalgadura, y a Sanchica cortando un torrezno para empedrarle con güevos y dar de comer al paje, cuya presencia y buen adorno contentó mucho a los dos; y, después de haberle saludado cortésmente, y él a ellos, le preguntó Sansón les dijese nuevas así de don Quijote como de Sancho Panza; que, puesto que habían leído las cartas de Sancho y de la señora duquesa, todavía estaban confusos y no acababan de atinar qué sería aquello del gobierno de Sancho, y más de una ínsula, siendo todas o las más que hay en el mar Mediterráneo de Su Majestad.

They did so, and Teresa returned with them. They found the page sifting a little barley for his horse, and Sanchica cutting a rasher of bacon to be paved with eggs for his dinner. His looks and his handsome apparel pleased them both greatly; and after they had saluted him courteously, and he them, Samson begged him to give them his news, as well of Don Quixote as of Sancho Panza, for, he said, though they had read the letters from Sancho and her ladyship the duchess, they were still puzzled and could not make out what was meant by Sancho's government, and above all of an island, when all or most of those in the Mediterranean belonged to his Majesty.

A lo que el paje respondió:

To this the page replied,

— De que el señor Sancho Panza sea gobernador, no hay que dudar en ello; de que sea ínsula o no la que gobierna, en eso no me entremeto, pero basta que sea un lugar de más de mil vecinos; y, en cuanto a lo de las bellotas, digo que mi señora la duquesa es tan llana y tan humilde, que no —decía él— enviar a pedir bellotas a una labradora, pero que le acontecía enviar a pedir un peine prestado a una vecina suya. Porque quiero que sepan vuestras mercedes que las señoras de Aragón, aunque son tan principales, no son tan puntuosas y levantadas como las señoras castellanas; con más llaneza tratan con las gentes.

"As to Señor Sancho Panza's being a governor

there is no doubt whatever; but whether it is an island or not that he governs, with that I have nothing to do; suffice it that it is a town of more than a thousand inhabitants; with regard to the acorns I may tell you my lady the duchess is so unpretending and unassuming that, not to speak of sending to beg for acorns from a peasant woman, she has been known to send to ask for the loan of a comb from one of her neighbours; for I would have your worships know that the ladies of Aragon, though they are just as illustrious, are not so punctilious and haughty as the Castilian ladies; they treat people with greater familiarity."

Estando en la mitad destas pláticas, saltó Sanchica con un halda de güevos, y preguntó al paje:

In the middle of this conversation Sanchica came in with her skirt full of eggs, and said she to the page,

— Dígame, señor: ¿mi señor padre trae por ventura calzas atacadas después que es gobernador?

"Tell me, señor, does my father wear trunk-hose since he has been governor?"

— No he mirado en ello —respondió el paje—, pero sí debe de traer.

"I have not noticed," said the page; "but no doubt he wears them."

— ¡Ay Dios mío —replicó Sanchica—, y que será de ver a mi padre con pedorreras! ¿No es bueno sino que desde que nací tengo deseo de ver a mi padre con calzas atacadas?

"Ah! my God!" said Sanchica, "what a sight it must be to see my father in tights! Isn't it odd that ever since I was born I have had a longing to see my father in trunk-hose?"

— Como con esas cosas le verá vuestra merced si vive —

respondió el paje—. Par Dios, términos lleva de caminar con papahígo, con solos dos meses que le dure el gobierno.

"As things go you will see that if you live," said the page; "by God he is in the way to take the road with a sunshade if the government only lasts him two months more."

Bien echaron de ver el cura y el bachiller que el paje hablaba socarronamente, pero la fineza de los corales y el vestido de caza que Sancho enviaba lo deshacía todo; que ya Teresa les había mostrado el vestido. Y no dejaron de reírse del deseo de Sanchica, y más cuando Teresa dijo:

The curate and the bachelor could see plainly enough that the page spoke in a waggish vein; but the fineness of the coral beads, and the hunting suit that Sancho sent (for Teresa had already shown it to them) did away with the impression; and they could not help laughing at Sanchica's wish, and still more when Teresa said,

— Señor cura, eche cata por ahí si hay alguien que vaya a Madrid, o a Toledo, para que me compre un verdugado redondo, hecho y derecho, y sea al uso y de los mejores que hubiere; que en verdad en verdad que tengo de honrar el gobierno de mi marido en cuanto yo pudiere, y aun que si me enojo, me tengo de ir a esa corte, y echar un coche, como todas; que la que tiene marido gobernador muy bien le puede traer y sustentar.

"Señor curate, look about if there's anybody here going to Madrid or Toledo, to buy me a hooped petticoat, a proper fashionable one of the best quality; for indeed and indeed I must do honour to my husband's government as well as I can; nay, if I am put to it and have to, I'll go to Court and set a coach like all the world; for she who has a governor for her husband may very well have one and keep one."

— Y ¡cómo, madre! —dijo Sanchica—. Pluguiese a Dios que

402

fuese antes hoy que mañana, aunque dijesen los que me viesen ir sentada con mi señora madre en aquel coche: "¡Mirad la tal por cual, hija del harto de ajos, y cómo va sentada y tendida en el coche, como si fuera una papesa!" Pero pisen ellos los lodos, y ándeme yo en mi coche, levantados los pies del suelo. ¡Mal año y mal mes para cuantos murmuradores hay en el mundo, y ándeme yo caliente, y ríase la gente! ¿Digo bien, madre mía?

"And why not, mother!" said Sanchica; "would to God it were to-day instead of to-morrow, even though they were to say when they saw me seated in the coach with my mother, 'See that rubbish, that garlic-stuffed fellow's daughter, how she goes stretched at her ease in a coach as if she was a she-pope!' But let them tramp through the mud, and let me go in my coach with my feet off the ground. Bad luck to backbiters all over the world; 'let me go warm and the people may laugh.' Do I say right, mother?"

— Y ¡cómo que dices bien, hija! —respondió Teresa—. Y todas estas venturas, y aun mayores, me las tiene profetizadas mi buen Sancho, y verás tú, hija, cómo no para hasta hacerme condesa: que todo es comenzar a ser venturosas; y, como yo he oído decir muchas veces a tu buen padre, que así como lo es tuyo lo es de los refranes, cuando te dieren la vaquilla, corre con soguilla: cuando te dieren un gobierno, cógele; cuando te dieren un condado, agárrale, y cuando te hicieren tus, tus, con alguna buena dádiva, envásala. ¡No, sino dormíos, y no respondáis a las venturas y buenas dichas que están llamando a la puerta de vuestra casa!

"To be sure you do, my child," said Teresa; "and all this good luck, and even more, my good Sancho foretold me; and thou wilt see, my daughter, he won't stop till he has made me a countess; for to make a beginning is everything in luck; and as I have heard thy good father say many a time (for besides being thy father he's the father of proverbs too), 'When they offer thee a heifer, run with a halter; when they offer thee a government, take it; when they would give thee a county, seize it; when they say, "Here, here!" to thee with something good, swallow it.' Oh no! go to sleep, and don't answer the strokes of good fortune and the lucky chances that are knocking at the door of your house!"

— Y ¿qué se me da a mí —añadió Sanchica— que diga el que quisiere cuando me vea entonada y fantasiosa: "Viose el perro en bragas de cerro...", y lo demás?

"And what do I care," added Sanchica, "whether anybody says when he sees me holding my head up, 'The dog saw himself in hempen breeches,' and the rest of it?"

Oyendo lo cual el cura, dijo:

Hearing this the curate said,

— Yo no puedo creer sino que todos los deste linaje de los Panzas nacieron cada uno con un costal de refranes en el cuerpo: ninguno dellos he visto que no los derrame a todas horas y en todas las pláticas que tienen.

"I do believe that all this family of the Panzas are born with a sackful of proverbs in their insides, every one of them; I never saw one of them that does not pour them out at all times and on all occasions."

— Así es la verdad —dijo el paje—, que el señor gobernador Sancho a cada paso los dice, y, aunque muchos no vienen a propósito, todavía dan gusto, y mi señora la duquesa y el duque los celebran mucho.

"That is true," said the page, "for Señor Governor Sancho utters them at every turn; and though a great many of them are not to the purpose, still they amuse one, and my lady the duchess and the duke praise them highly."

404

— ¿Que todavía se afirma vuestra merced, señor mío —dijo el bachiller—, ser verdad esto del gobierno de Sancho, y de que hay duquesa en el mundo que le envíe presentes y le escriba? Porque nosotros, aunque tocamos los presentes y hemos leído las cartas, no lo creemos, y pensamos que ésta es una de las cosas de don Quijote, nuestro compatrioto, que todas piensa que son hechas por encantamento; y así, estoy por decir que quiero tocar y palpar a vuestra merced, por ver si es embajador fantástico o hombre de carne y hueso.

"Then you still maintain that all this about Sancho's government is true, señor," said the bachelor, "and that there actually is a duchess who sends him presents and writes to him? Because we, although we have handled the present and read the letters, don't believe it and suspect it to be something in the line of our fellow-townsman Don Quixote, who fancies that everything is done by enchantment; and for this reason I am almost ready to say that I'd like to touch and feel your worship to see whether you are a mere ambassador of the imagination or a man of flesh and blood."

— Señores, yo no sé más de mí —respondió el paje— sino que soy embajador verdadero, y que el señor Sancho Panza es gobernador efectivo, y que mis señores duque y duquesa pueden dar, y han dado, el tal gobierno; y que he oído decir que en él se porta valentísimamente el tal Sancho Panza; si en esto hay encantamento o no, vuestras mercedes lo disputen allá entre ellos, que yo no sé otra cosa, para el juramento que hago, que es por vida de mis padres, que los tengo vivos y los amo y los quiero mucho.

"All I know, sirs," replied the page, "is that I am a real ambassador, and that Señor Sancho Panza is governor as a matter of fact, and that my lord and lady the duke and duchess can give, and have given him this same government, and that I have heard the said Sancho Panza bears himself very stoutly therein; whether there be any enchantment in all this or not, it is for your worships to settle between you; for that's all I know by the oath I swear, and that is by the life of my parents whom I have still alive, and love dearly."

— Bien podrá ello ser así —replicó el bachiller—, pero dubitat Augustinus.

"It may be so," said the bachelor; "but dubitat Augustinus."

— Dude quien dudare —respondió el paje—, la verdad es la que he dicho, y esta que ha de andar siempre sobre la mentira,como el aceite sobre el agua; y si no, operibus credite, et non verbis: véngase alguno de vuesas mercedes conmigo, y verán con los ojos lo que no creen por los oídos.

"Doubt who will," said the page; "what I have told you is the truth, and that will always rise above falsehood as oil above water; if not operibus credite, et non verbis. Let one of you come with me, and he will see with his eyes what he does not believe with his ears."

— Esa ida a mí toca —dijo Sanchica—: lléveme vuestra merced, señor, a las ancas de su rocín, que yo iré de muy buena gana a ver a mi señor padre.

"It's for me to make that trip," said Sanchica; "take me with you, señor, behind you on your horse; for I'll go with all my heart to see my father."

— Las hijas de los gobernadores no han de ir solas por los caminos, sino acompañadas de carrozas y literas y de gran número de sirvientes.

"Governors' daughters," said the page, "must not travel along the roads alone, but accompanied by coaches and litters and a great number of attendants."

— Par Dios —respondió Sancha—, tan bién me vaya yo sobre

406

una pollina como sobre un coche. ¡Hallado la habéis la melindrosa!

"By God," said Sanchica, "I can go just as well mounted on a she-ass as in a coach; what a dainty lass you must take me for!"

— Calla, mochacha —dijo Teresa—, que no sabes lo que te dices, y este señor está en lo cierto: que tal el tiempo, tal el tiento; cuando Sancho, Sancha, y cuando gobernador, señora, y no sé si diga algo.

"Hush, girl," said Teresa; "you don't know what you're talking about; the gentleman is quite right, for 'as the time so the behaviour;' when it was Sancho it was 'Sancha;' when it is governor it's 'señora;' I don't know if I'm right."

— Más dice la señora Teresa de lo que piensa —dijo el paje—; y denme de comer y despáchenme luego, porque pienso volverme esta tarde.

"Señora Teresa says more than she is aware of," said the page; "and now give me something to eat and let me go at once, for I mean to return this evening."

A lo que dijo el cura: — Vuestra merced se vendrá a hacer penitencia conmigo, que la señora Teresa más tiene voluntad que alhajas para servir a tan buen huésped.

"Come and do penance with me," said the curate at this; "for Señora Teresa has more will than means to serve so worthy a guest."

Rehusólo el paje; pero, en efecto, lo hubo de conceder por su mejora, y el cura le llevó consigo de buena gana, por tener lugar de preguntarle de espacio por don Quijote y sus hazañas.

The page refused, but had to consent at last for his own sake; and the curate took him home with him very gladly, in order to have an opportunity of questioning him at leisure about Don Quixote and his doings.

El bachiller se ofreció de escribir las cartas a Teresa de la respuesta, pero ella no quiso que el bachiller se metiese en sus cosas, que le tenía por algo burlón; y así, dio un bollo y dos huevos a un monacillo que sabía escribir, el cual le escribió dos cartas, una para su marido y otra para la duquesa, notadas de su mismo caletre, que no son las peores que en esta grande historia se ponen, como se verá adelante.

The bachelor offered to write the letters in reply for Teresa; but she did not care to let him mix himself up in her affairs, for she thought him somewhat given to joking; and so she gave a cake and a couple of eggs to a young acolyte who was a penman, and he wrote for her two letters, one for her husband and the other for the duchess, dictated out of her own head, which are not the worst inserted in this great history, as will be seen farther on.

Capítulo LI. Del progreso del gobierno de Sancho Panza, con otros sucesos tales como buenos

CHAPTER LI. OF THE PROGRESS OF SANCHO'S GOVERNMENT, AND OTHER SUCH ENTERTAINING MATTERS

Amaneció el día que se siguió a la noche de la ronda del gobernador, la cual el maestresala pasó sin dormir, ocupado el pensamiento en el rostro, brío y belleza de la disfrazada doncella; y el mayordomo ocupó lo que della faltaba en escribir a sus señores lo que Sancho Panza hacía y decía, tan admirado de sus hechos como de sus dichos: porque andaban mezcladas sus palabras y sus acciones, con asomos discretos y tontos.

Day came after the night of the governor's round; a night which the head-carver passed without sleeping, so were his thoughts of the face and air and beauty of the disguised damsel, while the majordomo spent what was left of it in writing an account to his lord and lady of all Sancho said and did, being as much amazed at his sayings as at his doings, for there was a mixture of shrewdness and simplicity in all his words and deeds.

Levantóse, en fin, el señor gobernador, y, por orden del doctor Pedro Recio, le hicieron desayunar con un poco de conserva y cuatro tragos de agua fría, cosa que la trocara Sancho con un pedazo de pan y un racimo de uvas; pero, viendo que aquello era más fuerza que voluntad, pasó por ello, con harto dolor de su alma y fatiga de su estómago, haciéndole creer Pedro Recio que los manjares pocos y delicados avivaban el ingenio, que era lo que más convenía a las personas constituidas en mandos y en oficios graves, donde se han de aprovechar no tanto de las fuerzas corporales como de las del entendimiento.

The señor governor got up, and by Doctor Pedro

Recio's directions they made him break his fast on a little conserve and four sups of cold water, which Sancho would have readily exchanged for a piece of bread and a bunch of grapes; but seeing there was no help for it, he submitted with no little sorrow of heart and discomfort of stomach; Pedro Recio having persuaded him that light and delicate diet enlivened the wits, and that was what was most essential for persons placed in command and in responsible situations, where they have to employ not only the bodily powers but those of the mind also.

Con esta sofistería padecía hambre Sancho, y tal, que en su secreto maldecía el gobierno y aun a quien se le había dado; pero, con su hambre y con su conserva, se puso a juzgar aquel día, y lo primero que se le ofreció fue una pregunta que un forastero le hizo, estando presentes a todo el mayordomo y los demás acólitos, que fue:

By means of this sophistry Sancho was made to endure hunger, and hunger so keen that in his heart he cursed the government, and even him who had given it to him; however, with his hunger and his conserve he undertook to deliver judgments that day, and the first thing that came before him was a question that was submitted to him by a stranger, in the presence of the majordomo and the other attendants, and it was in these words:

— Señor, un caudaloso río dividía dos términos de un mismo señorío (y esté vuestra merced atento, porque el caso es de importancia y algo dificultoso). Digo, pues, que sobre este río estaba una puente, y al cabo della, una horca y una como casa de audiencia, en la cual de ordinario había cuatro jueces que juzgaban la ley que puso el dueño del río, de la puente y del señorío, que era en esta forma: "Si alguno pasare por esta puente de una parte a otra, ha de jurar primero adónde y a qué va; y si jurare verdad, déjenle pasar; y si dijere mentira, muera por ello ahorcado en la horca que allí se muestra, sin remisión alguna". Sabida esta ley y la rigurosa condición della, pasaban muchos, y luego en lo que juraban se echaba de ver que decían verdad, y los jueces los dejaban pasar libremente. Sucedió, pues, que, tomando juramento a un hombre, juró y dijo que para el juramento que hacía, que iba a morir en aquella horca que allí estaba, y no a otra cosa. Repararon los jueces en el juramento y dijeron: "Si a este hombre le dejamos pasar libremente, mintió en su juramento, y, conforme a la ley, debe morir; y si le ahorcamos, él juró que iba a morir en aquella horca, y, habiendo jurado verdad, por la misma ley debe ser libre". Pídese a vuesa merced, señor gobernador, qué harán los jueces del tal hombre; que aun hasta agora están dudosos y suspensos. Y, habiendo tenido noticia del agudo y elevado entendimiento de vuestra merced, me enviaron a mí a que suplicase a vuestra merced de su parte diese su parecer en tan intricado y dudoso caso.

"Señor, a large river separated two districts of one and the same lordship—will your worship please to pay attention, for the case is an important and a rather knotty one? Well then, on this river there was a bridge, and at one end of it a gallows, and a sort of tribunal, where four judges commonly sat to administer the law which the lord of river, bridge and the lordship had enacted, and which was to this effect, 'If anyone crosses by this bridge from one side to the other he shall declare on oath where he is going to and with what object; and if he swears truly, he shall be allowed to pass, but if falsely, he shall be put to death for it by hanging on the gallows erected there, without any remission.' Though the law and its severe penalty were known, many persons crossed, but in their declarations it was easy to see at once they were telling the truth, and the judges let them pass free. It happened, however, that one man, when they came to take his declaration, swore and said that by the oath he took he was going to die upon that gallows that stood there, and nothing else. The judges held a consultation over the oath, and they said, 'If we let this man pass free he has sworn falsely, and by the law he ought to die; but if we hang him, as he swore he was going to die on that gallows, and therefore swore the truth, by the same law he ought to go free.' It is asked of your worship, señor governor, what are the judges to do with this man? For they are still in doubt and perplexity; and having heard of your worship's acute and exalted intellect, they have sent me to entreat your worship on their behalf to give your opinion on this very intricate and puzzling case."

A lo que respondió Sancho:

To this Sancho made answer,

— Por cierto que esos señores jueces que a mí os envían lo pudieran haber escusado, porque yo soy un hombre que tengo más de mostrenco que de agudo; pero, con todo eso, repetidme otra vez el negocio de modo que yo le entienda: quizá podría ser que diese en el hito.

"Indeed those gentlemen the judges that send you to me might have spared themselves the trouble, for I have more of the obtuse than the acute in me; but repeat the case over again, so that I may understand it, and then perhaps I may be able to hit the point."

Volvió otra y otra vez el preguntante a referir lo que primero había dicho, y Sancho dijo:

The querist repeated again and again what he had said before, and then Sancho said,

— A mi parecer, este negocio en dos paletas le declararé yo, y es así: el tal hombre jura que va a morir en la horca, y si muere en ella, juró verdad, y por la ley puesta merece ser libre y que pase la puente; y si no le ahorcan, juró mentira, y por la misma ley merece que le ahorquen.

"It seems to me I can set the matter right in a moment, and in this way; the man swears that he is going to die upon the gallows; but if he dies upon it, he has sworn the truth, and by the law enacted deserves to go free and pass over the bridge; but if they don't hang him, then he has sworn falsely, and by the same law deserves to be hanged."

— Así es como el señor gobernador dice —dijo el mensajero —; y cuanto a la entereza y entendimiento del caso, no hay más que pedir ni que dudar.

"It is as the señor governor says," said the messenger; "and as regards a complete comprehension of the case, there is nothing left to desire or hesitate about."

— Digo yo, pues, agora —replicó Sancho— que deste hombre aquella parte que juró verdad la dejen pasar, y la que dijo mentira la ahorquen, y desta manera se cumplirá al pie de la letra la condición del pasaje.

"Well then I say," said Sancho, "that of this man they should let pass the part that has sworn truly, and hang the part that has lied; and in this way the conditions of the passage will be fully complied with."

— Pues, señor gobernador —replicó el preguntador—, será necesario que el tal hombre se divida en partes, en mentirosa y verdadera; y si se divide, por fuerza ha de morir, y así no se consigue cosa alguna de lo que la ley pide, y es de necesidad espresa que se cumpla con ella.

"But then, señor governor," replied the querist, "the man will have to be divided into two parts; and if he is divided of course he will die; and so none of the requirements of the law will be carried out, and it is absolutely necessary to comply with it."

— Venid acá, señor buen hombre —respondió Sancho—; este

413

pasajero que decís, o yo soy un porro, o él tiene la misma razón para morir que para vivir y pasar la puente; porque si la verdad le salva, la mentira le condena igualmente; y, siendo esto así, como lo es, soy de parecer que digáis a esos señores que a mí os enviaron que, pues están en un fil las razones de condenarle o asolverle, que le dejen pasar libremente, pues siempre es alabado más el hacer bien que mal, y esto lo diera firmado de mi nombre, si supiera firmar; y yo en este caso no he hablado de mío, sino que se me vino a la memoria un precepto, entre otros muchos que me dio mi amo don Quijote la noche antes que viniese a ser gobernador desta ínsula: que fue que, cuando la justicia estuviese en duda, me decantase y acogiese a la misericordia; y ha querido Dios que agora se me acordase, por venir en este caso como de molde.

"Look here, my good sir," said Sancho; "either I'm a numskull or else there is the same reason for this passenger dying as for his living and passing over the bridge; for if the truth saves him the falsehood equally condemns him; and that being the case it is my opinion you should say to the gentlemen who sent you to me that as the arguments for condemning him and for absolving him are exactly balanced, they should let him pass freely, as it is always more praiseworthy to do good than to do evil; this I would give signed with my name if I knew how to sign; and what I have said in this case is not out of my own head, but one of the many precepts my master Don Quixote gave me the night before I left to become governor of this island, that came into my mind, and it was this, that when there was any doubt about the justice of a case I should lean to mercy; and it is God's will that I should recollect it now, for it fits this case as if it was made for it."

Así es —respondió el mayordomo—, y tengo para mí que el mismo Licurgo, que dio leyes a los lacedemonios, no pudiera dar mejor sentencia que la que el gran Panza ha dado. Y

414

acábese con esto la audiencia desta mañana, y yo daré orden como el señor gobernador coma muy a su gusto.

"That is true," said the majordomo; "and I maintain that Lycurgus himself, who gave laws to the Lacedemonians, could not have pronounced a better decision than the great Panza has given; let the morning's audience close with this, and I will see that the señor governor has dinner entirely to his liking."

— Eso pido, y barras derechas —dijo Sancho—: denme de comer, y lluevan casos y dudas sobre mí, que yo las despabilaré en el aire.

"That's all I ask for—fair play," said Sancho; "give me my dinner, and then let it rain cases and questions on me, and I'll despatch them in a twinkling."

Cumplió su palabra el mayordomo, pareciéndole ser cargo de conciencia matar de hambre a tan discreto gobernador; y más, que pensaba concluir con él aquella misma noche haciéndole la burla última que traía en comisión de hacerle.

The majordomo kept his word, for he felt it against his conscience to kill so wise a governor by hunger; particularly as he intended to have done with him that same night, playing off the last joke he was commissioned to practise upon him.

Sucedió, pues, que, habiendo comido aquel día contra las reglas y aforismos del doctor Tirteafuera, al levantar de los manteles, entró un correo con una carta de don Quijote para el gobernador. Mandó Sancho al secretario que la leyese para sí, y que si no viniese en ella alguna cosa digna de secreto, la leyese en voz alta. Hízolo así el secretario, y, repasándola primero, dijo:

It came to pass, then, that after he had dined that day, in opposition to the rules and

415

aphorisms of Doctor Tirteafuera, as they were taking away the cloth there came a courier with a letter from Don Quixote for the governor. Sancho ordered the secretary to read it to himself, and if there was nothing in it that demanded secrecy to read it aloud. The secretary did so, and after he had skimmed the contents he said,

— Bien se puede leer en voz alta, que lo que el señor don Quijote escribe a vuestra merced merece estar estampado y escrito con letras de oro, y dice así:

"It may well be read aloud, for what Señor Don Quixote writes to your worship deserves to be printed or written in letters of gold, and it is as follows."

Carta de don Quijote de la Mancha a Sancho Panza, gobernador de la ínsula Barataria

DON QUIXOTE OF LA MANCHA'S LETTER TO SANCHO PANZA, GOVERNOR OF THE ISLAND OF BARATARIA.

Cuando esperaba oír nuevas de tus descuidos e impertinencias, Sancho amigo, las oí de tus discreciones, de que di por ello gracias particulares al cielo, el cual del estiércol sabe levantar los pobres, y de los tontos hacer discretos. Dícenme que gobiernas como si fueses hombre, y que eres hombre como si fueses bestia, según es la humildad con que te tratas; y quiero que adviertas, Sancho, que muchas veces conviene y es necesario, por la autoridad del oficio, ir contra la humildad del corazón; porque el buen adorno de la persona que está puesta en graves cargos ha de ser conforme a lo que ellos piden, y no a la medida de lo que su humilde condición le inclina. Vístete bien, que un palo compuesto no parece palo. No digo que traigas dijes ni galas, ni que siendo juez te vistas como soldado, sino que te adornes con el hábito que tu oficio requiere, con tal que sea limpio y bien compuesto.

When I was expecting to hear of thy stupidities

and blunders, friend Sancho, I have received intelligence of thy displays of good sense, for which I give special thanks to heaven that can raise the poor from the dunghill and of fools to make wise men. They tell me thou dost govern as if thou wert a man, and art a man as if thou wert a beast, so great is the humility wherewith thou dost comport thyself. But I would have thee bear in mind, Sancho, that very often it is fitting and necessary for the authority of office to resist the humility of the heart; for the seemly array of one who is invested with grave duties should be such as they require and not measured by what his own humble tastes may lead him to prefer. Dress well; a stick dressed up does not look like a stick; I do not say thou shouldst wear trinkets or fine raiment, or that being a judge thou shouldst dress like a soldier, but that thou shouldst array thyself in the apparel thy office requires, and that at the same time it be neat and handsome.

Para ganar la voluntad del pueblo que gobiernas, entre otras has de hacer dos cosas: la una, ser bien criado con todos, aunque esto ya otra vez te lo he dicho; y la otra, procurar la abundancia de los mantenimientos; que no hay cosa que más fatigue el corazón de los pobres que la hambre y la carestía.

To win the good-will of the people thou governest there are two things, among others, that thou must do; one is to be civil to all (this, however, I told thee before), and the other to take care that food be abundant, for there is nothing that vexes the heart of the poor more than hunger and high prices.

No hagas muchas pragmáticas; y si las hicieres, procura que sean buenas, y, sobre todo, que se guarden y cumplan; que las pragmáticas que no se guardan, lo mismo es que si no lo fuesen; antes dan a entender que el príncipe que tuvo discreción y autoridad para hacerlas, no tuvo valor para hacer

417

que se guardasen; y las leyes que atemorizan y no se ejecutan, vienen a ser como la viga, rey de las ranas: que al principio las espantó, y con el tiempo la menospreciaron y se subieron sobre ella.

Make not many proclamations; but those thou makest take care that they be good ones, and above all that they be observed and carried out; for proclamations that are not observed are the same as if they did not exist; nay, they encourage the idea that the prince who had the wisdom and authority to make them had not the power to enforce them; and laws that threaten and are not enforced come to be like the log, the king of the frogs, that frightened them at first, but that in time they despised and mounted upon.

Sé padre de las virtudes y padrastro de los vicios. No seas siempre riguroso, ni siempre blando, y escoge el medio entre estos dos estremos, que en esto está el punto de la discreción. Visita las cárceles, las carnicerías y las plazas, que la presencia del gobernador en lugares tales es de mucha importancia: consuela a los presos, que esperan la brevedad de su despacho; es coco a los carniceros, que por entonces igualan los pesos, y es espantajo a las placeras, por la misma razón. No te muestres, aunque por ventura lo seas —lo cual yo no creo—, codicioso, mujeriego ni glotón; porque, en sabiendo el pueblo y los que te tratan tu inclinación determinada, por allí te darán batería, hasta derribarte en el profundo de la perdición.

Be a father to virtue and a stepfather to vice. Be not always strict, nor yet always lenient, but observe a mean between these two extremes, for in that is the aim of wisdom. Visit the gaols, the slaughter-houses, and the market-places; for the presence of the governor is of great importance in such places; it comforts the prisoners who are in hopes of a speedy release, it is the bugbear of the butchers who have then to give just weight, and it is the terror of the market-women for the same reason. Let it not be seen that thou art (even if perchance thou art, which I do not believe) covetous, a follower of women, or a glutton; for when the people and those that have dealings with thee become aware of thy special weakness they will bring their batteries to bear upon thee in that quarter, till they have brought thee down to the depths of perdition.

Mira y remira, pasa y repasa los consejos y documentos que te di por escrito antes que de aquí partieses a tu gobierno, y verás como hallas en ellos, si los guardas, una ayuda de costa que te sobrelleve los trabajos y dificultades que a cada paso a los gobernadores se les ofrecen. Escribe a tus señores y muéstrateles agradecido, que la ingratitud es hija de la soberbia, y uno de los mayores pecados que se sabe, y la persona que es agradecida a los que bien le han hecho, da indicio que también lo será a Dios, que tantos bienes le hizo y de contino le hace.

Consider and reconsider, con and con over again the advices and the instructions I gave thee before thy departure hence to thy government, and thou wilt see that in them, if thou dost follow them, thou hast a help at hand that will lighten for thee the troubles and difficulties that beset governors at every step. Write to thy lord and lady and show thyself grateful to them, for ingratitude is the daughter of pride, and one of the greatest sins we know of; and he who is grateful to those who have been good to him shows that he will be so to God also who has bestowed and still bestows so many blessings upon him.

La señora duquesa despachó un propio con tu vestido y otro presente a tu mujer Teresa Panza; por momentos esperamos respuesta.

My lady the duchess sent off a messenger with thy suit and another present to thy wife Teresa

Panza; we expect the answer every moment.

Yo he estado un poco mal dispuesto de un cierto gateamiento que me sucedió no muy a cuento de mis narices; pero no fue nada, que si hay encantadores que me maltraten, también los hay que me defiendan.

I have been a little indisposed through a certain scratching I came in for, not very much to the benefit of my nose; but it was nothing; for if there are enchanters who maltreat me, there are also some who defend me.

Avísame si el mayordomo que está contigo tuvo que ver en las acciones de la Trifaldi, como tú sospechaste, y de todo lo que te sucediere me irás dando aviso, pues es tan corto el camino; cuanto más, que yo pienso dejar presto esta vida ociosa en que estoy, pues no nací para ella.

Let me know if the majordomo who is with thee had any share in the Trifaldi performance, as thou didst suspect; and keep me informed of everything that happens thee, as the distance is so short; all the more as I am thinking of giving over very shortly this idle life I am now leading, for I was not born for it.

Un negocio se me ha ofrecido, que creo que me ha de poner en desgracia destos señores; pero, aunque se me da mucho, no se me da nada, pues, en fin en fin, tengo de cumplir antes con mi profesión que con su gusto, conforme a lo que suele decirse: amicus Plato, sed magis amica veritas. Dígote este latín porque me doy a entender que, después que eres gobernador, lo habrás aprendido. Y a Dios, el cual te guarde de que ninguno te tenga lástima.

A thing has occurred to me which I am inclined to think will put me out of favour with the duke and duchess; but though I am sorry for it I do not care, for after all I must obey my calling rather than their pleasure, in accordance with the common saying, amicus Plato, sed magis amica

veritas. I quote this Latin to thee because I conclude that since thou hast been a governor thou wilt have learned it. Adieu; God keep thee from being an object of pity to anyone.

Tu amigo,

Don Quijote de la Mancha.

Thy friend, DON QUIXOTE OF LA MANCHA.

Oyó Sancho la carta con mucha atención, y fue celebrada y tenida por discreta de los que la oyeron; y luego Sancho se levantó de la mesa, y, llamando al secretario, se encerró con él en su estancia, y, sin dilatarlo más, quiso responder luego a su señor don Quijote, y dijo al secretario que, sin añadir ni quitar cosa alguna, fuese escribiendo lo que él le dijese, y así lo hizo; y la carta de la respuesta fue del tenor siguiente:

Sancho listened to the letter with great attention, and it was praised and considered wise by all who heard it; he then rose up from table, and calling his secretary shut himself in with him in his own room, and without putting it off any longer set about answering his master Don Quixote at once; and he bade the secretary write down what he told him without adding or suppressing anything, which he did, and the answer was to the following effect.

Carta de Sancho Panza a don Quijote de la Mancha

SANCHO PANZA'S LETTER TO DON QUIXOTE OF LA MANCHA.

La ocupación de mis negocios es tan grande que no tengo lugar para rascarme la cabeza, ni aun para cortarme las uñas; y así, las traigo tan crecidas cual Dios lo remedie. Digo esto, señor mío de mi alma, porque vuesa merced no se espante si hasta agora no he dado aviso de mi bien o mal estar en este gobierno, en el cual tengo más hambre que cuando andábamos los dos por las selvas y por los despoblados.

The pressure of business is so great upon me that I have no time to scratch my head or even to cut my nails; and I have them so long-God send a remedy for it. I say this, master of my soul, that you may not be surprised if I have not until now sent you word of how I fare, well or ill, in this government, in which I am suffering more hunger than when we two were wandering through the woods and wastes.

Escribióme el duque, mi señor, el otro día, dándome aviso que habían entrado en esta ínsula ciertas espías para matarme, y hasta agora yo no he descubierto otra que un cierto doctor que está en este lugar asalariado para matar a cuantos gobernadores aquí vinieren: llámase el doctor Pedro Recio, y es natural de Tirteafuera: ¡porque vea vuesa merced qué nombre para no temer que he de morir a sus manos! Este tal doctor dice él mismo de sí mismo que él no cura las enfermedades cuando las hay, sino que las previene, para que no vengan; y las medecinas que usa son dieta y más dieta, hasta poner la persona en los huesos mondos, como si no fuese mayor mal la flaqueza que la calentura.

My lord the duke wrote to me the other day to warn me that certain spies had got into this island to kill me; but up to the present I have not found out any except a certain doctor who receives a salary in this town for killing all the governors that come here; he is called Doctor Pedro Recio, and is from Tirteafuera; so you see what a name he has to make me dread dying under his hands. This doctor says of himself that he does not cure diseases when there are any, but prevents them coming, and the medicines he uses are diet and more diet until he brings one down to bare bones; as if leanness was not worse than fever.

Finalmente, él me va matando de hambre, y yo me voy muriendo de despecho, pues cuando pensé venir a este gobierno a comer caliente y a beber frío, y a recrear el cuerpo entre sábanas de holanda, sobre colchones de pluma, he venido a hacer penitencia, como si fuera ermitaño; y, como no la hago de mi voluntad, pienso que, al cabo al cabo, me ha de llevar el diablo.

In short he is killing me with hunger, and I am dying myself of vexation; for when I thought I was coming to this government to get my meat hot and my drink cool, and take my ease between holland sheets on feather beds, I find I have come to do penance as if I was a hermit; and as I don't do it willingly I suspect that in the end the devil will carry me off.

Hasta agora no he tocado derecho ni llevado cohecho, y no puedo pensar en qué va esto; porque aquí me han dicho que los gobernadores que a esta ínsula suelen venir, antes de entrar en ella, o les han dado o les han prestado los del pueblo muchos dineros, y que ésta es ordinaria usanza en los demás que van a gobiernos, no solamente en éste.

So far I have not handled any dues or taken any bribes, and I don't know what to think of it; for here they tell me that the governors that come to this island, before entering it have plenty of money either given to them or lent to them by the people of the town, and that this is the usual custom not only here but with all who enter upon governments.

Anoche, andando de ronda, topé una muy hermosa doncella en traje de varón y un hermano suyo en hábito de mujer; de la moza se enamoró mi maestresala, y la escogió en su imaginación para su mujer, según él ha dicho, y yo escogí al mozo para mi yerno; hoy los dos pondremos en plática nuestros pensamientos con el padre de entrambos, que es un tal Diego de la Llana, hidalgo y cristiano viejo cuanto se quiere.

Last night going the rounds I came upon a fair

damsel in man's clothes, and a brother of hers dressed as a woman; my head-carver has fallen in love with the girl, and has in his own mind chosen her for a wife, so he says, and I have chosen youth for a son-in-law; to-day we are going to explain our intentions to the father of the pair, who is one Diego de la Llana, a gentleman and an old Christian as much as you please.

Yo visito las plazas, como vuestra merced me lo aconseja, y ayer hallé una tendera que vendía avellanas nuevas, y averigüéle que había mezclado con una hanega de avellanas nuevas otra de viejas, vanas y podridas; apliquélas todas para los niños de la doctrina, que las sabrían bien distinguir, y sentenciéla que por quince días no entrase en la plaza. Hanme dicho que lo hice valerosamente; lo que sé decir a vuestra merced es que es fama en este pueblo que no hay gente más mala que las placeras, porque todas son desvergonzadas, desalmadas y atrevidas, y yo así lo creo, por las que he visto en otros pueblos.

I have visited the market-places, as your worship advises me, and yesterday I found a stall-keeper selling new hazel nuts and proved her to have mixed a bushel of old empty rotten nuts with a bushel of new; I confiscated the whole for the children of the charity-school, who will know how to distinguish them well enough, and I sentenced her not to come into the market-place for a fortnight; they told me I did bravely. I can tell your worship it is commonly said in this town that there are no people worse than the market-women, for they are all barefaced, unconscionable, and impudent, and I can well believe it from what I have seen of them in other towns.

De que mi señora la duquesa haya escrito a mi mujer Teresa Panza y enviádole el presente que vuestra merced dice, estoy muy satisfecho, y procuraré de mostrarme agradecido a su tiempo: bésele vuestra merced las manos de mi parte, diciendo que digo yo que no lo ha echado en saco roto, como lo verá por la obra.

I am very glad my lady the duchess has written to my wife Teresa Panza and sent her the present your worship speaks of; and I will strive to show myself grateful when the time comes; kiss her hands for me, and tell her I say she has not thrown it into a sack with a hole in it, as she will see in the end.

No querría que vuestra merced tuviese trabacuentas de disgusto con esos mis señores, porque si vuestra merced se enoja con ellos, claro está que ha de redundar en mi daño, y no será bien que, pues se me da a mí por consejo que sea agradecido, que vuestra merced no lo sea con quien tantas mercedes le tiene hechas y con tanto regalo ha sido tratado en su castillo.

I should not like your worship to have any difference with my lord and lady; for if you fall out with them it is plain it must do me harm; and as you give me advice to be grateful it will not do for your worship not to be so yourself to those who have shown you such kindness, and by whom you have been treated so hospitably in their castle.

Aquello del gateado no entiendo, pero imagino que debe de ser alguna de las malas fechorías que con vuestra merced suelen usar los malos encantadores; yo lo sabré cuando nos veamos.

That about the scratching I don't understand; but I suppose it must be one of the ill-turns the wicked enchanters are always doing your worship; when we meet I shall know all about it.

Quisiera enviarle a vuestra merced alguna cosa, pero no sé qué envíe, si no es algunos cañutos de jeringas, que para con vejigas los hacen en esta ínsula muy curiosos; aunque si me dura el oficio, yo buscaré qué enviar de haldas o de mangas.

I wish I could send your worship something; but I don't know what to send, unless it be some very curious clyster pipes, to work with bladders, that they make in this island; but if the office remains with me I'll find out something to send, one way or another.

Si me escribiere mi mujer Teresa Panza, pague vuestra merced el porte y envíeme la carta,que tengo grandísimo deseo de saber del estado de mi casa, de mi mujer y de mis hijos. Y con esto, Dios libre a vuestra merced de mal intencionados encantadores, y a mí me saque con bien y en paz deste gobierno, que lo dudo, porque le pienso dejar con la vida, según me trata el doctor Pedro Recio.

If my wife Teresa Panza writes to me, pay the postage and send me the letter, for I have a very great desire to hear how my house and wife and children are going on. And so, may God deliver your worship from evil-minded enchanters, and bring me well and peacefully out of this government, which I doubt, for I expect to take leave of it and my life together, from the way Doctor Pedro Recio treats me.

Criado de vuestra merced,

Sancho Panza, el Gobernador.

Your worship's servant

SANCHO PANZA THE GOVERNOR.

Cerró la carta el secretario y despachó luego al correo; y, juntándose los burladores de Sancho, dieron orden entre sí cómo despacharle del gobierno; y aquella tarde la pasó Sancho en hacer algunas ordenanzas tocantes al buen gobierno de la que él imaginaba ser ínsula, y ordenó que no hubiese regatones de los bastimentos en la república, y que pudiesen meter en ella vino de las partes que quisiesen, con aditamento que declarasen el lugar de donde era, para ponerle el precio según su estimación, bondad y fama, y el que lo aguase o le mudase el nombre, perdiese la vida por ello.

The secretary sealed the letter, and immediately dismissed the courier; and those who were carrying on the joke against Sancho putting their heads together arranged how he was to be dismissed from the government. Sancho spent the afternoon in drawing up certain ordinances relating to the good government of what he fancied the island; and he ordained that there were to be no provision hucksters in the State, and that men might import wine into it from any place they pleased, provided they declared the quarter it came from, so that a price might be put upon it according to its quality, reputation, and the estimation it was held in; and he that watered his wine, or changed the name, was to forfeit his life for it.

Moderó el precio de todo calzado, principalmente el de los zapatos, por parecerle que corría con exorbitancia; puso tasa en los salarios de los criados, que caminaban a rienda suelta por el camino del interese; puso gravísimas penas a los que cantasen cantares lascivos y descompuestos, ni de noche ni de día. Ordenó que ningún ciego cantase milagro en coplas si no trujese testimonio auténtico de ser verdadero, por parecerle que los más que los ciegos cantan son fingidos, en perjuicio de los verdaderos.

He reduced the prices of all manner of shoes, boots, and stockings, but of shoes in particular, as they seemed to him to run extravagantly high. He established a fixed rate for servants' wages, which were becoming recklessly exorbitant. He laid extremely heavy penalties upon those who sang lewd or loose songs either by day or night.

He decreed that no blind man should sing of any miracle in verse, unless he could produce authentic evidence that it was true, for it was his opinion that most of those the blind men sing are trumped up, to the detriment of the true ones.

Hizo y creó un alguacil de pobres, no para que los persiguiese, sino para que los examinase si lo eran, porque a la sombra de la manquedad fingida y de la llaga falsa andan los brazos ladrones y la salud borracha. En resolución: él ordenó cosas tan buenas que hasta hoy se guardan en aquel lugar, y se nombran Las constituciones del gran gobernador Sancho Panza.

He established and created an alguacil of the poor, not to harass them, but to examine them and see whether they really were so; for many a sturdy thief or drunkard goes about under cover of a make-believe crippled limb or a sham sore. In a word, he made so many good rules that to this day they are preserved there, and are called The constitutions of the great governor Sancho Panza.

Capítulo LII. Donde se cuenta la aventura de la segunda dueña Dolorida, o Angustiada, llamada por otro nombre doña Rodríguez

CHAPTER LII. WHEREIN IS RELATED THE ADVENTURE OF THE SECOND DISTRESSED OR AFFLICTED DUENNA, OTHERWISE CALLED DONA RODRIGUEZ

Cuenta Cide Hamete que estando ya don Quijote sano de sus aruños, le pareció que la vida que en aquel castillo tenía era contra toda la orden de caballería que profesaba, y así, determinó de pedir licencia a los duques para partirse a Zaragoza, cuyas fiestas llegaban cerca, adonde pensaba ganar el arnés que en las tales fiestas se conquista.

Cide Hamete relates that Don Quixote being now cured of his scratches felt that the life he was leading in the castle was entirely inconsistent with the order of chivalry he professed, so he determined to ask the duke and duchess to permit him to take his departure for Saragossa, as the time of the festival was now drawing near, and he hoped to win there the suit of armour which is the prize at festivals of the sort.

Y, estando un día a la mesa con los duques, y comenzando a poner en obra su intención y pedir la licencia, veis aquí a deshora entrar por la puerta de la gran sala dos mujeres, como después pareció, cubiertas de luto de los pies a la cabeza, y la una dellas, llegándose a don Quijote, se le echó a los pies tendida de largo a largo, la boca cosida con los pies de don Quijote, y daba unos gemidos tan tristes, tan profundos y tan dolorosos, que puso en confusión a todos los que la oían y miraban; y, aunque los duques pensaron que sería alguna burla que sus criados querían hacer a don Quijote, todavía, viendo con el ahínco que la mujer suspiraba, gemía y lloraba, los tuvo dudosos y suspensos, hasta que don Quijote, compasivo, la levantó del suelo y hizo que se

429

descubriese y quitase el manto de sobre la faz llorosa.

But one day at table with the duke and duchess, just as he was about to carry his resolution into effect and ask for their permission, lo and behold suddenly there came in through the door of the great hall two women, as they afterwards proved to be, draped in mourning from head to foot, one of whom approaching Don Quixote flung herself at full length at his feet, pressing her lips to them, and uttering moans so sad, so deep, and so doleful that she put all who heard and saw her into a state of perplexity; and though the duke and duchess supposed it must be some joke their servants were playing off upon Don Quixote, still the earnest way the woman sighed and moaned and wept puzzled them and made them feel uncertain, until Don Quixote, touched with compassion, raised her up and made her unveil herself and remove the mantle from her tearful face.

Ella lo hizo así, y mostró ser lo que jamás se pudiera pensar, porque descubrió el rostro de doña Rodríguez, la dueña de casa, y la otra enlutada era su hija, la burlada del hijo del labrador rico. Admiráronse todos aquellos que la conocían, y más los duques que ninguno; que, puesto que la tenían por boba y de buena pasta, no por tanto que viniese a hacer locuras. Finalmente, doña Rodríguez, volviéndose a los señores, les dijo:

She complied and disclosed what no one could have ever anticipated, for she disclosed the countenance of Dona Rodriguez, the duenna of the house; the other female in mourning being her daughter, who had been made a fool of by the rich farmer's son. All who knew her were filled with astonishment, and the duke and duchess more than any; for though they thought her a simpleton and a weak creature, they did not think her capable of crazy pranks. Dona Rodriguez, at length, turning to her master and mistress said to them,

— Vuesas excelencias sean servidos de darme licencia que yo departa un poco con este caballero, porque así conviene para salir con bien del negocio en que me ha puesto el atrevimiento de un mal intencionado villano.

"Will your excellences be pleased to permit me to speak to this gentleman for a moment, for it is requisite I should do so in order to get successfully out of the business in which the boldness of an evil-minded clown has involved me?"

El duque dijo que él se la daba, y que departiese con el señor don Quijote cuanto le viniese en deseo.

The duke said that for his part he gave her leave, and that she might speak with Señor Don Quixote as much as she liked.

Ella, enderezando la voz y el rostro a don Quijote, dijo:

She then, turning to Don Quixote and addressing herself to him said,

— Días ha, valeroso caballero, que os tengo dada cuenta de la sinrazón y alevosía que un mal labrador tiene fecha a mi muy querida y amada fija, que es esta desdichada que aquí está presente, y vos me habedes prometido de volver por ella, enderezándole el tuerto que le tienen fecho, y agora ha llegado a mi noticia que os queredes partir deste castillo, en busca de las buenas venturas que Dios os depare; y así, querría que, antes que os escurriésedes por esos caminos, desafiásedes a este rústico indómito, y le hiciésedes que se casase con mi hija, en cumplimiento de la palabra que le dio de ser su esposo, antes y primero que yogase con ella; porque pensar que el duque mi señor me ha de hacer justicia es pedir peras al olmo, por la ocasión que ya a vuesa merced en puridad tengo declarada. Y con esto, Nuestro Señor dé a vuesa merced mucha salud, y a nosotras no nos desampare.

431

"Some days since, valiant knight, I gave you an account of the injustice and treachery of a wicked farmer to my dearly beloved daughter, the unhappy damsel here before you, and you promised me to take her part and right the wrong that has been done her; but now it has come to my hearing that you are about to depart from this castle in quest of such fair adventures as God may vouchsafe to you; therefore, before you take the road, I would that you challenge this froward rustic, and compel him to marry my daughter in fulfillment of the promise he gave her to become her husband before he seduced her; for to expect that my lord the duke will do me justice is to ask pears from the elm tree, for the reason I stated privately to your worship; and so may our Lord grant you good health and forsake us not."

A cuyas razones respondió don Quijote, con mucha gravedad y prosopopeya:

To these words Don Quixote replied very gravely and solemnly,

— Buena dueña, templad vuestras lágrimas, o, por mejor decir, enjugadlas y ahorrad de vuestros suspiros, que yo tomo a mi cargo el remedio de vuestra hija, a la cual le hubiera estado mejor no haber sido tan fácil en creer promesas de enamorados, las cuales, por la mayor parte, son ligeras de prometer y muy pesadas de cumplir; y así, con licencia del duque mi señor, yo me partiré luego en busca dese desalmado mancebo, y le hallaré, y le desafiaré, y le mataré cada y cuando que se escusare de cumplir la prometida palabra; que el principal asumpto de mi profesión es perdonar a los humildes y castigar a los soberbios; quiero decir: acorrer a los miserables y destruir a los rigurosos.

"Worthy duenna, check your tears, or rather dry them, and spare your sighs, for I take it upon myself to obtain redress for your daughter, for whom it would have been better not to have been

432

so ready to believe lovers' promises, which are for the most part quickly made and very slowly performed; and so, with my lord the duke's leave, I will at once go in quest of this inhuman youth, and will find him out and challenge him and slay him, if so be he refuses to keep his promised word; for the chief object of my profession is to spare the humble and chastise the proud; I mean, to help the distressed and destroy the oppressors."

— No es menester —respondió el duque— que vuesa merced se ponga en trabajo de buscar al rústico de quien esta buena dueña se queja, ni es menester tampoco que vuesa merced me pida a mí licencia para desafiarle; que yo le doy por desafiado, y tomo a mi cargo de hacerle saber este desafío, y que le acete, y venga a responder por sí a este mi castillo, donde a entrambos daré campo seguro, guardando todas las condiciones que en tales actos suelen y deben guardarse, guardando igualmente su justicia a cada uno, como están obligados a guardarla todos aquellos príncipes que dan campo franco a los que se combaten en los términos de sus señoríos.

"There is no necessity," said the duke, "for your worship to take the trouble of seeking out the rustic of whom this worthy duenna complains, nor is there any necessity, either, for asking my leave to challenge him; for I admit him duly challenged, and will take care that he is informed of the challenge, and accepts it, and comes to answer it in person to this castle of mine, where I shall afford to both a fair field, observing all the conditions which are usually and properly observed in such trials, and observing too justice to both sides, as all princes who offer a free field to combatants within the limits of their lordships are bound to do."

— Pues con ese seguro y con buena licencia de vuestra

grandeza —replicó don Quijote—, desde aquí digo que por esta vez renuncio a mi hidalguía, y me allano y ajusto con la llaneza del dañador, y me hago igual con él, habilitándole para poder combatir conmigo; y así, aunque ausente, le desafío y repto, en razón de que hizo mal en defraudar a esta pobre, que fue doncella y ya por su culpa no lo es, y que le ha de cumplir la palabra que le dio de ser su legítimo esposo, o morir en la demanda.

"Then with that assurance and your highness's good leave," said Don Quixote, "I hereby for this once waive my privilege of gentle blood, and come down and put myself on a level with the lowly birth of the wrong-doer, making myself equal with him and enabling him to enter into combat with me; and so, I challenge and defy him, though absent, on the plea of his malfeasance in breaking faith with this poor damsel, who was a maiden and now by his misdeed is none; and say that he shall fulfill the promise he gave her to become her lawful husband, or else stake his life upon the question."

Y luego, descalzándose un guante, le arrojó en mitad de la sala, y el duque le alzó, diciendo que, como ya había dicho, él acetaba el tal desafío en nombre de su vasallo, y señalaba el plazo de allí a seis días; y el campo, en la plaza de aquel castillo; y las armas, las acostumbradas de los caballeros: lanza y escudo, y arnés tranzado, con todas las demás piezas, sin engaño, superchería o superstición alguna, examinadas y vistas por los jueces del campo.

And then plucking off a glove he threw it down in the middle of the hall, and the duke picked it up, saying, as he had said before, that he accepted the challenge in the name of his vassal, and fixed six days thence as the time, the courtyard of the castle as the place, and for arms the customary ones of knights, lance and shield and full armour, with all the other accessories, without trickery, guile, or charms of any sort, and examined and passed by the judges of the field.

— Pero, ante todas cosas, es menester que esta buena dueña y esta mala doncella pongan el derecho de su justicia en manos del señor don Quijote; que de otra manera no se hará nada, ni llegará a debida ejecución el tal desafío.

"But first of all," he said, "it is requisite that this worthy duenna and unworthy damsel should place their claim for justice in the hands of Don Quixote; for otherwise nothing can be done, nor can the said challenge be brought to a lawful issue."

— Yo sí pongo —respondió la dueña.

"I do so place it," replied the duenna.

— Y yo también —añadió la hija, toda llorosa y toda vergonzosa y de mal talante.

"And I too," added her daughter, all in tears and covered with shame and confusion.

Tomado, pues, este apuntamiento, y habiendo imaginado el duque lo que había de hacer en el caso, las enlutadas se fueron, y ordenó la duquesa que de allí adelante no las tratasen como a sus criadas, sino como a señoras aventureras que venían a pedir justicia a su casa; y así, les dieron cuarto aparte y las sirvieron como a forasteras, no sin espanto de las demás criadas, que no sabían en qué había de parar la sandez y desenvoltura de doña Rodríguez y de su malandante hija.

This declaration having been made, and the duke having settled in his own mind what he would do in the matter, the ladies in black withdrew, and the duchess gave orders that for the future they were not to be treated as servants of hers, but as lady adventurers who came to her house to demand justice; so they gave them a room to themselves and waited on them as they would on strangers, to the consternation of the other women-servants, who did not know where the folly and imprudence of Dona Rodriguez and her unlucky daughter would stop.

Estando en esto, para acabar de regocijar la fiesta y dar buen fin a la comida, veis aquí donde entró por la sala el paje que llevó las cartas y presentes a Teresa Panza, mujer del gobernador Sancho Panza, de cuya llegada recibieron gran contento los duques, deseosos de saber lo que le había sucedido en su viaje; y, preguntándoselo, respondió el paje que no lo podía decir tan en público ni con breves palabras: que sus excelencias fuesen servidos de dejarlo para a solas, y que entretanto se entretuviesen con aquellas cartas. Y, sacando dos cartas, las puso en manos de la duquesa. La una decía en el sobreescrito: Carta para mi señora la duquesa tal, de no sé dónde, y la otra: A mi marido Sancho Panza, gobernador de la ínsula Barataria, que Dios prospere más años que a mí. No se le cocía el pan, como suele decirse, a la duquesa hasta leer su carta, y abriéndola y leído para sí, y viendo que la podía leer en voz alta para que el duque y los circunstantes la oyesen, leyó desta manera:

And now, to complete the enjoyment of the feast and bring the dinner to a satisfactory end, lo and behold the page who had carried the letters and presents to Teresa Panza, the wife of the governor Sancho, entered the hall; and the duke and duchess were very well pleased to see him, being anxious to know the result of his journey; but when they asked him the page said in reply that he could not give it before so many people or in a few words, and begged their excellences to be pleased to let it wait for a private opportunity, and in the meantime amuse themselves with these letters; and taking out the letters he placed them in the duchess's hand. One bore by way of address, Letter for my lady the Duchess So-and-so, of I don't know where; and the other To my husband Sancho Panza, governor of the island of Barataria, whom God prosper longer than me. The duchess's bread would not bake, as the saying is, until she had read her letter; and having looked over it herself and seen that it might be read aloud for the duke and all present to hear, she read out as follows.

Carta de Teresa Panza a la Duquesa

TERESA PANZA'S LETTER TO THE DUCHESS.

Mucho contento me dio, señora mía, la carta que vuesa grandeza me escribió, que en verdad que la tenía bien deseada. La sarta de corales es muy buena, y el vestido de caza de mi marido no le va en zaga. De que vuestra señoría haya hecho gobernador a Sancho, mi consorte, ha recebido mucho gusto todo este lugar, puesto que no hay quien lo crea, principalmente el cura, y mase Nicolás el barbero, y Sansón Carrasco el bachiller; pero a mí no se me da nada; que, como ello sea así, como lo es, diga cada uno lo que quisiere; aunque, si va a decir verdad, a no venir los corales y el vestido, tampoco yo lo creyera, porque en este pueblo todos tienen a mi marido por un porro, y que, sacado de gobernar un hato de cabras, no pueden imaginar para qué gobierno pueda ser bueno. Dios lo haga, y lo encamine como vee que lo han menester sus hijos.

The letter your highness wrote me, my lady, gave me great pleasure, for indeed I found it very welcome. The string of coral beads is very fine, and my husband's hunting suit does not fall short of it. All this village is very much pleased that your ladyship has made a governor of my good man Sancho; though nobody will believe it, particularly the curate, and Master Nicholas the barber, and the bachelor Samson Carrasco; but I don't care for that, for so long as it is true, as it is, they may all say what they like; though, to tell the truth, if the coral beads and the suit had not come I would not have believed it either; for in this village everybody thinks my husband a numskull, and except for governing a flock of goats, they cannot fancy what sort of government he can be fit for. God grant it, and direct him according as he sees his children stand in need of it.

Yo, señora de mi alma, estoy determinada, con licencia de vuesa merced, de meter este buen día en mi casa, yéndome a la corte a tenderme en un coche, para quebrar los ojos a mil envidiosos que ya tengo; y así, suplico a vuesa excelencia mande a mi marido me envíe algún dinerillo, y que sea algo qué, porque en la corte son los gastos grandes: que el pan vale a real, y la carne, la libra, a treinta maravedís, que es un juicio; y si quisiere que no vaya, que me lo avise con tiempo, porque me están bullendo los pies por ponerme en camino; que me dicen mis amigas y mis vecinas que, si yo y mi hija andamos orondas y pomposas en la corte, vendrá a ser conocido mi marido por mí más que yo por él, siendo forzoso que pregunten muchos: "—¿Quién son estas señoras deste coche?" Y un criado mío responder: "—La mujer y la hija de Sancho Panza, gobernador de la ínsula Barataria"; y desta manera será conocido Sancho, y yo seré estimada, y a Roma por todo.

I am resolved with your worship's leave, lady of my soul, to make the most of this fair day, and go to Court to stretch myself at ease in a coach, and make all those I have envying me already burst their eyes out; so I beg your excellence to order my husband to send me a small trifle of money, and to let it be something to speak of, because one's expenses are heavy at the Court; for a loaf costs a real, and meat thirty maravedis a pound, which is beyond everything; and if he does not want me to go let him tell me in time, for my feet are on the fidgets to be off; and my friends and neighbours tell me that if my daughter and I make a figure and a brave show at Court, my husband will come to be known far more by me than I by him, for of course plenty of people will ask, "Who are those ladies in that coach?" and some servant of mine will answer, "The wife and daughter of Sancho Panza, governor of the island of Barataria;" and in this way Sancho will become known, and I'll be thought well of, and "to Rome for everything."

Pésame, cuanto pesarme puede, que este año no se han cogido bellotas en este pueblo; con todo eso, envío a vuesa alteza hasta medio celemín, que una a una las fui yo a coger y a escoger al monte, y no las hallé más mayores; yo quisiera que fueran como huevos de avestruz.

I am as vexed as vexed can be that they have gathered no acorns this year in our village; for all that I send your highness about half a peck that I went to the wood to gather and pick out one by one myself, and I could find no bigger ones; I wish they were as big as ostrich eggs.

No se le olvide a vuestra pomposidad de escribirme, que yo tendré cuidado de la respuesta, avisando de mi salud y de todo lo que hubiere que avisar deste lugar, donde quedo rogando a Nuestro Señor guarde a vuestra grandeza, y a mí no olvide.

Let not your high mightiness forget to write to me; and I will take care to answer, and let you know how I am, and whatever news there may be in this place, where I remain, praying our Lord to have your highness in his keeping and not to forget me.

Sancha, mi hija, y mi hijo besan a vuestra merced las manos.

Sancha my daughter, and my son, kiss your worship's hands.

La que tiene más deseo de ver a vuestra señoría que de escribirla, su criada,

She who would rather see your ladyship than write to you, Your servant,

Teresa Panza.

TERESA PANZA.

Grande fue el gusto que todos recibieron de oír la carta de Teresa Panza, principalmente los duques, y la duquesa pidió parecer a don Quijote si sería bien abrir la carta que venía para el gobernador, que imaginaba debía de ser bonísima. Don Quijote dijo que él la abriría por darles gusto, y así lo hizo, y vio que decía desta manera:

All were greatly amused by Teresa Panza's letter, but particularly the duke and duchess; and the duchess asked Don Quixote's opinion whether they might open the letter that had come for the governor, which she suspected must be very good. Don Quixote said that to gratify them he would open it, and did so, and found that it ran as follows.

Carta de Teresa Panza a Sancho Panza su marido

TERESA PANZA'S LETTER TO HER HUSBAND SANCHO PANZA.

Tu carta recibí, Sancho mío de mi alma, y yo te prometo y juro como católica cristiana que no faltaron dos dedos para volverme loca de contento. Mira, hermano: cuando yo llegué a oír que eres gobernador, me pensé allí caer muerta de puro gozo, que ya sabes tú que dicen que así mata la alegría súbita como el dolor grande. A Sanchica, tu hija, se le fueron las aguas sin sentirlo, de puro contento. El vestido que me enviaste tenía delante, y los corales que me envió mi señora la duquesa al cuello, y las cartas en las manos, y el portador dellas allí presente, y, con todo eso, creía y pensaba que era todo sueño lo que veía y lo que tocaba; porque, ¿quién podía pensar que un pastor de cabras había de venir a ser gobernador de ínsulas? Ya sabes tú, amigo, que decía mi madre que era menester vivir mucho para ver mucho: dígolo porque pienso ver más si vivo más; porque no pienso parar hasta verte arrendador o alcabalero, que son oficios que, aunque lleva el diablo a quien mal los usa, en fin en fin,

siempre tienen y manejan dineros. Mi señora la duquesa te dirá el deseo que tengo de ir a la corte; mírate en ello, y avísame de tu gusto, que yo procuraré honrarte en ella andando en coche.

I got thy letter, Sancho of my soul, and I promise thee and swear as a Catholic Christian that I was within two fingers' breadth of going mad I was so happy. I can tell thee, brother, when I came to hear that thou wert a governor I thought I should have dropped dead with pure joy; and thou knowest they say sudden joy kills as well as great sorrow; and as for Sanchica thy daughter, she leaked from sheer happiness. I had before me the suit thou didst send me, and the coral beads my lady the duchess sent me round my neck, and the letters in my hands, and there was the bearer of them standing by, and in spite of all this I verily believed and thought that what I saw and handled was all a dream; for who could have thought that a goatherd would come to be a governor of islands? Thou knowest, my friend, what my mother used to say, that one must live long to see much; I say it because I expect to see more if I live longer; for I don't expect to stop until I see thee a farmer of taxes or a collector of revenue, which are offices where, though the devil carries off those who make a bad use of them, still they make and handle money. My lady the duchess will tell thee the desire I have to go to the Court; consider the matter and let me know thy pleasure; I will try to do honour to thee by going in a coach.

El cura, el barbero, el bachiller y aun el sacristán no pueden creer que eres gobernador, y dicen que todo es embeleco, o cosas de encantamento, como son todas las de don Quijote tu amo; y dice Sansón que ha de ir a buscarte y a sacarte el gobierno de la cabeza, y a don Quijote la locura de los cascos; yo no hago sino reírme, y mirar mi sarta, y dar traza del

vestido que tengo de hacer del tuyo a nuestra hija.

Neither the curate, nor the barber, nor the bachelor, nor even the sacristan, can believe that thou art a governor, and they say the whole thing is a delusion or an enchantment affair, like everything belonging to thy master Don Quixote; and Samson says he must go in search of thee and drive the government out of thy head and the madness out of Don Quixote's skull; I only laugh, and look at my string of beads, and plan out the dress I am going to make for our daughter out of thy suit.

Unas bellotas envié a mi señora la duquesa; yo quisiera que fueran de oro. Envíame tú algunas sartas de perlas, si se usan en esa ínsula.

I sent some acorns to my lady the duchess; I wish they had been gold. Send me some strings of pearls if they are in fashion in that island.

Las nuevas deste lugar son que la Berrueca casó a su hija con un pintor de mala mano, que llegó a este pueblo a pintar lo que saliese; mandóle el Concejo pintar las armas de Su Majestad sobre las puertas del Ayuntamiento, pidió dos ducados, diéronselos adelantados, trabajó ocho días, al cabo de los cuales no pintó nada, y dijo que no acertaba a pintar tantas baratijas; volvió el dinero, y, con todo eso, se casó a título de buen oficial; verdad es que ya ha dejado el pincel y tomado el azada, y va al campo como gentilhombre. El hijo de Pedro de Lobo se ha ordenado de grados y corona, con intención de hacerse clérigo; súpolo Minguilla, la nieta de Mingo Silvato, y hale puesto demanda de que la tiene dada palabra de casamiento; malas lenguas quieren decir que ha estado encinta dél, pero él lo niega a pies juntillas.

Here is the news of the village; La Berrueca has married her daughter to a good-for-nothing painter, who came here to paint anything that might turn up. The council gave him an order to paint his Majesty's arms over the door of the town-hall; he asked two ducats, which they paid him in advance; he worked for eight days, and at the end of them had nothing painted, and then said he had no turn for painting such trifling things; he returned the money, and for all that has married on the pretence of being a good workman; to be sure he has now laid aside his paint-brush and taken a spade in hand, and goes to the field like a gentleman. Pedro Lobo's son has received the first orders and tonsure, with the intention of becoming a priest. Minguilla, Mingo Silvato's granddaughter, found it out, and has gone to law with him on the score of having given her promise of marriage. Evil tongues say she is with child by him, but he denies it stoutly.

Hogaño no hay aceitunas, ni se halla una gota de vinagre en todo este pueblo. Por aquí pasó una compañía de soldados; lleváronse de camino tres mozas deste pueblo; no te quiero decir quién son: quizá volverán, y no faltará quien las tome por mujeres, con sus tachas buenas o malas.

There are no olives this year, and there is not a drop of vinegar to be had in the whole village. A company of soldiers passed through here; when they left they took away with them three of the girls of the village; I will not tell thee who they are; perhaps they will come back, and they will be sure to find those who will take them for wives with all their blemishes, good or bad.

Sanchica hace puntas de randas; gana cada día ocho maravedís horros, que los va echando en una alcancía para ayuda a su ajuar; pero ahora que es hija de un gobernador, tú le darás la dote sin que ella lo trabaje. La fuente de la plaza se secó; un rayo cayó en la picota, y allí me las den todas.

Sanchica is making bonelace; she earns eight maravedis a day clear, which she puts into a moneybox as a help towards house furnishing; but

now that she is a governor's daughter thou wilt
give her a portion without her working for it.
The fountain in the plaza has run dry. A flash of
lightning struck the gibbet, and I wish they all
lit there.

Espero respuesta désta y la resolución de mi ida a la corte; y,
con esto, Dios te me guarde más años que a mí o tantos,
porque no querría dejarte sin mí en este mundo.

I look for an answer to this, and to know thy
mind about my going to the Court; and so, God
keep thee longer than me, or as long, for I would
not leave thee in this world without me.

Tu mujer, Teresa Panza.

Thy wife, TERESA PANZA.

Las cartas fueron solenizadas, reídas, estimadas y admiradas;
y, para acabar de echar el sello, llegó el correo, el que traía la
que Sancho enviaba a don Quijote, que asimesmo se leyó
públicamente, la cual puso en duda la sandez del gobernador.

The letters were applauded, laughed over,
relished, and admired; and then, as if to put the
seal to the business, the courier arrived,
bringing the one Sancho sent to Don Quixote, and
this, too, was read out, and it raised some
doubts as to the governor's simplicity.

Retiróse la duquesa, para saber del paje lo que le había
sucedido en el lugar de Sancho, el cual se lo contó muy por
estenso, sin dejar circunstancia que no refiriese; diole las
bellotas, y más un queso que Teresa le dio, por ser muy
bueno, que se aventajaba a los de Tronchón Recibiólo la
duquesa con grandísimo gusto, con el cual la dejaremos, por
contar el fin que tuvo el gobierno del gran Sancho Panza, flor
y espejo de todos los insulanos gobernadores.

The duchess withdrew to hear from the page about
his adventures in Sancho's village, which he
narrated at full length without leaving a single

circumstance unmentioned. He gave her the acorns, and also a cheese which Teresa had given him as being particularly good and superior to those of Tronchon. The duchess received it with greatest delight, in which we will leave her, to describe the end of the government of the great Sancho Panza, flower and mirror of all governors of islands.

Capítulo LIII. Del fatigado fin y remate que tuvo el gobierno de Sancho Panza

CHAPTER LIII. OF THE TROUBLOUS END AND TERMINATION SANCHO PANZA'S GOVERNMENT CAME TO

"Pensar que en esta vida las cosas della han de durar siempre en un estado es pensar en lo escusado; antes parece que ella anda todo en redondo, digo, a la redonda: la primavera sigue al verano, el verano al estío, el estío al otoño, y el otoño al invierno, y el invierno a la primavera, y así torna a andarse el tiempo con esta rueda continua; sola la vida humana corre a su fin ligera más que el tiempo, sin esperar renovarse si no es en la otra, que no tiene términos que la limiten". Esto dice Cide Hamete, filósofo mahomético; porque esto de entender la ligereza e instabilidad de la vida presente, y de la duración de la eterna que se espera, muchos sin lumbre de fe, sino con la luz natural, lo han entendido; pero aquí, nuestro autor lo dice por la presteza con que se acabó, se consumió, se deshizo, se fue como en sombra y humo el gobierno de Sancho.

To fancy that in this life anything belonging to it will remain for ever in the same state is an idle fancy; on the contrary, in it everything seems to go in a circle, I mean round and round. The spring succeeds the summer, the summer the fall, the fall the autumn, the autumn the winter, and the winter the spring, and so time rolls with never-ceasing wheel. Man's life alone, swifter than time, speeds onward to its end without any hope of renewal, save it be in that other life which is endless and boundless. Thus saith Cide Hamete the Mahometan philosopher; for there are many that by the light of nature alone, without the light of faith, have a comprehension of the fleeting nature and instability of this present life and the endless duration of that eternal life we hope for; but our author is here speaking of the rapidity with which Sancho's government came to an end, melted away, disappeared, vanished as it were in smoke and shadow.

El cual, estando la séptima noche de los días de su gobierno en su cama, no harto de pan ni de vino, sino de juzgar y dar pareceres y de hacer estatutos y pragmáticas, cuando el sueño, a despecho y pesar de la hambre, le comenzaba a cerrar los párpados, oyó tan gran ruido de campanas y de voces, que no parecía sino que toda la ínsula se hundía. Sentóse en la cama, y estuvo atento y escuchando, por ver si daba en la cuenta de lo que podía ser la causa de tan grande alboroto; pero no sólo no lo supo, pero, añadiéndose al ruido de voces y campanas el de infinitas trompetas y atambores, quedó más confuso y lleno de temor y espanto; y, levantándose en pie, se puso unas chinelas, por la humedad del suelo, y, sin ponerse sobrerropa de levantar, ni cosa que se pareciese, salió a la puerta de su aposento, a tiempo cuando vio venir por unos corredores más de veinte personas con hachas encendidas en las manos y con las espadas desenvainadas, gritando todos a grandes voces:

For as he lay in bed on the night of the seventh day of his government, sated, not with bread and wine, but with delivering judgments and giving opinions and making laws and proclamations, just as sleep, in spite of hunger, was beginning to close his eyelids, he heard such a noise of bell-ringing and shouting that one would have fancied the whole island was going to the bottom. He sat up in bed and remained listening intently to try if he could make out what could be the cause of so great an uproar; not only, however, was he unable to discover what it was, but as countless drums and trumpets now helped to swell the din of the bells and shouts, he was more puzzled than ever, and filled with fear and terror; and getting up he put on a pair of slippers because of the dampness of the floor, and without throwing a dressing gown or anything of the kind over him he rushed out of the door of his room, just in time to see approaching along a corridor a band of more than twenty persons with lighted torches and naked swords in their hands, all shouting out,

— ¡Arma, arma, señor gobernador, arma!; que han entrado infinitos enemigos en la ínsula, y somos perdidos si vuestra industria y valor no nos socorre.

"To arms, to arms, señor governor, to arms! The enemy is in the island in countless numbers, and we are lost unless your skill and valour come to our support."

Con este ruido, furia y alboroto llegaron donde Sancho estaba, atónito y embelesado de lo que oía y veía; y, cuando llegaron a él, uno le dijo:

Keeping up this noise, tumult, and uproar, they came to where Sancho stood dazed and bewildered by what he saw and heard, and as they approached one of them called out to him,

— ¡Ármese luego vuestra señoría, si no quiere perderse y que toda esta ínsula se pierda!

"Arm at once, your lordship, if you would not have yourself destroyed and the whole island lost."

— ¿Qué me tengo de armar —respondió Sancho—, ni qué sé yo de armas ni de socorros? Estas cosas mejor será dejarlas para mi amo don Quijote, que en dos paletas las despachará y pondrá en cobro; que yo, pecador fui a Dios, no se me entiende nada destas priesas.

"What have I to do with arming?" said Sancho. "What do I know about arms or supports? Better leave all that to my master Don Quixote, who will settle it and make all safe in a trice; for I, sinner that I am, God help me, don't understand

448

these scuffles."

— ¡Ah, señor gobernador! —dijo otro—. ¿Qué relente es ése? Ármese vuesa merced, que aquí le traemos armas ofensivas y defensivas, y salga a esa plaza, y sea nuestra guía y nuestro capitán, pues de derecho le toca el serlo, siendo nuestro gobernador.

"Ah, señor governor," said another, "what slackness of mettle this is! Arm yourself; here are arms for you, offensive and defensive; come out to the plaza and be our leader and captain; it falls upon you by right, for you are our governor."

— Ármenme norabuena —replicó Sancho.

"Arm me then, in God's name," said Sancho,

Y al momento le trujeron dos paveses, que venían proveídos dellos, y le pusieron encima de la camisa, sin dejarle tomar otro vestido, un pavés delante y otro detrás, y, por unas concavidades que traían hechas, le sacaron los brazos, y le liaron muy bien con unos cordeles, de modo que quedó emparedado y entablado, derecho como un huso, sin poder doblar las rodillas ni menearse un solo paso. Pusiéronle en las manos una lanza, a la cual se arrimó para poder tenerse en pie. Cuando así le tuvieron, le dijeron que caminase, y los guiase y animase a todos; que, siendo él su norte, su lanterna y su lucero, tendrían buen fin sus negocios.

and they at once produced two large shields they had come provided with, and placed them upon him over his shirt, without letting him put on anything else, one shield in front and the other behind, and passing his arms through openings they had made, they bound him tight with ropes, so that there he was walled and boarded up as straight as a spindle and unable to bend his knees or stir a single step. In his hand they placed a lance, on which he leant to keep himself from falling, and as soon as they had him thus

449

fixed they bade him march forward and lead them
on and give them all courage; for with him for
their guide and lamp and morning star, they were
sure to bring their business to a successful
issue.

— ¿Cómo tengo de caminar, desventurado yo —respondió
Sancho—, que no puedo jugar las choquezuelas de las
rodillas, porque me lo impiden estas tablas que tan cosidas
tengo con mis carnes? Lo que han de hacer es llevarme en
brazos y ponerme, atravesado o en pie, en algún postigo, que
yo le guardaré, o con esta lanza o con mi cuerpo.

"How am I to march, unlucky being that I am?"
said Sancho, "when I can't stir my knee-caps, for
these boards I have bound so tight to my body
won't let me. What you must do is carry me in
your arms, and lay me across or set me upright in
some postern, and I'll hold it either with this
lance or with my body."

— Ande, señor gobernador —dijo otro—, que más el miedo
que las tablas le impiden el paso; acabe y menéese, que es
tarde, y los enemigos crecen, y las voces se aumentan y el
peligro carga.

"On, señor governor!" cried another, "it is fear
more than the boards that keeps you from moving;
make haste, stir yourself, for there is no time
to lose; the enemy is increasing in numbers, the
shouts grow louder, and the danger is pressing."

Por cuyas persuasiones y vituperios probó el pobre
gobernador a moverse, y fue dar consigo en el suelo tan gran
golpe, que pensó que se había hecho pedazos. Quedó como
galápago encerrado y cubierto con sus conchas, o como
medio tocino metido entre dos artesas, o bien así como barca
que da al través en la arena; y no por verle caído aquella
gente burladora le tuvieron compasión alguna; antes,
apagando las antorchas, tornaron a reforzar las voces, y a
reiterar el ¡arma! con tan gran priesa, pasando por encima del

pobre Sancho, dándole infinitas cuchilladas sobre los paveses, que si él no se recogiera y encogiera, metiendo la cabeza entre los paveses, lo pasara muy mal el pobre gobernador, el cual, en aquella estrecheza recogido, sudaba y trasudaba, y de todo corazón se encomendaba a Dios que de aquel peligro le sacase.

Urged by these exhortations and reproaches the poor governor made an attempt to advance, but fell to the ground with such a crash that he fancied he had broken himself all to pieces. There he lay like a tortoise enclosed in its shell, or a side of bacon between two kneading-troughs, or a boat bottom up on the beach; nor did the gang of jokers feel any compassion for him when they saw him down; so far from that, extinguishing their torches they began to shout afresh and to renew the calls to arms with such energy, trampling on poor Sancho, and slashing at him over the shield with their swords in such a way that, if he had not gathered himself together and made himself small and drawn in his head between the shields, it would have fared badly with the poor governor, as, squeezed into that narrow compass, he lay, sweating and sweating again, and commending himself with all his heart to God to deliver him from his present peril.

Unos tropezaban en él, otros caían, y tal hubo que se puso encima un buen espacio, y desde allí, como desde atalaya, gobernaba los ejércitos, y a grandes voces decía:

Some stumbled over him, others fell upon him, and one there was who took up a position on top of him for some time, and from thence as if from a watchtower issued orders to the troops, shouting out,

— ¡Aquí de los nuestros, que por esta parte cargan más los enemigos! ¡Aquel portillo se guarde, aquella puerta se cierre, aquellas escalas se tranquen! ¡Vengan alcancías, pez y resina

451

en calderas de aceite ardiendo! ¡Trinchéense las calles con colchones!

"Here, our side! Here the enemy is thickest! Hold the breach there! Shut that gate! Barricade those ladders! Here with your stink-pots of pitch and resin, and kettles of boiling oil! Block the streets with feather beds!"

En fin, él nombraba con todo ahínco todas las baratijas e instrumentos y pertrechos de guerra con que suele defenderse el asalto de una ciudad, y el molido Sancho, que lo escuchaba y sufría todo, decía entre sí:

In short, in his ardour he mentioned every little thing, and every implement and engine of war by means of which an assault upon a city is warded off, while the bruised and battered Sancho, who heard and suffered all, was saying to himself,

— ¡Oh, si mi Señor fuese servido que se acabase ya de perder esta ínsula, y me viese yo o muerto o fuera desta grande angustia!

"O if it would only please the Lord to let the island be lost at once, and I could see myself either dead or out of this torture!"

Oyó el cielo su petición, y, cuando menos lo esperaba, oyó voces que decían:

Heaven heard his prayer, and when he least expected it he heard voices exclaiming,

— ¡Vitoria, vitoria! ¡Los enemigos van de vencida! ¡Ea, señor gobernador, levántese vuesa merced y venga a gozar del vencimiento y a repartir los despojos que se han tomado a los enemigos, por el valor dese invencible brazo!

"Victory, victory! The enemy retreats beaten! Come, señor governor, get up, and come and enjoy the victory, and divide the spoils that have been won from the foe by the might of that invincible

452

arm."

— Levántenme —dijo con voz doliente el dolorido Sancho.

"Lift me up," said the wretched Sancho in a woebegone voice.

Ayudáronle a levantar, y, puesto en pie, dijo:

They helped him to rise, and as soon as he was on his feet said,

— El enemigo que yo hubiere vencido quiero que me le claven en la frente. Yo no quiero repartir despojos de enemigos, sino pedir y suplicar a algún amigo, si es que le tengo, que me dé un trago de vino, que me seco, y me enjugue este sudor, que me hago agua.

"The enemy I have beaten you may nail to my forehead; I don't want to divide the spoils of the foe, I only beg and entreat some friend, if I have one, to give me a sup of wine, for I'm parched with thirst, and wipe me dry, for I'm turning to water."

Limpiáronle, trujéronle el vino, desliáronle los paveses, sentóse sobre su lecho y desmayóse del temor, del sobresalto y del trabajo. Ya les pesaba a los de la burla de habérsela hecho tan pesada; pero el haber vuelto en sí Sancho les templó la pena que les había dado su desmayo. Preguntó qué hora era, respondiéronle que ya amanecía. Calló, y, sin decir otra cosa, comenzó a vestirse, todo sepultado en silencio, y todos le miraban y esperaban en qué había de parar la priesa con que se vestía.

They rubbed him down, fetched him wine and unbound the shields, and he seated himself upon his bed, and with fear, agitation, and fatigue he fainted away. Those who had been concerned in the joke were now sorry they had pushed it so far; however, the anxiety his fainting away had caused them was relieved by his returning to himself. He asked what o'clock it was; they told him it was just daybreak. He said no more, and in silence began to dress himself, while all watched him, waiting to see what the haste with which he was putting on his clothes meant.

Vistióse, en fin, y poco a poco, porque estaba molido y no podía ir mucho a mucho, se fue a la caballeriza, siguiéndole todos los que allí se hallaban, y, llegándose al rucio, le abrazó y le dio un beso de paz en la frente, y, no sin lágrimas en los ojos, le dijo:

He got himself dressed at last, and then, slowly, for he was sorely bruised and could not go fast, he proceeded to the stable, followed by all who were present, and going up to Dapple embraced him and gave him a loving kiss on the forehead, and said to him, not without tears in his eyes,

— Venid vos acá, compañero mío y amigo mío, y conllevador de mis trabajos y miserias: cuando yo me avenía con vos y no tenía otros pensamientos que los que me daban los cuidados de remendar vuestros aparejos y de sustentar vuestro corpezuelo, dichosas eran mis horas, mis días y mis años; pero, después que os dejé y me subí sobre las torres de la ambición y de la soberbia, se me han entrado por el alma adentro mil miserias, mil trabajos y cuatro mil desasosiegos.

"Come along, comrade and friend and partner of my toils and sorrows; when I was with you and had no cares to trouble me except mending your harness and feeding your little carcass, happy were my hours, my days, and my years; but since I left you, and mounted the towers of ambition and pride, a thousand miseries, a thousand troubles, and four thousand anxieties have entered into my soul;"

Y, en tanto que estas razones iba diciendo, iba asimesmo enalbardando el asno, sin que nadie nada le dijese. Enalbardado, pues, el rucio, con gran pena y pesar subió sobre él, y, encaminando sus palabras y razones al mayordomo, al secretario, al maestresala y a Pedro Recio el doctor, y a otros muchos que allí presentes estaban, dijo:

and all the while he was speaking in this strain he was fixing the pack-saddle on the ass, without a word from anyone. Then having Dapple saddled, he, with great pain and difficulty, got up on him, and addressing himself to the majordomo, the secretary, the head-carver, and Pedro Recio the doctor and several others who stood by, he said,

— Abrid camino, señores míos, y dejadme volver a mi antigua libertad; dejadme que vaya a buscar la vida pasada, para que me resucite de esta muerte presente. Yo no nací para ser gobernador, ni para defender ínsulas ni ciudades de los enemigos que quisieren acometerlas. Mejor se me entiende a mí de arar y cavar, podar y ensarmentar las viñas, que de dar leyes ni de defender provincias ni reinos. Bien se está San Pedro en Roma: quiero decir, que bien se está cada uno usando el oficio para que fue nacido. Mejor me está a mí una hoz en la mano que un cetro de gobernador; más quiero hartarme de gazpachos que estar sujeto a la miseria de un médico impertinente que me mate de hambre; y más quiero recostarme a la sombra de una encina en el verano y arroparme con un zamarro de dos pelos en el invierno, en mi libertad, que acostarme con la sujeción del gobierno entre sábanas de holanda y vestirme de martas cebollinas. Vuestras mercedes se queden con Dios, y digan al duque mi señor que, desnudo nací, desnudo me hallo: ni pierdo ni gano; quiero decir, que sin blanca entré en este gobierno y sin ella salgo, bien al revés de como suelen salir los gobernadores de otras ínsulas. Y apártense: déjenme ir, que me voy a bizmar; que creo que tengo brumadas todas las costillas, merced a los enemigos que esta noche se han paseado sobre mí.

"Make way, gentlemen, and let me go back to my old freedom; let me go look for my past life, and raise myself up from this present death. I was not born to be a governor or protect islands or cities from the enemies that choose to attack them. Ploughing and digging, vinedressing and pruning, are more in my way than defending provinces or kingdoms. 'Saint Peter is very well at Rome; I mean each of us is best following the trade he was born to. A reaping-hook fits my hand better than a governor's sceptre; I'd rather have my fill of gazpacho' than be subject to the misery of a meddling doctor who slays me with hunger, and I'd rather lie in summer under the shade of an oak, and in winter wrap myself in a double sheepskin jacket in freedom, than go to bed between holland sheets and dress in sables under the restraint of a government. God be with your worships, and tell my lord the duke that 'naked I was born, naked I find myself, I neither lose nor gain;' I mean that without a farthing I came into this government, and without a farthing I go out of it, very different from the way governors commonly leave other islands. Stand aside and let me go; I have to plaster myself, for I believe every one of my ribs is crushed, thanks to the enemies that have been trampling over me to-night."

— No ha de ser así, señor gobernador —dijo el doctor Recio —, que yo le daré a vuesa merced una bebida contra caídas y molimientos, que luego le vuelva en su prístina entereza y vigor; y, en lo de la comida, yo prometo a vuesa merced de enmendarme, dejándole comer abundantemente de todo aquello que quisiere.

"That is unnecessary, señor governor," said Doctor Recio, "for I will give your worship a draught against falls and bruises that will soon make you as sound and strong as ever; and as for your diet I promise your worship to behave better, and let you eat plentifully of whatever you like."

— ¡Tarde piache! —respondió Sancho—. Así dejaré de irme

como volverme turco. No son estas burlas para dos veces. Por Dios que así me quede en éste, ni admita otro gobierno, aunque me le diesen entre dos platos, como volar al cielo sin alas. Yo soy del linaje de los Panzas, que todos son testarudos, y si una vez dicen nones, nones han de ser, aunque sean pares, a pesar de todo el mundo. Quédense en esta caballeriza las alas de la hormiga, que me levantaron en el aire para que me comiesen vencejos y otros pájaros, y volvámonos a andar por el suelo con pie llano, que, si no le adornaren zapatos picados de cordobán, no le faltarán alpargatas toscas de cuerda. Cada oveja con su pareja, y nadie tienda más la pierna de cuanto fuere larga la sábana; y déjenme pasar, que se me hace tarde.

"You spoke late," said Sancho. "I'd as soon turn Turk as stay any longer. Those jokes won't pass a second time. By God I'd as soon remain in this government, or take another, even if it was offered me between two plates, as fly to heaven without wings. I am of the breed of the Panzas, and they are every one of them obstinate, and if they once say 'odds,' odds it must be, no matter if it is evens, in spite of all the world. Here in this stable I leave the ant's wings that lifted me up into the air for the swifts and other birds to eat me, and let's take to level ground and our feet once more; and if they're not shod in pinked shoes of cordovan, they won't want for rough sandals of hemp; 'every ewe to her like,' 'and let no one stretch his leg beyond the length of the sheet;' and now let me pass, for it's growing late with me."

A lo que el mayordomo dijo:

To this the majordomo said,

— Señor gobernador, de muy buena gana dejáramos ir a vuesa merced, puesto que nos pesará mucho de perderle, que su ingenio y su cristiano proceder obligan a desearle; pero ya se sabe que todo gobernador está obligado, antes que se ausente de la parte donde ha gobernado, dar primero residencia: déla vuesa merced de los diez días que ha que tiene el gobierno, y váyase a la paz de Dios.

"Señor governor, we would let your worship go with all our hearts, though it sorely grieves us to lose you, for your wit and Christian conduct naturally make us regret you; but it is well known that every governor, before he leaves the place where he has been governing, is bound first of all to render an account. Let your worship do so for the ten days you have held the government, and then you may go and the peace of God go with you."

— Nadie me la puede pedir —respondió Sancho—, si no es quien ordenare el duque mi señor; yo voy a verme con él, y a él se la daré de molde; cuanto más que, saliendo yo desnudo, como salgo, no es menester otra señal para dar a entender que he gobernado como un ángel.

"No one can demand it of me," said Sancho, "but he whom my lord the duke shall appoint; I am going to meet him, and to him I will render an exact one; besides, when I go forth naked as I do, there is no other proof needed to show that I have governed like an angel."

— Par Dios que tiene razón el gran Sancho —dijo el doctor Recio—, y que soy de parecer que le dejemos ir, porque el duque ha de gustar infinito de verle.

"By God the great Sancho is right," said Doctor Recio, "and we should let him go, for the duke will be beyond measure glad to see him."

Todos vinieron en ello, y le dejaron ir, ofreciéndole primero compañía y todo aquello que quisiese para el regalo de su persona y para la comodidad de su viaje. Sancho dijo que no quería más de un poco de cebada para el rucio y medio queso y medio pan para él; que, pues el camino era tan corto, no había menester mayor ni mejor repostería. Abrazáronle todos, y él, llorando, abrazó a todos, y los dejó admirados, así de sus razones como de su determinación tan resoluta y tan discreta.

They all agreed to this, and allowed him to go, first offering to bear him company and furnish him with all he wanted for his own comfort or for the journey. Sancho said he did not want anything more than a little barley for Dapple, and half a cheese and half a loaf for himself; for the distance being so short there was no occasion for any better or bulkier provant. They all embraced him, and he with tears embraced all of them, and left them filled with admiration not only at his remarks but at his firm and sensible resolution.

Capítulo LIV. Que trata de cosas tocantes a esta historia, y no a otra alguna

CHAPTER LIV. WHICH DEALS WITH MATTERS RELATING TO THIS HISTORY AND NO OTHER

Resolviéronse el duque y la duquesa de que el desafío que don Quijote hizo a su vasallo, por la causa ya referida, pasase adelante; y, puesto que el mozo estaba en Flandes, adonde se había ido huyendo, por no tener por suegra a doña Rodríguez, ordenaron de poner en su lugar a un lacayo gascón, que se llamaba Tosilos, industriándole primero muy bien de todo lo que había de hacer.

The duke and duchess resolved that the challenge Don Quixote had, for the reason already mentioned, given their vassal, should be proceeded with; and as the young man was in Flanders, whither he had fled to escape having Dona Rodriguez for a mother-in-law, they arranged to substitute for him a Gascon lacquey, named Tosilos, first of all carefully instructing him in all he had to do.

De allí a dos días dijo el duque a don Quijote como desde allí a cuatro vendría su contrario, y se presentaría en el campo, armado como caballero, y sustentaría como la doncella mentía por mitad de la barba, y aun por toda la barba entera, si se afirmaba que él le hubiese dado palabra de casamiento. Don Quijote recibió mucho gusto con las tales nuevas, y se prometió a sí mismo de hacer maravillas en el caso, y tuvo a gran ventura habérsele ofrecido ocasión donde aquellos señores pudiesen ver hasta dónde se estendía el valor de su poderoso brazo; y así, con alborozo y contento, esperaba los cuatro días, que se le iban haciendo, a la cuenta de su deseo, cuatrocientos siglos.

Two days later the duke told Don Quixote that in four days from that time his opponent would

present himself on the field of battle armed as a knight, and would maintain that the damsel lied by half a beard, nay a whole beard, if she affirmed that he had given her a promise of marriage. Don Quixote was greatly pleased at the news, and promised himself to do wonders in the lists, and reckoned it rare good fortune that an opportunity should have offered for letting his noble hosts see what the might of his strong arm was capable of; and so in high spirits and satisfaction he awaited the expiration of the four days, which measured by his impatience seemed spinning themselves out into four hundred ages.

Dejémoslos pasar nosotros, como dejamos pasar otras cosas, y vamos a acompañar a Sancho, que entre alegre y triste venía caminando sobre el rucio a buscar a su amo, cuya compañía le agradaba más que ser gobernador de todas las ínsulas del mundo.

Let us leave them to pass as we do other things, and go and bear Sancho company, as mounted on Dapple, half glad, half sad, he paced along on his road to join his master, in whose society he was happier than in being governor of all the islands in the world.

Sucedió, pues, que, no habiéndose alongado mucho de la ínsula del su gobierno —que él nunca se puso a averiguar si era ínsula, ciudad, villa o lugar la que gobernaba—, vio que por el camino por donde él iba venían seis peregrinos con sus bordones, de estos estranjeros que piden la limosna cantando, los cuales, en llegando a él, se pusieron en ala, y, levantando las voces todos juntos, comenzaron a cantar en su lengua lo que Sancho no pudo entender, si no fue una palabra que claramente pronunciaba limosna, por donde entendió que era limosna la que en su canto pedían; y como él, según dice Cide Hamete, era caritativo además, sacó de sus alforjas medio pan y medio queso, de que venía proveído, y dióselo, diciéndoles

por señas que no tenía otra cosa que darles. Ellos lo recibieron de muy buena gana, y dijeron:

Well then, it so happened that before he had gone a great way from the island of his government (and whether it was island, city, town, or village that he governed he never troubled himself to inquire) he saw coming along the road he was travelling six pilgrims with staves, foreigners of that sort that beg for alms singing; who as they drew near arranged themselves in a line and lifting up their voices all together began to sing in their own language something that Sancho could not with the exception of one word which sounded plainly "alms," from which he gathered that it was alms they asked for in their song; and being, as Cide Hamete says, remarkably charitable, he took out of his alforias the half loaf and half cheese he had been provided with, and gave them to them, explaining to them by signs that he had nothing else to give them. They received them very gladly, but exclaimed,

— ¡Guelte! ¡Guelte!

"Geld! Geld!"

— No entiendo —respondió Sancho— qué es lo que me pedís, buena gente.

"I don't understand what you want of me, good people," said Sancho.

Entonces uno de ellos sacó una bolsa del seno y mostrósela a Sancho, por donde entendió que le pedían dineros; y él, poniéndose el dedo pulgar en la garganta y estendiendo la mano arriba, les dio a entender que no tenía ostugo de moneda, y, picando al rucio, rompió por ellos; y, al pasar, habiéndole estado mirando uno dellos con mucha atención, arremetió a él, echándole los brazos por la cintura; en voz alta y muy castellana, dijo:

On this one of them took a purse out of his bosom and showed it to Sancho, by which he comprehended they were asking for money, and putting his thumb to his throat and spreading his hand upwards he gave them to understand that he had not the sign of a coin about him, and urging Dapple forward he broke through them. But as he was passing, one of them who had been examining him very closely rushed towards him, and flinging his arms round him exclaimed in a loud voice and good Spanish,

— ¡Válame Dios! ¿Qué es lo que veo? ¿Es posible que tengo en mis brazos al mi caro amigo, al mi buen vecino Sancho Panza? Sí tengo, sin duda, porque yo ni duermo, ni estoy ahora borracho.

"God bless me! What's this I see? Is it possible that I hold in my arms my dear friend, my good neighbour Sancho Panza? But there's no doubt about it, for I'm not asleep, nor am I drunk just now."

Admiróse Sancho de verse nombrar por su nombre y de verse abrazar del estranjero peregrino, y, después de haberle estado mirando sin hablar palabra, con mucha atención, nunca pudo conocerle; pero, viendo su suspensión el peregrino, le dijo:

Sancho was surprised to hear himself called by his name and find himself embraced by a foreign pilgrim, and after regarding him steadily without speaking he was still unable to recognise him; but the pilgrim perceiving his perplexity cried,

— ¿Cómo, y es posible, Sancho Panza hermano, que no conoces a tu vecino Ricote el morisco, tendero de tu lugar?

"What! and is it possible, Sancho Panza, that thou dost not know thy neighbour Ricote, the Morisco shopkeeper of thy village?"

Entonces Sancho le miró con más atención y comenzó a rafigurarle, y , finalmente, le vino a conocer de todo punto, y, sin apearse del jumento, le echó los brazos al cuello, y le dijo:

Sancho upon this looking at him more carefully began to recall his features, and at last recognised him perfectly, and without getting off the ass threw his arms round his neck saying,

— ¿Quién diablos te había de conocer, Ricote, en ese traje de moharracho que traes? Dime: ¿quién te ha hecho franchote, y cómo tienes atrevimiento de volver a España, donde si te cogen y conocen tendrás harta mala ventura?

"Who the devil could have known thee, Ricote, in this mummer's dress thou art in? Tell me, who bas frenchified thee, and how dost thou dare to return to Spain, where if they catch thee and recognise thee it will go hard enough with thee?"

— Si tú no me descubres, Sancho —respondió el peregrino—, seguro estoy que en este traje no habrá nadie que me conozca; y apartémonos del camino a aquella alameda que allí parece, donde quieren comer y reposar mis compañeros, y allí comerás con ellos, que son muy apacible gente. Yo tendré lugar de contarte lo que me ha sucedido después que me partí de nuestro lugar, por obedecer el bando de Su Majestad, que con tanto rigor a los desdichados de mi nación amenazaba, según oíste.

"If thou dost not betray me, Sancho," said the pilgrim, "I am safe; for in this dress no one will recognise me; but let us turn aside out of the road into that grove there where my comrades are going to eat and rest, and thou shalt eat with them there, for they are very good fellows; I'll have time enough to tell thee then all that has happened me since I left our village in obedience to his Majesty's edict that threatened such severities against the unfortunate people of my nation, as thou hast heard."

Hízolo así Sancho, y, hablando Ricote a los demás peregrinos, se apartaron a la alameda que se parecía, bien desviados del camino real. Arrojaron los bordones, quitáronse las mucetas o esclavinas y quedaron en pelota, y todos ellos eran mozos y muy gentileshombres, excepto Ricote, que ya era hombre entrado en años. Todos traían alforjas, y todas, según pareció, venían bien proveídas, a lo menos, de cosas incitativas y que llaman a la sed de dos leguas.

Sancho complied, and Ricote having spoken to the other pilgrims they withdrew to the grove they saw, turning a considerable distance out of the road. They threw down their staves, took off their pilgrim's cloaks and remained in their under-clothing; they were all good-looking young fellows, except Ricote, who was a man somewhat advanced in years. They carried alforjas all of them, and all apparently well filled, at least with things provocative of thirst, such as would summon it from two leagues off.

Tendiéronse en el suelo, y, haciendo manteles de las yerbas, pusieron sobre ellas pan, sal, cuchillos, nueces, rajas de queso, huesos mondos de jamón, que si no se dejaban mascar, no defendían el ser chupados. Pusieron asimismo un manjar negro que dicen que se llama cavial, y es hecho de huevos de pescados, gran despertador de la colambre. No faltaron aceitunas, aunque secas y sin adobo alguno, pero sabrosas y entretenidas. Pero lo que más campeó en el campo de aquel banquete fueron seis botas de vino, que cada uno sacó la suya de su alforja; hasta el buen Ricote, que se había transformado de morisco en alemán o en tudesco, sacó la suya, que en grandeza podía competir con las cinco.

They stretched themselves on the ground, and making a tablecloth of the grass they spread upon it bread, salt, knives, walnut, scraps of cheese, and well-picked ham-bones which if they were past gnawing were not past sucking. They also put down a black dainty called, they say, caviar, and made of the eggs of fish, a great thirst-wakener. Nor was there any lack of olives, dry, it is true, and without any seasoning, but for all that

465

toothsome and pleasant. But what made the best show in the field of the banquet was half a dozen botas of wine, for each of them produced his own from his alforjas; even the good Ricote, who from a Morisco had transformed himself into a German or Dutchman, took out his, which in size might have vied with the five others.

Comenzaron a comer con grandísimo gusto y muy de espacio, saboreándose con cada bocado, que le tomaban con la punta del cuchillo, y muy poquito de cada cosa, y luego, al punto, todos a una, levantaron los brazos y las botas en el aire; puestas las bocas en su boca, clavados los ojos en el cielo, no parecía sino que ponían en él la puntería; y desta manera, meneando las cabezas a un lado y a otro, señales que acreditaban el gusto que recebían, se estuvieron un buen espacio, trasegando en sus estómagos las entrañas de las vasijas.

They then began to eat with very great relish and very leisurely, making the most of each morsel—very small ones of everything—they took up on the point of the knife; and then all at the same moment raised their arms and botas aloft, the mouths placed in their mouths, and all eyes fixed on heaven just as if they were taking aim at it; and in this attitude they remained ever so long, wagging their heads from side to side as if in acknowledgment of the pleasure they were enjoying while they decanted the bowels of the bottles into their own stomachs.

Todo lo miraba Sancho, y de ninguna cosa se dolía; antes, por cumplir con el refrán, que él muy bien sabía, de "cuando a Roma fueres, haz como vieres", pidió a Ricote la bota, y tomó su puntería como los demás, y no con menos gusto que ellos.

Sancho beheld all, "and nothing gave him pain;" so far from that, acting on the proverb he knew so well, "when thou art at Rome do as thou seest," he asked Ricote for his bota and took aim

like the rest of them, and with not less
enjoyment.

Cuatro veces dieron lugar las botas para ser empinadas; pero
la quinta no fue posible, porque ya estaban más enjutas y
secas que un esparto, cosa que puso mustia la alegría que
hasta allí habían mostrado.

Four times did the botas bear being uplifted, but
the fifth it was all in vain, for they were drier
and more sapless than a rush by that time, which
made the jollity that had been kept up so far
begin to flag.

De cuando en cuando, juntaba alguno su mano derecha con la
de Sancho, y decía:

Every now and then some one of them would grasp
Sancho's right hand in his own saying,

— Español y tudesqui, tuto uno: bon compaño.

"Espanoli y Tudesqui tuto uno: bon compano;"

Y Sancho respondía: Bon compaño, jura Di!

and Sancho would answer, "Bon compano, jur a Di!"

Y disparaba con una risa que le duraba un hora, sin acordarse
entonces de nada de lo que le había sucedido en su gobierno;
porque sobre el rato y tiempo cuando se come y bebe, poca
jurisdición suelen tener los cuidados. Finalmente, el
acabársele el vino fue principio de un sueño que dio a todos,
quedándose dormidos sobre las mismas mesas y manteles;
solos Ricote y Sancho quedaron alerta, porque habían comido
más y bebido menos; y, apartando Ricote a Sancho, se
sentaron al pie de una haya, dejando a los peregrinos
sepultados en dulce sueño; y Ricote, sin tropezar nada en su
lengua morisca, en la pura castellana le dijo las siguientes
razones:

and then go off into a fit of laughter that
lasted an hour, without a thought for the moment

of anything that had befallen him in his government; for cares have very little sway over us while we are eating and drinking. At length, the wine having come to an end with them, drowsiness began to come over them, and they dropped asleep on their very table and tablecloth. Ricote and Sancho alone remained awake, for they had eaten more and drunk less, and Ricote drawing Sancho aside, they seated themselves at the foot of a beech, leaving the pilgrims buried in sweet sleep; and without once falling into his own Morisco tongue Ricote spoke as follows in pure Castilian:

— «Bien sabes, ¡oh Sancho Panza, vecino y amigo mío!, como el pregón y bando que Su Majestad mandó publicar contra los de mi nación puso terror y espanto en todos nosotros; a lo menos, en mí le puso de suerte que me parece que antes del tiempo que se nos concedía para que hiciésemos ausencia de España, ya tenía el rigor de la pena ejecutado en mi persona y en la de mis hijos. Ordené, pues, a mi parecer como prudente, bien así como el que sabe que para tal tiempo le han de quitar la casa donde vive y se provee de otra donde mudarse; ordené, digo, de salir yo solo, sin mi familia, de mi pueblo, y ir a buscar donde llevarla con comodidad y sin la priesa con que los demás salieron; porque bien vi, y vieron todos nuestros ancianos, que aquellos pregones no eran sólo amenazas, como algunos decían, sino verdaderas leyes, que se habían de poner en ejecución a su determinado tiempo; y forzábame a creer esta verdad saber yo los ruines y disparatados intentos que los nuestros tenían, y tales, que me parece que fue inspiración divina la que movió a Su Majestad a poner en efecto tan gallarda resolución, no porque todos fuésemos culpados, que algunos había cristianos firmes y verdaderos; pero eran tan pocos que no se podían oponer a los que no lo eran, y no era bien criar la sierpe en el seno, teniendo los enemigos dentro de casa. Finalmente, con justa razón fuimos castigados con la pena del destierro, blanda y suave al parecer de algunos, pero al nuestro, la más terrible que se nos podía dar. Doquiera que estamos lloramos por España, que, en fin, nacimos en ella y es nuestra patria natural; en ninguna parte hallamos el acogimiento que nuestra desventura desea, y en Berbería, y en todas las partes de África, donde esperábamos ser recebidos, acogidos y regalados, allí es donde más nos ofenden y maltratan. No hemos conocido el bien hasta que le hemos perdido; y es el deseo tan grande, que casi todos tenemos de volver a España, que los más de aquellos, y son muchos, que saben la lengua como yo, se vuelven a ella, y dejan allá sus mujeres y sus hijos desamparados: tanto es el amor que la tienen; y agora conozco y experimento lo que suele decirse: que es dulce el amor de la patria.

"Thou knowest well, neighbour and friend Sancho Panza, how the proclamation or edict his Majesty commanded to be issued against those of my nation filled us all with terror and dismay; me at least it did, insomuch that I think before the time granted us for quitting Spain was out, the full force of the penalty had already fallen upon me and upon my children. I decided, then, and I think wisely (just like one who knows that at a certain date the house he lives in will be taken from him, and looks out beforehand for another to change into), I decided, I say, to leave the town myself, alone and without my family, and go to seek out some place to remove them to comfortably and not in the hurried way in which the others took their departure; for I saw very plainly, and so did all the older men among us, that the proclamations were not mere threats, as some said, but positive enactments which would be enforced at the appointed time; and what made me believe this was what I knew of the base and extravagant designs which our people harboured, designs of such a nature that I think it was a divine inspiration that moved his Majesty to carry out a resolution so spirited; not that we were all guilty, for some there were true and steadfast Christians; but they were so few that they could make no head against those who were not; and it was not prudent to cherish a viper in the bosom by having enemies in the house. In short it was with just cause that we were visited with the penalty of banishment, a mild and lenient one in the eyes of some, but to us the most terrible that could be inflicted upon us. Wherever we are we weep for Spain; for after all we were born there and it is our natural fatherland. Nowhere do we find the reception our unhappy condition needs; and in Barbary and all the parts of Africa where we counted upon being received, succoured, and welcomed, it is there they insult and ill-treat us most. We knew not our good fortune until we lost it; and such is the longing we almost all of us have to return to Spain, that most of those who like myself know the language, and there are many who do, come back to it and leave their wives and children forsaken yonder, so great is their love for it; and now I know by experience the meaning of the saying, sweet is the love of one's country.

Salí, como digo, de nuestro pueblo, entré en Francia, y, aunque allí nos hacían buen acogimiento, quise verlo todo. Pasé a Italia y llegué a Alemania, y allí me pareció que se podía vivir con más libertad, porque sus habitadores no miran en muchas delicadezas: cada uno vive como quiere, porque en la mayor parte della se vive con libertad de conciencia. Dejé tomada casa en un pueblo junto a Augusta; juntéme con estos peregrinos, que tienen por costumbre de venir a España muchos dellos, cada año, a visitar los santuarios della, que los tienen por sus Indias, y por certísima granjería y conocida ganancia. Ándanla casi toda, y no hay pueblo ninguno de donde no salgan comidos y bebidos, como suele decirse, y con un real, por lo menos, en dineros, y al cabo de su viaje salen con más de cien escudos de sobra que, trocados en oro, o ya en el hueco de los bordones, o entre los remiendos de las esclavinas, o con la industria que ellos pueden, los sacan del reino y los pasan a sus tierras, a pesar de las guardas de los puestos y puertos donde se registran. Ahora es mi intención, Sancho, sacar el tesoro que dejé enterrado, que por estar fuera del pueblo lo podré hacer sin peligro y escribir o pasar desde Valencia a mi hija y a mi mujer, que sé que está en Argel, y dar traza como traerlas a algún puerto de Francia, y desde allí llevarlas a Alemania, donde esperaremos lo que Dios quisiere hacer de nosotros; que, en resolución, Sancho, yo sé cierto que la Ricota mi hija y Francisca Ricota, mi mujer, son católicas cristianas, y, aunque yo no lo soy tanto, todavía tengo más de cristiano que de moro, y ruego siempre a Dios me abra los ojos del entendimiento y me dé a conocer cómo le tengo de servir. Y lo que me tiene admirado es no saber por qué se fue mi mujer y mi hija antes a Berbería que a Francia, adonde podía vivir como cristiana.»

"I left our village, as I said, and went to France, but though they gave us a kind reception there I was anxious to see all I could. I crossed into Italy, and reached Germany, and there it seemed to me we might live with more freedom, as the inhabitants do not pay any attention to trifling points; everyone lives as he likes, for in most parts they enjoy liberty of conscience. I took a house in a town near Augsburg, and then joined these pilgrims, who are in the habit of coming to Spain in great numbers every year to visit the shrines there, which they look upon as their Indies and a sure and certain source of gain. They travel nearly all over it, and there is no town out of which they do not go full up of meat and drink, as the saying is, and with a real, at least, in money, and they come off at the end of their travels with more than a hundred crowns saved, which, changed into gold, they

471

smuggle out of the kingdom either in the hollow
of their staves or in the patches of their
pilgrim's cloaks or by some device of their own,
and carry to their own country in spite of the
guards at the posts and passes where they are
searched. Now my purpose is, Sancho, to carry
away the treasure that I left buried, which, as
it is outside the town, I shall be able to do
without risk, and to write, or cross over from
Valencia, to my daughter and wife, who I know are
at Algiers, and find some means of bringing them
to some French port and thence to Germany, there
to await what it may be God's will to do with us;
for, after all, Sancho, I know well that Ricota
my daughter and Francisca Ricota my wife are
Catholic Christians, and though I am not so much
so, still I am more of a Christian than a Moor,
and it is always my prayer to God that he will
open the eyes of my understanding and show me how
I am to serve him; but what amazes me and I
cannot understand is why my wife and daughter
should have gone to Barbary rather than to
France, where they could live as Christians."

A lo que respondió Sancho:

To this Sancho replied,

— Mira, Ricote, eso no debió estar en su mano, porque las
llevó Juan Tiopieyo, el hermano de tu mujer; y, como debe de
ser fino moro, fuese a lo más bien parado, y séte decir otra
cosa: que creo que vas en balde a buscar lo que dejaste
encerrado; porque tuvimos nuevas que habían quitado a tu
cuñado y tu mujer muchas perlas y mucho dinero en oro que
llevaban por registrar.

"Remember, Ricote, that may not have been open to
them, for Juan Tiopieyo thy wife's brother took
them, and being a true Moor he went where he
could go most easily; and another thing I can
tell thee, it is my belief thou art going in vain
to look for what thou hast left buried, for we

heard they took from thy brother-in-law and thy wife a great quantity of pearls and money in gold which they brought to be passed."

— Bien puede ser eso —replicó Ricote—, pero yo sé, Sancho, que no tocaron a mi encierro, porque yo no les descubrí dónde estaba, temeroso de algún desmán; y así, si tú, Sancho, quieres venir conmigo y ayudarme a sacarlo y a encubrirlo, yo te daré docientos escudos, con que podrás remediar tus necesidades, que ya sabes que sé yo que las tienes muchas.

"That may be," said Ricote; "but I know they did not touch my hoard, for I did not tell them where it was, for fear of accidents; and so, if thou wilt come with me, Sancho, and help me to take it away and conceal it, I will give thee two hundred crowns wherewith thou mayest relieve thy necessities, and, as thou knowest, I know they are many."

— Yo lo hiciera —respondió Sancho—, pero no soy nada codicioso; que, a serlo, un oficio dejé yo esta mañana de las manos, donde pudiera hacer las paredes de mi casa de oro, y comer antes de seis meses en platos de plata; y, así por esto como por parecerme haría traición a mi rey en dar favor a sus enemigos, no fuera contigo, si como me prometes docientos escudos, me dieras aquí de contado cuatrocientos.

"I would do it," said Sancho; "but I am not at all covetous, for I gave up an office this morning in which, if I was, I might have made the walls of my house of gold and dined off silver plates before six months were over; and so for this reason, and because I feel I would be guilty of treason to my king if I helped his enemies, I would not go with thee if instead of promising me two hundred crowns thou wert to give me four hundred here in hand."

— Y ¿qué oficio es el que has dejado, Sancho? —preguntó Ricote.

"And what office is this thou hast given up, Sancho?" asked Ricote.

— He dejado de ser gobernador de una ínsula —respondió Sancho—, y tal, que a buena fee que no hallen otra como ella a tres tirones.

"I have given up being governor of an island," said Sancho, "and such a one, faith, as you won't find the like of easily."

— ¿Y dónde está esa ínsula? —preguntó Ricote.

"And where is this island?" said Ricote.

— ¿Adónde? —respondió Sancho—. Dos leguas de aquí, y se llama la ínsula Barataria.

"Where?" said Sancho; "two leagues from here, and it is called the island of Barataria."

— Calla, Sancho —dijo Ricote—, que las ínsulas están allá dentro de la mar; que no hay ínsulas en la tierra firme.

"Nonsense! Sancho," said Ricote; "islands are away out in the sea; there are no islands on the mainland."

— ¿Cómo no? —replicó Sancho—. Dígote, Ricote amigo, que esta mañana me partí della, y ayer estuve en ella gobernando a mi placer, como un sagitario; pero, con todo eso, la he dejado, por parecerme oficio peligroso el de los gobernadores.

"What? No islands!" said Sancho; "I tell thee, friend Ricote, I left it this morning, and yesterday I was governing there as I pleased like a sagittarius; but for all that I gave it up, for it seemed to me a dangerous office, a governor's."

— Y ¿qué has ganado en el gobierno? —preguntó Ricote.

"And what hast thou gained by the government?" asked Ricote.

— He ganado —respondió Sancho— el haber conocido que no soy bueno para gobernar, si no es un hato de ganado, y que las riquezas que se ganan en los tales gobiernos son a costa de perder el descanso y el sueño, y aun el sustento; porque en las ínsulas deben de comer poco los gobernadores, especialmente si tienen médicos que miren por su salud.

"I have gained," said Sancho, "the knowledge that I am no good for governing, unless it is a drove of cattle, and that the riches that are to be got by these governments are got at the cost of one's rest and sleep, ay and even one's food; for in islands the governors must eat little, especially if they have doctors to look after their health."

— Yo no te entiendo, Sancho —dijo Ricote—, pero paréceme que todo lo que dices es disparate; que, ¿quién te había de dar a ti ínsulas que gobernases? ¿Faltaban hombres en el mundo más hábiles para gobernadores que tú eres? Calla, Sancho, y vuelve en ti, y mira si quieres venir conmigo, como te he dicho, a ayudarme a sacar el tesoro que dejé escondido; que en verdad que es tanto, que se puede llamar tesoro, y te daré con que vivas, como te he dicho.

"I don't understand thee, Sancho," said Ricote; "but it seems to me all nonsense thou art talking. Who would give thee islands to govern? Is there any scarcity in the world of cleverer men than thou art for governors? Hold thy peace, Sancho, and come back to thy senses, and consider whether thou wilt come with me as I said to help me to take away treasure I left buried (for indeed it may be called a treasure, it is so large), and I will give thee wherewithal to keep thee, as I told thee."

— Ya te he dicho, Ricote —replicó Sancho—, que no quiero; conténtate que por mí no serás descubierto, y prosigue en buena hora tu camino, y déjame seguir el mío; que yo sé que lo bien ganado se pierde, y lo malo, ello y su dueño.

"And I have told thee already, Ricote, that I will not," said Sancho; "let it content thee that by me thou shalt not be betrayed, and go thy way in God's name and let me go mine; for I know that well-gotten gain may be lost, but ill-gotten gain is lost, itself and its owner likewise."

— No quiero porfiar, Sancho —dijo Ricote—, pero dime: ¿hallástete en nuestro lugar, cuando se partió dél mi mujer, mi hija y mi cuñado?

"I will not press thee, Sancho," said Ricote; "but tell me, wert thou in our village when my wife and daughter and brother-in-law left it?"

— Sí hallé —respondió Sancho—, y séte decir que salió tu hija tan hermosa que salieron a verla cuantos había en el pueblo, y todos decían que era la más bella criatura del mundo. Iba llorando y abrazaba a todas sus amigas y conocidas, y a cuantos llegaban a verla, y a todos pedía la encomendasen a Dios y a Nuestra Señora su madre; y esto, con tanto sentimiento, que a mí me hizo llorar, que no suelo ser muy llorón. Y a fee que muchos tuvieron deseo de esconderla y salir a quitársela en el camino; pero el miedo de ir contra el mandado del rey los detuvo. Principalmente se mostró más apasionado don Pedro Gregorio, aquel mancebo mayorazgo rico que tú conoces, que dicen que la quería mucho, y después que ella se partió, nunca más él ha parecido en nuestro lugar, y todos pensamos que iba tras ella para robarla; pero hasta ahora no se ha sabido nada.

"I was so," said Sancho; "and I can tell thee thy daughter left it looking so lovely that all the village turned out to see her, and everybody said she was the fairest creature in the world. She wept as she went, and embraced all her friends and acquaintances and those who came out to see her, and she begged them all to commend her to God and Our Lady his mother, and this in such a touching way that it made me weep myself, though

I'm not much given to tears commonly; and, faith, many a one would have liked to hide her, or go out and carry her off on the road; but the fear of going against the king's command kept them back. The one who showed himself most moved was Don Pedro Gregorio, the rich young heir thou knowest of, and they say he was deep in love with her; and since she left he has not been seen in our village again, and we all suspect he has gone after her to steal her away, but so far nothing has been heard of it."

— Siempre tuve yo mala sospecha —dijo Ricote— de que ese caballero adamaba a mi hija; pero, fiado en el valor de mi Ricota, nunca me dio pesadumbre el saber que la quería bien; que ya habrás oído decir, Sancho, que las moriscas pocas o ninguna vez se mezclaron por amores con cristianos viejos, y mi hija, que, a lo que yo creo, atendía a ser más cristiana que enamorada, no se curaría de las solicitudes de ese señor mayorazgo.

"I always had a suspicion that gentleman had a passion for my daughter," said Ricote; "but as I felt sure of my Ricota's virtue it gave me no uneasiness to know that he loved her; for thou must have heard it said, Sancho, that the Morisco women seldom or never engage in amours with the old Christians; and my daughter, who I fancy thought more of being a Christian than of lovemaking, would not trouble herself about the attentions of this heir."

— Dios lo haga —replicó Sancho—, que a entrambos les estaría mal. Y déjame partir de aquí, Ricote amigo, que quiero llegar esta noche adonde está mi señor don Quijote.

"God grant it," said Sancho, "for it would be a bad business for both of them; but now let me be off, friend Ricote, for I want to reach where my master Don Quixote is to-night."

— Dios vaya contigo, Sancho hermano, que ya mis

compañeros se rebullen, y también es hora que prosigamos nuestro camino.

"God be with thee, brother Sancho," said Ricote; "my comrades are beginning to stir, and it is time, too, for us to continue our journey;"

Y luego se abrazaron los dos, y Sancho subió en su rucio, y Ricote se arrimó a su bordón, y se apartaron.

and then they both embraced, and Sancho mounted Dapple, and Ricote leant upon his staff, and so they parted.

Capítulo LV. De cosas sucedidas a Sancho en el camino, y otras que no hay más que ver

CHAPTER LV. OF WHAT BEFELL SANCHO ON THE ROAD, AND OTHER THINGS THAT CANNOT BE SURPASSED

El haberse detenido Sancho con Ricote no le dio lugar a que aquel día llegase al castillo del duque, puesto que llegó media legua dél, donde le tomó la noche, algo escura y cerrada; pero, como era verano, no le dio mucha pesadumbre; y así, se apartó del camino con intención de esperar la mañana; y quiso su corta y desventurada suerte que, buscando lugar donde mejor acomodarse, cayeron él y el rucio en una honda y escurísima sima que entre unos edificios muy antiguos estaba, y al tiempo del caer, se encomendó a Dios de todo corazón, pensando que no había de parar hasta el profundo de los abismos. Y no fue así, porque a poco más de tres estados dio fondo el rucio, y él se halló encima dél, sin haber recebido lisión ni daño alguno.

The length of time he delayed with Ricote prevented Sancho from reaching the duke's castle that day, though he was within half a league of it when night, somewhat dark and cloudy, overtook him. This, however, as it was summer time, did not give him much uneasiness, and he turned aside out of the road intending to wait for morning; but his ill luck and hard fate so willed it that as he was searching about for a place to make himself as comfortable as possible, he and Dapple fell into a deep dark hole that lay among some very old buildings. As he fell he commended himself with all his heart to God, fancying he was not going to stop until he reached the depths of the bottomless pit; but it did not turn out so, for at little more than thrice a man's height Dapple touched bottom, and he found himself sitting on him without having received any hurt

or damage whatever.

Tentóse todo el cuerpo, y recogió el aliento, por ver si estaba sano o agujereado por alguna parte; y, viéndose bueno, entero y católico de salud, no se hartaba de dar gracias a Dios Nuestro Señor de la merced que le había hecho, porque sin duda pensó que estaba hecho mil pedazos. Tentó asimismo con las manos por las paredes de la sima, por ver si sería posible salir della sin ayuda de nadie; pero todas las halló rasas y sin asidero alguno, de lo que Sancho se congojó mucho, especialmente cuando oyó que el rucio se quejaba tierna y dolorosamente; y no era mucho, ni se lamentaba de vicio, que, a la verdad, no estaba muy bien parado.

He felt himself all over and held his breath to try whether he was quite sound or had a hole made in him anywhere, and finding himself all right and whole and in perfect health he was profuse in his thanks to God our Lord for the mercy that had been shown him, for he made sure he had been broken into a thousand pieces. He also felt along the sides of the pit with his hands to see if it were possible to get out of it without help, but he found they were quite smooth and afforded no hold anywhere, at which he was greatly distressed, especially when he heard how pathetically and dolefully Dapple was bemoaning himself, and no wonder he complained, nor was it from ill-temper, for in truth he was not in a very good case.

— ¡Ay —dijo entonces Sancho Panza—, y cuán no pensados sucesos suelen suceder a cada paso a los que viven en este miserable mundo! ¿Quién dijera que el que ayer se vio entronizado gobernador de una ínsula, mandando a sus sirvientes y a sus vasallos, hoy se había de ver sepultado en una sima, sin haber persona alguna que le remedie, ni criado ni vasallo que acuda a su socorro? Aquí habremos de perecer de hambre yo y mi jumento, si ya no nos morimos antes, él de molido y quebrantado, y yo de pesaroso. A lo menos, no seré yo tan venturoso como lo fue mi señor don Quijote de la Mancha cuando decendió y bajó a la cueva de aquel encantado Montesinos, donde halló quien le regalase mejor que en su casa, que no parece sino que se fue a mesa puesta y a cama hecha. Allí vio él visiones hermosas y apacibles, y yo veré aquí, a lo que creo, sapos y culebras. ¡Desdichado de mí, y en qué han parado mis locuras y fantasías! De aquí sacarán mis huesos, cuando el cielo sea servido que me descubran, mondos, blancos y raídos, y los de mi buen rucio con ellos, por donde quizá se echará de ver quién somos, a lo menos de los que tuvieren noticia que nunca Sancho Panza se apartó de su asno, ni su asno de Sancho Panza. Otra vez digo: ¡miserables de nosotros, que no ha querido nuestra corta suerte que muriésemos en nuestra patria y entre los nuestros, donde ya que no hallara remedio nuestra desgracia, no faltara quien dello se doliera, y en la hora última de nuestro pasamiento nos cerrara los ojos! ¡Oh compañero y amigo mío, qué mal pago te he dado de tus buenos servicios! Perdóname y pide a la fortuna, en el mejor modo que supieres, que nos saque deste miserable trabajo en que estamos puestos los dos; que yo prometo de ponerte una corona de laurel en la cabeza, que no parezcas sino un laureado poeta, y de darte los piensos doblados.

"Alas," said Sancho, "what unexpected accidents happen at every step to those who live in this miserable world! Who would have said that one who saw himself yesterday sitting on a throne, governor of an island, giving orders to his servants and his vassals, would see himself to-day buried in a pit without a soul to help him, or servant or vassal to come to his relief? Here must we perish with hunger, my ass and myself, if indeed we don't die first, he of his bruises and injuries, and I of grief and sorrow. At any rate I'll not be as lucky as my master Don Quixote of La Mancha, when he went down into the cave of that enchanted Montesinos, where he found people

481

to make more of him than if he had been in his own house; for it seems he came in for a table laid out and a bed ready made. There he saw fair and pleasant visions, but here I'll see, I imagine, toads and adders. Unlucky wretch that I am, what an end my follies and fancies have come to! They'll take up my bones out of this, when it is heaven's will that I'm found, picked clean, white and polished, and my good Dapple's with them, and by that, perhaps, it will be found out who we are, at least by such as have heard that Sancho Panza never separated from his ass, nor his ass from Sancho Panza. Unlucky wretches, I say again, that our hard fate should not let us die in our own country and among our own people, where if there was no help for our misfortune, at any rate there would be some one to grieve for it and to close our eyes as we passed away! O comrade and friend, how ill have I repaid thy faithful services! Forgive me, and entreat Fortune, as well as thou canst, to deliver us out of this miserable strait we are both in; and I promise to put a crown of laurel on thy head, and make thee look like a poet laureate, and give thee double feeds."

Desta manera se lamentaba Sancho Panza, y su jumento le escuchaba sin responderle palabra alguna: tal era el aprieto y angustia en que el pobre se hallaba. Finalmente, habiendo pasado toda aquella noche en miserables quejas y lamentaciones, vino el día, con cuya claridad y resplandor vio Sancho que era imposible de toda imposibilidad salir de aquel pozo sin ser ayudado, y comenzó a lamentarse y dar voces, por ver si alguno le oía; pero todas sus voces eran dadas en desierto, pues por todos aquellos contornos no había persona que pudiese escucharle, y entonces se acabó de dar por muerto.

In this strain did Sancho bewail himself, and his ass listened to him, but answered him never a

word, such was the distress and anguish the poor
beast found himself in. At length, after a night
spent in bitter moanings and lamentations, day
came, and by its light Sancho perceived that it
was wholly impossible to escape out of that pit
without help, and he fell to bemoaning his fate
and uttering loud shouts to find out if there was
anyone within hearing; but all his shouting was
only crying in the wilderness, for there was not
a soul anywhere in the neighbourhood to hear him,
and then at last he gave himself up for dead.

Estaba el rucio boca arriba, y Sancho Panza le acomodó de
modo que le puso en pie, que apenas se podía tener; y,
sacando de las alforjas, que también habían corrido la mesma
fortuna de la caída, un pedazo de pan, lo dio a su jumento,
que no le supo mal, y díjole Sancho, como si lo entendiera:

Dapple was lying on his back, and Sancho helped
him to his feet, which he was scarcely able to
keep; and then taking a piece of bread out of his
alforjas which had shared their fortunes in the
fall, he gave it to the ass, to whom it was not
unwelcome, saying to him as if he understood him,

— Todos los duelos con pan son buenos.

"With bread all sorrows are less."

En esto, descubrió a un lado de la sima un agujero, capaz de
caber por él una persona, si se agobiaba y encogía. Acudió a
él Sancho Panza, y, agazapándose, se entró por él y vio que
por de dentro era espacioso y largo, y púdolo ver, porque por
lo que se podía llamar techo entraba un rayo de sol que lo
descubría todo. Vio también que se dilataba y alargaba por
otra concavidad espaciosa; viendo lo cual, volvió a salir
adonde estaba el jumento, y con una piedra comenzó a
desmoronar la tierra del agujero, de modo que en poco
espacio hizo lugar donde con facilidad pudiese entrar el asno,
como lo hizo; y, cogiéndole del cabestro, comenzó a caminar
por aquella gruta adelante, por ver si hallaba alguna salida

por otra parte. A veces iba a escuras, y a veces sin luz, pero ninguna vez sin miedo.

And now he perceived on one side of the pit a hole large enough to admit a person if he stooped and squeezed himself into a small compass. Sancho made for it, and entered it by creeping, and found it wide and spacious on the inside, which he was able to see as a ray of sunlight that penetrated what might be called the roof showed it all plainly. He observed too that it opened and widened out into another spacious cavity; seeing which he made his way back to where the ass was, and with a stone began to pick away the clay from the hole until in a short time he had made room for the beast to pass easily, and this accomplished, taking him by the halter, he proceeded to traverse the cavern to see if there was any outlet at the other end. He advanced, sometimes in the dark, sometimes without light, but never without fear;

— ¡Válame Dios todopoderoso! —decía entre sí—. Esta que para mí es desventura, mejor fuera para aventura de mi amo don Quijote. Él sí que tuviera estas profundidades y mazmorras por jardines floridos y por palacios de Galiana, y esperara salir de esta escuridad y estrecheza a algún florido prado; pero yo, sin ventura, falto de consejo y menoscabado de ánimo, a cada paso pienso que debajo de los pies de improviso se ha de abrir otra sima más profunda que la otra, que acabe de tragarme. ¡Bien vengas mal, si vienes solo!

"God Almighty help me!" said he to himself; "this that is a misadventure to me would make a good adventure for my master Don Quixote. He would have been sure to take these depths and dungeons for flowery gardens or the palaces of Galiana, and would have counted upon issuing out of this darkness and imprisonment into some blooming meadow; but I, unlucky that I am, hopeless and spiritless, expect at every step another pit

deeper than the first to open under my feet and
swallow me up for good; 'welcome evil, if thou
comest alone.'"

Desta manera y con estos pensamientos le pareció que habría
caminado poco más de media legua, al cabo de la cual
descubrió una confusa claridad, que pareció ser ya de día, y
que por alguna parte entraba, que daba indicio de tener fin
abierto aquel, para él, camino de la otra vida.

In this way and with these reflections he seemed
to himself to have travelled rather more than
half a league, when at last he perceived a dim
light that looked like daylight and found its way
in on one side, showing that this road, which
appeared to him the road to the other world, led
to some opening.

Aquí le deja Cide Hamete Benengeli, y vuelve a tratar de don
Quijote, que, alborozado y contento, esperaba el plazo de la
batalla que había de hacer con el robador de la honra de la
hija de doña Rodríguez, a quien pensaba enderezar el tuerto y
desaguisado que malamente le tenían fecho.

Here Cide Hamete leaves him, and returns to Don
Quixote, who in high spirits and satisfaction was
looking forward to the day fixed for the battle
he was to fight with him who had robbed Dona
Rodriguez's daughter of her honour, for whom he
hoped to obtain satisfaction for the wrong and
injury shamefully done to her.

Sucedió, pues, que, saliéndose una mañana a imponerse y
ensayarse en lo que había de hacer en el trance en que otro
día pensaba verse, dando un repelón o arremetida a
Rocinante, llegó a poner los pies tan junto a una cueva, que, a
no tirarle fuertemente las riendas, fuera imposible no caer en
ella. En fin, le detuvo y no cayó, y, llegándose algo más cerca,
sin apearse, miró aquella hondura; y, estándola mirando, oyó
grandes voces dentro; y, escuchando atentamente, pudo
percibir y entender que el que las daba decía:

485

It came to pass, then, that having sallied forth one morning to practise and exercise himself in what he would have to do in the encounter he expected to find himself engaged in the next day, as he was putting Rocinante through his paces or pressing him to the charge, he brought his feet so close to a pit that but for reining him in tightly it would have been impossible for him to avoid falling into it. He pulled him up, however, without a fall, and coming a little closer examined the hole without dismounting; but as he was looking at it he heard loud cries proceeding from it, and by listening attentively was able to make out that he who uttered them was saying,

— ¡Ah de arriba! ¿Hay algún cristiano que me escuche, o algún caballero caritativo que se duela de un pecador enterrado en vida, o un desdichado desgobernado gobernador?

"Ho, above there! is there any Christian that hears me, or any charitable gentleman that will take pity on a sinner buried alive, on an unfortunate disgoverned governor?"

Parecióle a don Quijote que oía la voz de Sancho Panza, de que quedó suspenso y asombrado, y, levantando la voz todo lo que pudo, dijo:

It struck Don Quixote that it was the voice of Sancho Panza he heard, whereat he was taken aback and amazed, and raising his own voice as much as he could, he cried out,

— ¿Quién está allá bajo? ¿Quién se queja?

"Who is below there? Who is that complaining?"

— ¿Quién puede estar aquí, o quién se ha de quejar — respondieron—, sino el asendereado de Sancho Panza, gobernador, por sus pecados y por su mala andanza, de la ínsula Barataria, escudero que fue del famoso caballero don Quijote de la Mancha?

486

"Who should be here, or who should complain," was the answer, "but the forlorn Sancho Panza, for his sins and for his ill-luck governor of the island of Barataria, squire that was to the famous knight Don Quixote of La Mancha?"

Oyendo lo cual don Quijote, se le dobló la admiración y se le acrecentó el pasmo, viniéndosele al pensamiento que Sancho Panza debía de ser muerto, y que estaba allí penando su alma, y llevado desta imaginación dijo:

When Don Quixote heard this his amazement was redoubled and his perturbation grew greater than ever, for it suggested itself to his mind that Sancho must be dead, and that his soul was in torment down there; and carried away by this idea he exclaimed,

— Conjúrote por todo aquello que puedo conjurarte como católico cristiano, que me digas quién eres; y si eres alma en pena, dime qué quieres que haga por ti; que, pues es mi profesión favorecer y acorrer a los necesitados deste mundo, también lo seré para acorrer y ayudar a los menesterosos del otro mundo, que no pueden ayudarse por sí propios.

"I conjure thee by everything that as a Catholic Christian I can conjure thee by, tell me who thou art; and if thou art a soul in torment, tell me what thou wouldst have me do for thee; for as my profession is to give aid and succour to those that need it in this world, it will also extend to aiding and succouring the distressed of the other, who cannot help themselves."

— Desa manera —respondieron—, vuestra merced que me habla debe de ser mi señor don Quijote de la Mancha, y aun en el órgano de la voz no es otro, sin duda.

"In that case," answered the voice, "your worship who speaks to me must be my master Don Quixote of La Mancha; nay, from the tone of the voice it is plain it can be nobody else."

— Don Quijote soy —replicó don Quijote—, el que profeso socorrer y ayudar en sus necesidades a los vivos y a los muertos. Por eso dime quién eres, que me tienes atónito; porque si eres mi escudero Sancho Panza, y te has muerto, como no te hayan llevado los diablos, y, por la misericordia de Dios, estés en el purgatorio, sufragios tiene nuestra Santa Madre la Iglesia Católica Romana bastantes a sacarte de las penas en que estás, y yo, que lo solicitaré con ella, por mi parte, con cuanto mi hacienda alcanzare; por eso, acaba de declararte y dime quién eres.

"Don Quixote I am," replied Don Quixote, "he whose profession it is to aid and succour the living and the dead in their necessities; wherefore tell me who thou art, for thou art keeping me in suspense; because, if thou art my squire Sancho Panza, and art dead, since the devils have not carried thee off, and thou art by God's mercy in purgatory, our holy mother the Roman Catholic Church has intercessory means sufficient to release thee from the pains thou art in; and I for my part will plead with her to that end, so far as my substance will go; without further delay, therefore, declare thyself, and tell me who thou art."

— ¡Voto a tal! —respondieron—, y por el nacimiento de quien vuesa merced quisiere, juro, señor don Quijote de la Mancha, que yo soy su escudero Sancho Panza, y que nunca me he muerto en todos los días de mi vida; sino que, habiendo dejado mi gobierno por cosas y causas que es menester más espacio para decirlas, anoche caí en esta sima donde yago, el rucio conmigo, que no me dejará mentir, pues, por más señas, está aquí conmigo.

"By all that's good," was the answer, "and by the birth of whomsoever your worship chooses, I swear, Señor Don Quixote of La Mancha, that I am your squire Sancho Panza, and that I have never died all my life; but that, having given up my

government for reasons that would require more
time to explain, I fell last night into this pit
where I am now, and Dapple is witness and won't
let me lie, for more by token he is here with
me."

Y hay más: que no parece sino que el jumento entendió lo que
Sancho dijo, porque al momento comenzó a rebuznar, tan
recio, que toda la cueva retumbaba.

Nor was this all; one would have fancied the ass
understood what Sancho said, because that moment
he began to bray so loudly that the whole cave
rang again.

— ¡Famoso testigo! —dijo don Quijote—. El rebuzno conozco
como si le pariera, y tu voz oigo, Sancho mío. Espérame; iré al
castillo del duque, que está aquí cerca, y traeré quien te saque
desta sima, donde tus pecados te deben de haber puesto.

"Famous testimony!" exclaimed Don Quixote; "I
know that bray as well as if I was its mother,
and thy voice too, my Sancho. Wait while I go to
the duke's castle, which is close by, and I will
bring some one to take thee out of this pit into
which thy sins no doubt have brought thee."

— Vaya vuesa merced —dijo Sancho—, y vuelva presto, por
un solo Dios, que ya no lo puedo llevar el estar aquí
sepultado en vida, y me estoy muriendo de miedo.

"Go, your worship," said Sancho, "and come back
quick for God's sake; for I cannot bear being
buried alive any longer, and I'm dying of fear."

Dejóle don Quijote, y fue al castillo a contar a los duques el
suceso de Sancho Panza, de que no poco se maravillaron,
aunque bien entendieron que debía de haber caído por la
correspondencia de aquella gruta que de tiempos
inmemoriales estaba allí hecha; pero no podían pensar cómo
había dejado el gobierno sin tener ellos aviso de su venida.
Finalmente, como dicen, llevaron sogas y maromas; y, a costa

de mucha gente y de mucho trabajo, sacaron al rucio y a Sancho Panza de aquellas tinieblas a la luz del sol. Viole un estudiante, y dijo:

Don Quixote left him, and hastened to the castle to tell the duke and duchess what had happened Sancho, and they were not a little astonished at it; they could easily understand his having fallen, from the confirmatory circumstance of the cave which had been in existence there from time immemorial; but they could not imagine how he had quitted the government without their receiving any intimation of his coming. To be brief, they fetched ropes and tackle, as the saying is, and by dint of many hands and much labour they drew up Dapple and Sancho Panza out of the darkness into the light of day. A student who saw him remarked,

— Desta manera habían de salir de sus gobiernos todos los malos gobernadores, como sale este pecador del profundo del abismo: muerto de hambre, descolorido, y sin blanca, a lo que yo creo.

"That's the way all bad governors should come out of their governments, as this sinner comes out of the depths of the pit, dead with hunger, pale, and I suppose without a farthing."

Oyólo Sancho, y dijo:

Sancho overheard him and said,

— Ocho días o diez ha, hermano murmurador, que entré a gobernar la ínsula que me dieron, en los cuales no me vi harto de pan siquiera un hora; en ellos me han perseguido médicos, y enemigos me han brumado los güesos; ni he tenido lugar de hacer cohechos, ni de cobrar derechos; y, siendo esto así, como lo es, no merecía yo, a mi parecer, salir de esta manera; pero el hombre pone y Dios dispone, y Dios sabe lo mejor y lo que le está bien a cada uno; y cual el tiempo, tal el tiento; y nadie diga "desta agua no beberé", que adonde se piensa que

490

hay tocinos, no hay estacas; y Dios me entiende, y basta, y no digo más, aunque pudiera.

"It is eight or ten days, brother growler, since I entered upon the government of the island they gave me, and all that time I never had a bellyful of victuals, no not for an hour; doctors persecuted me and enemies crushed my bones; nor had I any opportunity of taking bribes or levying taxes; and if that be the case, as it is, I don't deserve, I think, to come out in this fashion; but 'man proposes and God disposes;' and God knows what is best, and what suits each one best; and 'as the occasion, so the behaviour;' and 'let nobody say "I won't drink of this water;"' and 'where one thinks there are flitches, there are no pegs;' God knows my meaning and that's enough; I say no more, though I could."

— No te enojes, Sancho, ni recibas pesadumbre de lo que oyeres, que será nunca acabar: ven tú con segura conciencia, y digan lo que dijeren; y es querer atar las lenguas de los maldicientes lo mesmo que querer poner puertas al campo. Si el gobernador sale rico de su gobierno, dicen dél que ha sido un ladrón, y si sale pobre, que ha sido un para poco y un mentecato.

"Be not angry or annoyed at what thou hearest, Sancho," said Don Quixote, "or there will never be an end of it; keep a safe conscience and let them say what they like; for trying to stop slanderers' tongues is like trying to put gates to the open plain. If a governor comes out of his government rich, they say he has been a thief; and if he comes out poor, that he has been a noodle and a blockhead."

— A buen seguro —respondió Sancho— que por esta vez antes me han de tener por tonto que por ladrón.

"They'll be pretty sure this time," said Sancho, "to set me down for a fool rather than a thief."

491

En estas pláticas llegaron, rodeados de muchachos y de otra mucha gente, al castillo, adonde en unos corredores estaban ya el duque y la duquesa esperando a don Quijote y a Sancho, el cual no quiso subir a ver al duque sin que primero no hubiese acomodado al rucio en la caballeriza, porque decía que había pasado muy mala noche en la posada; y luego subió a ver a sus señores, ante los cuales, puesto de rodillas, dijo:

Thus talking, and surrounded by boys and a crowd of people, they reached the castle, where in one of the corridors the duke and duchess stood waiting for them; but Sancho would not go up to see the duke until he had first put up Dapple in the stable, for he said he had passed a very bad night in his last quarters; then he went upstairs to see his lord and lady, and kneeling before them he said,

— Yo, señores, porque lo quiso así vuestra grandeza, sin ningún merecimiento mío, fui a gobernar vuestra ínsula Barataria, en la cual entré desnudo, y desnudo me hallo: ni pierdo, ni gano. Si he gobernado bien o mal, testigos he tenido delante, que dirán lo que quisieren. He declarado dudas, sentenciado pleitos, siempre muerto de hambre, por haberlo querido así el doctor Pedro Recio, natural de Tirteafuera, médico insulano y gobernadoresco. Acometiéronnos enemigos de noche, y, habiéndonos puesto en grande aprieto, dicen los de la ínsula que salieron libres y con vitoria por el valor de mi brazo, que tal salud les dé Dios como ellos dicen verdad. En resolución, en este tiempo yo he tanteado las cargas que trae consigo, y las obligaciones, el gobernar, y he hallado por mi cuenta que no las podrán llevar mis hombros, ni son peso de mis costillas, ni flechas de mi aljaba; y así, antes que diese conmigo al través el gobierno, he querido yo dar con el gobierno al través, y ayer de mañana dejé la ínsula como la hallé: con las mismas calles, casas y tejados que tenía cuando entré en ella. No he pedido prestado a nadie, ni metídome en granjerías; y, aunque pensaba hacer algunas ordenanzas provechosas, no hice ninguna, temeroso que no se habían de guardar: que es lo mesmo hacerlas que no hacerlas. Salí, como digo, de la ínsula sin otro acompañamiento que el de mi rucio; caí en una sima, víneme por ella adelante, hasta que, esta mañana, con la luz del sol, vi la salida, pero no tan fácil que, a no depararme el cielo a mi señor don Quijote, allí me quedara hasta la fin del mundo. Así que, mis señores duque y duquesa, aquí está vuestro gobernador Sancho Panza, que ha granjeado en solos diez días que ha tenido el gobierno a conocer que no se le ha de dar nada por ser gobernador, no que de una ínsula, sino de todo el mundo; y, con este presupuesto, besando a vuestras mercedes los pies, imitando al juego de los muchachos, que dicen "Salta tú, y dámela tú", doy un salto del gobierno, y me paso al servicio de mi señor don Quijote; que, en fin, en él, aunque como el pan con sobresalto, hártome, a lo menos, y para mí, como yo esté harto, eso me hace que sea de zanahorias que de perdices.

"Because it was your highnesses' pleasure, not because of any desert of my own, I went to govern your island of Barataria, which 'I entered naked, and naked I find myself; I neither lose nor gain.' Whether I have governed well or ill, I have had witnesses who will say what they think fit. I have answered questions, I have decided causes, and always dying of hunger, for Doctor Pedro Recio of Tirteafuera, the island and governor doctor, would have it so. Enemies attacked us by night and put us in a great quandary, but the people of the island say they came off safe and victorious by the might of my arm; and may God give them as much health as there's truth in what they say. In short, during that time I have weighed the cares and responsibilities governing brings with it, and by my reckoning I find my shoulders can't bear them, nor are they a load for my loins or arrows for my

493

quiver; and so, before the government threw me over I preferred to throw the government over; and yesterday morning I left the island as I found it, with the same streets, houses, and roofs it had when I entered it. I asked no loan of anybody, nor did I try to fill my pocket; and though I meant to make some useful laws, I made hardly any, as I was afraid they would not be kept; for in that case it comes to the same thing to make them or not to make them. I quitted the island, as I said, without any escort except my ass; I fell into a pit, I pushed on through it, until this morning by the light of the sun I saw an outlet, but not so easy a one but that, had not heaven sent me my master Don Quixote, I'd have stayed there till the end of the world. So now my lord and lady duke and duchess, here is your governor Sancho Panza, who in the bare ten days he has held the government has come by the knowledge that he would not give anything to be governor, not to say of an island, but of the whole world; and that point being settled, kissing your worships' feet, and imitating the game of the boys when they say, 'leap thou, and give me one,' I take a leap out of the government and pass into the service of my master Don Quixote; for after all, though in it I eat my bread in fear and trembling, at any rate I take my fill; and for my part, so long as I'm full, it's all alike to me whether it's with carrots or with partridges."

Con esto dio fin a su larga plática Sancho, temiendo siempre don Quijote que había de decir en ella millares de disparates; y, cuando le vio acabar con tan pocos, dio en su corazón gracias al cielo, y el duque abrazó a Sancho, y le dijo que le pesaba en el alma de que hubiese dejado tan presto el gobierno; pero que él haría de suerte que se le diese en su estado otro oficio de menos carga y de más provecho. Abrazóle la duquesa asimismo, y mandó que le regalasen,

porque daba señales de venir mal molido y peor parado.

Here Sancho brought his long speech to an end, Don Quixote having been the whole time in dread of his uttering a host of absurdities; and when he found him leave off with so few, he thanked heaven in his heart. The duke embraced Sancho and told him he was heartily sorry he had given up the government so soon, but that he would see that he was provided with some other post on his estate less onerous and more profitable. The duchess also embraced him, and gave orders that he should be taken good care of, as it was plain to see he had been badly treated and worse bruised.

Capítulo LVI. De la descomunal y nunca vista batalla que pasó entre don Quijote de la Mancha y el lacayo Tosilos, en la defensa de la hija de la dueña doña Rodríguez

CHAPTER LVI. OF THE PRODIGIOUS AND UNPARALLELED BATTLE THAT TOOK PLACE BETWEEN DON QUIXOTE OF LA MANCHA AND THE LACQUEY TOSILOS IN DEFENCE OF THE DAUGHTER OF DONA RODRIGUEZ

No quedaron arrepentidos los duques de la burla hecha a Sancho Panza del gobierno que le dieron; y más, que aquel mismo día vino su mayordomo, y les contó punto por punto, todas casi, las palabras y acciones que Sancho había dicho y hecho en aquellos días, y finalmente les encareció el asalto de la ínsula, y el miedo de Sancho, y su salida, de que no pequeño gusto recibieron.

The duke and duchess had no reason to regret the joke that had been played upon Sancho Panza in giving him the government; especially as their majordomo returned the same day, and gave them a minute account of almost every word and deed that Sancho uttered or did during the time; and to wind up with, eloquently described to them the

attack upon the island and Sancho's fright and departure, with which they were not a little amused.

Después desto, cuenta la historia que se llegó el día de la batalla aplazada, y, habiendo el duque una y muy muchas veces advertido a su lacayo Tosilos cómo se había de avenir con don Quijote para vencerle sin matarle ni herirle, ordenó que se quitasen los hierros a las lanzas, diciendo a don Quijote que no permitía la cristiandad, de que él se preciaba, que aquella batalla fuese con tanto riesgo y peligro de las vidas, y que se contentase con que le daba campo franco en su tierra, puesto que iba contra el decreto del Santo Concilio, que prohíbe los tales desafíos, y no quisiese llevar por todo rigor aquel trance tan fuerte.

After this the history goes on to say that the day fixed for the battle arrived, and that the duke, after having repeatedly instructed his lacquey Tosilos how to deal with Don Quixote so as to vanquish him without killing or wounding him, gave orders to have the heads removed from the lances, telling Don Quixote that Christian charity, on which he plumed himself, could not suffer the battle to be fought with so much risk and danger to life; and that he must be content with the offer of a battlefield on his territory (though that was against the decree of the holy Council, which prohibits all challenges of the sort) and not push such an arduous venture to its extreme limits.

Don Quijote dijo que Su Excelencia dispusiese las cosas de aquel negocio como más fuese servido; que él le obedecería en todo. Llegado, pues, el temeroso día, y habiendo mandado el duque que delante de la plaza del castillo se hiciese un espacioso cadahalso, donde estuviesen los jueces del campo y las dueñas, madre y hija, demandantes, había acudido de todos los lugares y aldeas circunvecinas infinita gente, a ver la novedad de aquella batalla; que nunca otra tal no habían

visto, ni oído decir en aquella tierra los que vivían ni los que habían muerto.

Don Quixote bade his excellence arrange all matters connected with the affair as he pleased, as on his part he would obey him in everything. The dread day, then, having arrived, and the duke having ordered a spacious stand to be erected facing the court of the castle for the judges of the field and the appellant duennas, mother and daughter, vast crowds flocked from all the villages and hamlets of the neighbourhood to see the novel spectacle of the battle; nobody, dead or alive, in those parts having ever seen or heard of such a one.

El primero que entró en el campo y estacada fue el maestro de las ceremonias, que tanteó el campo, y le paseó todo, porque en él no hubiese algún engaño, ni cosa encubierta donde se tropezase y cayese; luego entraron las dueñas y se sentaron en sus asientos, cubiertas con los mantos hasta los ojos y aun hasta los pechos, con muestras de no pequeño sentimiento. Presente don Quijote en la estacada, de allí a poco, acompañado de muchas trompetas, asomó por una parte de la plaza, sobre un poderoso caballo, hundiéndola toda, el grande lacayo Tosilos, calada la visera y todo encambronado, con unas fuertes y lucientes armas. El caballo mostraba ser frisón, ancho y de color tordillo; de cada mano y pie le pendía una arroba de lana.

The first person to enter the field and the lists was the master of the ceremonies, who surveyed and paced the whole ground to see that there was nothing unfair and nothing concealed to make the combatants stumble or fall; then the duennas entered and seated themselves, enveloped in mantles covering their eyes, nay even their bosoms, and displaying no slight emotion as Don Quixote appeared in the lists. Shortly afterwards, accompanied by several trumpets and

mounted on a powerful steed that threatened to crush the whole place, the great lacquey Tosilos made his appearance on one side of the courtyard with his visor down and stiffly cased in a suit of stout shining armour. The horse was a manifest Frieslander, broad-backed and flea-bitten, and with half a hundred of wool hanging to each of his fetlocks.

Venía el valeroso combatiente bien informado del duque su señor de cómo se había de portar con el valeroso don Quijote de la Mancha, advertido que en ninguna manera le matase, sino que procurase huir el primer encuentro por escusar el peligro de su muerte, que estaba cierto si de lleno en lleno le encontrase. Paseó la plaza, y, llegando donde las dueñas estaban, se puso algún tanto a mirar a la que por esposo le pedía. Llamó el maese de campo a don Quijote, que ya se había presentado en la plaza, y junto con Tosilos habló a las dueñas, preguntándoles si consentían que volviese por su derecho don Quijote de la Mancha. Ellas dijeron que sí, y que todo lo que en aquel caso hiciese lo daban por bien hecho, por firme y por valedero.

The gallant combatant came well primed by his master the duke as to how he was to bear himself against the valiant Don Quixote of La Mancha; being warned that he must on no account slay him, but strive to shirk the first encounter so as to avoid the risk of killing him, as he was sure to do if he met him full tilt. He crossed the courtyard at a walk, and coming to where the duennas were placed stopped to look at her who demanded him for a husband; the marshal of the field summoned Don Quixote, who had already presented himself in the courtyard, and standing by the side of Tosilos he addressed the duennas, and asked them if they consented that Don Quixote of La Mancha should do battle for their right. They said they did, and that whatever he should do in that behalf they declared rightly done,

final and valid.

Ya en este tiempo estaban el duque y la duquesa puestos en una galería que caía sobre la estacada, toda la cual estaba coronada de infinita gente, que esperaba ver el riguroso trance nunca visto. Fue condición de los combatientes que si don Quijote vencía, su contrario se había de casar con la hija de doña Rodríguez; y si él fuese vencido, quedaba libre su contendor de la palabra que se le pedía, sin dar otra satisfación alguna.

By this time the duke and duchess had taken their places in a gallery commanding the enclosure, which was filled to overflowing with a multitude of people eager to see this perilous and unparalleled encounter. The conditions of the combat were that if Don Quixote proved the victor his antagonist was to marry the daughter of Dona Rodriguez; but if he should be vanquished his opponent was released from the promise that was claimed against him and from all obligations to give satisfaction.

Partióles el maestro de las ceremonias el sol, y puso a los dos cada uno en el puesto donde habían de estar. Sonaron los atambores, llenó el aire el son de las trompetas, temblaba debajo de los pies la tierra; estaban suspensos los corazones de la mirante turba, temiendo unos y esperando otros el bueno o el mal suceso de aquel caso. Finalmente, don Quijote, encomendándose de todo su corazón a Dios Nuestro Señor y a la señora Dulcinea del Toboso, estaba aguardando que se le diese señal precisa de la arremetida; empero, nuestro lacayo tenía diferentes pensamientos: no pensaba él sino en lo que agora diré:

The master of the ceremonies apportioned the sun to them, and stationed them, each on the spot where he was to stand. The drums beat, the sound of the trumpets filled the air, the earth trembled under foot, the hearts of the gazing

499

crowd were full of anxiety, some hoping for a happy issue, some apprehensive of an untoward ending to the affair, and lastly, Don Quixote, commending himself with all his heart to God our Lord and to the lady Dulcinea del Toboso, stood waiting for them to give the necessary signal for the onset. Our lacquey, however, was thinking of something very different; he only thought of what I am now going to mention.

Parece ser que, cuando estuvo mirando a su enemiga, le pareció la más hermosa mujer que había visto en toda su vida, y el niño ceguezuelo, a quien suelen llamar de ordinario Amor por esas calles, no quiso perder la ocasión que se le ofreció de triunfar de una alma lacayuna y ponerla en la lista de sus trofeos; y así, llegándose a él bonitamente, sin que nadie le viese, le envasó al pobre lacayo una flecha de dos varas por el lado izquierdo, y le pasó el corazón de parte a parte; y púdolo hacer bien al seguro, porque el Amor es invisible, y entra y sale por do quiere, sin que nadie le pida cuenta de sus hechos.

It seems that as he stood contemplating his enemy she struck him as the most beautiful woman he had ever seen all his life; and the little blind boy whom in our streets they commonly call Love had no mind to let slip the chance of triumphing over a lacquey heart, and adding it to the list of his trophies; and so, stealing gently upon him unseen, he drove a dart two yards long into the poor lacquey's left side and pierced his heart through and through; which he was able to do quite at his ease, for Love is invisible, and comes in and goes out as he likes, without anyone calling him to account for what he does.

Digo, pues, que, cuando dieron la señal de la arremetida, estaba nuestro lacayo transportado, pensando en la hermosura de la que ya había hecho señora de su libertad, y así, no atendió al son de la trompeta, como hizo don Quijote, que, apenas la hubo oído, cuando arremetió, y, a todo el correr que permitía Rocinante, partió contra su enemigo; y, viéndole partir su buen escudero Sancho, dijo a grandes voces:

Well then, when they gave the signal for the onset our lacquey was in an ecstasy, musing upon the beauty of her whom he had already made mistress of his liberty, and so he paid no attention to the sound of the trumpet, unlike Don Quixote, who was off the instant he heard it, and, at the highest speed Rocinante was capable of, set out to meet his enemy, his good squire Sancho shouting lustily as he saw him start,

— ¡Dios te guíe, nata y flor de los andantes caballeros! ¡Dios te dé la vitoria, pues llevas la razón de tu parte!

"God guide thee, cream and flower of knights-errant! God give thee the victory, for thou hast the right on thy side!"

Y, aunque Tosilos vio venir contra sí a don Quijote, no se movió un paso de su puesto; antes, con grandes voces, llamó al maese de campo, el cual venido a ver lo que quería, le dijo:

But though Tosilos saw Don Quixote coming at him he never stirred a step from the spot where he was posted; and instead of doing so called loudly to the marshal of the field, to whom when he came up to see what he wanted he said,

— Señor, ¿esta batalla no se hace porque yo me case, o no me case, con aquella señora?

"Señor, is not this battle to decide whether I marry or do not marry that lady?"

— Así es —le fue respondido.

"Just so," was the answer.

— Pues yo —dijo el lacayo— soy temeroso de mi conciencia, y pondríala en gran cargo si pasase adelante en esta batalla; y

501

así, digo que yo me doy por vencido y que quiero casarme luego con aquella señora.

"Well then," said the lacquey, "I feel qualms of conscience, and I should lay a-heavy burden upon it if I were to proceed any further with the combat; I therefore declare that I yield myself vanquished, and that I am willing to marry the lady at once."

Quedó admirado el maese de campo de las razones de Tosilos; y, como era uno de los sabidores de la máquina de aquel caso, no le supo responder palabra. Detúvose don Quijote en la mitad de su carrera, viendo que su enemigo no le acometía. El duque no sabía la ocasión porque no se pasaba adelante en la batalla, pero el maese de campo le fue a declarar lo que Tosilos decía, de lo que quedó suspenso y colérico en estremo.

The marshal of the field was lost in astonishment at the words of Tosilos; and as he was one of those who were privy to the arrangement of the affair he knew not what to say in reply. Don Quixote pulled up in mid career when he saw that his enemy was not coming on to the attack. The duke could not make out the reason why the battle did not go on; but the marshal of the field hastened to him to let him know what Tosilos said, and he was amazed and extremely angry at it.

En tanto que esto pasaba, Tosilos se llegó adonde doña Rodríguez estaba, y dijo a grandes voces:

In the meantime Tosilos advanced to where Dona Rodriguez sat and said in a loud voice,

— Yo, señora, quiero casarme con vuestra hija, y no quiero alcanzar por pleitos ni contiendas lo que puedo alcanzar por paz y sin peligro de la muerte.

"Señora, I am willing to marry your daughter, and

I have no wish to obtain by strife and fighting
what I can obtain in peace and without any risk
to my life."

Oyó esto el valeroso don Quijote, y dijo:

— Pues esto así es, yo quedo libre y suelto de mi promesa:
cásense en hora buena, y, pues Dios Nuestro Señor se la dio,
San Pedro se la bendiga.

The valiant Don Quixote heard him, and said, "As
that is the case I am released and absolved from
my promise; let them marry by all means, and as
'God our Lord has given her, may Saint Peter add
his blessing.'"

El duque había bajado a la plaza del castillo, y, llegándose a
Tosilos, le dijo:

The duke had now descended to the courtyard of
the castle, and going up to Tosilos he said to
him,

— ¿Es verdad, caballero, que os dais por vencido, y que,
instigado de vuestra temerosa conciencia, os queréis casar
con esta doncella?

"Is it true, sir knight, that you yield yourself
vanquished, and that moved by scruples of
conscience you wish to marry this damsel?"

— Sí, señor —respondió Tosilos.

"It is, señor," replied Tosilos.

— Él hace muy bien —dijo a esta sazón Sancho Panza—,
porque lo que has de dar al mur, dalo al gato, y sacarte ha de
cuidado.

"And he does well," said Sancho, "for what thou
hast to give to the mouse, give to the cat, and
it will save thee all trouble."

Íbase Tosilos desenlazando la celada, y rogaba que apriesa le
ayudasen, porque le iban faltando los espíritus del aliento, y

no podía verse encerrado tanto tiempo en la estrecheza de aquel aposento. Quitáronsela apriesa, y quedó descubierto y patente su rostro de lacayo. Viendo lo cual doña Rodríguez y su hija, dando grandes voces, dijeron:

Tosilos meanwhile was trying to unlace his helmet, and he begged them to come to his help at once, as his power of breathing was failing him, and he could not remain so long shut up in that confined space. They removed it in all haste, and his lacquey features were revealed to public gaze. At this sight Dona Rodriguez and her daughter raised a mighty outcry, exclaiming,

— ¡Éste es engaño, engaño es éste! ¡A Tosilos, el lacayo del duque mi señor, nos han puesto en lugar de mi verdadero esposo! ¡Justicia de Dios y del Rey, de tanta malicia, por no decir bellaquería!

"This is a trick! This is a trick! They have put Tosilos, my lord the duke's lacquey, upon us in place of the real husband. The justice of God and the king against such trickery, not to say roguery!"

— No vos acuitéis, señoras —dijo don Quijote—, que ni ésta es malicia ni es bellaquería; y si la es, y no ha sido la causa el duque, sino los malos encantadores que me persiguen, los cuales, invidiosos de que yo alcanzase la gloria deste vencimiento, han convertido el rostro de vuestro esposo en el de este que decís que es lacayo del duque. Tomad mi consejo, y, a pesar de la malicia de mis enemigos, casaos con él, que sin duda es el mismo que vos deseáis alcanzar por esposo.

"Do not distress yourselves, ladies," said Don Quixote; "for this is no trickery or roguery; or if it is, it is not the duke who is at the bottom of it, but those wicked enchanters who persecute me, and who, jealous of my reaping the glory of this victory, have turned your husband's features into those of this person, who you say is a

lacquey of the duke's; take my advice, and
notwithstanding the malice of my enemies marry
him, for beyond a doubt he is the one you wish
for a husband."

El duque, que esto oyó, estuvo por romper en risa toda su
cólera, y dijo:

When the duke heard this all his anger was near
vanishing in a fit of laughter, and he said,

— Son tan extraordinarias las cosas que suceden al señor don
Quijote que estoy por creer que este mi lacayo no lo es; pero
usemos deste ardid y maña: dilatemos el casamiento quince
días, si quieren, y tengamos encerrado a este personaje que
nos tiene dudosos, en los cuales podría ser que volviese a su
prístina figura; que no ha de durar tanto el rancor que los
encantadores tienen al señor don Quijote, y más, yéndoles tan
poco en usar estos embelecos y transformaciones.

"The things that happen to Señor Don Quixote are
so extraordinary that I am ready to believe this
lacquey of mine is not one; but let us adopt this
plan and device; let us put off the marriage for,
say, a fortnight, and let us keep this person
about whom we are uncertain in close confinement,
and perhaps in the course of that time he may
return to his original shape; for the spite which
the enchanters entertain against Señor Don
Quixote cannot last so long, especially as it is
of so little advantage to them to practise these
deceptions and transformations."

— ¡Oh señor! —dijo Sancho—, que ya tienen estos
malandrines por uso y costumbre de mudar las cosas, de
unas en otras, que tocan a mi amo. Un caballero que venció
los días pasados, llamado el de los Espejos, le volvieron en la
figura del bachiller Sansón Carrasco, natural de nuestro
pueblo y grande amigo nuestro, y a mi señora Dulcinea del
Toboso la han vuelto en una rústica labradora; y así, imagino
que este lacayo ha de morir y vivir lacayo todos los días de su

505

vida.

"Oh, señor," said Sancho, "those scoundrels are well used to changing whatever concerns my master from one thing into another. A knight that he overcame some time back, called the Knight of the Mirrors, they turned into the shape of the bachelor Samson Carrasco of our town and a great friend of ours; and my lady Dulcinea del Toboso they have turned into a common country wench; so I suspect this lacquey will have to live and die a lacquey all the days of his life."

A lo que dijo la hija de Rodríguez:

Here the Rodriguez's daughter exclaimed,

— Séase quien fuere este que me pide por esposa, que yo se lo agradezco; que más quiero ser mujer legítima de un lacayo que no amiga y burlada de un caballero, puesto que el que a mí me burló no lo es.

"Let him be who he may, this man that claims me for a wife; I am thankful to him for the same, for I had rather be the lawful wife of a lacquey than the cheated mistress of a gentleman; though he who played me false is nothing of the kind."

En resolución, todos estos cuentos y sucesos pararon en que Tosilos se recogiese, hasta ver en qué paraba su transformación; aclamaron todos la vitoria por don Quijote, y los más quedaron tristes y melancólicos de ver que no se habían hecho pedazos los tan esperados combatientes, bien así como los mochachos quedan tristes cuando no sale el ahorcado que esperan, porque le ha perdonado, o la parte, o la justicia. Fuese la gente, volviéronse el duque y don Quijote al castillo, encerraron a Tosilos, quedaron doña Rodríguez y su hija contentísimas de ver que, por una vía o por otra, aquel caso había de parar en casamiento, y Tosilos no esperaba menos.

To be brief, all the talk and all that had

happened ended in Tosilos being shut up until it was seen how his transformation turned out. All hailed Don Quixote as victor, but the greater number were vexed and disappointed at finding that the combatants they had been so anxiously waiting for had not battered one another to pieces, just as the boys are disappointed when the man they are waiting to see hanged does not come out, because the prosecution or the court has pardoned him. The people dispersed, the duke and Don Quixote returned to the castle, they locked up Tosilos, Dona Rodriguez and her daughter remained perfectly contented when they saw that any way the affair must end in marriage, and Tosilos wanted nothing else.

Capítulo LVII. Que trata de cómo don Quijote se despidió del duque, y de lo que le sucedió con la discreta y desenvuelta Altisidora, doncella de la duquesa

CHAPTER LVII. WHICH TREATS OF HOW DON QUIXOTE TOOK LEAVE OF THE DUKE, AND OF WHAT FOLLOWED WITH THE WITTY AND IMPUDENT ALTISIDORA, ONE OF THE DUCHESS'S DAMSELS

Ya le pareció a don Quijote que era bien salir de tanta ociosidad como la que en aquel castillo tenía; que se imaginaba ser grande la falta que su persona hacía en dejarse estar encerrado y perezoso entre los infinitos regalos y deleites que como a caballero andante aquellos señores le hacían, y parecíale que había de dar cuenta estrecha al cielo de aquella ociosidad y encerramiento; y así, pidió un día licencia a los duques para partirse. Diéronsela, con muestras de que en gran manera les pesaba de que los dejase.

Don Quixote now felt it right to quit a life of such idleness as he was leading in the castle; for he fancied that he was making himself sorely missed by suffering himself to remain shut up and inactive amid the countless luxuries and enjoyments his hosts lavished upon him as a knight, and he felt too that he would have to render a strict account to heaven of that indolence and seclusion; and so one day he asked the duke and duchess to grant him permission to take his departure. They gave it, showing at the same time that they were very sorry he was leaving them.

Dio la duquesa las cartas de su mujer a Sancho Panza, el cual lloró con ellas, y dijo:

The duchess gave his wife's letters to Sancho Panza, who shed tears over them, saying,

— ¿Quién pensara que esperanzas tan grandes como las que en el pecho de mi mujer Teresa Panza engendraron las nuevas de mi gobierno habían de parar en volverme yo agora a las arrastradas aventuras de mi amo don Quijote de la Mancha? Con todo esto, me contento de ver que mi Teresa correspondió a ser quien es, enviando las bellotas a la duquesa; que, a no habérselas enviado, quedando yo pesaroso, me mostrara ella desagradecida. Lo que me consuela es que esta dádiva no se le puede dar nombre de cohecho, porque ya tenía yo el gobierno cuando ella las envió, y está puesto en razón que los que reciben algún beneficio, aunque sea con niñerías, se muestren agradecidos. En efecto, yo entré desnudo en el gobierno y salgo desnudo dél; y así, podré decir con segura conciencia, que no es poco: "Desnudo nací, desnudo me hallo: ni pierdo ni gano".

"Who would have thought that such grand hopes as the news of my government bred in my wife Teresa Panza's breast would end in my going back now to the vagabond adventures of my master Don Quixote of La Mancha? Still I'm glad to see my Teresa behaved as she ought in sending the acorns, for if she had not sent them I'd have been sorry, and she'd have shown herself ungrateful. It is a comfort to me that they can't call that present a

bribe; for I had got the government already when she sent them, and it's but reasonable that those who have had a good turn done them should show their gratitude, if it's only with a trifle. After all I went into the government naked, and I come out of it naked; so I can say with a safe conscience—and that's no small matter—'naked I was born, naked I find myself, I neither lose nor gain.'"

Esto pasaba entre sí Sancho el día de la partida; y, saliendo don Quijote, habiéndose despedido la noche antes de los duques, una mañana se presentó armado en la plaza del castillo. Mirábanle de los corredores toda la gente del castillo, y asimismo los duques salieron a verle. Estaba Sancho sobre su rucio, con sus alforjas, maleta y repuesto, contentísimo, porque el mayordomo del duque, el que fue la Trifaldi, le había dado un bolsico con docientos escudos de oro, para suplir los menesteres del camino, y esto aún no lo sabía don Quijote.

Thus did Sancho soliloquise on the day of their departure, as Don Quixote, who had the night before taken leave of the duke and duchess, coming out made his appearance at an early hour in full armour in the courtyard of the castle. The whole household of the castle were watching him from the corridors, and the duke and duchess, too, came out to see him. Sancho was mounted on his Dapple, with his alforjas, valise, and proven, supremely happy because the duke's majordomo, the same that had acted the part of the Trifaldi, had given him a little purse with two hundred gold crowns to meet the necessary expenses of the road, but of this Don Quixote knew nothing as yet.

Estando, como queda dicho, mirándole todos, a deshora, entre las otras dueñas y doncellas de la duquesa, que le miraban, alzó la voz la desenvuelta y discreta Altisidora, y en

509

son lastimero dijo:

While all were, as has been said, observing him, suddenly from among the duennas and handmaidens the impudent and witty Altisidora lifted up her voice and said in pathetic tones:

-Escucha, mal caballero;
detén un poco las riendas;
no fatigues las ijadas
de tu mal regida bestia.
Mira, falso, que no huyas
de alguna serpiente fiera,
sino de una corderilla
que está muy lejos de oveja.
Tú has burlado, monstruo horrendo,
la más hermosa doncella
que Dïana vio en sus montes,
que Venus miró en sus selvas.
Cruel Vireno, fugitivo Eneas,
Barrabás te acompañe; allá te avengas.
Tú llevas, ¡llevar impío!,
en las garras de tus cerras
las entrañas de una humilde,
como enamorada, tierna.
Llévaste tres tocadores,
y unas ligas, de unas piernas
que al mármol puro se igualan
en lisas, blancas y negras.
Llévaste dos mil suspiros,
que, a ser de fuego, pudieran
abrasar a dos mil Troyas,
si dos mil Troyas hubiera.
Cruel Vireno, fugitivo Eneas,
Barrabás te acompañe; allá te avengas.
De ese Sancho, tu escudero,
las entrañas sean tan tercas

y tan duras, que no salga
de su encanto Dulcinea.
De la culpa que tú tienes
lleve la triste la pena;
que justos por pecadores
tal vez pagan en mi tierra.
Tus más finas aventuras
en desventuras se vuelvan,
en sueños tus pasatiempos,
en olvidos tus firmezas.
Cruel Vireno, fugitivo Eneas,
Barrabás te acompañe; allá te avengas.
Seas tenido por falso
desde Sevilla a Marchena,
desde Granada hasta Loja,
de Londres a Inglaterra.
Si jugares al reinado,
los cientos, o la primera,
los reyes huyan de ti;
ases ni sietes no veas.
Si te cortares los callos,
sangre las heridas viertan,
y quédente los raigones
si te sacares las muelas.
Cruel Vireno, fugitivo Eneas,
Barrabás te acompañe; allá te avengas.

```
Give ear, cruel knight;
  Draw rein; where's the need
Of spurring the flanks
  Of that ill-broken steed?
From what art thou flying?
  No dragon I am,
Not even a sheep,
  But a tender young lamb.
Thou hast jilted a maiden
  As fair to behold
As nymph of Diana
```

511

Or Venus of old.

Bireno, AEneas, what worse shall I call thee?

Barabbas go with thee! All evil befall thee!

In thy claws, ruthless robber,
  Thou bearest away
The heart of a meek
  Loving maid for thy prey,
Three kerchiefs thou stealest,
  And garters a pair,
From legs than the whitest
  Of marble more fair;
And the sighs that pursue thee
  Would burn to the ground
Two thousand Troy Towns,
  If so many were found.

Bireno, AEneas, what worse shall I call thee?

Barabbas go with thee! All evil befall thee!

May no bowels of mercy
  To Sancho be granted,
And thy Dulcinea
  Be left still enchanted,
May thy falsehood to me
  Find its punishment in her,
For in my land the just
  Often pays for the sinner.
May thy grandest adventures
  Discomfitures prove,
May thy joys be all dreams,
  And forgotten thy love.

Bireno, AEneas, what worse shall I call thee?

Barabbas go with thee! All evil befall thee!

May thy name be abhorred
  For thy conduct to ladies,
From London to England,
  From Seville to Cadiz;
May thy cards be unlucky,
  Thy hands contain ne'er a

```
King, seven, or ace
  When thou playest primera;
When thy corns are cut
  May it be to the quick;
When thy grinders are drawn
  May the roots of them stick.
```

Bireno, AEneas, what worse shall I call thee?

Barabbas go with thee! All evil befall thee!

En tanto que, de la suerte que se ha dicho, se quejaba la lastimada Altisidora, la estuvo mirando don Quijote, y, sin responderla palabra, volviendo el rostro a Sancho, le dijo:

All the while the unhappy Altisidora was bewailing herself in the above strain Don Quixote stood staring at her; and without uttering a word in reply to her he turned round to Sancho and said,

— Por el siglo de tus pasados, Sancho mío, te conjuro que me digas una verdad. Dime, ¿llevas por ventura los tres tocadores y las ligas que esta enamorada doncella dice?

"Sancho my friend, I conjure thee by the life of thy forefathers tell me the truth; say, hast thou by any chance taken the three kerchiefs and the garters this love-sick maid speaks of?"

A lo que Sancho respondió:

To this Sancho made answer,

— Los tres tocadores sí llevo; pero las ligas, como por los cerros de Úbeda.

"The three kerchiefs I have; but the garters, as much as 'over the hills of Ubeda.'"

Quedó la duquesa admirada de la desenvoltura de Altisidora, que, aunque la tenía por atrevida, graciosa y desenvuelta, no en grado que se atreviera a semejantes desenvolturas; y, como no estaba advertida desta burla, creció más su admiración. El duque quiso reforzar el donaire, y dijo:

513

The duchess was amazed at Altisidora's assurance; she knew that she was bold, lively, and impudent, but not so much so as to venture to make free in this fashion; and not being prepared for the joke, her astonishment was all the greater. The duke had a mind to keep up the sport, so he said,

— No me parece bien, señor caballero, que, habiendo recebido en este mi castillo el buen acogimiento que en él se os ha hecho, os hayáis atrevido a llevaros tres tocadores, por lo menos, si por lo más las ligas de mi doncella; indicios son de mal pecho y muestras que no corresponden a vuestra fama. Volvedle las ligas; si no, yo os desafío a mortal batalla, sin tener temor que malandrines encantadores me vuelvan ni muden el rostro, como han hecho en el de Tosilos mi lacayo, el que entró con vos en batalla.

"It does not seem to me well done in you, sir knight, that after having received the hospitality that has been offered you in this very castle, you should have ventured to carry off even three kerchiefs, not to say my handmaid's garters. It shows a bad heart and does not tally with your reputation. Restore her garters, or else I defy you to mortal combat, for I am not afraid of rascally enchanters changing or altering my features as they changed his who encountered you into those of my lacquey, Tosilos."

— No quiera Dios —respondió don Quijote— que yo desenvaine mi espada contra vuestra ilustrísima persona, de quien tantas mercedes he recebido; los tocadores volveré, porque dice Sancho que los tiene; las ligas es imposible, porque ni yo las he recebido ni él tampoco; y si esta vuestra doncella quisiere mirar sus escondrijos, a buen seguro que las halle. Yo, señor duque, jamás he sido ladrón, ni lo pienso ser en toda mi vida, como Dios no me deje de su mano. Esta doncella habla, como ella dice, como enamorada, de lo que yo no le tengo culpa; y así, no tengo de qué pedirle perdón ni a

ella ni a Vuestra Excelencia, a quien suplico me tenga en mejor opinión, y me dé de nuevo licencia para seguir mi camino.

"God forbid," said Don Quixote, "that I should draw my sword against your illustrious person from which I have received such great favours. The kerchiefs I will restore, as Sancho says he has them; as to the garters that is impossible, for I have not got them, neither has he; and if your handmaiden here will look in her hiding-places, depend upon it she will find them. I have never been a thief, my lord duke, nor do I mean to be so long as I live, if God cease not to have me in his keeping. This damsel by her own confession speaks as one in love, for which I am not to blame, and therefore need not ask pardon, either of her or of your excellence, whom I entreat to have a better opinion of me, and once more to give me leave to pursue my journey."

— Déosle Dios tan bueno —dijo la duquesa—, señor don Quijote, que siempre oigamos buenas nuevas de vuestras fechurías. Y andad con Dios; que, mientras más os detenéis, más aumentáis el fuego en los pechos de las doncellas que os miran; y a la mía yo la castigaré de modo, que de aquí adelante no se desmande con la vista ni con las palabras.

"And may God so prosper it, Señor Don Quixote," said the duchess, "that we may always hear good news of your exploits; God speed you; for the longer you stay, the more you inflame the hearts of the damsels who behold you; and as for this one of mine, I will so chastise her that she will not transgress again, either with her eyes or with her words."

— Una no más quiero que me escuches, ¡oh valeroso don Quijote! —dijo entonces Altisidora—; y es que te pido perdón del latrocinio de las ligas, porque, en Dios y en mi ánima que las tengo puestas, y he caído en el descuido del que yendo sobre el asno, le buscaba.

"One word and no more, O valiant Don Quixote, I ask you to hear," said Altisidora, "and that is that I beg your pardon about the theft of the garters; for by God and upon my soul I have got them on, and I have fallen into the same blunder as he did who went looking for his ass being all the while mounted on it."

— ¿No lo dije yo? —dijo Sancho—. ¡Bonico soy yo para encubrir hurtos! Pues, a quererlos hacer, de paleta me había venido la ocasión en mi gobierno.

"Didn't I say so?" said Sancho. "I'm a likely one to hide thefts! Why if I wanted to deal in them, opportunities came ready enough to me in my government."

Abajó la cabeza don Quijote y hizo reverencia a los duques y a todos los circunstantes, y, volviendo las riendas a Rocinante, siguiéndole Sancho sobre el rucio, se salió del castillo, enderezando su camino a Zaragoza.

Don Quixote bowed his head, and saluted the duke and duchess and all the bystanders, and wheeling Rocinante round, Sancho following him on Dapple, he rode out of the castle, shaping his course for Saragossa.

Capítulo LVIII. Que trata de cómo menudearon sobre don Quijote aventuras tantas, que no se daban vagar unas a otras

CHAPTER LVIII. WHICH TELLS HOW ADVENTURES CAME CROWDING ON DON QUIXOTE IN SUCH NUMBERS THAT THEY GAVE ONE ANOTHER NO BREATHING-TIME

Cuando don Quijote se vio en la campaña rasa, libre y desembarazado de los requiebros de Altisidora, le pareció que estaba en su centro, y que los espíritus se le renovaban para proseguir de nuevo el asumpto de sus caballerías, y, volviéndose a Sancho, le dijo:

When Don Quixote saw himself in open country, free, and relieved from the attentions of Altisidora, he felt at his ease, and in fresh spirits to take up the pursuit of chivalry once more; and turning to Sancho he said,

— La libertad, Sancho, es uno de los más preciosos dones que a los hombres dieron los cielos; con ella no pueden igualarse los tesoros que encierra la tierra ni el mar encubre; por la libertad, así como por la honra, se puede y debe aventurar la vida, y, por el contrario, el cautiverio es el mayor mal que puede venir a los hombres. Digo esto, Sancho, porque bien has visto el regalo, la abundancia que en este castillo que dejamos hemos tenido; pues en metad de aquellos banquetes sazonados y de aquellas bebidas de nieve, me parecía a mí que estaba metido entre las estrechezas de la hambre, porque no lo gozaba con la libertad que lo gozara si fueran míos; que las obligaciones de las recompensas de los beneficios y mercedes recebidas son ataduras que no dejan campear al ánimo libre. ¡Venturoso aquél a quien el cielo dio un pedazo de pan, sin que le quede obligación de agradecerlo a otro que al mismo cielo!

"Freedom, Sancho, is one of the most precious gifts that heaven has bestowed upon men; no treasures that the earth holds buried or the sea conceals can compare with it; for freedom, as for honour, life may and should be ventured; and on the other hand, captivity is the greatest evil that can fall to the lot of man. I say this, Sancho, because thou hast seen the good cheer, the abundance we have enjoyed in this castle we are leaving; well then, amid those dainty banquets and snow-cooled beverages I felt as though I were undergoing the straits of hunger, because I did not enjoy them with the same freedom as if they had been mine own; for the

517

sense of being under an obligation to return benefits and favours received is a restraint that checks the independence of the spirit. Happy he, to whom heaven has given a piece of bread for which he is not bound to give thanks to any but heaven itself!"

— Con todo eso —dijo Sancho— que vuesa merced me ha dicho, no es bien que se quede sin agradecimiento de nuestra parte docientos escudos de oro que en una bolsilla me dio el mayordomo del duque, que como píctima y confortativo la llevo puesta sobre el corazón, para lo que se ofreciere; que no siempre hemos de hallar castillos donde nos regalen, que tal vez toparemos con algunas ventas donde nos apaleen.

"For all your worship says," said Sancho, "it is not becoming that there should be no thanks on our part for two hundred gold crowns that the duke's majordomo has given me in a little purse which I carry next my heart, like a warming plaster or comforter, to meet any chance calls; for we shan't always find castles where they'll entertain us; now and then we may light upon roadside inns where they'll cudgel us."

En estos y otros razonamientos iban los andantes, caballero y escudero, cuando vieron, habiendo andado poco más de una legua, que encima de la yerba de un pradillo verde, encima de sus capas, estaban comiendo hasta una docena de hombres, vestidos de labradores. Junto a sí tenían unas como sábanas blancas, con que cubrían alguna cosa que debajo estaba; estaban empinadas y tendidas, y de trecho a trecho puestas. Llegó don Quijote a los que comían, y, saludándolos primero cortésmente, les preguntó que qué era lo que aquellos lienzos cubrían.

In conversation of this sort the knight and squire errant were pursuing their journey, when, after they had gone a little more than half a league, they perceived some dozen men dressed like labourers stretched upon their cloaks on the

518

grass of a green meadow eating their dinner. They had beside them what seemed to be white sheets concealing some objects under them, standing upright or lying flat, and arranged at intervals. Don Quixote approached the diners, and, saluting them courteously first, he asked them what it was those cloths covered.

Uno dellos le respondió: — Señor, debajo destos lienzos están unas imágines de relieve y entabladura que han de servir en un retablo que hacemos en nuestra aldea; llevámoslas cubiertas, porque no se desfloren, y en hombros, porque no se quiebren.

"Señor," answered one of the party, "under these cloths are some images carved in relief intended for a retablo we are putting up in our village; we carry them covered up that they may not be soiled, and on our shoulders that they may not be broken."

— Si sois servidos —respondió don Quijote—, holgaría de verlas, pues imágines que con tanto recato se llevan, sin duda deben de ser buenas.

"With your good leave," said Don Quixote, "I should like to see them; for images that are carried so carefully no doubt must be fine ones."

— Y ¡cómo si lo son! —dijo otro—. Si no, dígalo lo que cuesta: que en verdad que no hay ninguna que no esté en más de cincuenta ducados; y, porque vea vuestra merced esta verdad, espere vuestra merced, y verla ha por vista de ojos.

"I should think they were!" said the other; "let the money they cost speak for that; for as a matter of fact there is not one of them that does not stand us in more than fifty ducats; and that your worship may judge; wait a moment, and you shall see with your own eyes;"

Y, levantándose, dejó de comer y fue a quitar la cubierta de la primera imagen, que mostró ser la de San Jorge puesto a

519

caballo, con una serpiente enroscada a los pies y la lanza atravesada por la boca, con la fiereza que suele pintarse. Toda la imagen parecía una ascua de oro, como suele decirse. Viéndola don Quijote, dijo:

and getting up from his dinner he went and uncovered the first image, which proved to be one of Saint George on horseback with a serpent writhing at his feet and the lance thrust down its throat with all that fierceness that is usually depicted. The whole group was one blaze of gold, as the saying is. On seeing it Don Quixote said,

— Este caballero fue uno de los mejores andantes que tuvo la milicia divina: llamóse don San Jorge, y fue además defendedor de doncellas. Veamos esta otra.

"That knight was one of the best knights-errant the army of heaven ever owned; he was called Don Saint George, and he was moreover a defender of maidens. Let us see this next one."

Descubrióla el hombre, y pareció ser la de San Martín puesto a caballo, que partía la capa con el pobre; y, apenas la hubo visto don Quijote, cuando dijo:

The man uncovered it, and it was seen to be that of Saint Martin on his horse, dividing his cloak with the beggar. The instant Don Quixote saw it he said,

— Este caballero también fue de los aventureros cristianos, y creo que fue más liberal que valiente, como lo puedes echar de ver, Sancho, en que está partiendo la capa con el pobre y le da la mitad; y sin duda debía de ser entonces invierno, que, si no, él se la diera toda, según era de caritativo.

"This knight too was one of the Christian adventurers, but I believe he was generous rather than valiant, as thou mayest perceive, Sancho, by his dividing his cloak with the beggar and giving

520

him half of it; no doubt it was winter at the
time, for otherwise he would have given him the
whole of it, so charitable was he."

— No debió de ser eso —dijo Sancho—, sino que se debió de
atener al refrán que dicen: que para dar y tener, seso es
menester.

"It was not that, most likely," said Sancho, "but
that he held with the proverb that says, 'For
giving and keeping there's need of brains.'"

Rióse don Quijote y pidió que quitasen otro lienzo, debajo del
cual se descubrió la imagen del Patrón de las Españas a
caballo, la espada ensangrentada, atropellando moros y
pisando cabezas; y, en viéndola, dijo don Quijote:

Don Quixote laughed, and asked them to take off
the next cloth, underneath which was seen the
image of the patron saint of the Spains seated on
horseback, his sword stained with blood,
trampling on Moors and treading heads underfoot;
and on seeing it Don Quixote exclaimed,

— Éste sí que es caballero, y de las escuadras de Cristo; éste
se llama don San Diego Matamoros, uno de los más valientes
santos y caballeros que tuvo el mundo y tiene agora el cielo.

"Ay, this is a knight, and of the squadrons of
Christ! This one is called Don Saint James the
Moorslayer, one of the bravest saints and knights
the world ever had or heaven has now."

Luego descubrieron otro lienzo, y pareció que encubría la
caída de San Pablo del caballo abajo, con todas las
circunstancias que en el retablo de su conversión suelen
pintarse. Cuando le vido tan al vivo, que dijeran que Cristo le
hablaba y Pablo respondía.

They then raised another cloth which it appeared
covered Saint Paul falling from his horse, with
all the details that are usually given in
representations of his conversion. When Don

Quixote saw it, rendered in such lifelike style
that one would have said Christ was speaking and
Paul answering,

— Éste —dijo don Quijote— fue el mayor enemigo que tuvo
la Iglesia de Dios Nuestro Señor en su tiempo, y el mayor
defensor suyo que tendrá jamás: caballero andante por la
vida, y santo a pie quedo por la muerte, trabajador incansable
en la viña del Señor, doctor de las gentes, a quien sirvieron de
escuelas los cielos y de catedrático y maestro que le enseñase
el mismo Jesucristo.

"This," he said, "was in his time the greatest
enemy that the Church of God our Lord had, and
the greatest champion it will ever have; a
knight-errant in life, a steadfast saint in
death, an untiring labourer in the Lord's
vineyard, a teacher of the Gentiles, whose school
was heaven, and whose instructor and master was
Jesus Christ himself."

No había más imágines, y así, mandó don Quijote que las
volviesen a cubrir, y dijo a los que las llevaban:

There were no more images, so Don Quixote bade
them cover them up again, and said to those who
had brought them,

— Por buen agüero he tenido, hermanos, haber visto lo que
he visto, porque estos santos y caballeros profesaron lo que
yo profeso, que es el ejercicio de las armas; sino que la
diferencia que hay entre mí y ellos es que ellos fueron santos
y pelearon a lo divino, y yo soy pecador y peleo a lo humano.
Ellos conquistaron el cielo a fuerza de brazos, porque el cielo
padece fuerza, y yo hasta agora no sé lo que conquisto a
fuerza de mis trabajos; pero si mi Dulcinea del Toboso saliese
de los que padece, mejorándose mi ventura y adobándoseme
el juicio, podría ser que encaminase mis pasos por mejor
camino del que llevo.

"I take it as a happy omen, brothers, to have

seen what I have; for these saints and knights
were of the same profession as myself, which is
the calling of arms; only there is this
difference between them and me, that they were
saints, and fought with divine weapons, and I am
a sinner and fight with human ones. They won
heaven by force of arms, for heaven suffereth
violence; and I, so far, know not what I have won
by dint of my sufferings; but if my Dulcinea del
Toboso were to be released from hers, perhaps
with mended fortunes and a mind restored to
itself I might direct my steps in a better path
than I am following at present."

— Dios lo oiga y el pecado sea sordo —dijo Sancho a esta
ocasión.

"May God hear and sin be deaf," said Sancho to
this.

Admiráronse los hombres, así de la figura como de las
razones de don Quijote, sin entender la mitad de lo que en
ellas decir quería. Acabaron de comer, cargaron con sus
imágines, y, despidiéndose de don Quijote, siguieron su viaje.

The men were filled with wonder, as well at the
figure as at the words of Don Quixote, though
they did not understand one half of what he meant
by them. They finished their dinner, took their
images on their backs, and bidding farewell to
Don Quixote resumed their journey.

Quedó Sancho de nuevo como si jamás hubiera conocido a su
señor, admirado de lo que sabía, pareciéndole que no debía
de haber historia en el mundo ni suceso que no lo tuviese
cifrado en la uña y clavado en la memoria, y díjole:

Sancho was amazed afresh at the extent of his
master's knowledge, as much as if he had never
known him, for it seemed to him that there was no
story or event in the world that he had not at
his fingers' ends and fixed in his memory, and he
said to him,

523

— En verdad, señor nuestramo, que si esto que nos ha sucedido hoy se puede llamar aventura, ella ha sido de las más suaves y dulces que en todo el discurso de nuestra peregrinación nos ha sucedido: della habemos salido sin palos y sobresalto alguno, ni hemos echado mano a las espadas, ni hemos batido la tierra con los cuerpos, ni quedamos hambrientos. Bendito sea Dios, que tal me ha dejado ver con mis propios ojos.

"In truth, master mine, if this that has happened to us to-day is to be called an adventure, it has been one of the sweetest and pleasantest that have befallen us in the whole course of our travels; we have come out of it unbelaboured and undismayed, neither have we drawn sword nor have we smitten the earth with our bodies, nor have we been left famishing; blessed be God that he has let me see such a thing with my own eyes!"

— Tú dices bien, Sancho —dijo don Quijote—, pero has de advertir que no todos los tiempos son unos, ni corren de una misma suerte, y esto que el vulgo suele llamar comúnmente agüeros, que no se fundan sobre natural razón alguna, del que es discreto han de ser tenidos y juzgar por buenos acontecimientos. Levántase uno destos agoreros por la mañana, sale de su casa, encuéntrase con un fraile de la orden del bienaventurado San Francisco, y, como si hubiera encontrado con un grifo, vuelve las espaldas y vuélvese a su casa. Derrámasele al otro Mendoza la sal encima de la mesa, y derrámasele a él la melancolía por el corazón, como si estuviese obligada la naturaleza a dar señales de las venideras desgracias con cosas tan de poco momento como las referidas. El discreto y cristiano no ha de andar en puntillos con lo que quiere hacer el cielo. Llega Cipión a África, tropieza en saltando en tierra, tiénenlo por mal agüero sus soldados; pero él, abrazándose con el suelo, dijo: "No te me podrás huir, África, porque te tengo asida y entre mis brazos". Así que, Sancho, el haber encontrado con estas

imágines ha sido para mí felicísimo acontecimiento.

"Thou sayest well, Sancho," said Don Quixote, "but remember all times are not alike nor do they always run the same way; and these things the vulgar commonly call omens, which are not based upon any natural reason, will by him who is wise be esteemed and reckoned happy accidents merely. One of these believers in omens will get up of a morning, leave his house, and meet a friar of the order of the blessed Saint Francis, and, as if he had met a griffin, he will turn about and go home. With another Mendoza the salt is spilt on his table, and gloom is spilt over his heart, as if nature was obliged to give warning of coming misfortunes by means of such trivial things as these. The wise man and the Christian should not trifle with what it may please heaven to do. Scipio on coming to Africa stumbled as he leaped on shore; his soldiers took it as a bad omen; but he, clasping the soil with his arms, exclaimed, 'Thou canst not escape me, Africa, for I hold thee tight between my arms.' Thus, Sancho, meeting those images has been to me a most happy occurrence."

— Yo así lo creo —respondió Sancho—, y querría que vuestra merced me dijese qué es la causa por que dicen los españoles cuando quieren dar alguna batalla, invocando aquel San Diego Matamoros: "¡Santiago, y cierra, España!" ¿Está por ventura España abierta, y de modo que es menester cerrarla, o qué ceremonia es ésta?

"I can well believe it," said Sancho; "but I wish your worship would tell me what is the reason that the Spaniards, when they are about to give battle, in calling on that Saint James the Moorslayer, say 'Santiago and close Spain!' Is Spain, then, open, so that it is needful to close it; or what is the meaning of this form?"

— Simplicísimo eres, Sancho —respondió don Quijote—; y

mira que este gran caballero de la cruz bermeja háselo dado Dios a España por patrón y amparo suyo, especialmente en los rigurosos trances que con los moros los españoles han tenido; y así, le invocan y llaman como a defensor suyo en todas las batallas que acometen, y muchas veces le han visto visiblemente en ellas, derribando, atropellando, destruyendo y matando los agarenos escuadrones; y desta verdad te pudiera traer muchos ejemplos que en las verdaderas historias españolas se cuentan.

"Thou art very simple, Sancho," said Don Quixote; "God, look you, gave that great knight of the Red Cross to Spain as her patron saint and protector, especially in those hard struggles the Spaniards had with the Moors; and therefore they invoke and call upon him as their defender in all their battles; and in these he has been many a time seen beating down, trampling under foot, destroying and slaughtering the Hagarene squadrons in the sight of all; of which fact I could give thee many examples recorded in truthful Spanish histories."

Mudó Sancho plática, y dijo a su amo:

Sancho changed the subject, and said to his master,

— Maravillado estoy, señor, de la desenvoltura de Altisidora, la doncella de la duquesa: bravamente la debe de tener herida y traspasada aquel que llaman Amor, que dicen que es un rapaz ceguezuelo que, con estar lagañoso, o, por mejor decir, sin vista, si toma por blanco un corazón, por pequeño que sea, le acierta y traspasa de parte a parte con sus flechas. He oído decir también que en la vergüenza y recato de las doncellas se despuntan y embotan las amorosas saetas, pero en esta Altisidora más parece que se aguzan que despuntan.

"I marvel, señor, at the boldness of Altisidora, the duchess's handmaid; he whom they call Love must have cruelly pierced and wounded her; they

say he is a little blind urchin who, though blear-eyed, or more properly speaking sightless, if he aims at a heart, be it ever so small, hits it and pierces it through and through with his arrows. I have heard it said too that the arrows of Love are blunted and robbed of their points by maidenly modesty and reserve; but with this Altisidora it seems they are sharpened rather than blunted."

— Advierte, Sancho —dijo don Quijote—, que el amor ni mira respetos ni guarda términos de razón en sus discursos, y tiene la misma condición que la muerte: que así acomete los altos alcázares de los reyes como las humildes chozas de los pastores, y cuando toma entera posesión de una alma, lo primero que hace es quitarle el temor y la vergüenza; y así, sin ella declaró Altisidora sus deseos, que engendraron en mi pecho antes confusión que lástima.

"Bear in mind, Sancho," said Don Quixote, "that love is influenced by no consideration, recognises no restraints of reason, and is of the same nature as death, that assails alike the lofty palaces of kings and the humble cabins of shepherds; and when it takes entire possession of a heart, the first thing it does is to banish fear and shame from it; and so without shame Altisidora declared her passion, which excited in my mind embarrassment rather than commiseration."

— ¡Crueldad notoria! —dijo Sancho—. ¡Desagradecimiento inaudito! Yo de mí sé decir que me rindiera y avasallara la más mínima razón amorosa suya. ¡Hideputa, y qué corazón de mármol, qué entrañas de bronce y qué alma de argamasa! Pero no puedo pensar qué es lo que vio esta doncella en vuestra merced que así la rindiese y avasallase: qué gala, qué brío, qué donaire, qué rostro, que cada cosa por sí déstas, o todas juntas, le enamoraron; que en verdad en verdad que muchas veces me paro a mirar a vuestra merced desde la punta del pie hasta el último cabello de la cabeza, y que veo más cosas para espantar que para enamorar; y, habiendo yo también oído decir que la hermosura es la primera y principal parte que enamora, no teniendo vuestra merced ninguna, no sé yo de qué se enamoró la pobre.

"Notable cruelty!" exclaimed Sancho; "unheard-of ingratitude! I can only say for myself that the very smallest loving word of hers would have subdued me and made a slave of me. The devil! What a heart of marble, what bowels of brass, what a soul of mortar! But I can't imagine what it is that this damsel saw in your worship that could have conquered and captivated her so. What gallant figure was it, what bold bearing, what sprightly grace, what comeliness of feature, which of these things by itself, or what all together, could have made her fall in love with you? For indeed and in truth many a time I stop to look at your worship from the sole of your foot to the topmost hair of your head, and I see more to frighten one than to make one fall in love; moreover I have heard say that beauty is the first and main thing that excites love, and as your worship has none at all, I don't know what the poor creature fell in love with."

— Advierte, Sancho —respondió don Quijote—, que hay dos maneras de hermosura: una del alma y otra del cuerpo; la del alma campea y se muestra en el entendimiento, en la honestidad, en el buen proceder, en la liberalidad y en la buena crianza, y todas estas partes caben y pueden estar en un hombre feo; y cuando se pone la mira en esta hermosura, y no en la del cuerpo, suele nacer el amor con ímpetu y con ventajas. Yo, Sancho, bien veo que no soy hermoso, pero también conozco que no soy disforme; y bástale a un hombre de bien no ser monstruo para ser bien querido, como tenga los dotes del alma que te he dicho.

"Recollect, Sancho," replied Don Quixote, "there are two sorts of beauty, one of the mind, the

other of the body; that of the mind displays and
exhibits itself in intelligence, in modesty, in
honourable conduct, in generosity, in good
breeding; and all these qualities are possible
and may exist in an ugly man; and when it is this
sort of beauty and not that of the body that is
the attraction, love is apt to spring up suddenly
and violently. I, Sancho, perceive clearly enough
that I am not beautiful, but at the same time I
know I am not hideous; and it is enough for an
honest man not to be a monster to be an object of
love, if only he possesses the endowments of mind
I have mentioned."

En estas razones y pláticas se iban entrando por una selva que
fuera del camino estaba, y a deshora, sin pensar en ello, se
halló don Quijote enredado entre unas redes de hilo verde,
que desde unos árboles a otros estaban tendidas; y, sin poder
imaginar qué pudiese ser aquello, dijo a Sancho:

While engaged in this discourse they were making
their way through a wood that lay beyond the
road, when suddenly, without expecting anything
of the kind, Don Quixote found himself caught in
some nets of green cord stretched from one tree
to another; and unable to conceive what it could
be, he said to Sancho,

— Paréceme, Sancho, que esto destas redes debe de ser una
de las más nuevas aventuras que pueda imaginar. Que me
maten si los encantadores que me persiguen no quieren
enredarme en ellas y detener mi camino, como en venganza
de la riguridad que con Altisidora he tenido. Pues mándoles
yo que, aunque estas redes, si como son hechas de hilo verde
fueran de durísimos diamantes, o más fuertes que aquélla con
que el celoso dios de los herreros enredó a Venus y a Marte,
así la rompiera como si fuera de juncos marinos o de hilachas
de algodón.

"Sancho, it strikes me this affair of these nets
will prove one of the strangest adventures

529

imaginable. May I die if the enchanters that persecute me are not trying to entangle me in them and delay my journey, by way of revenge for my obduracy towards Altisidora. Well then let me tell them that if these nets, instead of being green cord, were made of the hardest diamonds, or stronger than that wherewith the jealous god of blacksmiths enmeshed Venus and Mars, I would break them as easily as if they were made of rushes or cotton threads."

Y, queriendo pasar adelante y romperlo todo, al improviso se le ofrecieron delante, saliendo de entre unos árboles, dos hermosísimas pastoras; a lo menos, vestidas como pastoras, sino que los pellicos y sayas eran de fino brocado, digo, que las sayas eran riquísimos faldellines de tabí de oro. Traían los cabellos sueltos por las espaldas, que en rubios podían competir con los rayos del mismo sol; los cuales se coronaban con dos guirnaldas de verde laurel y de rojo amaranto tejidas. La edad, al parecer, ni bajaba de los quince ni pasaba de los diez y ocho.

But just as he was about to press forward and break through all, suddenly from among some trees two shepherdesses of surpassing beauty presented themselves to his sight—or at least damsels dressed like shepherdesses, save that their jerkins and sayas were of fine brocade; that is to say, the sayas were rich farthingales of gold embroidered tabby. Their hair, that in its golden brightness vied with the beams of the sun itself, fell loose upon their shoulders and was crowned with garlands twined with green laurel and red everlasting; and their years to all appearance were not under fifteen nor above eighteen.

Vista fue ésta que admiró a Sancho, suspendió a don Quijote, hizo parar al sol en su carrera para verlas, y tuvo en maravilloso silencio a todos cuatro. En fin, quien primero habló fue una de las dos zagalas, que dijo a don Quijote:

Such was the spectacle that filled Sancho with amazement, fascinated Don Quixote, made the sun halt in his course to behold them, and held all four in a strange silence. One of the shepherdesses, at length, was the first to speak and said to Don Quixote,

— Detened, señor caballero, el paso, y no rompáis las redes, que no para daño vuestro, sino para nuestro pasatiempo, ahí están tendidas; y, porque sé que nos habéis de preguntar para qué se han puesto y quién somos, os lo quiero decir en breves palabras. En una aldea que está hasta dos leguas de aquí, donde hay mucha gente principal y muchos hidalgos y ricos, entre muchos amigos y parientes se concertó que con sus hijos, mujeres y hijas, vecinos, amigos y parientes, nos viniésemos a holgar a este sitio, que es uno de los más agradables de todos estos contornos, formando entre todos una nueva y pastoril Arcadia, vistiéndonos las doncellas de zagalas y los mancebos de pastores. Traemos estudiadas dos églogas, una del famoso poeta Garcilaso, y otra del excelentísimo Camoes, en su misma lengua portuguesa, las cuales hasta agora no hemos representado. Ayer fue el primero día que aquí llegamos; tenemos entre estos ramos plantadas algunas tiendas, que dicen se llaman de campaña, en el margen de un abundoso arroyo que todos estos prados fertiliza; tendimos la noche pasada estas redes de estos árboles para engañar los simples pajarillos, que, ojeados con nuestro ruido, vinieren a dar en ellas. Si gustáis, señor, de ser nuestro huésped, seréis agasajado liberal y cortésmente; porque por agora en este sitio no ha de entrar la pesadumbre ni la melancolía.

"Hold, sir knight, and do not break these nets; for they are not spread here to do you any harm, but only for our amusement; and as I know you will ask why they have been put up, and who we are, I will tell you in a few words. In a village some two leagues from this, where there are many

531

people of quality and rich gentlefolk, it was agreed upon by a number of friends and relations to come with their wives, sons and daughters, neighbours, friends and kinsmen, and make holiday in this spot, which is one of the pleasantest in the whole neighbourhood, setting up a new pastoral Arcadia among ourselves, we maidens dressing ourselves as shepherdesses and the youths as shepherds. We have prepared two eclogues, one by the famous poet Garcilasso, the other by the most excellent Camoens, in its own Portuguese tongue, but we have not as yet acted them. Yesterday was the first day of our coming here; we have a few of what they say are called field-tents pitched among the trees on the bank of an ample brook that fertilises all these meadows; last night we spread these nets in the trees here to snare the silly little birds that startled by the noise we make may fly into them. If you please to be our guest, señor, you will be welcomed heartily and courteously, for here just now neither care nor sorrow shall enter."

Calló y no dijo más. A lo que respondió don Quijote:

She held her peace and said no more, and Don Quixote made answer,

— Por cierto, hermosísima señora, que no debió de quedar más suspenso ni admirado Anteón cuando vio al improviso bañarse en las aguas a Diana, como yo he quedado atónito en ver vuestra belleza. Alabo el asumpto de vuestros entretenimientos, y el de vuestros ofrecimientos agradezco; y, si os puedo servir, con seguridad de ser obedecidas me lo podéis mandar; porque no es ésta la profesión mía, sino de mostrarme agradecido y bienhechor con todo género de gente, en especial con la principal que vuestras personas representa; y, si como estas redes, que deben de ocupar algún pequeño espacio, ocuparan toda la redondez de la tierra, buscara yo nuevos mundos por do pasar sin romperlas; y porque deis algún crédito a esta mi exageración, ved que os lo promete, por lo menos, don Quijote de la Mancha, si es que ha llegado a vuestros oídos este nombre.

"Of a truth, fairest lady, Actaeon when he unexpectedly beheld Diana bathing in the stream could not have been more fascinated and wonderstruck than I at the sight of your beauty. I commend your mode of entertainment, and thank you for the kindness of your invitation; and if I can serve you, you may command me with full confidence of being obeyed, for my profession is none other than to show myself grateful, and ready to serve persons of all conditions, but especially persons of quality such as your appearance indicates; and if, instead of taking up, as they probably do, but a small space, these nets took up the whole surface of the globe, I would seek out new worlds through which to pass, so as not to break them; and that ye may give some degree of credence to this exaggerated language of mine, know that it is no less than Don Quixote of La Mancha that makes this declaration to you, if indeed it be that such a name has reached your ears."

— ¡Ay, amiga de mi alma —dijo entonces la otra zagala—, y qué ventura tan grande nos ha sucedido! ¿Ves este señor que tenemos delante? Pues hágote saber que es el más valiente, y el más enamorado, y el más comedido que tiene el mundo, si no es que nos miente y nos engaña una historia que de sus hazañas anda impresa y yo he leído. Yo apostaré que este buen hombre que viene consigo es un tal Sancho Panza, su escudero, a cuyas gracias no hay ningunas que se le igualen.

"Ah! friend of my soul," instantly exclaimed the other shepherdess, "what great good fortune has befallen us! Seest thou this gentleman we have before us? Well then let me tell thee he is the most valiant and the most devoted and the most courteous gentleman in all the world, unless a

history of his achievements that has been printed
and I have read is telling lies and deceiving us.
I will lay a wager that this good fellow who is
with him is one Sancho Panza his squire, whose
drolleries none can equal."

— Así es la verdad —dijo Sancho—: que yo soy ese gracioso y
ese escudero que vuestra merced dice, y este señor es mi amo,
el mismo don Quijote de la Mancha historiado y referido.

"That's true," said Sancho; "I am that same droll
and squire you speak of, and this gentleman is my
master Don Quixote of La Mancha, the same that's
in the history and that they talk about."

— ¡Ay! —dijo la otra—. Supliquémosle, amiga, que se quede;
que nuestros padres y nuestros hermanos gustarán infinito
dello, que también he oído yo decir de su valor y de sus
gracias lo mismo que tú me has dicho, y, sobre todo, dicen dél
que es el más firme y más leal enamorado que se sabe, y que
su dama es una tal Dulcinea del Toboso, a quien en toda
España la dan la palma de la hermosura.

"Oh, my friend," said the other, "let us entreat
him to stay; for it will give our fathers and
brothers infinite pleasure; I too have heard just
what thou hast told me of the valour of the one
and the drolleries of the other; and what is
more, of him they say that he is the most
constant and loyal lover that was ever heard of,
and that his lady is one Dulcinea del Toboso, to
whom all over Spain the palm of beauty is
awarded."

— Con razón se la dan —dijo don Quijote—, si ya no lo pone
en duda vuestra sin igual belleza. No os canséis, señoras, en
detenerme, porque las precisas obligaciones de mi profesión
no me dejan reposar en ningún cabo.

"And justly awarded," said Don Quixote, "unless,
indeed, your unequalled beauty makes it a matter
of doubt. But spare yourselves the trouble,

ladies, of pressing me to stay, for the urgent calls of my profession do not allow me to take rest under any circumstances."

Llegó, en esto, adonde los cuatro estaban un hermano de una de las dos pastoras, vestido asimismo de pastor, con la riqueza y galas que a las de las zagalas correspondía; contáronle ellas que el que con ellas estaba era el valeroso don Quijote de la Mancha, y el otro, su escudero Sancho, de quien tenía él ya noticia, por haber leído su historia. Ofreciósele el gallardo pastor, pidióle que se viniese con él a sus tiendas; húbolo de conceder don Quijote, y así lo hizo.

At this instant there came up to the spot where the four stood a brother of one of the two shepherdesses, like them in shepherd costume, and as richly and gaily dressed as they were. They told him that their companion was the valiant Don Quixote of La Mancha, and the other Sancho his squire, of whom he knew already from having read their history. The gay shepherd offered him his services and begged that he would accompany him to their tents, and Don Quixote had to give way and comply.

Llegó, en esto, el ojeo, llenáronse las redes de pajarillos diferentes que, engañados de la color de las redes, caían en el peligro de que iban huyendo. Juntáronse en aquel sitio más de treinta personas, todas bizarramente de pastores y pastoras vestidas, y en un instante quedaron enteradas de quiénes eran don Quijote y su escudero, de que no poco contento recibieron, porque ya tenían dél noticia por su historia. Acudieron a las tiendas, hallaron las mesas puestas, ricas, abundantes y limpias; honraron a don Quijote dándole el primer lugar en ellas; mirábanle todos, y admirábanse de verle.

And now the gave was started, and the nets were filled with a variety of birds that deceived by the colour fell into the danger they were flying from. Upwards of thirty persons, all gaily attired as shepherds and shepherdesses, assembled on the spot, and were at once informed who Don Quixote and his squire were, whereat they were not a little delighted, as they knew of him already through his history. They repaired to the tents, where they found tables laid out, and choicely, plentifully, and neatly furnished. They treated Don Quixote as a person of distinction, giving him the place of honour, and all observed him, and were full of astonishment at the spectacle.

Finalmente, alzados los manteles, con gran reposo alzó don Quijote la voz, y dijo:

At last the cloth being removed, Don Quixote with great composure lifted up his voice and said:

— Entre los pecados mayores que los hombres cometen, aunque algunos dicen que es la soberbia, yo digo que es el desagradecimiento, ateniéndome a lo que suele decirse: que de los desagradecidos está lleno el infierno. Este pecado, en cuanto me ha sido posible, he procurado yo huir desde el instante que tuve uso de razón; y si no puedo pagar las buenas obras que me hacen con otras obras, pongo en su lugar los deseos de hacerlas, y cuando éstos no bastan, las publico; porque quien dice y publica las buenas obras que recibe, también las recompensara con otras, si pudiera; porque, por la mayor parte, los que reciben son inferiores a los que dan; y así, es Dios sobre todos, porque es dador sobre todos y no pueden corresponder las dádivas del hombre a las de Dios con igualdad, por infinita distancia; y esta estrecheza y cortedad, en cierto modo, la suple el agradecimiento. Yo, pues, agradecido a la merced que aquí se me ha hecho, no pudiendo corresponder a la misma medida, conteniéndome en los estrechos límites de mi poderío, ofrezco lo que puedo y lo que tengo de mi cosecha; y así, digo que sustentaré dos días naturales en metad de ese camino real que va a

Zaragoza, que estas señoras zagalas contrahechas que aquí están son las más hermosas doncellas y más corteses que hay en el mundo, excetado sólo a la sin par Dulcinea del Toboso, única señora de mis pensamientos, con paz sea dicho de cuantos y cuantas me escuchan.

"One of the greatest sins that men are guilty of is—some will say pride—but I say ingratitude, going by the common saying that hell is full of ingrates. This sin, so far as it has lain in my power, I have endeavoured to avoid ever since I have enjoyed the faculty of reason; and if I am unable to requite good deeds that have been done me by other deeds, I substitute the desire to do so; and if that be not enough I make them known publicly; for he who declares and makes known the good deeds done to him would repay them by others if it were in his power, and for the most part those who receive are the inferiors of those who give. Thus, God is superior to all because he is the supreme giver, and the offerings of man fall short by an infinite distance of being a full return for the gifts of God; but gratitude in some degree makes up for this deficiency and shortcoming. I therefore, grateful for the favour that has been extended to me here, and unable to make a return in the same measure, restricted as I am by the narrow limits of my power, offer what I can and what I have to offer in my own way; and so I declare that for two full days I will maintain in the middle of this highway leading to Saragossa, that these ladies disguised as shepherdesses, who are here present, are the fairest and most courteous maidens in the world, excepting only the peerless Dulcinea del Toboso, sole mistress of my thoughts, be it said without offence to those who hear me, ladies and gentlemen."

Oyendo lo cual, Sancho, que con grande atención le había estado escuchando, dando una gran voz, dijo:

537

On hearing this Sancho, who had been listening with great attention, cried out in a loud voice,

— ¿Es posible que haya en el mundo personas que se atrevan a decir y a jurar que este mi señor es loco? Digan vuestras mercedes, señores pastores: ¿hay cura de aldea, por discreto y por estudiante que sea, que pueda decir lo que mi amo ha dicho, ni hay caballero andante, por más fama que tenga de valiente, que pueda ofrecer lo que mi amo aquí ha ofrecido?

"Is it possible there is anyone in the world who will dare to say and swear that this master of mine is a madman? Say, gentlemen shepherds, is there a village priest, be he ever so wise or learned, who could say what my master has said; or is there knight-errant, whatever renown he may have as a man of valour, that could offer what my master has offered now?"

Volvióse don Quijote a Sancho, y, encendido el rostro y colérico, le dijo:

Don Quixote turned upon Sancho, and with a countenance glowing with anger said to him,

— ¿Es posible, ¡oh Sancho!, que haya en todo el orbe alguna persona que diga que no eres tonto, aforrado de lo mismo, con no sé qué ribetes de malicioso y de bellaco? ¿Quién te mete a ti en mis cosas, y en averiguar si soy discreto o majadero? Calla y no me repliques, sino ensilla, si está desensillado Rocinante: vamos a poner en efecto mi ofrecimiento, que, con la razón que va de mi parte, puedes dar por vencidos a todos cuantos quisieren contradecirla.

"Is it possible, Sancho, there is anyone in the whole world who will say thou art not a fool, with a lining to match, and I know not what trimmings of impertinence and roguery? Who asked thee to meddle in my affairs, or to inquire whether I am a wise man or a blockhead? Hold thy peace; answer me not a word; saddle Rocinante if he be unsaddled; and let us go to put my offer

538

into execution; for with the right that I have on my side thou mayest reckon as vanquished all who shall venture to question it;"

Y, con gran furia y muestras de enojo, se levantó de la silla, dejando admirados a los circunstantes, haciéndoles dudar si le podían tener por loco o por cuerdo. Finalmente, habiéndole persuadido que no se pusiese en tal demanda, que ellos daban por bien conocida su agradecida voluntad y que no eran menester nuevas demostraciones para conocer su ánimo valeroso, pues bastaban las que en la historia de sus hechos se referían, con todo esto, salió don Quijote con su intención; y, puesto sobre Rocinante, embrazando su escudo y tomando su lanza, se puso en la mitad de un real camino que no lejos del verde prado estaba. Siguióle Sancho sobre su rucio, con toda la gente del pastoral rebaño, deseosos de ver en qué paraba su arrogante y nunca visto ofrecimiento.

and in a great rage, and showing his anger plainly, he rose from his seat, leaving the company lost in wonder, and making them feel doubtful whether they ought to regard him as a madman or a rational being. In the end, though they sought to dissuade him from involving himself in such a challenge, assuring him they admitted his gratitude as fully established, and needed no fresh proofs to be convinced of his valiant spirit, as those related in the history of his exploits were sufficient, still Don Quixote persisted in his resolve; and mounted on Rocinante, bracing his buckler on his arm and grasping his lance, he posted himself in the middle of a high road that was not far from the green meadow. Sancho followed on Dapple, together with all the members of the pastoral gathering, eager to see what would be the upshot of his vainglorious and extraordinary proposal.

Puesto, pues, don Quijote en mitad del camino —como os he dicho—, hirió el aire con semejantes palabras:

Don Quixote, then, having, as has been said, planted himself in the middle of the road, made the welkin ring with words to this effect:

— ¡Oh vosotros, pasajeros y viandantes, caballeros, escuderos, gente de a pie y de a caballo que por este camino pasáis, o habéis de pasar en estos dos días siguientes! Sabed que don Quijote de la Mancha, caballero andante, está aquí puesto para defender que a todas las hermosuras y cortesías del mundo exceden las que se encierran en las ninfas habitadoras destos prados y bosques, dejando a un lado a la señora de mi alma Dulcinea del Toboso. Por eso, el que fuere de parecer contrario, acuda, que aquí le espero.

"Ho ye travellers and wayfarers, knights, squires, folk on foot or on horseback, who pass this way or shall pass in the course of the next two days! Know that Don Quixote of La Mancha, knight-errant, is posted here to maintain by arms that the beauty and courtesy enshrined in the nymphs that dwell in these meadows and groves surpass all upon earth, putting aside the lady of my heart, Dulcinea del Toboso. Wherefore, let him who is of the opposite opinion come on, for here I await him."

Dos veces repitió estas mismas razones, y dos veces no fueron oídas de ningún aventurero; pero la suerte, que sus cosas iba encaminando de mejor en mejor, ordenó que de allí a poco se descubriese por el camino muchedumbre de hombres de a caballo, y muchos dellos con lanzas en las manos, caminando todos apiñados, de tropel y a gran priesa. No los hubieron bien visto los que con don Quijote estaban, cuando, volviendo las espaldas, se apartaron bien lejos del camino, porque conocieron que si esperaban les podía suceder algún peligro; sólo don Quijote, con intrépido corazón, se estuvo quedo, y Sancho Panza se escudó con las ancas de Rocinante.

Twice he repeated the same words, and twice they fell unheard by any adventurer; but fate, that was guiding affairs for him from better to better, so ordered it that shortly afterwards there appeared on the road a crowd of men on horseback, many of them with lances in their hands, all riding in a compact body and in great haste. No sooner had those who were with Don Quixote seen them than they turned about and withdrew to some distance from the road, for they knew that if they stayed some harm might come to them; but Don Quixote with intrepid heart stood his ground, and Sancho Panza shielded himself with Rocinante's hind-quarters.

Llegó el tropel de los lanceros, y uno dellos, que venía más delante, a grandes voces comenzó a decir a don Quijote:

The troop of lancers came up, and one of them who was in advance began shouting to Don Quixote,

— ¡Apártate, hombre del diablo, del camino, que te harán pedazos estos toros!

"Get out of the way, you son of the devil, or these bulls will knock you to pieces!"

— ¡Ea, canalla —respondió don Quijote—, para mí no hay toros que valgan, aunque sean de los más bravos que cría Jarama en sus riberas! Confesad, malandrines, así a carga cerrada, que es verdad lo que yo aquí he publicado; si no, conmigo sois en batalla.

"Rabble!" returned Don Quixote, "I care nothing for bulls, be they the fiercest Jarama breeds on its banks. Confess at once, scoundrels, that what I have declared is true; else ye have to deal with me in combat."

No tuvo lugar de responder el vaquero, ni don Quijote le tuvo de desviarse, aunque quisiera; y así, el tropel de los toros bravos y el de los mansos cabestros, con la multitud de los vaqueros y otras gentes que a encerrar los llevaban a un lugar donde otro día habían de correrse, pasaron sobre don Quijote, y sobre Sancho, Rocinante y el rucio, dando con todos ellos en tierra, echándole a rodar por el suelo. Quedó molido Sancho, espantado don Quijote, aporreado el rucio y no muy católico Rocinante;

The herdsman had no time to reply, nor Don Quixote to get out of the way even if he wished; and so the drove of fierce bulls and tame bullocks, together with the crowd of herdsmen and others who were taking them to be penned up in a village where they were to be run the next day, passed over Don Quixote and over Sancho, Rocinante and Dapple, hurling them all to the earth and rolling them over on the ground. Sancho was left crushed, Don Quixote scared, Dapple belaboured and Rocinante in no very sound condition.

pero, en fin, se levantaron todos, y don Quijote, a gran priesa, tropezando aquí y cayendo allí, comenzó a correr tras la vacada, diciendo a voces:

They all got up, however, at length, and Don Quixote in great haste, stumbling here and falling there, started off running after the drove, shouting out,

— ¡Deteneos y esperad, canalla malandrina, que un solo caballero os espera, el cual no tiene condición ni es de parecer de los que dicen que al enemigo que huye, hacerle la puente de plata!

"Hold! stay! ye rascally rabble, a single knight awaits you, and he is not of the temper or opinion of those who say, 'For a flying enemy make a bridge of silver.'"

Pero no por eso se detuvieron los apresurados corredores, ni hicieron más caso de sus amenazas que de las nubes de antaño. Detúvole el cansancio a don Quijote, y, más enojado que vengado, se sentó en el camino, esperando a que Sancho, Rocinante y el rucio llegasen. Llegaron, volvieron a subir amo y mozo, y, sin volver a despedirse de la Arcadia fingida o contrahecha, y con más vergüenza que gusto, siguieron su camino.

The retreating party in their haste, however, did not stop for that, or heed his menaces any more than last year's clouds. Weariness brought Don Quixote to a halt, and more enraged than avenged he sat down on the road to wait until Sancho, Rocinante and Dapple came up. When they reached him master and man mounted once more, and without going back to bid farewell to the mock or imitation Arcadia, and more in humiliation than contentment, they continued their journey.

Capítulo LIX. Donde se cuenta del extraordinario suceso, que se puede tener por aventura, que le sucedió a don Quijote

CHAPTER LIX. WHEREIN IS RELATED THE STRANGE THING, WHICH MAY BE REGARDED AS AN ADVENTURE, THAT HAPPENED DON QUIXOTE

Al polvo y al cansancio que don Quijote y Sancho sacaron del descomedimiento de los toros, socorrió una fuente clara y limpia que entre una fresca arboleda hallaron, en el margen de la cual, dejando libres, sin jáquima y freno, al rucio y a Rocinante, los dos asendereados amo y mozo se sentaron. Acudió Sancho a la repostería de su alforjas, y dellas sacó de lo que él solía llamar condumio; enjuagóse la boca, lavóse don Quijote el rostro, con cuyo refrigerio cobraron aliento los espíritus desalentados. No comía don Quijote, de puro pesaroso, ni Sancho no osaba tocar a los manjares que delante tenía, de puro comedido, y esperaba a que su señor hiciese la salva; pero, viendo que, llevado de sus imaginaciones, no se acordaba de llevar el pan a la boca, no abrió la suya, y, atropellando por todo género de crianza, comenzó a embaular en el estómago el pan y queso que se le ofrecía.

A clear limpid spring which they discovered in a cool grove relieved Don Quixote and Sancho of the dust and fatigue due to the unpolite behaviour of the bulls, and by the side of this, having turned Dapple and Rocinante loose without headstall or bridle, the forlorn pair, master and man, seated themselves. Sancho had recourse to the larder of his alforjas and took out of them what he called the prog; Don Quixote rinsed his mouth and bathed his face, by which cooling process his flagging energies were revived. Out of pure vexation he remained without eating, and out of pure politeness Sancho did not venture to touch a morsel of what was before him, but waited for his master to act as taster. Seeing, however, that, absorbed in thought, he was forgetting to carry the bread to his mouth, he said never a word, and trampling every sort of good breeding under foot, began to stow away in his paunch the bread and cheese that came to his hand.

— Come, Sancho amigo —dijo don Quijote—, sustenta la vida, que más que a mí te importa, y déjame morir a mí a manos de mis pensamientos y a fuerzas de mis desgracias. Yo, Sancho, nací para vivir muriendo, y tú para morir comiendo; y, porque veas que te digo verdad en esto, considérame impreso en historias, famoso en las armas, comedido en mis acciones, respetado de príncipes, solicitado de doncellas; al cabo al cabo, cuando esperaba palmas, triunfos y coronas, granjeadas y merecidas por mis valerosas hazañas, me he visto esta mañana pisado y acoceado y molido de los pies de animales inmundos y soeces. Esta consideración me embota los dientes, entorpece las muelas, y entomece las manos, y quita de todo en todo la gana del comer, de manera que pienso dejarme morir de hambre: muerte la más cruel de las muertes.

"Eat, Sancho my friend," said Don Quixote; "support life, which is of more consequence to thee than to me, and leave me to die under the pain of my thoughts and pressure of my misfortunes. I was born, Sancho, to live dying, and thou to die eating; and to prove the truth of what I say, look at me, printed in histories, famed in arms, courteous in behaviour, honoured by princes, courted by maidens; and after all, when I looked forward to palms, triumphs, and crowns, won and earned by my valiant deeds, I have this morning seen myself trampled on, kicked, and crushed by the feet of unclean and filthy animals. This thought blunts my teeth, paralyses my jaws, cramps my hands, and robs me of all appetite for food; so much so that I have a mind to let myself die of hunger, the cruelest

death of all deaths."

— Desa manera —dijo Sancho, sin dejar de mascar apriesa— no aprobará vuestra merced aquel refrán que dicen: "muera Marta, y muera harta". Yo, a lo menos, no pienso matarme a mí mismo; antes pienso hacer como el zapatero, que tira el cuero con los dientes hasta que le hace llegar donde él quiere; yo tiraré mi vida comiendo hasta que llegue al fin que le tiene determinado el cielo; y sepa, señor, que no hay mayor locura que la que toca en querer desesperarse como vuestra merced, y créame, y después de comido, échese a dormir un poco sobre los colchones verdes destas yerbas, y verá como cuando despierte se halla algo más aliviado.

"So then," said Sancho, munching hard all the time, "your worship does not agree with the proverb that says, 'Let Martha die, but let her die with a full belly.' I, at any rate, have no mind to kill myself; so far from that, I mean to do as the cobbler does, who stretches the leather with his teeth until he makes it reach as far as he wants. I'll stretch out my life by eating until it reaches the end heaven has fixed for it; and let me tell you, señor, there's no greater folly than to think of dying of despair as your worship does; take my advice, and after eating lie down and sleep a bit on this green grass-mattress, and you will see that when you awake you'll feel something better."

Hízolo así don Quijote, pareciéndole que las razones de Sancho más eran de filósofo que de mentecato, y díjole:

Don Quixote did as he recommended, for it struck him that Sancho's reasoning was more like a philosopher's than a blockhead's, and said he,

— Si tú, ¡oh Sancho!, quisieses hacer por mí lo que yo ahora te diré, serían mis alivios más ciertos y mis pesadumbres no tan grandes; y es que, mientras yo duermo, obedeciendo tus consejos, tú te desviases un poco lejos de aquí, y con las

546

riendas de Rocinante, echando al aire tus carnes, te dieses trecientos o cuatrocientos azotes a buena cuenta de los tres mil y tantos que te has de dar por el desencanto de Dulcinea; que es lástima no pequeña que aquella pobre señora esté encantada por tu descuido y negligencia.

"Sancho, if thou wilt do for me what I am going to tell thee my ease of mind would be more assured and my heaviness of heart not so great; and it is this; to go aside a little while I am sleeping in accordance with thy advice, and, making bare thy carcase to the air, to give thyself three or four hundred lashes with Rocinante's reins, on account of the three thousand and odd thou art to give thyself for the disenchantment of Dulcinea; for it is a great pity that the poor lady should be left enchanted through thy carelessness and negligence."

— Hay mucho que decir en eso —dijo Sancho—. Durmamos, por ahora, entrambos, y después, Dios dijo lo que será. Sepa vuestra merced que esto de azotarse un hombre a sangre fría es cosa recia, y más si caen los azotes sobre un cuerpo mal sustentado y peor comido: tenga paciencia mi señora Dulcinea, que, cuando menos se cate, me verá hecho una criba, de azotes; y hasta la muerte, todo es vida; quiero decir que aún yo la tengo, junto con el deseo de cumplir con lo que he prometido.

"There is a good deal to be said on that point," said Sancho; "let us both go to sleep now, and after that, God has decreed what will happen. Let me tell your worship that for a man to whip himself in cold blood is a hard thing, especially if the stripes fall upon an ill-nourished and worse-fed body. Let my lady Dulcinea have patience, and when she is least expecting it, she will see me made a riddle of with whipping, and 'until death it's all life;' I mean that I have still life in me, and the desire to make good

what I have promised."

Agradeciéndoselo don Quijote, comió algo, y Sancho mucho, y echáronse a dormir entrambos, dejando a su albedrío y sin orden alguna pacer del abundosa yerba de que aquel prado estaba lleno a los dos continuos compañeros y amigos Rocinante y el rucio. Despertaron algo tarde, volvieron a subir y a seguir su camino, dándose priesa para llegar a una venta que, al parecer, una legua de allí se descubría. Digo que era venta porque don Quijote la llamó así, fuera del uso que tenía de llamar a todas las ventas castillos.

Don Quixote thanked him, and ate a little, and Sancho a good deal, and then they both lay down to sleep, leaving those two inseparable friends and comrades, Rocinante and Dapple, to their own devices and to feed unrestrained upon the abundant grass with which the meadow was furnished. They woke up rather late, mounted once more and resumed their journey, pushing on to reach an inn which was in sight, apparently a league off. I say an inn, because Don Quixote called it so, contrary to his usual practice of calling all inns castles.

Llegaron, pues, a ella; preguntaron al huésped si había posada. Fueles respondido que sí, con toda la comodidad y regalo que pudiera hallar en Zaragoza. Apeáronse y recogió Sancho su repostería en un aposento, de quien el huésped le dio la llave; llevó las bestias a la caballeriza, echóles sus piensos, salió a ver lo que don Quijote, que estaba sentado sobre un poyo, le mandaba, dando particulares gracias al cielo de que a su amo no le hubiese parecido castillo aquella venta.

They reached it, and asked the landlord if they could put up there. He said yes, with as much comfort and as good fare as they could find in Saragossa. They dismounted, and Sancho stowed away his larder in a room of which the landlord

gave him the key. He took the beasts to the stable, fed them, and came back to see what orders Don Quixote, who was seated on a bench at the door, had for him, giving special thanks to heaven that this inn had not been taken for a castle by his master.

Llegóse la hora del cenar; recogiéronse a su estancia; preguntó Sancho al huésped que qué tenía para darles de cenar. A lo que el huésped respondió que su boca sería medida; y así, que pidiese lo que quisiese: que de las pajaricas del aire, de las aves de la tierra y de los pescados del mar estaba proveída aquella venta.

Supper-time came, and they repaired to their room, and Sancho asked the landlord what he had to give them for supper. To this the landlord replied that his mouth should be the measure; he had only to ask what he would; for that inn was provided with the birds of the air and the fowls of the earth and the fish of the sea.

— No es menester tanto —respondió Sancho—, que con un par de pollos que nos asen tendremos lo suficiente, porque mi señor es delicado y come poco, y yo no soy tragantón en demasía.

"There's no need of all that," said Sancho; "if they'll roast us a couple of chickens we'll be satisfied, for my master is delicate and eats little, and I'm not over and above gluttonous."

Respondióle el huésped que no tenía pollos, porque los milanos los tenían asolados.

The landlord replied he had no chickens, for the kites had stolen them.

— Pues mande el señor huésped —dijo Sancho— asar una polla que sea tierna.

"Well then," said Sancho, "let señor landlord tell them to roast a pullet, so that it is a

tender one."

— ¿Polla? ¡Mi padre! —respondió el huésped—. En verdad en verdad que envié ayer a la ciudad a vender más de cincuenta; pero, fuera de pollas, pida vuestra merced lo que quisiere.

"Pullet! My father!" said the landlord; "indeed and in truth it's only yesterday I sent over fifty to the city to sell; but saving pullets ask what you will."

— Desa manera —dijo Sancho—, no faltará ternera o cabrito.

"In that case," said Sancho, "you will not be without veal or kid."

— En casa, por ahora —respondió el huésped—, no lo hay, porque se ha acabado; pero la semana que viene lo habrá de sobra.

"Just now," said the landlord, "there's none in the house, for it's all finished; but next week there will be enough and to spare."

— ¡Medrados estamos con eso! —respondió Sancho—. Yo pondré que se vienen a resumirse todas estas faltas en las sobras que debe de haber de tocino y huevos.

"Much good that does us," said Sancho; "I'll lay a bet that all these short-comings are going to wind up in plenty of bacon and eggs."

— ¡Por Dios —respondió el huésped—, que es gentil relente el que mi huésped tiene!, pues hele dicho que ni tengo pollas ni gallinas, y ¿quiere que tenga huevos? Discurra, si quisiere, por otras delicadezas, y déjese de pedir gallinas.

"By God," said the landlord, "my guest's wits must be precious dull; I tell him I have neither pullets nor hens, and he wants me to have eggs! Talk of other dainties, if you please, and don't ask for hens again."

— Resolvámonos, cuerpo de mí —dijo Sancho—, y dígame

finalmente lo que tiene, y déjese de discurrimientos, señor huésped.

"Body o' me!" said Sancho, "let's settle the matter; say at once what you have got, and let us have no more words about it."

Dijo el ventero: — Lo que real y verdaderamente tengo son dos uñas de vaca que parecen manos de ternera, o dos manos de ternera que parecen uñas de vaca; están cocidas con sus garbanzos, cebollas y tocino, y la hora de ahora están diciendo: "¡Coméme! ¡Coméme!"

"In truth and earnest, señor guest," said the landlord, "all I have is a couple of cow-heels like calves' feet, or a couple of calves' feet like cowheels; they are boiled with chick-peas, onions, and bacon, and at this moment they are crying 'Come eat me, come eat me.'"

— Por mías las marco desde aquí —dijo Sancho—; y nadie las toque, que yo las pagaré mejor que otro, porque para mí ninguna otra cosa pudiera esperar de más gusto, y no se me daría nada que fuesen manos, como fuesen uñas.

"I mark them for mine on the spot," said Sancho; "let nobody touch them; I'll pay better for them than anyone else, for I could not wish for anything more to my taste; and I don't care a pin whether they are feet or heels."

— Nadie las tocará —dijo el ventero—, porque otros huéspedes que tengo, de puro principales, traen consigo cocinero, despensero y repostería.

"Nobody shall touch them," said the landlord; "for the other guests I have, being persons of high quality, bring their own cook and caterer and larder with them."

— Si por principales va —dijo Sancho—, ninguno más que mi amo; pero el oficio que él trae no permite despensas ni botillerías: ahí nos tendemos en mitad de un prado y nos

hartamos de bellotas o de nísperos.

"If you come to people of quality," said Sancho, "there's nobody more so than my master; but the calling he follows does not allow of larders or store-rooms; we lay ourselves down in the middle of a meadow, and fill ourselves with acorns or medlars."

Esta fue la plática que Sancho tuvo con el ventero, sin querer Sancho pasar adelante en responderle; que ya le había preguntado qué oficio o qué ejercicio era el de su amo.

Here ended Sancho's conversation with the landlord, Sancho not caring to carry it any farther by answering him; for he had already asked him what calling or what profession it was his master was of.

Llegóse, pues, la hora del cenar, recogióse a su estancia don Quijote, trujo el huésped la olla, así como estaba, y sentóse a cenar muy de propósito. Parece ser que en otro aposento que junto al de don Quijote estaba, que no le dividía más que un sutil tabique, oyó decir don Quijote:

Supper-time having come, then, Don Quixote betook himself to his room, the landlord brought in the stew-pan just as it was, and he sat himself down to sup very resolutely. It seems that in another room, which was next to Don Quixote's, with nothing but a thin partition to separate it, he overheard these words,

— Por vida de vuestra merced, señor don Jerónimo, que en tanto que trae la cena leamos otro capítulo de la segunda parte de Don Quijote de la Mancha.

"As you live, Señor Don Jeronimo, while they are bringing supper, let us read another chapter of the Second Part of 'Don Quixote of La Mancha.'"

Apenas oyó su nombre don Quijote, cuando se puso en pie, y con oído alerto escuchó lo que dél trataban, y oyó que el tal

don Jerónimo referido respondió:

The instant Don Quixote heard his own name be started to his feet and listened with open ears to catch what they said about him, and heard the Don Jeronimo who had been addressed say in reply,

— ¿Para qué quiere vuestra merced, señor don Juan, que leamos estos disparates? Y el que hubiere leído la primera parte de la historia de don Quijote de la Mancha no es posible que pueda tener gusto en leer esta segunda.

"Why would you have us read that absurd stuff, Don Juan, when it is impossible for anyone who has read the First Part of the history of 'Don Quixote of La Mancha' to take any pleasure in reading this Second Part?"

— Con todo eso —dijo el don Juan—, será bien leerla, pues no hay libro tan malo que no tenga alguna cosa buena. Lo que a mí en éste más desplace es que pinta a don Quijote ya desenamorado de Dulcinea del Toboso.

"For all that," said he who was addressed as Don Juan, "we shall do well to read it, for there is no book so bad but it has something good in it. What displeases me most in it is that it represents Don Quixote as now cured of his love for Dulcinea del Toboso."

Oyendo lo cual don Quijote, lleno de ira y de despecho, alzó la voz y dijo:

On hearing this Don Quixote, full of wrath and indignation, lifted up his voice and said,

— Quienquiera que dijere que don Quijote de la Mancha ha olvidado, ni puede olvidar, a Dulcinea del Toboso, yo le haré entender con armas iguales que va muy lejos de la verdad; porque la sin par Dulcinea del Toboso ni puede ser olvidada, ni en don Quijote puede caber olvido: su blasón es la firmeza, y su profesión, el guardarla con suavidad y sin hacerse fuerza

alguna.

"Whoever he may be who says that Don Quixote of
La Mancha has forgotten or can forget Dulcinea
del Toboso, I will teach him with equal arms that
what he says is very far from the truth; for
neither can the peerless Dulcinea del Toboso be
forgotten, nor can forgetfulness have a place in
Don Quixote; his motto is constancy, and his
profession to maintain the same with his life and
never wrong it."

— ¿Quién es el que nos responde? —respondieron del otro
aposento.

"Who is this that answers us?" said they in the
next room.

— ¿Quién ha de ser —respondió Sancho— sino el mismo don
Quijote de la Mancha, que hará bueno cuanto ha dicho, y aun
cuanto dijere?; que al buen pagador no le duelen prendas.

"Who should it be," said Sancho, "but Don Quixote
of La Mancha himself, who will make good all he
has said and all he will say; for pledges don't
trouble a good payer."

Apenas hubo dicho esto Sancho, cuando entraron por la
puerta de su aposento dos caballeros, que tales lo parecían, y
uno dellos echando los brazos al cuello de don Quijote, le
dijo:

Sancho had hardly uttered these words when two
gentlemen, for such they seemed to be, entered
the room, and one of them, throwing his arms
round Don Quixote's neck, said to him,

— Ni vuestra presencia puede desmentir vuestro nombre, ni
vuestro nombre puede no acreditar vuestra presencia: sin
duda, vos, señor, sois el verdadero don Quijote de la Mancha,
norte y lucero de la andante caballería, a despecho y pesar del
que ha querido usurpar vuestro nombre y aniquilar vuestras
hazañas, como lo ha hecho el autor deste libro que aquí os

554

entrego.

"Your appearance cannot leave any question as to your name, nor can your name fail to identify your appearance; unquestionably, señor, you are the real Don Quixote of La Mancha, cynosure and morning star of knight-errantry, despite and in defiance of him who has sought to usurp your name and bring to naught your achievements, as the author of this book which I here present to you has done;"

Y, poniéndole un libro en las manos, que traía su compañero, le tomó don Quijote, y, sin responder palabra, comenzó a hojearle, y de allí a un poco se le volvió, diciendo:

and with this he put a book which his companion carried into the hands of Don Quixote, who took it, and without replying began to run his eye over it; but he presently returned it saying,

— En esto poco que he visto he hallado tres cosas en este autor dignas de reprehensión. La primera es algunas palabras que he leído en el prólogo; la otra, que el lenguaje es aragonés, porque tal vez escribe sin artículos, y la tercera, que más le confirma por ignorante, es que yerra y se desvía de la verdad en lo más principal de la historia; porque aquí dice que la mujer de Sancho Panza mi escudero se llama Mari Gutiérrez, y no llama tal, sino Teresa Panza; y quien en esta parte tan principal yerra, bien se podrá temer que yerra en todas las demás de la historia.

"In the little I have seen I have discovered three things in this author that deserve to be censured. The first is some words that I have read in the preface; the next that the language is Aragonese, for sometimes he writes without articles; and the third, which above all stamps him as ignorant, is that he goes wrong and departs from the truth in the most important part of the history, for here he says that my squire Sancho Panza's wife is called Mari Gutierrez, when she is called nothing of the sort, but Teresa Panza; and when a man errs on such an important point as this there is good reason to fear that he is in error on every other point in the history."

A esto dijo Sancho: — ¡Donosa cosa de historiador! ¡Por cierto, bien debe de estar en el cuento de nuestros sucesos, pues llama a Teresa Panza, mi mujer, Mari Gutiérrez! Torne a tomar el libro, señor, y mire si ando yo por ahí y si me ha mudado el nombre.

"A nice sort of historian, indeed!" exclaimed Sancho at this; "he must know a deal about our affairs when he calls my wife Teresa Panza, Mari Gutierrez; take the book again, señor, and see if I am in it and if he has changed my name."

— Por lo que he oído hablar, amigo —dijo don Jerónimo—, sin duda debéis de ser Sancho Panza, el escudero del señor don Quijote.

"From your talk, friend," said Don Jeronimo, "no doubt you are Sancho Panza, Señor Don Quixote's squire."

— Sí soy —respondió Sancho—, y me precio dello.

"Yes, I am," said Sancho; "and I'm proud of it."

— Pues a fe —dijo el caballero— que no os trata este autor moderno con la limpieza que en vuestra persona se muestra: píntaos comedor, y simple, y no nada gracioso, y muy otro del Sancho que en la primera parte de la historia de vuestro amo se describe.

"Faith, then," said the gentleman, "this new author does not handle you with the decency that displays itself in your person; he makes you out a heavy feeder and a fool, and not in the least droll, and a very different being from the Sancho described in the First Part of your master's history."

556

— Dios se lo perdone —dijo Sancho—. Dejárame en mi rincón, sin acordarse de mí, porque quien las sabe las tañe, y bien se está San Pedro en Roma.

"God forgive him," said Sancho; "he might have left me in my corner without troubling his head about me; 'let him who knows how ring the bells; 'Saint Peter is very well in Rome.'"

Los dos caballeros pidieron a don Quijote se pasase a su estancia a cenar con ellos, que bien sabían que en aquella venta no había cosas pertenecientes para su persona. Don Quijote, que siempre fue comedido, condecenció con su demanda y cenó con ellos; quedóse Sancho con la olla con mero mixto imperio; sentóse en cabecera de mesa, y con él el ventero, que no menos que Sancho estaba de sus manos y de sus uñas aficionado.

The two gentlemen pressed Don Quixote to come into their room and have supper with them, as they knew very well there was nothing in that inn fit for one of his sort. Don Quixote, who was always polite, yielded to their request and supped with them. Sancho stayed behind with the stew. and invested with plenary delegated authority seated himself at the head of the table, and the landlord sat down with him, for he was no less fond of cow-heel and calves' feet than Sancho was.

En el discurso de la cena preguntó don Juan a don Quijote qué nuevas tenía de la señora Dulcinea del Toboso: si se había casado, si estaba parida o preñada, o si, estando en su entereza, se acordaba —guardando su honestidad y buen decoro— de los amorosos pensamientos del señor don Quijote.

While at supper Don Juan asked Don Quixote what news he had of the lady Dulcinea del Toboso, was she married, had she been brought to bed, or was she with child, or did she in maidenhood, still preserving her modesty and delicacy, cherish the remembrance of the tender passion of Señor Don Quixote?

A lo que él respondió: — Dulcinea se está entera, y mis pensamientos, más firmes que nunca; las correspondencias, en su sequedad antigua; su hermosura, en la de una soez labradora transformada.

To this he replied, "Dulcinea is a maiden still, and my passion more firmly rooted than ever, our intercourse unsatisfactory as before, and her beauty transformed into that of a foul country wench;"

Y luego les fue contando punto por punto el encanto de la señora Dulcinea, y lo que le había sucedido en la cueva de Montesinos, con la orden que el sabio Merlín le había dado para desencantarla, que fue la de los azotes de Sancho.

and then he proceeded to give them a full and particular account of the enchantment of Dulcinea, and of what had happened him in the cave of Montesinos, together with what the sage Merlin had prescribed for her disenchantment, namely the scourging of Sancho.

Sumo fue el contento que los dos caballeros recibieron de oír contar a don Quijote los estraños sucesos de su historia, y así quedaron admirados de sus disparates como del elegante modo con que los contaba. Aquí le tenían por discreto, y allí se les deslizaba por mentecato, sin saber determinarse qué grado le darían entre la discreción y la locura.

Exceedingly great was the amusement the two gentlemen derived from hearing Don Quixote recount the strange incidents of his history; and if they were amazed by his absurdities they were equally amazed by the elegant style in which he delivered them. On the one hand they regarded him as a man of wit and sense, and on the other he seemed to them a maundering blockhead, and they

558

could not make up their minds whereabouts between wisdom and folly they ought to place him.

Acabó de cenar Sancho, y, dejando hecho equis al ventero, se pasó a la estancia de su amo; y, en entrando, dijo:

Sancho having finished his supper, and left the landlord in the X condition, repaired to the room where his master was, and as he came in said,

— Que me maten, señores, si el autor deste libro que vuesas mercedes tienen quiere que no comamos buenas migas juntos; yo querría que, ya que me llama comilón, como vuesas mercedes dicen, no me llamase también borracho.

"May I die, sirs, if the author of this book your worships have got has any mind that we should agree; as he calls me glutton (according to what your worships say) I wish he may not call me drunkard too."

— Sí llama —dijo don Jerónimo—, pero no me acuerdo en qué manera, aunque sé que son malsonantes las razones, y además, mentirosas, según yo echo de ver en la fisonomía del buen Sancho que está presente.

"But he does," said Don Jeronimo; "I cannot remember, however, in what way, though I know his words are offensive, and what is more, lying, as I can see plainly by the physiognomy of the worthy Sancho before me."

— Créanme vuesas mercedes —dijo Sancho— que el Sancho y el don Quijote desa historia deben de ser otros que los que andan en aquella que compuso Cide Hamete Benengeli, que somos nosotros: mi amo, valiente, discreto y enamorado; y yo, simple gracioso, y no comedor ni borracho.

"Believe me," said Sancho, "the Sancho and the Don Quixote of this history must be different persons from those that appear in the one Cide Hamete Benengeli wrote, who are ourselves; my master valiant, wise, and true in love, and I simple, droll, and neither glutton nor drunkard."

— Yo así lo creo —dijo don Juan—; y si fuera posible, se había de mandar que ninguno fuera osado a tratar de las cosas del gran don Quijote, si no fuese Cide Hamete, su primer autor, bien así como mandó Alejandro que ninguno fuese osado a retratarle sino Apeles.

"I believe it," said Don Juan; "and were it possible, an order should be issued that no one should have the presumption to deal with anything relating to Don Quixote, save his original author Cide Hamete; just as Alexander commanded that no one should presume to paint his portrait save Apelles."

— Retráteme el que quisiere —dijo don Quijote—, pero no me maltrate; que muchas veces suele caerse la paciencia cuando la cargan de injurias.

"Let him who will paint me," said Don Quixote; "but let him not abuse me; for patience will often break down when they heap insults upon it."

— Ninguna —dijo don Juan— se le puede hacer al señor don Quijote de quien él no se pueda vengar, si no la repara en el escudo de su paciencia, que, a mi parecer, es fuerte y grande.

"None can be offered to Señor Don Quixote," said Don Juan, "that he himself will not be able to avenge, if he does not ward it off with the shield of his patience, which, I take it, is great and strong."

En estas y otras pláticas se pasó gran parte de la noche; y, aunque don Juan quisiera que don Quijote leyera más del libro, por ver lo que discantaba, no lo pudieron acabar con él, diciendo que él lo daba por leído y lo confirmaba por todo necio, y que no quería, si acaso llegase a noticia de su autor que le había tenido en sus manos, se alegrase con pensar que le había leído; pues de las cosas obscenas y torpes, los pensamientos se han de apartar, cuanto más los ojos.

560

A considerable portion of the night passed in conversation of this sort, and though Don Juan wished Don Quixote to read more of the book to see what it was all about, he was not to be prevailed upon, saying that he treated it as read and pronounced it utterly silly; and, if by any chance it should come to its author's ears that he had it in his hand, he did not want him to flatter himself with the idea that he had read it; for our thoughts, and still more our eyes, should keep themselves aloof from what is obscene and filthy.

Preguntáronle que adónde llevaba determinado su viaje. Respondió que a Zaragoza, a hallarse en las justas del arnés, que en aquella ciudad suelen hacerse todos los años. Díjole don Juan que aquella nueva historia contaba como don Quijote, sea quien se quisiere, se había hallado en ella en una sortija, falta de invención, pobre de letras, pobrísima de libreas, aunque rica de simplicidades.

They asked him whither he meant to direct his steps. He replied, to Saragossa, to take part in the harness jousts which were held in that city every year. Don Juan told him that the new history described how Don Quixote, let him be who he might, took part there in a tilting at the ring, utterly devoid of invention, poor in mottoes, very poor in costume, though rich in sillinesses.

— Por el mismo caso —respondió don Quijote—, no pondré los pies en Zaragoza, y así sacaré a la plaza del mundo la mentira dese historiador moderno, y echarán de ver las gentes como yo no soy el don Quijote que él dice.

"For that very reason," said Don Quixote, "I will not set foot in Saragossa; and by that means I shall expose to the world the lie of this new history writer, and people will see that I am not the Don Quixote he speaks of."

— Hará muy bien —dijo don Jerónimo—; y otras justas hay en Barcelona, donde podrá el señor don Quijote mostrar su valor.

"You will do quite right," said Don Jeronimo; "and there are other jousts at Barcelona in which Señor Don Quixote may display his prowess."

— Así lo pienso hacer —dijo don Quijote—; y vuesas mercedes me den licencia, pues ya es hora para irme al lecho, y me tengan y pongan en el número de sus mayores amigos y servidores.

"That is what I mean to do," said Don Quixote; "and as it is now time, I pray your worships to give me leave to retire to bed, and to place and retain me among the number of your greatest friends and servants."

— Y a mí también —dijo Sancho—: quizá seré bueno para algo.

"And me too," said Sancho; "maybe I'll be good for something."

Con esto se despidieron, y don Quijote y Sancho se retiraron a su aposento, dejando a don Juan y a don Jerónimo admirados de ver la mezcla que había hecho de su discreción y de su locura; y verdaderamente creyeron que éstos eran los verdaderos don Quijote y Sancho, y no los que describía su autor aragonés.

With this they exchanged farewells, and Don Quixote and Sancho retired to their room, leaving Don Juan and Don Jeronimo amazed to see the medley he made of his good sense and his craziness; and they felt thoroughly convinced that these, and not those their Aragonese author described, were the genuine Don Quixote and Sancho.

Madrugó don Quijote, y, dando golpes al tabique del otro aposento, se despidió de sus huéspedes. Pagó Sancho al ventero magníficamente, y aconsejóle que alabase menos la provisión de su venta, o la tuviese más proveída.

Don Quixote rose betimes, and bade adieu to his hosts by knocking at the partition of the other room. Sancho paid the landlord magnificently, and recommended him either to say less about the providing of his inn or to keep it better provided.

Capítulo LX. De lo que sucedió a don Quijote yendo a Barcelona

CHAPTER LX. OF WHAT HAPPENED DON QUIXOTE ON HIS WAY TO BARCELONA

Era fresca la mañana, y daba muestras de serlo asimesmo el día en que don Quijote salió de la venta, informándose primero cuál era el más derecho camino para ir a Barcelona sin tocar en Zaragoza: tal era el deseo que tenía de sacar mentiroso aquel nuevo historiador que tanto decían que le vituperaba.

It was a fresh morning giving promise of a cool day as Don Quixote quitted the inn, first of all taking care to ascertain the most direct road to Barcelona without touching upon Saragossa; so anxious was he to make out this new historian, who they said abused him so, to be a liar.

Sucedió, pues, que en más de seis días no le sucedió cosa digna de ponerse en escritura, al cabo de los cuales, yendo fuera de camino, le tomó la noche entre unas espesas encinas o alcornoques; que en esto no guarda la puntualidad Cide Hamete que en otras cosas suele.

Well, as it fell out, nothing worthy of being recorded happened him for six days, at the end of which, having turned aside out of the road, he was overtaken by night in a thicket of oak or cork trees; for on this point Cide Hamete is not as precise as he usually is on other matters.

Apeáronse de sus bestias amo y mozo, y, acomodándose a los troncos de los árboles, Sancho, que había merendado aquel día, se dejó entrar de rondón por las puertas del sueño; pero don Quijote, a quien desvelaban sus imaginaciones mucho más que la hambre, no podía pegar sus ojos; antes iba y venía con el pensamiento por mil géneros de lugares. Ya le parecía hallarse en la cueva de Montesinos; ya ver brincar y subir sobre su pollina a la convertida en labradora Dulcinea; ya que le sonaban en los oídos las palabras del sabio Merlín que le referían las condiciones y diligencias que se habían de hacer y tener en el desencanto de Dulcinea. Desesperábase de ver la flojedad y caridad poca de Sancho su escudero, pues, a lo que creía, solos cinco azotes se había dado, número desigual y pequeño para los infinitos que le faltaban; y desto recibió tanta pesadumbre y enojo, que hizo este discurso:

Master and man dismounted from their beasts, and as soon as they had settled themselves at the foot of the trees, Sancho, who had had a good noontide meal that day, let himself, without more ado, pass the gates of sleep. But Don Quixote, whom his thoughts, far more than hunger, kept awake, could not close an eye, and roamed in fancy to and fro through all sorts of places. At one moment it seemed to him that he was in the cave of Montesinos and saw Dulcinea, transformed into a country wench, skipping and mounting upon her she-ass; again that the words of the sage Merlin were sounding in his ears, setting forth the conditions to be observed and the exertions to be made for the disenchantment of Dulcinea. He lost all patience when he considered the laziness and want of charity of his squire Sancho; for to the best of his belief he had only given himself five lashes, a number paltry and disproportioned to the vast number required. At this thought he felt such vexation and anger that he reasoned the matter thus:

— Si nudo gordiano cortó el Magno Alejandro, diciendo: "Tanto monta cortar como desatar", y no por eso dejó de ser universal señor de toda la Asia, ni más ni menos podría suceder ahora en el desencanto de Dulcinea, si yo azotase a Sancho a pesar suyo; que si la condición deste remedio está en que Sancho reciba los tres mil y tantos azotes, ¿qué se me da a mí que se los dé él, o que se los dé otro, pues la sustancia

565

está en que él los reciba, lleguen por do llegaren?

"If Alexander the Great cut the Gordian knot,
saying, 'To cut comes to the same thing as to
untie,' and yet did not fail to become lord
paramount of all Asia, neither more nor less
could happen now in Dulcinea's disenchantment if
I scourge Sancho against his will; for, if it is
the condition of the remedy that Sancho shall
receive three thousand and odd lashes, what does
it matter to me whether he inflicts them himself,
or some one else inflicts them, when the
essential point is that he receives them, let
them come from whatever quarter they may?"

Con esta imaginación se llegó a Sancho, habiendo primero
tomado las riendas de Rocinante, y acomodádolas en modo
que pudiese azotarle con ellas, comenzóle a quitar las cintas,
que es opinión que no tenía más que la delantera, en que se
sustentaban los greguescos; pero, apenas hubo llegado,
cuando Sancho despertó en todo su acuerdo, y dijo:

With this idea he went over to Sancho, having
first taken Rocinante's reins and arranged them
so as to be able to flog him with them, and began
to untie the points (the common belief is he had
but one in front) by which his breeches were held
up; but the instant he approached him Sancho woke
up in his full senses and cried out,

— ¿Qué es esto? ¿Quién me toca y desencinta?

"What is this? Who is touching me and untrussing
me?"

— Yo soy —respondió don Quijote—, que vengo a suplir tus
faltas y a remediar mis trabajos: véngote a azotar, Sancho, y a
descargar, en parte, la deuda a que te obligaste. Dulcinea
perece; tú vives en descuido; yo muero deseando; y así,
desatácate por tu voluntad, que la mía es de darte en esta
soledad, por lo menos, dos mil azotes.

"It is I," said Don Quixote, "and I come to make

good thy shortcomings and relieve my own
distresses; I come to whip thee, Sancho, and wipe
off some portion of the debt thou hast
undertaken. Dulcinea is perishing, thou art
living on regardless, I am dying of hope
deferred; therefore untruss thyself with a good
will, for mine it is, here, in this retired spot,
to give thee at least two thousand lashes."

— Eso no —dijo Sancho—; vuesa merced se esté quedo; si no,
por Dios verdadero que nos han de oír los sordos. Los azotes
a que yo me obligué han de ser voluntarios, y no por fuerza, y
ahora no tengo gana de azotarme; basta que doy a vuesa
merced mi palabra de vapularme y mosquearme cuando en
voluntad me viniere.

"Not a bit of it," said Sancho; "let your worship
keep quiet, or else by the living God the deaf
shall hear us; the lashes I pledged myself to
must be voluntary and not forced upon me, and
just now I have no fancy to whip myself; it is
enough if I give you my word to flog and flap
myself when I have a mind."

— No hay dejarlo a tu cortesía, Sancho —dijo don Quijote—,
porque eres duro de corazón, y, aunque villano, blando de
carnes.

"It will not do to leave it to thy courtesy,
Sancho," said Don Quixote, "for thou art hard of
heart and, though a clown, tender of flesh;"

Y así, procuraba y pugnaba por desenlazarle.

and at the same time he strove and struggled to
untie him.

Viendo lo cual Sancho Panza, se puso en pie, y, arremetiendo
a su amo, se abrazó con él a brazo partido, y, echándole una
zancadilla, dio con él en el suelo boca arriba; púsole la rodilla
derecha sobre el pecho, y con las manos le tenía las manos, de
modo que ni le dejaba rodear ni alentar.

Seeing this Sancho got up, and grappling with his master he gripped him with all his might in his arms, giving him a trip with the heel stretched him on the ground on his back, and pressing his right knee on his chest held his hands in his own so that he could neither move nor breathe.

Don Quijote le decía: — ¿Cómo, traidor? ¿Contra tu amo y señor natural te desmandas? ¿Con quien te da su pan te atreves?

"How now, traitor!" exclaimed Don Quixote. "Dost thou revolt against thy master and natural lord? Dost thou rise against him who gives thee his bread?"

— Ni quito rey, ni pongo rey —respondió Sancho—, sino ayúdome a mí, que soy mi señor. Vuesa merced me prometa que se estará quedo, y no tratará de azotarme por agora, que yo le dejaré libre y desembarazado; donde no,

Aquí morirás, traidor, enemigo de doña Sancha.

"I neither put down king, nor set up king," said Sancho; "I only stand up for myself who am my own lord; if your worship promises me to be quiet, and not to offer to whip me now, I'll let you go free and unhindered; if not—Traitor and Dona Sancha's foe, Thou diest on the spot."

Prometióselo don Quijote, y juró por vida de sus pensamientos no tocarle en el pelo de la ropa, y que dejaría en toda su voluntad y albedrío el azotarse cuando quisiese.

Don Quixote gave his promise, and swore by the life of his thoughts not to touch so much as a hair of his garments, and to leave him entirely free and to his own discretion to whip himself whenever he pleased.

Levantóse Sancho, y desvióse de aquel lugar un buen espacio; y, yendo a arrimarse a otro árbol, sintió que le tocaban en la cabeza, y, alzando las manos, topó con dos pies de persona, con zapatos y calzas. Tembló de miedo; acudió a otro árbol, y sucedióle lo mesmo. Dio voces llamando a don Quijote que le favoreciese. Hízolo así don Quijote, y, preguntándole qué le había sucedido y de qué tenía miedo, le respondió Sancho que todos aquellos árboles estaban llenos de pies y de piernas humanas. Tentólos don Quijote, y cayó luego en la cuenta de lo que podía ser, y díjole a Sancho:

Sancho rose and removed some distance from the spot, but as he was about to place himself leaning against another tree he felt something touch his head, and putting up his hands encountered somebody's two feet with shoes and stockings on them. He trembled with fear and made for another tree, where the very same thing happened to him, and he fell a-shouting, calling upon Don Quixote to come and protect him. Don Quixote did so, and asked him what had happened to him, and what he was afraid of. Sancho replied that all the trees were full of men's feet and legs. Don Quixote felt them, and guessed at once what it was, and said to Sancho,

— No tienes de qué tener miedo, porque estos pies y piernas que tientas y no vees, sin duda son de algunos forajidos y bandoleros que en estos árboles están ahorcados; que por aquí los suele ahorcar la justicia cuando los coge, de veinte en veinte y de treinta en treinta; por donde me doy a entender que debo de estar cerca de Barcelona.

"Thou hast nothing to be afraid of, for these feet and legs that thou feelest but canst not see belong no doubt to some outlaws and freebooters that have been hanged on these trees; for the authorities in these parts are wont to hang them up by twenties and thirties when they catch them; whereby I conjecture that I must be near Barcelona;"

Y así era la verdad como él lo había imaginado. Al parecer alzaron los ojos, y vieron los racimos de aquellos árboles, que eran cuerpos de bandoleros.

and it was, in fact, as he supposed; with the
first light they looked up and saw that the fruit
hanging on those trees were freebooters' bodies.

Ya, en esto, amanecía, y si los muertos los habían espantado,
no menos los atribularon más de cuarenta bandoleros vivos
que de improviso les rodearon, diciéndoles en lengua
catalana que estuviesen quedos, y se detuviesen, hasta que
llegase su capitán.

And now day dawned; and if the dead freebooters
had scared them, their hearts were no less
troubled by upwards of forty living ones, who all
of a sudden surrounded them, and in the Catalan
tongue bade them stand and wait until their
captain came up.

Hallóse don Quijote a pie, su caballo sin freno, su lanza
arrimada a un árbol, y, finalmente, sin defensa alguna; y así,
tuvo por bien de cruzar las manos e inclinar la cabeza,
guardándose para mejor sazón y coyuntura.

Don Quixote was on foot with his horse unbridled
and his lance leaning against a tree, and in
short completely defenceless; he thought it best
therefore to fold his arms and bow his head and
reserve himself for a more favourable occasion
and opportunity.

Acudieron los bandoleros a espulgar al rucio, y a no dejarle
ninguna cosa de cuantas en las alforjas y la maleta traía; y
avínole bien a Sancho que en una ventrera que tenía ceñida
venían los escudos del duque y los que habían sacado de su
tierra, y, con todo eso, aquella buena gente le escardara y le
mirara hasta lo que entre el cuero y la carne tuviera
escondido, si no llegara en aquella sazón su capitán, el cual
mostró ser de hasta edad de treinta y cuatro años, robusto,
más que de mediana proporción, de mirar grave y color
morena. Venía sobre un poderoso caballo, vestida la acerada

cota, y con cuatro pistoletes —que en aquella tierra se llaman pedreñales— a los lados. Vio que sus escuderos, que así llaman a los que andan en aquel ejercicio, iban a despojar a Sancho Panza; mandóles que no lo hiciesen, y fue luego obedecido; y así se escapó la ventrera. Admiróle ver lanza arrimada al árbol, escudo en el suelo, y a don Quijote armado y pensativo, con la más triste y melancólica figura que pudiera formar la misma tristeza. Llegóse a él diciéndole:

The robbers made haste to search Dapple, and did not leave him a single thing of all he carried in the alforjas and in the valise; and lucky it was for Sancho that the duke's crowns and those he brought from home were in a girdle that he wore round him; but for all that these good folk would have stripped him, and even looked to see what he had hidden between the skin and flesh, but for the arrival at that moment of their captain, who was about thirty-four years of age apparently, strongly built, above the middle height, of stern aspect and swarthy complexion. He was mounted upon a powerful horse, and had on a coat of mail, with four of the pistols they call petronels in that country at his waist. He saw that his squires (for so they call those who follow that trade) were about to rifle Sancho Panza, but he ordered them to desist and was at once obeyed, so the girdle escaped. He wondered to see the lance leaning against the tree, the shield on the ground, and Don Quixote in armour and dejected, with the saddest and most melancholy face that sadness itself could produce; and going up to him he said,

— No estéis tan triste, buen hombre, porque no habéis caído en las manos de algún cruel Osiris, sino en las de Roque Guinart, que tienen más de compasivas que de rigurosas.

"Be not so cast down, good man, for you have not fallen into the hands of any inhuman Busiris, but into Roque Guinart's, which are more merciful

571

than cruel."

— No es mi tristeza —respondió don Quijote— haber caído
en tu poder, ¡oh valeroso Roque, cuya fama no hay límites en
la tierra que la encierren!, sino por haber sido tal mi descuido,
que me hayan cogido tus soldados sin el freno, estando yo
obligado, según la orden de la andante caballería, que
profeso, a vivir contino alerta, siendo a todas horas centinela
de mí mismo; porque te hago saber, ¡oh gran Roque!, que si
me hallaran sobre mi caballo, con mi lanza y con mi escudo,
no les fuera muy fácil rendirme, porque yo soy don Quijote
de la Mancha, aquel que de sus hazañas tiene lleno todo el
orbe.

"The cause of my dejection," returned Don
Quixote, "is not that I have fallen into thy
hands, O valiant Roque, whose fame is bounded by
no limits on earth, but that my carelessness
should have been so great that thy soldiers
should have caught me unbridled, when it is my
duty, according to the rule of knight-errantry
which I profess, to be always on the alert and at
all times my own sentinel; for let me tell thee,
great Roque, had they found me on my horse, with
my lance and shield, it would not have been very
easy for them to reduce me to submission, for I
am Don Quixote of La Mancha, he who hath filled
the whole world with his achievements."

Luego Roque Guinart conoció que la enfermedad de don
Quijote tocaba más en locura que en valentía, y, aunque
algunas veces le había oído nombrar, nunca tuvo por verdad
sus hechos, ni se pudo persuadir a que semejante humor
reinase en corazón de hombre; y holgóse en estremo de
haberle encontrado, para tocar de cerca lo que de lejos dél
había oído; y así, le dijo:

Roque Guinart at once perceived that Don
Quixote's weakness was more akin to madness than
to swagger; and though he had sometimes heard him

spoken of, he never regarded the things attributed to him as true, nor could he persuade himself that such a humour could become dominant in the heart of man; he was extremely glad, therefore, to meet him and test at close quarters what he had heard of him at a distance; so he said to him,

— Valeroso caballero, no os despechéis ni tengáis a siniestra fortuna ésta en que os halláis, que podía ser que en estos tropiezos vuestra torcida suerte se enderezase; que el cielo, por estraños y nunca vistos rodeos, de los hombres no imaginados, suele levantar los caídos y enriquecer los pobres.

"Despair not, valiant knight, nor regard as an untoward fate the position in which thou findest thyself; it may be that by these slips thy crooked fortune will make itself straight; for heaven by strange circuitous ways, mysterious and incomprehensible to man, raises up the fallen and makes rich the poor."

Ya le iba a dar las gracias don Quijote, cuando sintieron a sus espaldas un ruido como de tropel de caballos, y no era sino un solo, sobre el cual venía a toda furia un mancebo, al parecer de hasta veinte años, vestido de damasco verde, con pasamanos de oro, greguescos y saltaembarca, con sombrero terciado, a la valona, botas enceradas y justas, espuelas, daga y espada doradas, una escopeta pequeña en las manos y dos pistolas a los lados.

Don Quixote was about to thank him, when they heard behind them a noise as of a troop of horses; there was, however, but one, riding on which at a furious pace came a youth, apparently about twenty years of age, clad in green damask edged with gold and breeches and a loose frock, with a hat looped up in the Walloon fashion, tight-fitting polished boots, gilt spurs, dagger and sword, and in his hand a musketoon, and a pair of pistols at his waist.

573

Al ruido volvió Roque la cabeza y vio esta hermosa figura, la cual, en llegando a él, dijo:

Roque turned round at the noise and perceived this comely figure, which drawing near thus addressed him,

— En tu busca venía, ¡oh valeroso Roque!, para hallar en ti, si no remedio, a lo menos alivio en mi desdicha; y, por no tenerte suspenso, porque sé que no me has conocido, quiero decirte quién soy: y soy Claudia Jerónima, hija de Simón Forte, tu singular amigo y enemigo particular de Clauquel Torrellas, que asimismo lo es tuyo, por ser uno de los de tu contrario bando; y ya sabes que este Torrellas tiene un hijo que don Vicente Torrellas se llama, o, a lo menos, se llamaba no ha dos horas. Éste, pues, por abreviar el cuento de mi desventura, te diré en breves palabras la que me ha causado. Vione, requebróme, escuchéle, enamoréme, a hurto de mi padre; porque no hay mujer, por retirada que esté y recatada que sea, a quien no le sobre tiempo para poner en ejecución y efecto sus atropellados deseos. Finalmente, él me prometió de ser mi esposo, y yo le di la palabra de ser suya, sin que en obras pasásemos adelante. Supe ayer que, olvidado de lo que me debía, se casaba con otra, y que esta mañana iba a desposarse, nueva que me turbó el sentido y acabó la paciencia; y, por no estar mi padre en el lugar, le tuve yo de ponerme en el traje que vees, y apresurando el paso a este caballo, alcancé a don Vicente obra de una legua de aquí; y, sin ponerme a dar quejas ni a oír disculpas, le disparé estas escopetas, y, por añadidura, estas dos pistolas; y, a lo que creo, le debí de encerrar más de dos balas en el cuerpo, abriéndole puertas por donde envuelta en su sangre saliese mi honra. Allí le dejo entre sus criados, que no osaron ni pudieron ponerse en su defensa. Vengo a buscarte para que me pases a Francia, donde tengo parientes con quien viva, y asimesmo a rogarte defiendas a mi padre, porque los muchos de don Vicente no se atrevan a tomar en él desaforada

venganza.

"I came in quest of thee, valiant Roque, to find in thee if not a remedy at least relief in my misfortune; and not to keep thee in suspense, for I see thou dost not recognise me, I will tell thee who I am; I am Claudia Jeronima, the daughter of Simon Forte, thy good friend, and special enemy of Clauquel Torrellas, who is thine also as being of the faction opposed to thee. Thou knowest that this Torrellas has a son who is called, or at least was not two hours since, Don Vicente Torrellas. Well, to cut short the tale of my misfortune, I will tell thee in a few words what this youth has brought upon me. He saw me, he paid court to me, I listened to him, and, unknown to my father, I loved him; for there is no woman, however secluded she may live or close she may be kept, who will not have opportunities and to spare for following her headlong impulses. In a word, he pledged himself to be mine, and I promised to be his, without carrying matters any further. Yesterday I learned that, forgetful of his pledge to me, he was about to marry another, and that he was to go this morning to plight his troth, intelligence which overwhelmed and exasperated me; my father not being at home I was able to adopt this costume you see, and urging my horse to speed I overtook Don Vicente about a league from this, and without waiting to utter reproaches or hear excuses I fired this musket at him, and these two pistols besides, and to the best of my belief I must have lodged more than two bullets in his body, opening doors to let my honour go free, enveloped in his blood. I left him there in the hands of his servants, who did not dare and were not able to interfere in his defence, and I come to seek from thee a safe-conduct into France, where I have relatives with whom I can live; and also to implore thee to protect my father, so that Don Vicente's numerous

kinsmen may not venture to wreak their lawless
vengeance upon him."

Roque, admirado de la gallardía, bizarría, buen talle y suceso
de la hermosa Claudia, le dijo:

Roque, filled with admiration at the gallant
bearing, high spirit, comely figure, and
adventure of the fair Claudia, said to her,

— Ven, señora, y vamos a ver si es muerto tu enemigo, que
después veremos lo que más te importare.

"Come, señora, let us go and see if thy enemy is
dead; and then we will consider what will be best
for thee."

Don Quijote, que estaba escuchando atentamente lo que
Claudia había dicho y lo que Roque Guinart respondió, dijo:

Don Quixote, who had been listening to what
Claudia said and Roque Guinart said in reply to
her, exclaimed,

— No tiene nadie para qué tomar trabajo en defender a esta
señora, que lo tomo yo a mi cargo: denme mi caballo y mis
armas, y espérenme aquí, que yo iré a buscar a ese caballero,
y, muerto o vivo, le haré cumplir la palabra prometida a tanta
belleza.

"Nobody need trouble himself with the defence of
this lady, for I take it upon myself. Give me my
horse and arms, and wait for me here; I will go
in quest of this knight, and dead or alive I will
make him keep his word plighted to so great
beauty."

— Nadie dude de esto —dijo Sancho—, porque mi señor
tiene muy buena mano para casamentero, pues no ha muchos
días que hizo casar a otro que también negaba a otra doncella
su palabra; y si no fuera porque los encantadores que le
persiguen le mudaron su verdadera figura en la de un lacayo,
ésta fuera la hora que ya la tal doncella no lo fuera.

"Nobody need have any doubt about that," said Sancho, "for my master has a very happy knack of matchmaking; it's not many days since he forced another man to marry, who in the same way backed out of his promise to another maiden; and if it had not been for his persecutors the enchanters changing the man's proper shape into a lacquey's the said maiden would not be one this minute."

Roque, que atendía más a pensar en el suceso de la hermosa Claudia que en las razones de amo y mozo, no las entendió; y, mandando a sus escuderos que volviesen a Sancho todo cuanto le habían quitado del rucio, mandándoles asimesmo que se retirasen a la parte donde aquella noche habían estado alojados, y luego se partió con Claudia a toda priesa a buscar al herido, o muerto, don Vicente. Llegaron al lugar donde le encontró Claudia, y no hallaron en él sino recién derramada sangre; pero, tendiendo la vista por todas partes, descubrieron por un recuesto arriba alguna gente, y diéronse a entender, como era la verdad, que debía ser don Vicente, a quien sus criados, o muerto o vivo, llevaban, o para curarle, o para enterrarle; diéronse priesa a alcanzarlos, que, como iban de espacio, con facilidad lo hicieron.

Roque, who was paying more attention to the fair Claudia's adventure than to the words of master or man, did not hear them; and ordering his squires to restore to Sancho everything they had stripped Dapple of, he directed them to return to the place where they had been quartered during the night, and then set off with Claudia at full speed in search of the wounded or slain Don Vicente. They reached the spot where Claudia met him, but found nothing there save freshly spilt blood; looking all round, however, they descried some people on the slope of a hill above them, and concluded, as indeed it proved to be, that it was Don Vicente, whom either dead or alive his servants were removing to attend to his wounds or to bury him. They made haste to overtake them,

which, as the party moved slowly, they were able
to do with ease.

Hallaron a don Vicente en los brazos de sus criados, a quien
con cansada y debilitada voz rogaba que le dejasen allí morir,
porque el dolor de las heridas no consentía que más adelante
pasase.

They found Don Vicente in the arms of his
servants, whom he was entreating in a broken
feeble voice to leave him there to die, as the
pain of his wounds would not suffer him to go any
farther.

Arrojáronse de los caballos Claudia y Roque, llegáronse a él,
temieron los criados la presencia de Roque, y Claudia se
turbó en ver la de don Vicente; y así, entre enternecida y
rigurosa, se llegó a él, y asiéndole de las manos, le dijo:

Claudia and Roque threw themselves off their
horses and advanced towards him; the servants
were overawed by the appearance of Roque, and
Claudia was moved by the sight of Don Vicente,
and going up to him half tenderly half sternly,
she seized his hand and said to him,

— Si tú me dieras éstas, conforme a nuestro concierto, nunca
tú te vieras en este paso.

"Hadst thou given me this according to our
compact thou hadst never come to this pass."

Abrió los casi cerrados ojos el herido caballero, y, conociendo
a Claudia, le dijo:

The wounded gentleman opened his all but closed
eyes, and recognising Claudia said,

— Bien veo, hermosa y engañada señora, que tú has sido la
que me has muerto: pena no merecida ni debida a mis deseos,
con los cuales, ni con mis obras, jamás quise ni supe
ofenderte.

"I see clearly, fair and mistaken lady, that it

578

is thou that hast slain me, a punishment not
merited or deserved by my feelings towards thee,
for never did I mean to, nor could I, wrong thee
in thought or deed."

— Luego, ¿no es verdad —dijo Claudia— que ibas esta
mañana a desposarte con Leonora, la hija del rico Balvastro?

"It is not true, then," said Claudia, "that thou
wert going this morning to marry Leonora the
daughter of the rich Balvastro?"

— No, por cierto —respondió don Vicente—; mi mala fortuna
te debió de llevar estas nuevas, para que, celosa, me quitases
la vida, la cual, pues la dejo en tus manos y en tus brazos,
tengo mi suerte por venturosa. Y, para asegurarte desta
verdad, aprieta la mano y recíbeme por esposo, si quisieres,
que no tengo otra mayor satisfación que darte del agravio que
piensas que de mí has recebido.

"Assuredly not," replied Don Vicente; "my cruel
fortune must have carried those tidings to thee
to drive thee in thy jealousy to take my life;
and to assure thyself of this, press my hands and
take me for thy husband if thou wilt; I have no
better satisfaction to offer thee for the wrong
thou fanciest thou hast received from me."

Apretóle la mano Claudia, y apretósele a ella el corazón, de
manera que sobre la sangre y pecho de don Vicente se quedó
desmayada, y a él le tomó un mortal parasismo. Confuso
estaba Roque, y no sabía qué hacerse. Acudieron los criados a
buscar agua que echarles en los rostros, y trujéronla, con que
se los bañaron. Volvió de su desmayo Claudia, pero no de su
parasismo don Vicente, porque se le acabó la vida. Visto lo
cual de Claudia, habiéndose enterado que ya su dulce esposo
no vivía, rompió los aires con suspiros, hirió los cielos con
quejas, maltrató sus cabellos, entregándolos al viento, afeó su
rostro con sus propias manos, con todas las muestras de dolor
y sentimiento que de un lastimado pecho pudieran

imaginarse.

Claudia wrung his hands, and her own heart was so wrung that she lay fainting on the bleeding breast of Don Vicente, whom a death spasm seized the same instant. Roque was in perplexity and knew not what to do; the servants ran to fetch water to sprinkle their faces, and brought some and bathed them with it. Claudia recovered from her fainting fit, but not so Don Vicente from the paroxysm that had overtaken him, for his life had come to an end. On perceiving this, Claudia, when she had convinced herself that her beloved husband was no more, rent the air with her sighs and made the heavens ring with her lamentations; she tore her hair and scattered it to the winds, she beat her face with her hands and showed all the signs of grief and sorrow that could be conceived to come from an afflicted heart.

— ¡Oh cruel e inconsiderada mujer —decía—, con qué facilidad te moviste a poner en ejecución tan mal pensamiento! ¡Oh fuerza rabiosa de los celos, a qué desesperado fin conducís a quien os da acogida en su pecho! ¡Oh esposo mío, cuya desdichada suerte, por ser prenda mía, te ha llevado del tálamo a la sepultura!

"Cruel, reckless woman!" she cried, "how easily wert thou moved to carry out a thought so wicked! O furious force of jealousy, to what desperate lengths dost thou lead those that give thee lodging in their bosoms! O husband, whose unhappy fate in being mine hath borne thee from the marriage bed to the grave!"

Tales y tan tristes eran las quejas de Claudia, que sacaron las lágrimas de los ojos de Roque, no acostumbrados a verterlas en ninguna ocasión. Lloraban los criados, desmayábase a cada paso Claudia, y todo aquel circuito parecía campo de tristeza y lugar de desgracia. Finalmente, Roque Guinart ordenó a los criados de don Vicente que llevasen su cuerpo al

lugar de su padre, que estaba allí cerca, para que le diesen sepultura. Claudia dijo a Roque que querría irse a un monasterio donde era abadesa una tía suya, en el cual pensaba acabar la vida, de otro mejor esposo y más eterno acompañada. Alabóle Roque su buen propósito, ofreciósele de acompañarla hasta donde quisiese, y de defender a su padre de los parientes y de todo el mundo, si ofenderle quisiese. No quiso su compañía Claudia, en ninguna manera, y, agradeciendo sus ofrecimientos con las mejores razones que supo, se despedió dél llorando. Los criados de don Vicente llevaron su cuerpo, y Roque se volvió a los suyos, y este fin tuvieron los amores de Claudia Jerónima. Pero, ¿qué mucho, si tejieron la trama de su lamentable historia las fuerzas invencibles y rigurosas de los celos?

So vehement and so piteous were the lamentations of Claudia that they drew tears from Roque's eyes, unused as they were to shed them on any occasion. The servants wept, Claudia swooned away again and again, and the whole place seemed a field of sorrow and an abode of misfortune. In the end Roque Guinart directed Don Vicente's servants to carry his body to his father's village, which was close by, for burial. Claudia told him she meant to go to a monastery of which an aunt of hers was abbess, where she intended to pass her life with a better and everlasting spouse. He applauded her pious resolution, and offered to accompany her whithersoever she wished, and to protect her father against the kinsmen of Don Vicente and all the world, should they seek to injure him. Claudia would not on any account allow him to accompany her; and thanking him for his offers as well as she could, took leave of him in tears. The servants of Don Vicente carried away his body, and Roque returned to his comrades, and so ended the love of Claudia Jeronima; but what wonder, when it was the insuperable and cruel might of jealousy that wove

the web of her sad story?

Halló Roque Guinart a sus escuderos en la parte donde les había ordenado, y a don Quijote entre ellos, sobre Rocinante, haciéndoles una plática en que les persuadía dejasen aquel modo de vivir tan peligroso, así para el alma como para el cuerpo; pero, como los más eran gascones, gente rústica y desbaratada, no les entraba bien la plática de don Quijote. Llegado que fue Roque, preguntó a Sancho Panza si le habían vuelto y restituido las alhajas y preseas que los suyos del rucio le habían quitado. Sancho respondió que sí, sino que le faltaban tres tocadores, que valían tres ciudades.

Roque Guinart found his squires at the place to which he had ordered them, and Don Quixote on Rocinante in the midst of them delivering a harangue to them in which he urged them to give up a mode of life so full of peril, as well to the soul as to the body; but as most of them were Gascons, rough lawless fellows, his speech did not make much impression on them. Roque on coming up asked Sancho if his men had returned and restored to him the treasures and jewels they had stripped off Dapple. Sancho said they had, but that three kerchiefs that were worth three cities were missing.

— ¿Qué es lo que dices, hombre? —dijo uno de los presentes —, que yo los tengo, y no valen tres reales.

"What are you talking about, man?" said one of the bystanders; "I have got them, and they are not worth three reals."

— Así es —dijo don Quijote—, pero estímalos mi escudero en lo que ha dicho, por habérmelos dado quien me los dio.

"That is true," said Don Quixote; "but my squire values them at the rate he says, as having been given me by the person who gave them."

Mandóselos volver al punto Roque Guinart, y, mandando

poner los suyos en ala, mandó traer allí delante todos los vestidos, joyas, y dineros, y todo aquello que desde la última repartición habían robado; y, haciendo brevemente el tanteo, volviendo lo no repartible y reduciéndolo a dineros, lo repartió por toda su compañía, con tanta legalidad y prudencia que no pasó un punto ni defraudó nada de la justicia distributiva.

Roque Guinart ordered them to be restored at once; and making his men fall in in line he directed all the clothing, jewellery, and money that they had taken since the last distribution to be produced; and making a hasty valuation, and reducing what could not be divided into money, he made shares for the whole band so equitably and carefully, that in no case did he exceed or fall short of strict distributive justice.

Hecho esto, con lo cual todos quedaron contentos, satisfechos y pagados, dijo Roque a don Quijote:

When this had been done, and all left satisfied, Roque observed to Don Quixote,

— Si no se guardase esta puntualidad con éstos, no se podría vivir con ellos.

"If this scrupulous exactness were not observed with these fellows there would be no living with them."

A lo que dijo Sancho:

Upon this Sancho remarked,

— Según lo que aquí he visto, es tan buena la justicia, que es necesaria que se use aun entre los mesmos ladrones.

"From what I have seen here, justice is such a good thing that there is no doing without it, even among the thieves themselves."

Oyólo un escudero, y enarboló el mocho de un arcabuz, con el cual, sin duda, le abriera la cabeza a Sancho, si Roque

Guinart no le diera voces que se detuviese. Pasmóse Sancho, y propuso de no descoser los labios en tanto que entre aquella gente estuviese.

One of the squires heard this, and raising the butt-end of his harquebuss would no doubt have broken Sancho's head with it had not Roque Guinart called out to him to hold his hand. Sancho was frightened out of his wits, and vowed not to open his lips so long as he was in the company of these people.

Llegó, en esto, uno o algunos de aquellos escuderos que estaban puestos por centinelas por los caminos para ver la gente que por ellos venía y dar aviso a su mayor de lo que pasaba, y éste dijo:

At this instant one or two of those squires who were posted as sentinels on the roads, to watch who came along them and report what passed to their chief, came up and said,

— Señor, no lejos de aquí, por el camino que va a Barcelona, viene un gran tropel de gente.

"Señor, there is a great troop of people not far off coming along the road to Barcelona."

A lo que respondió Roque: — ¿Has echado de ver si son de los que nos buscan, o de los que nosotros buscamos?

To which Roque replied, "Hast thou made out whether they are of the sort that are after us, or of the sort we are after?"

— No, sino de los que buscamos —respondió el escudero.

"The sort we are after," said the squire.

— Pues salid todos —replicó Roque—, y traédmelos aquí luego, sin que se os escape ninguno.

"Well then, away with you all," said Roque, "and bring them here to me at once without letting one of them escape."

Hiciéronlo así, y, quedándose solos don Quijote, Sancho y Roque, aguardaron a ver lo que los escuderos traían; y, en este entretanto, dijo Roque a don Quijote:

They obeyed, and Don Quixote, Sancho, and Roque, left by themselves, waited to see what the squires brought, and while they were waiting Roque said to Don Quixote,

— Nueva manera de vida le debe de parecer al señor don Quijote la nuestra, nuevas aventuras, nuevos sucesos, y todos peligrosos; y no me maravillo que así le parezca, porque realmente le confieso que no hay modo de vivir más inquieto ni más sobresaltado que el nuestro. A mí me han puesto en él no sé qué deseos de venganza, que tienen fuerza de turbar los más sosegados corazones; yo, de mi natural, soy compasivo y bien intencionado; pero, como tengo dicho, el querer vengarme de un agravio que se me hizo, así da con todas mis buenas inclinaciones en tierra, que persevero en este estado, a despecho y pesar de lo que entiendo; y, como un abismo llama a otro y un pecado a otro pecado, hanse eslabonado las venganzas de manera que no sólo las mías, pero las ajenas tomo a mi cargo; pero Dios es servido de que, aunque me veo en la mitad del laberinto de mis confusiones, no pierdo la esperanza de salir dél a puerto seguro.

"It must seem a strange sort of life to Señor Don Quixote, this of ours, strange adventures, strange incidents, and all full of danger; and I do not wonder that it should seem so, for in truth I must own there is no mode of life more restless or anxious than ours. What led me into it was a certain thirst for vengeance, which is strong enough to disturb the quietest hearts. I am by nature tender-hearted and kindly, but, as I said, the desire to revenge myself for a wrong that was done me so overturns all my better impulses that I keep on in this way of life in spite of what conscience tells me; and as one depth calls to another, and one sin to another

sin, revenges have linked themselves together, and I have taken upon myself not only my own but those of others: it pleases God, however, that, though I see myself in this maze of entanglements, I do not lose all hope of escaping from it and reaching a safe port."

Admirado quedó don Quijote de oír hablar a Roque tan buenas y concertadas razones, porque él se pensaba que, entre los de oficios semejantes de robar, matar y saltear no podía haber alguno que tuviese buen discurso, y respondióle:

Don Quixote was amazed to hear Roque utter such excellent and just sentiments, for he did not think that among those who followed such trades as robbing, murdering, and waylaying, there could be anyone capable of a virtuous thought, and he said in reply,

— Señor Roque, el principio de la salud está en conocer la enfermedad y en querer tomar el enfermo las medicinas que el médico le ordena: vuestra merced está enfermo, conoce su dolencia, y el cielo, o Dios, por mejor decir, que es nuestro médico, le aplicará medicinas que le sanen, las cuales suelen sanar poco a poco y no de repente y por milagro; y más, que los pecadores discretos están más cerca de enmendarse que los simples; y, pues vuestra merced ha mostrado en sus razones su prudencia, no hay sino tener buen ánimo y esperar mejoría de la enfermedad de su conciencia; y si vuestra merced quiere ahorrar camino y ponerse con facilidad en el de su salvación, véngase conmigo, que yo le enseñaré a ser caballero andante, donde se pasan tantos trabajos y desventuras que, tomándolas por penitencia, en dos paletas le pondrán en el cielo.

"Señor Roque, the beginning of health lies in knowing the disease and in the sick man's willingness to take the medicines which the physician prescribes; you are sick, you know what ails you, and heaven, or more properly speaking

God, who is our physician, will administer medicines that will cure you, and cure gradually, and not of a sudden or by a miracle; besides, sinners of discernment are nearer amendment than those who are fools; and as your worship has shown good sense in your remarks, all you have to do is to keep up a good heart and trust that the weakness of your conscience will be strengthened. And if you have any desire to shorten the journey and put yourself easily in the way of salvation, come with me, and I will show you how to become a knight-errant, a calling wherein so many hardships and mishaps are encountered that if they be taken as penances they will lodge you in heaven in a trice."

Rióse Roque del consejo de don Quijote, a quien, mudando plática, contó el trágico suceso de Claudia Jerónima, de que le pesó en estremo a Sancho, que no le había parecido mal la belleza, desenvoltura y brío de la moza.

Roque laughed at Don Quixote's exhortation, and changing the conversation he related the tragic affair of Claudia Jeronima, at which Sancho was extremely grieved; for he had not found the young woman's beauty, boldness, and spirit at all amiss.

Llegaron, en esto, los escuderos de la presa, trayendo consigo dos caballeros a caballo, y dos peregrinos a pie, y un coche de mujeres con hasta seis criados, que a pie y a caballo las acompañaban, con otros dos mozos de mulas que los caballeros traían. Cogiéronlos los escuderos en medio, guardando vencidos y vencedores gran silencio, esperando a que el gran Roque Guinart hablase, el cual preguntó a los caballeros que quién eran y adónde iban, y qué dinero llevaban.

And now the squires despatched to make the prize came up, bringing with them two gentlemen on horseback, two pilgrims on foot, and a coach full of women with some six servants on foot and on horseback in attendance on them, and a couple of muleteers whom the gentlemen had with them. The squires made a ring round them, both victors and vanquished maintaining profound silence, waiting for the great Roque Guinart to speak. He asked the gentlemen who they were, whither they were going, and what money they carried with them;

Uno dellos le respondió: — Señor, nosotros somos dos capitanes de infantería española; tenemos nuestras compañías en Nápoles y vamos a embarcarnos en cuatro galeras, que dicen están en Barcelona con orden de pasar a Sicilia; llevamos hasta docientos o trecientos escudos, con que, a nuestro parecer, vamos ricos y contentos, pues la estrecheza ordinaria de los soldados no permite mayores tesoros.

"Señor," replied one of them, "we are two captains of Spanish infantry; our companies are at Naples, and we are on our way to embark in four galleys which they say are at Barcelona under orders for Sicily; and we have about two or three hundred crowns, with which we are, according to our notions, rich and contented, for a soldier's poverty does not allow a more extensive hoard."

Preguntó Roque a los peregrinos lo mesmo que a los capitanes; fuele respondido que iban a embarcarse para pasar a Roma, y que entre entrambos podían llevar hasta sesenta reales. Quiso saber también quién iba en el coche, y adónde, y el dinero que llevaban; y uno de los de a caballo dijo:

Roque asked the pilgrims the same questions he had put to the captains, and was answered that they were going to take ship for Rome, and that between them they might have about sixty reals. He asked also who was in the coach, whither they were bound and what money they had, and one of the men on horseback replied,

— Mi señora doña Guiomar de Quiñones, mujer del regente

588

de la Vicaría de Nápoles, con una hija pequeña, una doncella y una dueña, son las que van en el coche; acompañámosla seis criados, y los dineros son seiscientos escudos.

"The persons in the coach are my lady Dona Guiomar de Quinones, wife of the regent of the Vicaria at Naples, her little daughter, a handmaid and a duenna; we six servants are in attendance upon her, and the money amounts to six hundred crowns."

— De modo —dijo Roque Guinart—, que ya tenemos aquí novecientos escudos y sesenta reales; mis soldados deben de ser hasta sesenta; mírese a cómo le cabe a cada uno, porque yo soy mal contador.

"So then," said Roque Guinart, "we have got here nine hundred crowns and sixty reals; my soldiers must number some sixty; see how much there falls to each, for I am a bad arithmetician."

Oyendo decir esto los salteadores, levantaron la voz, diciendo:

As soon as the robbers heard this they raised a shout of

— ¡Viva Roque Guinart muchos años, a pesar de los lladres que su perdición procuran!

"Long life to Roque Guinart, in spite of the lladres that seek his ruin!"

Mostraron afligirse los capitanes, entristecióse la señora regenta, y no se holgaron nada los peregrinos, viendo la confiscación de sus bienes. Túvolos así un rato suspensos Roque, pero no quiso que pasase adelante su tristeza, que ya se podía conocer a tiro de arcabuz, y, volviéndose a los capitanes, dijo:

The captains showed plainly the concern they felt, the regent's lady was downcast, and the pilgrims did not at all enjoy seeing their

589

property confiscated. Roque kept them in suspense in this way for a while; but he had no desire to prolong their distress, which might be seen a bowshot off, and turning to the captains he said,

— Vuesas mercedes, señores capitanes, por cortesía, sean servidos de prestarme sesenta escudos, y la señora regenta ochenta, para contentar esta escuadra que me acompaña, porque el abad, de lo que canta yanta, y luego puédense ir su camino libre y desembarazadamente, con un salvoconduto que yo les daré, para que, si toparen otras de algunas escuadras mías que tengo divididas por estos contornos, no les hagan daño; que no es mi intención de agraviar a soldados ni a mujer alguna, especialmente a las que son principales.

"Sirs, will your worships be pleased of your courtesy to lend me sixty crowns, and her ladyship the regent's wife eighty, to satisfy this band that follows me, for 'it is by his singing the abbot gets his dinner;' and then you may at once proceed on your journey, free and unhindered, with a safe-conduct which I shall give you, so that if you come across any other bands of mine that I have scattered in these parts, they may do you no harm; for I have no intention of doing injury to soldiers, or to any woman, especially one of quality."

Infinitas y bien dichas fueron las razones con que los capitanes agradecieron a Roque su cortesía y liberalidad, que, por tal la tuvieron, en dejarles su mismo dinero. La señora doña Guiomar de Quiñones se quiso arrojar del coche para besar los pies y las manos del gran Roque, pero él no lo consintió en ninguna manera; antes le pidió perdón del agravio que le hacía, forzado de cumplir con las obligaciones precisas de su mal oficio. Mandó la señora regenta a un criado suyo diese luego los ochenta escudos que le habían repartido, y ya los capitanes habían desembolsado los sesenta. Iban los peregrinos a dar toda su miseria, pero Roque

les dijo que se estuviesen quedos, y volviéndose a los suyos, les dijo:

Profuse and hearty were the expressions of gratitude with which the captains thanked Roque for his courtesy and generosity; for such they regarded his leaving them their own money. Señora Dona Guiomar de Quinones wanted to throw herself out of the coach to kiss the feet and hands of the great Roque, but he would not suffer it on any account; so far from that, he begged her pardon for the wrong he had done her under pressure of the inexorable necessities of his unfortunate calling. The regent's lady ordered one of her servants to give the eighty crowns that had been assessed as her share at once, for the captains had already paid down their sixty. The pilgrims were about to give up the whole of their little hoard, but Roque bade them keep quiet, and turning to his men he said,

— Destos escudos dos tocan a cada uno, y sobran veinte: los diez se den a estos peregrinos, y los otros diez a este buen escudero, porque pueda decir bien de esta aventura.

"Of these crowns two fall to each man and twenty remain over; let ten be given to these pilgrims, and the other ten to this worthy squire that he may be able to speak favourably of this adventure;"

Y, trayéndole aderezo de escribir, de que siempre andaba proveído, Roque les dio por escrito un salvoconduto para los mayorales de sus escuadras, y, despidiéndose dellos, los dejó ir libres, y admirados de su nobleza, de su gallarda disposición y estraño proceder, teniéndole más por un Alejandro Magno que por ladrón conocido.

and then having writing materials, with which he always went provided, brought to him, he gave them in writing a safe-conduct to the leaders of his bands; and bidding them farewell let them go

591

free and filled with admiration at his
magnanimity, his generous disposition, and his
unusual conduct, and inclined to regard him as an
Alexander the Great rather than a notorious
robber.

Uno de los escuderos dijo en su lengua gascona y catalana:

One of the squires observed in his mixture of
Gascon and Catalan,

— Este nuestro capitán más es para frade que para bandolero:
si de aquí adelante quisiere mostrarse liberal séalo con su
hacienda y no con la nuestra.

"This captain of ours would make a better friar
than highwayman; if he wants to be so generous
another time, let it be with his own property and
not ours."

No lo dijo tan paso el desventurado que dejase de oírlo
Roque, el cual, echando mano a la espada, le abrió la cabeza
casi en dos partes, diciéndole:

The unlucky wight did not speak so low but that
Roque overheard him, and drawing his sword almost
split his head in two, saying,

— Desta manera castigo yo a los deslenguados y atrevidos.

"That is the way I punish impudent saucy
fellows."

Pasmáronse todos, y ninguno le osó decir palabra: tanta era la
obediencia que le tenían.

They were all taken aback, and not one of them
dared to utter a word, such deference did they
pay him.

Apartóse Roque a una parte y escribió una carta a un su
amigo, a Barcelona, dándole aviso como estaba consigo el
famoso don Quijote de la Mancha, aquel caballero andante de
quien tantas cosas se decían; y que le hacía saber que era el

más gracioso y el más entendido hombre del mundo, y que de allí a cuatro días, que era el de San Juan Bautista, se le pondría en mitad de la playa de la ciudad, armado de todas sus armas, sobre Rocinante, su caballo, y a su escudero Sancho sobre un asno, y que diese noticia desto a sus amigos los Niarros, para que con él se solazasen; que él quisiera que carecieran deste gusto los Cadells, sus contrarios, pero que esto era imposible, a causa que las locuras y discreciones de don Quijote y los donaires de su escudero Sancho Panza no podían dejar de dar gusto general a todo el mundo. Despachó estas cartas con uno de sus escuderos, que, mudando el traje de bandolero en el de un labrador, entró en Barcelona y la dio a quien iba.

Roque then withdrew to one side and wrote a letter to a friend of his at Barcelona, telling him that the famous Don Quixote of La Mancha, the knight-errant of whom there was so much talk, was with him, and was, he assured him, the drollest and wisest man in the world; and that in four days from that date, that is to say, on Saint John the Baptist's Day, he was going to deposit him in full armour mounted on his horse Rocinante, together with his squire Sancho on an ass, in the middle of the strand of the city; and bidding him give notice of this to his friends the Niarros, that they might divert themselves with him. He wished, he said, his enemies the Cadells could be deprived of this pleasure; but that was impossible, because the crazes and shrewd sayings of Don Quixote and the humours of his squire Sancho Panza could not help giving general pleasure to all the world. He despatched the letter by one of his squires, who, exchanging the costume of a highwayman for that of a peasant, made his way into Barcelona and gave it to the person to whom it was directed.

Capítulo LXI. De lo que le sucedió a don Quijote en la entrada de Barcelona, con otras cosas que tienen más de lo verdadero que de lo discreto

CHAPTER LXI. OF WHAT HAPPENED DON QUIXOTE ON ENTERING BARCELONA, TOGETHER WITH OTHER MATTERS THAT PARTAKE OF THE TRUE RATHER THAN OF THE INGENIOUS

Tres días y tres noches estuvo don Quijote con Roque, y si estuviera trecientos años, no le faltara qué mirar y admirar en el modo de su vida: aquí amanecían, acullá comían; unas veces huían, sin saber de quién, y otras esperaban, sin saber a quién. Dormían en pie, interrompiendo el sueño, mudándose de un lugar a otro. Todo era poner espías, escuchar centinelas, soplar las cuerdas de los arcabuces, aunque traían pocos, porque todos se servían de pedreñales. Roque pasaba las noches apartado de los suyos, en partes y lugares donde ellos no pudiesen saber dónde estaba; porque los muchos bandos que el visorrey de Barcelona había echado sobre su vida le traían inquieto y temeroso, y no se osaba fiar de ninguno, temiendo que los mismos suyos, o le habían de matar, o entregar a la justicia: vida, por cierto, miserable y enfadosa.

Don Quixote passed three days and three nights with Roque, and had he passed three hundred years he would have found enough to observe and wonder at in his mode of life. At daybreak they were in one spot, at dinner-time in another; sometimes they fled without knowing from whom, at other times they lay in wait, not knowing for what. They slept standing, breaking their slumbers to shift from place to place. There was nothing but sending out spies and scouts, posting sentinels and blowing the matches of harquebusses, though they carried but few, for almost all used flintlocks. Roque passed his nights in some place or other apart from his men, that they might not know where he was, for the many proclamations the viceroy of Barcelona had issued against his life kept him in fear and uneasiness, and he did not venture to trust anyone, afraid that even his own men would kill him or deliver him up to the authorities; of a truth, a weary miserable life!

En fin, por caminos desusados, por atajos y sendas encubiertas, partieron Roque, don Quijote y Sancho con otros seis escuderos a Barcelona. Llegaron a su playa la víspera de San Juan en la noche, y, abrazando Roque a don Quijote y a Sancho, a quien dio los diez escudos prometidos, que hasta entonces no se los había dado, los dejó, con mil ofrecimientos que de la una a la otra parte se hicieron.

At length, by unfrequented roads, short cuts, and secret paths, Roque, Don Quixote, and Sancho, together with six squires, set out for Barcelona. They reached the strand on Saint John's Eve during the night; and Roque, after embracing Don Quixote and Sancho (to whom he presented the ten crowns he had promised but had not until then given), left them with many expressions of good-will on both sides.

Volvióse Roque; quedóse don Quijote esperando el día, así, a caballo, como estaba, y no tardó mucho cuando comenzó a descubrirse por los balcones del Oriente la faz de la blanca aurora, alegrando las yerbas y las flores, en lugar de alegrar el oído; aunque al mesmo instante alegraron también el oído el son de muchas chirimías y atabales, ruido de cascabeles, "¡trapa, trapa, aparta, aparta!" de corredores, que, al parecer, de la ciudad salían.

Roque went back, while Don Quixote remained on horseback, just as he was, waiting for day, and it was not long before the countenance of the fair Aurora began to show itself at the balconies of the east, gladdening the grass and flowers, if not the ear, though to gladden that too there came at the same moment a sound of clarions and drums, and a din of bells, and a tramp, tramp, and cries of "Clear the way there!" of some runners, that seemed to issue from the city.

Dio lugar la aurora al sol, que, un rostro mayor que el de una rodela, por el más bajo horizonte, poco a poco, se iba levantando.

The dawn made way for the sun that with a face broader than a buckler began to rise slowly above the low line of the horizon;

Tendieron don Quijote y Sancho la vista por todas partes: vieron el mar, hasta entonces dellos no visto; parecióles espaciosísimo y largo, harto más que las lagunas de Ruidera, que en la Mancha habían visto; vieron las galeras que estaban en la playa, las cuales, abatiendo las tiendas, se descubrieron llenas de flámulas y gallardetes, que tremolaban al viento y besaban y barrían el agua; dentro sonaban clarines, trompetas y chirimías, que cerca y lejos llenaban el aire de suaves y belicosos acentos. Comenzaron a moverse y a hacer modo de escaramuza por las sosegadas aguas, correspondiéndoles casi al mismo modo infinitos caballeros que de la ciudad sobre hermosos caballos y con vistosas libreas salían. Los soldados de las galeras disparaban infinita artillería, a quien respondían los que estaban en las murallas y fuertes de la ciudad, y la artillería gruesa con espantoso estruendo rompía los vientos, a quien respondían los cañones de crujía de las galeras. El mar alegre, la tierra jocunda, el aire claro, sólo tal vez turbio del humo de la artillería, parece que iba infundiendo y engendrando gusto súbito en todas las gentes.

Don Quixote and Sancho gazed all round them; they beheld the sea, a sight until then unseen by them; it struck them as exceedingly spacious and broad, much more so than the lakes of Ruidera which they had seen in La Mancha. They saw the galleys along the beach, which, lowering their awnings, displayed themselves decked with streamers and pennons that trembled in the breeze

and kissed and swept the water, while on board
the bugles, trumpets, and clarions were sounding
and filling the air far and near with melodious
warlike notes. Then they began to move and
execute a kind of skirmish upon the calm water,
while a vast number of horsemen on fine horses
and in showy liveries, issuing from the city,
engaged on their side in a somewhat similar
movement. The soldiers on board the galleys kept
up a ceaseless fire, which they on the walls and
forts of the city returned, and the heavy cannon
rent the air with the tremendous noise they made,
to which the gangway guns of the galleys replied.
The bright sea, the smiling earth, the clear air—
though at times darkened by the smoke of the guns
—all seemed to fill the whole multitude with
unexpected delight.

No podía imaginar Sancho cómo pudiesen tener tantos pies
aquellos bultos que por el mar se movían.

Sancho could not make out how it was that those
great masses that moved over the sea had so many
feet.

En esto, llegaron corriendo, con grita, lililíes y algazara, los de
las libreas adonde don Quijote suspenso y atónito estaba, y
uno dellos, que era el avisado de Roque, dijo en alta voz a
don Quijote:

And now the horsemen in livery came galloping up
with shouts and outlandish cries and cheers to
where Don Quixote stood amazed and wondering; and
one of them, he to whom Roque had sent word,
addressing him exclaimed,

— Bien sea venido a nuestra ciudad el espejo, el farol, la
estrella y el norte de toda la caballería andante, donde más
largamente se contiene. Bien sea venido, digo, el valeroso don
Quijote de la Mancha: no el falso, no el ficticio, no el apócrifo
que en falsas historias estos días nos han mostrado, sino el
verdadero, el legal y el fiel que nos describió Cide Hamete

Benengeli, flor de los historiadores.

"Welcome to our city, mirror, beacon, star and cynosure of all knight-errantry in its widest extent! Welcome, I say, valiant Don Quixote of La Mancha; not the false, the fictitious, the apocryphal, that these latter days have offered us in lying histories, but the true, the legitimate, the real one that Cide Hamete Benengeli, flower of historians, has described to us!"

No respondió don Quijote palabra, ni los caballeros esperaron a que la respondiese, sino, volviéndose y revolviéndose con los demás que los seguían, comenzaron a hacer un revuelto caracol al derredor de don Quijote; el cual, volviéndose a Sancho, dijo:

Don Quixote made no answer, nor did the horsemen wait for one, but wheeling again with all their followers, they began curvetting round Don Quixote, who, turning to Sancho, said,

— Éstos bien nos han conocido: yo apostaré que han leído nuestra historia y aun la del aragonés recién impresa.

"These gentlemen have plainly recognised us; I will wager they have read our history, and even that newly printed one by the Aragonese."

Volvió otra vez el caballero que habló a don Quijote, y díjole:

The cavalier who had addressed Don Quixote again approached him and said,

— Vuesa merced, señor don Quijote, se venga con nosotros, que todos somos sus servidores y grandes amigos de Roque Guinart.

"Come with us, Señor Don Quixote, for we are all of us your servants and great friends of Roque Guinart's;"

A lo que don Quijote respondió:

to which Don Quixote returned,

— Si cortesías engendran cortesías, la vuestra, señor caballero, es hija o parienta muy cercana de las del gran Roque. Llevadme do quisiéredes, que yo no tendré otra voluntad que la vuestra, y más si la queréis ocupar en vuestro servicio.

"If courtesy breeds courtesy, yours, sir knight, is daughter or very nearly akin to the great Roque's; carry me where you please; I will have no will but yours, especially if you deign to employ it in your service."

Con palabras no menos comedidas que éstas le respondió el caballero, y, encerrándole todos en medio, al son de las chirimías y de los atabales, se encaminaron con él a la ciudad, al entrar de la cual, el malo, que todo lo malo ordena, y los muchachos, que son más malos que el malo, dos dellos traviesos y atrevidos se entraron por toda la gente, y, alzando el uno de la cola del rucio y el otro la de Rocinante, les pusieron y encajaron sendos manojos de aliagas. Sintieron los pobres animales las nuevas espuelas, y, apretando las colas, aumentaron su disgusto, de manera que, dando mil corcovos, dieron con sus dueños en tierra. Don Quijote, corrido y afrentado, acudió a quitar el plumaje de la cola de su matalote, y Sancho, el de su rucio. Quisieran los que guiaban a don Quijote castigar el atrevimiento de los muchachos, y no fue posible, porque se encerraron entre más de otros mil que los seguían.

The cavalier replied with words no less polite, and then, all closing in around him, they set out with him for the city, to the music of the clarions and the drums. As they were entering it, the wicked one, who is the author of all mischief, and the boys who are wickeder than the wicked one, contrived that a couple of these audacious irrepressible urchins should force their way through the crowd, and lifting up, one

599

of them Dapple's tail and the other Rocinante's, insert a bunch of furze under each. The poor beasts felt the strange spurs and added to their anguish by pressing their tails tight, so much so that, cutting a multitude of capers, they flung their masters to the ground. Don Quixote, covered with shame and out of countenance, ran to pluck the plume from his poor jade's tail, while Sancho did the same for Dapple. His conductors tried to punish the audacity of the boys, but there was no possibility of doing so, for they hid themselves among the hundreds of others that were following them.

Volvieron a subir don Quijote y Sancho; con el mismo aplauso y música llegaron a la casa de su guía, que era grande y principal, en fin, como de caballero rico; donde le dejaremos por agora, porque así lo quiere Cide Hamete.

Don Quixote and Sancho mounted once more, and with the same music and acclamations reached their conductor's house, which was large and stately, that of a rich gentleman, in short; and there for the present we will leave them, for such is Cide Hamete's pleasure.

Capítulo LXII. Que trata de la aventura de la cabeza encantada, con otras niñerías que no pueden dejar de contarse

CHAPTER LXII. WHICH DEALS WITH THE ADVENTURE OF THE ENCHANTED HEAD, TOGETHER WITH OTHER TRIVIAL MATTERS WHICH CANNOT BE LEFT UNTOLD

Don Antonio Moreno se llamaba el huésped de don Quijote, caballero rico y discreto, y amigo de holgarse a lo honesto y afable, el cual, viendo en su casa a don Quijote, andaba buscando modos como, sin su perjuicio, sacase a plaza sus locuras; porque no son burlas las que duelen, ni hay pasatiempos que valgan si son con daño de tercero. Lo primero que hizo fue hacer desarmar a don Quijote y sacarle a vistas con aquel su estrecho y acamuzado vestido —como ya otras veces le hemos descrito y pintado— a un balcón que salía a una calle de las más principales de la ciudad, a vista de las gentes y de los muchachos, que como a mona le miraban. Corrieron de nuevo delante dél los de las libreas, como si para él solo, no para alegrar aquel festivo día, se las hubieran puesto; y Sancho estaba contentísimo, por parecerle que se había hallado, sin saber cómo ni cómo no, otras bodas de Camacho, otra casa como la de don Diego de Miranda y otro castillo como el del duque.

Don Quixote's host was one Don Antonio Moreno by name, a gentleman of wealth and intelligence, and very fond of diverting himself in any fair and good-natured way; and having Don Quixote in his house he set about devising modes of making him exhibit his mad points in some harmless fashion; for jests that give pain are no jests, and no sport is worth anything if it hurts another. The first thing he did was to make Don Quixote take off his armour, and lead him, in that tight chamois suit we have already described and depicted more than once, out on a balcony overhanging one of the chief streets of the city, in full view of the crowd and of the boys, who gazed at him as they would at a monkey. The cavaliers in livery careered before him again as though it were for him alone, and not to enliven the festival of the day, that they wore it, and Sancho was in high delight, for it seemed to him that, how he knew not, he had fallen upon another Camacho's wedding, another house like Don Diego de Miranda's, another castle like the duke's.

Comieron aquel día con don Antonio algunos de sus amigos, honrando todos y tratando a don Quijote como a caballero andante, de lo cual, hueco y pomposo, no cabía en sí de contento. Los donaires de Sancho fueron tantos, que de su boca andaban como colgados todos los criados de casa y todos cuantos le oían. Estando a la mesa, dijo don Antonio a Sancho:

Some of Don Antonio's friends dined with him that day, and all showed honour to Don Quixote and treated him as a knight-errant, and he becoming puffed up and exalted in consequence could not contain himself for satisfaction. Such were the drolleries of Sancho that all the servants of the house, and all who heard him, were kept hanging upon his lips. While at table Don Antonio said to him,

— Acá tenemos noticia, buen Sancho, que sois tan amigo de manjar blanco y de albondiguillas, que, si os sobran, las guardáis en el seno para el otro día.

"We hear, worthy Sancho, that you are so fond of manjar blanco and forced-meat balls, that if you have any left, you keep them in your bosom for the next day."

— No, señor, no es así —respondió Sancho—, porque tengo más de limpio que de goloso, y mi señor don Quijote, que está delante, sabe bien que con un puño de bellotas, o de nueces, nos solemos pasar entrambos ocho días. Verdad es

que si tal vez me sucede que me den la vaquilla, corro con la soguilla; quiero decir que como lo que me dan, y uso de los tiempos como los hallo; y quienquiera que hubiere dicho que yo soy comedor aventajado y no limpio, téngase por dicho que no acierta; y de otra manera dijera esto si no mirara a las barbas honradas que están a la mesa.

"No, señor, that's not true," said Sancho, "for I am more cleanly than greedy, and my master Don Quixote here knows well that we two are used to live for a week on a handful of acorns or nuts. To be sure, if it so happens that they offer me a heifer, I run with a halter; I mean, I eat what I'm given, and make use of opportunities as I find them; but whoever says that I'm an out-of-the-way eater or not cleanly, let me tell him that he is wrong; and I'd put it in a different way if I did not respect the honourable beards that are at the table."

— Por cierto —dijo don Quijote—, que la parsimonia y limpieza con que Sancho come se puede escribir y grabar en láminas de bronce, para que quede en memoria eterna de los siglos venideros. Verdad es que, cuando él tiene hambre, parece algo tragón, porque come apriesa y masca a dos carrillos; pero la limpieza siempre la tiene en su punto, y en el tiempo que fue gobernador aprendió a comer a lo melindroso: tanto, que comía con tenedor las uvas y aun los granos de la granada.

"Indeed," said Don Quixote, "Sancho's moderation and cleanliness in eating might be inscribed and graved on plates of brass, to be kept in eternal remembrance in ages to come. It is true that when he is hungry there is a certain appearance of voracity about him, for he eats at a great pace and chews with both jaws; but cleanliness he is always mindful of; and when he was governor he learned how to eat daintily, so much so that he eats grapes, and even pomegranate pips, with a

fork."

— ¡Cómo! —dijo don Antonio—. ¿Gobernador ha sido Sancho?

"What!" said Don Antonio, "has Sancho been a governor?"

— Sí —respondió Sancho—, y de una ínsula llamada la Barataria. Diez días la goberné a pedir de boca; en ellos perdí el sosiego, y aprendí a despreciar todos los gobiernos del mundo; salí huyendo della, caí en una cueva, donde me tuve por muerto, de la cual salí vivo por milagro.

"Ay," said Sancho, "and of an island called Barataria. I governed it to perfection for ten days; and lost my rest all the time; and learned to look down upon all the governments in the world; I got out of it by taking to flight, and fell into a pit where I gave myself up for dead, and out of which I escaped alive by a miracle."

Contó don Quijote por menudo todo el suceso del gobierno de Sancho, con que dio gran gusto a los oyentes.

Don Quixote then gave them a minute account of the whole affair of Sancho's government, with which he greatly amused his hearers.

Levantados los manteles, y tomando don Antonio por la mano a don Quijote, se entró con él en un apartado aposento, en el cual no había otra cosa de adorno que una mesa, al parecer de jaspe, que sobre un pie de lo mesmo se sostenía, sobre la cual estaba puesta, al modo de las cabezas de los emperadores romanos, de los pechos arriba, una que semejaba ser de bronce. Paseóse don Antonio con don Quijote por todo el aposento, rodeando muchas veces la mesa, después de lo cual dijo:

On the cloth being removed Don Antonio, taking Don Quixote by the hand, passed with him into a distant room in which there was nothing in the way of furniture except a table, apparently of jasper, resting on a pedestal of the same, upon which was set up, after the fashion of the busts of the Roman emperors, a head which seemed to be of bronze. Don Antonio traversed the whole apartment with Don Quixote and walked round the table several times, and then said,

— Agora, señor don Quijote, que estoy enterado que no nos oye y escucha alguno, y está cerrada la puerta, quiero contar a vuestra merced una de las más raras aventuras, o, por mejor decir, novedades que imaginarse pueden, con condición que lo que a vuestra merced dijere lo ha de depositar en los últimos retretes del secreto.

"Now, Señor Don Quixote, that I am satisfied that no one is listening to us, and that the door is shut, I will tell you of one of the rarest adventures, or more properly speaking strange things, that can be imagined, on condition that you will keep what I say to you in the remotest recesses of secrecy."

— Así lo juro —respondió don Quijote—, y aun le echaré una losa encima, para más seguridad; porque quiero que sepa vuestra merced, señor don Antonio — que ya sabía su nombre—, que está hablando con quien, aunque tiene oídos para oír, no tiene lengua para hablar; así que, con seguridad puede vuestra merced trasladar lo que tiene en su pecho en el mío y hacer cuenta que lo ha arrojado en los abismos del silencio.

"I swear it," said Don Quixote, "and for greater security I will put a flag-stone over it; for I would have you know, Señor Don Antonio" (he had by this time learned his name), "that you are addressing one who, though he has ears to hear, has no tongue to speak; so that you may safely transfer whatever you have in your bosom into mine, and rely upon it that you have consigned it to the depths of silence."

— En fee de esa promesa —respondió don Antonio—, quiero poner a vuestra merced en admiración con lo que viere y oyere, y darme a mí algún alivio de la pena que me causa no tener con quien comunicar mis secretos, que no son para fiarse de todos.

"In reliance upon that promise," said Don Antonio, "I will astonish you with what you shall see and hear, and relieve myself of some of the vexation it gives me to have no one to whom I can confide my secrets, for they are not of a sort to be entrusted to everybody."

Suspenso estaba don Quijote, esperando en qué habían de parar tantas prevenciones. En esto, tomándole la mano don Antonio, se la paseó por la cabeza de bronce y por toda la mesa, y por el pie de jaspe sobre que se sostenía, y luego dijo:

Don Quixote was puzzled, wondering what could be the object of such precautions; whereupon Don Antonio taking his hand passed it over the bronze head and the whole table and the pedestal of jasper on which it stood, and then said,

— Esta cabeza, señor don Quijote, ha sido hecha y fabricada por uno de los mayores encantadores y hechiceros que ha tenido el mundo, que creo era polaco de nación y dicípulo del famoso Escotillo, de quien tantas maravillas se cuentan; el cual estuvo aquí en mi casa, y por precio de mil escudos que le di, labró esta cabeza, que tiene propiedad y virtud de responder a cuantas cosas al oído le preguntaren. Guardó rumbos, pintó carácteres, observó astros, miró puntos, y, finalmente, la sacó con la perfeción que veremos mañana, porque los viernes está muda, y hoy, que lo es, nos ha de hacer esperar hasta mañana. En este tiempo podrá vuestra merced prevenirse de lo que querrá preguntar, que por experiencia sé que dice verdad en cuanto responde.

"This head, Señor Don Quixote, has been made and fabricated by one of the greatest magicians and

wizards the world ever saw, a Pole, I believe, by
birth, and a pupil of the famous Escotillo of
whom such marvellous stories are told. He was
here in my house, and for a consideration of a
thousand crowns that I gave him he constructed
this head, which has the property and virtue of
answering whatever questions are put to its ear.
He observed the points of the compass, he traced
figures, he studied the stars, he watched
favourable moments, and at length brought it to
the perfection we shall see to-morrow, for on
Fridays it is mute, and this being Friday we must
wait till the next day. In the interval your
worship may consider what you would like to ask
it; and I know by experience that in all its
answers it tells the truth."

Admirado quedó don Quijote de la virtud y propiedad de la
cabeza, y estuvo por no creer a don Antonio; pero, por ver
cuán poco tiempo había para hacer la experiencia, no quiso
decirle otra cosa sino que le agradecía el haberle descubierto
tan gran secreto. Salieron del aposento, cerró la puerta don
Antonio con llave, y fuéronse a la sala, donde los demás
caballeros estaban. En este tiempo les había contado Sancho
muchas de las aventuras y sucesos que a su amo habían
acontecido.

Don Quixote was amazed at the virtue and property
of the head, and was inclined to disbelieve Don
Antonio; but seeing what a short time he had to
wait to test the matter, he did not choose to say
anything except that he thanked him for having
revealed to him so mighty a secret. They then
quitted the room, Don Antonio locked the door,
and they repaired to the chamber where the rest
of the gentlemen were assembled. In the meantime
Sancho had recounted to them several of the
adventures and accidents that had happened his
master.

Aquella tarde sacaron a pasear a don Quijote, no armado,

sino de rúa, vestido un balandrán de paño leonado, que pudiera hacer sudar en aquel tiempo al mismo yelo. Ordenaron con sus criados que entretuviesen a Sancho de modo que no le dejasen salir de casa. Iba don Quijote, no sobre Rocinante, sino sobre un gran macho de paso llano, y muy bien aderezado. Pusiéronle el balandrán, y en las espaldas, sin que lo viese, le cosieron un pargamino, donde le escribieron con letras grandes: Éste es don Quijote de la Mancha. En comenzando el paseo, llevaba el rétulo los ojos de cuantos venían a verle, y como leían: Éste es don Quijote de la Mancha, admirábase don Quijote de ver que cuantos le miraban le nombraban y conocían; y, volviéndose a don Antonio, que iba a su lado, le dijo:

That afternoon they took Don Quixote out for a stroll, not in his armour but in street costume, with a surcoat of tawny cloth upon him, that at that season would have made ice itself sweat. Orders were left with the servants to entertain Sancho so as not to let him leave the house. Don Quixote was mounted, not on Rocinante, but upon a tall mule of easy pace and handsomely caparisoned. They put the surcoat on him, and on the back, without his perceiving it, they stitched a parchment on which they wrote in large letters, "This is Don Quixote of La Mancha." As they set out upon their excursion the placard attracted the eyes of all who chanced to see him, and as they read out, "This is Don Quixote of La Mancha," Don Quixote was amazed to see how many people gazed at him, called him by his name, and recognised him, and turning to Don Antonio, who rode at his side, he observed to him,

— Grande es la prerrogativa que encierra en sí la andante caballería, pues hace conocido y famoso al que la profesa por todos los términos de la tierra; si no, mire vuestra merced, señor don Antonio, que hasta los muchachos desta ciudad, sin nunca haberme visto, me conocen.

"Great are the privileges knight-errantry involves, for it makes him who professes it known and famous in every region of the earth; see, Don Antonio, even the very boys of this city know me without ever having seen me."

— Así es, señor don Quijote —respondió don Antonio—, que, así como el fuego no puede estar escondido y encerrado, la virtud no puede dejar de ser conocida, y la que se alcanza por la profesión de las armas resplandece y campea sobre todas las otras.

"True, Señor Don Quixote," returned Don Antonio; "for as fire cannot be hidden or kept secret, virtue cannot escape being recognised; and that which is attained by the profession of arms shines distinguished above all others."

Acaeció, pues, que, yendo don Quijote con el aplauso que se ha dicho, un castellano que leyó el rétulo de las espaldas, alzó la voz, diciendo:

It came to pass, however, that as Don Quixote was proceeding amid the acclamations that have been described, a Castilian, reading the inscription on his back, cried out in a loud voice,

— ¡Válgate el diablo por don Quijote de la Mancha! ¿Cómo que hasta aquí has llegado, sin haberte muerto los infinitos palos que tienes a cuestas? Tu eres loco, y si lo fueras a solas y dentro de las puertas de tu locura, fuera menos mal; pero tienes propiedad de volver locos y mentecatos a cuantos te tratan y comunican; si no, mírenlo por estos señores que te acompañan. Vuélvete, mentecato, a tu casa, y mira por tu hacienda, por tu mujer y tus hijos, y déjate destas vaciedades que te carcomen el seso y te desnatan el entendimiento.

"The devil take thee for a Don Quixote of La Mancha! What! art thou here, and not dead of the countless drubbings that have fallen on thy ribs? Thou art mad; and if thou wert so by thyself, and kept thyself within thy madness, it would not be so bad; but thou hast the gift of making fools and blockheads of all who have anything to do with thee or say to thee. Why, look at these gentlemen bearing thee company! Get thee home, blockhead, and see after thy affairs, and thy wife and children, and give over these fooleries that are sapping thy brains and skimming away thy wits."

— Hermano —dijo don Antonio—, seguid vuestro camino, y no deis consejos a quien no os los pide. El señor don Quijote de la Mancha es muy cuerdo, y nosotros, que le acompañamos, no somos necios; la virtud se ha de honrar dondequiera que se hallare, y andad en hora mala, y no os metáis donde no os llaman.

"Go your own way, brother," said Don Antonio, "and don't offer advice to those who don't ask you for it. Señor Don Quixote is in his full senses, and we who bear him company are not fools; virtue is to be honoured wherever it may be found; go, and bad luck to you, and don't meddle where you are not wanted."

— Pardiez, vuesa merced tiene razón —respondió el castellano—, que aconsejar a este buen hombre es dar coces contra el aguijón; pero, con todo eso, me da muy gran lástima que el buen ingenio que dicen que tiene en todas las cosas este mentecato se le desagüe por la canal de su andante caballería; y la enhoramala que vuesa merced dijo, sea para mí y para todos mis descendientes si de hoy más, aunque viviese más años que Matusalén, diere consejo a nadie, aunque me lo pida.

"By God, your worship is right," replied the Castilian; "for to advise this good man is to kick against the pricks; still for all that it fills me with pity that the sound wit they say the blockhead has in everything should dribble away by the channel of his knight-errantry; but may the bad luck your worship talks of follow me

and all my descendants, if, from this day forth,
though I should live longer than Methuselah, I
ever give advice to anybody even if he asks me
for it."

Apartóse el consejero; siguió adelante el paseo; pero fue tanta
la priesa que los muchachos y toda la gente tenía leyendo el
rétulo, que se le hubo de quitar don Antonio, como que le
quitaba otra cosa.

The advice-giver took himself off, and they
continued their stroll; but so great was the
press of the boys and people to read the placard,
that Don Antonio was forced to remove it as if he
were taking off something else.

Llegó la noche, volviéronse a casa; hubo sarao de damas,
porque la mujer de don Antonio, que era una señora principal
y alegre, hermosa y discreta, convidó a otras sus amigas a que
viniesen a honrar a su huésped y a gustar de sus nunca vistas
locuras. Vinieron algunas, cenóse espléndidamente y
comenzóse el sarao casi a las diez de la noche. Entre las
damas había dos de gusto pícaro y burlonas, y, con ser muy
honestas, eran algo descompuestas, por dar lugar que las
burlas alegrasen sin enfado. Éstas dieron tanta priesa en sacar
a danzar a don Quijote, que le molieron, no sólo el cuerpo,
pero el ánima. Era cosa de ver la figura de don Quijote, largo,
tendido, flaco, amarillo, estrecho en el vestido, desairado, y,
sobre todo, no nada ligero.

Night came and they went home, and there was a
ladies' dancing party, for Don Antonio's wife, a
lady of rank and gaiety, beauty and wit, had
invited some friends of hers to come and do
honour to her guest and amuse themselves with his
strange delusions. Several of them came, they
supped sumptuously, the dance began at about ten
o'clock. Among the ladies were two of a
mischievous and frolicsome turn, and, though
perfectly modest, somewhat free in playing tricks
for harmless diversion sake. These two were so

611

indefatigable in taking Don Quixote out to dance that they tired him down, not only in body but in spirit. It was a sight to see the figure Don Quixote made, long, lank, lean, and yellow, his garments clinging tight to him, ungainly, and above all anything but agile.

Requebrábanle como a hurto las damiselas, y él, también como a hurto, las desdeñaba; pero, viéndose apretar de requiebros, alzó la voz y dijo:

The gay ladies made secret love to him, and he on his part secretly repelled them, but finding himself hard pressed by their blandishments he lifted up his voice and exclaimed,

— Fugite, partes adversae!: dejadme en mi sosiego, pensamientos mal venidos. Allá os avenid, señoras, con vuestros deseos, que la que es reina de los míos, la sin par Dulcinea del Toboso, no consiente que ningunos otros que los suyos me avasallen y rindan.

"Fugite, partes adversae! Leave me in peace, unwelcome overtures; avaunt, with your desires, ladies, for she who is queen of mine, the peerless Dulcinea del Toboso, suffers none but hers to lead me captive and subdue me;"

Y, diciendo esto, se sentó en mitad de la sala, en el suelo, molido y quebrantado de tan bailador ejercicio.

and so saying he sat down on the floor in the middle of the room, tired out and broken down by all this exertion in the dance.

Hizo don Antonio que le llevasen en peso a su lecho, y el primero que asió dél fue Sancho, diciéndole:

Don Antonio directed him to be taken up bodily and carried to bed, and the first that laid hold of him was Sancho, saying as he did so,

— ¡Nora en tal, señor nuestro amo, lo habéis bailado! ¿Pensáis que todos los valientes son danzadores y todos los andantes caballeros bailarines? Digo que si lo pensáis, que estáis engañado; hombre hay que se atreverá a matar a un gigante antes que hacer una cabriola. Si hubiérades de zapatear, yo supliera vuestra falta, que zapateo como un girifalte; pero en lo del danzar, no doy puntada.

"In an evil hour you took to dancing, master mine; do you fancy all mighty men of valour are dancers, and all knights-errant given to capering? If you do, I can tell you you are mistaken; there's many a man would rather undertake to kill a giant than cut a caper. If it had been the shoe-fling you were at I could take your place, for I can do the shoe-fling like a gerfalcon; but I'm no good at dancing."

Con estas y otras razones dio que reír Sancho a los del sarao, y dio con su amo en la cama, arropándole para que sudase la frialdad de su baile.

With these and other observations Sancho set the whole ball-room laughing, and then put his master to bed, covering him up well so that he might sweat out any chill caught after his dancing.

Otro día le pareció a don Antonio ser bien hacer la experiencia de la cabeza encantada, y con don Quijote, Sancho y otros dos amigos, con las dos señoras que habían molido a don Quijote en el baile, que aquella propia noche se habían quedado con la mujer de don Antonio, se encerró en la estancia donde estaba la cabeza. Contóles la propiedad que tenía, encargóles el secreto y díjoles que aquél era el primero día donde se había de probar la virtud de la tal cabeza encantada; y si no eran los dos amigos de don Antonio, ninguna otra persona sabía el busilis del encanto, y aun si don Antonio no se le hubiera descubierto primero a sus amigos, también ellos cayeran en la admiración en que los demás cayeron, sin ser posible otra cosa: con tal traza y tal orden estaba fabricada.

613

The next day Don Antonio thought he might as well make trial of the enchanted head, and with Don Quixote, Sancho, and two others, friends of his, besides the two ladies that had tired out Don Quixote at the ball, who had remained for the night with Don Antonio's wife, he locked himself up in the chamber where the head was. He explained to them the property it possessed and entrusted the secret to them, telling them that now for the first time he was going to try the virtue of the enchanted head; but except Don Antonio's two friends no one else was privy to the mystery of the enchantment, and if Don Antonio had not first revealed it to them they would have been inevitably reduced to the same state of amazement as the rest, so artfully and skilfully was it contrived.

El primero que se llegó al oído de la cabeza fue el mismo don Antonio, y díjole en voz sumisa, pero no tanto que de todos no fuese entendida:

The first to approach the ear of the head was Don Antonio himself, and in a low voice but not so low as not to be audible to all, he said to it,

— Dime, cabeza, por la virtud que en ti se encierra: ¿qué pensamientos tengo yo agora?

"Head, tell me by the virtue that lies in thee what am I at this moment thinking of?"

Y la cabeza le respondió, sin mover los labios, con voz clara y distinta, de modo que fue de todos entendida, esta razón:

The head, without any movement of the lips, answered in a clear and distinct voice, so as to be heard by all,

— Yo no juzgo de pensamientos.

"I cannot judge of thoughts."

Oyendo lo cual, todos quedaron atónitos, y más viendo que

614

en todo el aposento ni al derredor de la mesa no había persona humana que responder pudiese.

All were thunderstruck at this, and all the more so as they saw that there was nobody anywhere near the table or in the whole room that could have answered.

— ¿Cuántos estamos aquí? —tornó a preguntar don Antonio.

"How many of us are here?" asked Don Antonio once more;

Y fuele respondido por el propio tenor, paso:

and it was answered him in the same way softly,

— Estáis tú y tu mujer, con dos amigos tuyos, y dos amigas della, y un caballero famoso llamado don Quijote de la Mancha, y un su escudero que Sancho Panza tiene por nombre.

"Thou and thy wife, with two friends of thine and two of hers, and a famous knight called Don Quixote of La Mancha, and a squire of his, Sancho Panza by name."

¡Aquí sí que fue el admirarse de nuevo, aquí sí que fue el erizarse los cabellos a todos de puro espanto! Y, apartándose don Antonio de la cabeza, dijo:

Now there was fresh astonishment; now everyone's hair was standing on end with awe; and Don Antonio retiring from the head exclaimed,

— Esto me basta para darme a entender que no fui engañado del que te me vendió, ¡cabeza sabia, cabeza habladora, cabeza respondona y admirable cabeza! Llegue otro y pregúntele lo que quisiere.

"This suffices to show me that I have not been deceived by him who sold thee to me, O sage head, talking head, answering head, wonderful head! Let some one else go and put what question he likes

615

to it."

Y, como las mujeres de ordinario son presurosas y amigas de saber, la primera que se llegó fue una de las dos amigas de la mujer de don Antonio, y lo que le preguntó fue:

And as women are commonly impulsive and inquisitive, the first to come forward was one of the two friends of Don Antonio's wife, and her question was,

— Dime, cabeza, ¿qué haré yo para ser muy hermosa?

"Tell me, Head, what shall I do to be very beautiful?"

Y fuele respondido: — Sé muy honesta.

and the answer she got was, "Be very modest."

— No te pregunto más —dijo la preguntanta.

"I question thee no further," said the fair querist.

Llegó luego la compañera, y dijo:

Her companion then came up and said,

— Querría saber, cabeza, si mi marido me quiere bien, o no.

"I should like to know, Head, whether my husband loves me or not;"

Y respondiéronle: — Mira las obras que te hace, y echarlo has de ver.

the answer given to her was, "Think how he uses thee, and thou mayest guess;"

Apartóse la casada diciendo:

and the married lady went off saying,

— Esta respuesta no tenía necesidad de pregunta, porque, en efecto, las obras que se hacen declaran la voluntad que tiene el que las hace.

"That answer did not need a question; for of
course the treatment one receives shows the
disposition of him from whom it is received."

Luego llegó uno de los dos amigos de don Antonio, y
preguntóle:

Then one of Don Antonio's two friends advanced
and asked it,

— ¿Quién soy yo?

"Who am I?"

Y fuele respondido: — Tú lo sabes.

"Thou knowest," was the answer.

— No te pregunto eso —respondió el caballero—, sino que
me digas si me conoces tú.

"That is not what I ask thee," said the
gentleman, "but to tell me if thou knowest me."

— Sí conozco —le respondieron—, que eres don Pedro Noriz.

"Yes, I know thee, thou art Don Pedro Noriz," was
the reply.

— No quiero saber más, pues esto basta para entender, ¡oh
cabeza!, que lo sabes todo.

"I do not seek to know more," said the gentleman,
"for this is enough to convince me, O Head, that
thou knowest everything;"

Y, apartándose, llegó el otro amigo y preguntóle:

and as he retired the other friend came forward
and asked it,

— Dime, cabeza, ¿qué deseos tiene mi hijo el mayorazgo?

"Tell me, Head, what are the wishes of my eldest
son?"

— Ya yo he dicho —le respondieron— que yo no juzgo de
deseos, pero, con todo eso, te sé decir que los que tu hijo tiene

son de enterrarte.

"I have said already," was the answer, "that I cannot judge of wishes; however, I can tell thee the wish of thy son is to bury thee."

— Eso es —dijo el caballero—: lo que veo por los ojos, con el dedo lo señalo. Y no preguntó más.

"That's 'what I see with my eyes I point out with my finger,'" said the gentleman, "so I ask no more."

Llegóse la mujer de don Antonio, y dijo:

Don Antonio's wife came up and said,

— Yo no sé, cabeza, qué preguntarte; sólo querría saber de ti si gozaré muchos años de buen marido.

"I know not what to ask thee, Head; I would only seek to know of thee if I shall have many years of enjoyment of my good husband;"

Y respondiéronle:

and the answer she received was,

— Sí gozarás, porque su salud y su templanza en el vivir prometen muchos años de vida, la cual muchos suelen acortar por su destemplanza.

"Thou shalt, for his vigour and his temperate habits promise many years of life, which by their intemperance others so often cut short."

Llegóse luego don Quijote, y dijo:

Then Don Quixote came forward and said,

— Dime tú, el que respondes: ¿fue verdad o fue sueño lo que yo cuento que me pasó en la cueva de Montesinos? ¿Serán ciertos los azotes de Sancho mi escudero? ¿Tendrá efeto el desencanto de Dulcinea?

"Tell me, thou that answerest, was that which I

describe as having happened to me in the cave of Montesinos the truth or a dream? Will Sancho's whipping be accomplished without fail? Will the disenchantment of Dulcinea be brought about?"

— A lo de la cueva —respondieron— hay mucho que decir: de todo tiene; los azotes de Sancho irán de espacio, el desencanto de Dulcinea llegará a debida ejecución.

"As to the question of the cave," was the reply, "there is much to be said; there is something of both in it. Sancho's whipping will proceed leisurely. The disenchantment of Dulcinea will attain its due consummation."

— No quiero saber más —dijo don Quijote—; que como yo vea a Dulcinea desencantada, haré cuenta que vienen de golpe todas las venturas que acertare a desear.

"I seek to know no more," said Don Quixote; "let me but see Dulcinea disenchanted, and I will consider that all the good fortune I could wish for has come upon me all at once."

El último preguntante fue Sancho, y lo que preguntó fue:

The last questioner was Sancho, and his questions were,

— ¿Por ventura, cabeza, tendré otro gobierno? ¿Saldré de la estrecheza de escudero? ¿Volveré a ver a mi mujer y a mis hijos?

"Head, shall I by any chance have another government? Shall I ever escape from the hard life of a squire? Shall I get back to see my wife and children?"

A lo que le respondieron: — Gobernarás en tu casa; y si vuelves a ella, verás a tu mujer y a tus hijos; y, dejando de servir, dejarás de ser escudero.

To which the answer came, "Thou shalt govern in thy house; and if thou returnest to it thou shalt

see thy wife and children; and on ceasing to
serve thou shalt cease to be a squire."

— ¡Bueno, par Dios! —dijo Sancho Panza—. Esto yo me lo
dijera: no dijera más el profeta Perogrullo.

"Good, by God!" said Sancho Panza; "I could have
told myself that; the prophet Perogrullo could
have said no more."

— Bestia —dijo don Quijote—, ¿qué quieres que te
respondan? ¿No basta que las respuestas que esta cabeza ha
dado correspondan a lo que se le pregunta?

"What answer wouldst thou have, beast?" said Don
Quixote; "is it not enough that the replies this
head has given suit the questions put to it?"

— Sí basta —respondió Sancho—, pero quisiera yo que se
declarara más y me dijera más.

"Yes, it is enough," said Sancho; "but I should
have liked it to have made itself plainer and
told me more."

Con esto se acabaron las preguntas y las respuestas, pero no
se acabó la admiración en que todos quedaron, excepto los
dos amigos de don Antonio, que el caso sabían. El cual quiso
Cide Hamete Benengeli declarar luego, por no tener suspenso
al mundo, creyendo que algún hechicero y extraordinario
misterio en la tal cabeza se encerraba; y así, dice que don
Antonio Moreno, a imitación de otra cabeza que vio en
Madrid, fabricada por un estampero, hizo ésta en su casa,
para entretenerse y suspender a los ignorantes; y la fábrica
era de esta suerte: la tabla de la mesa era de palo, pintada y
barnizada como jaspe, y el pie sobre que se sostenía era de lo
mesmo, con cuatro garras de águila que dél salían, para
mayor firmeza del peso. La cabeza, que parecía medalla y
figura de emperador romano, y de color de bronce, estaba
toda hueca, y ni más ni menos la tabla de la mesa, en que se
encajaba tan justamente, que ninguna señal de juntura se

parecía. El pie de la tabla era ansimesmo hueco, que respondía a la garganta y pechos de la cabeza, y todo esto venía a responder a otro aposento que debajo de la estancia de la cabeza estaba. Por todo este hueco de pie, mesa, garganta y pechos de la medalla y figura referida se encaminaba un cañón de hoja de lata, muy justo, que de nadie podía ser visto. En el aposento de abajo correspondiente al de arriba se ponía el que había de responder, pegada la boca con el mesmo cañón, de modo que, a modo de cerbatana, iba la voz de arriba abajo y de abajo arriba, en palabras articuladas y claras; y de esta manera no era posible conocer el embuste. Un sobrino de don Antonio, estudiante agudo y discreto, fue el respondiente; el cual, estando avisado de su señor tío de los que habían de entrar con él en aquel día en el aposento de la cabeza, le fue fácil responder con presteza y puntualidad a la primera pregunta; a las demás respondió por conjeturas, y, como discreto, discretamente. Y dice más Cide Hamete: que hasta diez o doce días duró esta maravillosa máquina; pero que, divulgándose por la ciudad que don Antonio tenía en su casa una cabeza encantada, que a cuantos le preguntaban respondía, temiendo no llegase a los oídos de las despiertas centinelas de nuestra Fe, habiendo declarado el caso a los señores inquisidores, le mandaron que lo deshiciese y no pasase más adelante, porque el vulgo ignorante no se escandalizase; pero en la opinión de don Quijote y de Sancho Panza, la cabeza quedó por encantada y por respondona, más a satisfación de don Quijote que de Sancho.

The questions and answers came to an end here, but not the wonder with which all were filled, except Don Antonio's two friends who were in the secret. This Cide Hamete Benengeli thought fit to reveal at once, not to keep the world in suspense, fancying that the head had some strange magical mystery in it. He says, therefore, that on the model of another head, the work of an

621

image maker, which he had seen at Madrid, Don Antonio made this one at home for his own amusement and to astonish ignorant people; and its mechanism was as follows. The table was of wood painted and varnished to imitate jasper, and the pedestal on which it stood was of the same material, with four eagles' claws projecting from it to support the weight more steadily. The head, which resembled a bust or figure of a Roman emperor, and was coloured like bronze, was hollow throughout, as was the table, into which it was fitted so exactly that no trace of the joining was visible. The pedestal of the table was also hollow and communicated with the throat and neck of the head, and the whole was in communication with another room underneath the chamber in which the head stood. Through the entire cavity in the pedestal, table, throat and neck of the bust or figure, there passed a tube of tin carefully adjusted and concealed from sight. In the room below corresponding to the one above was placed the person who was to answer, with his mouth to the tube, and the voice, as in an ear-trumpet, passed from above downwards, and from below upwards, the words coming clearly and distinctly; it was impossible, thus, to detect the trick. A nephew of Don Antonio's, a smart sharp-witted student, was the answerer, and as he had been told beforehand by his uncle who the persons were that would come with him that day into the chamber where the head was, it was an easy matter for him to answer the first question at once and correctly; the others he answered by guess-work, and, being clever, cleverly. Cide Hamete adds that this marvellous contrivance stood for some ten or twelve days; but that, as it became noised abroad through the city that he had in his house an enchanted head that answered all who asked questions of it, Don Antonio, fearing it might come to the ears of the watchful sentinels of our faith, explained the matter to the inquisitors, who commanded him to break it up and have done with it, lest the ignorant vulgar should be scandalised. By Don Quixote, however, and by Sancho the head was still held to be an enchanted one, and capable of answering questions, though more to Don Quixote's satisfaction than Sancho's.

Los caballeros de la ciudad, por complacer a don Antonio y por agasajar a don Quijote y dar lugar a que descubriese sus sandeces, ordenaron de correr sortija de allí a seis días; que no tuvo efecto por la ocasión que se dirá adelante.

The gentlemen of the city, to gratify Don Antonio and also to do the honours to Don Quixote, and give him an opportunity of displaying his folly, made arrangements for a tilting at the ring in six days from that time, which, however, for reason that will be mentioned hereafter, did not take place.

Diole gana a don Quijote de pasear la ciudad a la llana y a pie, temiendo que, si iba a caballo, le habían de perseguir los mochachos, y así, él y Sancho, con otros dos criados que don Antonio le dio, salieron a pasearse.

Don Quixote took a fancy to stroll about the city quietly and on foot, for he feared that if he went on horseback the boys would follow him; so he and Sancho and two servants that Don Antonio gave him set out for a walk.

Sucedió, pues, que, yendo por una calle, alzó los ojos don Quijote, y vio escrito sobre una puerta, con letras muy grandes: Aquí se imprimen libros; de lo que se contentó mucho, porque hasta entonces no había visto emprenta alguna, y deseaba saber cómo fuese. Entró dentro, con todo su acompañamiento, y vio tirar en una parte, corregir en otra, componer en ésta, enmendar en aquélla, y, finalmente, toda aquella máquina que en las emprentas grandes se muestra. Llegábase don Quijote a un cajón y preguntaba qué era aquéllo que allí se hacía; dábanle cuenta los oficiales,

623

admirábase y pasaba adelante. Llegó en otras a uno, y preguntóle qué era lo que hacía. El oficial le respondió:

Thus it came to pass that going along one of the streets Don Quixote lifted up his eyes and saw written in very large letters over a door, "Books printed here," at which he was vastly pleased, for until then he had never seen a printing office, and he was curious to know what it was like. He entered with all his following, and saw them drawing sheets in one place, correcting in another, setting up type here, revising there; in short all the work that is to be seen in great printing offices. He went up to one case and asked what they were about there; the workmen told him, he watched them with wonder, and passed on. He approached one man, among others, and asked him what he was doing. The workman replied,

— Señor, este caballero que aquí está —y enseñóle a un hombre de muy buen talle y parecer y de alguna gravedad— ha traducido un libro toscano en nuestra lengua castellana, y estoyle yo componiendo, para darle a la estampa.

"Señor, this gentleman here" (pointing to a man of prepossessing appearance and a certain gravity of look) "has translated an Italian book into our Spanish tongue, and I am setting it up in type for the press."

— ¿Qué título tiene el libro? —preguntó don Quijote.

"What is the title of the book?" asked Don Quixote;

— A lo que el autor respondió: — Señor, el libro, en toscano, se llama Le bagatele.

to which the author replied, "Señor, in Italian the book is called Le Bagatelle."

— Y ¿qué responde le bagatele en nuestro castellano? — preguntó don Quijote.

624

"And what does Le Bagatelle import in our Spanish?" asked Don Quixote.

— Le bagatele —dijo el autor— es como si en castellano dijésemos los juguetes; y, aunque este libro es en el nombre humilde, contiene y encierra en sí cosas muy buenas y sustanciales.

"Le Bagatelle," said the author, "is as though we should say in Spanish Los Juguetes; but though the book is humble in name it has good solid matter in it."

— Yo —dijo don Quijote— sé algún tanto de el toscano, y me precio de cantar algunas estancias del Ariosto. Pero dígame vuesa merced, señor mío, y no digo esto porque quiero examinar el ingenio de vuestra merced, sino por curiosidad no más: ¿ha hallado en su escritura alguna vez nombrar piñata?

"I," said Don Quixote, "have some little smattering of Italian, and I plume myself on singing some of Ariosto's stanzas; but tell me, señor—I do not say this to test your ability, but merely out of curiosity—have you ever met with the word pignatta in your book?"

— Sí, muchas veces —respondió el autor.

"Yes, often," said the author.

— Y ¿cómo la traduce vuestra merced en castellano? —preguntó don Quijote.

"And how do you render that in Spanish?"

— ¿Cómo la había de traducir —replicó el autor—, sino diciendo olla?

"How should I render it," returned the author, "but by olla?"

— ¡Cuerpo de tal —dijo don Quijote—, y qué adelante está vuesa merced en el toscano idioma! Yo apostaré una buena apuesta que adonde diga en el toscano piache, dice vuesa merced en el castellano place; y adonde diga più, dice más, y el su declara con arriba, y el giù con abajo.

"Body o' me," exclaimed Don Quixote, "what a proficient you are in the Italian language! I would lay a good wager that where they say in Italian piace you say in Spanish place, and where they say piu you say mas, and you translate su by arriba and giu by abajo."

— Sí declaro, por cierto —dijo el autor—, porque ésas son sus propias correspondencias.

"I translate them so of course," said the author, "for those are their proper equivalents."

— Osaré yo jurar —dijo don Quijote— que no es vuesa merced conocido en el mundo, enemigo siempre de premiar los floridos ingenios ni los loables trabajos. ¡Qué de habilidades hay perdidas por ahí! ¡Qué de ingenios arrinconados! ¡Qué de virtudes menospreciadas! Pero, con todo esto, me parece que el traducir de una lengua en otra, como no sea de las reinas de las lenguas, griega y latina, es como quien mira los tapices flamencos por el revés, que, aunque se veen las figuras, son llenas de hilos que las escurecen, y no se veen con la lisura y tez de la haz; y el traducir de lenguas fáciles, ni arguye ingenio ni elocución, como no le arguye el que traslada ni el que copia un papel de otro papel. Y no por esto quiero inferir que no sea loable este ejercicio del traducir; porque en otras cosas peores se podría ocupar el hombre, y que menos provecho le trujesen. Fuera desta cuenta van los dos famosos traductores: el uno, el doctor Cristóbal de Figueroa, en su Pastor Fido, y el otro, don Juan de Jáurigui, en su Aminta, donde felizmente ponen en duda cuál es la tradución o cuál el original. Pero dígame vuestra merced: este libro, ¿imprímese por su cuenta, o tiene ya vendido el privilegio a algún librero?

"I would venture to swear," said Don Quixote,

"that your worship is not known in the world, which always begrudges their reward to rare wits and praiseworthy labours. What talents lie wasted there! What genius thrust away into corners! What worth left neglected! Still it seems to me that translation from one language into another, if it be not from the queens of languages, the Greek and the Latin, is like looking at Flemish tapestries on the wrong side; for though the figures are visible, they are full of threads that make them indistinct, and they do not show with the smoothness and brightness of the right side; and translation from easy languages argues neither ingenuity nor command of words, any more than transcribing or copying out one document from another. But I do not mean by this to draw the inference that no credit is to be allowed for the work of translating, for a man may employ himself in ways worse and less profitable to himself. This estimate does not include two famous translators, Doctor Cristobal de Figueroa, in his Pastor Fido, and Don Juan de Jauregui, in his Aminta, wherein by their felicity they leave it in doubt which is the translation and which the original. But tell me, are you printing this book at your own risk, or have you sold the copyright to some bookseller?"

— Por mi cuenta lo imprimo —respondió el autor—, y pienso ganar mil ducados, por lo menos, con esta primera impresión, que ha de ser de dos mil cuerpos, y se han de despachar a seis reales cada uno, en daca las pajas.

"I print at my own risk," said the author, "and I expect to make a thousand ducats at least by this first edition, which is to be of two thousand copies that will go off in a twinkling at six reals apiece."

— ¡Bien está vuesa merced en la cuenta! —respondió don Quijote—. Bien parece que no sabe las entradas y salidas de los impresores, y las correspondencias que hay de unos a otros; yo le prometo que, cuando se vea cargado de dos mil cuerpos de libros, vea tan molido su cuerpo, que se espante, y más si el libro es un poco avieso y no nada picante.

"A fine calculation you are making!" said Don Quixote; "it is plain you don't know the ins and outs of the printers, and how they play into one another's hands. I promise you when you find yourself saddled with two thousand copies you will feel so sore that it will astonish you, particularly if the book is a little out of the common and not in any way highly spiced."

— Pues, ¿qué? —dijo el autor—. ¿Quiere vuesa merced que se lo dé a un librero, que me dé por el privilegio tres maravedís, y aún piensa que me hace merced en dármelos? Yo no imprimo mis libros para alcanzar fama en el mundo, que ya en él soy conocido por mis obras: provecho quiero, que sin él no vale un cuatrín la buena fama.

"What!" said the author, "would your worship, then, have me give it to a bookseller who will give three maravedis for the copyright and think he is doing me a favour? I do not print my books to win fame in the world, for I am known in it already by my works; I want to make money, without which reputation is not worth a rap."

— Dios le dé a vuesa merced buena manderecha —respondió don Quijote.

"God send your worship good luck," said Don Quixote;

Y pasó adelante a otro cajón, donde vio que estaban corrigiendo un pliego de un libro que se intitulaba Luz del alma; y,en viéndole, dijo:

and he moved on to another case, where he saw them correcting a sheet of a book with the title of "Light of the Soul;" noticing it he observed,

— Estos tales libros, aunque hay muchos deste género, son

los que se deben imprimir, porque son muchos los pecadores que se usan, y son menester infinitas luces para tantos desalumbrados.

"Books like this, though there are many of the kind, are the ones that deserve to be printed, for many are the sinners in these days, and lights unnumbered are needed for all that are in darkness."

Pasó adelante y vio que asimesmo estaban corrigiendo otro libro; y, preguntando su título, le respondieron que se llamaba la Segunda parte del Ingenioso Hidalgo don Quijote de la Mancha, compuesta por un tal vecino de Tordesillas.

He passed on, and saw they were also correcting another book, and when he asked its title they told him it was called, "The Second Part of the Ingenious Gentleman Don Quixote of La Mancha," by one of Tordesillas.

— Ya yo tengo noticia deste libro —dijo don Quijote—, y en verdad y en mi conciencia que pensé que ya estaba quemado y hecho polvos, por impertinente; pero su San Martín se le llegará, como a cada puerco, que las historias fingidas tanto tienen de buenas y de deleitables cuanto se llegan a la verdad o la semejanza della, y las verdaderas tanto son mejores cuanto son más verdaderas.

"I have heard of this book already," said Don Quixote, "and verily and on my conscience I thought it had been by this time burned to ashes as a meddlesome intruder; but its Martinmas will come to it as it does to every pig; for fictions have the more merit and charm about them the more nearly they approach the truth or what looks like it; and true stories, the truer they are the better they are;"

Y, diciendo esto, con muestras de algún despecho, se salió de la emprenta. Y aquel mesmo día ordenó don Antonio de llevarle a ver las galeras que en la playa estaban, de que

Sancho se regocijó mucho, a causa que en su vida las había visto. Avisó don Antonio al cuatralbo de las galeras como aquella tarde había de llevar a verlas a su huésped el famoso don Quijote de la Mancha, de quien ya el cuatralbo y todos los vecinos de la ciudad tenían noticia; y lo que le sucedió en ellas se dirá en el siguiente capítulo.

and so saying he walked out of the printing office with a certain amount of displeasure in his looks. That same day Don Antonio arranged to take him to see the galleys that lay at the beach, whereat Sancho was in high delight, as he had never seen any all his life. Don Antonio sent word to the commandant of the galleys that he intended to bring his guest, the famous Don Quixote of La Mancha, of whom the commandant and all the citizens had already heard, that afternoon to see them; and what happened on board of them will be told in the next chapter.

Capítulo LXIII. De lo mal que le avino a Sancho Panza con la visita de las galeras, y la nueva aventura de la hermosa morisca

CHAPTER LXIII. OF THE MISHAP THAT BEFELL SANCHO PANZA THROUGH THE VISIT TO THE GALLEYS, AND THE STRANGE ADVENTURE OF THE FAIR MORISCO

Grandes eran los discursos que don Quijote hacía sobre la respuesta de la encantada cabeza, sin que ninguno dellos diese en el embuste, y todos paraban con la promesa, que él tuvo por cierto, del desencanto de Dulcinea. Allí iba y venía, y se alegraba entre sí mismo, creyendo que había de ver presto su cumplimiento; y Sancho, aunque aborrecía el ser gobernador, como queda dicho, todavía deseaba volver a mandar y a ser obedecido; que esta mala ventura trae consigo el mando, aunque sea de burlas.

Profound were Don Quixote's reflections on the reply of the enchanted head, not one of them, however, hitting on the secret of the trick, but all concentrated on the promise, which he regarded as a certainty, of Dulcinea's disenchantment. This he turned over in his mind again and again with great satisfaction, fully persuaded that he would shortly see its fulfillment; and as for Sancho, though, as has been said, he hated being a governor, still he had a longing to be giving orders and finding himself obeyed once more; this is the misfortune that being in authority, even in jest, brings with it.

En resolución, aquella tarde don Antonio Moreno, su huésped, y sus dos amigos, con don Quijote y Sancho, fueron a las galeras. El cuatralbo, que estaba avisado de su buena venida, por ver a los dos tan famosos Quijote y Sancho, apenas llegaron a la marina, cuando todas las galeras abatieron tienda, y sonaron las chirimías; arrojaron luego el esquife al agua, cubierto de ricos tapetes y de almohadas de terciopelo carmesí, y, en poniendo que puso los pies en él don Quijote, disparó la capitana el cañón de crujía, y las otras galeras hicieron lo mesmo, y, al subir don Quijote por la escala derecha, toda la chusma le saludó como es usanza cuando una persona principal entra en la galera, diciendo: "¡Hu, hu, hu!" tres veces. Diole la mano el general, que con este nombre le llamaremos, que era un principal caballero valenciano; abrazó a don Quijote, diciéndole:

To resume; that afternoon their host Don Antonio Moreno and his two friends, with Don Quixote and Sancho, went to the galleys. The commandant had been already made aware of his good fortune in seeing two such famous persons as Don Quixote and Sancho, and the instant they came to the shore all the galleys struck their awnings and the clarions rang out. A skiff covered with rich carpets and cushions of crimson velvet was immediately lowered into the water, and as Don Quixote stepped on board of it, the leading galley fired her gangway gun, and the other galleys did the same; and as he mounted the starboard ladder the whole crew saluted him (as is the custom when a personage of distinction comes on board a galley) by exclaiming "Hu, hu, hu," three times. The general, for so we shall call him, a Valencian gentleman of rank, gave him his hand and embraced him, saying,

— Este día señalaré yo con piedra blanca, por ser uno de los mejores que pienso llevar en mi vida, habiendo visto al señor don Quijote de la Mancha: tiempo y señal que nos muestra que en él se encierra y cifra todo el valor del andante caballería.

"I shall mark this day with a white stone as one of the happiest I can expect to enjoy in my lifetime, since I have seen Señor Don Quixote of

La Mancha, pattern and image wherein we see
contained and condensed all that is worthy in
knight-errantry."

Con otras no menos corteses razones le respondió don
Quijote, alegre sobremanera de verse tratar tan a lo señor.
Entraron todos en la popa, que estaba muy bien aderezada, y
sentáronse por los bandines, pasóse el cómitre en crujía, y dio
señal con el pito que la chusma hiciese fuera ropa, que se hizo
en un instante. Sancho, que vio tanta gente en cueros, quedó
pasmado, y más cuando vio hacer tienda con tanta priesa,
que a él le pareció que todos los diablos andaban allí
trabajando; pero esto todo fueron tortas y pan pintado para lo
que ahora diré. Estaba Sancho sentado sobre el estanterol,
junto al espalder de la mano derecha, el cual ya avisado de lo
que había de hacer, asió de Sancho, y, levantándole en los
brazos, toda la chusma puesta en pie y alerta, comenzando de
la derecha banda, le fue dando y volteando sobre los brazos
de la chusma de banco en banco, con tanta priesa, que el
pobre Sancho perdió la vista de los ojos, y sin duda pensó que
los mismos demonios le llevaban, y no pararon con él hasta
volverle por la siniestra banda y ponerle en la popa. Quedó el
pobre molido, y jadeando, y trasudando, sin poder imaginar
qué fue lo que sucedido le había.

Don Quixote, delighted beyond measure with such a
lordly reception, replied to him in words no less
courteous. All then proceeded to the poop, which
was very handsomely decorated, and seated
themselves on the bulwark benches; the boatswain
passed along the gangway and piped all hands to
strip, which they did in an instant. Sancho,
seeing such a number of men stripped to the skin,
was taken aback, and still more when he saw them
spread the awning so briskly that it seemed to
him as if all the devils were at work at it; but
all this was cakes and fancy bread to what I am
going to tell now. Sancho was seated on the
captain's stage, close to the aftermost rower on

633

the right-hand side. He, previously instructed in what he was to do, laid hold of Sancho, hoisting him up in his arms, and the whole crew, who were standing ready, beginning on the right, proceeded to pass him on, whirling him along from hand to hand and from bench to bench with such rapidity that it took the sight out of poor Sancho's eyes, and he made quite sure that the devils themselves were flying away with him; nor did they leave off with him until they had sent him back along the left side and deposited him on the poop; and the poor fellow was left bruised and breathless and all in a sweat, and unable to comprehend what it was that had happened to him.

Don Quijote, que vio el vuelo sin alas de Sancho, preguntó al general si eran ceremonias aquéllas que se usaban con los primeros que entraban en las galeras; porque si acaso lo fuese, él, que no tenía intención de profesar en ellas, no quería hacer semejantes ejercicios, y que votaba a Dios que, si alguno llegaba a asirle para voltearle, que le había de sacar el alma a puntillazos; y, diciendo esto, se levantó en pie y empuñó la espada.

Don Quixote, when he saw Sancho's flight without wings, asked the general if this was a usual ceremony with those who came on board the galleys for the first time; for, if so, as he had no intention of adopting them as a profession, he had no mind to perform such feats of agility, and if anyone offered to lay hold of him to whirl him about, he vowed to God he would kick his soul out; and as he said this he stood up and clapped his hand upon his sword.

A este instante abatieron tienda, y con grandísimo ruido dejaron caer la entena de alto abajo. Pensó Sancho que el cielo se desencajaba de sus quicios y venía a dar sobre su cabeza; y, agobiándola, lleno de miedo, la puso entre las piernas. No las tuvo todas consigo don Quijote; que también se estremeció y encogió de hombros y perdió la color del rostro. La chusma izó la entena con la misma priesa y ruido que la habían amainado, y todo esto, callando, como si no tuvieran voz ni aliento. Hizo señal el cómitre que zarpasen el ferro, y, saltando en mitad de la crujía con el corbacho o rebenque, comenzó a mosquear las espaldas de la chusma, y a largarse poco a poco a la mar.

At this instant they struck the awning and lowered the yard with a prodigious rattle. Sancho thought heaven was coming off its hinges and going to fall on his head, and full of terror he ducked it and buried it between his knees; nor were Don Quixote's knees altogether under control, for he too shook a little, squeezed his shoulders together and lost colour. The crew then hoisted the yard with the same rapidity and clatter as when they lowered it, all the while keeping silence as though they had neither voice nor breath. The boatswain gave the signal to weigh anchor, and leaping upon the middle of the gangway began to lay on to the shoulders of the crew with his courbash or whip, and to haul out gradually to sea.

Cuando Sancho vio a una moverse tantos pies colorados, que tales pensó él que eran los remos, dijo entre sí:

When Sancho saw so many red feet (for such he took the oars to be) moving all together, he said to himself,

— Éstas sí son verdaderamente cosas encantadas, y no las que mi amo dice. ¿Qué han hecho estos desdichados, que ansí los azotan, y cómo este hombre solo, que anda por aquí silbando, tiene atrevimiento para azotar a tanta gente? Ahora yo digo que éste es infierno, o, por lo menos, el purgatorio.

"It's these that are the real chanted things, and not the ones my master talks of. What can those wretches have done to be so whipped; and how does that one man who goes along there whistling dare to whip so many? I declare this is hell, or at least purgatory!"

Don Quijote, que vio la atención con que Sancho miraba lo que pasaba, le dijo:

Don Quixote, observing how attentively Sancho regarded what was going on, said to him,

— ¡Ah Sancho amigo, y con qué brevedad y cuán a poca costa os podíades vos, si quisiésedes, desnudar de medio cuerpo arriba, y poneros entre estos señores, y acabar con el desencanto de Dulcinea! Pues con la miseria y pena de tantos, no sentiríades vos mucho la vuestra; y más, que podría ser que el sabio Merlín tomase en cuenta cada azote déstos, por ser dados de buena mano, por diez de los que vos finalmente os habéis de dar.

"Ah, Sancho my friend, how quickly and cheaply might you finish off the disenchantment of Dulcinea, if you would strip to the waist and take your place among those gentlemen! Amid the pain and sufferings of so many you would not feel your own much; and moreover perhaps the sage Merlin would allow each of these lashes, being laid on with a good hand, to count for ten of those which you must give yourself at last."

Preguntar quería el general qué azotes eran aquéllos, o qué desencanto de Dulcinea, cuando dijo el marinero:

The general was about to ask what these lashes were, and what was Dulcinea's disenchantment, when a sailor exclaimed,

— Señal hace Monjuí de que hay bajel de remos en la costa por la banda del poniente.

"Monjui signals that there is an oared vessel off the coast to the west."

Esto oído, saltó el general en la crujía, y dijo:

On hearing this the general sprang upon the

636

gangway crying,

— ¡Ea hijos, no se nos vaya! Algún bergantín de cosarios de Argel debe de ser éste que la atalaya nos señala.

"Now then, my sons, don't let her give us the slip! It must be some Algerine corsair brigantine that the watchtower signals to us."

Llegáronse luego las otras tres galeras a la capitana, a saber lo que se les ordenaba. Mandó el general que las dos saliesen a la mar, y él con la otra iría tierra a tierra, porque ansí el bajel no se les escaparía. Apretó la chusma los remos, impeliendo las galeras con tanta furia, que parecía que volaban. Las que salieron a la mar, a obra de dos millas descubrieron un bajel, que con la vista le marcaron por de hasta catorce o quince bancos, y así era la verdad; el cual bajel, cuando descubrió las galeras, se puso en caza, con intención y esperanza de escaparse por su ligereza; pero avínole mal, porque la galera capitana era de los más ligeros bajeles que en la mar navegaban, y así le fue entrando, que claramente los del bergantín conocieron que no podían escaparse; y así, el arráez quisiera que dejaran los remos y se entregaran, por no irritar a enojo al capitán que nuestras galeras regía. Pero la suerte, que de otra manera lo guiaba, ordenó que, ya que la capitana llegaba tan cerca que podían los del bajel oír las voces que desde ella les decían que se rindiesen, dos toraquís, que es como decir dos turcos borrachos, que en el bergantín venían con estos doce, dispararon dos escopetas, con que dieron muerte a dos soldados que sobre nuestras arrumbadas venían. Viendo lo cual, juró el general de no dejar con vida a todos cuantos en el bajel tomase, y, llegando a embestir con toda furia, se le escapó por debajo de la palamenta. Pasó la galera adelante un buen trecho; los del bajel se vieron perdidos, hicieron vela en tanto que la galera volvía, y de nuevo, a vela y a remo, se pusieron en caza; pero no les aprovechó su diligencia tanto como les dañó su atrevimiento, porque, alcanzándoles la capitana a poco más de media milla,

les echó la palamenta encima y los cogió vivos a todos.

The three others immediately came alongside the chief galley to receive their orders. The general ordered two to put out to sea while he with the other kept in shore, so that in this way the vessel could not escape them. The crews plied the oars driving the galleys so furiously that they seemed to fly. The two that had put out to sea, after a couple of miles sighted a vessel which, so far as they could make out, they judged to be one of fourteen or fifteen banks, and so she proved. As soon as the vessel discovered the galleys she went about with the object and in the hope of making her escape by her speed; but the attempt failed, for the chief galley was one of the fastest vessels afloat, and overhauled her so rapidly that they on board the brigantine saw clearly there was no possibility of escaping, and the rais therefore would have had them drop their oars and give themselves up so as not to provoke the captain in command of our galleys to anger. But chance, directing things otherwise, so ordered it that just as the chief galley came close enough for those on board the vessel to hear the shouts from her calling on them to surrender, two Toraquis, that is to say two Turks, both drunken, that with a dozen more were on board the brigantine, discharged their muskets, killing two of the soldiers that lined the sides of our vessel. Seeing this the general swore he would not leave one of those he found on board the vessel alive, but as he bore down furiously upon her she slipped away from him underneath the oars. The galley shot a good way ahead; those on board the vessel saw their case was desperate, and while the galley was coming about they made sail, and by sailing and rowing once more tried to sheer off; but their activity did not do them as much good as their rashness did them harm, for the galley coming up with them

in a little more than half a mile threw her oars over them and took the whole of them alive.

Llegaron en esto las otras dos galeras, y todas cuatro con la presa volvieron a la playa, donde infinita gente los estaba esperando, deseosos de ver lo que traían. Dio fondo el general cerca de tierra, y conoció que estaba en la marina el virrey de la ciudad. Mandó echar el esquife para traerle, y mandó amainar la entena para ahorcar luego luego al arráez y a los demás turcos que en el bajel había cogido, que serían hasta treinta y seis personas, todos gallardos, y los más, escopeteros turcos. Preguntó el general quién era el arráez del bergantín y fuele respondido por uno de los cautivos, en lengua castellana, que después pareció ser renegado español:

The other two galleys now joined company and all four returned with the prize to the beach, where a vast multitude stood waiting for them, eager to see what they brought back. The general anchored close in, and perceived that the viceroy of the city was on the shore. He ordered the skiff to push off to fetch him, and the yard to be lowered for the purpose of hanging forthwith the rais and the rest of the men taken on board the vessel, about six-and-thirty in number, all smart fellows and most of them Turkish musketeers. He asked which was the rais of the brigantine, and was answered in Spanish by one of the prisoners (who afterwards proved to be a Spanish renegade),

— Este mancebo, señor, que aquí vees es nuestro arráez.

"This young man, señor that you see here is our rais,"

Y mostróle uno de los más bellos y gallardos mozos que pudiera pintar la humana imaginación. La edad, al parecer, no llegaba a veinte años.

and he pointed to one of the handsomest and most gallant-looking youths that could be imagined. He did not seem to be twenty years of age.

639

Preguntóle el general: — Dime, mal aconsejado perro, ¿quién te movió a matarme mis soldados, pues veías ser imposible el escaparte? ¿Ese respeto se guarda a las capitanas? ¿No sabes tú que no es valentía la temeridad? **"Tell me, dog," said the general, "what led thee to kill my soldiers, when thou sawest it was impossible for thee to escape? Is that the way to behave to chief galleys? Knowest thou not that rashness is not valour?**

Las esperanzas dudosas han de hacer a los hombres atrevidos, pero no temerarios.

Faint prospects of success should make men bold, but not rash."

Responder quería el arráez; pero no pudo el general, por entonces, oír la respuesta, por acudir a recebir al virrey, que ya entraba en la galera, con el cual entraron algunos de sus criados y algunas personas del pueblo.

The rais was about to reply, but the general could not at that moment listen to him, as he had to hasten to receive the viceroy, who was now coming on board the galley, and with him certain of his attendants and some of the people.

— ¡Buena ha estado la caza, señor general! —dijo el virrey.

"You have had a good chase, señor general," said the viceroy.

— Y tan buena —respondió el general— cual la verá Vuestra Excelencia agora colgada de esta entena.

"Your excellency shall soon see how good, by the game strung up to this yard," replied the general.

— ¿Cómo ansí? —replicó el virrey.

"How so?" returned the viceroy.

— Porque me han muerto —respondió el general—, contra

toda ley y contra toda razón y usanza de guerra, dos soldados de los mejores que en estas galeras venían, y yo he jurado de ahorcar a cuantos he cautivado, principalmente a este mozo, que es el arráez del bergantín.

"Because," said the general, "against all law, reason, and usages of war they have killed on my hands two of the best soldiers on board these galleys, and I have sworn to hang every man that I have taken, but above all this youth who is the rais of the brigantine,"

Y enseñóle al que ya tenía atadas las manos y echado el cordel a la garganta, esperando la muerte.

and he pointed to him as he stood with his hands already bound and the rope round his neck, ready for death.

Miróle el virrey, y, viéndole tan hermoso, y tan gallardo, y tan humilde, dándole en aquel instante una carta de recomendación su hermosura, le vino deseo de escusar su muerte; y así, le preguntó:

The viceroy looked at him, and seeing him so well-favoured, so graceful, and so submissive, he felt a desire to spare his life, the comeliness of the youth furnishing him at once with a letter of recommendation. He therefore questioned him, saying,

— Dime, arráez, ¿eres turco de nación, o moro, o renegado?

"Tell me, rais, art thou Turk, Moor, or renegade?"

A lo cual el mozo respondió, en lengua asimesmo castellana:

To which the youth replied, also in Spanish,

— Ni soy turco de nación, ni moro, ni renegado.

"I am neither Turk, nor Moor, nor renegade."

— Pues, ¿qué eres? —replicó el virrey.

641

"What art thou, then?" said the viceroy.

— Mujer cristiana —respondió el mancebo.

"A Christian woman," replied the youth.

— ¿Mujer y cristiana, y en tal traje y en tales pasos? Más es cosa para admirarla que para creerla.

"A woman and a Christian, in such a dress and in such circumstances! It is more marvellous than credible," said the viceroy.

— Suspended —dijo el mozo—, ¡oh señores!, la ejecución de mi muerte, que no se perderá mucho en que se dilate vuestra venganza en tanto que yo os cuente mi vida.

"Suspend the execution of the sentence," said the youth; "your vengeance will not lose much by waiting while I tell you the story of my life."

¿Quién fuera el de corazón tan duro que con estas razones no se ablandara, o, a lo menos, hasta oír las que el triste y lastimado mancebo decir quería? El general le dijo que dijese lo que quisiese, pero que no esperase alcanzar perdón de su conocida culpa. Con esta licencia, el mozo comenzó a decir desta manera:

What heart could be so hard as not to be softened by these words, at any rate so far as to listen to what the unhappy youth had to say? The general bade him say what he pleased, but not to expect pardon for his flagrant offence. With this permission the youth began in these words.

— «De aquella nación más desdichada que prudente, sobre quien ha llovido estos días un mar de desgracias, nací yo, de moriscos padres engendrada. En la corriente de su desventura fui yo por dos tíos míos llevada a Berbería, sin que me aprovechase decir que era cristiana, como, en efecto, lo soy, y no de las fingidas ni aparentes, sino de las verdaderas y católicas. No me valió, con los que tenían a cargo nuestro miserable destierro, decir esta verdad, ni mis tíos quisieron creerla; antes la tuvieron por mentira y por invención para quedarme en la tierra donde había nacido, y así, por fuerza más que por grado, me trujeron consigo. Tuve una madre cristiana y un padre discreto y cristiano, ni más ni menos; mamé la fe católica en la leche; criéme con buenas costumbres; ni en la lengua ni en ellas jamás, a mi parecer, di señales de ser morisca. Al par y al paso destas virtudes, que yo creo que lo son, creció mi hermosura, si es que tengo alguna; y, aunque mi recato y mi encerramiento fue mucho, no debió de ser tanto que no tuviese lugar de verme un mancebo caballero, llamado don Gaspar Gregorio, hijo mayorazgo de un caballero que junto a nuestro lugar otro suyo tiene. Cómo me vio, cómo nos hablamos, cómo se vio perdido por mí y cómo yo no muy ganada por él, sería largo de contar, y más en tiempo que estoy temiendo que, entre la lengua y la garganta, se ha de atravesar el riguroso cordel que me amenaza; y así, sólo diré cómo en nuestro destierro quiso acompañarme don Gregorio. Mezclóse con los moriscos que de otros lugares salieron, porque sabía muy bien la lengua, y en el viaje se hizo amigo de dos tíos míos que consigo me traían; porque mi padre, prudente y prevenido, así como oyó el primer bando de nuestro destierro, se salió del lugar y se fue a buscar alguno en los reinos estraños que nos acogiese. Dejó encerradas y enterradas, en una parte de quien yo sola tengo noticia, muchas perlas y piedras de gran valor, con algunos dineros en cruzados y doblones de oro. Mandóme que no tocase al tesoro que dejaba en ninguna manera, si acaso antes que él volviese nos desterraban. Hícelo así, y con mis tíos, como tengo dicho, y otros parientes y allegados pasamos a Berbería; y el lugar donde hicimos asiento fue en Argel, como si le hiciéramos en el mismo infierno. Tuvo noticia el rey de mi hermosura, y la fama se la dio de mis riquezas, que, en parte, fue ventura mía. Llamóme ante sí, preguntóme de qué parte de España era y qué dineros y qué joyas traía. Díjele el lugar, y que las joyas y dineros quedaban en él enterrados, pero que con facilidad se podrían cobrar si yo misma volviese por ellos. Todo esto le dije, temerosa de que no le cegase mi hermosura, sino su codicia. Estando conmigo en estas pláticas, le llegaron a decir cómo venía conmigo uno de los más gallardos y hermosos mancebos que se podía imaginar. Luego entendí que lo decían por don Gaspar Gregorio, cuya belleza se deja atrás las mayores que encarecer se pueden. Turbéme, considerando el peligro que don Gregorio corría, porque entre aquellos bárbaros turcos en más se tiene y estima un mochacho o mancebo hermoso que una mujer, por bellísima que sea. Mandó luego el rey que se le trujesen allí delante para verle, y preguntóme si era verdad lo que de aquel mozo le decían. Entonces yo, casi como prevenida del cielo, le dije que sí era; pero que le hacía saber que no era varón, sino mujer como yo, y que le suplicaba me la dejase ir a vestir en su natural traje, para que de todo en todo mostrase su belleza y con menos empacho pareciese ante su presencia. Díjome que fuese en buena hora, y que otro día hablaríamos en el modo que se podía tener para que yo volviese a España a sacar el escondido tesoro. Hablé con don Gaspar, contéle el peligro que corría el mostrar ser hombre; vestíle de mora, y aquella mesma tarde le truje a la presencia del rey, el cual, en viéndole, quedó admirado y hizo disignio de guardarla para hacer presente della al Gran Señor; y, por huir del peligro que en el serrallo de sus mujeres podía tener y temer de sí mismo, la mandó poner en casa de unas principales moras que la guardasen y la sirviesen, adonde le llevaron luego. Lo que los dos sentimos (que no puedo negar que no le quiero) se deje a la consideración de los que se apartan si bien se quieren. Dio luego traza el rey de que yo volviese a España en este bergantín y que me acompañasen dos turcos de nación, que fueron los que mataron vuestros soldados. Vino también conmigo este renegado español —señalando al que había hablado primero—, del cual sé yo bien que es cristiano encubierto y que viene con más deseo de quedarse en España que de volver a Berbería; la demás chusma del bergantín son moros y turcos, que no sirven de más que de bogar al remo. Los dos turcos, codiciosos e insolentes, sin guardar el orden que traíamos de que a mí y a este renegado en la primer parte de España, en hábito de cristianos, de que venimos proveídos, nos echasen en tierra, primero quisieron barrer esta costa y hacer alguna presa, si pudiesen, temiendo que si primero nos echaban en tierra, por algún acidente que a los dos nos sucediese, podríamos descubrir que quedaba el bergantín en la mar, y si acaso hubiese galeras por esta costa, los tomasen. Anoche descubrimos esta playa, y, sin tener noticia destas cuatro galeras, fuimos descubiertos, y nos ha sucedido lo que habéis visto. En resolución: don Gregorio queda en hábito de mujer entre mujeres, con manifiesto peligro de perderse, y yo me veo atadas las manos, esperando, o, por mejor decir, temiendo perder la vida, que ya me cansa.» Éste es, señores, el fin de mi lamentable historia, tan verdadera como desdichada; lo que os ruego es que me dejéis morir como cristiana, pues, como ya he dicho, en ninguna cosa he sido culpante de la culpa en que los de mi nación han caído.

"Born of Morisco parents, I am of that nation, more unhappy than wise, upon which of late a sea of woes has poured down. In the course of our misfortune I was carried to Barbary by two uncles of mine, for it was in vain that I declared I was a Christian, as in fact I am, and not a mere pretended one, or outwardly, but a true Catholic Christian. It availed me nothing with those charged with our sad expatriation to protest this, nor would my uncles believe it; on the contrary, they treated it as an untruth and a subterfuge set up to enable me to remain behind in the land of my birth; and so, more by force than of my own will, they took me with them. I had a Christian mother, and a father who was a man of sound sense and a Christian too; I imbibed the Catholic faith with my mother's milk, I was well brought up, and neither in word nor in deed did I, I think, show any sign of being a Morisco.

645

To accompany these virtues, for such I hold them, my beauty, if I possess any, grew with my growth; and great as was the seclusion in which I lived it was not so great but that a young gentleman, Don Gaspar Gregorio by name, eldest son of a gentleman who is lord of a village near ours, contrived to find opportunities of seeing me. How he saw me, how we met, how his heart was lost to me, and mine not kept from him, would take too long to tell, especially at a moment when I am in dread of the cruel cord that threatens me interposing between tongue and throat; I will only say, therefore, that Don Gregorio chose to accompany me in our banishment. He joined company with the Moriscoes who were going forth from other villages, for he knew their language very well, and on the voyage he struck up a friendship with my two uncles who were carrying me with them; for my father, like a wise and far-sighted man, as soon as he heard the first edict for our expulsion, quitted the village and departed in quest of some refuge for us abroad. He left hidden and buried, at a spot of which I alone have knowledge, a large quantity of pearls and precious stones of great value, together with a sum of money in gold cruzadoes and doubloons. He charged me on no account to touch the treasure, if by any chance they expelled us before his return. I obeyed him, and with my uncles, as I have said, and others of our kindred and neighbours, passed over to Barbary, and the place where we took up our abode was Algiers, much the same as if we had taken it up in hell itself. The king heard of my beauty, and report told him of my wealth, which was in some degree fortunate for me. He summoned me before him, and asked me what part of Spain I came from, and what money and jewels I had. I mentioned the place, and told him the jewels and money were buried there; but that they might easily be recovered if I myself went back for them. All this I told him, in dread lest my beauty and not his own covetousness should influence him. While he was engaged in conversation with me, they brought him word that in company with me was one of the handsomest and most graceful youths that could be imagined. I knew at once that they were speaking of Don Gaspar Gregorio, whose comeliness surpasses the most highly vaunted beauty. I was troubled when I thought of the danger he was in, for among those barbarous Turks a fair youth is more esteemed than a woman, be she ever so beautiful. The king immediately ordered him to be brought before him that he might see him, and asked me if what they said about the youth was true. I then, almost as if inspired by heaven, told him it was, but that I would have him to know it was not a man, but a woman like myself, and I entreated him to allow me to go and dress her in the attire proper to her, so that her beauty might be seen to perfection, and that she might present herself before him with less embarrassment. He bade me go by all means, and said that the next day we should discuss the plan to be adopted for my return to Spain to carry away the hidden treasure. I saw Don Gaspar, I told him the danger he was in if he let it be seen he was a man, I dressed him as a Moorish woman, and that same afternoon I brought him before the king, who was charmed when he saw him, and resolved to keep the damsel and make a present of her to the Grand Signor; and to avoid the risk she might run among the women of his seraglio, and distrustful of himself, he commanded her to be placed in the house of some Moorish ladies of rank who would protect and attend to her; and thither he was taken at once. What we both suffered (for I cannot deny that I love him) may be left to the imagination of those who are separated if they love one another dearly. The king then arranged that I should return to Spain in this brigantine, and that two Turks, those who killed your soldiers, should accompany me. There also came with me this Spanish renegade"—and here she pointed to him who had first spoken—"whom I know to be secretly a Christian, and to be more desirous of being left in Spain than of returning to Barbary. The rest of the crew of the brigantine are Moors and Turks, who merely serve as rowers. The two Turks, greedy and insolent, instead of obeying the orders we had to land me and this renegade in Christian dress (with which we came provided) on the first Spanish ground we came to, chose to run along the coast and make some prize if they could, fearing that if they put us ashore first, we might, in case of some accident befalling us, make it known that the brigantine was at sea, and thus, if there happened to be any galleys on the coast, they might be taken. We sighted this shore last night, and knowing nothing of these galleys, we were discovered, and the result was what you have seen. To sum up, there is Don Gregorio in woman's dress, among women, in imminent danger of his life; and here am I, with hands bound, in expectation, or rather in dread, of losing my life, of which I am already weary. Here, sirs, ends my sad story, as true as it is unhappy; all I ask of you is to allow me to die like a Christian, for, as I have already said, I am not to be charged with the offence of which those of my nation are guilty;"

Y luego calló, preñados los ojos de tiernas lágrimas, a quien acompañaron muchas de los que presentes estaban. El virrey, tierno y compasivo, sin hablarle palabra, se llegó a ella y le quitó con sus manos el cordel que las hermosas de la mora ligaba.

and she stood silent, her eyes filled with moving tears, accompanied by plenty from the bystanders. The viceroy, touched with compassion, went up to her without speaking and untied the cord that bound the hands of the Moorish girl.

En tanto, pues, que la morisca cristiana su peregrina historia trataba, tuvo clavados los ojos en ella un anciano peregrino que entró en la galera cuando entró el virrey; y, apenas dio fin a su plática la morisca, cuando él se arrojó a sus pies, y, abrazado dellos, con interrumpidas palabras de mil sollozos y suspiros, le dijo:

But all the while the Morisco Christian was telling her strange story, an elderly pilgrim, who had come on board of the galley at the same time as the viceroy, kept his eyes fixed upon her; and the instant she ceased speaking he threw himself at her feet, and embracing them said in a voice broken by sobs and sighs,

— ¡Oh Ana Félix, desdichada hija mía! Yo soy tu padre Ricote, que volvía a buscarte por no poder vivir sin ti, que eres mi alma.

"O Ana Felix, my unhappy daughter, I am thy father Ricote, come back to look for thee, unable to live without thee, my soul that thou art!"

A cuyas palabras abrió los ojos Sancho, y alzó la cabeza (que inclinada tenía, pensando en la desgracia de su paseo), y, mirando al peregrino, conoció ser el mismo Ricote que topó el día que salió de su gobierno, y confirmóse que aquélla era su hija, la cual, ya desatada, abrazó a su padre, mezclando sus lágrimas con las suyas; el cual dijo al general y al virrey:

At these words of his, Sancho opened his eyes and raised his head, which he had been holding down, brooding over his unlucky excursion; and looking at the pilgrim he recognised in him that same Ricote he met the day he quitted his government, and felt satisfied that this was his daughter. She being now unbound embraced her father, mingling her tears with his, while he addressing the general and the viceroy said,

649

— Ésta, señores, es mi hija, más desdichada en sus sucesos que en su nombre. Ana Félix se llama, con el sobrenombre de Ricote, famosa tanto por su hermosura como por mi riqueza. Yo salí de mi patria a buscar en reinos estraños quien nos albergase y recogiese, y, habiéndole hallado en Alemania, volví en este hábito de peregrino, en compañía de otros alemanes, a buscar mi hija y a desenterrar muchas riquezas que dejé escondidas. No hallé a mi hija; hallé el tesoro, que conmigo traigo, y agora, por el estraño rodeo que habéis visto, he hallado el tesoro que más me enriquece, que es a mi querida hija. Si nuestra poca culpa y sus lágrimas y las mías, por la integridad de vuestra justicia, pueden abrir puertas a la misericordia, usadla con nosotros, que jamás tuvimos pensamiento de ofenderos, ni convenimos en ningún modo con la intención de los nuestros, que justamente han sido desterrados.

"This, sirs, is my daughter, more unhappy in her adventures than in her name. She is Ana Felix, surnamed Ricote, celebrated as much for her own beauty as for my wealth. I quitted my native land in search of some shelter or refuge for us abroad, and having found one in Germany I returned in this pilgrim's dress, in the company of some other German pilgrims, to seek my daughter and take up a large quantity of treasure I had left buried. My daughter I did not find, the treasure I found and have with me; and now, in this strange roundabout way you have seen, I find the treasure that more than all makes me rich, my beloved daughter. If our innocence and her tears and mine can with strict justice open the door to clemency, extend it to us, for we never had any intention of injuring you, nor do we sympathise with the aims of our people, who have been justly banished."

Entonces dijo Sancho: — Bien conozco a Ricote, y sé que es verdad lo que dice en cuanto a ser Ana Félix su hija; que en esotras zarandajas de ir y venir, tener buena o mala intención, no me entremeto.

"I know Ricote well," said Sancho at this, "and I know too that what he says about Ana Felix being his daughter is true; but as to those other particulars about going and coming, and having good or bad intentions, I say nothing."

Admirados del estraño caso todos los presentes, el general dijo:

While all present stood amazed at this strange occurrence the general said,

— Una por una vuestras lágrimas no me dejarán cumplir mi juramento: vivid, hermosa Ana Félix, los años de vida que os tiene determinados el cielo, y lleven la pena de su culpa los insolentes y atrevidos que la cometieron.

"At any rate your tears will not allow me to keep my oath; live, fair Ana Felix, all the years that heaven has allotted you; but these rash insolent fellows must pay the penalty of the crime they have committed;"

Y mandó luego ahorcar de la entena a los dos turcos que a sus dos soldados habían muerto; pero el virrey le pidió encarecidamente no los ahorcase, pues más locura que valentía había sido la suya. Hizo el general lo que el virrey le pedía, porque no se ejecutan bien las venganzas a sangre helada. Procuraron luego dar traza de sacar a don Gaspar Gregorio del peligro en que quedaba. Ofreció Ricote para ello más de dos mil ducados que en perlas y en joyas tenía. Diéronse muchos medios, pero ninguno fue tal como el que dio el renegado español que se ha dicho, el cual se ofreció de volver a Argel en algún barco pequeño, de hasta seis bancos, armado de remeros cristianos, porque él sabía dónde, cómo y cuándo podía y debía desembarcar, y asimismo no ignoraba la casa donde don Gaspar quedaba. Dudaron el general y el virrey el fiarse del renegado, ni confiar de los cristianos que habían de bogar el remo; fióle Ana Félix, y Ricote, su padre, dijo que salía a dar el rescate de los cristianos, si acaso se perdiesen.

and with that he gave orders to have the two Turks who had killed his two soldiers hanged at once at the yard-arm. The viceroy, however, begged him earnestly not to hang them, as their behaviour savoured rather of madness than of bravado. The general yielded to the viceroy's request, for revenge is not easily taken in cold blood. They then tried to devise some scheme for rescuing Don Gaspar Gregorio from the danger in which he had been left. Ricote offered for that object more than two thousand ducats that he had in pearls and gems; they proposed several plans, but none so good as that suggested by the renegade already mentioned, who offered to return to Algiers in a small vessel of about six banks, manned by Christian rowers, as he knew where, how, and when he could and should land, nor was he ignorant of the house in which Don Gaspar was staying. The general and the viceroy had some hesitation about placing confidence in the renegade and entrusting him with the Christians who were to row, but Ana Felix said she could answer for him, and her father offered to go and pay the ransom of the Christians if by any chance they should not be forthcoming.

Firmados, pues, en este parecer, se desembarcó el virrey, y don Antonio Moreno se llevó consigo a la morisca y a su padre, encargándole el virrey que los regalase y acariciase cuanto le fuese posible; que de su parte le ofrecía lo que en su casa hubiese para su regalo. Tanta fue la benevolencia y caridad que la hermosura de Ana Félix infundió en su pecho.

This, then, being agreed upon, the viceroy landed, and Don Antonio Moreno took the fair Morisco and her father home with him, the viceroy charging him to give them the best reception and

welcome in his power, while on his own part he
offered all that house contained for their
entertainment; so great was the good-will and
kindliness the beauty of Ana Felix had infused
into his heart.

Capítulo LXIV. Que trata de la aventura que más pesadumbre dio a don Quijote de cuantas hasta entonces le habían sucedido

CHAPTER LXIV. TREATING OF THE ADVENTURE WHICH GAVE DON QUIXOTE MORE UNHAPPINESS THAN ALL THAT HAD HITHERTO BEFALLEN HIM

La mujer de don Antonio Moreno cuenta la historia que recibió grandísimo contento de ver a Ana Félix en su casa. Recibióla con mucho agrado, así enamorada de su belleza como de su discreción, porque en lo uno y en lo otro era estremada la morisca, y toda la gente de la ciudad, como a campana tañida, venían a verla.

The wife of Don Antonio Moreno, so the history says, was extremely happy to see Ana Felix in her house. She welcomed her with great kindness, charmed as well by her beauty as by her intelligence; for in both respects the fair Morisco was richly endowed, and all the people of the city flocked to see her as though they had been summoned by the ringing of the bells.

Dijo don Quijote a don Antonio que el parecer que habían tomado en la libertad de don Gregorio no era bueno, porque tenía más de peligroso que de conveniente, y que sería mejor que le pusiesen a él en Berbería con sus armas y caballo; que él le sacaría a pesar de toda la morisma, como había hecho don Gaiferos a su esposa Melisendra.

Don Quixote told Don Antonio that the plan adopted for releasing Don Gregorio was not a good one, for its risks were greater than its advantages, and that it would be better to land himself with his arms and horse in Barbary; for he would carry him off in spite of the whole Moorish host, as Don Gaiferos carried off his wife Melisendra.

— Advierta vuesa merced —dijo Sancho, oyendo esto— que el señor don Gaiferos sacó a sus esposa de tierra firme y la llevó a Francia por tierra firme; pero aquí, si acaso sacamos a don Gregorio, no tenemos por dónde traerle a España, pues está la mar en medio.

"Remember, your worship," observed Sancho on hearing him say so, "Señor Don Gaiferos carried off his wife from the mainland, and took her to France by land; but in this case, if by chance we carry off Don Gregorio, we have no way of bringing him to Spain, for there's the sea between."

— Para todo hay remedio, si no es para la muerte —respondió don Quijote—; pues, llegando el barco a la marina, nos podremos embarcar en él, aunque todo el mundo lo impida.

"There's a remedy for everything except death," said Don Quixote; "if they bring the vessel close to the shore we shall be able to get on board though all the world strive to prevent us."

— Muy bien lo pinta y facilita vuestra merced —dijo Sancho —, pero del dicho al hecho hay gran trecho, y yo me atengo al renegado, que me parece muy hombre de bien y de muy buenas entrañas.

"Your worship hits it off mighty well and mighty easy," said Sancho; "but 'it's a long step from saying to doing;' and I hold to the renegade, for he seems to me an honest good-hearted fellow."

Don Antonio dijo que si el renegado no saliese bien del caso, se tomaría el espediente de que el gran don Quijote pasase en Berbería.

Don Antonio then said that if the renegade did not prove successful, the expedient of the great Don Quixote's expedition to Barbary should be adopted.

De allí a dos días partió el renegado en un ligero barco de seis remos por banda, armado de valentísima chusma; y de allí a otros dos se partieron las galeras a Levante, habiendo pedido el general al visorrey fuese servido de avisarle de lo que sucediese en la libertad de don Gregorio y en el caso de Ana Félix; quedó el visorrey de hacerlo así como se lo pedía.

Two days afterwards the renegade put to sea in a light vessel of six oars a-side manned by a stout crew, and two days later the galleys made sail eastward, the general having begged the viceroy to let him know all about the release of Don Gregorio and about Ana Felix, and the viceroy promised to do as he requested.

Y una mañana, saliendo don Quijote a pasearse por la playa armado de todas sus armas, porque, como muchas veces decía, ellas eran sus arreos, y su descanso el pelear, y no se hallaba sin ellas un punto, vio venir hacía él un caballero, armado asimismo de punta en blanco, que en el escudo traía pintada una luna resplandeciente; el cual, llegándose a trecho que podía ser oído, en altas voces, encaminando sus razones a don Quijote, dijo:

One morning as Don Quixote went out for a stroll along the beach, arrayed in full armour (for, as he often said, that was "his only gear, his only rest the fray," and he never was without it for a moment), he saw coming towards him a knight, also in full armour, with a shining moon painted on his shield, who, on approaching sufficiently near to be heard, said in a loud voice, addressing himself to Don Quixote,

— Insigne caballero y jamás como se debe alabado don Quijote de la Mancha, yo soy el Caballero de la Blanca Luna, cuyas inauditas hazañas quizá te le habrán traído a la memoria. Vengo a contender contigo y a probar la fuerza de tus brazos, en razón de hacerte conocer y confesar que mi dama, sea quien fuere, es sin comparación más hermosa que tu Dulcinea del Toboso; la cual verdad si tú la confiesas de llano en llano, escusarás tu muerte y el trabajo que yo he de tomar en dártela; y si tú peleares y yo te venciere, no quiero otra satisfación sino que, dejando las armas y absteniéndote de buscar aventuras, te recojas y retires a tu lugar por tiempo de un año, donde has de vivir sin echar mano a la espada, en paz tranquila y en provechoso sosiego, porque así conviene al aumento de tu hacienda y a la salvación de tu alma; y si tú me vencieres, quedará a tu discreción mi cabeza, y serán tuyos los despojos de mis armas y caballo, y pasará a la tuya la fama de mis hazañas. Mira lo que te está mejor, y respóndeme luego, porque hoy todo el día traigo de término para despachar este negocio.

"Illustrious knight, and never sufficiently extolled Don Quixote of La Mancha, I am the Knight of the White Moon, whose unheard-of achievements will perhaps have recalled him to thy memory. I come to do battle with thee and prove the might of thy arm, to the end that I make thee acknowledge and confess that my lady, let her be who she may, is incomparably fairer than thy Dulcinea del Toboso. If thou dost acknowledge this fairly and openly, thou shalt escape death and save me the trouble of inflicting it upon thee; if thou fightest and I vanquish thee, I demand no other satisfaction than that, laying aside arms and abstaining from going in quest of adventures, thou withdraw and betake thyself to thine own village for the space of a year, and live there without putting hand to sword, in peace and quiet and beneficial repose, the same being needful for the increase of thy substance and the salvation of thy soul; and if thou dost vanquish me, my head shall be at thy disposal, my arms and horse thy spoils, and the renown of my deeds transferred and added to thine. Consider which will be thy best course, and give me thy answer speedily, for this day is all the time I have for the despatch of this

657

business."

Don Quijote quedó suspenso y atónito, así de la arrogancia del Caballero de la Blanca Luna como de la causa por que le desafiaba; y con reposo y además severo le respondió:

Don Quixote was amazed and astonished, as well at the Knight of the White Moon's arrogance, as at his reason for delivering the defiance, and with calm dignity he answered him,

— Caballero de la Blanca Luna, cuyas hazañas hasta agora no han llegado a mi noticia, yo osaré jurar que jamás habéis visto a la ilustre Dulcinea; que si visto la hubiérades, yo sé que procurárades no poneros en esta demanda, porque su vista os desengañara de que no ha habido ni puede haber belleza que con la suya comparar se pueda; y así, no diciéndoos que mentís, sino que no acertáis en lo propuesto, con las condiciones que habéis referido, aceto vuestro desafío, y luego, porque no se pase el día que traéis determinado; y sólo exceto de las condiciones la de que se pase a mí la fama de vuestras hazañas, porque no sé cuáles ni qué tales sean: con las mías me contento, tales cuales ellas son. Tomad, pues, la parte del campo que quisiéredes, que yo haré lo mesmo, y a quien Dios se la diere, San Pedro se la bendiga.

"Knight of the White Moon, of whose achievements I have never heard until now, I will venture to swear you have never seen the illustrious Dulcinea; for had you seen her I know you would have taken care not to venture yourself upon this issue, because the sight would have removed all doubt from your mind that there ever has been or can be a beauty to be compared with hers; and so, not saying you lie, but merely that you are not correct in what you state, I accept your challenge, with the conditions you have proposed, and at once, that the day you have fixed may not expire; and from your conditions I except only that of the renown of your achievements being transferred to me, for I know not of what sort

they are nor what they may amount to; I am
satisfied with my own, such as they be. Take,
therefore, the side of the field you choose, and
I will do the same; and to whom God shall give it
may Saint Peter add his blessing."

Habían descubierto de la ciudad al Caballero de la Blanca
Luna, y díchoselo al visorrey que estaba hablando con don
Quijote de la Mancha. El visorrey, creyendo sería alguna
nueva aventura fabricada por don Antonio Moreno, o por
otro algún caballero de la ciudad, salió luego a la playa con
don Antonio y con otros muchos caballeros que le
acompañaban, a tiempo cuando don Quijote volvía las
riendas a Rocinante para tomar del campo lo necesario.

The Knight of the White Moon had been seen from
the city, and it was told the viceroy how he was
in conversation with Don Quixote. The viceroy,
fancying it must be some fresh adventure got up
by Don Antonio Moreno or some other gentleman of
the city, hurried out at once to the beach
accompanied by Don Antonio and several other
gentlemen, just as Don Quixote was wheeling
Rocinante round in order to take up the necessary
distance.

Viendo, pues, el visorrey que daban los dos señales de
volverse a encontrar, se puso en medio, preguntándoles qué
era la causa que les movía a hacer tan de improviso batalla. El
Caballero de la Blanca Luna respondió que era precedencia
de hermosura, y en breves razones le dijo las mismas que
había dicho a don Quijote, con la acetación de las condiciones
del desafío hechas por entrambas partes. Llegóse el visorrey a
don Antonio, y preguntóle paso si sabía quién era el tal
Caballero de la Blanca Luna, o si era alguna burla que
querían hacer a don Quijote. Don Antonio le respondió que ni
sabía quién era, ni si era de burlas ni de veras el tal desafío.
Esta respuesta tuvo perplejo al visorrey en si les dejaría o no
pasar adelante en la batalla; pero, no pudiéndose persuadir a

que fuese sino burla, se apartó diciendo:

The viceroy upon this, seeing that the pair of
them were evidently preparing to come to the
charge, put himself between them, asking them
what it was that led them to engage in combat all
of a sudden in this way. The Knight of the White
Moon replied that it was a question of precedence
of beauty; and briefly told him what he had said
to Don Quixote, and how the conditions of the
defiance agreed upon on both sides had been
accepted. The viceroy went over to Don Antonio,
and asked in a low voice did he know who the
Knight of the White Moon was, or was it some joke
they were playing on Don Quixote. Don Antonio
replied that he neither knew who he was nor
whether the defiance was in joke or in earnest.
This answer left the viceroy in a state of
perplexity, not knowing whether he ought to let
the combat go on or not; but unable to persuade
himself that it was anything but a joke he fell
back, saying,

— Señores caballeros, si aquí no hay otro remedio sino
confesar o morir, y el señor don Quijote está en sus trece y
vuestra merced el de la Blanca Luna en sus catorce, a la mano
de Dios, y dense.

"If there be no other way out of it, gallant
knights, except to confess or die, and Don
Quixote is inflexible, and your worship of the
White Moon still more so, in God's hand be it,
and fall on."

Agradeció el de la Blanca Luna con corteses y discretas
razones al visorrey la licencia que se les daba, y don Quijote
hizo lo mesmo; el cual, encomendándose al cielo de todo
corazón y a su Dulcinea —como tenía de costumbre al
comenzar de las batallas que se le ofrecían—, tornó a tomar
otro poco más del campo, porque vio que su contrario hacía
lo mesmo, y, sin tocar trompeta ni otro instrumento bélico

660

que les diese señal de arremeter, volvieron entrambos a un mesmo punto las riendas a sus caballos; y, como era más ligero el de la Blanca Luna, llegó a don Quijote a dos tercios andados de la carrera, y allí le encontró con tan poderosa fuerza, sin tocarle con la lanza (que la levantó, al parecer, de propósito), que dio con Rocinante y con don Quijote por el suelo una peligrosa caída. Fue luego sobre él, y, poniéndole la lanza sobre la visera, le dijo:

He of the White Moon thanked the viceroy in courteous and well-chosen words for the permission he gave them, and so did Don Quixote, who then, commending himself with all his heart to heaven and to his Dulcinea, as was his custom on the eve of any combat that awaited him, proceeded to take a little more distance, as he saw his antagonist was doing the same; then, without blast of trumpet or other warlike instrument to give them the signal to charge, both at the same instant wheeled their horses; and he of the White Moon, being the swifter, met Don Quixote after having traversed two-thirds of the course, and there encountered him with such violence that, without touching him with his lance (for he held it high, to all appearance purposely), he hurled Don Quixote and Rocinante to the earth, a perilous fall. He sprang upon him at once, and placing the lance over his visor said to him,

— Vencido sois, caballero, y aun muerto, si no confesáis las condiciones de nuestro desafío.

"You are vanquished, sir knight, nay dead unless you admit the conditions of our defiance."

Don Quijote, molido y aturdido, sin alzarse la visera, como si hablara dentro de una tumba, con voz debilitada y enferma, dijo:

Don Quixote, bruised and stupefied, without raising his visor said in a weak feeble voice as

661

if he were speaking out of a tomb,

— Dulcinea del Toboso es la más hermosa mujer del mundo, y yo el más desdichado caballero de la tierra, y no es bien que mi flaqueza defraude esta verdad. Aprieta, caballero, la lanza, y quítame la vida, pues me has quitado la honra.

"Dulcinea del Toboso is the fairest woman in the world, and I the most unfortunate knight on earth; it is not fitting that this truth should suffer by my feebleness; drive your lance home, sir knight, and take my life, since you have taken away my honour."

— Eso no haré yo, por cierto —dijo el de la Blanca Luna—: viva, viva en su entereza la fama de la hermosura de la señora Dulcinea del Toboso, que sólo me contento con que el gran don Quijote se retire a su lugar un año, o hasta el tiempo que por mí le fuere mandado, como concertamos antes de entrar en esta batalla.

"That will I not, in sooth," said he of the White Moon; "live the fame of the lady Dulcinea's beauty undimmed as ever; all I require is that the great Don Quixote retire to his own home for a year, or for so long a time as shall by me be enjoined upon him, as we agreed before engaging in this combat."

Todo esto oyeron el visorrey y don Antonio, con otros muchos que allí estaban, y oyeron asimismo que don Quijote respondió que como no le pidiese cosa que fuese en perjuicio de Dulcinea, todo lo demás cumpliría como caballero puntual y verdadero.

The viceroy, Don Antonio, and several others who were present heard all this, and heard too how Don Quixote replied that so long as nothing in prejudice of Dulcinea was demanded of him, he would observe all the rest like a true and loyal knight.

Hecha esta confesión, volvió las riendas el de la Blanca Luna, y, haciendo mesura con la cabeza al visorrey, a medio galope se entró en la ciudad.

The engagement given, he of the White Moon wheeled about, and making obeisance to the viceroy with a movement of the head, rode away into the city at a half gallop.

Mandó el visorrey a don Antonio que fuese tras él, y que en todas maneras supiese quién era. Levantaron a don Quijote, descubriéronle el rostro y halláronle sin color y trasudando.

The viceroy bade Don Antonio hasten after him, and by some means or other find out who he was. They raised Don Quixote up and uncovered his face, and found him pale and bathed with sweat.

Rocinante, de puro malparado, no se pudo mover por entonces. Sancho, todo triste, todo apesarado, no sabía qué decirse ni qué hacerse: parecíale que todo aquel suceso pasaba en sueños y que toda aquella máquina era cosa de encantamento. Veía a su señor rendido y obligado a no tomar armas en un año; imaginaba la luz de la gloria de sus hazañas escurecida, las esperanzas de sus nuevas promesas deshechas, como se deshace el humo con el viento. Temía si quedaría o no contrecho Rocinante, o deslocado su amo; que no fuera poca ventura si deslocado quedara. Finalmente, con una silla de manos, que mandó traer el visorrey, le llevaron a la ciudad, y el visorrey se volvió también a ella, con deseo de saber quién fuese el Caballero de la Blanca Luna, que de tan mal talante había dejado a don Quijote.

Rocinante from the mere hard measure he had received lay unable to stir for the present. Sancho, wholly dejected and woebegone, knew not what to say or do. He fancied that all was a dream, that the whole business was a piece of enchantment. Here was his master defeated, and bound not to take up arms for a year. He saw the light of the glory of his achievements obscured;

the hopes of the promises lately made him swept away like smoke before the wind; Rocinante, he feared, was crippled for life, and his master's bones out of joint; for if he were only shaken out of his madness it would be no small luck. In the end they carried him into the city in a hand-chair which the viceroy sent for, and thither the viceroy himself returned, cager to ascertain who this Knight of the White Moon was who had left Don Quixote in such a sad plight.

Capítulo LXV. Donde se da noticia quién era el de la Blanca Luna, con la libertad de Don Gregorio, y de otros sucesos

CHAPTER LXV. WHEREIN IS MADE KNOWN WHO THE KNIGHT OF THE WHITE MOON WAS; LIKEWISE DON GREGORIO'S RELEASE, AND OTHER EVENTS

Siguió don Antonio Moreno al Caballero de la Blanca Luna, y siguiéronle también, y aun persiguiéronle, muchos muchachos, hasta que le cerraron en un mesón dentro de la ciudad. Entró el don Antonio con deseo de conocerle; salió un escudero a recebirle y a desarmarle; encerróse en una sala baja, y con él don Antonio, que no se le cocía el pan hasta saber quién fuese. Viendo, pues, el de la Blanca Luna que aquel caballero no le dejaba, le dijo:

Don Antonia Moreno followed the Knight of the White Moon, and a number of boys followed him too, nay pursued him, until they had him fairly housed in a hostel in the heart of the city. Don Antonio, eager to make his acquaintance, entered also; a squire came out to meet him and remove his armour, and he shut himself into a lower room, still attended by Don Antonio, whose bread would not bake until he had found out who he was. He of the White Moon, seeing then that the gentleman would not leave him, said,

— Bien sé, señor, a lo que venís, que es a saber quién soy; y, porque no hay para qué negároslo, en tanto que este mi criado me desarma os lo diré, sin faltar un punto a la verdad del caso. Sabed, señor, que a mí me llaman el bachiller Sansón Carrasco; soy del mesmo lugar de don Quijote de la Mancha, cuya locura y sandez mueve a que le tengamos lástima todos cuantos le conocemos, y entre los que más se la han tenido he sido yo; y, creyendo que está su salud en su reposo y en que se esté en su tierra y en su casa, di traza para hacerle estar en ella; y así, habrá tres meses que le salí al camino como caballero andante, llamándome el Caballero de los Espejos, con intención de pelear con él y vencerle, sin hacerle daño, poniendo por condición de nuestra pelea que el vencido quedase a discreción del vencedor; y lo que yo pensaba pedirle, porque ya le juzgaba por vencido, era que se volviese a su lugar y que no saliese dél en todo un año, en el cual tiempo podría ser curado; pero la suerte lo ordenó de otra manera, porque él me venció a mí y me derribó del caballo, y así, no tuvo efecto mi pensamiento: él prosiguió su camino, y yo me volví, vencido, corrido y molido de la caída, que fue además peligrosa; pero no por esto se me quitó el deseo de volver a buscarle y a vencerle, como hoy se ha visto. Y como él es tan puntual en guardar las órdenes de la andante caballería, sin duda alguna guardará la que le he dado, en cumplimiento de su palabra. Esto es, señor, lo que pasa, sin que tenga que deciros otra cosa alguna; suplícoos no me descubráis ni le digáis a don Quijote quién soy, porque tengan efecto los buenos pensamientos míos y vuelva a cobrar su juicio un hombre que le tiene bonísimo, como le dejen las sandeces de la caballería.

"I know very well, señor, what you have come for; it is to find out who I am; and as there is no reason why I should conceal it from you, while my servant here is taking off my armour I will tell you the true state of the case, without leaving out anything. You must know, señor, that I am called the bachelor Samson Carrasco. I am of the same village as Don Quixote of La Mancha, whose craze and folly make all of us who know him feel pity for him, and I am one of those who have felt it most; and persuaded that his chance of recovery lay in quiet and keeping at home and in his own house, I hit upon a device for keeping him there. Three months ago, therefore, I went out to meet him as a knight-errant, under the assumed name of the Knight of the Mirrors, intending to engage him in combat and overcome him without hurting him, making it the condition of our combat that the vanquished should be at the disposal of the victor. What I meant to demand of him (for I regarded him as vanquished already) was that he should return to his own village, and not leave it for a whole year, by which time he might be cured. But fate ordered it otherwise, for he vanquished me and unhorsed me, and so my plan failed. He went his way, and I came back conquered, covered with shame, and sorely bruised by my fall, which was a particularly dangerous one. But this did not quench my desire to meet him again and overcome him, as you have seen to-day. And as he is so scrupulous in his observance of the laws of knight-errantry, he will, no doubt, in order to keep his word, obey the injunction I have laid upon him. This, señor, is how the matter stands, and I have nothing more to tell you. I implore of you not to betray me, or tell Don Quixote who I am; so that my honest endeavours may be successful, and that a man of excellent wits—were he only rid of the fooleries of chivalry—may get them back again."

— ¡Oh señor —dijo don Antonio—, Dios os perdone el agravio que habéis hecho a todo el mundo en querer volver cuerdo al más gracioso loco que hay en él! ¿No veis, señor, que no podrá llegar el provecho que cause la cordura de don Quijote a lo que llega el gusto que da con sus desvaríos? Pero yo imagino que toda la industria del señor bachiller no ha de ser parte para volver cuerdo a un hombre tan rematadamente loco; y si no fuese contra caridad, diría que nunca sane don Quijote, porque con su salud, no solamente perdemos sus gracias, sino las de Sancho Panza, su escudero, que cualquiera dellas puede volver a alegrar a la misma melancolía. Con todo esto, callaré, y no le diré nada, por ver si salgo verdadero en sospechar que no ha de tener efecto la diligencia hecha por el señor Carrasco.

"O señor," said Don Antonio, "may God forgive you

the wrong you have done the whole world in trying to bring the most amusing madman in it back to his senses. Do you not see, señor, that the gain by Don Quixote's sanity can never equal the enjoyment his crazes give? But my belief is that all the señor bachelor's pains will be of no avail to bring a man so hopelessly cracked to his senses again; and if it were not uncharitable, I would say may Don Quixote never be cured, for by his recovery we lose not only his own drolleries, but his squire Sancho Panza's too, any one of which is enough to turn melancholy itself into merriment. However, I'll hold my peace and say nothing to him, and we'll see whether I am right in my suspicion that Señor Carrasco's efforts will be fruitless."

El cual respondió que ya una por una estaba en buen punto aquel negocio, de quien esperaba feliz suceso. Y, habiéndose ofrecido don Antonio de hacer lo que más le mandase, se despidió dél; y, hecho liar sus armas sobre un macho, luego al mismo punto, sobre el caballo con que entró en la batalla, se salió de la ciudad aquel mismo día y se volvió a su patria, sin sucederle cosa que obligue a contarla en esta verdadera historia.

The bachelor replied that at all events the affair promised well, and he hoped for a happy result from it; and putting his services at Don Antonio's commands he took his leave of him; and having had his armour packed at once upon a mule, he rode away from the city the same day on the horse he rode to battle, and returned to his own country without meeting any adventure calling for record in this veracious history.

Contó don Antonio al visorrey todo lo que Carrasco le había contado, de lo que el visorrey no recibió mucho gusto, porque en el recogimiento de don Quijote se perdía el que podían tener todos aquellos que de sus locuras tuviesen noticia.

Don Antonio reported to the viceroy what Carrasco told him, and the viceroy was not very well pleased to hear it, for with Don Quixote's retirement there was an end to the amusement of all who knew anything of his mad doings.

Seis días estuvo don Quijote en el lecho, marrido, triste, pensativo y mal acondicionado, yendo y viniendo con la imaginación en el desdichado suceso de su vencimiento. Consolábale Sancho, y, entre otras razones, le dijo:

Six days did Don Quixote keep his bed, dejected, melancholy, moody and out of sorts, brooding over the unhappy event of his defeat. Sancho strove to comfort him, and among other things he said to him,

— Señor mío, alce vuestra merced la cabeza y alégrese, si puede, y dé gracias al cielo que, ya que le derribó en la tierra, no salió con alguna costilla quebrada; y, pues sabe que donde las dan las toman, y que no siempre hay tocinos donde hay estacas, dé una higa al médico, pues no le ha menester para que le cure en esta enfermedad: volvámonos a nuestra casa y dejémonos de andar buscando aventuras por tierras y lugares que no sabemos; y, si bien se considera, yo soy aquí el más perdidoso, aunque es vuestra merced el más mal parado. Yo, que dejé con el gobierno los deseos de ser más gobernador, no dejé la gana de ser conde, que jamás tendrá efecto si vuesa merced deja de ser rey, dejando el ejercicio de su caballería; y así, vienen a volverse en humo mis esperanzas.

"Hold up your head, señor, and be of good cheer if you can, and give thanks to heaven if you have had a tumble to the ground you have not come off with a broken rib; and, as you know that 'where they give they take,' and that 'there are not always fletches where there are pegs,' a fig for the doctor, for there's no need of him to cure this ailment. Let us go home, and give over going about in search of adventures in strange lands and places; rightly looked at, it is I that

am the greater loser, though it is your worship
that has had the worse usage. With the government
I gave up all wish to be a governor again, but I
did not give up all longing to be a count; and
that will never come to pass if your worship
gives up becoming a king by renouncing the
calling of chivalry; and so my hopes are going to
turn into smoke."

— Calla, Sancho, pues ves que mi reclusión y retirada no ha
de pasar de un año; que luego volveré a mis honrados
ejercicios, y no me ha de faltar reino que gane y algún
condado que darte.

"Peace, Sancho," said Don Quixote; "thou seest my
suspension and retirement is not to exceed a
year; I shall soon return to my honoured calling,
and I shall not be at a loss for a kingdom to win
and a county to bestow on thee."

— Dios lo oiga —dijo Sancho—, y el pecado sea sordo, que
siempre he oído decir que más vale buena esperanza que ruin
posesión.

"May God hear it and sin be deaf," said Sancho;
"I have always heard say that 'a good hope is
better than a bad holding."

En esto estaban cuando entró don Antonio, diciendo con
muestras de grandísimo contento:

As they were talking Don Antonio came in looking
extremely pleased and exclaiming,

— ¡Albricias, señor don Quijote, que don Gregorio y el
renegado que fue por él está en la playa! ¿Qué digo en la
playa? Ya está en casa del visorrey, y será aquí al momento.

"Reward me for my good news, Señor Don Quixote!
Don Gregorio and the renegade who went for him
have come ashore—ashore do I say? They are by
this time in the viceroy's house, and will be
here immediately."

Alegróse algún tanto don Quijote, y dijo:

Don Quixote cheered up a little and said,

— En verdad que estoy por decir que me holgara que hubiera sucedido todo al revés, porque me obligara a pasar en Berbería, donde con la fuerza de mi brazo diera libertad no sólo a don Gregorio, sino a cuantos cristianos cautivos hay en Berbería. Pero, ¿qué digo, miserable? ¿No soy yo el vencido? ¿No soy yo el derribado? ¿No soy yo el que no puede tomar arma en un año? Pues, ¿qué prometo? ¿De qué me alabo, si antes me conviene usar de la rueca que de la espada?

"Of a truth I am almost ready to say I should have been glad had it turned out just the other way, for it would have obliged me to cross over to Barbary, where by the might of my arm I should have restored to liberty, not only Don Gregorio, but all the Christian captives there are in Barbary. But what am I saying, miserable being that I am? Am I not he that has been conquered? Am I not he that has been overthrown? Am I not he who must not take up arms for a year? Then what am I making professions for; what am I bragging about; when it is fitter for me to handle the distaff than the sword?"

— Déjese deso, señor —dijo Sancho—: viva la gallina, aunque con su pepita, que hoy por ti y mañana por mí; y en estas cosas de encuentros y porrazos no hay tomarles tiento alguno, pues el que hoy cae puede levantarse mañana, si no es que se quiere estar en la cama; quiero decir que se deje desmayar, sin cobrar nuevos bríos para nuevas pendencias. Y levántese vuestra merced agora para recebir a don Gregorio, que me parece que anda la gente alborotada, y ya debe de estar en casa.

"No more of that, señor," said Sancho; "'let the hen live, even though it be with her pip; 'today for thee and to-morrow for me;' in these affairs of encounters and whacks one must not mind them,

for he that falls to-day may get up to-morrow;
unless indeed he chooses to lie in bed, I mean
gives way to weakness and does not pluck up fresh
spirit for fresh battles; let your worship get up
now to receive Don Gregorio; for the household
seems to be in a bustle, and no doubt he has come
by this time;"

Y así era la verdad; porque, habiendo ya dado cuenta don
Gregorio y el renegado al visorrey de su ida y vuelta, deseoso
don Gregorio de ver a Ana Félix, vino con el renegado a casa
de don Antonio; y, aunque don Gregorio, cuando le sacaron
de Argel, fue con hábitos de mujer, en el barco los trocó por
los de un cautivo que salió consigo; pero en cualquiera que
viniera, mostrara ser persona para ser codiciada, servida y
estimada, porque era hermoso sobremanera, y la edad, al
parecer, de diez y siete o diez y ocho años. Ricote y su hija
salieron a recebirle: el padre con lágrimas y la hija con
honestidad. No se abrazaron unos a otros, porque donde hay
mucho amor no suele haber demasiada desenvoltura. Las dos
bellezas juntas de don Gregorio y Ana Félix admiraron en
particular a todos juntos los que presentes estaban. El silencio
fue allí el que habló por los dos amantes, y los ojos fueron las
lenguas que descubrieron sus alegres y honestos
pensamientos.

and so it proved, for as soon as Don Gregorio and
the renegade had given the viceroy an account of
the voyage out and home, Don Gregorio, eager to
see Ana Felix, came with the renegade to Don
Antonio's house. When they carried him away from
Algiers he was in woman's dress; on board the
vessel, however, he exchanged it for that of a
captive who escaped with him; but in whatever
dress he might be he looked like one to be loved
and served and esteemed, for he was surpassingly
well-favoured, and to judge by appearances some
seventeen or eighteen years of age. Ricote and
his daughter came out to welcome him, the father
with tears, the daughter with bashfulness. They

did not embrace each other, for where there is deep love there will never be overmuch boldness. Seen side by side, the comeliness of Don Gregorio and the beauty of Ana Felix were the admiration of all who were present. It was silence that spoke for the lovers at that moment, and their eyes were the tongues that declared their pure and happy feelings.

Contó el renegado la industria y medio que tuvo para sacar a don Gregorio; contó don Gregorio los peligros y aprietos en que se había visto con las mujeres con quien había quedado, no con largo razonamiento, sino con breves palabras, donde mostró que su discreción se adelantaba a sus años. Finalmente, Ricote pagó y satisfizo liberalmente así al renegado como a los que habían bogado al remo. Reincorporóse y redújose el renegado con la Iglesia, y, de miembro podrido, volvió limpio y sano con la penitencia y el arrepentimiento.

The renegade explained the measures and means he had adopted to rescue Don Gregorio, and Don Gregorio at no great length, but in a few words, in which he showed that his intelligence was in advance of his years, described the peril and embarrassment he found himself in among the women with whom he had sojourned. To conclude, Ricote liberally recompensed and rewarded as well the renegade as the men who had rowed; and the renegade effected his readmission into the body of the Church and was reconciled with it, and from a rotten limb became by penance and repentance a clean and sound one.

De allí a dos días trató el visorrey con don Antonio qué modo tendrían para que Ana Félix y su padre quedasen en España, pareciéndoles no ser de inconveniente alguno que quedasen en ella hija tan cristiana y padre, al parecer, tan bien intencionado. Don Antonio se ofreció venir a la corte a negociarlo, donde había de venir forzosamente a otros negocios, dando a entender que en ella, por medio del favor y de las dádivas, muchas cosas dificultosas se acaban.

Two days later the viceroy discussed with Don Antonio the steps they should take to enable Ana Felix and her father to stay in Spain, for it seemed to them there could be no objection to a daughter who was so good a Christian and a father to all appearance so well disposed remaining there. Don Antonio offered to arrange the matter at the capital, whither he was compelled to go on some other business, hinting that many a difficult affair was settled there with the help of favour and bribes.

— No —dijo Ricote, que se halló presente a esta plática— hay que esperar en favores ni en dádivas, porque con el gran don Bernardino de Velasco, conde de Salazar, a quien dio Su Majestad cargo de nuestra expulsión, no valen ruegos, no promesas, no dádivas, no lástimas; porque, aunque es verdad que él mezcla la misericordia con la justicia, como él vee que todo el cuerpo de nuestra nación está contaminado y podrido, usa con él antes del cauterio que abrasa que del ungüento que molifica; y así, con prudencia, con sagacidad, con diligencia y con miedos que pone, ha llevado sobre sus fuertes hombros a debida ejecución el peso desta gran máquina, sin que nuestras industrias, estratagemas, solicitudes y fraudes hayan podido deslumbrar sus ojos de Argos, que contino tiene alerta, porque no se le quede ni encubra ninguno de los nuestros, que, como raíz escondida, que con el tiempo venga después a brotar, y a echar frutos venenosos en España, ya limpia, ya desembarazada de los temores en que nuestra muchedumbre la tenía. ¡Heroica resolución del gran Filipo Tercero, y inaudita prudencia en haberla encargado al tal don Bernardino de Velasco!

"Nay," said Ricote, who was present during the conversation, "it will not do to rely upon favour or bribes, because with the great Don Bernardino de Velasco, Conde de Salazar, to whom his Majesty has entrusted our expulsion, neither entreaties nor promises, bribes nor appeals to compassion, are of any use; for though it is true he mingles mercy with justice, still, seeing that the whole body of our nation is tainted and corrupt, he applies to it the cautery that burns rather than the salve that soothes; and thus, by prudence, sagacity, care and the fear he inspires, he has borne on his mighty shoulders the weight of this great policy and carried it into effect, all our schemes and plots, importunities and wiles, being ineffectual to blind his Argus eyes, ever on the watch lest one of us should remain behind in concealment, and like a hidden root come in course of time to sprout and bear poisonous fruit in Spain, now cleansed, and relieved of the fear in which our vast numbers kept it. Heroic resolve of the great Philip the Third, and unparalleled wisdom to have entrusted it to the said Don Bernardino de Velasco!"

— Una por una, yo haré, puesto allá, las diligencias posibles, y haga el cielo lo que más fuere servido —dijo don Antonio —. Don Gregorio se irá conmigo a consolar la pena que sus padres deben tener por su ausencia; Ana Félix se quedará con mi mujer en mi casa, o en un monasterio, y yo sé que el señor visorrey gustará se quede en la suya el buen Ricote, hasta ver cómo yo negocio.

"At any rate," said Don Antonio, "when I am there I will make all possible efforts, and let heaven do as pleases it best; Don Gregorio will come with me to relieve the anxiety which his parents must be suffering on account of his absence; Ana Felix will remain in my house with my wife, or in a monastery; and I know the viceroy will be glad that the worthy Ricote should stay with him until we see what terms I can make."

El visorrey consintió en todo lo propuesto, pero don

Gregorio, sabiendo lo que pasaba, dijo que en ninguna manera podía ni quería dejar a doña Ana Félix; pero, teniendo intención de ver a sus padres, y de dar traza de volver por ella, vino en el decretado concierto. Quedóse Ana Félix con la mujer de don Antonio, y Ricote en casa del visorrey.

The viceroy agreed to all that was proposed; but Don Gregorio on learning what had passed declared he could not and would not on any account leave Ana Felix; however, as it was his purpose to go and see his parents and devise some way of returning for her, he fell in with the proposed arrangement. Ana Felix remained with Don Antonio's wife, and Ricote in the viceroy's house.

Llegóse el día de la partida de don Antonio, y el de don Quijote y Sancho, que fue de allí a otros dos; que la caída no le concedió que más presto se pusiese en camino. Hubo lágrimas, hubo suspiros, desmayos y sollozos al despedirse don Gregorio de Ana Félix. Ofrecióle Ricote a don Gregorio mil escudos, si los quería; pero él no tomó ninguno, sino solos cinco que le prestó don Antonio, prometiendo la paga dellos en la corte. Con esto, se partieron los dos, y don Quijote y Sancho después, como se ha dicho: don Quijote desarmado y de camino, Sancho a pie, por ir el rucio cargado con las armas.

The day for Don Antonio's departure came; and two days later that for Don Quixote's and Sancho's, for Don Quixote's fall did not suffer him to take the road sooner. There were tears and sighs, swoonings and sobs, at the parting between Don Gregorio and Ana Felix. Ricote offered Don Gregorio a thousand crowns if he would have them, but he would not take any save five which Don Antonio lent him and he promised to repay at the capital. So the two of them took their departure, and Don Quixote and Sancho afterwards, as has been already said, Don Quixote without his armour and in travelling gear, and Sancho on foot, Dapple being loaded with the armour.

Capítulo LXVI. Que trata de lo que verá el que lo leyere, o lo oirá el que lo escuchare leer

CHAPTER LXVI. WHICH TREATS OF WHAT HE WHO READS WILL SEE, OR WHAT HE WHO HAS IT READ TO HIM WILL HEAR

Al salir de Barcelona, volvió don Quijote a mirar el sitio donde había caído, y dijo: — ¡Aquí fue Troya! ¡Aquí mi desdicha, y no mi cobardía, se llevó mis alcanzadas glorias; aquí usó la fortuna conmigo de sus vueltas y revueltas; aquí se escurecieron mis hazañas; aquí, finalmente, cayó mi ventura para jamás levantarse!

As he left Barcelona, Don Quixote turned gaze upon the spot where he had fallen. "Here Troy was," said he; "here my ill-luck, not my cowardice, robbed me of all the glory I had won; here Fortune made me the victim of her caprices; here the lustre of my achievements was dimmed; here, in a word, fell my happiness never to rise again."

Oyendo lo cual Sancho, dijo: — Tan de valientes corazones es, señor mío, tener sufrimiento en las desgracias como alegría en las prosperidades; y esto lo juzgo por mí mismo, que si cuando era gobernador estaba alegre, agora que soy escudero de a pie, no estoy triste; porque he oído decir que esta que llaman por ahí Fortuna es una mujer borracha y antojadiza, y, sobre todo, ciega, y así, no vee lo que hace, ni sabe a quién derriba, ni a quién ensalza.

"Señor," said Sancho on hearing this, "it is the part of brave hearts to be patient in adversity just as much as to be glad in prosperity; I judge by myself, for, if when I was a governor I was glad, now that I am a squire and on foot I am not sad; and I have heard say that she whom commonly they call Fortune is a drunken whimsical jade, and, what is more, blind, and therefore neither sees what she does, nor knows whom she casts down or whom she sets up."

— Muy filósofo estás, Sancho —respondió don Quijote—, muy a lo discreto hablas: no sé quién te lo enseña. Lo que te sé decir es que no hay fortuna en el mundo, ni las cosas que en él suceden, buenas o malas que sean, vienen acaso, sino por particular providencia de los cielos, y de aquí viene lo que suele decirse: que cada uno es artífice de su ventura. Yo lo he sido de la mía, pero no con la prudencia necesaria, y así, me han salido al gallarín mis presunciones; pues debiera pensar que al poderoso grandor del caballo del de la Blanca Luna no podía resistir la flaqueza de Rocinante. Atrevíme en fin, hice lo que puede, derribáronme, y, aunque perdí la honra, no perdí, ni puedo perder, la virtud de cumplir mi palabra. Cuando era caballero andante, atrevido y valiente, con mis obras y con mis manos acreditaba mis hechos; y agora, cuando soy escudero pedestre, acreditaré mis palabras cumpliendo la que di de mi promesa. Camina, pues, amigo Sancho, y vamos a tener en nuestra tierra el año del noviciado, con cuyo encerramiento cobraremos virtud nueva para volver al nunca de mí olvidado ejercicio de las armas.

"Thou art a great philosopher, Sancho," said Don Quixote; "thou speakest very sensibly; I know not who taught thee. But I can tell thee there is no such thing as Fortune in the world, nor does anything which takes place there, be it good or bad, come about by chance, but by the special preordination of heaven; and hence the common saying that 'each of us is the maker of his own Fortune.' I have been that of mine; but not with the proper amount of prudence, and my self-confidence has therefore made me pay dearly; for I ought to have reflected that Rocinante's feeble strength could not resist the mighty bulk of the Knight of the White Moon's horse. In a word, I ventured it, I did my best, I was overthrown, but though I lost my honour I did not lose nor can I lose the virtue of keeping my word. When I was a knight-errant, daring and valiant, I supported my achievements by hand and deed, and now that I am a humble squire I will support my words by keeping the promise I have given. Forward then, Sancho my friend, let us go to keep the year of the novitiate in our own country, and in that seclusion we shall pick up fresh strength to return to the by me never-forgotten calling of arms."

— Señor —respondió Sancho—, no es cosa tan gustosa el caminar a pie, que me mueva e incite a hacer grandes jornadas. Dejemos estas armas colgadas de algún árbol, en lugar de un ahorcado, y, ocupando yo las espaldas del rucio, levantados los pies del suelo, haremos las jornadas como vuestra merced las pidiere y midiere; que pensar que tengo de caminar a pie y hacerlas grandes es pensar en lo escusado.

"Señor," returned Sancho, "travelling on foot is not such a pleasant thing that it makes me feel disposed or tempted to make long marches. Let us leave this armour hung up on some tree, instead of some one that has been hanged; and then with me on Dapple's back and my feet off the ground we will arrange the stages as your worship pleases to measure them out; but to suppose that I am going to travel on foot, and make long ones, is to suppose nonsense."

— Bien has dicho, Sancho —respondió don Quijote—: cuélguense mis armas por trofeo, y al pie dellas, o alrededor dellas, grabaremos en los árboles lo que en el trofeo de las armas de Roldán estaba escrito:

"Thou sayest well, Sancho," said Don Quixote; "let my armour be hung up for a trophy, and under it or round it we will carve on the trees what was inscribed on the trophy of Roland's armour—

Nadie las mueva que estar no pueda con Roldán a prueba.

These let none move Who dareth not his might with Roland prove."

— Todo eso me parece de perlas —respondió Sancho—; y, si no fuera por la falta que para el camino nos había de hacer Rocinante, también fuera bien dejarle colgado.

"That's the very thing," said Sancho; "and if it was not that we should feel the want of Rocinante on the road, it would be as well to leave him hung up too."

— ¡Pues ni él ni las armas —replicó don Quijote— quiero que se ahorquen, porque no se diga que a buen servicio, mal galardón!

"And yet, I had rather not have either him or the armour hung up," said Don Quixote, "that it may not be said, 'for good service a bad return.'"

— Muy bien dice vuestra merced —respondió Sancho—, porque, según opinión de discretos, la culpa del asno no se ha de echar a la albarda; y, pues deste suceso vuestra merced tiene la culpa, castíguese a sí mesmo, y no revienten sus iras por las ya rotas y sangrientas armas, ni por las mansedumbres de Rocinante, ni por la blandura de mis pies, queriendo que caminen más de lo justo.

"Your worship is right," said Sancho; "for, as sensible people hold, 'the fault of the ass must not be laid on the pack-saddle;' and, as in this affair the fault is your worship's, punish yourself and don't let your anger break out against the already battered and bloody armour, or the meekness of Rocinante, or the tenderness of my feet, trying to make them travel more than is reasonable."

En estas razones y pláticas se les pasó todo aquel día, y aun otros cuatro, sin sucederles cosa que estorbase su camino; y al quinto día, a la entrada de un lugar, hallaron a la puerta de un mesón mucha gente, que, por ser fiesta, se estaba allí solazando. Cuando llegaba a ellos don Quijote, un labrador alzó la voz diciendo:

In converse of this sort the whole of that day went by, as did the four succeeding ones, without anything occurring to interrupt their journey, but on the fifth as they entered a village they found a great number of people at the door of an inn enjoying themselves, as it was a holiday. Upon Don Quixote's approach a peasant called out,

— Alguno destos dos señores que aquí vienen, que no conocen las partes, dirá lo que se ha de hacer en nuestra apuesta.

"One of these two gentlemen who come here, and who don't know the parties, will tell us what we ought to do about our wager."

— Sí diré, por cierto —respondió don Quijote—, con toda rectitud, si es que alcanzo a entenderla.

"That I will, certainly," said Don Quixote, "and according to the rights of the case, if I can manage to understand it."

— «Es, pues, el caso —dijo el labrador—, señor bueno, que un vecino deste lugar, tan gordo que pesa once arrobas, desafió a correr a otro su vecino, que no pesa más que cinco. Fue la condición que habían de correr una carrera de cien pasos con pesos iguales; y, habiéndole preguntado al desafiador cómo se había de igualar el peso, dijo que el desafiado, que pesa cinco arrobas, se pusiese seis de hierro a cuestas, y así se igualarían las once arrobas del flaco con las once del gordo.»

"Well, here it is, worthy sir," said the peasant; "a man of this village who is so fat that he weighs twenty stone challenged another, a neighbour of his, who does not weigh more than nine, to run a race. The agreement was that they were to run a distance of a hundred paces with equal weights; and when the challenger was asked

how the weights were to be equalised he said that
the other, as he weighed nine stone, should put
eleven in iron on his back, and that in this way
the twenty stone of the thin man would equal the
twenty stone of the fat one."

— Eso no —dijo a esta sazón Sancho, antes que don Quijote
respondiese—. Y a mí, que ha pocos días que salí de ser
gobernador y juez, como todo el mundo sabe, toca averiguar
estas dudas y dar parecer en todo pleito.

"Not at all," exclaimed Sancho at once, before
Don Quixote could answer; "it's for me, that only
a few days ago left off being a governor and a
judge, as all the world knows, to settle these
doubtful questions and give an opinion in
disputes of all sorts."

— Responde en buen hora —dijo don Quijote—, Sancho
amigo, que yo no estoy para dar migas a un gato, según
traigo alborotado y trastornado el juicio.

Con esta licencia, dijo Sancho a los labradores, que estaban
muchos alrededor dél la boca abierta, esperando la sentencia
de la suya:

"Answer in God's name, Sancho my friend," said
Don Quixote, "for I am not fit to give crumbs to
a cat, my wits are so confused and upset."

— Hermanos, lo que el gordo pide no lleva camino, ni tiene
sombra de justicia alguna; porque si es verdad lo que se dice,
que el desafiado puede escoger las armas, no es bien que éste
las escoja tales que le impidan ni estorben el salir vencedor; y
así, es mi parecer que el gordo desafiador se escamonde,
monde, entresaque, pula y atilde, y saque seis arrobas de sus
carnes, de aquí o de allí de su cuerpo, como mejor le pareciere
y estuviere; y desta manera, quedando en cinco arrobas de
peso, se igualará y ajustará con las cinco de su contrario, y así
podrán correr igualmente.

With this permission Sancho said to the peasants

683

who stood clustered round him, waiting with open
mouths for the decision to come from his,
"Brothers, what the fat man requires is not in
reason, nor has it a shadow of justice in it;
because, if it be true, as they say, that the
challenged may choose the weapons, the other has
no right to choose such as will prevent and keep
him from winning. My decision, therefore, is that
the fat challenger prune, peel, thin, trim and
correct himself, and take eleven stone of his
flesh off his body, here or there, as he pleases,
and as suits him best; and being in this way
reduced to nine stone weight, he will make
himself equal and even with nine stone of his
opponent, and they will be able to run on equal
terms."

— ¡Voto a tal —dijo un labrador que escuchó la sentencia de
Sancho— que este señor ha hablado como un bendito y
sentenciado como un canónigo! Pero a buen seguro que no ha
de querer quitarse el gordo una onza de sus carnes, cuanto
más seis arrobas.

"By all that's good," said one of the peasants as
he heard Sancho's decision, "but the gentleman
has spoken like a saint, and given judgment like
a canon! But I'll be bound the fat man won't part
with an ounce of his flesh, not to say eleven
stone."

— Lo mejor es que no corran —respondió otro—, porque el
flaco no se muela con el peso, ni el gordo se descarne; y
échese la mitad de la apuesta en vino, y llevemos estos
señores a la taberna de lo caro, y sobre mí la capa cuando
llueva.

"The best plan will be for them not to run," said
another, "so that neither the thin man break down
under the weight, nor the fat one strip himself
of his flesh; let half the wager be spent in
wine, and let's take these gentlemen to the
tavern where there's the best, and 'over me be

the cloak when it rains."

— Yo, señores —respondió don Quijote—, os lo agradezco, pero no puedo detenerme un punto, porque pensamientos y sucesos tristes me hacen parecer descortés y caminar más que de paso.

"I thank you, sirs," said Don Quixote; "but I cannot stop for an instant, for sad thoughts and unhappy circumstances force me to seem discourteous and to travel apace;"

Y así, dando de las espuelas a Rocinante, pasó adelante, dejándolos admirados de haber visto y notado así su estraña figura como la discreción de su criado, que por tal juzgaron a Sancho. Y otro de los labradores dijo:

and spurring Rocinante he pushed on, leaving them wondering at what they had seen and heard, at his own strange figure and at the shrewdness of his servant, for such they took Sancho to be; and another of them observed,

— Si el criado es tan discreto, ¡cuál debe de ser el amo! Yo apostaré que si van a estudiar a Salamanca, que a un tris han de venir a ser alcaldes de corte; que todo es burla, sino estudiar y más estudiar, y tener favor y ventura; y cuando menos se piensa el hombre, se halla con una vara en la mano o con una mitra en la cabeza.

"If the servant is so clever, what must the master be? I'll bet, if they are going to Salamanca to study, they'll come to be alcaldes of the Court in a trice; for it's a mere joke— only to read and read, and have interest and good luck; and before a man knows where he is he finds himself with a staff in his hand or a mitre on his head."

Aquella noche la pasaron amo y mozo en mitad del campo, al cielo raso y descubierto; y otro día, siguiendo su camino, vieron que hacia ellos venía un hombre de a pie, con unas alforjas al cuello y una azcona o chuzo en la mano, propio talle de correo de a pie; el cual, como llegó junto a don Quijote, adelantó el paso, y medio corriendo llegó a él, y, abrazándole por el muslo derecho, que no alcanzaba a más, le dijo, con muestras de mucha alegría:

That night master and man passed out in the fields in the open air, and the next day as they were pursuing their journey they saw coming towards them a man on foot with alforjas at the neck and a javelin or spiked staff in his hand, the very cut of a foot courier; who, as soon as he came close to Don Quixote, increased his pace and half running came up to him, and embracing his right thigh, for he could reach no higher, exclaimed with evident pleasure,

— ¡Oh mi señor don Quijote de la Mancha, y qué gran contento ha de llegar al corazón de mi señor el duque cuando sepa que vuestra merced vuelve a su castillo, que todavía se está en él con mi señora la duquesa!

"O Señor Don Quixote of La Mancha, what happiness it will be to the heart of my lord the duke when he knows your worship is coming back to his castle, for he is still there with my lady the duchess!"

— No os conozco, amigo —respondió don Quijote—, ni sé quién sois, si vos no me lo decís.

"I do not recognise you, friend," said Don Quixote, "nor do I know who you are, unless you tell me."

— Yo, señor don Quijote —respondió el correo—, soy Tosilos, el lacayo del duque mi señor, que no quise pelear con vuestra merced sobre el casamiento de la hija de doña Rodríguez.

"I am Tosilos, my lord the duke's lacquey, Señor Don Quixote," replied the courier; "he who refused to fight your worship about marrying the daughter of Dona Rodriguez."

— ¡Válame Dios! —dijo don Quijote—. ¿Es posible que sois vos el que los encantadores mis enemigos transformaron en ese lacayo que decís, por defraudarme de la honra de aquella batalla?

"God bless me!" exclaimed Don Quixote; "is it possible that you are the one whom mine enemies the enchanters changed into the lacquey you speak of in order to rob me of the honour of that battle?"

— Calle, señor bueno —replicó el cartero—, que no hubo encanto alguno ni mudanza de rostro ninguna: tan lacayo Tosilos entré en la estacada como Tosilos lacayo salí della. Yo pensé casarme sin pelear, por haberme parecido bien la moza, pero sucedióme al revés mi pensamiento, pues, así como vuestra merced se partió de nuestro castillo, el duque mi señor me hizo dar cien palos por haber contravenido a las ordenanzas que me tenía dadas antes de entrar en la batalla, y todo ha parado en que la muchacha es ya monja, y doña Rodríguez se ha vuelto a Castilla, y yo voy ahora a Barcelona, a llevar un pliego de cartas al virrey, que le envía mi amo. Si vuestra merced quiere un traguito, aunque caliente, puro, aquí llevo una calabaza llena de lo caro, con no sé cuántas rajitas de queso de Tronchón, que servirán de llamativo y despertador de la sed, si acaso está durmiendo.

"Nonsense, good sir!" said the messenger; "there was no enchantment or transformation at all; I entered the lists just as much lacquey Tosilos as I came out of them lacquey Tosilos. I thought to marry without fighting, for the girl had taken my fancy; but my scheme had a very different result, for as soon as your worship had left the castle my lord the duke had a hundred strokes of the stick given me for having acted contrary to the orders he gave me before engaging in the combat; and the end of the whole affair is that the girl has become a nun, and Dona Rodriguez has gone back to Castile, and I am now on my way to

687

Barcelona with a packet of letters for the viceroy which my master is sending him. If your worship would like a drop, sound though warm, I have a gourd here full of the best, and some scraps of Tronchon cheese that will serve as a provocative and wakener of your thirst if so be it is asleep."

— Quiero el envite —dijo Sancho—, y échese el resto de la cortesía, y escancie el buen Tosilos, a despecho y pesar de cuantos encantadores hay en las Indias.

"I take the offer," said Sancho; "no more compliments about it; pour out, good Tosilos, in spite of all the enchanters in the Indies."

— En fin —dijo don Quijote—, tú eres, Sancho, el mayor glotón del mundo y el mayor ignorante de la tierra, pues no te persuades que este correo es encantado, y este Tosilos contrahecho. Quédate con él y hártate, que yo me iré adelante poco a poco, esperándote a que vengas.

"Thou art indeed the greatest glutton in the world, Sancho," said Don Quixote, "and the greatest booby on earth, not to be able to see that this courier is enchanted and this Tosilos a sham one; stop with him and take thy fill; I will go on slowly and wait for thee to come up with me."

Rióse el lacayo, desenvainó su calabaza, desalforjó sus rajas, y, sacando un panecillo, él y Sancho se sentaron sobre la yerba verde, y en buena paz compaña despabilaron y dieron fondo con todo el repuesto de las alforjas, con tan buenos alientos, que lamieron el pliego de las cartas, sólo porque olía a queso.

The lacquey laughed, unsheathed his gourd, unwalletted his scraps, and taking out a small loaf of bread he and Sancho seated themselves on the green grass, and in peace and good fellowship finished off the contents of the alforjas down to the bottom, so resolutely that they licked the wrapper of the letters, merely because it smelt of cheese.

Dijo Tosilos a Sancho: — Sin duda este tu amo, Sancho amigo, debe de ser un loco.

Said Tosilos to Sancho, "Beyond a doubt, Sancho my friend, this master of thine ought to be a madman."

— ¿Cómo debe? —respondió Sancho—. No debe nada a nadie, que todo lo paga, y más cuando la moneda es locura. Bien lo veo yo, y bien se lo digo a él; pero, ¿qué aprovecha? Y más agora que va rematado, porque va vencido del Caballero de la Blanca Luna.

"Ought!" said Sancho; "he owes no man anything; he pays for everything, particularly when the coin is madness. I see it plain enough, and I tell him so plain enough; but what's the use? especially now that it is all over with him, for here he is beaten by the Knight of the White Moon."

Rogóle Tosilos le contase lo que le había sucedido, pero Sancho le respondió que era descortesía dejar que su amo le esperase; que otro día, si se encontrasen, habría lugar par ello. Y, levantándose, después de haberse sacudido el sayo y las migajas de las barbas, antecogió al rucio, y, diciendo "a Dios", dejó a Tosilos y alcanzó a su amo, que a la sombra de un árbol le estaba esperando.

Tosilos begged him to explain what had happened him, but Sancho replied that it would not be good manners to leave his master waiting for him; and that some other day if they met there would be time enough for that; and then getting up, after shaking his doublet and brushing the crumbs out of his beard, he drove Dapple on before him, and bidding adieu to Tosilos left him and rejoined his master, who was waiting for him under the shade of a tree.

Capítulo LXVII. De la resolución que tomó don Quijote de hacerse pastor y seguir la vida del campo, en tanto que se pasaba el año de su promesa, con otros sucesos en verdad gustosos y buenos

CHAPTER LXVII. OF THE RESOLUTION DON QUIXOTE FORMED TO TURN SHEPHERD AND TAKE TO A LIFE IN THE FIELDS WHILE THE YEAR FOR WHICH HE HAD GIVEN HIS WORD WAS RUNNING ITS COURSE; WITH OTHER EVENTS TRULY DELECTABLE AND HAPPY

Si muchos pensamientos fatigaban a don Quijote antes de ser derribado, muchos más le fatigaron después de caído. A la sombra del árbol estaba, como se ha dicho, y allí, como moscas a la miel, le acudían y picaban pensamientos: unos iban al desencanto de Dulcinea y otros a la vida que había de hacer en su forzosa retirada. Llegó Sancho y alabóle la liberal condición del lacayo Tosilos.

If a multitude of reflections used to harass Don Quixote before he had been overthrown, a great many more harassed him since his fall. He was under the shade of a tree, as has been said, and there, like flies on honey, thoughts came crowding upon him and stinging him. Some of them turned upon the disenchantment of Dulcinea, others upon the life he was about to lead in his enforced retirement. Sancho came up and spoke in high praise of the generous disposition of the lacquey Tosilos.

— ¿Es posible —le dijo don Quijote— que todavía, ¡oh Sancho!, pienses que aquél sea verdadero lacayo? Parece que se te ha ido de las mientes haber visto a Dulcinea convertida y transformada en labradora, y al Caballero de los Espejos en el bachiller Carrasco, obras todas de los encantadores que me persiguen. Pero dime agora: ¿preguntaste a ese Tosilos que dices qué ha hecho Dios de Altisidora: si ha llorado mi ausencia, o si ha dejado ya en las manos del olvido los

enamorados pensamientos que en mi presencia la fatigaban?

"Is it possible, Sancho," said Don Quixote, "that thou dost still think that he yonder is a real lacquey? Apparently it has escaped thy memory that thou hast seen Dulcinea turned and transformed into a peasant wench, and the Knight of the Mirrors into the bachelor Carrasco; all the work of the enchanters that persecute me. But tell me now, didst thou ask this Tosilos, as thou callest him, what has become of Altisidora, did she weep over my absence, or has she already consigned to oblivion the love thoughts that used to afflict her when I was present?"

— No eran —respondió Sancho— los que yo tenía tales que me diesen lugar a preguntar boberías. ¡Cuerpo de mí!, señor, ¿está vuestra merced ahora en términos de inquirir pensamientos ajenos, especialmente amorosos?

"The thoughts that I had," said Sancho, "were not such as to leave time for asking fool's questions. Body o' me, señor! is your worship in a condition now to inquire into other people's thoughts, above all love thoughts?"

— Mira, Sancho —dijo don Quijote—, mucha diferencia hay de las obras que se hacen por amor a las que se hacen por agradecimiento. Bien puede ser que un caballero sea desamorado, pero no puede ser, hablando en todo rigor, que sea desagradecido. Quísome bien, al parecer, Altisidora; diome los tres tocadores que sabes, lloró en mi partida, maldíjome, vituperóme, quejóse, a despecho de la vergüenza, públicamente: señales todas de que me adoraba, que las iras de los amantes suelen parar en maldiciones. Yo no tuve esperanzas que darle, ni tesoros que ofrecerle, porque las mías las tengo entregadas a Dulcinea, y los tesoros de los caballeros andantes son, como los de los duendes, aparentes y falsos, y sólo puedo darle estos acuerdos que della tengo, sin perjuicio, pero, de los que tengo de Dulcinea, a quien tú agravias con la remisión que tienes en azotarte y en castigar esas carnes, que vea yo comidas de lobos, que quieren guardarse antes para los gusanos que para el remedio de aquella pobre señora.

"Look ye, Sancho," said Don Quixote, "there is a great difference between what is done out of love and what is done out of gratitude. A knight may very possibly be proof against love; but it is impossible, strictly speaking, for him to be ungrateful. Altisidora, to all appearance, loved me truly; she gave me the three kerchiefs thou knowest of; she wept at my departure, she cursed me, she abused me, casting shame to the winds she bewailed herself in public; all signs that she adored me; for the wrath of lovers always ends in curses. I had no hopes to give her, nor treasures to offer her, for mine are given to Dulcinea, and the treasures of knights-errant are like those of the fairies,' illusory and deceptive; all I can give her is the place in my memory I keep for her, without prejudice, however, to that which I hold devoted to Dulcinea, whom thou art wronging by thy remissness in whipping thyself and scourging that flesh—would that I saw it eaten by wolves—which would rather keep itself for the worms than for the relief of that poor lady."

— Señor —respondió Sancho—, si va a decir la verdad, yo no me puedo persuadir que los azotes de mis posaderas tengan que ver con los desencantos de los encantados, que es como si dijésemos: "Si os duele la cabeza, untaos las rodillas". A lo menos, yo osaré jurar que en cuantas historias vuesa merced ha leído que tratan de la andante caballería no ha visto algún desencantado por azotes; pero, por sí o por no, yo me los daré, cuando tenga gana y el tiempo me dé comodidad para castigarme.

"Señor," replied Sancho, "if the truth is to be told, I cannot persuade myself that the whipping of my backside has anything to do with the

disenchantment of the enchanted; it is like
saying, 'If your head aches rub ointment on your
knees;' at any rate I'll make bold to swear that
in all the histories dealing with knight-errantry
that your worship has read you have never come
across anybody disenchanted by whipping; but
whether or no I'll whip myself when I have a
fancy for it, and the opportunity serves for
scourging myself comfortably."

— Dios lo haga —respondió don Quijote—, y los cielos te den
gracia para que caigas en la cuenta y en la obligación que te
corre de ayudar a mi señora, que lo es tuya, pues tú eres mío.

"God grant it," said Don Quixote; "and heaven
give thee grace to take it to heart and own the
obligation thou art under to help my lady, who is
thine also, inasmuch as thou art mine."

En estas pláticas iban siguiendo su camino, cuando llegaron
al mesmo sitio y lugar donde fueron atropellados de los toros.
Reconocióle don Quijote; dijo a Sancho:

As they pursued their journey talking in this way
they came to the very same spot where they had
been trampled on by the bulls. Don Quixote
recognised it, and said he to Sancho,

— Éste es el prado donde topamos a las bizarras pastoras y
gallardos pastores que en él querían renovar e imitar a la
pastoral Arcadia, pensamiento tan nuevo como discreto, a
cuya imitación, si es que a ti te parece bien, querría, ¡oh
Sancho!, que nos convirtiésemos en pastores, siquiera el
tiempo que tengo de estar recogido. Yo compraré algunas
ovejas, y todas las demás cosas que al pastoral ejercicio son
necesarias, y llamándome yo el pastor Quijotiz, y tú el pastor
Pancino, nos andaremos por los montes, por las selvas y por
los prados, cantando aquí, endechando allí, bebiendo de los
líquidos cristales de las fuentes, o ya de los limpios
arroyuelos, o de los caudalosos ríos. Daránnos con
abundantísima mano de su dulcísimo fruto las encinas,

693

asiento los troncos de los durísimos alcornoques, sombra los sauces, olor las rosas, alfombras de mil colores matizadas los estendidos prados, aliento el aire claro y puro, luz la luna y las estrellas, a pesar de la escuridad de la noche, gusto el canto, alegría el lloro, Apolo versos, el amor conceptos, con que podremos hacernos eternos y famosos, no sólo en los presentes, sino en los venideros siglos.

"This is the meadow where we came upon those gay shepherdesses and gallant shepherds who were trying to revive and imitate the pastoral Arcadia there, an idea as novel as it was happy, in emulation whereof, if so be thou dost approve of it, Sancho, I would have ourselves turn shepherds, at any rate for the time I have to live in retirement. I will buy some ewes and everything else requisite for the pastoral calling; and, I under the name of the shepherd Quixotize and thou as the shepherd Panzino, we will roam the woods and groves and meadows singing songs here, lamenting in elegies there, drinking of the crystal waters of the springs or limpid brooks or flowing rivers. The oaks will yield us their sweet fruit with bountiful hand, the trunks of the hard cork trees a seat, the willows shade, the roses perfume, the widespread meadows carpets tinted with a thousand dyes; the clear pure air will give us breath, the moon and stars lighten the darkness of the night for us, song shall be our delight, lamenting our joy, Apollo will supply us with verses, and love with conceits whereby we shall make ourselves famed for ever, not only in this but in ages to come."

— Pardiez —dijo Sancho—, que me ha cuadrado, y aun esquinado, tal género de vida; y más, que no la ha de haber aún bien visto el bachiller Sansón Carrasco y maese Nicolás el barbero, cuando la han de querer seguir, y hacerse pastores con nosotros; y aun quiera Dios no le venga en voluntad al cura de entrar también en el aprisco, según es de alegre y

694

amigo de holgarse.

"Egad," said Sancho, "but that sort of life squares, nay corners, with my notions; and what is more the bachelor Samson Carrasco and Master Nicholas the barber won't have well seen it before they'll want to follow it and turn shepherds along with us; and God grant it may not come into the curate's head to join the sheepfold too, he's so jovial and fond of enjoying himself."

— Tú has dicho muy bien —dijo don Quijote—; y podrá llamarse el bachiller Sansón Carrasco, si entra en el pastoral gremio, como entrará sin duda, el pastor Sansonino, o ya el pastor Carrascón; el barbero Nicolás se podrá llamar Miculoso, como ya el antiguo Boscán se llamó Nemoroso; al cura no sé qué nombre le pongamos, si no es algún derivativo de su nombre, llamándole el pastor Curiambro. Las pastoras de quien hemos de ser amantes, como entre peras podremos escoger sus nombres; y, pues el de mi señora cuadra así al de pastora como al de princesa, no hay para qué cansarme en buscar otro que mejor le venga; tú, Sancho, pondrás a la tuya el que quisieres.

"Thou art in the right of it, Sancho," said Don Quixote; "and the bachelor Samson Carrasco, if he enters the pastoral fraternity, as no doubt he will, may call himself the shepherd Samsonino, or perhaps the shepherd Carrascon; Nicholas the barber may call himself Niculoso, as old Boscan formerly was called Nemoroso; as for the curate I don't know what name we can fit to him unless it be something derived from his title, and we call him the shepherd Curiambro. For the shepherdesses whose lovers we shall be, we can pick names as we would pears; and as my lady's name does just as well for a shepherdess's as for a princess's, I need not trouble myself to look for one that will suit her better; to thine, Sancho, thou canst give what name thou wilt."

695

— No pienso —respondió Sancho— ponerle otro alguno sino el de Teresona, que le vendrá bien con su gordura y con el propio que tiene, pues se llama Teresa; y más, que, celebrándola yo en mis versos, vengo a descubrir mis castos deseos, pues no ando a buscar pan de trastrigo por las casas ajenas. El cura no será bien que tenga pastora, por dar buen ejemplo; y si quisiere el bachiller tenerla, su alma en su palma.

"I don't mean to give her any but Teresona," said Sancho, "which will go well with her stoutness and with her own right name, as she is called Teresa; and then when I sing her praises in my verses I'll show how chaste my passion is, for I'm not going to look 'for better bread than ever came from wheat' in other men's houses. It won't do for the curate to have a shepherdess, for the sake of good example; and if the bachelor chooses to have one, that is his look-out."

— ¡Válame Dios —dijo don Quijote—, y qué vida nos hemos de dar, Sancho amigo! ¡Qué de churumbelas han de llegar a nuestros oídos, qué de gaitas zamoranas, qué tamborines, y qué de sonajas, y qué de rabeles! Pues, ¡qué si destas diferencias de músicas resuena la de los albogues! Allí se verá casi todos los instrumentos pastorales.

"God bless me, Sancho my friend!" said Don Quixote, "what a life we shall lead! What hautboys and Zamora bagpipes we shall hear, what tabors, timbrels, and rebecks! And then if among all these different sorts of music that of the albogues is heard, almost all the pastoral instruments will be there."

— ¿Qué son albogues —preguntó Sancho—, que ni los he oído nombrar, ni los he visto en toda mi vida?

"What are albogues?" asked Sancho, "for I never in my life heard tell of them or saw them."

— Albogues son —respondió don Quijote— unas chapas a

modo de candeleros de azófar, que, dando una con otra por lo vacío y hueco, hace un son, si no muy agradable ni armónico, no descontenta, y viene bien con la rusticidad de la gaita y del tamborín; y este nombre albogues es morisco, como lo son todos aquellos que en nuestra lengua castellana comienzan en al, conviene a saber: almohaza, almorzar, alhombra, alguacil, alhucema, almacén, alcancía, y otros semejantes, que deben ser pocos más; y solos tres tiene nuestra lengua que son moriscos y acaban en i, y son: borceguí, zaquizamí y maravedí. Alhelí y alfaquí, tanto por el al primero como por el i en que acaban, son conocidos por arábigos. Esto te he dicho, de paso, por habérmelo reducido a la memoria la ocasión de haber nombrado albogues; y hanos de ayudar mucho al parecer en perfeción este ejercicio el ser yo algún tanto poeta, como tú sabes, y el serlo también en estremo el bachiller Sansón Carrasco. Del cura no digo nada; pero yo apostaré que debe de tener sus puntas y collares de poeta; y que las tenga también maese Nicolás, no dudo en ello, porque todos, o los más, son guitarristas y copleros. Yo me quejaré de ausencia; tú te alabarás de firme enamorado; el pastor Carrascón, de desdeñado; y el cura Curiambro, de lo que él más puede servirse, y así, andará la cosa que no haya más que desear.

"Albogues," said Don Quixote, "are brass plates like candlesticks that struck against one another on the hollow side make a noise which, if not very pleasing or harmonious, is not disagreeable and accords very well with the rude notes of the bagpipe and tabor. The word albogue is Morisco, as are all those in our Spanish tongue that begin with al; for example, almohaza, almorzar, alhombra, alguacil, alhucema, almacen, alcancia, and others of the same sort, of which there are not many more; our language has only three that are Morisco and end in i, which are borcegui, zaquizami, and maravedi. Alheli and alfaqui are seen to be Arabic, as well by the al at the

697

beginning as by the they end with. I mention this incidentally, the chance allusion to albogues having reminded me of it; and it will be of great assistance to us in the perfect practice of this calling that I am something of a poet, as thou knowest, and that besides the bachelor Samson Carrasco is an accomplished one. Of the curate I say nothing; but I will wager he has some spice of the poet in him, and no doubt Master Nicholas too, for all barbers, or most of them, are guitar players and stringers of verses. I will bewail my separation; thou shalt glorify thyself as a constant lover; the shepherd Carrascon will figure as a rejected one, and the curate Curiambro as whatever may please him best; and so all will go as gaily as heart could wish."

A lo que respondió Sancho: — Yo soy, señor, tan desgraciado que temo no ha de llegar el día en que en tal ejercicio me vea. ¡Oh, qué polidas cuchares tengo de hacer cuando pastor me vea! ¡Qué de migas, qué de natas, qué de guirnaldas y qué de zarandajas pastoriles, que, puesto que no me granjeen fama de discreto, no dejarán de granjearme la de ingenioso! Sanchica mi hija nos llevará la comida al hato. Pero, ¡guarda!, que es de buen parecer, y hay pastores más maliciosos que simples, y no querría que fuese por lana y volviese trasquilada; y también suelen andar los amores y los no buenos deseos por los campos como por las ciudades, y por las pastorales chozas como por los reales palacios, y, quitada la causa se quita el pecado; y ojos que no veen, corazón que no quiebra; y más vale salto de mata que ruego de hombres buenos.

To this Sancho made answer, "I am so unlucky, señor, that I'm afraid the day will never come when I'll see myself at such a calling. O what neat spoons I'll make when I'm a shepherd! What messes, creams, garlands, pastoral odds and ends! And if they don't get me a name for wisdom, they'll not fail to get me one for ingenuity. My daughter Sanchica will bring us our dinner to the pasture. But stay-she's good-looking, and shepherds there are with more mischief than simplicity in them; I would not have her 'come for wool and go back shorn;' love-making and lawless desires are just as common in the fields as in the cities, and in shepherds' shanties as in royal palaces; 'do away with the cause, you do away with the sin;' 'if eyes don't see hearts don't break' and 'better a clear escape than good men's prayers.'"

— No más refranes, Sancho —dijo don Quijote—, pues cualquiera de los que has dicho basta para dar a entender tu pensamiento; y muchas veces te he aconsejado que no seas tan pródigo en refranes y que te vayas a la mano en decirlos; pero paréceme que es predicar en desierto, y "castígame mi madre, y yo trómpogelas".

"A truce to thy proverbs, Sancho," exclaimed Don Quixote; "any one of those thou hast uttered would suffice to explain thy meaning; many a time have I recommended thee not to be so lavish with proverbs and to exercise some moderation in delivering them; but it seems to me it is only 'preaching in the desert;' 'my mother beats me and I go on with my tricks.'"

— Paréceme —respondió Sancho— que vuesa merced es como lo que dicen: "Dijo la sartén a la caldera: Quítate allá ojinegra". Estáme reprehendiendo que no diga yo refranes, y ensártalos vuesa merced de dos en dos.

"It seems to me," said Sancho, "that your worship is like the common saying, 'Said the frying-pan to the kettle, Get away, blackbreech.' You chide me for uttering proverbs, and you string them in couples yourself."

— Mira, Sancho —respondió don Quijote—: yo traigo los refranes a propósito, y vienen cuando los digo como anillo en el dedo; pero tráeslos tan por los cabellos, que los arrastras, y no los guías; y si no me acuerdo mal, otra vez te he dicho que los refranes son sentencias breves, sacadas de la experiencia y especulación de nuestros antiguos sabios; y el refrán que no viene a propósito, antes es disparate que sentencia. Pero dejémonos desto, y, pues ya viene la noche, retirémonos del camino real algún trecho, donde pasaremos esta noche, y Dios sabe lo que será mañana.

"Observe, Sancho," replied Don Quixote, "I bring in proverbs to the purpose, and when I quote them they fit like a ring to the finger; thou bringest them in by the head and shoulders, in such a way that thou dost drag them in, rather than introduce them; if I am not mistaken, I have told thee already that proverbs are short maxims drawn from the experience and observation of our wise men of old; but the proverb that is not to the purpose is a piece of nonsense and not a maxim. But enough of this; as nightfall is drawing on let us retire some little distance from the high road to pass the night; what is in store for us to-morrow God knoweth."

Retiráronse, cenaron tarde y mal, bien contra la voluntad de Sancho, a quien se le representaban las estrechezas de la andante caballería usadas en las selvas y en los montes, si bien tal vez la abundancia se mostraba en los castillos y casas, así de don Diego de Miranda como en las bodas del rico Camacho, y de don Antonio Moreno; pero consideraba no ser posible ser siempre de día ni siempre de noche, y así, pasó aquélla durmiendo, y su amo velando.

They turned aside, and supped late and poorly, very much against Sancho's will, who turned over in his mind the hardships attendant upon knight-errantry in woods and forests, even though at times plenty presented itself in castles and houses, as at Don Diego de Miranda's, at the wedding of Camacho the Rich, and at Don Antonio Moreno's; he reflected, however, that it could

700

not be always day, nor always night; and so that night he passed in sleeping, and his master in waking.

Capítulo LXVIII. De la cerdosa aventura que le aconteció a don Quijote

CHAPTER LXVIII. OF THE BRISTLY ADVENTURE THAT BEFELL DON QUIXOTE

Era la noche algo escura, puesto que la luna estaba en el cielo, pero no en parte que pudiese ser vista: que tal vez la señora Diana se va a pasear a los antípodas, y deja los montes negros y los valles escuros. Cumplió don Quijote con la naturaleza durmiendo el primer sueño, sin dar lugar al segundo; bien al revés de Sancho, que nunca tuvo segundo, porque le duraba el sueño desde la noche hasta la mañana, en que se mostraba su buena complexión y pocos cuidados. Los de don Quijote le desvelaron de manera que despertó a Sancho y le dijo:

The night was somewhat dark, for though there was a moon in the sky it was not in a quarter where she could be seen; for sometimes the lady Diana goes on a stroll to the antipodes, and leaves the mountains all black and the valleys in darkness. Don Quixote obeyed nature so far as to sleep his first sleep, but did not give way to the second, very different from Sancho, who never had any second, because with him sleep lasted from night till morning, wherein he showed what a sound constitution and few cares he had. Don Quixote's cares kept him restless, so much so that he awoke Sancho and said to him,

— Maravillado estoy, Sancho, de la libertad de tu condición: yo imagino que eres hecho de mármol, o de duro bronce, en quien no cabe movimiento ni sentimiento alguno. Yo velo cuando tú duermes, yo lloro cuando cantas, yo me desmayo de ayuno cuanto tú estás perezoso y desalentado de puro harto. De buenos criados es conllevar las penas de sus señores y sentir sus sentimientos, por el bien parecer siquiera. Mira la serenidad desta noche, la soledad en que estamos, que nos convida a entremeter alguna vigilia entre nuestro sueño. Levántate, por tu vida, y desvíate algún trecho de aquí, y con buen ánimo y denuedo agradecido date trecientos o cuatrocientos azotes a buena cuenta de los del desencanto de Dulcinea; y esto rogando te lo suplico, que no quiero venir contigo a los brazos, como la otra vez, porque sé que los tienes pesados. Después que te hayas dado, pasaremos lo que resta de la noche cantando, yo mi ausencia y tú tu firmeza, dando desde agora principio al ejercicio pastoral que hemos de tener en nuestra aldea.

"I am amazed, Sancho, at the unconcern of thy temperament. I believe thou art made of marble or hard brass, incapable of any emotion or feeling whatever. I lie awake while thou sleepest, I weep while thou singest, I am faint with fasting while thou art sluggish and torpid from pure repletion. It is the duty of good servants to share the sufferings and feel the sorrows of their masters, if it be only for the sake of appearances. See the calmness of the night, the solitude of the spot, inviting us to break our slumbers by a vigil of some sort. Rise as thou livest, and retire a little distance, and with a good heart and cheerful courage give thyself three or four hundred lashes on account of Dulcinea's disenchantment score; and this I entreat of thee, making it a request, for I have no desire to come to grips with thee a second time, as I know thou hast a heavy hand. As soon as thou hast laid them on we will pass the rest of the night, I singing my separation, thou thy constancy, making a beginning at once with the pastoral life we are to follow at our village."

— Señor —respondió Sancho—, no soy yo religioso para que desde la mitad de mi sueño me levante y me dicipline, ni menos me parece que del estremo del dolor de los azotes se pueda pasar al de la música. Vuesa merced me deje dormir y no me apriete en lo del azotarme; que me hará hacer

703

juramento de no tocarme jamás al pelo del sayo, no que al de mis carnes.

"Señor," replied Sancho, "I'm no monk to get up out of the middle of my sleep and scourge myself, nor does it seem to me that one can pass from one extreme of the pain of whipping to the other of music. Will your worship let me sleep, and not worry me about whipping myself? or you'll make me swear never to touch a hair of my doublet, not to say my flesh."

— ¡Oh alma endurecida! ¡Oh escudero sin piedad! ¡Oh pan mal empleado y mercedes mal consideradas las que te he hecho y pienso de hacerte! Por mí te has visto gobernador, y por mí te vees con esperanzas propincuas de ser conde, o tener otro título equivalente, y no tardará el cumplimiento de ellas más de cuanto tarde en pasar este año; que yo post tenebras spero lucem.

"O hard heart!" said Don Quixote, "O pitiless squire! O bread ill-bestowed and favours ill-acknowledged, both those I have done thee and those I mean to do thee! Through me hast thou seen thyself a governor, and through me thou seest thyself in immediate expectation of being a count, or obtaining some other equivalent title, for I-post tenebras spero lucem."

— No entiendo eso —replico Sancho—; sólo entiendo que, en tanto que duermo, ni tengo temor, ni esperanza, ni trabajo ni gloria; y bien haya el que inventó el sueño, capa que cubre todos los humanos pensamientos, manjar que quita la hambre, agua que ahuyenta la sed, fuego que calienta el frío, frío que templa el ardor, y, finalmente, moneda general con que todas las cosas se compran, balanza y peso que iguala al pastor con el rey y al simple con el discreto. Sola una cosa tiene mala el sueño, según he oído decir, y es que se parece a la muerte, pues de un dormido a un muerto hay muy poca diferencia.

"I don't know what that is," said Sancho; "all I know is that so long as I am asleep I have neither fear nor hope, trouble nor glory; and good luck betide him that invented sleep, the cloak that covers over all a man's thoughts, the food that removes hunger, the drink that drives away thirst, the fire that warms the cold, the cold that tempers the heat, and, to wind up with, the universal coin wherewith everything is bought, the weight and balance that makes the shepherd equal with the king and the fool with the wise man. Sleep, I have heard say, has only one fault, that it is like death; for between a sleeping man and a dead man there is very little difference."

— Nunca te he oído hablar, Sancho —dijo don Quijote—, tan elegantemente como ahora, por donde vengo a conocer ser verdad el refrán que tú algunas veces sueles decir: "No con quien naces, sino con quien paces".

"Never have I heard thee speak so elegantly as now, Sancho," said Don Quixote; "and here I begin to see the truth of the proverb thou dost sometimes quote, 'Not with whom thou art bred, but with whom thou art fed.'"

— ¡Ah, pesia tal —replicó Sancho—, señor nuestro amo! No soy yo ahora el que ensarta refranes, que también a vuestra merced se le caen de la boca de dos en dos mejor que a mí, sino que debe de haber entre los míos y los suyos esta diferencia: que los de vuestra merced vendrán a tiempo y los míos a deshora; pero, en efecto, todos son refranes.

"Ha, by my life, master mine," said Sancho, "it's not I that am stringing proverbs now, for they drop in pairs from your worship's mouth faster than from mine; only there is this difference between mine and yours, that yours are well-timed and mine are untimely; but anyhow, they are all proverbs."

En esto estaban, cuando sintieron un sordo estruendo y un áspero ruido, que por todos aquellos valles se estendía. Levantóse en pie don Quijote y puso mano a la espada, y Sancho se agazapó debajo del rucio, poniéndose a los lados el lío de las armas, y la albarda de su jumento, tan temblando de miedo como alborotado don Quijote. De punto en punto iba creciendo el ruido, y, llegándose cerca a los dos temerosos; a lo menos, al uno, que al otro, ya se sabe su valentía.

At this point they became aware of a harsh indistinct noise that seemed to spread through all the valleys around. Don Quixote stood up and laid his hand upon his sword, and Sancho ensconced himself under Dapple and put the bundle of armour on one side of him and the ass's pack-saddle on the other, in fear and trembling as great as Don Quixote's perturbation. Each instant the noise increased and came nearer to the two terrified men, or at least to one, for as to the other, his courage is known to all.

Es, pues, el caso que llevaban unos hombres a vender a una feria más de seiscientos puercos, con los cuales caminaban a aquellas horas, y era tanto el ruido que llevaban y el gruñir y el bufar, que ensordecieron los oídos de don Quijote y de Sancho, que no advirtieron lo que ser podía. Llegó de tropel la estendida y gruñidora piara, y, sin tener respeto a la autoridad de don Quijote, ni a la de Sancho, pasaron por cima de los dos, deshaciendo las trincheas de Sancho, y derribando no sólo a don Quijote, sino llevando por añadidura a Rocinante. El tropel, el gruñir, la presteza con que llegaron los animales inmundos, puso en confusión y por el suelo a la albarda, a las armas, al rucio, a Rocinante, a Sancho y a don Quijote.

The fact of the matter was that some men were taking above six hundred pigs to sell at a fair, and were on their way with them at that hour, and so great was the noise they made and their grunting and blowing, that they deafened the ears of Don Quixote and Sancho Panza, and they could not make out what it was. The wide-spread grunting drove came on in a surging mass, and without showing any respect for Don Quixote's dignity or Sancho's, passed right over the pair of them, demolishing Sancho's entrenchments, and not only upsetting Don Quixote but sweeping Rocinante off his feet into the bargain; and what with the trampling and the grunting, and the pace at which the unclean beasts went, pack-saddle, armour, Dapple and Rocinante were left scattered on the ground and Sancho and Don Quixote at their wits' end.

Levantóse Sancho como mejor pudo, y pidió a su amo la espada, diciéndole que quería matar media docena de aquellos señores y descomedidos puercos, que ya había conocido que lo eran.

Sancho got up as well as he could and begged his master to give him his sword, saying he wanted to kill half a dozen of those dirty unmannerly pigs, for he had by this time found out that that was what they were.

Don Quijote le dijo: — Déjalos estar, amigo, que esta afrenta es pena de mi pecado, y justo castigo del cielo es que a un caballero andante vencido le coman adivas, y le piquen avispas y le hollen puercos.

"Let them be, my friend," said Don Quixote; "this insult is the penalty of my sin; and it is the righteous chastisement of heaven that jackals should devour a vanquished knight, and wasps sting him and pigs trample him under foot."

— También debe de ser castigo del cielo —respondió Sancho — que a los escuderos de los caballeros vencidos los puncen moscas, los coman piojos y les embista la hambre. Si los escuderos fuéramos hijos de los caballeros a quien servimos, o parientes suyos muy cercanos, no fuera mucho que nos alcanzara la pena de sus culpas hasta la cuarta generación; pero, ¿qué tienen que ver los Panzas con los Quijotes? Ahora bien: tornémonos a acomodar y durmamos lo poco que queda de la noche, y amanecerá Dios y medraremos.

"I suppose it is the chastisement of heaven, too," said Sancho, "that flies should prick the squires of vanquished knights, and lice eat them, and hunger assail them. If we squires were the sons of the knights we serve, or their very near relations, it would be no wonder if the penalty of their misdeeds overtook us, even to the fourth generation. But what have the Panzas to do with the Quixotes? Well, well, let's lie down again and sleep out what little of the night there's left, and God will send us dawn and we shall be all right."

— Duerme tú, Sancho —respondió don Quijote—, que naciste para dormir; que yo, que nací para velar, en el tiempo que falta de aquí al día, daré rienda a mis pensamientos, y los desfogaré en un madrigalete, que, sin que tú lo sepas, anoche compuse en la memoria.

"Sleep thou, Sancho," returned Don Quixote, "for thou wast born to sleep as I was born to watch; and during the time it now wants of dawn I will give a loose rein to my thoughts, and seek a vent for them in a little madrigal which, unknown to thee, I composed in my head last night."

— A mí me parece —respondió Sancho— que los pensamientos que dan lugar a hacer coplas no deben de ser muchos. Vuesa merced coplee cuanto quisiere, que yo dormiré cuanto pudiere.

"I should think," said Sancho, "that the thoughts that allow one to make verses cannot be of great consequence; let your worship string verses as much as you like and I'll sleep as much as I can;"

Y luego, tomando en el suelo cuanto quiso, se acurrucó y durmió a sueño suelto, sin que fianzas, ni deudas, ni dolor alguno se lo estorbase. Don Quijote, arrimado a un tronco de una haya o de un alcornoque —que Cide Hamete Benengeli no distingue el árbol que era—, al son de sus mesmos suspiros, cantó de esta suerte:

and forthwith, taking the space of ground he required, he muffled himself up and fell into a sound sleep, undisturbed by bond, debt, or trouble of any sort. Don Quixote, propped up against the trunk of a beech or a cork tree—for Cide Hamete does not specify what kind of tree it was—sang in this strain to the accompaniment of his own sighs:

-Amor, cuando yo pienso
en el mal que me das, terrible y fuerte,
voy corriendo a la muerte,
pensando así acabar mi mal inmenso;
mas, en llegando al paso
que es puerto en este mar de mi tormento,
tanta alegría siento,
que la vida se esfuerza y no le paso.
Así el vivir me mata,
que la muerte me torna a dar la vida.
¡Oh condición no oída,
la que conmigo muerte y vida trata!

When in my mind
I muse, O Love, upon thy cruelty,
To death I flee,
In hope therein the end of all to find.

But drawing near
That welcome haven in my sea of woe,
Such joy I know,
That life revives, and still I linger here.

Thus life doth slay,
And death again to life restoreth me;

Strange destiny,
That deals with life and death as with a play!

Cada verso déstos acompañaba con muchos suspiros y no pocas lágrimas, bien como aquél cuyo corazón tenía traspasado con el dolor del vencimiento y con la ausencia de Dulcinea.

He accompanied each verse with many sighs and not a few tears, just like one whose heart was pierced with grief at his defeat and his separation from Dulcinea.

Llegóse en esto el día, dio el sol con sus rayos en los ojos a Sancho, despertó y esperezóse, sacudiéndose y estirándose los perezosos miembros; miró el destrozo que habían hecho los puercos en su repostería, y maldijo la piara y aun más adelante. Finalmente, volvieron los dos a su comenzado camino, y al declinar de la tarde vieron que hacia ellos venían hasta diez hombres de a caballo y cuatro o cinco de a pie. Sobresaltóse el corazón de don Quijote y azoróse el de Sancho, porque la gente que se les llegaba traía lanzas y adargas y venía muy a punto de guerra. Volvióse don Quijote a Sancho, y díjole:

And now daylight came, and the sun smote Sancho on the eyes with his beams. He awoke, roused himself up, shook himself and stretched his lazy limbs, and seeing the havoc the pigs had made with his stores he cursed the drove, and more besides. Then the pair resumed their journey, and as evening closed in they saw coming towards them some ten men on horseback and four or five on foot. Don Quixote's heart beat quick and Sancho's quailed with fear, for the persons approaching them carried lances and bucklers, and were in very warlike guise. Don Quixote turned to Sancho and said,

— Si yo pudiera, Sancho, ejercitar mis armas, y mi promesa no me hubiera atado los brazos, esta máquina que sobre nosotros viene la tuviera yo por tortas y pan pintado, pero podría ser fuese otra cosa de la que tememos.

"If I could make use of my weapons, and my promise had not tied my hands, I would count this host that comes against us but cakes and fancy bread; but perhaps it may prove something different from what we apprehend."

Llegaron, en esto, los de a caballo, y arbolando las lanzas, sin hablar palabra alguna rodearon a don Quijote y se las pusieron a las espaldas y pechos, amenazándole de muerte. Uno de los de a pie, puesto un dedo en la boca, en señal de que callase, asió del freno de Rocinante y le sacó del camino; y los demás de a pie, antecogiendo a Sancho y al rucio, guardando todos maravilloso silencio, siguieron los pasos del que llevaba a don Quijote, el cual dos o tres veces quiso preguntar adónde le llevaban o qué querían; pero, apenas comenzaba a mover los labios, cuando se los iban a cerrar con los hierros de las lanzas; y a Sancho le acontecía lo mismo, porque, apenas daba muestras de hablar, cuando uno de los de a pie, con un aguijón, le punzaba, y al rucio ni más ni menos como si hablar quisiera. Cerró la noche, apresuraron el paso, creció en los dos presos el miedo, y más cuando oyeron que de cuando en cuando les decían:

The men on horseback now came up, and raising their lances surrounded Don Quixote in silence, and pointed them at his back and breast, menacing him with death. One of those on foot, putting his finger to his lips as a sign to him to be silent, seized Rocinante's bridle and drew him out of the road, and the others driving Sancho and Dapple before them, and all maintaining a strange silence, followed in the steps of the one who led Don Quixote. The latter two or three times attempted to ask where they were taking him to and what they wanted, but the instant he began to open his lips they threatened to close them with the points of their lances; and Sancho fared the same way, for the moment he seemed about to speak one of those on foot punched him with a goad, and Dapple likewise, as if he too wanted to talk. Night set in, they quickened their pace, and the fears of the two prisoners grew greater, especially as they heard themselves assailed with —

— ¡Caminad, trogloditas!

"Get on, ye Troglodytes;"

— ¡Callad, bárbaros!

"Silence, ye barbarians;"

— ¡Pagad, antropófagos!

— ¡No os quejéis, scitas, ni abráis los ojos, Polifemos matadores, leones carniceros!

"March, ye cannibals;" "No murmuring, ye Scythians;" "Don't open your eyes, ye murderous Polyphemes, ye blood-thirsty lions,"

Y otros nombres semejantes a éstos, con que atormentaban los oídos de los miserables amo y mozo. Sancho iba diciendo entre sí:

and suchlike names with which their captors harassed the ears of the wretched master and man. Sancho went along saying to himself,

— ¿Nosotros tortolitas? ¿Nosotros barberos ni estropajos? ¿Nosotros perritas, a quien dicen cita, cita? No me contentan nada estos nombres: a mal viento va esta parva; todo el mal nos viene junto, como al perro los palos, y ¡ojalá parase en ellos lo que amenaza esta aventura tan desventurada!

"We, tortolites, barbers, animals! I don't like those names at all; 'it's in a bad wind our corn is being winnowed;' 'misfortune comes upon us all at once like sticks on a dog,' and God grant it may be no worse than them that this unlucky adventure has in store for us."

Iba don Quijote embelesado, sin poder atinar con cuantos discursos hacía qué serían aquellos nombres llenos de vituperios que les ponían, de los cuales sacaba en limpio no esperar ningún bien y temer mucho mal. Llegaron, en esto, un hora casi de la noche, a un castillo, que bien conoció don Quijote que era el del duque, donde había poco que habían estado.

Don Quixote rode completely dazed, unable with the aid of all his wits to make out what could be the meaning of these abusive names they called them, and the only conclusion he could arrive at was that there was no good to be hoped for and much evil to be feared. And now, about an hour after midnight, they reached a castle which Don Quixote saw at once was the duke's, where they had been but a short time before.

— ¡Váleme Dios! —dijo, así como conoció la estancia— y ¿qué será esto? Sí que en esta casa todo es cortesía y buen comedimiento, pero para los vencidos el bien se vuelve en mal y el mal en peor.

"God bless me!" said he, as he recognised the mansion, "what does this mean? It is all courtesy and politeness in this house; but with the vanquished good turns into evil, and evil into worse."

Entraron al patio principal del castillo, y viéronle aderezado y puesto de manera que les acrecentó la admiración y les dobló el miedo, como se verá en el siguiente capítulo.

They entered the chief court of the castle and found it prepared and fitted up in a style that added to their amazement and doubled their fears, as will be seen in the following chapter.

Capítulo LXIX. Del más raro y más nuevo suceso que en todo el discurso desta grande historia avino a don Quijote

CHAPTER LXIX. OF THE STRANGEST AND MOST EXTRAORDINARY ADVENTURE THAT BEFELL DON QUIXOTE IN THE WHOLE COURSE OF THIS GREAT HISTORY

Apeáronse los de a caballo, y, junto con los de a pie, tomando en peso y arrebatadamente a Sancho y a don Quijote, los entraron en el patio, alrededor del cual ardían casi cien hachas, puestas en sus blandones, y, por los corredores del patio, más de quinientas luminarias; de modo que, a pesar de la noche, que se mostraba algo escura, no se echaba de ver la falta del día. En medio del patio se levantaba un túmulo como dos varas del suelo, cubierto todo con un grandísimo dosel de terciopelo negro, alrededor del cual, por sus gradas, ardían velas de cera blanca sobre más de cien candeleros de plata; encima del cual túmulo se mostraba un. cuerpo muerto de una tan hermosa doncella, que hacía parecer con su hermosura hermosa a la misma muerte. Tenía la cabeza sobre una almohada de brocado, coronada con una guirnalda de diversas y odoríferas flores tejida, las manos cruzadas sobre el pecho, y, entre ellas, un ramo de amarilla y vencedora palma.

The horsemen dismounted, and, together with the men on foot, without a moment's delay taking up Sancho and Don Quixote bodily, they carried them into the court, all round which near a hundred torches fixed in sockets were burning, besides above five hundred lamps in the corridors, so that in spite of the night, which was somewhat dark, the want of daylight could not be perceived. In the middle of the court was a catafalque, raised about two yards above the ground and covered completely by an immense canopy of black velvet, and on the steps all round it white wax tapers burned in more than a hundred silver candlesticks. Upon the catafalque was seen the dead body of a damsel so lovely that by her beauty she made death itself look beautiful. She lay with her head resting upon a cushion of brocade and crowned with a garland of sweet-smelling flowers of divers sorts, her hands crossed upon her bosom, and between them a branch of yellow palm of victory.

A un lado del patio estaba puesto un teatro, y en dos sillas sentados dos personajes, que, por tener coronas en la cabeza y ceptros en las manos, daban señales de ser algunos reyes, ya verdaderos o ya fingidos. Al lado deste teatro, adonde se subía por algunas gradas, estaban otras dos sillas, sobre las cuales los que trujeron los presos sentaron a don Quijote y a Sancho, todo esto callando y dándoles a entender con señales a los dos que asimismo callasen; pero, sin que se lo señalaran, callaron ellos, porque la admiración de lo que estaban mirando les tenía atadas las lenguas.

On one side of the court was erected a stage, where upon two chairs were seated two persons who from having crowns on their heads and sceptres in their hands appeared to be kings of some sort, whether real or mock ones. By the side of this stage, which was reached by steps, were two other chairs on which the men carrying the prisoners seated Don Quixote and Sancho, all in silence, and by signs giving them to understand that they too were to be silent; which, however, they would have been without any signs, for their amazement at all they saw held them tongue-tied.

Subieron, en esto, al teatro, con mucho acompañamiento, dos principales personajes, que luego fueron conocidos de don Quijote ser el duque y la duquesa, sus huéspedes, los cuales se sentaron en dos riquísimas sillas, junto a los dos que parecían reyes. ¿Quién no se había de admirar con esto, añadiéndose a ello haber conocido don Quijote que el cuerpo muerto que estaba sobre el túmulo era el de la hermosa

715

Altisidora?

And now two persons of distinction, who were at once recognised by Don Quixote as his hosts the duke and duchess, ascended the stage attended by a numerous suite, and seated themselves on two gorgeous chairs close to the two kings, as they seemed to be. Who would not have been amazed at this? Nor was this all, for Don Quixote had perceived that the dead body on the catafalque was that of the fair Altisidora.

Al subir el duque y la duquesa en el teatro, se levantaron don Quijote y Sancho y les hicieron una profunda humillación, y los duques hicieron lo mesmo, inclinando algún tanto las cabezas.

As the duke and duchess mounted the stage Don Quixote and Sancho rose and made them a profound obeisance, which they returned by bowing their heads slightly.

Salió, en esto, de través un ministro, y, llegándose a Sancho, le echó una ropa de bocací negro encima, toda pintada con llamas de fuego, y, quitándole la caperuza, le puso en la cabeza una coroza, al modo de las que sacan los penitenciados por el Santo Oficio; y díjole al oído que no descosiese los labios, porque le echarían una mordaza, o le quitarían la vida. Mirábase Sancho de arriba abajo, veíase ardiendo en llamas, pero como no le quemaban, no las estimaba en dos ardites. Quitóse la coroza, viola pintada de diablos, volviósela a poner, diciendo entre sí:

At this moment an official crossed over, and approaching Sancho threw over him a robe of black buckram painted all over with flames of fire, and taking off his cap put upon his head a mitre such as those undergoing the sentence of the Holy Office wear; and whispered in his ear that he must not open his lips, or they would put a gag upon him, or take his life. Sancho surveyed himself from head to foot and saw himself all ablaze with flames; but as they did not burn him, he did not care two farthings for them. He took off the mitre and seeing painted with devils he put it on again, saying to himself,

— Aún bien, que ni ellas me abrasan ni ellos me llevan.

"Well, so far those don't burn me nor do these carry me off."

Mirábale también don Quijote, y, aunque el temor le tenía suspensos los sentidos, no dejó de reírse de ver la figura de Sancho. Comenzó, en esto, a salir, al parecer, debajo del túmulo un son sumiso y agradable de flautas, que, por no ser impedido de alguna humana voz, porque en aquel sitio el mesmo silencio guardaba silencio a sí mismo, se mostraba blando y amoroso. Luego hizo de sí improvisa muestra, junto a la almohada del, al parecer, cadáver, un hermoso mancebo vestido a lo romano, que, al son de una arpa, que él mismo tocaba, cantó con suavísima y clara voz estas dos estancias:

Don Quixote surveyed him too, and though fear had got the better of his faculties, he could not help smiling to see the figure Sancho presented. And now from underneath the catafalque, so it seemed, there rose a low sweet sound of flutes, which, coming unbroken by human voice (for there silence itself kept silence), had a soft and languishing effect. Then, beside the pillow of what seemed to be the dead body, suddenly appeared a fair youth in a Roman habit, who, to the accompaniment of a harp which he himself played, sang in a sweet and clear voice these two stanzas:

-En tanto que en sí vuelve Altisidora,
muerta por la crueldad de don Quijote,
y en tanto que en la corte encantadora
se vistieren las damas de picote,
y en tanto que a sus dueñas mi señora

vistiere de bayeta y de anascote,
cantaré su belleza y su desgracia,
con mejor plectro que el cantor de Tracia.
Y aun no se me figura que me toca
aqueste oficio solamente en vida;
mas, con la lengua muerta y fría en la boca,
pienso mover la voz a ti debida.
Libre mi alma de su estrecha roca,
por el estigio lago conducida,
celebrándote irá, y aquel sonido
hará parar las aguas del olvido.

While fair Altisidora, who the sport
  Of cold Don Quixote's cruelty hath been,
Returns to life, and in this magic court
  The dames in sables come to grace the scene,
And while her matrons all in seemly sort
  My lady robes in baize and bombazine,
Her beauty and her sorrows will I sing
With defter quill than touched the Thracian
string.

But not in life alone, methinks, to me
  Belongs the office; Lady, when my tongue
Is cold in death, believe me, unto thee
  My voice shall raise its tributary song.
My soul, from this strait prison-house set free,
  As o'er the Stygian lake it floats along,
Thy praises singing still shall hold its way,
And make the waters of oblivion stay.

— No más —dijo a esta sazón uno de los dos que parecían reyes—: no más, cantor divino; que sería proceder en infinito representarnos ahora la muerte y las gracias de la sin par Altisidora, no muerta, como el mundo ignorante piensa, sino viva en las lenguas de la Fama, y en la pena que para volverla a la perdida luz ha de pasar Sancho Panza, que está presente; y así, ¡oh tú, Radamanto, que conmigo juzgas en las cavernas lóbregas de Lite!, pues sabes todo aquello que en los inescrutables hados está determinado acerca de volver en sí

esta doncella, dilo y decláralo luego, porque no se nos dilate el bien que con su nueva vuelta esperamos.

At this point one of the two that looked like kings exclaimed, "Enough, enough, divine singer! It would be an endless task to put before us now the death and the charms of the peerless Altisidora, not dead as the ignorant world imagines, but living in the voice of fame and in the penance which Sancho Panza, here present, has to undergo to restore her to the long-lost light. Do thou, therefore, O Rhadamanthus, who sittest in judgment with me in the murky caverns of Dis, as thou knowest all that the inscrutable fates have decreed touching the resuscitation of this damsel, announce and declare it at once, that the happiness we look forward to from her restoration be no longer deferred."

Apenas hubo dicho esto Minos, juez y compañero de Radamanto, cuando, levantándose en pie Radamanto, dijo:

No sooner had Minos the fellow judge of Rhadamanthus said this, than Rhadamanthus rising up said:

— ¡Ea, ministros de esta casa, altos y bajos, grandes y chicos, acudid unos tras otros y sellad el rostro de Sancho con veinte y cuatro mamonas, y doce pellizcos y seis alfilerazos en brazos y lomos, que en esta ceremonia consiste la salud de Altisidora!

"Ho, officials of this house, high and low, great and small, make haste hither one and all, and print on Sancho's face four-and-twenty smacks, and give him twelve pinches and six pin thrusts in the back and arms; for upon this ceremony depends the restoration of Altisidora."

Oyendo lo cual Sancho Panza, rompió el silencio, y dijo:

On hearing this Sancho broke silence and cried out,

— ¡Voto a tal, así me deje yo sellar el rostro ni manosearme la cara como volverme moro! ¡Cuerpo de mí! ¿Qué tiene que ver manosearme el rostro con la resurreción desta doncella? Regostóse la vieja a los bledos. Encantan a Dulcinea, y azótanme para que se desencante; muérese Altisidora de males que Dios quiso darle, y hanla de resucitar hacerme a mí veinte y cuatro mamonas, y acribarme el cuerpo a alfilerazos y acardenalarme los brazos a pellizcos. ¡Esas burlas, a un cuñado, que yo soy perro viejo, y no hay conmigo tus, tus!

"By all that's good, I'll as soon let my face be smacked or handled as turn Moor. Body o' me! What has handling my face got to do with the resurrection of this damsel? 'The old woman took kindly to the blits; they enchant Dulcinea, and whip me in order to disenchant her; Altisidora dies of ailments God was pleased to send her, and to bring her to life again they must give me four-and-twenty smacks, and prick holes in my body with pins, and raise weals on my arms with pinches! Try those jokes on a brother-in-law; 'I'm an old dog, and "tus, tus" is no use with me.'"

— ¡Morirás! —dijo en alta voz Radamanto—. Ablándate, tigre; humíllate, Nembrot soberbio, y sufre y calla, pues no te piden imposibles. Y no te metas en averiguar las dificultades deste negocio: mamonado has de ser, acrebillado te has de ver, pellizcado has de gemir. ¡Ea, digo, ministros, cumplid mi mandamiento; si no, por la fe de hombre de bien, que habéis de ver para lo que nacistes!

"Thou shalt die," said Rhadamanthus in a loud voice; "relent, thou tiger; humble thyself, proud Nimrod; suffer and be silent, for no impossibilities are asked of thee; it is not for thee to inquire into the difficulties in this matter; smacked thou must be, pricked thou shalt see thyself, and with pinches thou must be made to howl. Ho, I say, officials, obey my orders; or

by the word of an honest man, ye shall see what
ye were born for."

Parecieron, en esto, que por el patio venían, hasta seis dueñas
en procesión, una tras otra, las cuatro con antojos, y todas
levantadas las manos derechas en alto, con cuatro dedos de
muñecas de fuera, para hacer las manos más largas, como
ahora se usa. No las hubo visto Sancho, cuando, bramando
como un toro, dijo:

At this some six duennas, advancing across the
court, made their appearance in procession, one
after the other, four of them with spectacles,
and all with their right hands uplifted, showing
four fingers of wrist to make their hands look
longer, as is the fashion now-a-days. No sooner
had Sancho caught sight of them than, bellowing
like a bull, he exclaimed,

— Bien podré yo dejarme manosear de todo el mundo, pero
consentir que me toquen dueñas, ¡eso no! Gatéenme el rostro,
como hicieron a mi amo en este mesmo castillo; traspásenme
el cuerpo con puntas de dagas buidas; atenácenme los brazos
con tenazas de fuego, que yo lo llevaré en paciencia, o serviré
a estos señores; pero que me toquen dueñas no lo consentiré,
si me llevase el diablo.

"I might let myself be handled by all the world;
but allow duennas to touch me—not a bit of it!
Scratch my face, as my master was served in this
very castle; run me through the body with
burnished daggers; pinch my arms with red-hot
pincers; I'll bear all in patience to serve these
gentlefolk; but I won't let duennas touch me,
though the devil should carry me off!"

Rompió también el silencio don Quijote, diciendo a Sancho:

Here Don Quixote, too, broke silence, saying to
Sancho,

— Ten paciencia, hijo, y da gusto a estos señores, y muchas

gracias al cielo por haber puesto tal virtud en tu persona, que con el martirio della desencantes los encantados y resucites los muertos.

"Have patience, my son, and gratify these noble persons, and give all thanks to heaven that it has infused such virtue into thy person, that by its sufferings thou canst disenchant the enchanted and restore to life the dead."

Ya estaban las dueñas cerca de Sancho, cuando él, más blando y más persuadido, poniéndose bien en la silla, dio rostro y barba a la primera, la cual la hizo una mamona muy bien sellada, y luego una gran reverencia.

The duennas were now close to Sancho, and he, having become more tractable and reasonable, settling himself well in his chair presented his face and beard to the first, who delivered him a smack very stoutly laid on, and then made him a low curtsey.

— ¡Menos cortesía; menos mudas, señora dueña —dijo Sancho—; que por Dios que traéis las manos oliendo a vinagrillo!

"Less politeness and less paint, señora duenna," said Sancho; "by God your hands smell of vinegar-wash."

Finalmente, todas las dueñas le sellaron, y otra mucha gente de casa le pellizcaron; pero lo que él no pudo sufrir fue el punzamiento de los alfileres; y así, se levantó de la silla, al parecer mohíno, y, asiendo de una hacha encendida que junto a él estaba, dio tras las dueñas, y tras todos su verdugos, diciendo:

In fine, all the duennas smacked him and several others of the household pinched him; but what he could not stand was being pricked by the pins; and so, apparently out of patience, he started up out of his chair, and seizing a lighted torch

that stood near him fell upon the duennas and the
whole set of his tormentors, exclaiming,

— ¡Afuera, ministros infernales, que no soy yo de bronce,
para no sentir tan extraordinarios martirios!

"Begone, ye ministers of hell; I'm not made of
brass not to feel such out-of-the-way tortures."

En esto, Altisidora, que debía de estar cansada por haber
estado tanto tiempo supina, se volvió de un lado; visto lo cual
por los circunstantes, casi todos a una voz dijeron:

At this instant Altisidora, who probably was
tired of having been so long lying on her back,
turned on her side; seeing which the bystanders
cried out almost with one voice,

— ¡Viva es Altisidora! ¡Altisidora vive!

"Altisidora is alive! Altisidora lives!"

Mandó Radamanto a Sancho que depusiese la ira, pues ya se
había alcanzado el intento que se procuraba.

Rhadamanthus bade Sancho put away his wrath, as
the object they had in view was now attained.

Así como don Quijote vio rebullir a Altisidora, se fue a poner
de rodillas delante de Sancho, diciéndole:

When Don Quixote saw Altisidora move, he went on
his knees to Sancho saying to him,

— Agora es tiempo, hijo de mis entrañas, no que escudero
mío, que te des algunos de los azotes que estás obligado a dar
por el desencanto de Dulcinea. Ahora, digo, que es el tiempo
donde tienes sazonada la virtud, y con eficacia de obrar el
bien que de ti se espera.

"Now is the time, son of my bowels, not to call
thee my squire, for thee to give thyself some of
those lashes thou art bound to lay on for the
disenchantment of Dulcinea. Now, I say, is the
time when the virtue that is in thee is ripe, and

endowed with efficacy to work the good that is looked for from thee."

A lo que respondió Sancho:

To which Sancho made answer,

— Esto me parece argado sobre argado, y no miel sobre hojuelas. Bueno sería que tras pellizcos, mamonas y alfilerazos viniesen ahora los azotes. No tienen más que hacer sino tomar una gran piedra, y atármela al cuello, y dar conmigo en un pozo, de lo que a mí no pesaría mucho, si es que para curar los males ajenos tengo yo de ser la vaca de la boda. Déjenme; si no, por Dios que lo arroje y lo eche todo a trece, aunque no se venda.

"That's trick upon trick, I think, and not honey upon pancakes; a nice thing it would be for a whipping to come now, on the top of pinches, smacks, and pin-proddings! You had better take a big stone and tie it round my neck, and pitch me into a well; I should not mind it much, if I'm to be always made the cow of the wedding for the cure of other people's ailments. Leave me alone; or else by God I'll fling the whole thing to the dogs, let come what may."

Ya en esto, se había sentado en el túmulo Altisidora, y al mismo instante sonaron las chirimías, a quien acompañaron las flautas y las voces de todos, que aclamaban:

Altisidora had by this time sat up on the catafalque, and as she did so the clarions sounded, accompanied by the flutes, and the voices of all present exclaiming,

— ¡Viva Altisidora! ¡Altisidora viva!

"Long life to Altisidora! long life to Altisidora!"

Levantáronse los duques y los reyes Minos y Radamanto, y todos juntos, con don Quijote y Sancho, fueron a recebir a

Altisidora y a bajarla del túmulo; la cual, haciendo de la desmayada, se inclinó a los duques y a los reyes, y, mirando de través a don Quijote, le dijo:

The duke and duchess and the kings Minos and Rhadamanthus stood up, and all, together with Don Quixote and Sancho, advanced to receive her and take her down from the catafalque; and she, making as though she were recovering from a swoon, bowed her head to the duke and duchess and to the kings, and looking sideways at Don Quixote, said to him,

— Dios te lo perdone, desamorado caballero, pues por tu crueldad he estado en el otro mundo, a mi parecer, más de mil años; y a ti, ¡oh el más compasivo escudero que contiene el orbe!, te agradezco la vida que poseo. Dispón desde hoy más, amigo Sancho, de seis camisas mías que te mando para que hagas otras seis para ti; y, si no son todas sanas, a lo menos son todas limpias.

"God forgive thee, insensible knight, for through thy cruelty I have been, to me it seems, more than a thousand years in the other world; and to thee, the most compassionate upon earth, I render thanks for the life I am now in possession of. From this day forth, friend Sancho, count as thine six smocks of mine which I bestow upon thee, to make as many shirts for thyself, and if they are not all quite whole, at any rate they are all clean."

Besóle por ello las manos Sancho, con la coroza en la mano y las rodillas en el suelo. Mandó el duque que se la quitasen, y le volviesen su caperuza, y le pusiesen el sayo, y le quitasen la ropa de las llamas. Suplicó Sancho al duque que le dejasen la ropa y mitra, que las quería llevar a su tierra, por señal y memoria de aquel nunca visto suceso. La duquesa respondió que sí dejarían, que ya sabía él cuán grande amiga suya era. Mandó el duque despejar el patio, y que todos se recogiesen a

sus estancias, y que a don Quijote y a Sancho los llevasen a las que ellos ya se sabían.

Sancho kissed her hands in gratitude, kneeling, and with the mitre in his hand. The duke bade them take it from him, and give him back his cap and doublet and remove the flaming robe. Sancho begged the duke to let them leave him the robe and mitre; as he wanted to take them home for a token and memento of that unexampled adventure. The duchess said they must leave them with him; for he knew already what a great friend of his she was. The duke then gave orders that the court should be cleared, and that all should retire to their chambers, and that Don Quixote and Sancho should be conducted to their old quarters.

Capítulo LXX. Que sigue al de sesenta y nueve, y trata de cosas no escusadas para la claridad desta historia

CHAPTER LXX. WHICH FOLLOWS SIXTY-NINE AND DEALS WITH MATTERS INDISPENSABLE FOR THE CLEAR COMPREHENSION OF THIS HISTORY

Durmió Sancho aquella noche en una carriola, en el mesmo aposento de don Quijote, cosa que él quisiera escusarla, si pudiera, porque bien sabía que su amo no le había de dejar dormir a preguntas y a respuestas, y no se hallaba en disposición de hablar mucho, porque los dolores de los martirios pasados los tenía presentes, y no le dejaban libre la lengua, y viniérale más a cuento dormir en una choza solo, que no en aquella rica estancia acompañado. Salióle su temor tan verdadero y su sospecha tan cierta, que, apenas hubo entrado su señor en el lecho, cuando dijo:

Sancho slept that night in a cot in the same chamber with Don Quixote, a thing he would have gladly excused if he could for he knew very well that with questions and answers his master would not let him sleep, and he was in no humour for talking much, as he still felt the pain of his late martyrdom, which interfered with his freedom of speech; and it would have been more to his taste to sleep in a hovel alone, than in that luxurious chamber in company. And so well founded did his apprehension prove, and so correct was his anticipation, that scarcely had his master got into bed when he said,

— ¿Qué te parece, Sancho, del suceso desta noche? Grande y poderosa es la fuerza del desdén desamorado, como por tus mismos ojos has visto muerta a Altisidora, no con otras saetas, ni con otra espada, ni con otro instrumento bélico, ni con venenos mortíferos, sino con la consideración del rigor y el desdén con que yo siempre la he tratado.

"What dost thou think of tonight's adventure, Sancho? Great and mighty is the power of cold-hearted scorn, for thou with thine own eyes hast seen Altisidora slain, not by arrows, nor by the sword, nor by any warlike weapon, nor by deadly poisons, but by the thought of the sternness and scorn with which I have always treated her."

— Muriérase ella en hora buena cuanto quisiera y como quisiera —respondió Sancho—, y dejárame a mí en mi casa, pues ni yo la enamoré ni la desdeñé en mi vida. Yo no sé ni puedo pensar cómo sea que la salud de Altisidora, doncella más antojadiza que discreta, tenga que ver, como otra vez he dicho, con los martirios de Sancho Panza. Agora sí que vengo a conocer clara y distintamente que hay encantadores y encantos en el mundo, de quien Dios me libre, pues yo no me sé librar; con todo esto, suplico a vuestra merced me deje dormir y no me pregunte más, si no quiere que me arroje por una ventana abajo.

"She might have died and welcome," said Sancho, "when she pleased and how she pleased; and she might have left me alone, for I never made her fall in love or scorned her. I don't know nor can I imagine how the recovery of Altisidora, a damsel more fanciful than wise, can have, as I have said before, anything to do with the sufferings of Sancho Panza. Now I begin to see plainly and clearly that there are enchanters and enchanted people in the world; and may God deliver me from them, since I can't deliver myself; and so I beg of your worship to let me sleep and not ask me any more questions, unless you want me to throw myself out of the window."

— Duerme, Sancho amigo —respondió don Quijote—, si es que te dan lugar los alfilerazos y pellizcos recebidos, y las mamonas hechas.

"Sleep, Sancho my friend," said Don Quixote, "if the pinprodding and pinches thou hast received

and the smacks administered to thee will let
thee."

— Ningún dolor —replicó Sancho— llegó a la afrenta de las
mamonas, no por otra cosa que por habérmelas hecho dueña,
que confundidas sean; y torno a suplicar a vuesa merced me
deje dormir, porque el sueño es alivio de las miserias de los
que las tienen despiertas.

"No pain came up to the insult of the smacks,"
said Sancho, "for the simple reason that it was
duennas, confound them, that gave them to me; but
once more I entreat your worship to let me sleep,
for sleep is relief from misery to those who are
miserable when awake."

Sea así —dijo don Quijote—, y Dios te acompañe.

"Be it so, and God be with thee," said Don
Quixote.

Durmiéronse los dos, y en este tiempo quiso escribir y dar
cuenta Cide Hamete, autor desta grande historia, qué les
movió a los duques a levantar el edificio de la máquina
referida. Y dice que, no habiéndosele olvidado al bachiller
Sansón Carrasco cuando el Caballero de los Espejos fue
vencido y derribado por don Quijote, cuyo vencimiento y
caída borró y deshizo todos sus designios, quiso volver a
probar la mano, esperando mejor suceso que el pasado; y así,
informándose del paje que llevó la carta y presente a Teresa
Panza, mujer de Sancho, adónde don Quijote quedaba, buscó
nuevas armas y caballo, y puso en el escudo la blanca luna,
llevándolo todo sobre un macho, a quien guiaba un labrador,
y no Tomé Cecial, su antiguo escudero, porque no fuese
conocido de Sancho ni de don Quijote.

They fell asleep, both of them, and Cide Hamete,
the author of this great history, took this
opportunity to record and relate what it was that
induced the duke and duchess to get up the
elaborate plot that has been described. The

bachelor Samson Carrasco, he says, not forgetting
how he as the Knight of the Mirrors had been
vanquished and overthrown by Don Quixote, which
defeat and overthrow upset all his plans,
resolved to try his hand again, hoping for better
luck than he had before; and so, having learned
where Don Quixote was from the page who brought
the letter and present to Sancho's wife, Teresa
Panza, he got himself new armour and another
horse, and put a white moon upon his shield, and
to carry his arms he had a mule led by a peasant,
not by Tom Cecial his former squire for fear he
should be recognised by Sancho or Don Quixote.

Llegó, pues, al castillo del duque, que le informó el camino y
derrota que don Quijote llevaba, con intento de hallarse en las
justas de Zaragoza. Díjole asimismo las burlas que le había
hecho con la traza del desencanto de Dulcinea, que había de
ser a costa de las posaderas de Sancho. En fin, dio cuenta de
la burla que Sancho había hecho a su amo, dándole a
entender que Dulcinea estaba encantada y transformada en
labradora, y cómo la duquesa su mujer había dado a entender
a Sancho que él era el que se engañaba, porque
verdaderamente estaba encantada Dulcinea; de que no poco
se rió y admiró el bachiller, considerando la agudeza y
simplicidad de Sancho, como del estremo de la locura de don
Quijote.

He came to the duke's castle, and the duke
informed him of the road and route Don Quixote
had taken with the intention of being present at
the jousts at Saragossa. He told him, too, of the
jokes he had practised upon him, and of the
device for the disenchantment of Dulcinea at the
expense of Sancho's backside; and finally he gave
him an account of the trick Sancho had played
upon his master, making him believe that Dulcinea
was enchanted and turned into a country wench;
and of how the duchess, his wife, had persuaded
Sancho that it was he himself who was deceived,

inasmuch as Dulcinea was really enchanted; at
which the bachelor laughed not a little, and
marvelled as well at the sharpness and simplicity
of Sancho as at the length to which Don Quixote's
madness went.

Pidióle el duque que si le hallase, y le venciese o no, se
volviese por allí a darle cuenta del suceso. Hízolo así el
bachiller; partióse en su busca, no le halló en Zaragoza, pasó
adelante y sucedióle lo que queda referido.

The duke begged of him if he found him (whether
he overcame him or not) to return that way and
let him know the result. This the bachelor did;
he set out in quest of Don Quixote, and not
finding him at Saragossa, he went on, and how he
fared has been already told.

Volvióse por el castillo del duque y contóselo todo, con las
condiciones de la batalla, y que ya don Quijote volvía a
cumplir, como buen caballero andante, la palabra de retirarse
un año en su aldea, en el cual tiempo podía ser, dijo el
bachiller, que sanase de su locura; que ésta era la intención
que le había movido a hacer aquellas transformaciones, por
ser cosa de lástima que un hidalgo tan bien entendido como
don Quijote fuese loco. Con esto, se despidió del duque, y se
volvió a su lugar, esperando en él a don Quijote, que tras él
venía.

He returned to the duke's castle and told him
all, what the conditions of the combat were, and
how Don Quixote was now, like a loyal knight-
errant, returning to keep his promise of retiring
to his village for a year, by which time, said
the bachelor, he might perhaps be cured of his
madness; for that was the object that had led him
to adopt these disguises, as it was a sad thing
for a gentleman of such good parts as Don Quixote
to be a madman. And so he took his leave of the
duke, and went home to his village to wait there

731

for Don Quixote, who was coming after him.

De aquí tomó ocasión el duque de hacerle aquella burla: tanto era lo que gustaba de las cosas de Sancho y de don Quijote; y haciendo tomar los caminos cerca y lejos del castillo por todas las partes que imaginó que podría volver don Quijote, con muchos criados suyos de a pie y de a caballo, para que por fuerza o de grado le trujesen al castillo, si le hallasen. Halláronle, dieron aviso al duque, el cual, ya prevenido de todo lo que había de hacer, así como tuvo noticia de su llegada, mandó encender las hachas y las luminarias del patio y poner a Altisidora sobre el túmulo, con todos los aparatos que se han contado, tan al vivo, y tan bien hechos, que de la verdad a ellos había bien poca diferencia.

Thereupon the duke seized the opportunity of practising this mystification upon him; so much did he enjoy everything connected with Sancho and Don Quixote. He had the roads about the castle far and near, everywhere he thought Don Quixote was likely to pass on his return, occupied by large numbers of his servants on foot and on horseback, who were to bring him to the castle, by fair means or foul, if they met him. They did meet him, and sent word to the duke, who, having already settled what was to be done, as soon as he heard of his arrival, ordered the torches and lamps in the court to be lit and Altisidora to be placed on the catafalque with all the pomp and ceremony that has been described, the whole affair being so well arranged and acted that it differed but little from reality.

Y dice más Cide Hamete: que tiene para sí ser tan locos los burladores como los burlados, y que no estaban los duques dos dedos de parecer tontos, pues tanto ahínco ponían en burlarse de dos tontos.

And Cide Hamete says, moreover, that for his part he considers the concocters of the joke as crazy as the victims of it, and that the duke and duchess were not two fingers' breadth removed from being something like fools themselves when they took such pains to make game of a pair of fools.

Los cuales, el uno durmiendo a sueño suelto, y el otro velando a pensamientos desatados, les tomó el día y la gana de levantarse; que las ociosas plumas, ni vencido ni vencedor, jamás dieron gusto a don Quijote.

As for the latter, one was sleeping soundly and the other lying awake occupied with his desultory thoughts, when daylight came to them bringing with it the desire to rise; for the lazy down was never a delight to Don Quixote, victor or vanquished.

Altisidora —en la opinión de don Quijote, vuelta de muerte a vida—, siguiendo el humor de sus señores, coronada con la misma guirnalda que en el túmulo tenía, y vestida una tunicela de tafetán blanco, sembrada de flores de oro, y sueltos los cabellos por las espaldas, arrimada a un báculo de negro y finísimo ébano, entró en el aposento de don Quijote, con cuya presencia turbado y confuso, se encogió y cubrió casi todo con las sábanas y colchas de la cama, muda la lengua, sin que acertase a hacerle cortesía ninguna. Sentóse Altisidora en una silla, junto a su cabecera, y, después de haber dado un gran suspiro, con voz tierna y debilitada le dijo:

Altisidora, come back from death to life as Don Quixote fancied, following up the freak of her lord and lady, entered the chamber, crowned with the garland she had worn on the catafalque and in a robe of white taffeta embroidered with gold flowers, her hair flowing loose over her shoulders, and leaning upon a staff of fine black ebony. Don Quixote, disconcerted and in confusion at her appearance, huddled himself up and well-

733

nigh covered himself altogether with the sheets and counterpane of the bed, tongue-tied, and unable to offer her any civility. Altisidora seated herself on a chair at the head of the bed, and, after a deep sigh, said to him in a feeble, soft voice,

— Cuando las mujeres principales y las recatadas doncellas atropellan por la honra, y dan licencia a la lengua que rompa por todo inconveniente, dando noticia en público de los secretos que su corazón encierra, en estrecho término se hallan. Yo, señor don Quijote de la Mancha, soy una déstas, apretada, vencida y enamorada; pero, con todo esto, sufrida y honesta; tanto que, por serlo tanto, reventó mi alma por mi silencio y perdí la vida. Dos días ha que con la consideración del rigor con que me has tratado, ¡Oh más duro que mármol a mis quejas, empedernido caballero!, he estado muerta, o, a lo menos, juzgada por tal de los que me han visto; y si no fuera porque el Amor, condoliéndose de mí, depositó mi remedio en los martirios deste buen escudero, allá me quedara en el otro mundo.

"When women of rank and modest maidens trample honour under foot, and give a loose to the tongue that breaks through every impediment, publishing abroad the inmost secrets of their hearts, they are reduced to sore extremities. Such a one am I, Señor Don Quixote of La Mancha, crushed, conquered, love-smitten, but yet patient under suffering and virtuous, and so much so that my heart broke with grief and I lost my life. For the last two days I have been dead, slain by the thought of the cruelty with which thou hast treated me, obdurate knight, O harder thou than marble to my plaint; or at least believed to be dead by all who saw me; and had it not been that Love, taking pity on me, let my recovery rest upon the sufferings of this good squire, there I should have remained in the other world."

— Bien pudiera el Amor —dijo Sancho— depositarlos en los de mi asno, que yo se lo agradeciera. Pero dígame, señora, así el cielo la acomode con otro más blando amante que mi amo: ¿qué es lo que vio en el otro mundo? ¿Qué hay en el infierno? Porque quien muere desesperado, por fuerza ha de tener aquel paradero.

"Love might very well have let it rest upon the sufferings of my ass, and I should have been obliged to him," said Sancho. "But tell me, señora—and may heaven send you a tenderer lover than my master-what did you see in the other world? What goes on in hell? For of course that's where one who dies in despair is bound for."

— La verdad que os diga —respondió Altisidora—, yo no debí de morir del todo, pues no entré en el infierno; que, si allá entrara, una por una no pudiera salir dél, aunque quisiera. La verdad es que llegué a la puerta, adonde estaban jugando hasta una docena de diablos a la pelota, todos en calzas y en jubón, con valonas guarnecidas con puntas de randas flamencas, y con unas vueltas de lo mismo, que les servían de puños, con cuatro dedos de brazo de fuera, porque pareciesen las manos más largas, en las cuales tenían unas palas de fuego; y lo que más me admiró fue que les servían, en lugar de pelotas, libros, al parecer, llenos de viento y de borra, cosa maravillosa y nueva; pero esto no me admiró tanto como el ver que, siendo natural de los jugadores el alegrarse los gananciosos y entristecerse los que pierden, allí en aquel juego todos gruñían, todos regañaban y todos se maldecían.

"To tell you the truth," said Altisidora, "I cannot have died outright, for I did not go into hell; had I gone in, it is very certain I should never have come out again, do what I might. The truth is, I came to the gate, where some dozen or so of devils were playing tennis, all in breeches and doublets, with falling collars trimmed with

Flemish bonelace, and ruffles of the same that served them for wristbands, with four fingers' breadth of the arms exposed to make their hands look longer; in their hands they held rackets of fire; but what amazed me still more was that books, apparently full of wind and rubbish, served them for tennis balls, a strange and marvellous thing; this, however, did not astonish me so much as to observe that, although with players it is usual for the winners to be glad and the losers sorry, there in that game all were growling, all were snarling, and all were cursing one another."

— Eso no es maravilla —respondió Sancho—, porque los diablos, jueguen o no jueguen, nunca pueden estar contentos, ganen o no ganen.

"That's no wonder," said Sancho; "for devils, whether playing or not, can never be content, win or lose."

— Así debe de ser —respondió Altisidora—; mas hay otra cosa que también me admira, quiero decir me admiró entonces, y fue que al primer voleo no quedaba pelota en pie, ni de provecho para servir otra vez; y así, menudeaban libros nuevos y viejos, que era una maravilla. A uno dellos, nuevo, flamante y bien encuadernado, le dieron un papirotazo que le sacaron las tripas y le esparcieron las hojas. Dijo un diablo a otro: "Mirad qué libro es ése". Y el diablo le respondió: "Ésta es la Segunda parte de la historia de don Quijote de la Mancha, no compuesta por Cide Hamete, su primer autor, sino por un aragonés, que él dice ser natural de Tordesillas". "Quitádmele de ahí —respondió el otro diablo—, y metedle en los abismos del infierno: no le vean más mis ojos". "¿Tan malo es?", respondió el otro. "Tan malo —replicó el primero —, que si de propósito yo mismo me pusiera a hacerle peor, no acertara". Prosiguieron su juego, peloteando otros libros, y yo, por haber oído nombrar a don Quijote, a quien tanto

adamo y quiero, procuré que se me quedase en la memoria esta visión.

"Very likely," said Altisidora; "but there is another thing that surprises me too, I mean surprised me then, and that was that no ball outlasted the first throw or was of any use a second time; and it was wonderful the constant succession there was of books, new and old. To one of them, a brand-new, well-bound one, they gave such a stroke that they knocked the guts out of it and scattered the leaves about. 'Look what book that is,' said one devil to another, and the other replied, 'It is the "Second Part of the History of Don Quixote of La Mancha," not by Cide Hamete, the original author, but by an Aragonese who by his own account is of Tordesillas.' 'Out of this with it,' said the first, 'and into the depths of hell with it out of my sight.' 'Is it so bad?' said the other. 'So bad is it,' said the first, 'that if I had set myself deliberately to make a worse, I could not have done it.' They then went on with their game, knocking other books about; and I, having heard them mention the name of Don Quixote whom I love and adore so, took care to retain this vision in my memory."

— Visión debió de ser, sin duda —dijo don Quijote—, porque no hay otro yo en el mundo, y ya esa historia anda por acá de mano en mano, pero no para en ninguna, porque todos la dan del pie. Yo no me he alterado en oír que ando como cuerpo fantástico por las tinieblas del abismo, ni por la claridad de la tierra, porque no soy aquel de quien esa historia trata. Si ella fuere buena, fiel y verdadera, tendrá siglos de vida; pero si fuere mala, de su parto a la sepultura no será muy largo el camino.

"A vision it must have been, no doubt," said Don Quixote, "for there is no other I in the world; this history has been going about here for some time from hand to hand, but it does not stay long

in any, for everybody gives it a taste of his foot. I am not disturbed by hearing that I am wandering in a fantastic shape in the darkness of the pit or in the daylight above, for I am not the one that history treats of. If it should be good, faithful, and true, it will have ages of life; but if it should be bad, from its birth to its burial will not be a very long journey."

Iba Altisidora a proseguir en quejarse de don Quijote, cuando le dijo don Quijote:

Altisidora was about to proceed with her complaint against Don Quixote, when he said to her,

— Muchas veces os he dicho, señora, que a mí me pesa de que hayáis colocado en mí vuestros pensamientos, pues de los míos antes pueden ser agradecidos que remediados; yo nací para ser de Dulcinea del Toboso, y los hados, si los hubiera, me dedicaron para ella; y pensar que otra alguna hermosura ha de ocupar el lugar que en mi alma tiene es pensar lo imposible. Suficiente desengaño es éste para que os retiréis en los límites de vuestra honestidad, pues nadie se puede obligar a lo imposible.

"I have several times told you, señora that it grieves me you should have set your affections upon me, as from mine they can only receive gratitude, but no return. I was born to belong to Dulcinea del Toboso, and the fates, if there are any, dedicated me to her; and to suppose that any other beauty can take the place she occupies in my heart is to suppose an impossibility. This frank declaration should suffice to make you retire within the bounds of your modesty, for no one can bind himself to do impossibilities."

Oyendo lo cual Altisidora, mostrando enojarse y alterarse, le dijo:

Hearing this, Altisidora, with a show of anger

and agitation, exclaimed,

— ¡Vive el Señor, don bacallao, alma de almirez, cuesco de dátil, más terco y duro que villano rogado cuando tiene la suya sobre el hito, que si arremeto a vos, que os tengo de sacar los ojos! ¿Pensáis por ventura, don vencido y don molido a palos, que yo me he muerto por vos? Todo lo que habéis visto esta noche ha sido fingido; que no soy yo mujer que por semejantes camellos había de dejar que me doliese un negro de la uña, cuanto más morirme.

"God's life! Don Stockfish, soul of a mortar, stone of a date, more obstinate and obdurate than a clown asked a favour when he has his mind made up, if I fall upon you I'll tear your eyes out! Do you fancy, Don Vanquished, Don Cudgelled, that I died for your sake? All that you have seen tonight has been make-believe; I'm not the woman to let the black of my nail suffer for such a camel, much less die!"

— Eso creo yo muy bien —dijo Sancho—, que esto del morirse los enamorados es cosa de risa: bien lo pueden ellos decir, pero hacer, créalo Judas.

"That I can well believe," said Sancho; "for all that about lovers pining to death is absurd; they may talk of it, but as for doing it-Judas may believe that!"

Estando en estas pláticas, entró el músico, cantor y poeta que había cantado las dos ya referidas estancias, el cual, haciendo una gran reverencia a don Quijote, dijo:

While they were talking, the musician, singer, and poet, who had sung the two stanzas given above came in, and making a profound obeisance to Don Quixote said,

— Vuestra merced, señor caballero, me cuente y tenga en el número de sus mayores servidores, porque ha muchos días que le soy muy aficionado, así por su fama como por sus

hazañas.

"Will your worship, sir knight, reckon and retain me in the number of your most faithful servants, for I have long been a great admirer of yours, as well because of your fame as because of your achievements?"

Don Quijote le respondió: — Vuestra merced me diga quién es, porque mi cortesía responda a sus merecimientos.

"Will your worship tell me who you are," replied Don Quixote, "so that my courtesy may be answerable to your deserts?"

El mozo respondió que era el músico y panegírico de la noche antes.

The young man replied that he was the musician and songster of the night before.

— Por cierto —replicó don Quijote—, que vuestra merced tiene estremada voz, pero lo que cantó no me parece que fue muy a propósito; porque, ¿qué tienen que ver las estancias de Garcilaso con la muerte desta señora?

"Of a truth," said Don Quixote, "your worship has a most excellent voice; but what you sang did not seem to me very much to the purpose; for what have Garcilasso's stanzas to do with the death of this lady?"

— No se maraville vuestra merced deso —respondió el músico—, que ya entre los intonsos poetas de nuestra edad se usa que cada uno escriba como quisiere, y hurte de quien quisiere, venga o no venga a pelo de su intento, y ya no hay necedad que canten o escriban que no se atribuya a licencia poética.

"Don't be surprised at that," returned the musician; "for with the callow poets of our day the way is for every one to write as he pleases and pilfer where he chooses, whether it be

germane to the matter or not, and now-a-days there is no piece of silliness they can sing or write that is not set down to poetic licence."

Responder quisiera don Quijote, pero estorbáronlo el duque y la duquesa, que entraron a verle, entre los cuales pasaron una larga y dulce plática, en la cual dijo Sancho tantos donaires y tantas malicias, que dejaron de nuevo admirados a los duques, así con su simplicidad como con su agudeza. Don Quijote les suplicó le diesen licencia para partirse aquel mismo día, pues a los vencidos caballeros, como él, más les convenía habitar una zahúrda que no reales palacios. Diéronsela de muy buena gana, y la duquesa le preguntó si quedaba en su gracia Altisidora.

Don Quixote was about to reply, but was prevented by the duke and duchess, who came in to see him, and with them there followed a long and delightful conversation, in the course of which Sancho said so many droll and saucy things that he left the duke and duchess wondering not only at his simplicity but at his sharpness. Don Quixote begged their permission to take his departure that same day, inasmuch as for a vanquished knight like himself it was fitter he should live in a pig-sty than in a royal palace. They gave it very readily, and the duchess asked him if Altisidora was in his good graces.

Él le respondió: — Señora mía, sepa Vuestra Señoría que todo el mal desta doncella nace de ociosidad, cuyo remedio es la ocupación honesta y continua. Ella me ha dicho aquí que se usan randas en el infierno; y, pues ella las debe de saber hacer, no las deje de la mano, que, ocupada en menear los palillos, no se menearán en su imaginación la imagen o imágines de lo que bien quiere; y ésta es la verdad, éste mi parecer y éste es mi consejo.

He replied, "Señora, let me tell your ladyship that this damsel's ailment comes entirely of

idleness, and the cure for it is honest and constant employment. She herself has told me that lace is worn in hell; and as she must know how to make it, let it never be out of her hands; for when she is occupied in shifting the bobbins to and fro, the image or images of what she loves will not shift to and fro in her thoughts; this is the truth, this is my opinion, and this is my advice."

— Y el mío —añadió Sancho—, pues no he visto en toda mi vida randera que por amor se haya muerto; que las doncellas ocupadas más ponen sus pensamientos en acabar sus tareas que en pensar en sus amores. Por mí lo digo, pues, mientras estoy cavando, no me acuerdo de mi oíslo; digo, de mi Teresa Panza, a quien quiero más que a las pestañas de mis ojos.

"And mine," added Sancho; "for I never in all my life saw a lace-maker that died for love; when damsels are at work their minds are more set on finishing their tasks than on thinking of their loves. I speak from my own experience; for when I'm digging I never think of my old woman; I mean my Teresa Panza, whom I love better than my own eyelids."

— Vos decís muy bien, Sancho —dijo la duquesa—, y yo haré que mi Altisidora se ocupe de aquí adelante en hacer alguna labor blanca, que la sabe hacer por estremo.

"You say well, Sancho," said the duchess, "and I will take care that my Altisidora employs herself henceforward in needlework of some sort; for she is extremely expert at it."

— No hay para qué, señora —respondió Altisidora—, usar dese remedio, pues la consideración de las crueldades que conmigo ha usado este malandrín mostrenco me le borrarán de la memoria sin otro artificio alguno. Y, con licencia de vuestra grandeza, me quiero quitar de aquí, por no ver delante de mis ojos ya no su triste figura, sino su fea y

abominable catadura.

"There is no occasion to have recourse to that remedy, señora," said Altisidora; "for the mere thought of the cruelty with which this vagabond villain has treated me will suffice to blot him out of my memory without any other device; with your highness's leave I will retire, not to have before my eyes, I won't say his rueful countenance, but his abominable, ugly looks."

— Eso me parece —dijo el duque— a lo que suele decirse: *Porque aquel que dice injurias, cerca está de perdonar.*

"That reminds me of the common saying, that 'he that rails is ready to forgive,'" said the duke.

Hizo Altisidora muestra de limpiarse las lágrimas con un pañuelo, y, haciendo reverencia a sus señores, se salió del aposento.

Altisidora then, pretending to wipe away her tears with a handkerchief, made an obeisance to her master and mistress and quitted the room.

— Mándote yo —dijo Sancho—, pobre doncella, mándote, digo, mala ventura, pues las has habido con una alma de esparto y con un corazón de encina. ¡A fee que si las hubieras conmigo, que otro gallo te cantara!

"Ill luck betide thee, poor damsel," said Sancho, "ill luck betide thee! Thou hast fallen in with a soul as dry as a rush and a heart as hard as oak; had it been me, i'faith 'another cock would have crowed to thee.'"

Acabóse la plática, vistióse don Quijote, comió con los duques, y partióse aquella tarde.

So the conversation came to an end, and Don Quixote dressed himself and dined with the duke and duchess, and set out the same evening.

Capítulo LXXI. De lo que a don Quijote le sucedió con su escudero Sancho yendo a su aldea

CHAPTER LXXI. OF WHAT PASSED BETWEEN DON QUIXOTE AND HIS SQUIRE SANCHO ON THE WAY TO THEIR VILLAGE

Iba el vencido y asendereado don Quijote pensativo además por una parte, y muy alegre por otra. Causaba su tristeza el vencimiento; y la alegría, el considerar en la virtud de Sancho, como lo había mostrado en la resureción de Altisidora, aunque con algún escrúpulo se persuadía a que la enamorada doncella fuese muerta de veras. No iba nada Sancho alegre, porque le entristecía ver que Altisidora no le había cumplido la palabra de darle las camisas; y, yendo y viniendo en esto, dijo a su amo:

The vanquished and afflicted Don Quixote went along very downcast in one respect and very happy in another. His sadness arose from his defeat, and his satisfaction from the thought of the virtue that lay in Sancho, as had been proved by the resurrection of Altisidora; though it was with difficulty he could persuade himself that the love-smitten damsel had been really dead. Sancho went along anything but cheerful, for it grieved him that Altisidora had not kept her promise of giving him the smocks; and turning this over in his mind he said to his master,

— En verdad, señor, que soy el más desgraciado médico que se debe de hallar en el mundo, en el cual hay físicos que, con matar al enfermo que curan, quieren ser pagados de su trabajo, que no es otro sino firmar una cedulilla de algunas medicinas, que no las hace él, sino el boticario, y cátalo cantusado; y a mí, que la salud ajena me cuesta gotas de sangre, mamonas, pellizcos, alfilerazos y azotes, no me dan un ardite. Pues yo les voto a tal que si me traen a las manos otro algún enfermo, que, antes que le cure, me han de untar las mías; que el abad de donde canta yanta, y no quiero creer que me haya dado el cielo la virtud que tengo para que yo la comunique con otros de bóbilis, bóbilis.

"Surely, señor, I'm the most unlucky doctor in the world; there's many a physician that, after killing the sick man he had to cure, requires to be paid for his work, though it is only signing a bit of a list of medicines, that the apothecary and not he makes up, and, there, his labour is over; but with me though to cure somebody else costs me drops of blood, smacks, pinches, pinproddings, and whippings, nobody gives me a farthing. Well, I swear by all that's good if they put another patient into my hands, they'll have to grease them for me before I cure him; for, as they say, 'it's by his singing the abbot gets his dinner,' and I'm not going to believe that heaven has bestowed upon me the virtue I have, that I should be dealing it out to others all for nothing."

— Tú tienes razón, Sancho amigo —respondió don Quijote—, y halo hecho muy mal Altisidora en no haberte dado las prometidas camisas; y, puesto que tu virtud es gratis data, que no te ha costado estudio alguno, más que estudio es recebir martirios en tu persona. De mí te sé decir que si quisieras paga por los azotes del desencanto de Dulcinea, ya te la hubiera dado tal como buena; pero no sé si vendrá bien con la cura la paga, y no querría que impidiese el premio a la medicina. Con todo eso, me parece que no se perderá nada en probarlo: mira, Sancho, el que quieres, y azótate luego, y págate de contado y de tu propia mano, pues tienes dineros míos.

"Thou art right, Sancho my friend," said Don Quixote, "and Altisidora has behaved very badly in not giving thee the smocks she promised; and although that virtue of thine is gratis data—as it has cost thee no study whatever, any more than such study as thy personal sufferings may be—I can say for myself that if thou wouldst have payment for the lashes on account of the disenchant of Dulcinea, I would have given it to thee freely ere this. I am not sure, however, whether payment will comport with the cure, and I would not have the reward interfere with the medicine. I think there will be nothing lost by trying it; consider how much thou wouldst have, Sancho, and whip thyself at once, and pay thyself down with thine own hand, as thou hast money of mine."

A cuyos ofrecimientos abrió Sancho los ojos y las orejas de un palmo, y dio consentimiento en su corazón a azotarse de buena gana; y dijo a su amo:

At this proposal Sancho opened his eyes and his ears a palm's breadth wide, and in his heart very readily acquiesced in whipping himself, and said he to his master,

— Agora bien, señor, yo quiero disponerme a dar gusto a vuestra merced en lo que desea, con provecho mío; que el amor de mis hijos y de mi mujer me hace que me muestre interesado. Dígame vuestra merced: ¿cuánto me dará por cada azote que me diere?

"Very well then, señor, I'll hold myself in readiness to gratify your worship's wishes if I'm to profit by it; for the love of my wife and children forces me to seem grasping. Let your worship say how much you will pay me for each lash I give myself."

— Si yo te hubiera de pagar, Sancho —respondió don Quijote —, conforme lo que merece la grandeza y calidad deste remedio, el tesoro de Venecia, las minas del Potosí fueran poco para pagarte; toma tú el tiento a lo que llevas mío, y pon el precio a cada azote.

"If Sancho," replied Don Quixote, "I were to

requite thee as the importance and nature of the
cure deserves, the treasures of Venice, the mines
of Potosi, would be insufficient to pay thee. See
what thou hast of mine, and put a price on each
lash."

— Ellos —respondió Sancho— son tres mil y trecientos y
tantos; de ellos me he dado hasta cinco: quedan los demás;
entren entre los tantos estos cinco, y vengamos a los tres mil y
trecientos, que a cuartillo cada uno, que no llevaré menos si
todo el mundo me lo mandase, montan tres mil y trecientos
cuartillos, que son los tres mil, mil y quinientos medios reales,
que hacen setecientos y cincuenta reales; y los trecientos
hacen ciento y cincuenta medios reales, que vienen a hacer
setenta y cinco reales, que, juntándose a los setecientos y
cincuenta, son por todos ochocientos y veinte y cinco reales.
Éstos desfalcaré yo de los que tengo de vuestra merced, y
entraré en mi casa rico y contento, aunque bien azotado;
porque no se toman truchas..., y no digo más.

"Of them," said Sancho, "there are three thousand
three hundred and odd; of these I have given
myself five, the rest remain; let the five go for
the odd ones, and let us take the three thousand
three hundred, which at a quarter real apiece
(for I will not take less though the whole world
should bid me) make three thousand three hundred
quarter reals; the three thousand are one
thousand five hundred half reals, which make
seven hundred and fifty reals; and the three
hundred make a hundred and fifty half reals,
which come to seventy-five reals, which added to
the seven hundred and fifty make eight hundred
and twenty-five reals in all. These I will stop
out of what I have belonging to your worship, and
I'll return home rich and content, though well
whipped, for 'there's no taking trout'—but I say
no more."

— ¡Oh Sancho bendito! ¡Oh Sancho amable —respondió don

Quijote—, y cuán obligados hemos de quedar Dulcinea y yo a servirte todos los días que el cielo nos diere de vida! Si ella vuelve al ser perdido, que no es posible sino que vuelva, su desdicha habrá sido dicha, y mi vencimiento, felicísimo triunfo. Y mira, Sancho, cuándo quieres comenzar la diciplina, que porque la abrevies te añado cien reales.

```
"O blessed Sancho! O dear Sancho!" said Don
Quixote; "how we shall be bound to serve thee,
Dulcinea and I, all the days of our lives that
heaven may grant us! If she returns to her lost
shape (and it cannot be but that she will) her
misfortune will have been good fortune, and my
defeat a most happy triumph. But look here,
Sancho; when wilt thou begin the scourging? For
if thou wilt make short work of it, I will give
thee a hundred reals over and above."
```

— ¿Cuándo? —replicó Sancho—. Esta noche, sin falta. Procure vuestra merced que la tengamos en el campo, al cielo abierto, que yo me abriré mis carnes.

```
"When?" said Sancho; "this night without fail.
Let your worship order it so that we pass it out
of doors and in the open air, and I'll scarify
myself."
```

Llegó la noche, esperada de don Quijote con la mayor ansia del mundo, pareciéndole que las ruedas del carro de Apolo se habían quebrado, y que el día se alargaba más de lo acostumbrado, bien así como acontece a los enamorados, que jamás ajustan la cuenta de sus deseos. Finalmente, se entraron entre unos amenos árboles que poco desviados del camino estaban, donde, dejando vacías la silla y albarda de Rocinante y el rucio, se tendieron sobre la verde yerba y cenaron del repuesto de Sancho; el cual, haciendo del cabestro y de la jáquima del rucio un poderoso y flexible azote, se retiró hasta veinte pasos de su amo, entre unas hayas. Don Quijote, que le vio ir con denuedo y con brío, le dijo:

Night, longed for by Don Quixote with the greatest anxiety in the world, came at last, though it seemed to him that the wheels of Apollo's car had broken down, and that the day was drawing itself out longer than usual, just as is the case with lovers, who never make the reckoning of their desires agree with time. They made their way at length in among some pleasant trees that stood a little distance from the road, and there vacating Rocinante's saddle and Dapple's pack-saddle, they stretched themselves on the green grass and made their supper off Sancho's stores, and he making a powerful and flexible whip out of Dapple's halter and headstall retreated about twenty paces from his master among some beech trees. Don Quixote seeing him march off with such resolution and spirit, said to him,

— Mira, amigo, que no te hagas pedazos; da lugar que unos azotes aguarden a otros; no quieras apresurarte tanto en la carrera, que en la mitad della te falte el aliento; quiero decir que no te des tan recio que te falte la vida antes de llegar al número deseado. Y, porque no pierdas por carta de más ni de menos, yo estaré desde aparte contando por este mi rosario los azotes que te dieres. Favorézcate el cielo conforme tu buena intención merece.

"Take care, my friend, not to cut thyself to pieces; allow the lashes to wait for one another, and do not be in so great a hurry as to run thyself out of breath midway; I mean, do not lay on so strenuously as to make thy life fail thee before thou hast reached the desired number; and that thou mayest not lose by a card too much or too little, I will station myself apart and count on my rosary here the lashes thou givest thyself. May heaven help thee as thy good intention deserves."

— Al buen pagador no le duelen prendas —respondió Sancho

750

—: yo pienso darme de manera que, sin matarme, me duela; que en esto debe de consistir la sustancia deste milagro.

"'Pledges don't distress a good payer,'" said Sancho; "I mean to lay on in such a way as without killing myself to hurt myself, for in that, no doubt, lies the essence of this miracle."

Desnudóse luego de medio cuerpo arriba, y, arrebatando el cordel, comenzó a darse, y comenzó don Quijote a contar los azotes.

He then stripped himself from the waist upwards, and snatching up the rope he began to lay on and Don Quixote to count the lashes.

Hasta seis o ocho se habría dado Sancho, cuando le pareció ser pesada la burla y muy barato el precio della, y, deteniéndose un poco, dijo a su amo que se llamaba a engaño, porque merecía cada azote de aquéllos ser pagado a medio real, no que a cuartillo.

He might have given himself six or eight when he began to think the joke no trifle, and its price very low; and holding his hand for a moment, he told his master that he cried off on the score of a blind bargain, for each of those lashes ought to be paid for at the rate of half a real instead of a quarter.

— Prosigue, Sancho amigo, y no desmayes —le dijo don Quijote—, que yo doblo la parada del precio.

"Go on, Sancho my friend, and be not disheartened," said Don Quixote; "for I double the stakes as to price."

— Dese modo —dijo Sancho—, ¡a la mano de Dios, y lluevan azotes!

"In that case," said Sancho, "in God's hand be it, and let it rain lashes."

Pero el socarrón dejó de dárselos en las espaldas, y daba en los árboles, con unos suspiros de cuando en cuando, que parecía que con cada uno dellos se le arrancaba el alma. Tierna la de don Quijote, temeroso de que no se le acabase la vida, y no consiguiese su deseo por la imprudencia de Sancho, le dijo:

But the rogue no longer laid them on his shoulders, but laid on to the trees, with such groans every now and then, that one would have thought at each of them his soul was being plucked up by the roots. Don Quixote, touched to the heart, and fearing he might make an end of himself, and that through Sancho's imprudence he might miss his own object, said to him,

— Por tu vida, amigo, que se quede en este punto este negocio, que me parece muy áspera esta medicina, y será bien dar tiempo al tiempo; que no se ganó Zamora en un hora. Más de mil azotes, si yo no he contado mal, te has dado: bastan por agora; que el asno, hablando a lo grosero, sufre la carga, mas no la sobrecarga.

"As thou livest, my friend, let the matter rest where it is, for the remedy seems to me a very rough one, and it will be well to have patience; 'Zamora was not won in an hour.' If I have not reckoned wrong thou hast given thyself over a thousand lashes; that is enough for the present; 'for the ass,' to put it in homely phrase, 'bears the load, but not the overload.'"

— No, no, señor —respondió Sancho—, no se ha de decir por mí: "a dineros pagados, brazos quebrados". Apártese vuestra merced otro poco y déjeme dar otros mil azotes siquiera, que a dos levadas déstas habremos cumplido con esta partida, y aún nos sobrará ropa.

"No, no, señor," replied Sancho; "it shall never be said of me, 'The money paid, the arms broken;' go back a little further, your worship, and let

me give myself at any rate a thousand lashes
more; for in a couple of bouts like this we shall
have finished off the lot, and there will be even
cloth to spare."

— Pues tú te hallas con tan buena disposición —dijo don
Quijote—, el cielo te ayude, y pégate, que yo me aparto.

"As thou art in such a willing mood," said Don
Quixote, "may heaven aid thee; lay on and I'll
retire."

Volvió Sancho a su tarea con tanto denuedo, que ya había
quitado las cortezas a muchos árboles: tal era la riguridad con
que se azotaba; y, alzando una vez la voz, y dando un
desaforado azote en una haya, dijo:

Sancho returned to his task with so much
resolution that he soon had the bark stripped off
several trees, such was the severity with which
he whipped himself; and one time, raising his
voice, and giving a beech a tremendous lash, he
cried out,

— ¡Aquí morirás, Sansón, y cuantos con él son!

"Here dies Samson, and all with him!"

Acudió don Quijote luego al son de la lastimada voz y del
golpe del riguroso azote, y, asiendo del torcido cabestro que
le servía de corbacho a Sancho, le dijo:

At the sound of his piteous cry and of the stroke
of the cruel lash, Don Quixote ran to him at
once, and seizing the twisted halter that served
him for a courbash, said to him,

— No permita la suerte, Sancho amigo, que por el gusto mío
pierdas tú la vida, que ha de servir para sustentar a tu mujer
y a tus hijos: espere Dulcinea mejor coyuntura, que yo me
contendré en los límites de la esperanza propincua, y
esperaré que cobres fuerzas nuevas, para que se concluya este
negocio a gusto de todos.

"Heaven forbid, Sancho my friend, that to please me thou shouldst lose thy life, which is needed for the support of thy wife and children; let Dulcinea wait for a better opportunity, and I will content myself with a hope soon to be realised, and have patience until thou hast gained fresh strength so as to finish off this business to the satisfaction of everybody."

— Pues vuestra merced, señor mío, lo quiere así —respondió Sancho—, sea en buena hora, y écheme su ferreruelo sobre estas espaldas, que estoy sudando y no querría resfriarme; que los nuevos diciplinantes corren este peligro.

"As your worship will have it so, señor," said Sancho, "so be it; but throw your cloak over my shoulders, for I'm sweating and I don't want to take cold; it's a risk that novice disciplinants run."

Hízolo así don Quijote, y, quedándose en pelota, abrigó a Sancho, el cual se durmió hasta que le despertó el sol, y luego volvieron a proseguir su camino, a quien dieron fin, por entonces, en un lugar que tres leguas de allí estaba. Apeáronse en un mesón, que por tal le reconoció don Quijote, y no por castillo de cava honda, torres, rastrillos y puente levadiza; que, después que le vencieron, con más juicio en todas las cosas discurría, como agora se dirá. Alojáronle en una sala baja, a quien servían de guadameciles unas sargas viejas pintadas, como se usan en las aldeas. En una dellas estaba pintada de malísima mano el robo de Elena, cuando el atrevido huésped se la llevó a Menalao, y en otra estaba la historia de Dido y de Eneas, ella sobre una alta torre, como que hacía señas con una media sábana al fugitivo huésped, que por el mar, sobre una fragata o bergantín, se iba huyendo.

Don Quixote obeyed, and stripping himself covered Sancho, who slept until the sun woke him; they then resumed their journey, which for the time being they brought to an end at a village that lay three leagues farther on. They dismounted at a hostelry which Don Quixote recognised as such and did not take to be a castle with moat, turrets, portcullis, and drawbridge; for ever since he had been vanquished he talked more rationally about everything, as will be shown presently. They quartered him in a room on the ground floor, where in place of leather hangings there were pieces of painted serge such as they commonly use in villages. On one of them was painted by some very poor hand the Rape of Helen, when the bold guest carried her off from Menelaus, and on the other was the story of Dido and AEneas, she on a high tower, as though she were making signals with a half sheet to her fugitive guest who was out at sea flying in a frigate or brigantine.

Notó en las dos historias que Elena no iba de muy mala gana, porque se reía a socapa y a lo socarrón; pero la hermosa Dido mostraba verter lágrimas del tamaño de nueces por los ojos. Viendo lo cual don Quijote, dijo:

He noticed in the two stories that Helen did not go very reluctantly, for she was laughing slyly and roguishly; but the fair Dido was shown dropping tears the size of walnuts from her eyes. Don Quixote as he looked at them observed,

— Estas dos señoras fueron desdichadísimas, por no haber nacido en esta edad, y yo sobre todos desdichado en no haber nacido en la suya: encontrara a aquestos señores, ni fuera abrasada Troya, ni Cartago destruida, pues con sólo que yo matara a Paris se escusaran tantas desgracias.

"Those two ladies were very unfortunate not to have been born in this age, and I unfortunate above all men not to have been born in theirs. Had I fallen in with those gentlemen, Troy would not have been burned or Carthage destroyed, for it would have been only for me to slay Paris, and all these misfortunes would have been avoided."

— Yo apostaré —dijo Sancho— que antes de mucho tiempo no ha de haber bodegón, venta ni mesón, o tienda de barbero, donde no ande pintada la historia de nuestras hazañas. Pero querría yo que la pintasen manos de otro mejor pintor que el que ha pintado a éstas.

"I'll lay a bet," said Sancho, "that before long there won't be a tavern, roadside inn, hostelry, or barber's shop where the story of our doings won't be painted up; but I'd like it painted by the hand of a better painter than painted these."

— Tienes razón, Sancho —dijo don Quijote—, porque este pintor es como Orbaneja, un pintor que estaba en Úbeda; que, cuando le preguntaban qué pintaba, respondía: "Lo que saliere"; y si por ventura pintaba un gallo, escribía debajo: "Éste es gallo", porque no pensasen que era zorra. Desta manera me parece a mí, Sancho, que debe de ser el pintor o escritor, que todo es uno, que sacó a luz la historia deste nuevo don Quijote que ha salido: que pintó o escribió lo que saliere; o habrá sido como un poeta que andaba los años pasados en la corte, llamado Mauleón, el cual respondía de repente a cuanto le preguntaban; y, preguntándole uno que qué quería decir Deum de Deo, respondió: "Dé donde diere". Pero, dejando esto aparte, dime si piensas, Sancho, darte otra tanda esta noche, y si quieres que sea debajo de techado, o al cielo abierto.

"Thou art right, Sancho," said Don Quixote, "for this painter is like Orbaneja, a painter there was at Ubeda, who when they asked him what he was painting, used to say, 'Whatever it may turn out; and if he chanced to paint a cock he would write under it, 'This is a cock,' for fear they might think it was a fox. The painter or writer, for it's all the same, who published the history of this new Don Quixote that has come out, must have been one of this sort I think, Sancho, for he painted or wrote 'whatever it might turn out;' or perhaps he is like a poet called Mauleon that was about the Court some years ago, who used to answer at haphazard whatever he was asked, and on one asking him what Deum de Deo meant, he replied De donde diere. But, putting this aside, tell me, Sancho, hast thou a mind to have another turn at thyself to-night, and wouldst thou rather have it indoors or in the open air?"

— Pardiez, señor —respondió Sancho—, que para lo que yo pienso darme, eso se me da en casa que en el campo; pero, con todo eso, querría que fuese entre árboles, que parece que me acompañan y me ayudan a llevar mi trabajo maravillosamente.

"Egad, señor," said Sancho, "for what I'm going to give myself, it comes all the same to me whether it is in a house or in the fields; still I'd like it to be among trees; for I think they are company for me and help me to bear my pain wonderfully."

— Pues no ha de ser así, Sancho amigo —respondió don Quijote—, sino que para que tomes fuerzas, lo hemos de guardar para nuestra aldea, que, a lo más tarde, llegaremos allá después de mañana.

"And yet it must not be, Sancho my friend," said Don Quixote; "but, to enable thee to recover strength, we must keep it for our own village; for at the latest we shall get there the day after tomorrow."

Sancho respondió que hiciese su gusto, pero que él quisiera concluir con brevedad aquel negocio a sangre caliente y cuando estaba picado el molino, porque en la tardanza suele estar muchas veces el peligro; y a Dios rogando y con el mazo dando, y que más valía un "toma" que dos "te daré", y el pájaro en la mano que el buitre volando.

Sancho said he might do as he pleased; but that

757

for his own part he would like to finish off the business quickly before his blood cooled and while he had an appetite, because "in delay there is apt to be danger" very often, and "praying to God and plying the hammer," and "one take was better than two I'll give thee's," and "a sparrow in the hand than a vulture on the wing."

— No más refranes, Sancho, por un solo Dios —dijo don Quijote—, que parece que te vuelves al sicut erat; habla a lo llano, a lo liso, a lo no intricado, como muchas veces te he dicho, y verás como te vale un pan por ciento.

"For God's sake, Sancho, no more proverbs!" exclaimed Don Quixote; "it seems to me thou art becoming sicut erat again; speak in a plain, simple, straight-forward way, as I have often told thee, and thou wilt find the good of it."

— No sé qué mala ventura es esta mía —respondió Sancho—, que no sé decir razón sin refrán, ni refrán que no me parezca razón; pero yo me enmendaré, si pudiere.

"I don't know what bad luck it is of mine," argument to my mind; however, I mean to mend said Sancho, "but I can't utter a word without a proverb that is not as good as an argument to my mind; however, I mean to mend if I can;"

Y, con esto, cesó por entonces su plática.

and so for the present the conversation ended.

Capítulo LXXII. De cómo don Quijote y Sancho llegaron a su aldea

CHAPTER LXXII. OF HOW DON QUIXOTE AND SANCHO REACHED THEIR VILLAGE

Todo aquel día, esperando la noche, estuvieron en aquel lugar y mesón don Quijote y Sancho: el uno, para acabar en la campaña rasa la tanda de su diciplina, y el otro, para ver el fin della, en el cual consistía el de su deseo. Llegó en esto al mesón un caminante a caballo, con tres o cuatro criados, uno de los cuales dijo al que el señor dellos parecía:

All that day Don Quixote and Sancho remained in the village and inn waiting for night, the one to finish off his task of scourging in the open country, the other to see it accomplished, for therein lay the accomplishment of his wishes. Meanwhile there arrived at the hostelry a traveller on horseback with three or four servants, one of whom said to him who appeared to be the master,

— Aquí puede vuestra merced, señor don Álvaro Tarfe, pasar hoy la siesta: la posada parece limpia y fresca.

"Here, Señor Don Alvaro Tarfe, your worship may take your siesta to-day; the quarters seem clean and cool."

Oyendo esto don Quijote, le dijo a Sancho:

When he heard this Don Quixote said to Sancho,

— Mira, Sancho: cuando yo hojeé aquel libro de la segunda parte de mi historia, me parece que de pasada topé allí este nombre de don Álvaro Tarfe.

"Look here, Sancho; on turning over the leaves of that book of the Second Part of my history I think I came casually upon this name of Don Alvaro Tarfe."

— Bien podrá ser —respondió Sancho—. Dejémosle apear, que después se lo preguntaremos.

"Very likely," said Sancho; "we had better let him dismount, and by-and-by we can ask about it."

El caballero se apeó, y, frontero del aposento de don Quijote, la huéspeda le dio una sala baja, enjaezada con otras pintadas sargas, como las que tenía la estancia de don Quijote. Púsose el recién venido caballero a lo de verano, y, saliéndose al

759

portal del mesón, que era espacioso y fresco, por el cual se paseaba don Quijote, le preguntó:

The gentleman dismounted, and the landlady gave him a room on the ground floor opposite Don Quixote's and adorned with painted serge hangings of the same sort. The newly arrived gentleman put on a summer coat, and coming out to the gateway of the hostelry, which was wide and cool, addressing Don Quixote, who was pacing up and down there, he asked,

— ¿Adónde bueno camina vuestra merced, señor gentilhombre?

"In what direction your worship bound, gentle sir?"

Y don Quijote le respondió: — A una aldea que está aquí cerca, de donde soy natural. Y vuestra merced, ¿dónde camina?

"To a village near this which is my own village," replied Don Quixote; "and your worship, where are you bound for?"

— Yo, señor —respondió el caballero—, voy a Granada, que es mi patria.

"I am going to Granada, señor," said the gentleman, "to my own country."

— ¡Y buena patria! —replicó don Quijote—. Pero, dígame vuestra merced, por cortesía, su nombre, porque me parece que me ha de importar saberlo más de lo que buenamente podré decir.

"And a goodly country," said Don Quixote; "but will your worship do me the favour of telling me your name, for it strikes me it is of more importance to me to know it than I can tell you."

— Mi nombre es don Álvaro Tarfe —respondió el huésped.

"My name is Don Alvaro Tarfe," replied the

760

traveller.

A lo que replicó don Quijote: — Sin duda alguna pienso que vuestra merced debe de ser aquel don Álvaro Tarfe que anda impreso en la Segunda parte de la historia de don Quijote de la Mancha, recién impresa y dada a la luz del mundo por un autor moderno.

To which Don Quixote returned, "I have no doubt whatever that your worship is that Don Alvaro Tarfe who appears in print in the Second Part of the history of Don Quixote of La Mancha, lately printed and published by a new author."

— El mismo soy —respondió el caballero—, y el tal don Quijote, sujeto principal de la tal historia, fue grandísimo amigo mío, y yo fui el que le sacó de su tierra, o, a lo menos, le moví a que viniese a unas justas que se hacían en Zaragoza, adonde yo iba; y, en verdad en verdad que le hice muchas amistades, y que le quité de que no le palmease las espaldas el verdugo, por ser demasiadamente atrevido.

"I am the same," replied the gentleman; "and that same Don Quixote, the principal personage in the said history, was a very great friend of mine, and it was I who took him away from home, or at least induced him to come to some jousts that were to be held at Saragossa, whither I was going myself; indeed, I showed him many kindnesses, and saved him from having his shoulders touched up by the executioner because of his extreme rashness."

— Y, dígame vuestra merced, señor don Álvaro, ¿parezco yo en algo a ese tal don Quijote que vuestra merced dice?

"Tell me, Señor Don Alvaro," said Don Quixote, "am I at all like that Don Quixote you talk of?"

— No, por cierto —respondió el huésped—: en ninguna manera.

"No indeed," replied the traveller, "not a bit."

— Y ese don Quijote —dijo el nuestro—, ¿traía consigo a un escudero llamado Sancho Panza?

"And that Don Quixote-" said our one, "had he with him a squire called Sancho Panza?"

— Sí traía —respondió don Álvaro—; y, aunque tenía fama de muy gracioso, nunca le oí decir gracia que la tuviese.

"He had," said Don Alvaro; "but though he had the name of being very droll, I never heard him say anything that had any drollery in it."

— Eso creo yo muy bien —dijo a esta sazón Sancho—, porque el decir gracias no es para todos, y ese Sancho que vuestra merced dice, señor gentilhombre, debe de ser algún grandísimo bellaco, frión y ladrón juntamente, que el verdadero Sancho Panza soy yo, que tengo más gracias que llovidas; y si no, haga vuestra merced la experiencia, y ándese tras de mí, por los menos un año, y verá que se me caen a cada paso, y tales y tantas que, sin saber yo las más veces lo que me digo, hago reír a cuantos me escuchan; y el verdadero don Quijote de la Mancha, el famoso, el valiente y el discreto, el enamorado, el desfacedor de agravios, el tutor de pupilos y huérfanos, el amparo de las viudas, el matador de las doncellas, el que tiene por única señora a la sin par Dulcinea del Toboso, es este señor que está presente, que es mi amo; todo cualquier otro don Quijote y cualquier otro Sancho Panza es burlería y cosa de sueño.

"That I can well believe," said Sancho at this, "for to come out with drolleries is not in everybody's line; and that Sancho your worship speaks of, gentle sir, must be some great scoundrel, dunderhead, and thief, all in one; for I am the real Sancho Panza, and I have more drolleries than if it rained them; let your worship only try; come along with me for a year or so, and you will find they fall from me at every turn, and so rich and so plentiful that though mostly I don't know what I am saying I

make everybody that hears me laugh. And the real
Don Quixote of La Mancha, the famous, the
valiant, the wise, the lover, the righter of
wrongs, the guardian of minors and orphans, the
protector of widows, the killer of damsels, he
who has for his sole mistress the peerless
Dulcinea del Toboso, is this gentleman before
you, my master; all other Don Quixotes and all
other Sancho Panzas are dreams and mockeries."

— ¡Por Dios que lo creo! —respondió don Álvaro—, porque
más gracias habéis dicho vos, amigo, en cuatro razones que
habéis hablado, que el otro Sancho Panza en cuantas yo le oí
hablar, que fueron muchas. Más tenía de comilón que de bien
hablado, y más de tonto que de gracioso, y tengo por sin
duda que los encantadores que persiguen a don Quijote el
bueno han querido perseguirme a mí con don Quijote el
malo. Pero no sé qué me diga; que osaré yo jurar que le dejo
metido en la casa del Nuncio, en Toledo, para que le curen, y
agora remanece aquí otro don Quijote, aunque bien diferente
del mío.

"By God I believe it," said Don Alvaro; "for you
have uttered more drolleries, my friend, in the
few words you have spoken than the other Sancho
Panza in all I ever heard from him, and they were
not a few. He was more greedy than well-spoken,
and more dull than droll; and I am convinced that
the enchanters who persecute Don Quixote the Good
have been trying to persecute me with Don Quixote
the Bad. But I don't know what to say, for I am
ready to swear I left him shut up in the Casa del
Nuncio at Toledo, and here another Don Quixote
turns up, though a very different one from mine."

— Yo —dijo don Quijote— no sé si soy bueno, pero sé decir
que no soy el malo; para prueba de lo cual quiero que sepa
vuesa merced, mi señor don Álvaro Tarfe, que en todos los
días de mi vida no he estado en Zaragoza; antes, por haberme
dicho que ese don Quijote fantástico se había hallado en las

justas desa ciudad, no quise yo entrar en ella, por sacar a las barbas del mundo su mentira; y así, me pasé de claro a Barcelona, archivo de la cortesía, albergue de los estranjeros, hospital de los pobres, patria de los valientes, venganza de los ofendidos y correspondencia grata de firmes amistades, y, en sitio y en belleza, única. Y, aunque los sucesos que en ella me han sucedido no son de mucho gusto, sino de mucha pesadumbre, los llevo sin ella, sólo por haberla visto. Finalmente, señor don Álvaro Tarfe, yo soy don Quijote de la Mancha, el mismo que dice la fama, y no ese desventurado que ha querido usurpar mi nombre y honrarse con mis pensamientos. A vuestra merced suplico, por lo que debe a ser caballero, sea servido de hacer una declaración ante el alcalde deste lugar, de que vuestra merced no me ha visto en todos los días de su vida hasta agora, y de que yo no soy el don Quijote impreso en la segunda parte, ni este Sancho Panza mi escudero es aquél que vuestra merced conoció.

"I don't know whether I am good," said Don Quixote, "but I can safely say I am not 'the Bad;' and to prove it, let me tell you, Señor Don Alvaro Tarfe, I have never in my life been in Saragossa; so far from that, when it was told me that this imaginary Don Quixote had been present at the jousts in that city, I declined to enter it, in order to drag his falsehood before the face of the world; and so I went on straight to Barcelona, the treasure-house of courtesy, haven of strangers, asylum of the poor, home of the valiant, champion of the wronged, pleasant exchange of firm friendships, and city unrivalled in site and beauty. And though the adventures that befell me there are not by any means matters of enjoyment, but rather of regret, I do not regret them, simply because I have seen it. In a word, Señor Don Alvaro Tarfe, I am Don Quixote of La Mancha, the one that fame speaks of, and not the unlucky one that has attempted to usurp my name and deck himself out in my ideas. I entreat

your worship by your devoir as a gentleman to be
so good as to make a declaration before the
alcalde of this village that you never in all
your life saw me until now, and that neither am I
the Don Quixote in print in the Second Part, nor
this Sancho Panza, my squire, the one your
worship knew."

— Eso haré yo de muy buena gana —respondió don Álvaro
—, puesto que cause admiración ver dos don Quijotes y dos
Sanchos a un mismo tiempo, tan conformes en los nombres
como diferentes en las acciones; y vuelvo a decir y me afirmo
que no he visto lo que he visto, ni ha pasado por mí lo que ha
pasado.

"That I will do most willingly," replied Don
Alvaro; "though it amazes me to find two Don
Quixotes and two Sancho Panzas at once, as much
alike in name as they differ in demeanour; and
again I say and declare that what I saw I cannot
have seen, and that what happened me cannot have
happened."

— Sin duda —dijo Sancho— que vuestra merced debe de
estar encantado, como mi señora Dulcinea del Toboso, y
pluguiera al cielo que estuviera su desencanto de vuestra
merced en darme otros tres mil y tantos azotes como me doy
por ella, que yo me los diera sin interés alguno.

"No doubt your worship is enchanted, like my lady
Dulcinea del Toboso," said Sancho; "and would to
heaven your disenchantment rested on my giving
myself another three thousand and odd lashes like
what I'm giving myself for her, for I'd lay them
on without looking for anything."

— No entiendo eso de azotes —dijo don Álvaro.

"I don't understand that about the lashes," said
Don Alvaro.

Y Sancho le respondió que era largo de contar, pero que él se
lo contaría si acaso iban un mesmo camino.

765

Sancho replied that it was a long story to tell, but he would tell him if they happened to be going the same road.

Llegóse en esto la hora de comer; comieron juntos don Quijote y don Álvaro. Entró acaso el alcalde del pueblo en el mesón, con un escribano, ante el cual alcalde pidió don Quijote, por una petición, de que a su derecho convenía de que don Álvaro Tarfe, aquel caballero que allí estaba presente, declarase ante su merced como no conocía a don Quijote de la Mancha, que asimismo estaba allí presente, y que no era aquél que andaba impreso en una historia intitulada: Segunda parte de don Quijote de la Mancha, compuesta por un tal de Avellaneda, natural de Tordesillas. Finalmente, el alcalde proveyó jurídicamente; la declaración se hizo con todas las fuerzas que en tales casos debían hacerse, con lo que quedaron don Quijote y Sancho muy alegres, como si les importara mucho semejante declaración y no mostrara claro la diferencia de los dos don Quijotes y la de los dos Sanchos sus obras y sus palabras. Muchas de cortesías y ofrecimientos pasaron entre don Álvaro y don Quijote, en las cuales mostró el gran manchego su discreción, de modo que desengañó a don Álvaro Tarfe del error en que estaba; el cual se dio a entender que debía de estar encantado, pues tocaba con la mano dos tan contrarios don Quijotes.

By this dinner-time arrived, and Don Quixote and Don Alvaro dined together. The alcalde of the village came by chance into the inn together with a notary, and Don Quixote laid a petition before him, showing that it was requisite for his rights that Don Alvaro Tarfe, the gentleman there present, should make a declaration before him that he did not know Don Quixote of La Mancha, also there present, and that he was not the one that was in print in a history entitled "Second Part of Don Quixote of La Mancha, by one Avellaneda of Tordesillas." The alcalde finally put it in legal form, and the declaration was made with all the formalities required in such cases, at which Don Quixote and Sancho were in high delight, as if a declaration of the sort was of any great importance to them, and as if their words and deeds did not plainly show the difference between the two Don Quixotes and the two Sanchos. Many civilities and offers of service were exchanged by Don Alvaro and Don Quixote, in the course of which the great Manchegan displayed such good taste that he disabused Don Alvaro of the error he was under; and he, on his part, felt convinced he must have been enchanted, now that he had been brought in contact with two such opposite Don Quixotes.

Llegó la tarde, partiéronse de aquel lugar, y a obra de media legua se apartaban dos caminos diferentes, el uno que guiaba a la aldea de don Quijote, y el otro el que había de llevar don Álvaro. En este poco espacio le contó don Quijote la desgracia de su vencimiento y el encanto y el remedio de Dulcinea, que todo puso en nueva admiración a don Álvaro, el cual, abrazando a don Quijote y a Sancho, siguió su camino, y don Quijote el suyo, que aquella noche la pasó entre otros árboles, por dar lugar a Sancho de cumplir su penitencia, que la cumplió del mismo modo que la pasada noche, a costa de las cortezas de las hayas, harto más que de sus espaldas, que las guardó tanto, que no pudieran quitar los azotes una mosca, aunque la tuviera encima.

Evening came, they set out from the village, and after about half a league two roads branched off, one leading to Don Quixote's village, the other the road Don Alvaro was to follow. In this short interval Don Quixote told him of his unfortunate defeat, and of Dulcinea's enchantment and the remedy, all which threw Don Alvaro into fresh amazement, and embracing Don Quixote and Sancho he went his way, and Don Quixote went his. That night he passed among trees again in order to give Sancho an opportunity of working out his penance, which he did in the same fashion as the night before, at the expense of the bark of the beech trees much more than of his back, of which he took such good care that the lashes would not have knocked off a fly had there been one there.

No perdió el engañado don Quijote un solo golpe de la cuenta, y halló que con los de la noche pasada era tres mil y veinte y nueve. Parece que había madrugado el sol a ver el sacrificio, con cuya luz volvieron a proseguir su camino, tratando entre los dos del engaño de don Álvaro y de cuán bien acordado había sido tomar su declaración ante la justicia, y tan auténticamente.

The duped Don Quixote did not miss a single stroke of the count, and he found that together with those of the night before they made up three thousand and twenty-nine. The sun apparently had got up early to witness the sacrifice, and with his light they resumed their journey, discussing the deception practised on Don Alvaro, and saying how well done it was to have taken his declaration before a magistrate in such an unimpeachable form.

Aquel día y aquella noche caminaron sin sucederles cosa digna de contarse, si no fue que en ella acabó Sancho su tarea, de que quedó don Quijote contento sobremodo, y esperaba el día, por ver si en el camino topaba ya desencantada a Dulcinea su señora; y, siguiendo su camino, no topaba mujer ninguna que no iba a reconocer si era Dulcinea del Toboso, teniendo por infalible no poder mentir las promesas de Merlín.

That day and night they travelled on, nor did anything worth mention happen them, unless it was that in the course of the night Sancho finished off his task, whereat Don Quixote was beyond measure joyful. He watched for daylight, to see if along the road he should fall in with his already disenchanted lady Dulcinea; and as he

pursued his journey there was no woman he met
that he did not go up to, to see if she was
Dulcinea del Toboso, as he held it absolutely
certain that Merlin's promises could not lie.

Con estos pensamientos y deseos subieron una cuesta arriba,
desde la cual descubrieron su aldea, la cual, vista de Sancho,
se hincó de rodillas y dijo:

Full of these thoughts and anxieties, they
ascended a rising ground wherefrom they descried
their own village, at the sight of which Sancho
fell on his knees exclaiming,

— Abre los ojos, deseada patria, y mira que vuelve a ti Sancho
Panza, tu hijo, si no muy rico, muy bien azotado. Abre los
brazos y recibe también tu hijo don Quijote, que si viene
vencido de los brazos ajenos, viene vencedor de sí mismo;
que, según él me ha dicho, es el mayor vencimiento que
desearse puede. Dineros llevo, porque si buenos azotes me
daban, bien caballero me iba.

"Open thine eyes, longed-for home, and see how
thy son Sancho Panza comes back to thee, if not
very rich, very well whipped! Open thine arms and
receive, too, thy son Don Quixote, who, if he
comes vanquished by the arm of another, comes
victor over himself, which, as he himself has
told me, is the greatest victory anyone can
desire. I'm bringing back money, for if I was
well whipped, I went mounted like a gentleman."

— Déjate desas sandeces —dijo don Quijote—, y vamos con
pie derecho a entrar en nuestro lugar, donde daremos vado a
nuestras imaginaciones, y la traza que en la pastoral vida
pensamos ejercitar.

"Have done with these fooleries," said Don
Quixote; "let us push on straight and get to our
own place, where we will give free range to our

fancies, and settle our plans for our future
pastoral life."

Con esto, bajaron de la cuesta y se fueron a su pueblo.

With this they descended the slope and directed
their steps to their village.

Capítulo LXXIII. De los agüeros que tuvo don Quijote al entrar de su aldea, con otros sucesos que adornan y acreditan esta grande historia

CHAPTER LXXIII. OF THE OMENS DON QUIXOTE HAD AS HE ENTERED HIS OWN VILLAGE, AND OTHER INCIDENTS THAT EMBELLISH AND GIVE A COLOUR TO THIS GREAT HISTORY

A la entrada del cual, según dice Cide Hamete, vio don Quijote que en las eras del lugar estaban riñendo dos mochachos, y el uno dijo al otro:

At the entrance of the village, so says Cide Hamete, Don Quixote saw two boys quarrelling on the village threshing-floor one of whom said to the other,

— No te canses Periquillo, que no la has de ver en todos los días de tu vida.

"Take it easy, Periquillo; thou shalt never see it again as long as thou livest."

Oyólo don Quijote, y dijo a Sancho:

Don Quixote heard this, and said he to Sancho,

— ¿No adviertes, amigo, lo que aquel mochacho ha dicho: "no la has de ver en todos los días de tu vida"?

"Dost thou not mark, friend, what that boy said, 'Thou shalt never see it again as long as thou livest'?"

— Pues bien, ¿qué importa —respondió Sancho— que haya dicho eso el mochacho?

"Well," said Sancho, "what does it matter if the boy said so?"

— ¿Qué? —replicó don Quijote—. ¿No vees tú que, aplicando aquella palabra a mi intención, quiere significar que no tengo

de ver más a Dulcinea?

"What!" said Don Quixote, "dost thou not see that, applied to the object of my desires, the words mean that I am never to see Dulcinea more?"

Queríale responder Sancho, cuando se lo estorbó ver que por aquella campaña venía huyendo una liebre, seguida de muchos galgos y cazadores, la cual, temerosa, se vino a recoger y a agazapar debajo de los pies del rucio. Cogióla Sancho a mano salva y presentósela a don Quijote, el cual estaba diciendo:

Sancho was about to answer, when his attention was diverted by seeing a hare come flying across the plain pursued by several greyhounds and sportsmen. In its terror it ran to take shelter and hide itself under Dapple. Sancho caught it alive and presented it to Don Quixote, who was saying,

— Malum signum! Malum signum! Liebre huye, galgos la siguen: ¡Dulcinea no parece!

"Malum signum, malum signum! a hare flies, greyhounds chase it, Dulcinea appears not."

— Estraño es vuesa merced —dijo Sancho—. Presupongamos que esta liebre es Dulcinea del Toboso y estos galgos que la persiguen son los malandrines encantadores que la transformaron en labradora: ella huye, yo la cojo y la pongo en poder de vuesa merced, que la tiene en sus brazos y la regala: ¿qué mala señal es ésta, ni qué mal agüero se puede tomar de aquí?

"Your worship's a strange man," said Sancho; "let's take it for granted that this hare is Dulcinea, and these greyhounds chasing it the malignant enchanters who turned her into a country wench; she flies, and I catch her and put her into your worship's hands, and you hold her in your arms and cherish her; what bad sign is

that, or what ill omen is there to be found here?"

Los dos mochachos de la pendencia se llegaron a ver la liebre, y al uno dellos preguntó Sancho que por qué reñían. Y fuele respondido por el que había dicho "no la verás más en toda tu vida", que él había tomado al otro mochacho una jaula de grillos, la cual no pensaba volvérsela en toda su vida. Sacó Sancho cuatro cuartos de la faltriquera y dióselos al mochacho por la jaula, y púsosela en las manos a don Quijote, diciendo:

The two boys who had been quarrelling came over to look at the hare, and Sancho asked one of them what their quarrel was about. He was answered by the one who had said, "Thou shalt never see it again as long as thou livest," that he had taken a cage full of crickets from the other boy, and did not mean to give it back to him as long as he lived. Sancho took out four cuartos from his pocket and gave them to the boy for the cage, which he placed in Don Quixote's hands, saying,

— He aquí, señor, rompidos y desbaratados estos agüeros, que no tienen que ver más con nuestros sucesos, según que yo imagino, aunque tonto, que con las nubes de antaño. Y si no me acuerdo mal, he oído decir al cura de nuestro pueblo que no es de personas cristianas ni discretas mirar en estas niñerías; y aun vuesa merced mismo me lo dijo los días pasados, dándome a entender que eran tontos todos aquellos cristianos que miraban en agüeros. Y no es menester hacer hincapié en esto, sino pasemos adelante y entremos en nuestra aldea.

"There, señor! there are the omens broken and destroyed, and they have no more to do with our affairs, to my thinking, fool as I am, than with last year's clouds; and if I remember rightly I have heard the curate of our village say that it does not become Christians or sensible people to

773

give any heed to these silly things; and even you yourself said the same to me some time ago, telling me that all Christians who minded omens were fools; but there's no need of making words about it; let us push on and go into our village."

Llegaron los cazadores, pidieron su liebre, y diósela don Quijote; pasaron adelante, y, a la entrada del pueblo, toparon en un pradecillo rezando al cura y al bachiller Carrasco. Y es de saber que Sancho Panza había echado sobre el rucio y sobre el lío de las armas, para que sirviese de repostero, la túnica de bocací, pintada de llamas de fuego que le vistieron en el castillo del duque la noche que volvió en sí Altisidora. Acomodóle también la coroza en la cabeza, que fue la más nueva transformación y adorno con que se vio jamás jumento en el mundo.

The sportsmen came up and asked for their hare, which Don Quixote gave them. They then went on, and upon the green at the entrance of the town they came upon the curate and the bachelor Samson Carrasco busy with their breviaries. It should be mentioned that Sancho had thrown, by way of a sumpter-cloth, over Dapple and over the bundle of armour, the buckram robe painted with flames which they had put upon him at the duke's castle the night Altisidora came back to life. He had also fixed the mitre on Dapple's head, the oddest transformation and decoration that ever ass in the world underwent.

Fueron luego conocidos los dos del cura y del bachiller, que se vinieron a ellos con los brazos abiertos. Apeóse don Quijote y abrazólos estrechamente; y los mochachos, que son linces no escusados, divisaron la coroza del jumento y acudieron a verle, y decían unos a otros:

They were at once recognised by both the curate and the bachelor, who came towards them with open arms. Don Quixote dismounted and received them

with a close embrace; and the boys, who are
lynxes that nothing escapes, spied out the ass's
mitre and came running to see it, calling out to
one another,

— Venid, mochachos, y veréis el asno de Sancho Panza más
galán que Mingo, y la bestia de don Quijote más flaca hoy
que el primer día.

"Come here, boys, and see Sancho Panza's ass
figged out finer than Mingo, and Don Quixote's
beast leaner than ever."

Finalmente, rodeados de mochachos y acompañados del cura
y del bachiller, entraron en el pueblo, y se fueron a casa de
don Quijote, y hallaron a la puerta della al ama y a su sobrina,
a quien ya habían llegado las nuevas de su venida. Ni más ni
menos se las habían dado a Teresa Panza, mujer de Sancho, la
cual, desgreñada y medio desnuda, trayendo de la mano a
Sanchica, su hija, acudió a ver a su marido; y, viéndole no tan
bien adeliñado como ella se pensaba que había de estar un
gobernador, le dijo:

So at length, with the boys capering round them,
and accompanied by the curate and the bachelor,
they made their entrance into the town, and
proceeded to Don Quixote's house, at the door of
which they found his housekeeper and niece, whom
the news of his arrival had already reached. It
had been brought to Teresa Panza, Sancho's wife,
as well, and she with her hair all loose and half
naked, dragging Sanchica her daughter by the
hand, ran out to meet her husband; but seeing him
coming in by no means as good case as she thought
a governor ought to be, she said to him,

— ¿Cómo venís así, marido mío, que me parece que venís a
pie y despeado, y más traéis semejanza de desgobernado que
de gobernador?

"How is it you come this way, husband? It seems
to me you come tramping and footsore, and looking

more like a disorderly vagabond than a governor."

— Calla, Teresa —respondió Sancho—, que muchas veces donde hay estacas no hay tocinos, y vámonos a nuestra casa, que allá oirás maravillas. Dineros traigo, que es lo que importa, ganados por mi industria y sin daño de nadie.

"Hold your tongue, Teresa," said Sancho; "often 'where there are pegs there are no flitches;' let's go into the house and there you'll hear strange things. I bring money, and that's the main thing, got by my own industry without wronging anybody."

— Traed vos dinero, mi buen marido —dijo Teresa—, y sean ganados por aquí o por allí, que, comoquiera que los hayáis ganado, no habréis hecho usanza nueva en el mundo.

"You bring the money, my good husband," said Teresa, "and no matter whether it was got this way or that; for, however you may have got it, you'll not have brought any new practice into the world."

Abrazó Sanchica a su padre, y preguntóle si traía algo, que le estaba esperando como el agua de mayo; y, asiéndole de un lado del cinto, y su mujer de la mano, tirando su hija al rucio, se fueron a su casa, dejando a don Quijote en la suya, en poder de su sobrina y de su ama, y en compañía del cura y del bachiller.

Sanchica embraced her father and asked him if he brought her anything, for she had been looking out for him as for the showers of May; and she taking hold of him by the girdle on one side, and his wife by the hand, while the daughter led Dapple, they made for their house, leaving Don Quixote in his, in the hands of his niece and housekeeper, and in the company of the curate and the bachelor.

Don Quijote, sin guardar términos ni horas, en aquel mismo

punto se apartó a solas con el bachiller y el cura, y en breves razones les contó su vencimiento, y la obligación en que había quedado de no salir de su aldea en un año, la cual pensaba guardar al pie de la letra, sin traspasarla en un átomo, bien así como caballero andante, obligado por la puntualidad y orden de la andante caballería, y que tenía pensado de hacerse aquel año pastor, y entretenerse en la soledad de los campos, donde a rienda suelta podía dar vado a sus amorosos pensamientos, ejercitándose en el pastoral y virtuoso ejercicio; y que les suplicaba, si no tenían mucho que hacer y no estaban impedidos en negocios más importantes, quisiesen ser sus compañeros; que él compraría ovejas y ganado suficiente que les diese nombre de pastores; y que les hacía saber que lo más principal de aquel negocio estaba hecho, porque les tenía puestos los nombres, que les vendrían como de molde. Díjole el cura que los dijese. Respondió don Quijote que él se había de llamar el pastor Quijotiz; y el bachiller, el pastor Carrascón; y el cura, el pastor Curambro; y Sancho Panza, el pastor Pancino.

Don Quixote at once, without any regard to time or season, withdrew in private with the bachelor and the curate, and in a few words told them of his defeat, and of the engagement he was under not to quit his village for a year, which he meant to keep to the letter without departing a hair's breadth from it, as became a knight-errant bound by scrupulous good faith and the laws of knight-errantry; and of how he thought of turning shepherd for that year, and taking his diversion in the solitude of the fields, where he could with perfect freedom give range to his thoughts of love while he followed the virtuous pastoral calling; and he besought them, if they had not a great deal to do and were not prevented by more important business, to consent to be his companions, for he would buy sheep enough to qualify them for shepherds; and the most important point of the whole affair, he could tell them, was settled, for he had given them names that would fit them to a T. The curate asked what they were. Don Quixote replied that he himself was to be called the shepherd Quixotize and the bachelor the shepherd Carrascon, and the curate the shepherd Curambro, and Sancho Panza the shepherd Pancino.

Pasmáronse todos de ver la nueva locura de don Quijote; pero, porque no se les fuese otra vez del pueblo a sus caballerías, esperando que en aquel año podría ser curado, concedieron con su nueva intención, y aprobaron por discreta su locura, ofreciéndosele por compañeros en su ejercicio.

Both were astounded at Don Quixote's new craze; however, lest he should once more make off out of the village from them in pursuit of his chivalry, they trusting that in the course of the year he might be cured, fell in with his new project, applauded his crazy idea as a bright one, and offered to share the life with him.

— Y más —dijo Sansón Carrasco—, que, como ya todo el mundo sabe, yo soy celebérrimo poeta y a cada paso compondré versos pastoriles, o cortesanos, o como más me viniere a cuento, para que nos entretengamos por esos andurriales donde habemos de andar; y lo que más es menester, señores míos, es que cada uno escoja el nombre de la pastora que piensa celebrar en sus versos, y que no dejemos árbol, por duro que sea, donde no la retule y grabe su nombre, como es uso y costumbre de los enamorados pastores.

"And what's more," said Samson Carrasco, "I am, as all the world knows, a very famous poet, and I'll be always making verses, pastoral, or courtly, or as it may come into my head, to pass away our time in those secluded regions where we shall be roaming. But what is most needful, sirs, is that each of us should choose the name of the shepherdess he means to glorify in his verses,

and that we should not leave a tree, be it ever
so hard, without writing up and carving her name
on it, as is the habit and custom of love-smitten
shepherds."

— Eso está de molde —respondió don Quijote—, puesto que
yo estoy libre de buscar nombre de pastora fingida, pues está
ahí la sin par Dulcinea del Toboso, gloria de estas riberas,
adorno de estos prados, sustento de la hermosura, nata de los
donaires, y, finalmente, sujeto sobre quien puede asentar bien
toda alabanza, por hipérbole que sea.

"That's the very thing," said Don Quixote;
"though I am relieved from looking for the name
of an imaginary shepherdess, for there's the
peerless Dulcinea del Toboso, the glory of these
brooksides, the ornament of these meadows, the
mainstay of beauty, the cream of all the graces,
and, in a word, the being to whom all praise is
appropriate, be it ever so hyperbolical."

— Así es verdad —dijo el cura—, pero nosotros buscaremos
por ahí pastoras mañeruelas, que si no nos cuadraren, nos
esquinen.

"Very true," said the curate; "but we the others
must look about for accommodating shepherdesses
that will answer our purpose one way or another."

A lo que añadió Sansón Carrasco: — Y cuando faltaren,
darémosles los nombres de las estampadas e impresas, de
quien está lleno el mundo: Fílidas, Amarilis, Dianas, Fléridas,
Galateas y Belisardas; que, pues las venden en las plazas, bien
las podemos comprar nosotros y tenerlas por nuestras. Si mi
dama, o, por mejor decir, mi pastora, por ventura se llamare
Ana, la celebraré debajo del nombre de Anarda; y si
Francisca, la llamaré yo Francenia; y si Lucía, Lucinda, que
todo se sale allá; y Sancho Panza, si es que ha de entrar en
esta cofadría, podrá celebrar a su mujer Teresa Panza con
nombre de Teresaina.

"And," added Samson Carrasco, "if they fail us, we can call them by the names of the ones in print that the world is filled with, Filidas, Amarilises, Dianas, Fleridas, Galateas, Belisardas; for as they sell them in the market-places we may fairly buy them and make them our own. If my lady, or I should say my shepherdess, happens to be called Ana, I'll sing her praises under the name of Anarda, and if Francisca, I'll call her Francenia, and if Lucia, Lucinda, for it all comes to the same thing; and Sancho Panza, if he joins this fraternity, may glorify his wife Teresa Panza as Teresaina."

Rióse don Quijote de la aplicación del nombre, y el cura le alabó infinito su honesta y honrada resolución, y se ofreció de nuevo a hacerle compañía todo el tiempo que le vacase de atender a sus forzosas obligaciones. Con esto, se despidieron dél, y le rogaron y aconsejaron tuviese cuenta con su salud, con regalarse lo que fuese bueno.

Don Quixote laughed at the adaptation of the name, and the curate bestowed vast praise upon the worthy and honourable resolution he had made, and again offered to bear him company all the time that he could spare from his imperative duties. And so they took their leave of him, recommending and beseeching him to take care of his health and treat himself to a suitable diet.

Quiso la suerte que su sobrina y el ama oyeron la plática de los tres; y, así como se fueron, se entraron entrambas con don Quijote, y la sobrina le dijo:

It so happened his niece and the housekeeper overheard all the three of them said; and as soon as they were gone they both of them came in to Don Quixote, and said the niece,

— ¿Qué es esto, señor tío? ¿Ahora que pensábamos nosotras que vuestra merced volvía a reducirse en su casa, y a pasar en ella una vida quieta y honrada, se quiere meter en nuevos laberintos, haciéndose

Pastorcillo, tú que vienes,
pastorcico, tú que vas?

"What's this, uncle? Now that we were thinking
you had come back to stay at home and lead a
quiet respectable life there, are you going to
get into fresh entanglements, and turn 'young
shepherd, thou that comest here, young shepherd
going there?'

Pues en verdad que está ya duro el alcacel para zampoñas.

Nay! indeed 'the straw is too hard now to make
pipes of.'"

A lo que añadió el ama: Y ¿podrá vuestra merced pasar en el
campo las siestas del verano, los serenos del invierno, el
aullido de los lobos? No, por cierto, que éste es ejercicio y
oficio de hombres robustos, curtidos y criados para tal
ministerio casi desde las fajas y mantillas. Aun, mal por mal,
mejor es ser caballero andante que pastor. Mire, señor, tome
mi consejo, que no se le doy sobre estar harta de pan y vino,
sino en ayunas, y sobre cincuenta años que tengo de edad:
estése en su casa, atienda a su hacienda, confiese a menudo,
favorezca a los pobres, y sobre mi ánima si mal le fuere.

"And," added the housekeeper, "will your worship
be able to bear, out in the fields, the heats of
summer, and the chills of winter, and the howling
of the wolves? Not you; for that's a life and a
business for hardy men, bred and seasoned to such
work almost from the time they were in swaddling-
clothes. Why, to make choice of evils, it's
better to be a knight-errant than a shepherd!
Look here, señor; take my advice—and I'm not
giving it to you full of bread and wine, but
fasting, and with fifty years upon my head—stay
at home, look after your affairs, go often to
confession, be good to the poor, and upon my soul
be it if any evil comes to you."

781

— Callad, hijas —les respondió don Quijote—, que yo sé bien lo que me cumple. Llevadme al lecho, que me parece que no estoy muy bueno, y tened por cierto que, ahora sea caballero andante o pastor por andar, no dejaré siempre de acudir a lo que hubiéredes menester, como lo veréis por la obra.

"Hold your peace, my daughters," said Don Quixote; "I know very well what my duty is; help me to bed, for I don't feel very well; and rest assured that, knight-errant now or wandering shepherd to be, I shall never fail to have a care for your interests, as you will see in the end."

Y las buenas hijas —que lo eran sin duda ama y sobrina— le llevaron a la cama, donde le dieron de comer y regalaron lo posible.

And the good wenches (for that they undoubtedly were), the housekeeper and niece, helped him to bed, where they gave him something to eat and made him as comfortable as possible.

Capítulo LXXIV. De cómo don Quijote cayó malo, y del testamento que hizo, y su muerte

CHAPTER LXXIV. OF HOW DON QUIXOTE FELL SICK, AND OF THE WILL HE MADE, AND HOW HE DIED

Como las cosas humanas no sean eternas, yendo siempre en declinación de sus principios hasta llegar a su último fin, especialmente las vidas de los hombres, y como la de don Quijote no tuviese privilegio del cielo para detener el curso de la suya, llegó su fin y acabamiento cuando él menos lo pensaba; porque, o ya fuese de la melancolía que le causaba el verse vencido, o ya por la disposición del cielo, que así lo ordenaba, se le arraigó una calentura que le tuvo seis días en la cama, en los cuales fue visitado muchas veces del cura, del bachiller y del barbero, sus amigos, sin quitársele de la cabecera Sancho Panza, su buen escudero.

As nothing that is man's can last for ever, but all tends ever downwards from its beginning to its end, and above all man's life, and as Don Quixote's enjoyed no special dispensation from heaven to stay its course, its end and close came when he least looked for it. For-whether it was of the dejection the thought of his defeat produced, or of heaven's will that so ordered it— a fever settled upon him and kept him in his bed for six days, during which he was often visited by his friends the curate, the bachelor, and the barber, while his good squire Sancho Panza never quitted his bedside.

Éstos, creyendo que la pesadumbre de verse vencido y de no ver cumplido su deseo en la libertad y desencanto de Dulcinea le tenía de aquella suerte, por todas las vías posibles procuraban alegrarle, diciéndole el bachiller que se animase y levantase, para comenzar su pastoral ejercicio, para el cual tenía ya compuesta una écloga, que mal año para cuantas

Sanazaro había compuesto, y que ya tenía comprados de su propio dinero dos famosos perros para guardar el ganado: el uno llamado Barcino, y el otro Butrón, que se los había vendido un ganadero del Quintanar.

They, persuaded that it was grief at finding himself vanquished, and the object of his heart, the liberation and disenchantment of Dulcinea, unattained, that kept him in this state, strove by all the means in their power to cheer him up; the bachelor bidding him take heart and get up to begin his pastoral life, for which he himself, he said, had already composed an eclogue that would take the shine out of all Sannazaro had ever written, and had bought with his own money two famous dogs to guard the flock, one called Barcino and the other Butron, which a herdsman of Quintanar had sold him.

Pero no por esto dejaba don Quijote sus tristezas. Llamaron sus amigos al médico, tomóle el pulso, y no le contentó mucho, y dijo que, por sí o por no, atendiese a la salud de su alma, porque la del cuerpo corría peligro. Oyólo don Quijote con ánimo sosegado, pero no lo oyeron así su ama, su sobrina y su escudero, los cuales comenzaron a llorar tiernamente, como si ya le tuvieran muerto delante. Fue el parecer del médico que melancolías y desabrimientos le acababan. Rogó don Quijote que le dejasen solo, porque quería dormir un poco. Hiciéronlo así y durmió de un tirón, como dicen, más de seis horas; tanto, que pensaron el ama y la sobrina que se había de quedar en el sueño. Despertó al cabo del tiempo dicho, y, dando una gran voz, dijo:

But for all this Don Quixote could not shake off his sadness. His friends called in the doctor, who felt his pulse and was not very well satisfied with it, and said that in any case it would be well for him to attend to the health of his soul, as that of his body was in a bad way.

Don Quixote heard this calmly; but not so his housekeeper, his niece, and his squire, who fell weeping bitterly, as if they had him lying dead before them. The doctor's opinion was that melancholy and depression were bringing him to his end. Don Quixote begged them to leave him to himself, as he had a wish to sleep a little. They obeyed, and he slept at one stretch, as the saying is, more than six hours, so that the housekeeper and niece thought he was going to sleep for ever. But at the end of that time he woke up, and in a loud voice exclaimed,

— ¡Bendito sea el poderoso Dios, que tanto bien me ha hecho! En fin, sus misericordias no tienen límite, ni las abrevian ni impiden los pecados de los hombres.

"Blessed be Almighty God, who has shown me such goodness. In truth his mercies are boundless, and the sins of men can neither limit them nor keep them back!"

Estuvo atenta la sobrina a las razones del tío, y pareciéronle más concertadas que él solía decirlas, a lo menos, en aquella enfermedad, y preguntóle:

The niece listened with attention to her uncle's words, and they struck her as more coherent than what usually fell from him, at least during his illness, so she asked,

— ¿Qué es lo que vuestra merced dice, señor? ¿Tenemos algo de nuevo? ¿Qué misericordias son éstas, o qué pecados de los hombres?

"What are you saying, señor? Has anything strange occurred? What mercies or what sins of men are you talking of?"

— Las misericordias —respondió don Quijote—, sobrina, son las que en este instante ha usado Dios conmigo, a quien, como dije, no las impiden mis pecados. Yo tengo juicio ya, libre y claro, sin las sombras caliginosas de la ignorancia, que sobre él me pusieron mi amarga y continua leyenda de los detestables libros de las caballerías. Ya conozco sus disparates y sus embelecos, y no me pesa sino que este desengaño ha llegado tan tarde, que no me deja tiempo para hacer alguna recompensa, leyendo otros que sean luz del alma. Yo me siento, sobrina, a punto de muerte; querría hacerla de tal modo, que diese a entender que no había sido mi vida tan mala que dejase renombre de loco, que, puesto que lo he sido, no querría confirmar esta verdad en mi muerte. Llámame, amiga, a mis buenos amigos: el cura, al bachiller Sansón Carrasco y a maese Nicolás, el barbero, que quiero confesarme y hacer mi testamento.

"The mercies, niece," said Don Quixote, "are those that God has this moment shown me, and with him, as I said, my sins are no impediment to them. My reason is now free and clear, rid of the dark shadows of ignorance that my unhappy constant study of those detestable books of chivalry cast over it. Now I see through their absurdities and deceptions, and it only grieves me that this destruction of my illusions has come so late that it leaves me no time to make some amends by reading other books that might be a light to my soul. Niece, I feel myself at the point of death, and I would fain meet it in such a way as to show that my life has not been so ill that I should leave behind me the name of a madman; for though I have been one, I would not that the fact should be made plainer at my death. Call in to me, my dear, my good friends the curate, the bachelor Samson Carrasco, and Master Nicholas the barber, for I wish to confess and make my will."

Pero de este trabajo se escusó la sobrina con la entrada de los tres. Apenas los vio don Quijote, cuando dijo:

But his niece was saved the trouble by the entrance of the three. The instant Don Quixote

786

saw them he exclaimed,

— Dadme albricias, buenos señores, de que ya yo no soy don Quijote de la Mancha, sino Alonso Quijano, a quien mis costumbres me dieron renombre de Bueno. Ya soy enemigo de Amadís de Gaula y de toda la infinita caterva de su linaje, ya me son odiosas todas las historias profanas del andante caballería, ya conozco mi necedad y el peligro en que me pusieron haberlas leído, ya, por misericordia de Dios, escarmentando en cabeza propia, las abomino.

"Good news for you, good sirs, that I am no longer Don Quixote of La Mancha, but Alonso Quixano, whose way of life won for him the name of Good. Now am I the enemy of Amadis of Gaul and of the whole countless troop of his descendants; odious to me now are all the profane stories of knight-errantry; now I perceive my folly, and the peril into which reading them brought me; now, by God's mercy schooled into my right senses, I loathe them."

Cuando esto le oyeron decir los tres, creyeron, sin duda, que alguna nueva locura le había tomado. Y Sansón le dijo:

When the three heard him speak in this way, they had no doubt whatever that some new craze had taken possession of him; and said Samson,

— ¿Ahora, señor don Quijote, que tenemos nueva que está desencantada la señora Dulcinea, sale vuestra merced con eso? Y ¿agora que estamos tan a pique de ser pastores, para pasar cantando la vida, como unos príncipes, quiere vuesa merced hacerse ermitaño? Calle, por su vida, vuelva en sí, y déjese de cuentos.

"What? Señor Don Quixote! Now that we have intelligence of the lady Dulcinea being disenchanted, are you taking this line; now, just as we are on the point of becoming shepherds, to pass our lives singing, like princes, are you thinking of turning hermit? Hush, for heaven's

787

sake, be rational and let's have no more nonsense."

— Los de hasta aquí —replicó don Quijote—, que han sido verdaderos en mi daño, los ha de volver mi muerte, con ayuda del cielo, en mi provecho. Yo, señores, siento que me voy muriendo a toda priesa; déjense burlas aparte, y traíganme un confesor que me confiese y un escribano que haga mi testamento, que en tales trances como éste no se ha de burlar el hombre con el alma; y así, suplico que, en tanto que el señor cura me confiesa, vayan por el escribano.

"All that nonsense," said Don Quixote, "that until now has been a reality to my hurt, my death will, with heaven's help, turn to my good. I feel, sirs, that I am rapidly drawing near death; a truce to jesting; let me have a confessor to confess me, and a notary to make my will; for in extremities like this, man must not trifle with his soul; and while the curate is confessing me let some one, I beg, go for the notary."

Miráronse unos a otros, admirados de las razones de don Quijote, y, aunque en duda, le quisieron creer; y una de las señales por donde conjeturaron se moría fue el haber vuelto con tanta facilidad de loco a cuerdo, porque a las ya dichas razones añadió otras muchas tan bien dichas, tan cristianas y con tanto concierto, que del todo les vino a quitar la duda, y a creer que estaba cuerdo.

They looked at one another, wondering at Don Quixote's words; but, though uncertain, they were inclined to believe him, and one of the signs by which they came to the conclusion he was dying was this so sudden and complete return to his senses after having been mad; for to the words already quoted he added much more, so well expressed, so devout, and so rational, as to banish all doubt and convince them that he was sound of mind.

Hizo salir la gente el cura, y quedóse solo con él, y confesóle.

The curate turned them all out, and left alone with him confessed him.

El bachiller fue por el escribano, y de allí a poco volvió con él y con Sancho Panza; el cual Sancho, que ya sabía por nuevas del bachiller en qué estado estaba su señor, hallando a la ama y a la sobrina llorosas, comenzó a hacer pucheros y a derramar lágrimas.

The bachelor went for the notary and returned shortly afterwards with him and with Sancho, who, having already learned from the bachelor the condition his master was in, and finding the housekeeper and niece weeping, began to blubber and shed tears.

Acabóse la confesión, y salió el cura, diciendo:

The confession over, the curate came out saying,

— Verdaderamente se muere, y verdaderamente está cuerdo Alonso Quijano el Bueno; bien podemos entrar para que haga su testamento.

"Alonso Quixano the Good is indeed dying, and is indeed in his right mind; we may now go in to him while he makes his will."

Estas nuevas dieron un terrible empujón a los ojos preñados de ama, sobrina y de Sancho Panza, su buen escudero, de tal manera, que los hizo reventar las lágrimas de los ojos y mil profundos suspiros del pecho; porque, verdaderamente, como alguna vez se ha dicho, en tanto que don Quijote fue Alonso Quijano el Bueno, a secas, y en tanto que fue don Quijote de la Mancha, fue siempre de apacible condición y de agradable trato, y por esto no sólo era bien querido de los de su casa, sino de todos cuantos le conocían.

This news gave a tremendous impulse to the brimming eyes of the housekeeper, niece, and Sancho Panza his good squire, making the tears burst from their eyes and a host of sighs from their hearts; for of a truth, as has been said more than once, whether as plain Alonso Quixano the Good, or as Don Quixote of La Mancha, Don Quixote was always of a gentle disposition and kindly in all his ways, and hence he was beloved, not only by those of his own house, but by all who knew him.

Entró el escribano con los demás, y, después de haber hecho la cabeza del testamento y ordenado su alma don Quijote, con todas aquellas circunstancias cristianas que se requieren, llegando a las mandas, dijo:

The notary came in with the rest, and as soon as the preamble of the head been set out and Don Quixote had commended his soul to God with all the devout formalities that are usual, coming to the bequests, he said,

— Ítem, es mi voluntad que de ciertos dineros que Sancho Panza, a quien en mi locura hice mi escudero, tiene, que, porque ha habido entre él y mí ciertas cuentas, y dares y tomares, quiero que no se le haga cargo dellos, ni se le pida cuenta alguna, sino que si sobrare alguno, después de haberse pagado de lo que le debo, el restante sea suyo, que será bien poco, y buen provecho le haga; y, si como estando yo loco fui parte para darle el gobierno de la ínsula, pudiera agora, estando cuerdo, darle el de un reino, se le diera, porque la sencillez de su condición y fidelidad de su trato lo merece.

"Item, it is my will that, touching certain moneys in the hands of Sancho Panza (whom in my madness I made my squire), inasmuch as between him and me there have been certain accounts and debits and credits, no claim be made against him, nor any account demanded of him in respect of them; but that if anything remain over and above, after he has paid himself what I owe him, the balance, which will but little, shall be his, and much good may it do him; and if, as when I was mad I had a share in giving him the government of an island, so, now that I am in my senses, I could give him that of a kingdom, it should be his, for the simplicity of his character and the fidelity of his conduct deserve it."

Y, volviéndose a Sancho, le dijo:

And then, turning to Sancho, he said,

— Perdóname, amigo, de la ocasión que te he dado de parecer loco como yo, haciéndote caer en el error en que yo he caído, de que hubo y hay caballeros andantes en el mundo.

"Forgive me, my friend, that I led thee to seem as mad as myself, making thee fall into the same error I myself fell into, that there were and still are knights-errant in the world."

— ¡Ay! —respondió Sancho, llorando—: no se muera vuestra merced, señor mío, sino tome mi consejo y viva muchos años, porque la mayor locura que puede hacer un hombre en esta vida es dejarse morir, sin más ni más, sin que nadie le mate, ni otras manos le acaben que las de la melancolía. Mire no sea perezoso, sino levántese desa cama, y vámonos al campo vestidos de pastores, como tenemos concertado: quizá tras de alguna mata hallaremos a la señora doña Dulcinea desencantada, que no haya más que ver. Si es que se muere de pesar de verse vencido, écheme a mí la culpa, diciendo que por haber yo cinchado mal a Rocinante le derribaron; cuanto más, que vuestra merced habrá visto en sus libros de caballerías ser cosa ordinaria derribarse unos caballeros a otros, y el que es vencido hoy ser vencedor mañana.

"Ah!" said Sancho weeping, "don't die, master, but take my advice and live many years; for the foolishest thing a man can do in this life is to let himself die without rhyme or reason, without anybody killing him, or any hands but melancholy's making an end of him. Come, don't be

lazy, but get up from your bed and let us take to the fields in shepherd's trim as we agreed. Perhaps behind some bush we shall find the lady Dulcinea disenchanted, as fine as fine can be. If it be that you are dying of vexation at having been vanquished, lay the blame on me, and say you were overthrown because I had girthed Rocinante badly; besides you must have seen in your books of chivalry that it is a common thing for knights to upset one another, and for him who is conquered to-day to be conqueror tomorrow."

— Así es —dijo Sansón—, y el buen Sancho Panza está muy en la verdad destos casos.

"Very true," said Samson, "and good Sancho Panza's view of these cases is quite right."

— Señores —dijo don Quijote—, vámonos poco a poco, pues ya en los nidos de antaño no hay pájaros hogaño: yo fui loco, y ya soy cuerdo; fui don Quijote de la Mancha, y soy agora, como he dicho, Alonso Quijano el Bueno. Pueda con vuestras mercedes mi arrepentimiento y mi verdad volverme a la estimación que de mí se tenía, y prosiga adelante el señor escribano.

"Sirs, not so fast," said Don Quixote, "'in last year's nests there are no birds this year.' I was mad, now I am in my senses; I was Don Quixote of La Mancha, I am now, as I said, Alonso Quixano the Good; and may my repentance and sincerity restore me to the esteem you used to have for me; and now let Master Notary proceed.

»Ítem, mando toda mi hacienda, a puerta cerrada, a Antonia Quijana, mi sobrina, que está presente, habiendo sacado primero de lo más bien parado della lo que fuere menester para cumplir las mandas que dejo hechas; y la primera satisfación que se haga quiero que sea pagar el salario que debo del tiempo que mi ama me ha servido, y más veinte ducados para un vestido. Dejo por mis albaceas al señor cura

y al señor bachiller Sansón Carrasco, que están presentes.

"Item, I leave all my property absolutely to Antonia Quixana my niece, here present, after all has been deducted from the most available portion of it that may be required to satisfy the bequests I have made. And the first disbursement I desire to be made is the payment of the wages I owe for the time my housekeeper has served me, with twenty ducats, over and above, for a gown. The curate and the bachelor Samson Carrasco, now present, I appoint my executors.

»Ítem, es mi voluntad que si Antonia Quijana, mi sobrina, quisiere casarse, se case con hombre de quien primero se haya hecho información que no sabe qué cosas sean libros de caballerías; y, en caso que se averiguare que lo sabe, y, con todo eso, mi sobrina quisiere casarse con él, y se casare, pierda todo lo que le he mandado, lo cual puedan mis albaceas distribuir en obras pías a su voluntad.

"Item, it is my wish that if Antonia Quixana, my niece, desires to marry, she shall marry a man of whom it shall be first of all ascertained by information taken that he does not know what books of chivalry are; and if it should be proved that he does, and if, in spite of this, my niece insists upon marrying him, and does marry him, then that she shall forfeit the whole of what I have left her, which my executors shall devote to works of charity as they please.

»Ítem, suplico a los dichos señores mis albaceas que si la buena suerte les trujere a conocer al autor que dicen que compuso una historia que anda por ahí con el título de Segunda parte de las hazañas de don Quijote de la Mancha, de mi parte le pidan, cuan encarecidamente ser pueda, perdone la ocasión que sin yo pensarlo le di de haber escrito tantos y tan grandes disparates como en ella escribe, porque parto desta vida con escrúpulo de haberle dado motivo para escribirlos.

"Item, I entreat the aforesaid gentlemen my executors, that, if any happy chance should lead them to discover the author who is said to have written a history now going about under the title of 'Second Part of the Achievements of Don Quixote of La Mancha,' they beg of him on my behalf as earnestly as they can to forgive me for having been, without intending it, the cause of his writing so many and such monstrous absurdities as he has written in it; for I am leaving the world with a feeling of compunction at having provoked him to write them."

Cerró con esto el testamento, y, tomándole un desmayo, se tendió de largo a largo en la cama. Alborotáronse todos y acudieron a su remedio, y en tres días que vivió después deste donde hizo el testamento, se desmayaba muy a menudo. Andaba la casa alborotada; pero, con todo, comía la sobrina, brindaba el ama, y se regocijaba Sancho Panza; que esto del heredar algo borra o templa en el heredero la memoria de la pena que es razón que deje el muerto.

With this he closed his will, and a faintness coming over him he stretched himself out at full length on the bed. All were in a flutter and made haste to relieve him, and during the three days he lived after that on which he made his will he fainted away very often. The house was all in confusion; but still the niece ate and the housekeeper drank and Sancho Panza enjoyed himself; for inheriting property wipes out or softens down in the heir the feeling of grief the dead man might be expected to leave behind him.

En fin, llegó el último de don Quijote, después de recebidos todos los sacramentos, y después de haber abominado con muchas y eficaces razones de los libros de caballerías. Hallóse el escribano presente, y dijo que nunca había leído en ningún libro de caballerías que algún caballero andante hubiese muerto en su lecho tan sosegadamente y tan cristiano como don Quijote; el cual, entre compasiones y lágrimas de los que allí se hallaron, dio su espíritu: quiero decir que se murió.

At last Don Quixote's end came, after he had received all the sacraments, and had in full and forcible terms expressed his detestation of books of chivalry. The notary was there at the time, and he said that in no book of chivalry had he ever read of any knight-errant dying in his bed so calmly and so like a Christian as Don Quixote, who amid the tears and lamentations of all present yielded up his spirit, that is to say died.

Viendo lo cual el cura, pidió al escribano le diese por testimonio como Alonso Quijano el Bueno, llamado comúnmente don Quijote de la Mancha, había pasado desta presente vida y muerto naturalmente; y que el tal testimonio pedía para quitar la ocasión de algún otro autor que Cide Hamete Benengeli le resucitase falsamente, y hiciese inacabables historias de sus hazañas.

On perceiving it the curate begged the notary to bear witness that Alonso Quixano the Good, commonly called Don Quixote of La Mancha, had passed away from this present life, and died naturally; and said he desired this testimony in order to remove the possibility of any other author save Cide Hamete Benengeli bringing him to life again falsely and making interminable stories out of his achievements.

Este fin tuvo el Ingenioso Hidalgo de la Mancha, cuyo lugar no quiso poner Cide Hamete puntualmente, por dejar que todas las villas y lugares de la Mancha contendiesen entre sí por ahijársele y tenérsele por suyo, como contendieron las siete ciudades de Grecia por Homero.

Such was the end of the Ingenious Gentleman of La Mancha, whose village Cide Hamete would not indicate precisely, in order to leave all the towns and villages of La Mancha to contend among themselves for the right to adopt him and claim him as a son, as the seven cities of Greece contended for Homer.

Déjanse de poner aquí los llantos de Sancho, sobrina y ama de don Quijote, los nuevos epitafios de su sepultura, aunque Sansón Carrasco le puso éste:

The lamentations of Sancho and the niece and housekeeper are omitted here, as well as the new epitaphs upon his tomb; Samson Carrasco, however, put the following lines:

Yace aquí el Hidalgo fuerte
que a tanto estremo llegó
de valiente, que se advierte
que la muerte no triunfó
de su vida con su muerte.
Tuvo a todo el mundo en poco;
fue el espantajo y el coco
del mundo, en tal coyuntura,
que acreditó su ventura
morir cuerdo y vivir loco.

A doughty gentleman lies here;
A stranger all his life to fear;
Nor in his death could Death prevail,
In that last hour, to make him quail.
He for the world but little cared;
And at his feats the world was scared;
A crazy man his life he passed,
But in his senses died at last.

Y el prudentísimo Cide Hamete dijo a su pluma:

And said most sage Cide Hamete to his pen,

— Aquí quedarás, colgada desta espetera y deste hilo de alambre, ni sé si bien cortada o mal tajada péñola mía, adonde vivirás luengos siglos, si presuntuosos y malandrines historiadores no te descuelgan para profanarte. Pero, antes que a ti lleguen, les puedes advertir, y decirles en el mejor modo que pudieres:

"Rest here, hung up by this brass wire, upon this shelf, O my pen, whether of skilful make or clumsy cut I know not; here shalt thou remain long ages hence, unless presumptuous or malignant story-tellers take thee down to profane thee. But ere they touch thee warn them, and, as best thou canst, say to them:

¡Tate, tate, folloncicos!
De ninguno sea tocada;
porque esta impresa, buen rey,
para mí estaba guardada.

Hold off! ye weaklings; hold your hands!
  Adventure it let none,
For this emprise, my lord the king,
  Was meant for me alone.

Para mí sola nació don Quijote, y yo para él; él supo obrar y yo escribir; solos los dos somos para en uno, a despecho y pesar del escritor fingido y tordesillesco que se atrevió, o se ha de atrever, a escribir con pluma de avestruz grosera y mal deliñada las hazañas de mi valeroso caballero, porque no es carga de sus hombros ni asunto de su resfriado ingenio; a quien advertirás, si acaso llegas a conocerle, que deje reposar en la sepultura los cansados y ya podridos huesos de don Quijote, y no le quiera llevar, contra todos los fueros de la muerte, a Castilla la Vieja, haciéndole salir de la fuesa donde real y verdaderamente yace tendido de largo a largo, imposibilitado de hacer tercera jornada y salida nueva; que, para hacer burla de tantas como hicieron tantos andantes caballeros, bastan las dos que él hizo, tan a gusto y beneplácito de las gentes a cuya noticia llegaron, así en éstos como en los estraños reinos". Y con esto cumplirás con tu cristiana profesión, aconsejando bien a quien mal te quiere, y yo quedaré satisfecho y ufano de haber sido el primero que gozó el fruto de sus escritos enteramente, como deseaba, pues no ha sido otro mi deseo que poner en aborrecimiento de los hombres las fingidas y disparatadas historias de los libros de caballerías, que, por las de mi verdadero don Quijote, van ya tropezando, y han de caer del todo, sin duda alguna. Vale.

Fin

For me alone was Don Quixote born, and I for him; it was his to act, mine to write; we two together make but one, notwithstanding and in spite of that pretended Tordesillesque writer who has ventured or would venture with his great, coarse, ill-trimmed ostrich quill to write the achievements of my valiant knight;—no burden for his shoulders, nor subject for his frozen wit: whom, if perchance thou shouldst come to know him, thou shalt warn to leave at rest where they lie the weary mouldering bones of Don Quixote, and not to attempt to carry him off, in opposition to all the privileges of death, to Old Castile, making him rise from the grave where in reality and truth he lies stretched at full length, powerless to make any third expedition or new sally; for the two that he has already made, so much to the enjoyment and approval of everybody to whom they have become known, in this as well as in foreign countries, are quite sufficient for the purpose of turning into ridicule the whole of those made by the whole set of the knights-errant; and so doing shalt thou discharge thy Christian calling, giving good counsel to one that bears ill-will to thee. And I shall remain satisfied, and proud to have been the first who has ever enjoyed the fruit of his writings as fully as he could desire; for my desire has been no other than to deliver over to the detestation of mankind the false and foolish tales of the books of chivalry, which, thanks to that of my true Don Quixote, are even now tottering, and doubtless doomed to fall for ever. Farewell."

[The complete "Don Quixote" is available on Kindle at:

http://www.amazon.com/Don-Quixote-Spanish-English-Complete-ebook/dp/B00JQRGICM

]

Made in the USA
Las Vegas, NV
12 May 2024